U0943948

凡尔纳科幻三部曲

格兰特船长的儿女

[法]儒勒·凡尔纳◎著　束光辉◎编译

中国华侨出版社

图书在版编目（CIP）数据

凡尔纳科幻三部曲：全 3 册 /（法）儒勒 · 凡尔纳著；束光辉编译 . —北京：中国华侨出版社，2017.8
ISBN 978-7-5113-6971-0

Ⅰ . ①凡… Ⅱ . ①儒… ②束… Ⅲ . ①科学幻想小说 – 小说集 – 法国 – 近代 Ⅳ . ① I565.44

中国版本图书馆 CIP 数据核字（2017）第 156817 号

凡尔纳科幻三部曲（全 3 册）

著　　者 /［法］儒勒 · 凡尔纳
编　　译 / 束光辉
责任编辑 / 文　蕾
责任校对 / 秦　真
经　　销 / 新华书店
开　　本 / 787 毫米 ×1092 毫米　1/16　印张 /63　字数 /1300 千字
印　　刷 / 北京建泰印刷有限公司
版　　次 / 2017 年 8 月第 1 版　2017 年 8 月第 1 次印刷
书　　号 / ISBN 978-7-5113-6971-0
定　　价 / 108.00 元

中国华侨出版社　北京市朝阳区静安里 26 号通成达大厦 3 层　邮编：100028
法律顾问：陈鹰律师事务所
编辑部：（010）64443056　　64443979
发行部：（010）64443051　　传真：（010）64439708
网　址：www.oveaschin.com
E-mail：oveaschin@sina.com

前言

儒勒·凡尔纳，被誉为“现代科学幻想小说之父”，是法国19世纪也是世界范围内最为著名的科幻小说作家和冒险小说作家。其中,《格兰特船长的儿女》《海底两万里》《神秘岛》是凡尔纳最著名的三部作品，被称为“凡尔纳科幻三部曲”。

《格兰特船长的儿女》讲述了苏格兰贵族爱德华·哥利纳帆爵士率领众人，驾驶“邓肯”号游船，经历千难万险环游世界一圈后，终于找到了多年前因海难被困孤岛的格兰特船长。《海底两万里》讲述的是博物学家阿龙纳斯教授、仆人康塞尔和捕鲸手尼德·兰三人一起捕捉“海怪”，不料却进入了海怪的身体——潜艇“诺第留斯”号内部，并各种机缘巧合地随着潜艇巡游世界各地，经过种种历险，三人终于重返陆地。《神秘岛》讲述的是美国内战期间，从北方战俘营逃出的五名俘虏乘坐氢气球，中途遭遇风暴，被抛在太平洋的一个荒岛上。他们像鲁滨逊一样，自力更生，开疆辟地，最终创造了新的美好生活，最后五人登上格兰特船长的儿子罗伯尔派来的船，返回了祖国。

这三部小说看似各自独立，但又互有联系，如《格兰特船长的儿女》中遭到放逐的叛徒艾尔通、《海底两万里》中的尼摩船长在《神秘岛》中再次出现，这些联系成为推动情节发展的重要元素，使三本书看起来更像是一个完整的系统。

如果从当代人的角度来看，这三部小说里科幻的成分并不多，可以说几乎没有，称之为“冒险三部曲”更合适。究其原因，则要考虑文学创作时的时代特征。

如果我们把眼光放到200多年前的19世纪，对于当时的时代发展来说，飞速行驶的潜艇、精确的环球旅行等这些在现实中是完全无法想象的。凡尔纳通过研究有限的科学资料，并发挥无限的想象力，创造性地提出了一些非常超前的观点和想象中的发明与事物。然而，让人意想不到的是，他在作品中描述的许多事物，后来都变成了现实。也正因为如此，凡尔纳被称为“科技时代的伟大预言家”。

凡尔纳几乎所有的作品，风格都是语言幽默、知识丰富、情节曲折、形象生动。此科幻三部曲更是如此，尤其是书中洋溢的乐观和开拓精神，更是令读者激动和振奋。愿读者能够跟随本书走进科幻巨匠凡尔纳，走进一个充满冒险、科学、刺激、有趣的神奇天地。

目录

contents

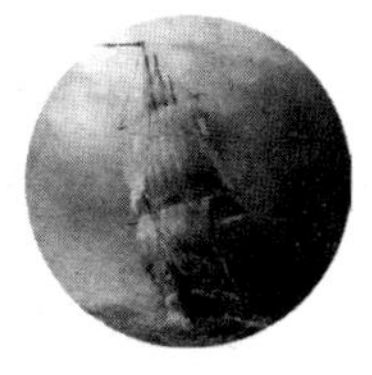

格兰特船长的儿女

格兰特船长的儿女

第一章　酒瓶中的秘密

1864 年 7 月 26 日，东北风咆哮着，在北爱尔兰与苏格兰之间的海面上，一艘华丽且典雅的游船开足马力行驶着。在船尾桅杆的斜竿上英国国旗在飘动着，一面小蓝旗垂挂在大桅顶上，旗上有“E. G.”两个用金线绣成的字母［是船主姓名］Edward & Glenarvan（爱德华・哥利纳帆）这两个字的首写字母，在字的上面有个公爵冕冠标记。这艘游船名叫“邓肯”号，它的主人是爱德华·哥利纳帆爵士。哥利纳帆爵士是英国贵族院苏格兰十二元老之一，也是英国最为著名的皇家泰晤士河游船会中最为出色的会员。

这天，哥利纳帆爵士和他年轻貌美的妻子海伦夫人，以及他的表兄麦克那布斯少校都在这艘船上。

“邓肯”号刚造成时，便航行到克莱德湾外风海的地方去试航，现在它正在朝格兰拉斯哥驶去；在能看见阿兰岛时，一直在瞭望台上的水手突然进来报告说：“在船后的浪槽中有一条大鱼扑了过来。”船长约翰・门格尔马上派人将这件事告诉了哥利纳帆爵士。爵士带着少校赶到船尾楼顶上，询问船长那是条什么样的鱼。

“啊！爵士，”船长回答道，“我想那一定是条巨大的鲨鱼。”

“这一带有鲨鱼吗？”爵士惊讶地问道。

“是的，爵士，这一带有。”船长又说道，“有一种鲨鱼，它的头如同天秤，大家都将它叫做‘天秤鱼’，不管什么温度的海洋中，都能发现这种鲨鱼。要是我没看错的话，现在我们遇见的就是这样一个坏蛋！如果你允许的话，如果夫人也喜欢看这样一种奇特的钓鱼方式，很快我们就能知道它到底是个什么样的怪物。”

“并且，”船长又说，“这种有害的鱼非常恐怖，而且总是杀不尽。我们也借此机会除去一害吧，要是你高兴的话，我们就将它钓起来，那么，这不仅是一幅动人的情景，还是有益于人们的一件好事。”

“那么，你便去做吧。”爵士说。

爵士让人去通知了海伦夫人。夫人也赶到尾楼顶上了，她饶有兴趣地来观看这幕动人的钓鱼表演。

海面水天一色清晰可见，鲨鱼在海面上迅速且自由地来回游动，大家看得十分清楚。它时而沉入海中，时而飞身跃进，敏捷且矫健。门格尔船长把命令分别下达了出去。水手们在右舷栏上将一条粗绳扔到海中，一个大钩还在末端系着，钩子上还穿着一块厚厚的腊肉。尽管那鲨鱼还远在 45 米之外，那块送给它解馋的香饵早就被它闻见了。它快速地向游船逼近。大家都见到它那灰黑色的双鳍迅猛地拍打着波浪，尾巴则在平衡着身体，顺着一条笔直的路线前进。它一边往前游，两只突出的大眼睛紧紧地瞪着，似乎燃烧着欲火，翻身时，张开的两腭把四排白牙都显露了出来。它的头十分宽，如同一把双头铁锤在一个长柄上安着。门格尔船长并没看错，果然它就是鲨鱼中最为贪吃的一种，美国人将它称作“天秤鱼”，法国普罗旺斯省有人把它叫做“犹太鱼”。

“邓肯”号上的乘客与水手都全神贯注地看着鲨鱼。没多长时间那家伙便游到钩子旁边来了，为了方便吞食，它打了一个滚，那么大的一块香饵便在它粗大的喉咙中消失了。它立即拖着那缆索猛烈地一摇，便被钩上了。水手们立刻把帆架末端的辘轳旋转，将那个怪物给钓了上来。

鲨鱼一出了水，蹦得更加厉害。但人们有的是办法制伏它：还是一根绳子，在末端打出个活结，将它的尾巴套住，让它动不得。没多长时间，它便从舷栏上被吊到船上来，摔在甲板上。这时，一个水手悄悄靠近了它，一斧头下去便将它那恐怖的尾巴给砍断了。

钓鱼的这一幕结束了，那怪物并没什么可怕的。水手们的报仇欲望获得了充分的满足，可好奇心还远远没有满足。是啊，任何一个船上都有一个习惯：杀了鲨鱼需要在它肚子中仔细寻找，水手们清楚鲨鱼是什么都吃的，希望在它的肚子中能有些意外的收获，而这种希望并不是每次都会落空。

这种颇为血腥的“搜索”，海伦夫人不能接受，她返回尾楼了，可鲨鱼依旧在喘息着；它足足有 3 米多长，600 多斤重。对于这样的长度和重量，并没有什么稀奇。不过，尽管天秤鱼并不是鲨鱼中最大的一种，但也算得上是最为凶猛的一种了。

不一会儿，人们一点也不客气地使用大斧头剖开了这条大鱼的肚子，鱼钩被直吞在肚子中，可肚子中还是空空如也；显然，那家伙很长时间都没吃东西了。水手们有些失落地要将那残骸都扔进海中。这时，一件东西却吸引了水手长的注意力，在鲨鱼的内脏中，却有个很粗糙的东西。

“哦！那是什么？”他立即叫了起来。

“那个呀，”一个水手回答道，“那是块石头，那家伙为了平衡身体才把它给吞了下去的。”

“去你的吧！”另一个水手说，“那明显是个连环弹，打到这坏蛋的肚子，还没时间去消化呢。”

“你们全都别胡说了，”大副汤姆·奥斯丁驳斥道，“你们没看出来那个家伙是个酒鬼吗？它喝了酒还不算，连瓶子也都给吞下了。”

“怎么！”爵士也开始叫了起来，“鲨鱼肚中有只瓶子吗？”

“还真是个瓶子，”水手长回答，“不过，很显然，这瓶子并不是从酒窖中拿出来的。”

“那么，奥斯丁，”爵士又说，“你细心地将那瓶子取出来，海上找到的瓶子通常里面都会装着很珍贵的文件。”

“你相信这种事情吗？”少校问。

“我至少相信这种事情有可能发生。”

“啊！我并不是不赞同你的看法，”麦克那布斯少校回答道，“或许那个瓶子中有个秘密呢。”

“一会儿我们便会知道了，”哥利纳帆爵士说，“怎么样，奥斯丁？”

“喏，”大副回答道，指着他刚刚花了很大力气从鲨鱼肚子中取出的那完全不成样的东西。

“好，”哥利纳帆说，“让人把那难看的东西给洗干净，拿到尾楼上来。”

奥斯丁依照吩咐去做了，他将这个神奇的瓶子送到方厅中来，把它放在桌子上，爵士、少校、船长很快全都围着坐了下来。通常说，女人总是会有点好奇的。海伦夫人自然而然地也围了上来。

在海上，小事全都被当做是大事来看待的。在刚开始的时间里，大家一声不吭，全都眼巴巴地注视着这个玻璃瓶子。这里面到底装的是船只出事的线索呢，还是有些航行者出于无聊而写的一封毫无相关的信扔进海浪中，而闹出的恶作剧呢？

为了探知这里面究竟有什么秘密，爵士立即着手开始检查这个瓶子。他很小心——就跟一个英国检察官对一件十分重要案件的案情似的。爵士这样做是十分正确的，因为往往可以从一件表面上看来毫无关系的事情中，发现重要的线索。

在检查瓶子内部前，必须要先检查其外部。它具有个细颈子，口部十分结实，一节生锈的铁丝还在外面，瓶身十分厚，就算受到不同程度的压力都不会破裂的，一看便知道那是法国香槟省所制造的。卖酒商人时常使用这种瓶子敲击椅档子，椅档子都被敲断了，可瓶子仍是安然无恙。这次发现的这只瓶子可以经受住长时间的漂泊，不知被碰撞了多少回，可依旧能完整无缺，由此可知它有多结实。

“这是只克里各酒厂的瓶子。”少校看似很随便地说了一句。

他可以说是内行，所以他的判断没有人提出异议。“我亲爱的少校，”海伦回答说，“如果我们不清楚瓶子来自哪里，仅仅知道它是从哪家酒厂生产的，这又有什么用呢？”

“我们能知道是从哪里来的，我亲爱的海伦，”爵士说，“我们已经能够确定它是从十分遥远的地方来的。你看，这层凝固的杂质黏附在瓶子的外面，可以说，在海水的浸渍下，这都变成矿石了！这瓶子在钻到鲨鱼肚子以前，就已在大洋中漂流了很长时间了。”

“我十分赞同你的看法。”少校回答道，“这只玻璃瓶子外有这般厚的一层杂质，很显然它是经过一段长时间的旅行了。”

“可它到底是从哪里来的呢？”海伦夫人问。

“我亲爱的海伦，你要等着呀，研究这瓶子需要耐心点。除非我的推测全部都是错误的，要不然，我们所有提出的问题，瓶子本身就会给出我们答案的。”

哥利纳帆爵士一边说着，一边将那层坚硬的物质从瓶口刮去，不一会儿，瓶塞子便露了出来，但它已被海水侵蚀得相当厉害。

“可怕啊！就算瓶子中有文件，肯定也保存不好了。”爵士说。

“恐怕就是这样。”少校附和道。

“我还有一个推测，”爵士又说，“瓶口既塞得不算紧，一丢进海中很快就会下沉，幸好鲨鱼把它吞了下去，才将它送到‘邓肯’号上的。”

“那是毋庸置疑的，”约翰·门格尔回答，“然而，如果是我们在大海中捞起它，知晓捕捞地方的经纬度，那就是更好了。因为，只需要我们研究一下气流与海流的方向，就会清楚它漂泊的路程；然而现在送到我们手中的是由习惯逆风流的鲨鱼送来的，我们便无从知晓它漂泊的路程了。”

“看看再说吧。”爵士回答道。

这时他很仔细地把瓶塞子拔开，一股咸味立即充斥着整个尾楼。

“怎么样？”海伦夫人急躁地问道。

“是呀！我没猜错！里面有文件！”爵士说。

“文件呀！真的有文件呀！”海伦夫人叫了起来。

爵士回答说：“不过，可能因为潮气侵蚀得太厉害了，文件无法拿出来，因为它们都粘在瓶子上了，没法拿出来。”

“将瓶子打破吧。”少校说。

“我不想将瓶子打破。”爵士反驳道。

“我也希望这样。”少校跟着转了话。

“当然是，不把瓶子打破更好。”海伦夫人说，“但想取到文件，只能牺牲瓶子了，毕竟瓶子中的东西比瓶子更为重要。”

“只要将瓶颈子敲掉就可以了，爵士。”船长说。

“哦，我亲爱的爱德华，那就这样做吧！”夫人叫道。

事实上也很难有其他更好的办法，所以，尽管哥利纳帆爵士十分不舍地敲掉这瓶子的瓶颈，但也只能下决心来敲断它。因为外面的那层杂质已硬得跟花岗岩那般，必须要用铁锤才行。不一会儿，瓶颈子上的碎片都落在桌子上了，人们立刻看到几块纸粘在一块。爵士小心翼翼地将这些纸头给抽了出来，一张张地揭开，摊在桌上。这时海伦夫人、少校和船长全都挤在他身边围着看。

然而，海水的侵蚀，让这几块纸头连成行的字都没有了，仅剩下些不成句子模糊的字迹。爵士仔细观察，颠来倒去地看着，又放在阳光下照了照没有被侵蚀掉的字迹，就这样仔细观察了几分钟，连最细微的一笔一画也没有放过，然后，他看了看身边那些用眼光紧紧盯着他看，已经等得不耐烦的朋友们说：

“这里总共有三个不同文件，很可能属于一个文件，不过是用三种不同的文字写的：一份是英文，一份是法文，还有一份是德文。从那几个没蚀掉的字来看，这点是不用怀疑的。”

“至少，这几个字总该会有个意思吧？”海伦夫人问。

“这不好说，亲爱的海伦，这些文件上的字太不完整了，无法形成任何完整的意思。”

“这三个文件上的字会不会能够相互补充？”少校说。

“应该可以，”船长回答，“因为海水肯定不会将这三个文件上同一行的字都一个个的侵蚀掉，我们将这些残缺的字给拼凑起来，总会有一个可以看得懂的意思。”

“我们正要这样做，”爵士说，“不过，要一步步来，先看看英文的。”

62 Bir gow

sink stra

aland

skipp Gr

that monit oflong

and ssistance

lost

“这些字组合在一起，还是看不出什么意思来。”少校脸上带着失望的表情说。

“不管怎样，”船长回答说，“那些字总归都是英文呀。”

“关于这点是不用怀疑的，”爵士说，“sink（沉没），aland（上陆），that（此），and，（及），lost（必死），这些字都十分完整，skipp 很明显就是 skiper（船长），这里边说的是一位叫 Gr……（格……）什么的，大概是只遇难海船的船长。”

“还有，monit 和 ssistance 这两个字的意思也相当明显。monit 应是 monition（文件），ssistance（援救）。”门格尔船长道。

“这样看来，也就是有点意思了。”海伦夫人说。

“只可惜有用的内容还是太少，”少校说，“有些整行的字全都缺失了，遇难的船叫作什么，遇难的地点在哪里呀，我们怎会知道呢？”

“我们总会找到的。”爵士说。

“没问题，会找到的，”少校又说，他一向能听得进去大家的意见，“但怎样去寻找呢？”

“我们将这三个文件相互彼此补足可能就能找到了。”

“我们就这样来干吧！”夫人又叫道。

第二张纸比第一张损坏得更加厉害，仅剩下这几个不相连的字：

7 juni GLas

Zneiatrosen

graus

bringt ihnen

“这是德文。”船长一眼见到便说。

“你懂德文吗，门格尔？”爵士向船长问道。

“是的，爵士，我懂。”

“你懂，那请你讲出这几个字是什么意思。”

船长仔细看了看那文件，说道：

“首先，出事的日期能肯定了，7Juni 便是 6 月 7 日，再将这日期与英文文件上的 62 凑起来，我们便知道是‘1862 年 6 月 7 日’这样完完整整的日期了。”

“很棒！”海伦夫人叫道，“接着！”

“同行，还有 Glas 这个字，将第一个文件上的 gow 与它凑到一块，便是 Glasgow（格拉斯哥）一词，很明显是格拉斯哥港的一条船。”

“和我的意见一样。”少校附和道。

“文件上第二行上的字全都没有了，”门格尔又说，“但我能看出第三行两个重要的字：zwei 的意思是‘两个’，atrosen 应是 matrosen，意思为‘水手’。”

“那便是说一个船长与两个水手遇难了。”海伦夫人说。

“很有可能情况就是这样的。”爵士回答。

“我向您老实承认，爵士，下面 graus 这一字让我十分为难，”船长接着说，“我不知道应怎样去解释。或许第三个文件能让我们懂这个字。至于那最后的两个字，不难解释：bringtit、ihnen 意思就是‘乞予’，要是我们将第一个文件第六行的那个英文字凑上去，将‘援救’给接上去，意思便凑成了‘乞予援救’，这就再明显不过了。”

“是啊！乞予援救！”爵士说，“但那几个不幸的人到底在哪里呢？直到现在，关于地点，我们找不到任何线索！出事地点我们一点都不知道呀！”

“希望法文文件可以说得更加清楚点。”海伦夫人在一旁说。

“我们再去看看法文文件吧，我们大家全都通晓法文，研究起来也会容易得多了。”爵士说。

第三个文件是这样写的：

troi ats tannia

gonie autral

abor

corntin prcruel indi

jete ongit

et37°　11，lat

“这里还有数字，”海伦夫人大声道，“看啊！诸位，你们请看呀！……”

“我们还是从头看起，依次研究吧，”哥利纳帆爵士说，“请你们先让我将那些残缺的字一个个提出来。头几个字我看出来是个‘三桅船’，将英法文的这两个文件凑起来，船名便是完整的，叫‘不列颠尼亚’。第二行后的两个字 goine 和 austral，仅有后面一个字有点意义，大家知道这是‘南半球’。”

“这已是十分珍贵的启示了，”门格尔回答，“那只船是在南半球遇难的。”

“这还很不清楚。”少校说。

爵士说：“让我再说一下，abor 这个字应是 aborAder，也就是‘到达’的意思。那几个不幸的人肯定到了一个什么的地方。contin 是不是 contineht（大陆）呢？这 crue！……”

“cruel 正好就是德文 graus……grausam 这个字啊！也便是‘野蛮的’意思呀！”

“我们继续看下去，再看下去！”爵士说，他看到将那些残缺的字组织在一起，就慢慢有了意思，他的兴趣也便自然提高了。“indi 不就是 inde，‘印度’这个字呢？风浪将那些海员打进印度了吗？还有 ongit 这个字，肯定就是 Longitude（经度），下面说的便是纬度：37 度 11 分，好了！我们有了准确的解释了！”

“但经度还是不知道呀！”少校说。

“我们现在无法要求得那么完备呀，我亲爱的少校！”爵士回答道，“有正确的纬度已经很不错了。三份文件中最完整的就是这张法文文件了。而这三份文件又很明显是彼此的译文，并是逐字翻译出来的，因为三张纸上的行数完全相同，因此，现在我们应将这三件合并成一件，并使用一种文字翻译出来，然后再研究它们可能最合理、最明白和最大可能的含义。”

“那么，你是使用法文、英文，还是德文来译呢？”少校问。

“用法文译，因为有意思的字全是由法文保留下来的。”

“您说得很对，而且我们都懂法文。”门格尔说。

“自然啦，现在我来把这文件写出来，将这残字断句给凑拢起来，字句间的空白依旧保留着，把没疑问的字迹给补充上去，后我们再作比较、判断。”

爵士立即拿起一支笔，过了一会儿，他便将一张纸递给了大家，纸上是这样写的：

7 juin1862 trois-mats Britannia Glasgow

1862 年 6 月 7 日　三桅船“不列颠尼亚号”格拉斯哥

sombre gonie austral

沉没 戈尼亚 南半球

à terre deuxmatelots

上陆 两名水手

capitaine Gr abor

船长 格 到达

contin pr crue lindi

大陆 被俘于 野蛮的印第

jet é ce document delongitude

抛 此文件 经度

et 37° 11 Bdelatitude portez — leur secours

37 度 11 分纬度 乞予 援救

perdu 必死

这时一个水手来向船长报告：请船长来发布命令，“邓肯”号已到达克莱德湾。

“爵士，您的意思是？”门格尔转过脸问旁边的哥利纳帆爵士。

“先尽快开到丹巴顿，让海伦夫人回玛考姆府，后我去伦敦，要把这文件送给海军部。”

船长便按照这意思下达了命令，那水手将这命令传给了大副。“现在，朋友们，”爵士说，“我们继续来研究吧。我们发现一条大商船失事的线索了。我们判断的正确与否决定这几个人的性命呢。因此，我们必须要绞尽脑汁来猜出这个哑谜。”

“我们全都准备好这样做了，亲爱的。”海伦夫人说。

“首先，”爵士接着说，“我们要将这文件的内容分为三部分来进行处理：一、已知晓的部分；二、可以猜出的部分；三、还未知晓的部分。我们已知道什么吗？我们已知道：1862 年 6 月 7 日格拉斯哥港的一只三桅船不列颠尼亚号消失了，在纬度 37 度 11 分的地方两个水手和船长将这个文件丢进海中，请求救援。”

“很正确。”少校说。

“我们还可以猜到什么呢？我想是：那只船失事地点应该在南半球海面上，这里我要立即引起你们对‘gonie’这个字的注意。这个字是不是指一个地名呢？它是不是一个地名的一部分呢？”

“是 patagonie（巴塔戈尼亚）呀！”海伦夫人叫道。

“应该没问题吧。”

“但巴塔戈尼亚是否在南纬 37 度线上呢？”少校问。“这个要证实不难。”门格尔一边将南美地图打开，一边回答，“正是这样！南纬 37 度线穿过巴塔戈尼亚。南纬 37 度线先将阿罗加尼亚横截，然顺巴塔戈尼亚北部穿过草原，到达大西洋。”

“好！我们再这样推测下去。abor 就是 aborder（到达）。两个水手和船长到了什么地方呢？contin……就是 continent（大陆）。你们注意，是‘大陆’并不是海岛。他们到达大陆后会怎样呢？有个如同神签般的‘pr’表明了他们的命运。这个字表明那几个不幸者是‘被俘’（pris）了或‘做了俘虏’（prisonniers）了。可到底是让谁给俘虏了呢？被野蛮的印第安人给（cruAelsindiens）俘虏去了。我是这样解释的，你们会这样信服吗？空白中的字不就是一个个地全自动跳出来的吗？你们不认为这文件的意义是十分明显吗？你们心中还有什么不明白的吗？”

爵士说得十分果断，他的眼中充满了自信。他所有的热诚全都灌输到大家的心中去了。他们都跟他一块喊道：“再明白没有了！再明白没有了！”

爵士过了一会儿，又说道：

“朋友们，全部的这些假定，在我看来，都是很可信的。我觉得事情发生在巴塔戈尼亚海岸周围。而且，我会让人在格拉斯哥港打听下不列颠尼亚号当初是要朝什么地方去的，然后我们便会知晓它是否有被迫航行到一带海面的可能性。”

“啊！我们也不需去那般远的地方去打听，我手中有全份《商船日报》，能给我们准确的答案。”船长说。

“快拿出来查一查，赶快查！”海伦夫人说。

门格尔将一大捆 1862 年的报纸给拿了出来，开始迅速地翻了翻。

他找的时间不算太长，很快他就用一种十分满意的声调说：“1862 年 5 月 30 日，秘鲁！卡亚俄（秘鲁西部一大商埠）！满载，开往格拉斯哥港，船名不列颠尼亚号，船长格兰特。”

“格兰特！”爵士立即叫了起来，“就是那位具有雄心壮志的苏格兰人，他曾经想过在太平洋上建立起一个新的苏格兰呀！”

“是啊！就是他，在 1862 年乘不列颠尼亚号自格拉斯哥港出发，后来人们便听不到他的消息了。”

“事实便是如此了！再也无须怀疑了！”爵士说，“的确就是他。5 月 30 日不列颠尼亚号离开卡亚俄，8 天后，6 月 7 日，便在巴塔戈尼亚的海面上出事了。它的所有的历史全都记载在这看似仿佛无法辨认出的残余字迹中，你们应该清楚了吧，朋友们！我们推测到的事实都不算少了。至于我们所不清楚的，现仅有一点：那便是经度的度数了。”

“既然地方的名称都知晓了，经度知不知道也就无关紧要了。我只需知晓纬度，就可以保证一直航行到出事的地点去。”船长说。

“那么，我们不都明白了吗？”海伦夫人说。

“全都明白了，我亲爱的海伦，这文件上字跟字间的空隙，我能不费一点困难地将其补充出来，似乎格兰特船长亲自在诉说，我要跟着他去做笔录一般。”

爵士说着便立即拿起笔，不假思索地做出了下列的记录：1862 年 6 月 7 日，在巴塔戈尼亚一带海岸的南半球海面沉没的，三桅船不列颠尼亚号，籍隶格拉斯哥港，因为急着去救援而上岸，在紧靠巴塔戈尼亚一带海岸的南半球海面沉没，因急救上陆，两名水手和船长格兰特很快到了这个大陆，被野蛮的印第安人而俘虏。特意抛下这文件于经……纬‘37° 11B 处，乞予救援，否则必死于此！

“好！好！我亲爱的！”海伦夫人说，“要是那些不幸的人们可以再次回到祖国，那就全是你的功劳呀！”

“他们肯定能再次回到祖国的。这文件说得十分明显，太清楚，相当确实了。英国肯定不会将它的孩子就这样抛弃在那荒凉偏僻的海岸上而不去救援，绝对不会的。它以前曾去营救过富兰克林（英国航海家，在北极探险遇难）及其他很多失事的船员，今天它也肯定会去营救不列颠尼亚号遇难船员的！”

“这些不幸的人肯定会有家庭，家里人肯定会因为他们的失踪而哭泣！或许这格兰特还有妻子和儿女！……”

“你说得也对，我亲爱的夫人，我负责去通知他们，告诉他们还没有到完全失望的地步。现在，朋友们，我们返回去楼顶上去吧，我们就快要赶到港口了。”

果然，“邓肯”号开足马力，顺着比特岛的海岸行驶着，海司舍区及那座在肥沃山谷中漂亮的小城也都落在右舷后面了；接着，它便开进了海湾狭窄的航道，转了个弯在格里诺克城的面前，到了晚上 6 点钟，它便在丹巴顿的那座雪花岩脚下停泊了，岩顶上直立着苏格兰英雄华来斯（13 世纪苏格兰解放战争中的人民领袖，后被英国人杀害）那座闻名的府第。

那里，一辆套好马的马车已经在等待着海伦夫人，要将她和麦克那布斯少校一块送回玛考姆府。爵士和他的年轻夫人拥抱告别过后，便跳上开往格拉斯哥的快车。

但他动身之前，先使用一个更为迅速的交通工具发布了一个重要的启事。几分钟过后，电报就将这启事送往《泰晤士报》和《每晨纪事报》了。启事内容如下：

“想知道格拉斯哥港三桅船不列颠尼亚号及其船长格兰特的消息者，请询问哥利纳帆爵士。地址：苏格兰，丹巴顿郡，吕斯村，玛考姆府。”

第二章　哥利纳帆夫人

玛考姆府位于吕斯村附近，可以俯览吕斯村那个漂亮的小山谷，是苏格兰南部颇有诗意的一所住宅。被乐蒙湖清波浸浴的高墙石基，从很远的年代起，这座住宅就隶属哥利纳帆家了。哥利纳帆住在那罗布・罗伊与弗格斯・麦克格里高这些英雄的故乡中，还保留这里古代英雄好客的风气。在苏格兰爆发社会革命时代，很多佃户都因无力缴纳过高的地租而被领主给赶走了。他们有的饿死了，有的则做了渔夫，有的则离开了家乡。整个社会都陷入绝望的境界中。在所有的贵族中，仅有哥利纳帆这一家族觉得信义约束贵族跟约束平民是相同的。他们始终对佃户信义相待。因此，他们的佃户个个都继续做哥利纳帆氏的臣民，一个都没丢开他们的老家，一个都没离开他们的故乡。也就是在这种恩断义绝的乱世之中，哥利纳帆氏的玛考姆府自始至终只有苏格兰人居住在里面，跟现在“邓肯”号上只有那清一色的苏格兰人一般。那些苏格兰人全都是老领主麦克格里高、麦克法伦、麦克那布斯、麦克诺顿的庄户的子孙，也就是说，他们全都是自始至终生长在斯特林和丹巴顿两郡的孩子们，他们全都是些老实人，全身心地忠于旧主，其中一部分还会古喀里多尼亚（苏格兰的古称）的方言呢。

哥利纳帆爵士家产丰厚，向来仗义疏财，他的仁慈胜过了他的慷慨。因为慷慨终究是有限度的，但仁慈是可以无边无际的。这位代表着本郡，作为吕斯村绅士的玛考姆府的“主人”，还是英国贵族的元老。但是，因为他的雅各派（英国忠于英逊王詹姆士二世的一派）的思想，因为他不情愿奉承当时的王朝，他一直备受英国政客们的歧视。再者，他自始至终都继承着前人的传统，坚决抵制英格兰人的政治侵略，这才是他更加被歧视的原因。

虽然爵士并非心胸狭窄、智慧平庸、思想落后的人，不过，尽管他为了打开他那一郡的大门，学着迎接和接受所有的进步事物，可是他内心还是保持着苏格兰第一，他在皇家泰晤士河游船会的竞赛中使用他们最为快速的游船与人较量，正是想要为苏格兰争光。现在哥利纳帆爵士 32 岁，身材高大，总是表情严肃，但眼光却非常温和，他的整个仪表都显示出他作为高地（苏格兰南部地区的名称）人的诗意。众所周知，他十分豪爽，行侠仗义，敢作敢为，很有古代骑士的风采，的确是一位 19 世纪的弗格斯（中古时期的苏格兰君主，骑士的领袖与典型）。但对他来说，最为突出的还是他那一片仁慈的心肠，堪比中世纪基督教圣人，比玛西还要仁爱，他恨不得将他穿的大衣都整个送给高地的贫民。

哥利纳帆爵士和海伦小姐，结婚还不到 3 个月，海伦小姐是著名的旅行家威廉·塔夫内尔的女儿，威廉因为研究地理并且热爱勘察，而牺牲了自己的生命。

海伦小姐是一个纯粹的苏格兰人，并非贵族出身，就是这一点，在爵士眼中，就可以抵得上任一个贵族的门第了，她是个勇敢、热情、妩媚、奔放的少女，吕斯村的绅士就是跟这样的一个女郎结为了终身的伴侣。

当他初次碰见她时，她几乎没有任何财产，是个无父无母的孤儿。一个人住在她父亲的房子中。他知道这个可怜的少女肯定会是个贤惠的妻子，因此他娶了她。海伦小姐当时只有 22 岁，是个金发美人，眼睛深蓝，如同苏格兰春天清晨的湖水一般。她对丈夫的爱比她对丈夫的感激还要多。看她那般怜爱自己的丈夫，就好像她才是个富豪的继承人，而丈夫却是个无人问津的孤儿。至于她的佃户们及仆役们，他们都尊称她为“我们仁慈的吕斯夫人”，就是为她牺牲生命也无怨无悔。

哥利纳帆爵士和海伦夫人一直幸福地生活在玛考姆府中。府外湖边的幽径被枫树和栗树的深荫充斥满了，湖岸上常有人唱着古老简朴的战歌。荒凉的山峡中还有着很多的古代建筑遗迹，让人回想起苏格兰历史上曾经的辉煌。他们夫妇俩就经常在这些美丽的风景中漫步。今天他们钻到白桦树或落叶松的林子中，在初黄的灌木丛和无边无际的霜叶中消失不见了。明天，他们则去攀爬那乐蒙山上的峻岭，或骑着马在人迹罕见的幽谷中飞奔。他们观察着、体会着、欣赏着那饱含诗情画意、到现在还被称作“罗布·罗伊之乡”的胜境，以及沃尔特·斯沃特所歌颂的那些闻名的景致。傍晚，当“麦克·法伦之灯”在天边散发出光芒时，他们顺着府邸外的小道散步。这种古老的回廊如同给玛考姆府套上一个城堡般的项圈。在那儿，他们俩会坐在一块孤立的石头上沉思，在大自然的沉寂之中，在淡雅的月光下，似乎这个世界上再没有其他的人；夜幕来临，他们俩都沉醉在这奇妙的境界中，这种境界让他们感觉胸襟开阔。也只有这样两颗如此相爱的心，才可以领会到这大地的种种秘密与朦胧。

他们结婚后的前 3 个月就这样过去了。但爵士没有忘记他的妻子是一个大旅行家的女儿！他想，夫人的心中肯定还有很多她父亲生前的愿望。果然，他的这种想法，一点都没错，“邓肯”号制造好了，他要带着自己的爱人，用这艘轮船去世界上最美的地方，穿过地中海一直到希腊周围的一带群岛。当他将这些想法告诉自己的爱人时，我们能想象到海伦夫人是多么快乐呀！是呀，去那风景明媚的希腊去度假，让蜜月在那如同仙境般的东方海岸上去度过，世界上的幸福还有比这更美更大的吗？

然而，这时哥利纳帆爵士已经出发去伦敦了。当务之急是去救那几个不幸的遇难船员，因此海伦夫人对这次暂时的分离，并不觉得有多么郁闷，只是牵挂爵士，不知这件事是否可能办成。第二天，她便接到丈夫的一封电报，她估计丈夫没多久就能回来。晚上收到一封信则是要延期，因为爵士的建议遇到了一些困难。第三天，则又有一封信，信中爵士表达出对海军部的不满。

这一天，海伦夫人心中开始感觉不安了。晚上，她正一个人烦闷地坐在房子中时，突然管家哈伯尔进来告诉她有一个少女与一个男孩，要求与爵士说话，问她是否愿意接见。

“他们是本地人吗？”夫人问。

“不是的，夫人。我并不认识他们。他们先乘火车赶到巴乐支（一个地名），又从巴乐支赶到了吕斯村，他们是走路过来的。”管家回答道。

“请他们上来吧，哈伯尔。”夫人说。

管家便出去了。很快，那少女和男孩便被领到海伦夫人的房里来了。这两人一看就能知道他们是姐弟俩。姐姐 16 岁，长相貌美，但是看起来有点疲惫，那双眼睛好像是哭肿的，但是表情既沉着又勇敢，那身装束朴素又整洁。让人一见她就能产生好感。她搀扶着小男孩，这个小男孩 12 岁，表情看起来很坚定，仿佛是她姐姐的保镖。事实上也确实如此！要是有人冒犯了他的姐姐，这个小男子汉便会立即站出来。姐姐初到夫人面前，似乎有点愣住了。海伦夫人首先开腔说道：

"你们是想找我说话吗？"她一边问一边用眼光去鼓励那个女孩。

"不是，不是找你的。我们要找的是哥利纳帆爵士本人。"那男孩的语气十分坚定。

"请原谅他，夫人。"姐姐立即说，用眼睛瞪着弟弟。

"哥利纳帆爵士并不在家，"夫人又说，"我是他的太太。要是我能代替他的话……"

"您就是哥利纳帆夫人吗？"那少女说。

"是的，小姐。"

"就是在《泰晤士报》上登了一条启事关于不列颠尼亚号沉没的那位玛考姆府的哥利纳帆爵士的夫人吗？"

"正是！正是！"海伦夫人立即接着回答道，"你们是什么人呀？"

"我是格兰特小姐，夫人，这是我的弟弟。"

"啊！格兰特小姐呀！格兰特小姐！"夫人立即叫了起来。一面将那少女拉到身旁，紧拉着她的双手，同时又去亲吻那小男子汉的小脸。

"夫人，对于我父亲沉船的事，您知道些什么吗？他现在还活着吗？我们还能见到他吗？我恳求您，请您说呀！"

"我亲爱的孩子，"海伦夫人说，"在这种情景下，我并不愿意给你们个空欢喜……"

"夫人，您尽管说吧，您说吧！我很坚强，不会惧怕听见坏的消息，任何痛苦我都可以忍受下来。"

"我亲爱的孩子，希望是十分渺茫的，不过，也不是没有可能你们会跟你们的父亲再次相见。"

"上帝呀！上帝！"格兰特小姐叫道，她不禁流下眼泪，与此同时，小罗伯尔抱住哥利纳帆夫人的双手，一边流着泪，一边吻着。

过了一会儿，在这种悲喜交加之后，那少女不由自主地提出了很多问题。海伦夫人耐心地向她讲述了捞获文件的过程，又按照文件表明了不列颠尼亚号如何在巴塔戈尼亚周围沉没了。为什么仅有船长和两个水手逃生了，后来很有可能是爬上了大陆。他们又是如何使用三种文字写了一个文件扔进海中，向全世界寻求援助的。

当海伦夫人在讲述时，小罗伯尔睁大眼睛看着她。他的生命和意识似乎就挂在了海伦夫人的嘴唇上。他的脑子中开始刻画出父亲肯定会遇到了很多的危险：他似乎又见到他父亲站在不列颠尼亚号的甲板上，在海浪中苦苦挣扎，他似乎与父亲在一块儿，一起抓住了海边的岩石，后来又气喘吁吁地在沙滩上艰难地爬行着，慢慢远离了海上的狂风巨澜。在海伦夫人讲述时，他好几次都不由自主地叫了起来：

“啊！爸爸！我们那可怜的爸爸啊！”一边叫着，一边紧靠着他的姐姐。

而格兰特小姐呢，她则是双手合十，一声不吭，她一直仔细地听到讲述完，才说道：“啊！夫人！那文件？那文件呢？”

“那文件并不在我这里，我亲爱的孩子。”夫人回答道。

“不在您这里吗？”

“不在，为了尽快救出你父亲和水手，爵士将那文件带往伦敦去了。但文件中写的东西我都全部告诉你们了，我们如何找到文件的准确意义，也都告诉你们了。在那些差不多全都被海水侵蚀掉的残余字迹中，波浪还将几个数目字留给了我们，只是可惜经度……”

“并不需要经度呀！”小男孩叫道。

“是呀，罗伯尔。”夫人一边回答，一边望着他那坚定的表情，忍不住微笑了起来，“因此，你看，格兰特小姐，连那文件最细微的地方你都知道了，现在我们知道的一样多呀！”

“是的，夫人。但我还是想看看我父亲的笔迹。”

“那么，等明天吧，或许爵士明天就会回来。我的丈夫带着这份重要的文件，是想将它拿给海军部的审计委员们看看，以方便去鼓舞他们立刻派船去寻找你父亲。”夫人说。

“是真的吗，夫人？你们真的为我们去跟海军部进行交涉了吗？”那少女叫了起来，表示很感激。

“是的，孩子，你不用感激我们。任何一个人处在我们的位置上，都会这样做的。但愿我们能让你们心中的希望成真！那就请你们暂时在我家中住着吧，等待爵士的归来……”

“夫人，我们对您来说，是陌生人，您给予我们这么多的同情，但我们不能为此而打扰您呀！”少女说。

“陌生人吗？！亲爱的孩子，你的弟弟和你在这屋中都算不上是陌生人呀，既然你们来了，我要爵士可以告诉格兰特船长的儿女，大家将如何去设法营救他们的父亲。”

邀请是如此热诚，两个孩子几乎无法拒绝。因此，格兰特小姐便同意与弟弟在玛考姆府中等待爵士的归来。

在这次的谈话中，海伦夫人并没提及任何哥利纳帆爵士在来信中对海军部审计委员们的态度所表达出的焦虑。也没有一字涉及格兰特船长在南美洲很有可能被印第安人所俘虏的事实。这些话，如果说出来的话，肯定会让这两个可怜的孩子为他们的父亲担忧，使他们的希望湮灭。那会有什么用处呢？完全无济于事的呀。因此，对于这两点，海伦夫人绝口不提。她回答了格兰特小姐的各个问题之后，反过来她开始询问起格兰特小姐的生活与处境来。听了一些具体的情况后，她觉得格兰特小姐似乎是她弟弟在这世界上唯一的保护人了。

格兰特小姐的生活处境可以说是一段动人且简单的历史，而这段历史又增加了海伦夫人对她的同情和喜欢。

格兰特船长只有两个孩子，就是玛丽·格兰特小姐和罗伯尔·格兰特。格兰特是他们的姓。船长名字为哈利。哈利·格兰特的妻子在罗伯尔出生时死去了。每当他要远程航行时，他就将这两个孩子托付给自己的一位年老的堂姐，这位堂姐面目慈祥。船长十分精明能干，他不仅擅长航海，还擅长经商，一身兼备着一个普通船长所很难具备的双重才干。他在苏格兰珀思郡的敦提城居住，他是本地人。他的父亲是圣·卡特琳教堂的牧师，在他小时候让他接受了完全的教育。因为他父亲觉得接受完全教育对任何一个人都是有利无害的，就算是对一个远洋航行的船长而言，也是很有好处的。

哈利·格兰特先是做大副，后来成了船长，在起初的几次远洋航行中，业务越来越熟练，开始有了成就，等到罗伯尔出生的几年后，他已积累了一些财产了。

就是在那时他想起了一个伟大的计划，这让他的名字传遍了整个苏格兰。他跟哥利纳帆氏的人们那样，也与低地（苏格兰中部）的若干世家大族那样，对于那些经常侵犯欺凌苏格兰的行为是十分不满的。在他看来，他的家乡——苏格兰的利益绝不可能就是英格兰的利益。因此，他想利用个人的力量来促使苏格兰的发展，决心在澳大利亚一带找出一片陆地来让苏格兰做出大规模的移民。他是否想过争取苏格兰人脱离大英帝国独立出去呢？这就不得而知了。或许他就是这样想的。可能他曾将这个内心的想法不小心泄露了出去。因此，不难想到，政府是不会给这种移民计划任何支持。非但不会支持，甚至还会制造出各种各样的困难和麻烦，甚至会因此葬送掉人的性命。但哈利·格兰特并没灰心。他号召同胞发扬爱国的精神，他将自己全部的家产拿来去实现他的计划。他造了一只船，并组成了一个船队，这些队员全部是精明能干的。他将儿女托付给自己年老的堂姐，自己出发去太平洋各岛去探险了。那是1861年的事情。在那一年中，直到1862年5月，人们还经常获得他的消息，可自从6月他离开卡亚俄之后，就再也没有关于他和不列颠尼亚号的任何讯息了，《商船日报》对于船长的命运也由最初的关注慢慢变成只字不提了。

也就在那时，哈利的堂姐去世了。从此之后，这两个孩子举目无亲，变成了彻彻底底的孤儿。

玛丽·格兰特当时才14岁，她勇敢坚强，对这遭遇固然伤心，但并不畏惧，她将她所有的精力全都投入在她那年幼的弟弟身上。不但弟弟需要养，还需要教育。

这时，她的节约、谨慎与聪明起了巨大的作用。她日夜劳作，为弟弟几乎牺牲所有。这位姐姐自己还是孩子，竟然将教育弟弟的工作也给承担了下来。她沉着冷静地履行着母亲的责任。这种处境相当动人，就这样两个孩子平静地生活着，倔强地忍受一切，安贫吃苦，勇敢地与穷困作斗争。玛丽全部身心里只有弟弟，她为他梦想中的幸福前途奋斗着。可怜啊！她一直觉得不列颠尼亚号永远完了，父亲是死了，肯定死了。当她偶然翻看到《泰晤士报》上那条启事时，心里仅存的希望又从绝望中跑了出来。她激动万分，那种兴奋的心情根本无法用言语形容出来。

她没有任何迟疑，决定立刻去打听消息。不管这消息是好消息还是坏消息，哪怕这消息是告诉她在荒凉的海边的一只破船底下发现了她父亲的尸体，也比这生死不明的痛苦好些，比半信半疑、牵肠挂肚的折磨要好些吧。

因此，她将这消息与她的决心都告诉了她的弟弟，当天两个孩子便乘上了赶往珀思的火车，晚上便到了玛考姆府，到了玛考姆府，受到了海伦夫人的友好接待，在和海伦夫人的交谈中，玛丽·格兰特又重新获得了希望。

这就是玛丽·格兰特对海伦夫人所讲述的她苦难的历史。她简洁又平静地说着这一切，丝毫没有想到在这段历史中，在这漫长且苦难的岁月中，她的所作所为完全就是一个英雄。可海伦夫人在倾听的过程中却意识到了这点，好几次她都忍不住流下了眼泪，忍不住将他们姐弟俩紧搂在怀中。

然而，对于罗伯尔来说，他却是第一次听到这段故事，他两只眼睛瞪得老大，仔细听着姐姐所说的一切，现在他才知道姐姐有多不容易，姐姐所忍受的一切。最后，他抱着姐姐叫道：

“啊！姐姐呀！你就是我的妈妈呀！”他内心深处爆发出的情感，让他不由自主地发出这样的声音。

大家继续交谈着，已经是深夜了。海伦夫人担心两个孩子太疲惫，不愿将谈话时间拉得过长，于是便将他们姐弟领到专门为他们准备的卧室中去了。他们倒下便睡着了，想象着美好的未来。将孩子们安顿好以后，夫人便叫人将少校请了过来，把当晚与两个孩子的谈话全都告诉了他。

“真是个好女孩呀，玛丽·格兰特！”少校听完之后，赞叹道。

“愿老天保佑我的丈夫能交涉成功吧！”海伦夫人说，“要不然这两个孩子的处境是会更加艰难和不堪设想了。”

“他肯定会成功的，除非海军部那些老爷们的心肠是石头做的。”

尽管少校这样保证，海伦夫人依旧不放心，一整夜都没睡好。

第二天天刚亮，玛丽·格兰特和她的弟弟便早早起床了。他们在院子中来回走动，这时突然听到一阵刺耳的马车声。哥利纳帆爵士大步流星地回来了。也几乎就在这时，海伦夫人在少校的陪伴下也赶到了院子中，朝她的丈夫直奔过去。爵士看起来十分忧郁，很失意，表情中充满了愤慨。他与他的夫人拥抱着，但不说一句话。

“怎么啦，爱德华？”夫人急着问道。

“我亲爱的海伦，那帮人一丝心肝都没有！”

“他们拒绝了？……”

“是呀！他们拒绝把船派给我！他们说，因为去寻找富兰克林，曾经白白花费了几百万！他们说文件实在十分模糊，没办法看懂！又说，那些不幸的人都已失踪两年了，也很难再去寻找到他们了！既然他们都已落在印第安人的手中，肯定会被带到内陆去了，怎能去为了这三个人——三个苏格兰人！——而去搜查全部的巴塔戈尼亚呢！这样做既没益处也危险，到时牺牲的人很可能会比被救的人要多。总之，他们不情愿，什么理由都能搬出来。他们还把格兰特船长的那个计划铭记在心呢，那可怜的船长没救了！”

“我的父亲啊！我可怜的父亲啊！”玛丽·格兰特立刻叫了起来，在爵士面前跪了下来。

“你的父亲！到底是怎么回事，这位小姐？……”爵士见到这个女孩在他的面前跪着，大吃一惊，问道。

“是的，爱德华，这是格兰特船长的两个孩子：玛丽小姐和她的弟弟。”海伦夫人说，“海军部这样做，他们就注定要成为孤儿了！”

“啊！天啊，”爵士一边说着，一边将少女和男孩扶了起来，“要是我早知道你们在这里……”

他哽咽了，说不下去了。院子中传来了断断续续的呜咽声，将这一片苦痛的沉寂冲破。爵士、夫人、少校及围在主人周围的仆从，都静悄悄的，谁都说不出话了，但都能看出来，这些苏格兰人没一个不对英国政府的这个决定表示愤慨不平。

过了一段时间，少校打破了沉默，先开口问爵士道：

“这么说，没有丝毫的希望了？”

“没希望了。”

“那么，”小罗伯尔高声叫道，“我要出去找那帮人，我们倒要看看……”

罗伯尔这句发狠的话还没有说完，很快就被他的姐姐给制止了。但他的两个小拳头还是握得紧紧的，显出自己强烈的不满。“不可以这样，罗伯尔，不可以这样！这些热心肠的大人们已经为我们尽力了，我们还是要谢谢他们，我们会永远铭记这些，我们走吧。”玛丽说。

“玛丽！”海伦夫人叫道。

“小姐，你要去哪里呢？”爵士问。

“我要去找女王，我要在女王面前跪着，我们要看看女王是不是对我们这两个为父亲求救的孤苦无依的孩子也是这般冷漠无情和装聋作哑。”

哥利纳帆爵士摇了摇头。这并非表示他怀疑女王陛下的仁慈心肠，而是他想到玛丽·格兰特肯定是见不到女王的。求恩的人很少可以走到王座前的石阶上。跟他们在轮船的轮盘上相同，英国人也在王宫的大门上都写着："请乘客勿跟掌舵人说话。"

海伦夫人明白丈夫的意思。她也晓得这个少女要去求见女王是肯定无法成功。她眼看着这两个孩子的生活马上就要陷入绝望之中了。这时，她的心中产生了一个伟大且慷慨的念头。

"玛丽·格兰特，请你们等等，我的孩子，现在听我说。"

本来玛丽已搀着弟弟准备要走了，她则停了下来。

海伦夫人泪汪汪地，但声音坚定、神情兴奋地朝她的丈夫走去。

"爱德华，"她对他说，"格兰特船长写了这封信将它丢进海中的时候，他是将信托付给上帝了，是上帝将这封信交给了我们！无疑我们便是上帝托付去拯救那几个不幸的人的人选。"

"海伦，你的意思是？"爵士问。

全场的人全都静悄悄地听着。

"我的意思是说，一个人要是结婚之后还可以去做件好事，是一件无比幸福的事情。那么你，亲爱的爱德华，你想让我快乐，曾制订出一个旅游的计划。但现在我们可以去拯救被国家遗弃的这些不幸的人，我想这才是天下最为快乐的事情，更为有价值的事呀！"

"海伦啊！"爵士便叫了起来。

"是的，你明白我的意思了吗？爱德华，亲爱的！'邓肯'号是一条轻快且牢固的好船，它可以经受得住南半球海洋上的风浪！要是需要的话，它能作环球旅行，爱德华！我们出发去吧，我们去找格兰特船长吧。"

爵士听了这番话，对着他那年轻的夫人伸出了两只胳膊。他微笑着紧抱着她。这时，玛丽和罗伯尔也拉住她的双手直吻。在这动人的场景中，所有的仆从全都感动了，兴奋了，忍不住从内心发出感激声：

"乌啦！乌啦！乌啦！！！拥护吕斯夫人！拥护哥利纳帆爵士与夫人！"

第三章　不速之客

我们在前面已经说过了，海伦夫人是一个慷慨且豪迈的人。她刚才的表现就是一个证明。哥利纳帆爵士拥有这样的一位贤惠的妻子，和他相互了解，又可以一心一意地追随他，对此他非常自豪。当他在伦敦见到自己的请求被拒绝时，他就准备亲自出马去拯救格兰特船长。但他并没在海伦夫人面前说出来，因为他前思后想，还是舍不得离开自己的夫人，也不愿意夫人跟着自己去受苦。现在夫人既然已经先开口了，所有的顾虑也就没有了。全家的仆从都十分热烈拥护这个建议，因为主人将要去救援的是跟自己一样的苏格兰人，都是他们的同胞！当他们欢呼表达拥护海伦夫人时，爵士也在心中衷心地为海伦夫人喝彩。

既然已经决定了航行，那便是一分钟都不能浪费了。当天，爵士便吩咐门格尔，让他将“邓肯”号开到格拉斯哥港，准备出海事宜，并说明这次航行很可能要去环绕地球一周。这里应该说明，当海伦夫人将她的建议提出时，她并没过高地估计邓肯号的能力，“邓肯”号确实有坚固和轻快的特点，完全可以胜任这样一次长途航行的。“邓肯”号是一只装备有蒸汽机且式样美观的游船。载重 210 吨。我们都知道，起初去新大陆探险的那几只船都要比“邓肯”号的吨位小得多，比如哥伦布的，品吞的，威斯普顿的，麦哲伦的。

“邓肯”号有着两个主桅：前桅有主帆、梯形帆、小前帆、小顶帆，大桅带有纵帆、樯头帆；此外还备有三角帆、大触帆、小触帆，以及很多辅帆。船上的帆是十分充足的，它可以跟普通快帆船一样，能利用各级的风力，但它最主要的还是依靠机器内部的力量。它拥有的机器是最新出品的，足足有 160 马力，并且还备有加汽机，那是具有十分高压性能的机器，能加大气压，将有力地推动双螺旋桨。“邓肯”号只要开足马力，便能达到一个比当时所有轮船最高纪录还高的速度。难道不是吗？当它在克莱德湾试航行时，根据测程仪可知，它最高速度已经达到每小时 32 公里。拥有这样完美的速度，它完全可以去做环球旅行的。门格尔只需将舱房改装一下就可以了。

首先他要扩大煤舱，尽可能得多装煤，因为沿途补充燃料非常不容易。同样地，因为要装进去两年的粮食，所以也扩大了粮舱，至于钱倒是一直很宽裕，甚至他还买了一门带有转轴的炮，在船的甲板上安着，谁知道未来有没有意外呢？这门炮可以发射出一颗重达 8 磅重的炮弹到 7 公里外，总是有备无患的好。

这里应该强调的是，门格尔关于业务很内行，尽管他只指挥过一只游船，但他是格拉斯哥港能排上号的优秀船长。他只有 30 岁，面容严肃，但也将勇敢与善良表现了出来。他从小在哥利纳帆爵士家中成长到大的。哥利纳帆家将他抚养成人，并将他培养为一名十分优秀的海员。在以前的几次长途航行中，他的灵敏、刚毅和沉着都表现了出来。当爵士邀请他做“邓肯”号的船长时，他十分乐意地接受了这个任务，因为他很热爱这位玛考姆府的主人，像弟弟爱哥哥那样，一心为他效劳，但只是一直没找到机会。

大副汤姆·奥斯丁也是个老水手了，也值得信任。连船长大副在内船上总共是 25 人，构成了“邓肯”号的船员队。他们全都是丹巴顿郡的人，也都是久经风浪的老水手，同样也都是哥利纳帆族的庄户子弟。他们在船上构成的这一集团，完全是一个诚实人的集团，集团中各种人手齐全，连传统的风笛手也不缺。哥利纳帆爵士拥有这样的船员队，就相当于有了一支精兵队伍。他们每个人都非常满意自己的职业，每个人都充满热诚和勇敢，擅长使用武器与驾驶船只，他们都愿意跟随主人去作冒险的远征。当邓肯号船队知晓这次航行的目的时，每个人都很快活，在丹巴顿的山谷回荡起一阵阵“乌啦”的欢呼声。

尽管门格尔忙着修舱储粮，但也没有忘记给爵士夫妇准备两个长途航行的房间，同时他还要为格兰特船长的两个孩子准备舱位，因为海伦夫人已答应让玛丽在“邓肯”号上随行了。

至于小罗伯尔，如果不让他去，他便会躲进货舱中瞒着人一起出发。就算你要他跟富兰克林与纳尔逊小时候一样，在船上过着见习水手的生活，他也一点不畏惧地爬上船。像这样的一条小好汉，你想能拗得过他吗？大家全都别想了。甚至他们还要同意他不以乘客的身份上船，因为不管他做见习水手也好，做小水手也好，做大水手也罢，他全是要服务的，大家要求门格尔给他教授海员的业务。

“好！”罗伯尔说，“要是我学得不好，就要拿皮鞭抽我。”

“这个，你倒不用害怕，我的孩子。”哥利纳帆爵士用看起来很郑重其事的语气回答。不用说，船上的“九尾猫”（由九条皮鞭制作而成，用来打见习水手）早就一律禁用了，并且在“邓肯”号上也绝对没有任何必要来使用“九尾猫”。

船上的乘客名单，加上麦克那布斯少校一个，也就算得上是完全了。这少校是个 50 岁的人，态度冷静，又谦虚又沉默，又和气又温柔；不管对任何事，对任何人，他总能站在他人的角度出发，总以他人的意见为意见，从不与人争辩，不与人争吵，他对任何事情都不惧怕，他攀登敌人的堡垒如同上寝室的楼梯那样镇定。就算是炮弹落在身边，他也一动不动。看起来，他终其一生到死都难以找到一个去发怒的机会。要是一定要去找到他的一个缺点，那便是他从头到尾都是一个地道的苏格兰人，作为这样一个纯正的苏格兰人，他固执地遵守着故乡的旧风俗。因此，他不愿意为大英帝国服兵役，他还是在高地黑卫队第 42 团得到的这个少校军衔，黑卫队是纯由苏格兰贵族组成的一支队伍。麦克那布斯少校依照表亲的身份住到了玛考姆府中，现在他以少校的身份来到邓肯号，也是再自然不过的事情了。

以上便是邓肯游船上的所有人员，这只船，因为一个意想不到的机缘，将要做一次最为惊人的航行去了。当邓肯号到达格拉斯哥港的轮船码头之后，它便将整个社会几乎所有人士的好奇心全给抓住了。每天都会有大批的人登船参观，大家关心它，热切地讨论它，这让停泊在港中的其他的船长都红了眼，特别是苏格提亚号的博尔通船长，这苏格提亚号同样是一只漂亮的游船，就停靠在邓肯号的旁边，准备开往加尔各答的。

按大小，苏格提亚号是有资格将“邓肯”号看作一只小艇的。可是，人们的兴趣却仅仅集中在哥利纳帆爵士的那只游船上，而且这种兴趣越来越强烈。

是啊，启程的日子一天天接近了。门格尔非常能干：克莱德湾试航后才仅仅一个月，“邓肯”号便改装好了，煤粮也都储备充足，一切就绪，全部安排好了，可以准时启程出发了。邓肯号准备在 8 月 25 日启程，这样，到初春时节，就能进入到南纬地带。

爵士的计划公开以后，在要离开玛考姆府前，便不停有人劝阻他，说什么这种航行十分疲惫呀，太危险呀；可他完全置之不理。事实上很多批评他的人都是衷心赞赏他的人。并且整个舆论都表明拥护这位苏格兰爵士，全部的报纸，除了政府机关报，都在谴责海军部审计委员们对这种事所持的消极态度。再说，按照爵士的为人，向来也不计较个人得失，他只会任劳任怨，尽职尽责做到底。

8 月 24 日，哥利纳帆夫妇，少校，格兰特姐弟，船上司务长奥比内先生，以及随行服侍哥利纳帆夫人的奥比内太太，在全府仆从的欢送下从玛考姆府离开了。几个钟头之后，他们便都在船上安顿了下来。格拉斯哥的居民都抱着很敬佩的心情去欢送海伦夫人，因为她是一个愿放弃安逸且豪华生活而去救受难同胞的年轻勇敢的少妇呀！

爵士夫妇在邓肯号船后的楼舱中住着，楼舱中总共有：两个卧室，一个客厅，两个梳洗间。接着便是一个客厅，客厅的两边则是六个房间，由格兰特姐弟、奥比内夫妇与少校分住着。在客厅的另一端则是门格尔与奥斯丁的房间，背靠着客厅，面朝中甲板。船员们住在平舱中，也十分宽敞舒适，船上除了煤炭、粮食、相关武器外并没载其他多余无用的东西。所以，空余的地方很多。门格尔船长曾巧妙地将这些空间进行了内部的改造和调整。

邓肯号决定在 8 月 24 日至 25 日夜间 3 点钟落潮时起航。但在开船之前，格拉斯哥市民还见到了一幕感人的仪式。晚上 7 点钟，爵士跟他的旅伴们及所有的船员，从火夫到船长，但凡是参加这次救难航行的人，全都从游船中离开了，他们来到格拉斯哥古老的圣孟哥教堂。这是“改教运动”大破坏后依然独存的一座古教堂，沃尔特·司各特（英国 19 世纪浪漫主义作家，代表作有《修道院》《女王越狱记》）曾使用他那奇妙的笔描绘过这座教堂，现在它的大门正大开着，迎接邓肯号的所有成员。无数人在他们身后跟着，在这座教堂中，在那古迹累累的圣堂面前，由摩尔顿牧师为他们祝福，祈求神明保佑这次的远征。这时，玛丽·格兰特的声音在这古教堂中尤其响亮。她为她的恩人们祈祷，在上帝面前流着感激的眼泪。祷告结束，全体人员带着无限的深情离开了教堂。11 点钟，大家便回到船上了。门格尔和船员们忙碌地做着最后的准备。

半夜，机器生起了火。船长下令开足马力。没过多久，在黑夜的海雾中，便夹杂了大股的浓烟。为了防止受到煤烟的污损，邓肯号的帆全都在帆罩中卷着，因为那时风正从西北吹来，十分不利张帆行驶。

时间到了夜里的两点钟，邓肯号在机器的震撼下慢慢颤动了。汽压表也在四级压力处指着，沸热的蒸汽在汽缸中滋滋作响。当潮涨起来时，曙光可以让人辨认出那条夹杂在浮标与石标间的克莱德航道，而浮标与石标上的信号灯则都已逐渐在晨曦中暗淡了。这个时间正好起航。

船长让人去通知爵士，很快爵士就跑到甲板上来了。

不一会儿，潮水开始降落。邓肯号的汽笛也呜呜了起来。缆索慢慢松下，螺旋桨开动起来，从周围的船只处离开，驶进了克来德湾的航道。船长并没找领航人，他对这个湾的深浅曲折相当清楚。任何领航人去他的船上都不会有他指挥得好。他的手动了动，船便转了转。因此，他右手操控机器，左手则掌控着舵，镇定且老练。过了一段时间，最后的几座工厂也都看不到了，河边丘陵上出现了一些稀疏的别墅，城市的喧闹声越来越远了，最终听不到了。

一小时过后，邓肯号顺着丹巴顿的峭岩行驶着。又过了两个钟头，它驶进了克莱德湾。早上六点钟，它从康太尔岬绕过，穿过北海峡，在大西洋上开始航行。

航行第一天，海浪十分大，傍晚，风刮得更加强烈了。邓肯号颠簸得十分厉害。因此太太们并没到甲板上来，全部都在房间中，她们的情况看起来都很不错。

但在第二天风便转了方向，船长将主帆、纵帆和小前帆扯了起来。邓肯号强而有力地压着波澜，颠簸得没有那般厉害了。一大早海伦夫人和玛丽·格兰特来到甲板上，与爵士、少校、船长聚在一块。日出的景象很壮观：太阳如同一个金盘，从大海中升了起来。邓肯号在那璀璨的光芒中缓缓滑行着，它的风帆就像是被太阳光线给撑鼓起来的一般。

乘客们全都静悄悄的，出神地欣赏着这壮观的日出。“好一个美景啊！”夫人说，“这是一个晴朗日子的开端，但愿风的方向别再转移，一直都能顺利地送邓肯号前进。”

“是的，这风向是再好不过的，我亲爱的海伦。”爵士回答说，“像这样一个旅行的顺利开端，我们还能再强求老天爷什么呢。”

“亲爱的爱德华，这次航程需要很长的时间吗？”

“这个问题得问船长了，一切都还好吧，门格尔？你对这条船感到满意吗？”

“非常满意，爵士，”船长回答，“这条船棒极了，任何一个水手上了这条船都绝对会觉得很高兴的。船笛与机器的搭配，实在太棒了。您看，船后的浪槽多均匀呀，船是如此轻快地避开浪头。现在我们一个小时就前进 30 公里。如果按照这个速度下去，10 天之后我们就能跨过赤道，不出五星期就能绕过合恩角。”

“你听到了吗，玛丽？”海伦夫人接着说，“不出五个星期！”

“是的，夫人，我听见了，船长的话真让我高兴呀。”玛丽说。

“这次航行你能承受得住吗，玛丽小姐？”爵士问。

“受得了，爵士，我觉得还可以，而且很快我也就会习惯了。”

“小罗伯尔呢？”

“啊！你不用担心小罗伯尔了，他不是在机器中间钻着，就是爬到桅顶上趴着。我保证他根本不知道什么叫晕船。不信，你看。”船长手指了指，大家的眼睛都朝前桅看了过去，罗伯尔悬在30米高的高空上，在小顶帆的帆索上吊着。玛丽看了不禁大吃一惊。

“啊！您放心，小姐，”门格尔说，“我保证，并且保证不久之后，我会给格兰特船长介绍这个十分了不起的小鬼头。这位可钦可敬的船长，我们不久就会找到他的！”

“但愿老天爷能听见您说的话，船长先生。”玛丽回答。

“我亲爱的孩子，这全部都是天意，会给予你十分大的希望。我们并不是自己在走，而是有人带领着我们在往前走。我们并不是在茫无目的地乱找，而是有人在指点着我们。因为响应这个义举而聚集起来的这班精干人员，你只需看看他们，就会知晓我们的事业不仅能成功，并且还会非常顺利。我曾答应过夫人去作游览旅行，我相信我的这个决定是做对了。”

“爱德华，你真的是最好的人。”夫人说。

“不是我最好，而是我有个最好的船员队，在最棒的轮船上。难道我们的邓肯号不值得赞美吗？玛丽小姐？”

“怎么不去赞美呢，爵士！我赞美它，并且要用内行的眼光去赞美它。”

“啊！真的？”

“我从小经常在我父亲的船上玩，或许我父亲也准备将我培养成一个水手吧。有必要时，编编帆索，调调帆面，我还是都能做得下来的。”

“嘿，小姐，您说的是什么呀？”船长立即叫了起来。

“按这样说来，你也就是门格尔的朋友了，门格尔船长觉得世界上没有任何一个职业可以比做水手更好，就算是女子，同样只有做水手才是最好的！我并没说错吧，门格尔！”爵士说。

“那是当然啦，爵士。然而，在我看来，格兰特小姐应该在楼舱中做贵宾，这远远比在甲板上拉帆索更加符合她的身份。不过听到她说这些话，我心里还是觉得十分高兴。”

“特别是你听到他赞美邓肯号，更加开心了。”爵士又补充道。

“本来邓肯号就很值得赞扬呀！”船长回答说。

“真的，我看你是这样赞美和喜欢这只船，我倒想去舱底下参观，看看我们的水手们在甲板下住得到底怎样。”夫人说。

“住得棒极了，他们就跟住在家中一般。”

“他们是真正地住在家中呀，我亲爱的海伦。这游船就是我们苏格兰的一部分呀，它就是那丹巴顿郡分离出的一块土地，不过任凭它受着特殊的天恩在海上去飘荡罢了，因此，我们并没有离开我们的家乡！邓肯号便是玛考姆府，大洋就是那乐蒙湖。”

“那么，我亲爱的爱德华，请让我们去参观下你的贵府。”夫人回答道。

“请吧，夫人，不过我要先去通知下奥比内。”

游船上的司务长曾经是一个大公馆的厨师，虽然他是苏格兰人，但跟法国人长得一样，热诚且聪明。主人一呼唤，他便来了。

“奥比内，我们吃早饭前要先去溜达溜达，”爵士说，就像他平时要去塔尔白和卡特琳湖去散步那样，“我希望我们回来时我们的早饭就都摆好了。”

奥比内十分严肃地鞠了个躬。

“你也要陪我们去看看吗，少校？”夫人问。

“如果你要我去，我很乐意。”少校回答。

“啊！”爵士说，“他已钻进他那雪茄烟的云雾中了，不应再将他从云雾中给拉出来呀。现在，我来介绍一下，玛丽小姐，他是个十分了不得的抽烟专家，一天到晚都在抽，连睡觉也要抽呢。”

少校点了点头，表示同意这句话。爵士跟其他的客人全都走到中甲板下了。

只有少校一个人留了下来，和平时一样，他好像还在那里思考，却从来不想那些不愉快的事。他喷出更加浓的烟雾将自己给包围住，他望着船后的浪槽，待在那里一丝不动。就这样默默地看了一段时间，他回过头来，忽然发现一个陌生人站在他的面前。这件事情让他非常吃惊，因为这位乘客他从来不曾见过。这人身材高大、颀长，大概40来岁，他如同一个大头钉。他的头大且宽，额角高翘，鼻子很长，大大的嘴，下巴也很长。眼睛呢，罩着大且圆的眼镜，闪动不定的目光似乎是夜视眼一般。看样子他是个聪明且愉快的人。世界上有这样一种看起来很庄重的人物，用一种严肃的面具将他们的真实面目掩盖，这位陌生的来客却不像他们那样让人望而生畏。不仅不让人望而生畏，看起来还很随和，十分潇洒且可爱的样子，看起来他是一个好好先生，对所有事物都从好的一方面去看待。他还没开口，人们便觉得喜欢和他说话。特别是他那视而不见且听而不闻的神气，便知道他是个大大咧咧的人。他头上戴着一顶旅行的鸭舌帽，穿着粗黄皮靴，靴子上还有皮罩子，身上则是栗色绒裤，栗色绒夹克，数不清的衣袋，似乎全都塞满记事的簿子，备忘册子、手折子、皮夹子及各种乱七八糟的东西，还有一个大望远镜，在腰间斜挎。

这陌生人的活泼好动跟少校的安闲沉默正好构成一种极鲜明的对比。他围绕着麦克那布斯来回走动，看着他，瞪着眼睛仔细打量着他，而少校却一点也不在意地问他从何而来，将要去哪里，为什么登上了邓肯号。

这位来历不明的客人看到他的所有一切行为都无法吸引少校的注意，便只好将他那一拉可达到1.2米的大望远镜拿了出来，把双腿叉开，一丝不动，跟公路上的路标那样，他将望远镜对准了天边水天相接的地方，看了足足5分钟，他又将那望远镜放了下来，在甲板上拴住，用手把上端按住，似乎是按着一把手杖。但是，忽然，镜子的活节动了动，一节把一节套住，镜子忽然缩了下来，那陌生人无法站稳，差不多要直挺倒在大桅脚下。

任何一个人看见了至少都会微微一笑，但少校却是连眉头都没皱，因此那陌生人又开窍了。

“司务长！”他叫道，口中带着一种外国人的口音。

他等了一会儿，并没人出来。

“司务长！”他又叫了起来，把声音提高了。

这时奥比内先生正从那里经过，往前甲板上的厨房走了过去。

忽然他听见一个陌生大个子叫他，他很惊讶！“从哪里来的这个人？”他心中想，“是哥利纳帆爵士的朋友吗？不可能呀。”然后，他往楼舱甲板中挤了过去，靠近了那个陌生人。

“你是船上司务长吗？”那个人问。

“是的，先生，不过现在我还没向你请教过……”

“我是6号房乘客。”

“6号房？”司务长问。

“是呀。你贵姓？……”

“奥比内。”

“好，奥比内，我的朋友，”那6号房乘客不停地说了，“要快点开早饭，并且是越快越好，我已足足有36个小时没吃一点东西了，或者说我已足足睡了36个小时了，一个一口气从巴黎跑到格拉斯哥的人，等待着吃的，那也是人之常情呀。请问，到底几点开饭？”

“9点钟。”奥比内机械地回答道。

那陌生客可能是想看看表，但摸了很长的时间，直到摸到第9只口袋才摸到。“好。现在才8点钟，那么，你先来块饼干和一杯白葡萄酒，我真的饿得一点儿劲都没有了。”

奥比内听了真觉得莫名其妙。并且这生客还在东西乱扯，说个不停。

“现我还要问你，船长呢？船长还没起来呀！那大副呢？是不是也在睡大觉？幸好天气好，顺风，船没有人管照样能走。”

这时，门格尔正好走到楼舱的梯子上面。

“这位便是船长。”奥比内说。

“啊！棒极了，博尔通船长，认识您，我十分高兴。”门格尔看起来明显很吃惊，不但因为他见到这生客而感到吃惊，当他听见人家叫他“博尔通船长”同样吃惊。

可这位陌生的客人却把话匣子打开了，一直往下说下去：

“请允许我与你握一握手，前天晚上之所以没找你与你握手，是因为开船时觉得不方便打扰你。不过，今天，船长，我与你结识了，真是十分高兴。”

门格尔将眼睛睁得大大的，看着奥比内，又看了看那新客人。

“现在，我亲爱的船长，我们算是认识了，我们便是朋友了。请随便聊聊吧。请您告诉我，您对苏格提亚号觉得满意吗？”

“什么苏格提亚号呀？”最后船长开口道。

“哦，就是这承载着我们的苏格提亚号呀，一只好船啊，有人曾向我称赞说，船的各方面条件都非常好，博尔通船长很热情，能得到他很好的照顾。有个在非洲旅行的大旅行家同样姓博尔通，跟你是不是本家呀？你们都是真有胆量的人呀！我真羡慕您是他的本家！”

“先生，非但我并不是旅游家博尔通的本家，而且我也根本不是你说的博尔通船长。”

“哦！那么，现在我是在跟苏格提亚号上的大副薄内斯先生讲话？”

“薄内斯先生？”门格尔逐渐猜测到到底是怎么回事了。他准备干脆给他说个明白，这时爵士与他的夫人、玛丽都走到楼舱甲板上来了，那陌生人一看到他们便叫：

“啊，有男乘客！女乘客！棒极了。薄内斯先生，希望您可以帮我介绍下……”

说着，他文雅地往前走去，没等到门格尔开口，便对格兰特小姐说：“夫人，”朝海伦夫人叫，“小姐，”又转身朝哥利纳帆爵士补充了一句“先生。”

“这位是哥利纳帆爵士。”门格尔说。

“爵士，”陌生人马上改口道，“请原谅我先自我介绍下。在船上不用那般太拘礼，我希望我们没多久就可以熟悉了，跟这些夫人在一块，我们在苏格提亚号上航行肯定会很惬意的，时间同样会过得快些的”

海伦夫人与格兰特小姐一时回答不上话来。她们不清楚怎么在邓肯号的楼舱中突然会冒出这样一个不速之客来。

“先生，”爵士开腔问道，“我请教……”

“我是雅克·巴加内尔，东印度皇家地理人种学会名誉会员，巴黎地理学会秘书，柏林、孟买、达姆施塔特、莱比锡、伦敦、彼得堡、维也纳、纽约等地理学会的通讯员，我在研究室中足足研究了20年的地理，现准备做些实际的考察，我将去印度，将很多大旅行家的事继续下来。”

第四章　雅克·巴加内尔

这个神秘的地理学会的秘书实际上是一个十分可爱的人物，他的自我介绍说的很潇洒动听。不过，爵士很清楚他面前是个什么样子的人。雅克·巴加内尔的名字与名誉对他来说，一点都不陌生。他的地理著作、地理学会会刊上发表出的关于现代地理学上历次的发现报告，他跟全世界地理学界的通讯，已让他成为了法兰西最为卓越的学者之一了。因此哥利纳帆爵士诚恳地朝这位不速之客伸出手来，十分高兴地说：

“现在，我们彼此都互相认识了，巴加内尔先生，您可以让我问您个问题吗？”

“问 20 个问题都行呀，爵士，跟您谈话我觉得是一件非常愉快的事情。”

“您是在前天晚上上的这条船吗？”

“是呀，爵士，前天晚上 8 点钟。我从喀里多尼亚火车上下来便跳到马车上，由马车下来接着便跳上苏格提亚号，我是在巴黎都已经预定了苏格提亚号上的 6 号房间的。夜十分黑，我在船上没有遇见一个人。我旅行了整整 30 个小时，非常疲惫了，并且我知道如果要避免晕船，最好是一上船便立即睡下，刚开始几天不要离开卧铺，因此我一到便睡下了，我不折不扣地睡了 36 个小时，请您一定要相信我的话。”

大家听见了巴加内尔的这番话，才知晓他是如何跑到这船上来的。原来这位法国著名的旅行家上错了船。当邓肯号上的船员在圣孟哥教堂参加仪式时，他便上了这条船。大家全都明白了，但博学的地理学家依旧不明白。该如何告诉他现在乘的是什么船，将要开往什么地方去？那么，接下来，他该怎么办呢？

“那么，巴加内尔先生，您是选定加尔各答作为您以后在印度研究旅行的出发点了吗？”爵士问。

“是呀，爵士。我一生最大的愿望便是去游览印度。这是我平生最为美妙的梦想了，现我将要在那‘象国’里实现这梦想了。”

“那么，巴加内尔先生，能否换个地方去游览呢？”

“那怎么行呢？爵士，换个地方就不太好。因为我随身还带着给驻印度总督慕塞爵士的介绍信呢，另外，还有地理学界的一个任务去要完成呢。”

“啊！您还有任务？”

“是的，我还要尝试一次有价值且有趣的探险旅游，这是我博学的朋友菲维言·得·圣马丹先生替我订的旅游计划。目的是要追随无数知名旅行家之后，去延续他们的探险事业。我要在克里克教士 1846 年不幸遇难的地方去完成他的遗志。

总之，一句话，我将要去勘查雅鲁藏布江的河道，这条江顺着喜马拉雅山北麓，在西藏境内流了足足1500公里，我要去了解这条河是否在阿萨姆东北部和布拉马普特拉河汇合。这是地理学上一个十分重大的问题，哪个旅行家如果能将这个问题给解决了，那么，便能稳稳地拿到了一枚金奖章。”

巴加内尔的确不凡，他说起这些津津有味，神气得很。他鼓舞着想象的翅膀在飞行。他说得滔滔不绝，如同莱茵河奔流一样。

“巴加内尔先生，”爵士沉默了片刻后说道，“您那探险旅行的计划真的很棒，科学界也一定会感谢你的。不过，我不得不告诉你，至少现在你不得不放弃这游览印度的计划了。”

“放弃！为什么？”

“因为您现在正在印度半岛的反方向航行呀。”

“这是怎么回事？博尔通船长……”

“我也不是博尔通船长。”门格尔回答道。

“那么，苏格提亚号呢？”

“这条船也不是苏格提亚号！”

巴加内尔先生愣住了，他的惊愕完全无法用言语来形容。他看了看旁边的爵士——爵士自始至终都是一本正经的样子，又看了看海伦夫人与玛丽——她们脸上也是同情与惋惜的神色；又看了看门格尔——他似乎在微笑，又看了看少校——他一丝不动。然后，他耸了耸肩，将眼镜向额上一推，叫了起来：

“你们都不是在跟我开玩笑吗？”

这时，突然他的目光落在舵盘上，只见到舵盘上写着两行大字：

邓肯号
格拉斯哥

“邓肯号！邓肯号！”他忽然没命地叫喊起来。然后一溜烟地朝楼梯下奔去，跑进了他的房间中。

这位倒霉的学者刚一走开，船上除了少校之外，其他人都再也无法保持住严肃的面孔，包括平时严肃的水手们，都大笑了起来。如果是搭错了火车，也还算了！比如要到丹巴顿郡去却爬上开往爱丁堡的火车，那还能说得过去。可怎么连船都给搭错了？！准备去印度却爬上开到智利去的船，那不是粗心大意到极点了吗？

“不过，这种事我一点都不奇怪，巴加内尔确实可以做出来，他的那种粗心大意，在业内早就被人传为笑话，太多了。有一次，他发表了一幅有名的美洲地图，竟将日本都给画了进去。不过，这丝毫不妨碍他成为一个卓越的学者，成为法兰西的最有才华的地理学家。”爵士说。

“可是，现在这位可怜的学者该怎么办呢？总不能我们将他带到巴塔戈尼亚去吧。”海伦夫人忧虑地说。

“为什么不可以？”少校一本正经地说道，“他粗心，我们并不需要负责任呀。难道他搭错了火车，火车就要为他停一下吗？”

“停肯定是不会停的，不过等我们到一个停泊的港口，他就能下去了。”海伦夫人说道。

“嗯，要是他高兴，他可以这样做的。”爵士说，“等我们到前面第一个停泊的地方，他就能下去了。”

这时，巴加内尔查明他自己的行李都在船上后，既难为情，又可怜巴巴的。他返回到舱顶甲板上了，嘴中不停嘟囔着倒霉的名字：“邓肯号！邓肯号！”似乎他只会说这句话。他来回走动，仔细查看着游船上的设备，看着海上那一条无声的水平线。最后他又返回到爵士的面前：

“这邓肯号是去哪里？”他问。

“去美洲，巴加内尔先生。”

“到美洲的……？”

“康塞普西翁（智利一个省的省会）。”

“啊！到智利呀！到智利呀！”这个地理学家又叫了起来。“那我到印度的任务该怎么办？地理学会中央委员会主席加特法支先生要怎样的去责怪我了，还有达弗萨先生，高丹伯先生，菲维言·得·圣马丹先生，这全都该怎样的怪我了！我还有什么脸面去出席那学会的会议啊！”

“不要急，巴加内尔先生，还没到绝望的时候，我们可以去想想办法办法呀，只不过您要迟到些时候罢了。雅鲁藏布江一直在西藏的深山中等待着你呀。不久我们便会在马德拉停泊，您可以从那里搭船返回欧洲。”

“谢谢您，爵士，也只能这样去办了。但是，我们能这样说，这真算得上是个离奇的遭遇呀，或许也只有我才会碰见这种怪事呀。只是我在苏哥提亚号上预定的舱位该怎么办呢？”

“哎，那对你而言只能放弃了。”

“喔！”巴加内尔仔细看了下自己乘坐的这只船只说，“这也是一只游船呀！”

“是的，先生，它是隶属哥利纳帆爵士的。”门格尔说。

“请你安心接受我的款待吧。”爵士说。

“多谢您，爵士，我真的感谢你的盛情，不过请你允许我提出一个小的意见：印度真是个好地方呀，它有很多神奇且惊人的事情。这几位女士肯定还没去过印度吧……因此，只需舵盘一转，邓肯号转身返回到加尔各答航行不是十分容易吗？

既然都是游览旅行……”

听了巴加内尔的建议，大家只是摇头，他也无法再继续说下去了。

“先生，如果只是为了游览，我肯定会同意你的建议，爵士也会同意。可邓肯号也是有任务在身，有它的伟大使命，有几个遇难后被遗忘在巴塔戈尼亚海岸周围的航海人员，需要这只船去将他们给运回祖国。这个善良的义举是无论如何都不能随便变更的……”

没几分钟，大家就将关于这只船本次出行的所有故事都讲给那位法国旅行家了：从上天赐给的文件说起，格兰特船长的历史，一直到海伦夫人的慷慨建议，巴加内尔全都知道了，他的心中充满了感动。

“夫人，请允许我来赞美你，我毫无保留地赞美您在这件事情中所作出的所有。让您的船保持它的航程吧，我不愿让它有一天的耽误。”

“那您是否愿意跟我们一块去寻访呢？”夫人问。

“哦，那是没有可能的，夫人，我也需要去完成我的任务呀。等到了前面第一个可以停泊的地方，我会下去。”

“那就是说在马德拉岛下去了。”门格尔说。

“对，在马德拉岛下去就行。那岛离里斯本只有 800 公里，我便在那里等待船只返回里斯本去。”

“好吧，那就随你说的来吧，先生，不过你能在这船上待几天，我觉得很荣幸。希望我们在一块儿能够过得十分快活。”

“啊！爵士，我太幸运了。虽然我把船乘错了，但却错出这样惬意的结果出来！不过说起来也真算得上是一个大笑话：一个准备去印度的人，竟然坐上了去往美洲的船。”

一说到这个地方，他的心中也是有些郁闷，但结果已经造成，目前也只能身不由己了。他按捺着性子住了几天。他在和所有船员的相处中，显得非常可爱，快乐，当然有时也会显出他的粗心大意来。他有很多美好的兴趣，让太太们都十分高兴。很快，没多久，他便与每个人都交上了朋友。因为关系越来越密切，双方都互相信赖起来，爵士也将那文件给他看了看。他仔细研究了很长时间，一点点地去分析，觉得爵士的解释是准确的。他同样也很关心格兰特姐弟，他对于他们俩也寄以十分大的希望。他对未来的看法，及他确定邓肯号肯定会成功的预言，让那个少女不由自主地发出微笑。真的，要是他不是有任务在身，他想自己一定会一块去寻访格兰特船长啊！

对于海伦夫人，当他一听到她是威廉·塔夫内尔的女儿时，便大声地叫了起来，叫声里面有惊讶，也有赞美。他和她的父亲是老相识呀。他父亲是一名很有胆量的学者呀！海伦夫人的父亲也是巴黎地理学会的通讯员，他们彼此间通了很多次信呀！

就是他与另一个学员马特伯朗先生介绍塔夫内尔加入的学会呀！这一切真的算得上是巧遇！跟塔夫内尔的女儿同船旅行是真正痛快的一件事！

最后，他请求亲吻海伦夫人的额头，她同意了，尽管这在英国人看来好像有点不合适。

非洲北部的海流帮助游船迅速地接近赤道。到了 8 月 30 日，便望见了马德拉群岛。爵士履行他对巴加内尔的承诺，建议停泊，让巴加内尔赶上岸去。

“我亲爱的爵士，我也不跟你客套。我请问，在我上邓肯号前，您是否有意在马德拉停泊？”

“不。”爵士说。

“那么，就请让我也利用下这次的不幸的错误吧。这个群岛都已经让人给研究得太熟了。对一个地理学家而言，再没什么有意思的东西可再去研究了。对于它，可以说的人家都已说尽了，能写的人家也都全写尽了，而且，以前它以种植葡萄出名，现葡萄的生产都已经是一落千丈了。您想想：1813 年马德拉的酒产量竟达到了 22000 桶，1845 年 669 桶。现恐怕连 500 桶都达不到了！真的很伤心！要是对您没什么大影响的话，是否能到加那利群岛停泊呢？”

“那就到那里停泊好了，这也不偏离我们原来的路线。”

“我知道，我亲爱的爵士。加利那群岛能研究的有三组岛，还有我那一直想攀登的特纳里夫峰。这可以说是一个机会，我将要利用这个机会，在等待船返回欧洲时，攀登这座闻名的高峰。”

“我亲爱的巴加内尔，这完全看你自己的了。”爵士忍不住笑了起来。加那利群岛距离马德拉群岛并不远，不足 460 公里，对于邓肯号这样的快船来说，这根本就可以说是一个无所谓的小距离。

8 月 31 日下午 2 点的时候，门格尔和巴加内尔两个人在甲板上散步。

那法国佬总是盯着门格尔谈智利的情形，问长又问短。突然船长将他的话头打断了，手指着南地平线上的一点说道：

“巴加内尔先生……”

“什么事，我亲爱的船长？”

“请您往这边看，您能看到什么吗？”

“我什么都没有看到呀。”

“请您不要去看那地平线，看地平线的上面，看云彩里面。”

“看云彩里？我来回看……”

“好吧，现在，沿着触桅的辅帆架子往下看。”

“我什么都没看见呀。”

“那是您不愿看见罢了。不管如何，尽管相隔 75 公里，特纳里夫山峰在地平线上也能看得十分清楚，现你能听懂我的话了吧？”

巴加内尔愿意看也好，不愿看也罢，几小时过去，那座高峰就出现在了他的眼前，除非他自己承认是瞎子才会说看不到。

“现你总会看到了吧？”船长问。

“看见了，十分清楚，那便是所谓的特纳里夫顶峰啊？”他口气中带着不屑一顾的神气说道。

“那便是呀。”

“看上去并不是特别高呀。”

“可是，它足足有海拔 3300 多米呢。”

“那比不上勃朗峰高呀（阿尔卑斯山的最高峰）。”

“或许吧，不过爬起来时你就会感到它足够高的。”

“啊！我请问，我亲爱的船长，爬上去，那会有什么用呢？洪宝先生和彭伯先生之前都已爬过了。那洪宝先生真的是个伟大的天才呀，他曾经爬过这座山峰，将它描绘得非常完美，没有一点遗漏。他将这座山的五重地带都考察了：葡萄带、月桂带、松林带、阿尔卑斯系灌木带，最高的便是荒瘠带。他一直爬上了那座山的山顶，山顶上连坐的地方都没有。他在山顶上一眼便看到了面积相当于四分之一西班牙那般宽阔的一片土地。此外他还把那座火山游历了一番，钻进了火山的腹地，一直探到火山喷口处的最深处。在这位大人物做过这些事情后，我问您，我还有什么能做的吗？”

“那倒是，做是没有能做的了。真可惜，无事可做，那你待在那等待船该是多么无聊呀！几乎没有任何可以散心的地方。”

“虽然散心谈不上，粗心的机会倒是经常有……”巴加内尔笑着说，“但是，我亲爱的船长，佛得角群岛是否有停泊站呢？”

“有的。在那边搭船很方便。”

“在那个地方下船还会有另外一个便利，佛得角群岛距离塞内加尔并不远，在塞内加尔我能碰到些法国同胞。我知道在一般人看来，这些群岛并没多大的意义：荒凉，卫生很差；但在一个地理学家而言，却很有意思。那里面便是学问。有很多人都不晓得看，他们旅行就跟海螺与蛤蚌那样，蒙着头向前爬去。您肯定会相信我并不是那种人。”

“您想怎么样便怎么样好了，先生，我坚信您在佛得角群岛逗留对地理学会将有很大的贡献。我们将要在那里停泊加煤，您下船对我们的行程而言并不耽误。”

那就这样说定了，船长便将船往加纳利群岛西边开去。邓肯号保持着急速的行驶，于 9 月 2 日早晨 5 点便从夏至线上驶过。自此，天气变了，是雨季的潮湿且闷热的天气，西班牙人称作为“水季”。这样的季节对于旅客是十分艰苦的，但对非洲各岛的居民而言是有利的。因为岛上并没有树木，缺少水源，全部依靠雨水的供给。这时海上浪头很大，人们都不敢在甲板上站着。因此大家全都坐在方厅之中，谈得兴致勃勃。

9月3日，巴加内尔便整理行李，想要下船了。邓肯号就在那佛得角群岛间曲折的前进，它在盐岛的前面驶过，那盐岛算得上是一个大的沙滩，贫瘠且荒凉。它顺着大片的珊瑚礁航行着，然后从侧面穿过圣雅各岛，这岛有一条山脉如同雪花般的纵贯南北，两座高山都在两端。驶过了圣雅克岛，门格尔便将船驶进了那微腊卜拉雅湾，没多长时间便在微腊卜拉雅城前面12米深的海面上停泊了。天气糟糕透了，尽管海风吹不进海湾内，但波涛汹涌，尤其猛烈。这时候大雨倾盆，只是隐约看到在平台般的高原上建着一座城。由90米高的火山岩撑着台基。从那茂密的雨帘中望向这座岛，看起来无限悲凉。

原本海伦夫人想去城里面看看，现在也不得不放弃这个计划了。加煤的工作继续在进行，但是遇到了很多的困难。邓肯号上的乘客也只能在甲板下面躲着，因为天上的雨水跟海上的波浪交汇成一片洪流。大家谈话的焦点全都集中在了天气上面。每个人都有各自的意见，除了少校之外，因为他经历很多，即使看到再滔天的洪水也不会紧张和在乎。巴加内尔来回踱着步，一直在摇头。

“这绝对是有意在跟我作对！”他说。

“是风雨波涛在跟你宣战吧。”爵士说。

“可我肯定会战胜它们的。”

“这般大的雨，您不能去冒这个险呀！”夫人说。

“是我吗？夫人，我肯定能冒这个险。我只担心我的行李与仪器，雨水一打便会全部完蛋了。”

“也就下船那一会儿比较可怕，一进入城中，您也不能住在条件太差的地方，如果不够干净，与猴子和猪住在一块，是很难惬意的，但对一位旅行家而言，他是不会讲究这些的。我们希望7～8个月后您可以乘船顺利返回欧洲。”爵士说。

“7～8个月！”巴加内尔听到这些，叫了起来。

“至少7～8个月，这个雨季中并没有什么船会来往。不过您可以想办法利用您那等船的时间。人家对这一群岛还不熟悉，在地形学、气象学、人种学，测量技术等方面依旧有不少的工作需要去做。”

“还有一些大河您也可以去考察。”夫人说。

“根本就没什么大河，夫人。”

“没大河，总会有小河吧？”

“也没有。”

“那就只有小溪了？”

“连小溪都没有。”

“好吧，那您可以去森林中研究吧。”少校插上了嘴。

“可那连一棵树都没有啊！”

“那真是个漂亮的地方啊！”少校说。

“不要灰心，我亲爱的巴加内尔，至少有些高山你可以去考察呀。”爵士插上去说道。

“啊！山，不仅不算高，而且一点意思都没有，爵士，只是这工作在这之前就有人做了。”

“也有人做过了！？”爵士惊讶道。

“是啊，你们看，我就是这般的倒霉，处处让人给占了先。”

“不可能吧？”

“真的千真万确。”他可怜巴巴道。

“真可惜，那您下船之后该怎么办，巴加内尔先生？”夫人说。

巴加内尔沉默了一段时间。

“哎，您真不如那天在马德拉下船的好，尽管那里不再出产葡萄酒了！”爵士惋惜地说道。

他还是沉默着。

“如果是我，我就在船上等待机会。”少校说，他的神情仿佛在说：“如果是我，我就不准备下船了。”

“我亲爱的爵士，”巴加内尔终于说话了，“您下一站会在哪里停泊？”

“下一站估计得到康塞普西翁才能再靠岸。”

“糟糕！我距离印度实在太远了。”

“不是啊，你只要绕过合恩角后就离印度越来越近了啊？”

“我想到的正是这一点。”

“而且，只需到了印度，不管是到东印度还是西印度，这全都没关系。”

“怎么会没关系呢？”

“是的，巴塔戈尼亚草原上的居民不全都是印第安人（亦称西印度人）吗？全是印度人呀。”

“啊！是呀！我的爵士，您不说，我都没有想到这点。”巴加内尔叫道。

“还有，巴加内尔，想得到金奖章，任一个地方都行呀。世界上各个地方都有东西可以研究。各处都有东西可以去探求，各处都有东西能去发现，在西藏的丛山中跟安达斯山脉中的丛山不是一样的吗？”

“那么雅鲁藏布江的问题呢？”

“雅鲁藏布江，您就用那科罗拉多河代替好了！这条河别人知晓的也不算多，只要地理学家高兴，在地图上这条河流想怎么画就能怎么画。”

“这个我是知道的，爵士。在地图上这条河道通常一查就是相差好几度。啊！

我深信：要是我提出要求的话，地理学会同样会派我去那巴塔戈尼亚的，跟派我去印度同样。不过，我为什么早没想到呀。”

“那是因为您一辈子都是那般的粗心大意，因此您没想到啊。”

“言归正传罢了，巴加内尔先生，您到底是否愿意跟我们一块去？”海伦夫人使用那极为恳切的语气问道。

“夫人，那我之前的任务该怎么办呢？”

“我事先告诉您，我们还会穿过麦哲伦海峡。”爵士补充道。

“爵士，您是想来诱惑我？”

“我再补充一句，我们还要游历饥饿港呢！”

“饥饿港！”那法国人立即叫了起来，他觉得身边的这帮人从各个方面都在围攻他，想让他转变念头，“这海港，很多地理书将它说得天花乱坠，实在太著名了！”

“您还要再想想吗，巴加内尔先生，您将要参加我们的这个事业，就有权将法兰西的名字与苏格兰的名字结合起来呀。”夫人说。

“是呀！这也是没问题的。”

“我们这次远征，如果有个地理学家能够给予我们极大的帮助，您使用您的知识来为人道服务，这世界上还会有比这更为光荣的事吗？”

“您说得真是太好了，夫人！”

“请您要相信我，这几乎是让您将错就错，或不如这样说，我们还是听天由命吧。天意将文件送到我们的手中，我们便出发了，天意又将您送到邓肯号上，您就跟随我们，别再离开邓肯号了吧。”

“诸位真的要我说真话吗？我的好朋友们？”巴加内尔终于逐渐松口，“我看你们都十分想让我留下来！”

“您自己呢？巴加内尔，我看您也很想留下来。”爵士说。

“可不是吗？！”那渊博的地理学家立即叫了起来，“可我不敢开口，我怕太过于冒昧了！”

第五章　小罗伯尔

大家终于听到巴加内尔下定决心要留下来，都很快活。小罗伯尔一下子跳了起来抱着他的颈子，那种急不可耐的样子完全可以表明他的心情。那可爱可敬的地理学家差不多都要被他给撞倒了。“好个小家伙！我将会教他地理学。”

前面我们已经知道，门格尔已经承诺要负责将这小罗伯尔调教成一个水手，哥利纳帆要将他培养成一个勇敢的人，少校要将他训练为一个沉着的人，海伦夫人则要将他教育成一个慷慨仁慈的人，玛丽又要让他变成一个不会辜负那些热心教学教师们的学生。这样看来，小罗伯尔未来注定会成为一个完美的“君子”了。

邓肯号没多长时间便加足了煤，很快便从这凄黯的一带海面离开了，朝西边进发，顺着巴西海岸航行着，9 月 7 日一阵北风将它吹送过了赤道线，驶进了南半球。

横渡大西洋的航行就这样有条不紊地进行着。每个人都抱着很大的希望。在这寻找格兰特船长的远征旅途中，成功的可能性好像也在一天天地增加。最有信心的是船长。他的信心来源于他的愿望，他的愿望便是一心一意要让玛丽小姐获得幸福与安慰。他对玛丽尤其关怀，虽然他想极力隐藏这种心情，可事实上只有玛丽与他两个人不觉得罢了，其他每个人都心里明白。

至于那位学识渊博的地理学家，或许他才是最为幸福的人。他整天都在忙着研究地图，地图把整个餐桌都给铺满了。因此，每天奥比内先生都会因为无法布置餐桌而跟他争吵。不过，楼舱中的人都支持巴加内尔，当然除了少校之外，因为少校对地理学上的问题并不感兴趣。还有，巴加内尔在大副的箱子里，还发现了一大堆破书，书中有几本西班牙文著作，他便下定决心要学习西班牙语，船上没一个人会说西班牙语。他觉得学会西班牙文，可以让他在智利海滨地区的调查工作开展得更为顺利。凭借他擅长学习语言的本领，希望一到康塞普西翁便可以顺利地使用这种语言。因此他拼命地在大声朗读，大家一天到晚都能听到他咿咿呀呀地在练习那复杂的语言。

他闲暇时便会教小罗伯尔一些实用的科学知识，并将邓肯号途经的那一带海岸历史讲给他听。

9 月 10 日，船在南纬 5 度 73 分，西经 31 度 15 分的地方行驶着。这一天，爵士听见了一段有趣的历史事实，也许这个事实连那些学问渊博的人都不知晓。巴加内尔把美洲的发现史讲述给大家，在他没讲到邓肯号所追踪的那些大航海家之前，先讲了哥伦布，从开始讲到结束，他说那位著名的热那亚人到死都没能知道自己发现了一个新的世界。所有的听众都惊叫了起来，都不相信这些。但巴加内尔却十分肯定。

“没有比这更为准确的事情了，”他补充道，“我并不是要将哥伦布的光荣抹去，但事实总归是事实。在 15 世纪末，人们只想到了一件事：怎样才能找到一条去亚洲的快捷道路，怎样快速地从西方走到东方。总之一句话，如何找到一条捷径赶到印度，这便是哥伦布想要解决的问题。他展开了四次航行，他到过美洲，在库马纳、洪都拉斯、莫斯基托、尼加拉瓜、维拉瓜、哥斯达黎加、巴拿马一带登陆。这一带海岸他觉得是日本与中国的地方。直到去世都不知道新大陆的存在，在他死后连他的名字都没留给这新大陆当做纪念！”

“我十分情愿您所说的话，我亲爱的巴加内尔，但觉得匪夷所思的是，对于哥伦布的发现，后来到底是哪些航海家查出来个水落石出呢？”爵士问。

“那是哥伦布之后的一些人们：首先便是与哥伦布一块航行过的奥黑达，还有品吞、威斯普奇、门多萨、巴斯提达斯、加白拉尔、骚立斯、巴尔伯。这些航海家全都是顺着美洲东海岸进行航行，他们从北往南把美洲海岸的界限探测，他们在360年前就跟我们今天走的线路一样，都被这股海流推着往前进！你们知道吗？朋友们，15世纪末品吞驶过的赤道线正是我们现在所驶过的赤道线。现在我们已经接近南纬8度了，品吞难道不是从南纬8度到的巴西大陆的？一年之后，葡萄牙人加白拉尔就来到了色居罗港。后来，在1502年威斯普奇第3次远征中，更是往南推进了。1508年品吞跟骚立斯联合航行，将美洲沿岸各地给勘探了，骚立斯发现拉巴拉他河口在1514年，同样在那里，土人把他给吃掉了。穿过美洲南段的任务只能交给麦哲伦去完成了。这位大航海家1519年带领着5只船的船队出发了，他顺着巴塔戈尼亚的海岸往南下，发现了得塞多港、圣朱立安港，他在圣朱立安港停泊了很长时间。随后航行到南纬52度，发现了1100峡，就是现在使用他的名字命名的麦哲伦海峡。1520年11月28日他从海峡中穿过，进入太平洋。当他见到天边有一片新的海面在阳光下闪闪发光时，那时他的心情是该怎样的激动和兴奋啊！”

“是呀，巴加内尔先生，我倒十分想在那种环境中生长。”小罗伯尔激动地叫了起来。

“我同样是这样想的，我的孩子。要是老天爷能让我早出生300年，我绝对不会失去这个机会的！”

“果真如此，那对我们便是个憾事了，先生。”海伦夫人接着又说道，“因为要是您早出生300年，您怎会来到这条船上给我们讲这段故事呢？”

“这也不用担心，夫人，自然会有人来代替我给你们讲的。他还要告诉你们，西海岸的探险全是皮萨尔兄弟的功劳。这两位勇敢的冒险家是很多城市伟大的建立者：库斯科、基多利马、圣地亚哥、比利亚里卡，瓦尔帕来康及邓肯号将要去的康塞普西翁全都是他们的成就。那个时代，他们兄弟的发现跟麦哲伦的发现正好可以联系在一起，那地图上才有了美洲的海岸线，这让旧世界的学者们很满意。”

“嗯！如果是我的话，我肯定不满意。”罗伯尔说。

“为什么？”玛丽问，她望着她对发现史特别有兴趣的弟弟。

“是呀，我的孩子，为什么您还觉得不满意？”爵士带着很兴奋的微笑问道。

“因为如果是我的话，我绝对要去看看那麦哲伦海峡南部还有些什么。”

“对极了，我的小朋友，就算是我，我也同样想知道美洲大陆到底是一直延伸到南极，还是处在它与南极间，跟德勒克所推测的那样，是不是还有一道海呢……

这位德勒克与你是同乡，爵士……所以，如果罗伯尔·格兰特和雅克·巴加内尔是出生在17世纪的话，他们肯定会跟随束增和勒美尔出发，因为，正是这两个来自荷兰的航海家才想要去解开这个地理学上的哑谜！”

“他们两位同样是学者吗？”夫人问。

“不是，是两个胆大的商人，他们并没思考到探险旅游在科学上所具有的伟大意义。那时荷兰有个东印度公司，它对经过麦哲伦海峡所有的贸易有着绝对的控制权。大家都知道，那个时代西方国家赶往亚洲去，也就只有穿过麦哲伦海峡这一条路，因此这种特权构成了一种真正意义上的垄断。有些商人想跟这些垄断展开斗争，他们想另寻找一个海峡。其中有个名叫依萨克·勒美尔，是一个聪明且接受过教育的人。他出钱组织起了一个远征队，他的侄儿雅各伯·勒美尔与一个优秀的海员领导，这海员原籍霍恩，叫做束增。这两个胆大的航海家在1615年6月出发了，比麦哲伦出发大概晚了一百年，在炎地与斯达腾岛间他们发现了勒美尔海峡，1616年2月16日他们从著名的合恩角绕过，这个角叫做‘风暴角’，可比它那亲兄弟合恩角更加名副其实！”

“真是啊！我真想去那地方探险！”罗伯尔叫道。

“我的孩子，你如果到了那个地方，事实上你可能会觉得更加的高兴。”巴加内尔接着说，越来越有劲。“你想想，一个航海家在他那航海的地图上，一点点将他的新发现给标记出来，天下还会有比这更为快乐的事情吗？看着陆地逐渐在自己的眼前出现，一个个小岛，一个个海峡，都好像是从那波涛中涌出来的那样！最初，划出的界线是模糊的、折断的、不连接的！这里有一片被隔离的土地，那是一个被孤立的小港，更远点则是一个偏僻的海湾。然后，历次发现的陆地都互为补充，线跟线之间连接了起来，地图上的虚线逐渐变成了实线，港湾已显现出准确的弓形海岸，海角确实连接到那滨海陆地。最后，那一片新大陆，有河、有江、有湖、有山、有谷、有平原、有村落、有城镇、有都市、辉煌壮丽的，在地球上面展示着。啊！朋友们，新陆地的发现者真是一个真正的发明家呀！他跟发明家一样的伟大和了不起！可惜现在这种事业跟一个矿山那样，全都被人家给采尽了！新大陆、新世界，全部都被人们给找到了，都被探测过和发现了，我们在地理学上都属于迟到者，我们几乎没有什么用武之地了！”

“我亲爱的巴加内尔！怎么没有用武之地啊？”哥利纳帆道。

“哪里还会有呢？”

“现在我们做的就很有意义，就是我们的用武之地呀！”

这时，邓肯号正按照超快的速度在威斯普厅和麦哲伦等名人曾走过的航道上快速疾驶。9月15日它穿过了冬至线，船头对准闻名的麦哲伦海峡的入口。在巴塔戈尼亚的南部海岸都能望见这个入口，但那只是隐约地出现在天边，就跟一条线一样。船在 6 公里之外顺着这一带的海岸南下，巴加内尔用那具大望远镜望到的便是美洲海岸，但也只能让人看到一个模糊的轮廓。

9 月 25 日，邓肯号航行到与麦哲伦海峡相同纬度的地方了。它毫不迟疑地向里面驶了进去。通常来说，汽船都很乐意从这条路开往太平洋。海峡的准确长度不过是 700 公里，每个地方都是深水，最大吨位的船只，都可以在这里航行。海底平坦，淡水站耸立，内河有很多，盛产鱼类，森林中也是充满猎物，到处都有安全且便利的停泊站。总之，这海峡有许多的优点，这些优点勒美尔海峡和合恩角都不具备。

进入海峡航行开始的几个小时内，也就是说在前 110 至 148 公里的航程中，在抵达格利高里角之前，海岸全都是平的，有很多沙子。雅克・巴加内尔的眼睛没放过海峡上的任何一点。在海峡中航行需要 36 个小时，这些移动的景象十分值得这位学者在南半球璀璨的阳光下进行耐心的观赏。北岸荒无人烟，南边火地的光秃秃的岩石上有着几个可怜的火地人在四处游荡。巴加内尔并没见到巴塔戈尼亚人，这让他十分失望，可他的同伴却十分开心。

“巴塔戈尼亚没巴塔戈尼亚人，那便不是巴塔戈尼亚了。”他说。

“我亲爱的地理学家，别着急呀，我们早晚会见到巴塔戈尼亚人的。”爵士说。

“这也说不定。”

“为什么呢？巴塔戈尼亚人真的有呀。”海伦夫人说。

“夫人，我十分怀疑，因为我没看见他们。”

“至少，巴塔戈尼亚这个名字是从西班牙文‘巴塔拱（patagon）’来的，‘巴塔拱’的意思便是‘大脚’！既然巴塔戈尼亚人被称作大脚；总不会全部出自想象吧？”

“哎！名字倒是无关紧要的。”巴加内尔回答，他似乎固执的要引起争论，“并且人家根本不知道这些人到底该叫什么名字！”

“岂有此理！”哥利纳帆叫了起来，“少校，你知道吗？”

“我不知道，我也没有那么大的兴趣去知道这些！”巴加内尔又说，“这地方的人之所以被称作巴塔戈尼亚人，这是麦哲伦给他们命名的，而火地人却将他们称作提尔门人，智利人把他们称为高卡惠人，卡门地方的移民称他们为提尔门人，阿罗加尼亚人则称他们惠立什人，旅行家波根维尔将他们称作为寿哈，法尔克纳称他们为特惠尔黑特！他们自己则又按依纳肯自称，‘依纳肯’是‘人’的通名呀！那我问你们，这般多的名称我们该怎么搞清楚那！并且一个民族有这样多的名称，是不是有这个民族还是个问题！”

“真是一套巨大的议论！”夫人说。

“姑且我们先承认他的这套议论，不过，我想你总该承认一个事实：巴塔戈尼亚人的名称似乎是有问题的，至少他们的身材高矮是大家能确认的吧！”爵士对地理学家说。

“我永远不会承认这种错误的看法。”巴加内尔回答。

“他们的身材是很高的呀。”爵士说。

“这我倒不知道。”

“你真太那个了。”爵士叫了道，“要亲眼见到这些巴塔戈尼亚人的旅行家们……”

“亲眼见到这些巴塔戈尼亚人的旅行家们的说法并不一致，麦哲伦说他的头连巴塔戈尼亚人的腰带都达不到！”地理学家回答。

“这不能表明他们都很高吗？”

“是呀，但是德勒克觉得普通的英国人要比最高的巴塔戈尼亚人还要高。”

“啊！用英国人来做比较是有可能的。”少校用鄙视的口气反驳道，“要是用苏格兰人来比较就不会高了！”

“加文地施确定他们高大且强壮。”巴加内尔又说，“霍金斯讲他们是个巨人。勒美尔和束增则说他们高达 3.3 米。”

“这不是吗？这些人的话都能靠得住呀。”爵士说。

“是的，但伍德、那波罗和法尔克纳的话也可以靠得住呀，他们说巴塔戈尼亚人是中等的身材，那位著名的地理学家拜伦·拉·吉罗德、波根维尔、瓦立斯和卡特来，全都确定巴塔戈尼亚人高 1.6 米多。”

“那么，在那些互相矛盾的说法中，哪一个是最为真实的呢？”海伦夫人问。

“你想听到真实的，夫人？”巴加内尔说，“事实应该是这样的：巴塔戈尼亚人腿短，上身长。因此有人开玩笑说：那些巴塔戈尼亚人在那坐着都有 1.8 米高，站着却只有 1.5 米高。”

“好啊！我亲爱的学者，这话说得真是太有趣了！”爵士说。

“最好的是他们那些人都不存在，这样，各种矛盾全都给统一了起来。现在为了要结束这场论战，朋友们，我要补充一句让大家都宽心的话：麦哲伦海峡真是漂亮，哪怕是没巴塔戈尼亚人也是足够漂亮的！”

这时，邓肯号环绕着不伦瑞克半岛航行，两边的风景很好。它从格利高里绕过之后又行进了 130 公里，将奔德、亚利拿大牢狱全都丢在右舷外了。有一阵子，树林中出现了智利的国旗与教堂的钟楼。这时，海峡两边都有花岗石的峭岩突起，看起来有点怕人。很多的山脚都在那无边的森林里躲藏着，终年不化的积雪在头上铺着，一直延伸到云霄中。西南面，塔匀恩峰高达 2100 米，在空际中竖立着。夜幕来临了，黄昏的时间十分长。阳光在不知不觉中融化为多种的柔和色彩。星星将天空给铺满了。南极的星座帮助航海者确定着方向。在那一片的朦胧之中，星光把文明海岸上的灯塔给代替了。游船并没在沿途中的港湾中抛锚，大胆地将它的航程进行着。有时，它的帆架从那俯临在波澜上的南极榉（一种落叶乔木）的枝梢掠过；有时，它的螺旋桨把那大河的水波给拍打着，将雁鹅、凫鸭、鸥鹬，及那沼泽中的各种鸟类全给惊醒了。不久，很多的断墙残壁都出现了，几座倒塌了的建筑物在夜景中显得尤其庞大，这全都是一片废弃的殖民地留下的残迹。这片殖民地的名字在这一带肥沃的海岸与物产丰富的森林中是代表抗议。这是邓肯号正在朝饥饿港航行。

也就是在这个地方，1581年西班牙人萨蒙多带领了400名移民到这里住下来。他在这里建立了圣腓浦城。过了几年，移民死去了大半，又加上闹饥荒，将那些熬过寒冬的人又都给饿死了。1587年战船加文地施号赶到这里，发现了那400条可怜虫中最后的一个，在这具有600年历史的古城的废墟上他活活挣扎了6年，当时他正快要饿死了。

邓肯号顺着这荒凉的海岸继续前进。日出时，它便要在这重要的海峡中航行，两岸全是榉树、榛树、枫树等交织构成的森林，林间冒出很多青葱的圆岭、很多长着茂盛的金雀花的土丘及很多尖尖的山峰，其中还有那高矗的布克兰纪念馆。邓肯号从圣尼古拉湾口经过，这个湾以前由波根维尔命名为“法国人湾”。远处，有大群的海豹与鲸在做游戏，鲸仿佛十分巨大，因为3公里之外就能见到它们喷射出的水柱。最后，船从佛罗瓦德角绕过，在角上尖尖的残冰全都密布了，在那海峡的对岸，在火地上，有那2000米高的萨眠多峰矗立着，那是一片极为惊险的岩石，云彩就像带子一般将它们给分隔开了，看上去就像是空中的群岛。美洲大陆在到了佛罗瓦湾角就算得上是真的到了尽头，因为合恩角只不过是那南纬56度下那荒岛中的一座岩石罢了。

那尖端一过，海峡便变窄了，一边是不伦瑞克半岛，另一边则是德索拉西翁岛，这德索拉西翁岛是一个长方形的岛，两边有上千的小岛给环抱着，就跟一头大鲸落到那一片鹅卵石滩上一般。跟非洲大洋洲与印度那些整齐清晰的尖端相比，南美洲的末端的支离破碎的，有很大不同！一个伸入到大西洋间的大土角，不知当年是哪样的一场天灾将它捣得这般破碎。

在这一片肥沃的土地过后，就是那连绵不绝的光秃海岸，看上去很荒凉。海岸被很多的支流啮成了月牙形。邓肯号就是沿着这条随意曲折的航道拐弯抹角地航行着，没有一点差错，沿途将一团团的浓烟给掺杂到那被冲破的海雾之中。在那一带荒芜的海岸上，有些是西班牙人的商行，邓肯号并没有降低速度，在那些商行的前面穿过。经过了塔马尔角，峡道便转弯了，游船还有那旋转的余地，它从波罗群岛的陡峭海岸转过，靠近南岸航行着，最后在入港航行36小时后，它见到了皮拉尔角的峭岩突崛起在德索拉西翁岛的最末端。在那船的前面，一片波光粼粼的大海展示在面前。巴加内尔很激动，挥舞着手臂，热情地欢呼着，差点都没站稳。

第六章　行动前的辩论

从波拉尔角绕过后的 8 天，船使尽全力地驶入了塔尔卡瓦诺湾，那是一个 22 公里长 18 公里宽的极美妙的海湾。天气很好。从 11 月到第二年 3 月这个地方，天气大部分都是晴朗的，整个海岸将安达斯山脉给挡住了，因此经常刮南风。门格尔按照爵士之前的命令，将船紧贴着济罗岛与美洲西岸的零星小岛航行着。一片破烂的船板，一根断裂桅杆，一块有人加工过的小木块，可能都是给人们提供不列颠尼亚号沉没的线索呀。可是，人们什么都没发现。邓肯号只能继续往前航行，最后在塔尔卡瓦诺港停泊。这时它从克莱德湾那多雾的海面离开已有 42 天了。

船刚刚停了下来，哥利纳帆爵士便让人将小艇放了下来，带同巴加内尔，一直划到岸脚下，并从那里上了岸。这位渊博的地理学家想利用这次机会去说说那苦学一段时间的西班牙语。但他所说的话，土人连半个字都听不懂，这让他吃惊极了。

“我说的音调不对。”他说。

“我们去海关吧。”爵士说。

到了海关，工作人员使用几个英文词语，夹杂着有表情的手势，告诉他们美国领事馆在康塞普西翁驻扎。离这里骑马一个小时就能到达。爵士很快便找来了两匹快马，不久他们一起进了城。那是一座很大的城市，是皮萨尔兄弟勇敢的同伴、天才冒险家瓦第维亚建立起来的。

当初这座城市是多么的繁华呀，但现在看来却如此的萧条！它经常遭受土人劫掠，1819 年又遭受全城大火，不少房屋都被烧掉了，连城墙都还是被烟熏黑的呢。它已被塔尔卡瓦诺港淘汰了，现在城中的居民已不足 8000 人，居民十分的懒，导致街道也几乎变成了草地。没有商业，没有活动，贸易更是不可能的了。每个阳台上全都有那曼陀林（一种类似琵琶的乐器）的声音响着，窗帘中娇柔的歌声传出，康塞普西翁以前是一个男性化的古城，现已成为了妇孺的村落了。

对于它萧条的原因爵士无心去研究，就算是巴加内尔怂恿他去做，他也不愿浪费一点的时间，他很快找到美国领事彭托克。这位领事十分客气地接待了这位爵士，他一听到格兰特船长遇难的事情，便答应在这沿海一带负责展开调查。

对于三桅船不列颠尼亚号是否在智利或阿罗加尼亚海岸 37 度周围失事，这个答案应该是否定的。因为英国领事及其他国家领事都没接到过有关这方面或类似的报告。爵士并没因此而灰心。他返回到了塔尔卡瓦诺，并来回进行交涉，不辞辛苦，不惜金钱，派人去各个海岸查访。但最后看来全都是白费功夫。即便向沿海的居民们作出详细的调查也都没有效果。最后只能确定不列颠尼亚号不是在这个地方失事的。

爵士将这个结果告诉了船上的伙伴们。很自然的，玛丽和她的弟弟都表现出那种极度的痛苦。那是邓肯号抵达塔尔卡瓦诺六天之后的事情了。这时大家都在楼舱中聚着。海伦夫人则安慰着玛丽姐弟俩。这种时候只能使用怜爱来进行安慰，用话语来安慰毫无用处。因为，她还能说什么吗？这时，巴加内尔又将那文件拿了出来，全神贯注再次仔细审查，好像要逼迫那文件说出新的秘密似的。他就那样审查着，整整一个小时过去了，这时爵士喊了他一下，对他说：

“巴加内尔，用你的智慧判断下。难道我们对这文件的解释错了吗？难道这些字的意义不合逻辑吗？”

巴加内尔并没回答，他在思考。

“难道我们将那出事的地点给弄错了？”爵士又问，“就算在最笨的人眼里：巴塔戈尼亚这几个字也是再清楚不过的了？”

巴加内尔始终没有发声。

“最后，还有 indien（印第安人）这个不就是更加支持我们的论断了吗？”爵士又说。

“是的呀！”少校也在搭腔。

“还有，那些遇难船员，在书写这些文件时，马上就要做印第安人的俘虏了，这不是十分明显吗？”

“这里我要把你的话头打断，爵士。”巴加内尔终于回答道，“你的论断其他的都十分正确，但最后一点我却认为十分不合理。”

“那您的意思呢？”海伦夫人问，所有人的目光都同时向地理学家转过去。

“我的意思是：在格兰特船长书写这份文件时都已经成为了印第安人的俘虏了。并且，我还需补充一点，在这件事情上对于这点，是不可能有一点怀疑的。”巴加内尔特别强调了这最后一句话。

“先生，麻烦您解释一下！”格兰特小姐说。

“这个很容易理解，我亲爱的玛丽。在那文件上的空白处，我们不应将其读为‘将被俘于’，而是应读成‘已被俘于’，这样所有都明白了。”

“那是绝对不可能的呀！”

“不可能！为什么不可能呢，我的好朋友？”巴加内尔对着爵士依旧微笑地讲着。

“因为瓶子只会在船触礁时才扔进海中的呀。因此文件上是经纬度，这个经纬度指的就是出事地点。”

“你这点没有任何根据，”巴加内尔反驳道，“我就是不明白为什么遇难海员在被印第安人掠到内地后，就不会想办法丢下一个瓶子，让人们知晓他们所被拘留的地址。”

“理由十分简单，亲爱的巴加内尔，要想将瓶子扔进海中，那必须要有海才行。”

“没有海，把瓶子扔进入海的河中不也可以吗？”巴加内尔回答道。

这个万万没想到却又合情合理的解释在一片诧异的沉默中最终还是被大家接受了。巴加内尔见到大家眼中发射出的光芒，便知道每个人都又抓到一个新的希望。海伦夫人是第一个开腔的：

“这个想法很奇妙，但也很有道理！”她叫着。

“真是一个绝妙的想法。”他自己天真地补充道。

“那么，您的意思是……”爵士问。

“我的意思是先测定这南纬37度在美洲海岸穿过的地方，然后顺着这37度线往内地寻找，别从半岛离开，一直找到大西洋。或许在37度线上我们能寻找到不列颠尼亚号上的船员。”

“希望渺茫！”少校说。

“不管希望大小，我们都不能去忽视它。万一我的推测是对的，那瓶子确实是从某一内河流进海中的，我们就肯定能据此寻找到俘虏的线索。先看看这地方的地图吧，朋友们，我会让你们死心塌地相信我说的话。”

他说着，便在桌子上将一张智利与阿根廷各省的地图摊开。“你们看，”他说，“你们与我一块作一次横跨美洲大陆的散步吧。我们从那狭长的智利越过，穿过安达斯山脉一带高低岩后再去到草原的中间。这些地区是缺少大江的吗？缺少大河吗？缺少水道吗？都不缺少！这是内格罗河，这是科罗杜多河，这里则是两条河很多的支流，全都被这南纬37度线穿过，都能将这文件给送达到海中。在这些地方，或许在哪一个土人部落的手中，在那定居的印第安人的手中，在这些外界不清楚情形的海岸上面，在那些山坳中，格兰特船长他们也许正在那听天由命地等待着营救呢！我们能让他们失望吗？顺着我现在在地图上所指出的这条线穿过这带地区，你们都赞成吗？如果结果证明我也是错的，我们还可以再顺着37度线将其寻找到底呀！要是为了去寻找这些遇难船员而有必要的话，我们不是也应该顺着这37度将地球环绕一周吗？！”

这些话语特别振奋人心！大家听了都很感动，全站立起来与巴加内尔握手。

“是的，我的父亲就在那里！”罗伯尔不断地叫着，恨不得连眼睛都要将这地图给吞下去。

“我的孩子，你的父亲在哪儿，我们就去哪里去寻找他！”爵士说，“我们的朋友巴加内尔的解释是非常正确的，我们现在应该没有一点迟疑地顺着他所划出的这条线路走。如果格兰特船长不在那大批的印第安人的手中，便是在哪一个小部落的手中。要是落在那小部落手中，我们便直接将他给救出来，要是落在那大批的印第安人手中，我们就等侦察完情况后，再从东海岸返回，我们去阿根廷的首都召集一班人来，由少校组织，便可以对付这阿根廷内地全部的印第安人了。”

“好！爵士，就这样办，好！”门格尔说，“我还能再补充一句，这个横跨美洲的旅行会安全完成。”

“安全，并且不会太过于疲劳。”巴加内尔说，“很多人的装备都没有我们的好，也不像我们有着如此伟大的事业鼓励着我们，他们都曾做过那横贯大陆的旅行了！不是有个叫维拉摩的在 1782 年从卡门走到高低岩吗？在 1806 年不是有个智利人，康塞普西翁省的法官董·路易，由安杜谷开始，穿过安达斯山脉，走了 40 天，才走到了布宜诺斯艾利斯吗？最后还有那卡西亚上校，多比尼先生，跟我那可敬的同事穆西博士不是把这个地区都给游遍了吗？为了科学研究他们可以这样做，为了救人我们也可以这样做！”

“先生！”玛丽感动地用那发抖的声音说，“您如此仗义救人，不怕冒这么多的危险，我们应该感激您啊！”

“危险！谁说会有‘危险’的？”巴加内尔立即叫了起来。

“不是我！”罗伯尔回答，眼睛滴溜溜地瞪着，眼光看起来很坚决。

“危险！哪里会有危险啊？并且我们将要做的是什么？只不过是做一次仅有 648 公里的旅行罢了，我们是顺着这直线走的，这旅行所遵循的纬度跟在北半球西班牙、西西里岛、希腊等地的纬度全都是相同的，并且这气候也都大致一样。这旅行最多不超过一个月，我们就相当于出去旅游了一回呀！”

“巴加内尔先生，”海伦夫人插话到，“您相信那几位失事的船员在落进印第安人手中后，生命依旧安全吗？”

“这个还用问，夫人！印第安人并不是吃人的野人！他们肯定不会那样的。在地理学会上我认识一个法国人季纳尔先生，他以前曾被草原区的印第安人给掳去了 3 年。他曾遭受虐待，吃了很多的苦头，但他经住了这个考验，最终胜利归来。在这个地区中一个欧洲人，就如同一只有用的动物。印第安人明白他的价值，他们像爱护值钱的牲畜那样爱护他。”

“既然如此，那就不再犹豫了，我们应该去，还有尽快动身。可我们应走哪条路呢？”爵士问。

“一条既方便且惬意的路，开始会有些山路，后是安达斯山东面山脚的小斜坡，最后是那一片细草平沙的原野，就跟一个大花园似的，没一点崎岖不平的地方。”

“看看地图吧。”少校说。

“地图在这里，我亲爱的少校。我们由智利海岸鲁美那角跟卡内罗湾之间 37 度线的一端出发。我们从那阿罗加尼亚首都穿过之后，便从安杜谷火山南面的小道横断那条高低岩儿，随后从这一带延绵的山坡溜下，经过内乌康河和科罗拉多河，我们便回到判帕草原区，穿过盐湖、瓜米尼河、塔巴尔康山。那便是布宜诺斯艾利斯省的边界。我们越过边界，爬上那坦秋尔山，在那沿途一块寻找，一直寻找到那大西洋岸边的马达那斯角。”

巴加内尔一面说着，一面数着这次远征将经过的地方，他连那摆在眼前的地图看都没看一下。他是不用看地图的。他曾把佛勒雪、毛里那、洪宝、半艾尔、多比尼这些人的著作熟读，他的记忆力十分强，一点都没说错。他将这一连串的地名数完之后，又说:“因此，我亲爱的朋友们，这是一条笔直的路。30天就能走完。要是风偶尔不顺的话，邓肯号便会在我们达到东海岸之后到达。”

“按照您说的，邓肯号应在哥莲德角与圣安托尼角之间巡航，是吗？”船长问。

“正是。”

“这一趟远征需要哪些人去呢？”爵士问。

“越少越好。我们只不过是要去寻找和打探格兰特船长的情况，并不是要跟那印第安人起冲突。我想哥利纳帆爵士自然是我们的领袖，少校也绝对是当仁不让，还有你们那最为忠心的服务者巴加内尔……”

“还有我！”小罗伯尔立即叫道。

“不要乱插嘴，弟弟！”玛丽说。

“为什么不让他去呢？”巴加内尔说，“对于青年来说，最好的锻炼便是旅行。因此，便由我们四人，再加上邓肯号上的三个水手……”

“怎么，”门格尔对他的主人说，“您就不会给我也提下名？”

“我亲爱的船长，”爵士说，“我们将女客全都丢在这船上了，也就是说，我们最亲爱的人全都留在这船上了！除了邓肯号忠诚的船长之外，还会有谁来照顾她们呢？”

“我们不可以跟你们一块儿去吗？”海伦夫人说，眼睛看着爵士，却显露出很不放心的样子。

“我亲爱的海伦，这次旅行估计很快就能返回，这只不过是我们一个暂时的小分别，而且……”

“是的，我明白，你们去吧，祝你们成功！”海伦夫人说。

“而且，这也算不上是旅行呀！”巴加内尔说。

“不算旅行那算是什么呢？”夫人问。

“走马观花地一过便是了。我们一穿而过，就跟一个善人打尘世间那般过一过，一边行走，一边行善。古人说:‘行着善事，走过尘世，’这便是我们的座右铭。”

巴加内尔把这句话说完了，一场辩论也就结束了。严格来讲，这不是一场辩论，仅仅是一场谈话，大家的意见全都一致。当天，便展开了旅行的准备工作。为了防止印第安人提前知道而打草惊蛇，大家都决定将这秘密一直保守下去。

10月14日被定为动身的日子。在挑选随行水手的时候，每个人都争着要去，这让爵士觉得十分为难。他也只能让他们用抽签的方式。抽签结果，大副汤姆·奥斯丁，水手威尔逊和穆拉地幸运地抽到了。威尔逊是一条好汉，穆拉地与伦敦拳击大王汤姆·塞约斯比赛过。这个结果让他们3人都是欢天喜地的。

哥利纳帆爵士要求按时出发，他积极准备着。实际上他也做到了这一点。另一方面，船长将贮煤工作进行着，以便马上就能起锚开航。他一心想要在那远征队到达阿根廷海岸之前到达。因此，在爵士和那青年船长之间算得上是在进行竞赛，这竞赛对大家各方而言都有利。

果然，10月14日，在规定的时间，大家全都准备好了。出发时，全体乘客都在方厅中聚集。邓肯号已经把篷帆张好，它的螺旋桨在那塔尔瓦诺湾的清波上打着转。爵士、巴加内尔、少校、罗伯尔、奥斯丁、威尔逊、穆拉地全都带着马枪与“高特”手枪准备离船。向导在水棚那边带着骡子等待着。

“时间到了。”最后，哥利纳帆爵士说道。

“你去吧，朋友！”海伦夫人尽量保持镇定的语气回答。

爵士把夫人紧紧抱住，罗伯尔也跳了过去将姐姐的颈子搂着。“现在，亲爱的伙伴们，最后一次再拉一拉手，一直等到在那大西洋岸上我们再相见吧！”巴加内尔说。

大家全都赶到甲板上来了，7个旅行者从船上离开了。没一会儿，他们便到了码头，游船也在离岸不足百米，靠近岸边开着。

海伦夫人最后一次在楼舱上高叫道：“朋友们，愿上帝保佑你们！”

“上帝肯定会保佑我们的，夫人，请你相信吧，因为我们会相互帮助的！”巴加内尔回答。

“开船！”船长朝机械师叫道。

“上路！”哥利纳帆也附和道。

陆上的行人都乘着坐骑顺着海岸进发，邓肯号也马力全开，往远洋驶去。

第七章　阿罗加尼亚国

3个大人和1个小孩组成了哥利纳帆的旅游队。一个在本地生活了20年的英国人是骡夫头子。他的职业就是将骡子租借给旅客，并指导他们度过高低岩儿的各个山隘。待过了山隘，他就会将旅客交给一个“巴加诺”，“巴加诺”是熟悉阿根廷草原路程的向导。这英国人里果成天跟骡子、与印第安人在一块，但却没有将祖国的语言给全忘记了，所以他还能跟旅客们交谈。因此，爵士需要表达自己的意愿或让对方执行命令时，都获得了很多的方便。他对这种方便十分高兴，因为巴加内尔的西班牙语还不能让人听明白。

骡夫头子的智利语叫做“卡塔巴”。这个原籍英国的“卡塔巴”雇佣了当地的两名骡夫，土语称作“陪翁”，还加上一个 12 岁的孩子当助手。“陪翁”照顾着运行李的骡子，小孩则骑着“马德铃娜”——在骡队前面走，挂着铃铛的小母马，后面是 10 匹骡子在跟着。在这 10 匹骡子中，7 位旅客骑了 7 匹，“卡塔巴”骑了一匹，还有两匹则负责运送行李与几捆布匹，这些布匹是用来给这平原地区的酋长结交所用的。“陪翁”还是按例步行着。如此这样的装备，在安全与速度方面，横贯智利是完全有保证的。

穿过安达斯山并不是一个很普通的旅行，没有这些强壮的骡子是根本不行的。像这种爬山的骡子，最好的是阿根廷产的，在这种地方它们的发育更为优良。它们不讲究饲料，每天仅喝一次水，8 小时走 48 公里却一点问题都没有，运 300 多斤重的东西同样也不会觉得笨重。

这条将两个大洋连接在一起的漫长路程中，没有一个旅社。路上吃的都是干肉、辣椒拌饭及有可能在路途中打猎得到的野味，喝的是山中的瀑布或平原上的溪水，加上几滴甜酒，每个人都带着这种甜酒，在用牛角制作成的“安缶儿”里面装着。不过需要注意，这种含有酒精的饮料不可以喝得太多，像这种地区，人的神经系统尤其容易遭受到刺激，并不适合饮用这种含酒精的饮料。至于用来睡觉的铺盖，全部都在鞍子里装着，用绣花的宽带子在那马身上缚着。鞍子是由本地生产的，叫做“勒加驮”，是用羊皮制作成的，这种羊皮叫做“皮量”，将一面割光，一面则保留着原有的羊毛。用这暖和的被褥将旅客们裹住，不用害怕那潮湿的夜晚，能睡得十分酣畅。

爵士是一个懂得旅行且可以迅速适应各个地方风俗习惯的人。他给自己和同伴们准备了智利人的服装。巴加内尔与罗伯尔——两个全都是孩子，不过一大一小，当他俩将头套进智利大斗篷，脚插入长皮靴后，全都觉得很好玩，并乐不可支。那斗篷土名叫“篷罩”，是一大块格子花呢，中间还穿着一个洞。靴子是用小马的后腿制作成的。还有他们乘坐的骡子也都被打扮得十分漂亮，骡子嘴中衔的是阿拉伯式的嚼铁，皮质的缰绳在嚼铁的两端系着，可以当做鞭子使用，头上则是那金碧辉煌的络头，还有那色彩鲜艳的褡裢，褡裢里装着当天的干粮。巴加内尔总是粗心大意，当他爬上鞍子，便漫不经心地坐着，腰中的大望远镜悬着，脚蹬着镫子，松着辔头让骡子走。骡子十分听话，他感到很满意。至于小罗伯尔，当他一跨上骡背，就像是未来第一流的骑手一般。

全队出发。天气晴朗，万里无云。尽管是烈日高照，但空气仍旧被海风调节得很凉爽，顺着塔尔卡瓦诺湾曲折的海岸，这一小队人马迅速前进着，再南下 48 公里，便要踏上那 37 度线的末端。第一天大家都迅速穿行在干滩地的芦苇丛中，相互之间都没说什么话。旅客的脑子中还保留着临别赠言的强烈印象。邓肯号还在冒着黑烟，在天边逐渐消失掉，但是还是能看得到的。大家都没说话，仅有那勤奋的地理学家仍旧在练习西班牙语，并使用这新语言一直在自言自语。

不仅旅客没说话，连骡夫头子也是十分沉默的人，他的职业并没让他养成好说话的习惯。他连对“陪翁”说话都十分少。这两个“陪翁”全都是内行，都知晓自己应该做的事情。如果有匹骡子停了下来，他们便会使用喉咙喊叫一声来督促它，要是再不走，就扔个石子，石子扔得十分准，再执拗的骡子也都会顺从的。如果是一根带散了，或一条缰绳溜了，“陪翁”便将“篷罩”脱下，把骡子的头蒙住，兜带或缰绳整理完了之后，骡子立即继续前进。

早晨8时吃完早饭出发这是骡夫们的习惯，一直走到下午的4点才会歇夜。爵士很尊重这个习惯。这天，当骡夫头子将休息的信号发出时，旅客们刚赶到海湾南端的阿罗哥城，到现在为止他们都还没能离开过这泡沫飞溅的海岸。赶到卡内罗湾，到37度线的端点，还需要再西行32公里。爵士这一队人已将这整个海滨地区给走遍了，但还是没找到任何沉船的痕迹。再跑下去同样也是白费，因此便决定把阿罗哥城当做出发点，从这里往东顺着一条笔直的路线进发。

这一队人马选择在城中一家很简陋的旅社过夜。

阿罗加尼亚的首都是阿罗哥城。阿罗加尼亚人是智利族的分支之一，这一族的人强健且高傲，在南北美洲中没遭受过外力统治的也只有这一族了。阿罗哥城一度曾隶属西班牙人，但居民们从未屈服。当时他们抵抗西班牙人就跟现在抵抗智利人那样，他们独立的旗帜——蓝底白星旗——始终飘扬在那座筑有护城工事的山顶上。

当别人在准备晚饭时，爵士、巴加内尔和向导在由茅草盖成的房间里面散步。除了一所教堂跟一个圣芳济修道院的遗址外，阿罗哥城中就没有其他什么能看的了。爵士曾经尝试打听有关沉船的消息，但都没有结果。西班牙语居民们听不懂巴加内尔所说的话，这让他十分失望。不过，阿罗哥城的人所说的全的阿罗加尼亚文——一种土语，这种语言一直到麦哲伦海峡都是通用的——巴加内尔的西班牙语说得再棒也没有任何用处。他既然无法与土人进行交谈，也就只能以目代耳了，但他还是觉得很愉快，因为阿罗加尼亚各种典型的人全在他的眼前呈现，任由他观察。这里的男子全都身材高大，面部扁平，皮肤为古铜色，没有胡子，眼光闪烁疑虑，脑袋宽且大，头上披着黑稠的头发。他们就像是太平盛世中无所事事的战士，整天游手好闲。他们的女人全都吃苦耐劳，整天忙着家务，为主人刷马、擦武器、耕田、打猎，除此以外，她们还会抽空编织那种翠绿蓝色的“篷罩”，一件需要织两年，这样的织品最低价钱也能卖到300美元。

总的来讲，阿罗加尼亚人是一个并不值得去注意的民族，民风粗野。他们几乎具有了人类全部的坏习惯，他们仅有的一个美德，便是热爱独立。

“真是一些斯巴达（古希腊的一邦，居民以勇武而著称）人啊！”

巴加内尔散步回来围坐着吃晚饭时，他还是再三地赞扬着。

大家都认为这位尊敬的学者赞扬得实在太过分了。后来他又说，他游览阿罗哥城时，他那颗法兰西人的心跳动得尤其厉害，对此大家感到更加的莫名其妙。少校询问他为什么会这样，他说他这样激动的心跳是再自然不过的了。因为不久之前，他有一个同乡以前做过阿罗加尼亚国王。少校向他请教国王的名字。他便十分骄傲地说出那位诚实的脱楞斯先生。那是个地地道道的好人，满脸的络腮胡子，曾早年在法国的白里各城做过律师，后来又当上了阿罗加尼亚国王，后来被那一班下台的国王及其臣僚怒斥为“臣属的忘恩负义的行为”将他从宝座上给赶了下来。当少校听见一个律师当了国王又被赶下宝座，忍不住笑了笑，可巴加内尔却一本正经地说道：“一个律师做一个好的国王，或许要比一个国王想要做一个好的律师要更加容易。”大家听到了这句话，更加忍俊不禁全都笑了起来，他们都把玉米酒举了起来，为了阿罗加尼亚国王的健康而干杯，他们每个人都喝了一些酒。几个钟头之后，旅客们都各自裹上“篷罩”进入了梦乡。

“马德铃娜”在前，“陪翁”在后，在第二天早晨 8 点钟，那一小队人马再次往东走上了 37 度线的路了。他们从阿罗加尼亚那片遍地都是葡萄与羊群的肥沃地区穿过。但是，人烟越来越少了。相隔了一里多路，才难得碰见有“拉斯特勒阿多”的茅棚——“拉斯特勒阿多”是美洲大陆著名的印第安人的练马人。有时他们所碰到的是一所已废弃的驿站，这是平原上游荡的土人用来躲避风雨的地方。这天有拉克河和杜巴尔河两条河将路给拦住了。幸好向导发现了一个浅滩，大家全都安然渡过了。这时，天际上安达斯山脉已展开了，展现出了一个个圆顶和往北延绵的尖峰。这整个新世界的巨大脊梁就在这条山脉，现在所看见到的也只不过是那庞大脊梁最低的部分。

下午 4 时，大家在旷野中一棵庞大的野石榴树下停歇了，他们已经一口气行走了 56 公里路了。将骡子的缰卸了下来，让它们自由地往草场跑去吃嫩草。褡裢里干肉与辣饭多的是。将“皮量”铺到地上便是枕席，大家便在临时的枕席上面安然睡去，用来恢复一天的劳累，由“陪翁”和向导轮换担任守夜工作。

天气晴朗，全部的人员，就连罗伯尔在内，身体都十分健康，长途旅行开始得如此顺利，因此，大家都觉得，就像在赌场上那样，“牌风”顺了，便应该更加勇往直前。所以在第三天行走得更加快了。他们也安然地渡过了白尔河的急流。晚上就在介于智利与土人国之间的标河旁歇夜。爵士一行人又行进了 56 公里。地理情况并没发生什么变化，这里还是肥沃的土壤，盛产宫人草、木本紫罗兰花、曼陀罗花、金花仙人掌，鹭鸶、鸱枭和逃避鹞鹰的一些黄雀和铁寨是在这个地区仅有的鸟类。有些动物，如南美豹等都在丛莽中蹲伏着。至于土人，看到的却十分少。好不容易碰到几个印第安人和西班牙人的混血儿，大马刺在赤脚上拴着，骑在那被刺得流血的马上，在平原上奔驰着，如同鬼影那样走过去。路上找不到能问话的人，因此几乎打听不到消息。因此哥利纳帆决定不作任何调查，耐着性子迅速前进。

17日，按照以往的时间与习惯出发。罗伯尔老是不遵守这种次序，因为他只要一高兴，就会走到那“马德铃娜”面前，他的骡子算是吃尽了苦头。只有爵士严肃呵止时才能让那小家伙返回到原位。

地面开始高低起伏了，道路也相对崎岖了，一切都表明前面就要到山地了，河流也同样多了起来，全都按照山坡的曲折汩汩地流着。巴加内尔时不时会看着他的地图。有些溪流在地图上给漏掉了，当他看见某条河流在地图上没有时，便会很生气，头上差不多要冒出火来，那样子看起来可爱又好笑。

“一条河没有名字，就相当于没有身份证！在地理学上的法律眼中，它是不会存在的。”

因此，他一点都不客气地给那些没名字的河流取名，给每条河流上都添加上西班牙语中一个最为响亮的形容词，在那地图上记了下来。

“好个西班牙语啊！”他不停地说着，“多么响亮的语言啊！这语言真是用金属制成的，我相信它的成分是包含78%的铜，22%的锡，就像是那铸钟的青铜那样！”

“如此好的文字，你学了总该有点进步吧？”爵士问他。

“自然有进步呀，亲爱的爵士！啊！如果不是音调问题的话！……只可惜还需要有恰当的音调才可以让大家听得明白！”

巴加内尔总希望自己能将音调说得更加准确，一边走，一边尽力克服发音的困难，嗓子都快要叫破了。同时，他并没忘记提出自己关于地理学上的意见，在这方面，在这世界上再也找不到比他更为高明的了，他真的是个内行。只要爵士询问向导一个问题，想要知道当地的特点，他的渊博的同伴总会在向导前面将问题解答了，将特点给说了出来，那向导惊讶极了，会睁大眼睛看着他。

这天快要到10点的时候，他们遇见了一条路，把他们一直遵循着的那条直线给横截断开。哥利纳帆爵士自然要询问这条路名，自然还是巴加内尔抢先回答了出来：“这是荣伯尔通往洛杉矶的路。”

爵士看看那向导。

“十分正确。”向导回答道。

接着，他又向那地理学家问道：

“您去过这个地方吗？”

“当然啦！”巴加内尔一本正经地说道。

“骑着骡子来的？”

“不，是在安乐椅子中坐着来的。”

那向导听不懂这句话的意思，他只是耸了耸肩，便再次返回到队伍的前面去了。

傍晚5点，旅行团赶到一个算不上十分深的山坳中休息，这山坳就在小罗哈城北几里的地方，当夜，他们便在那山脚下野营，那些山就是抵达安达斯山最低的阶梯了。

第八章　安达斯山脉

到现在为止，横贯智利的人们还没遇到过什么严重的意外或者突发情况。不过，从现在开始，爬山旅行可能遇见的障碍与危险全都要出现了，跟自然界的各种斗争也要马上开始了。

有个很重要的问题一定要在出发之前将其解决：到底从哪条路出发能穿过安达斯山脉且不离开原定的路线呢？大家都在问向导。

"我只知道在这一带高地岩儿有两条路可以走。"他回答。"肯定是以前曼多查发现的阿里卡那条路？"巴加内尔说。

"一点都没错。"

"和维腊里卡岭以南的也称为维腊里卡的那条路？"

"正是。"

"那么，朋友，这两条路全都有一个毛病，不是太偏北就是太偏南。"

"那么，还有另外的路可以选择吗？"少校问。

"有，那便是安杜谷小道，它在火山的斜坡上，南纬37度30分的地方。也就是说，距离我们预定的路线仅差半度。以前查密雕·得·克鲁兹探出这条小道的，高度仅差2000米一点。"

"好，这条安杜谷小路，你能认出吗？"爵士问向导。

"认是认得的，爵士，这条路我也曾走过，我之所以没有提过它，是因为它是小径，是山东麓的印第安畜牧人走的，这条路较窄，最多能通过牧群。"

"那么，朋友，白环什人的牛马可以走的地方，我们也可以走。既然这条路就在这直线上，那我们就走这条小路吧。"

动身的信号立刻就发出了，全队人马都向拉斯勒哈斯山谷行进，两旁全是大丛的结晶石灰岩，从进入一个差不多无法感觉到的斜坡后，路开始逐渐升高。大概在11点的时候，需要从一个小湖旁绕过，那小湖是个天然的储水池，是周围全部小河的汇流点，风景优美。当这河水汩汩地从这里流过时，便在这一片恬静中消失了。湖上是一层层的高原，高原上长满了林草，印第安人的牛羊群便在这里放牧。因为骡子有跨过沼泽地的本领，所以大家都安然度过了这片南北横亘的沼泽地。午后 1 点，正好要从巴勒那堡旁绕过，山坡慢慢陡峭起来，石头嶙嶙，在那骡脚下石子滚着，一种哗啦啦的碎石瀑布就这样形成了。将近 3 点左右，又是很多 1770 年土人起义中被毁掉的残垣废垒。这些遗迹看起来充满了画意。

“真的，高山还无法将人们给隔开，还要加上碉堡呀！”巴加内尔说。

从那个地方开始，不仅路十分难走，并且还很艰险。山坡的坡度逐渐加大了，岩头的小路越走越窄，岸下的坑谷同样深得吓人。骡子鼻子贴着地，嗅着山路，谨慎地行走着。人们一个个排着队前进。有时，刚拐了一个陡弯，“马德铃娜”便不见了，旅行队便顺着它从远处传过来的铃声前进。也有时，随意曲折的山径将骡队折成平行的两行，领头的向导能跟压尾的“陪翁”谈话，其中仅隔着一条宽不到 20 米，深达几百米以上的鸿沟，这条鸿沟几乎是平行的两队人马无法跨越的。

可在这带山地上，还有草本植物正在跟岩石作着斗争，但人们都已经感觉到矿物界在往植物界入侵了。几块呈着铁青色已凝固的熔岩，竖起针状的黄色结晶，一看人们就知道距离安杜谷火山不会远了。一层层岩石对齐着，摇摇欲坠，尽管不符合任一平衡的定律，但还能互相支撑攀扶着，不会崩倒下来。十分明显，只要有一丝丝的震动，这些岩石就会改变形状。还有那些倾斜的尖峰，歪倒的穹窿，偏颇的圆顶，便会知晓这地区的山势还没定型。

在这种条件下，想辨认清楚是十分困难的。安达斯山的庞大的骨架差不多不停地在摇动，因此经常将通行的路线给改变，昨天认路的标识点，今天就有可能不会在原位置了。因此向导也经常搞不明白，需要停下来观看四周，辨认岩壳的形状，在那些容易碎的石头上寻找印第安人曾走过的痕迹，因为想要辨别方向几乎没有任何办法！

爵士一步步紧跟着向导。他了解并感受到向导的烦恼在随着路径的困难逐渐增加。他没敢询问他，他想：骡夫应跟那骡子相同，都有识路的本领，因此还是信任骡夫好，他这种想法或许也有道理。

整整一个小时，向导看起来一直在彷徨着，但也一直在慢慢进入更为高的地带。最后他只能下来了。那时他们正要走进一条不算十分宽的山谷，印第安人称这种山谷为“格伯拉达”，是那些窄山峡其中的一种。在出口处有一堵云斑石的峭壁，呈尖峰状，将其拦住了。那向导寻找了一阵子，也没寻到路，因此下了骡子，交叉着胳膊，等待着。爵士朝他走了过来，问：“是迷了路吗？”

“不是，爵士。”

“可是，现在我们已不在安杜谷那条路上了吧？”

“我们依旧在安杜谷那条路上。”

“你没认错吧？”

“没认错，您看那边是羊群马群行走过的痕迹，这里是印第安人烧篝火时留下的灰烬。”

“那么，这条路是人家曾走过的呀！”

“是的，但现在无法走过去了，最后一次地震将这条路给堵死了……”

“堵住骡路却堵不住人路呀！”少校说道。

“啊！我已尽了我的力量了，以后就要看诸位怎么办了。要是诸位愿意往回走，在这带高低岩儿中寻找其他的路的话，我的骡子与我都准备向回走。”

“那岂不是要耽误了？……”

“对，至少耽误 3 天。”

爵士听着向导的话，一言不发。当然向导是按照这合同上的约定行事。他的骡子无法再向前走了。然而，当向导建议往回走时，爵士回过头来，看着他的旅伴们问：“你们愿不顾一切从这条路行走过去吗？”

“我们愿与你一起走。”奥斯丁回答。

“甚至于赶在你的前面走，”巴加内尔补充道，“可是说来说去，问题到底出在哪里呢？问题在于爬过一条山脉，而山那边的下坡路跟这边根本无法相比！等我们过了山，便能找到引导我们过山的阿根廷的‘巴加诺’和那习惯在草原上奔驰的快马。不要迟疑，还是往前走吧。”

“好，往前走！”爵士的旅伴们都异口同声地响应，全都叫了起来。

“你不能跟我们一起走了吗？”爵士转头问那向导。

“我是个赶骡子的呀！”

“那就随你的便吧。”

“我们也用不着他来陪，等到了峭壁那边，我们能再次找到安杜谷的小路，我保证能将你们引到山脚下，绝对不亚于这带高低岩儿的一个最好的向导员。”巴加内尔说。

因此爵士给那向导结了账，将他连同他那“陪翁”和骡子一起全给辞掉了。剩下他们七个人分别背着武器、工具和干粮。大家都决定立即再向上爬，必要时要走一段夜路。有条直上直下的小径在左边斜坡上蜿蜒着，骡子的确无法通行。困难确实十分大，不过通过两个小时的疲劳与周折，7 个人再次返回到那安杜谷那条路线上了。

这时他们才感到真正叫做安达斯山的部分，距离那条庞大的高地岩儿的最高山脊也不远了。但是，不管大小路，都没办法辨认了。最近的一次地震将这整个地区给搅得天翻地覆，只有一步步从山腰上隆起的石壳上往山脊上爬。巴加内尔一时寻找不到能走的路，也有点不知所措，只能拼命往安达斯山顶上爬去，山顶的海拔高度平均全在 3300 ~ 3600 米之间。十分侥幸，天气相当好，天空晴朗，这个季节对行人而言十分有利。要是在冬天，在 5 月到 10 月之间，像这样爬是根本不可能的：严寒的气候，一下子便会将行人给冻死；就算是没冻死，也无法从当地特有的那种旋风下逃走，这飓风叫做“腾薄拉尔”，每年被它刮落到高低岩儿的深坑中的人已经有很多了。

爵士一行人爬了整整一夜。那些几乎都没办法攀登的层层岩石，大家全都是用手扒着往上爬去，那些宽深的缝穴，大家全都跳过去了，胳膊挽着胳膊就跟绳子一般，用肩膀一个掮一个如同搭上了子，这样冒着危险和困难的好汉就像是大马戏团中的小丑一样，在表演着空中飞人。这种时刻正是健壮的穆拉地和灵巧的威尔逊大显身手的时候了。这两名实诚的苏格兰人来回奔跑，四处出力，有好几次如果不是他们两个那般热诚与勇敢，这一小队旅客便都过不去了。爵士不停看着小罗伯尔，因为他年纪小，性格活泼，让人提心吊胆，总担心他冒失会出事。至于巴加内尔呢，他带着法国人独有的那种狂热，不停往前行进着。至于少校，他在该动时才会动，总是不多也不少，恰如其分，他总是若无其事，不慌不忙地慢慢往上爬去。几小时来，可能他自己还不觉得自己在向上爬，甚至他还会认为自己在下山呢。

早晨 5 点钟，按照气压表的测算，他们已达到 2300 米的高度了。这时他们处在二级平台上，那是乔木地带的尽头。有几只野兽在那边来回跳跃，要是猎人能捉到它们的话，肯定会欣喜若狂，说不定还会发笔大财呢。这些矫健的野兽仿佛也知晓猎人喜欢捕猎它们，因此远远看到人就会跑。在这些野兽中，最有用的就是山区特产的驼马，它能代替羊、牛、马之用，在连骡子都无法生存的地方生活。还有一种大耳鼰鼠，是一个啮齿类的小动物，温驯却胆小，长了一身好皮毛，形状既像野兔，又像野鼠，后腿尤其长，又类似于袋鼠。看这种轻捷的小动物在树顶上和栗鼠那样来回跑，非常好玩。“虽然它不是鸟，但它已不是四足动物了。”巴加内尔说。

然而，这些野兽还并不是山上最高点的居民。在 3000 米高的地带，雪区的周围，还有成群的无比美丽的反刍动物：一种是羊骆，披着丝绒般的长毛；还有一种则是无角的山羊，身段苗条，气宇轩昂，毛十分细致，动物学家称做“未角羚”。不过像这种小动物，你根本别想靠近它，甚至连看它一眼都不容易，它逃得跟那鸟儿展翅那样快，在白得眼花的雪层上悄无声息地一溜便溜掉了。

在天气破晓时，整个山区的面目全都变得缥缈不定了。数不清的耀眼大冰场，带有一点淡青色，竖立在绝壁上，反射着黎明的曙光。这时爬山是十分危险的。需要先仔细探测下，摸到裂缝时，便不能再冒险前进了。威尔逊早就跑到前面当做队伍的先锋了，他用脚先试探着冰面。同伴们全都谨慎地按着他的脚印走，并且避免大声谈论，因为只要声音稍大点就会引起空气震荡将悬在头上七八十丈高的大雪团全给震落下来。

他们已到了灌木地带了，再向上爬 250 多米，连灌木都要将位子让给禾本草类和仙人掌类了。到了3300米高度时，连这些东西也都没了，植物全都绝迹了。旅客们在8点时休息了一次，简单地吃点东西把体力恢复恢复，然后又冒着更大的危险鼓起勇气再次往上爬去。又要度过那刀尖般的冰凌，又要从那让人看都不敢看的深坑旁爬过。很多地方路边都被木头做的十字架给插满了，这表明这地方曾发生过不幸的事故。午后快到2点时，一片光秃秃、荒凉得跟那沙漠般的平地在险峻的峰峦中展开了。空气依旧是干燥的，天空则是蓝色的。在这种高度和温度上，雨从没有来过，水蒸气直接会变成雪与冰雹。零落的云斑石或雪花岩的峰岭如同残骸的朽骨被白色的裹尸布裹住那样，有时候，硅石或片麻石的碎块，全被风给吃脱了，以深厚的声响往下滚，因为空气稀薄，几乎无法听见任何的声响。

然而，这一小队旅客，可以说是心有余而力不足了。爵士见到同伴们全都已经精疲力竭，心里十分后悔在这深山中行走得这般远。小罗伯尔拼命跟疲劳作斗争，但确实不能再行走了。3点钟时，爵士停了下来。

“需要休息了。”他说，因为他发现，大家早已支持不住，但没有人愿意把这个建议先提出来。

“休息吗？但没有藏身之地呀！”巴加内尔说。“可是，非休息不可了，对罗伯尔而言，这个更有必要！”

“我不要休息，爵士，”这个勇敢的孩子回答道，“我还可以走……大家都不要停下来……”

“让别人背你吧，我的孩子，”巴加内尔说，“不管怎样都要走到东边才行。到了山那边或许能找到一个茅棚子。我要求大家都再坚持行走两个钟头。”

“大家都同意吗？”爵士问。

“同意。”旅伴们一起回答道。

穆拉地补上一句：“我负责背孩子。”

大家再次往东进发。又十分吃力地攀登了两个钟头。大家总归是向上爬，爬，一直爬到最高峰。因为空气稀薄，大家开始呼吸困难起来，这种现象叫做“缺氧”。因为血液失去平衡，从牙龈和嘴唇上渗出来，或许雪地也是渗血的原因之一吧，因为在那高空之中，雪足以败坏空气。既然空气稀薄，那便要加劲呼吸，才可以加速血液的循环，这种器官活动让人疲惫，一点都不亚于雪面上的阳光反射。不管那群勇士的意志怎样坚强，在这时候，最勇敢的人也都熬不住了，随之高山区可怕的病痛——昏眩——也出现了，不仅将他们的体力消减，也把他们的毅力给消减了，与这种疲劳作斗争是很艰苦的。不一会儿，摔跤的人也多了起来，一跌倒便无法站起来，只能跪着爬。

这一程攀登的时间过于漫长，弄得大家全都精疲力竭，眼看就要支撑不下去。那茫茫雪海，那冻裂体肤的寒气，那逐渐吞噬着山峰的夜影，再加上还没寻到过夜的地方，这一切的一切不由让爵士心惊胆战了起来。这时少校突然以镇静的语气叫道：

“那儿有一座小屋！”

第九章　印第安人的“王宫”

如果不是有少校，可能任何别人在这小屋旁走过一百遍甚至是从那小屋顶上面踏过去都可能发现不了这个小屋。因为它跟四周的岩石混杂在一块，仅是那雪地上凸出的一点，很难让人看见。因为这个小屋在雪中埋着，必须要扒开才行。拼命扒了半个小时威尔逊和穆拉地才将那小屋的入口给扒开。全队的人都立即钻进去挤成一团。

这小屋是印第安人在一个雪花岩上用土坯建立的，正方形，长宽各 3.3 米，仅有一个小门，门前还有一个石梯，虽然门狭窄，但是一旦刮起那种飓风，雪花和冰雹照样还能进去。

小屋中足够容纳 10 人，虽然在雨季中挡不住雨，但在现在至少还能抵挡零下 10 度的寒气。此外，屋中还有一个灶炉和土坯做成的烟囱，烟囱中的缝隙用石灰给糊得严严实实，如果生火取暖，抵御外面的寒冷，还是行的。

“总算有个栖身之处，尽管不那么尽如人意，”哥利纳帆说，“我们还要感谢老天爷将我们引到这里来。”

“这还嫌不舒服吗？这可是一座王宫啊！可惜的是没有禁卫军与朝臣。在这里我们算得上是舒服极了。”巴加内尔说。

“特别是在这灶炉中燃烧起一把旺火。”奥斯丁说，“我觉得，大家肯定是饿了，冻僵也更是吃不消的，对我个人而言，能寻找到一把柴火要比打到一些野味更要开心。”

“好呀，我们想办法去寻找些东西来烧烧吧。”巴加内尔说。

“想在这高低岩儿的顶上寻找东西来烧？”穆拉地带着怀疑的神色看看大家，摇了摇头说。

“既然屋中有灶炉，那在外面肯定能寻找到烧的东西。”少校回答。

“麦克那布斯说得十分对，你们去布置下，准备晚饭，我去打柴。”爵士说。

“我跟威尔逊陪你一块去。”巴加内尔说。

“你们需不需要我来陪？”罗伯尔爬起来问。

“不用，你赶快休息吧，我的孩子，虽然你跟别人一样都还是小孩的年龄，但你已成为大人了。”爵士说。

哥利纳帆、巴加内尔、威尔逊从那间小屋走了出去。那是傍晚6点钟，尽管没一丝风，但寒风却刺入肌骨。天色已转暗了，高原上的峰峦上太阳用那最后的光彩抚摸着它。巴加内尔又看了看气压表，水银柱指着零下4分过95。这时候他们处在3600米的高空中。这里仅比那勃朗峰低910米。要是这些山也都跟瑞士高峰一样，有那么多的困难，只要随便有一场飓风或旋风来跟他们捣乱，任何一个旅客都无法爬过这新大陆的屋脊。

哥利纳帆与巴加内尔走上一个云斑石的高岗，在天边的四周观看。这时他们正处在峰峦叠嶂的最高峰上，一眼就能看见65平方公里的范围。东面，山坡不算太陡，一层层地下迭，能走进去。科罗拉多河流域已在黑幕中沉没了，远处是冰山陨落时所冲积出来的乱石堆。整个的安达斯山东麓都慢慢阴暗了下来，地面上起伏的皱纹，所有的峰峦叠嶂，全都在夕阳照射下消失了。西面，那些支撑着尖峰的嶙嶙石壁还沐浴着阳光。望着那些在光海中沉浸的岩石与冰山，真是让人眼花缭乱呀。北边峰峦起伏，就像是用颤抖的手拿着铅笔勾画出的一条朦胧且饱含弹性的曲线。但南边却恰恰相反，景象相当雄伟壮观，越接近黄昏反而越发灿烂。是的，你往荒野中的尔比多河看一下，就能见到安杜谷火山，就在距离这里3公里之外的地方，大张着嘴的喷火口。那火山怒吼着，如同一个庞大的怪兽，就像是圣经中所说的长鲸，它喷出灼热的浓烟与奔流而出的褐色火焰。周围的峰峦都如同着了火；白热的石雹、暗红色的烟光、火红色的熔岩，交织汇成了一个无比硕大的万花筒。一阵刺眼的闪光火焰不断加强，把一望无际的盆地都照射得到处都是强烈的光环，而那时，夕阳的余晖也慢慢收敛了，如同一颗陨星在天边暗影中慢慢隐匿。

巴加内尔和哥利纳帆只是出神，望着这一幕天火与地火的瑰丽的斗争。现在这两个临时的樵夫都变成了艺术鉴赏家了。不过威尔逊提醒了他们需要做的事情，他对此并没有太大的兴趣。那地方没树木能当作柴火烧，幸好在岩石上有些干枯的苔藓巴，他们采集了许多，还有一种根可以烧的植物叫做“拉勒苔”，他们同样也拔了些。当这些珍贵的燃料一拿到小屋中，便立即放到炉灶中，堆了起来。火要生起来很不容易，维持不熄灭更不容易。因为空气太过于稀薄，无法供给充足的氧气，至少这是少校的看法。“在另一方面，”少校又补充道，“水沸同样不需要100度，喜欢喝百度沸水煮咖啡的人也只有迁就点了，在这种高度，水不足90度就会沸腾。”

少校说的并没有错，当水沸时用温度计插进去试了一下，也就仅有87度。大家都喝了几口热咖啡，感到舒服极了，至于干肉，好像有点不够分配。这让巴加内尔脑子里面升起一个不切实际的念头来。

“我想起来了，骆马肉烤起来吃也不算太差！人家说骆马能代替牛羊，我倒想试试骆马肉是否能替代牛羊肉！”

“怎么！”少校说，“这样的晚饭还不能让你满足吗，大学者？”

“满足极了，我的好少校，不过我必须承认，要是有盘野味，我就更加满意了。”

“你真是会享受！”

“我接受你给我扣的这顶帽子，不过，少校，你到底想怎么样呢？尽管你嘴中说得好听，心中也未尝不想吃到一块什么肉吧！”

“或许有这么一回事。”少校回答。

“要是有人请你去打猎，你会惧怕寒冷与黑夜，乖巧地去干吗？”

“那当然啦，你要是真的这样想的话……”

大家都还没有来得及去感谢并劝阻他，便听到一片吼声从远处传了过来。吼声拖得十分长，可见，那不是一两只野兽，而是成群的野兽往他们这边跑来了。难道老天赐给他们一个小屋，还赐给了一顿晚饭吗？这只是地理学家的想法。

但哥利纳帆却将他的兴头给抑制住了，对他说，在高低岩儿这样高的地带肯定不会有野兽出现的。

“没有野兽，那这声音从哪里来的？”奥斯丁说，“你们难道没有听到这声音越来越近了吗？”

“会不会是雪崩？”穆拉地问。

“不可能！这明显是野兽的吼声。”巴加内尔反驳道。

“我们去看看吧。”哥利纳帆说。

“我们按猎人的身份去看吧。”少校说着，顺手将他的马枪拿了起来。

大家都从小屋中钻了出来，阴森森的，满天都是星星，月亮还没有出来，伸手不见五指。北面和东西的峰峦全在夜幕中消失了，仅能看出那几座如幽灵般最高峭岩的侧影。吼声——听起来好像是受到惊吓的野兽的吼声也越来越大，都从高地岩儿的那片黑暗中涌了过来。

到底是怎么回事？……忽然，一片东西排山倒海般的崩落了下来，但这并不是雪崩，却是那一群受了惊的野兽。仿佛整个高山都在颤抖。数以万计的野兽涌了过来，尽管空气稀薄，奔腾声、叫嚣声照样是那般的震耳欲聋。到底是草原的猛兽呢？还是这座山的骆马与未角羚呢？一阵动物的旋风在他们头上几尺高的地方奔涌卷过，哥利纳帆、麦克那布斯、罗伯尔、奥斯丁和两个水手立即伏倒在地上。巴加内尔有夜盲症，他还在那站着，想要看到底是什么东西，结果一眨眼的工夫就被弄得四脚朝天了。

这时，突然“砰”的一声，少校摸黑朝天上放了一枪。他认为有只野兽在离他几步远的地方倒下了，可整个兽群却依着不可抑制的势头往前奔去，响声更加高了，消失在火山一带的山坡上。“啊！我找到了！”一个声音说道，那是巴加内尔的声音。

“你寻找到了什么呀？”爵士问。

“找到眼镜呀！这样的情况下竟然没把眼镜给丢了，真是造化！”

“你没受伤吧？……”

“没有，仅仅是被踩中了几脚。不知道那是什么东西踩的。”

“是这东西踩的。”少校把他打死的野兽拖过来说。

大家立即跑回小屋中，凭借着炉火的红光仔细研究起来少校这一枪的收获——那是一只美丽的兽，如同一个无峰的小骆驼：细头、扁身、长腿，软毛，牛奶咖啡色，肚子下边还有些白斑点。巴加内尔一见到便叫了起来。“一只原驼呀！”

“原驼是什么？”哥利纳帆问道。

“可以吃的兽类。”巴加内尔回答。

“好吃吗？”

“味道棒极了，一盘佳肴。我早就知道这晚上会有好肉吃的！多么好的肉呀！谁来剥皮呢？”

“我来剥。”威尔逊说。

“好，那你剥我烤。”巴加内尔接着说道。

“您还是个厨子吗，巴加内尔先生？”罗伯尔问，“我是法国人，还不会做厨子吗，我的孩子？法国人生来就有一双厨子的手啊！”

5 分钟过后，巴加内尔就将大块的兽肉放到“拉勒苔”根烧成的炭火上。过了 10 分钟，他便将他那“原驼肋条肉”烧烤成了开胃适口的样子，给旅伴们吃。大家一点都不客气地接过来便满口大嚼。

但是，让地理学家十分惊讶的是：大家仅吃了一口便哇的一声，脸上做出鬼脸出来。

“难吃呀！”这个说道。

“吃不得啊！”那个说。

尽管那可怜的学者满肚子不高兴，但也不得不承认他那烤肉连饿鬼都咽不下去。大家都嘲弄他，用他刚才说的“佳肴”来开玩笑了。他自然知道大家都在嘲弄他。他不得不找出一个理由来解释为什么原本真正好吃的每个人都赏识的原驼肉，刚到他的手中就变成这种怪味道了。突然他灵机一动，想到了一个理由：“我想起来了，”他大叫道，“是的，我想起来了，我找到原因了！”

“是烤得太过了吧！”少校镇定地问道。

“并不是烤得太过了，你这喜欢挑剔的少校啊！而是奔跑得太过了！我怎么会忘了这点呢？”

“什么叫做‘跑得太过’了呢，巴加内尔先生？”奥斯丁问。

“什么叫做‘跑得太过’吗？在休息时原驼被打死才好吃。追赶它跑得这般快，肉便吃不得了。我凭借它那肉味就能断定它来自十分遥远的地方，因此那一群原驼也都来得十分远。”

“这是真的吗？”哥利纳帆问道。

“肯定是真的。”

“那么，到底是什么事，这时它们应安静地待在自己的窝中，到底是什么现象把它们给吓成这样，这样仓皇地逃了出来？”

“至于这点，我亲爱的爵士，我没有办法回答。要是你相信我，那你就去睡觉吧，别再追问了。我也要睡觉了，少校？”

话说到这里，大家全都裹着“篷罩”，添上火，很快千奇百怪的鼾声全都来了，全体的大合奏下，那地理学家的鼾声中伴随着男低音。

仅有哥利纳帆睡不着觉。他内心的极度不安让他难以入睡。他又忍不住想到那兽群往一个方向逃，又想起那种无法理解的惊骇。猛兽不可能将那些原驼追赶着呀。在这样的高度上，猛兽并不多，猎人就更少了。到底是哪种恐惧将它们赶往安杜谷的深坑呢？恐怖的原因在哪里呀？哥利纳帆预感到过不了多久就会有灾难到来。

然而，可能是因为半睡眠状态的影响，他的念头开始转变，渐渐的希望取代了焦虑。他幻想明天在安达斯山下的大平原上。想象在那里开展调查，或许成功就不会远了。他想象着从那苦难的奴隶生活中将格兰特船长和他那两个水手给解救出来。很快这些念头充斥着的大脑。被火光照耀着的同伴们的睡脸和墙上时时浮现的影子，以及炭火的爆炸声和飞起的火花、那烧得通红的火焰，这所有的一切都不时将他的思路打断。接着，他那感觉灾难要来临的预感又一次出现，并且比以往还要厉害。他模模糊糊地听着外面的声音，在这些寂静的山峰上，怎么会产生那种剧烈的声响呢？

很难理解！

有时候，他好像听见一阵远远的、轰隆的、带有威胁性的响声。只有山腰距山顶 1000 米以下有暴风雨时才会出现这种声音呀。哥利纳帆想要证实这点，便从小屋中走了出来。

这时月亮慢慢升起。空气清新且平静，天上没有云彩。稀稀落落的，还有那几道火山活动的回光。既没风雨，也没闪电。千万颗星星在天空中闪烁着。可那些轰隆的响声与那些原驼逃跑有什么关系呢？他们之间有因果关系吗？他看看表，正好是凌晨两点。因为他无法确定会不会立即就有危险发生。因此他没有去把那些疲乏的同伴们叫醒，让他们继续甜睡，连他自己都断断续续陷入一种沉重的朦胧状态，这状态一直持续了好几个小时。

突然，哗啦啦猛烈的声响将他再次给惊醒了。轰隆，轰隆，那是一种震耳欲聋的冲撞声，如同无数炮车在坚硬的地面上滚过一般。忽然哥利纳帆觉得自己脚底下的地面正在陷落，见到小屋在摇晃，正在崩裂。

"逃命啊！"他叫了起来。

旅伴们七颠八倒地滚成一团，这下他们全都醒了。天开始亮了，眼前的景象真是吓人。群山的面貌全都突然变了：很多圆锥形的山顶都被齐腰斩断了，摇摇摆摆的尖峰往下陷去，不见了，就像是脚下的地面突然裂开了。因为在高地岩儿山区出现了这种特殊现象，一整座的山，有几英里路宽，在移动，移动，往平原那边涌了过去。

"地震啊！"巴加内尔立即叫了一声。

他说得没错，是地震。这是智利山区经常出现的灾祸。也就是在这个地区中，可比亚坡城曾两次被毁，14 年中圣地亚哥城就被震倒了四次。地下的烈火经常将这一部分的底壳燃烧，这条晚期出现的山脉全部的火山都无法将所有的地下热气给排泄出来，因此，经常会有这种震动。

这时这 7 个旅客都手攀着苔藓，头晕眼花，惊慌失措，拼命地将那座平顶山头的边缘给扒住，可那个大山头正按着极其快速的速度，即每小时 90 公里的速度，往下行驶着。连叫都叫不出来，动也不敢动，逃也无法逃脱，止也不能止。就算是叫了，谁都听不到。地下的轰隆声，雪崩的霹雳声，花岗岩与雪花岩的冲击声，破碎的雪块炫舞的呜呼声，这一切都让他们没一点办法去互相打招呼。有时，那座山无任何阻滞、无任何碰撞地往下滑行着；有时，它如同在海浪中那样，颠簸起来，前仰后合，左顾右侧。它从那些无底深洞旁经过，很多大块的石头都纷纷落到那深坑中去了。它沿途将那千年古树都给连根拔起了。如同一把巨大的铁锹那样，将所有突出地面部分全给铲平了，将安达斯山东麓铲成了一片光滑的斜面。

我们可以试想一下：一块几万万吨重的物体，以 50 度角的斜度往下奔去。速率不停地在增加，那是多大的一种威力呀！

这种无法形容的陨落到底要持续多长时间呢？谁都没法估计出来。将会坠落到哪个深渊中去呢？同样也没有人可以去预言。7 个人是否都还在原来的地方呢？是否都还活着呢？是否已经有人被摔到旁边的深坑中了呢？也没有人知道。奔驰的速度将他们给窒息了，彻骨的寒气把他们给冻僵了，旋在天边的雪花迷住了他们的眼睛，每个人都还是气喘吁吁的似乎整个身体都要被毁灭了，几乎都没有了生机，之所以他们还能扒住岩石，那也仅是求生的本能在作最后的挣扎罢了。

突然，砰的一撞，猛烈得很，将他们从那巨大的滑车上震出。他们全都被扔到前方去了，在那山脚下最后几层坡子上直滚。那座滑行的平顶大山突然止住了。

好几分钟过去了，没一个人能动。最后，有一个人爬了起来，但还是头昏眼花，幸好身体还能站得住，那是少校。他把身上的灰尘给拂了拂，往四周看了看。他的旅伴们全在一个小山窝中躺着，如同弹丸落在底盘那样，叠成一团。

少校清点了一下人数：除了一人之外，每个人都在，全在地面上直挺挺地躺着。罗伯尔·格兰特不见了。

第十章　失踪的孩子

安达斯山高低岩儿的东麓都是些长形坡，一条条都延伸到平原之上，然后消失了，因为地震新飞来的一座山就突然停止在这平原上。深厚的牧草将这片新地域给铺得满满的，上面还耸立着茂盛的树木，还有那大片的苹果林和数不清的苹果树，那金黄色的果实闪耀着光芒。仿佛是法国富饶的诺曼底省截下了一块，给丢在这高原地区。突然旅客们由沙漠转入绿洲，从雪峰落到草地，由寒冬进入到炎夏，如果在日常正常的环境中，他们一定会对这种突然变化感到无比惊奇。

这时，大地都寂静无声了。地震也已平息了。地下的震力转移到更远的地方。因为在安达斯山脉中时常会有一个地方在摇撼或颤抖。这一次，旅客们所经历的地震真的太猛烈了。整个山形都改变了模样。一眼望去。蓝天之下全是崭新的峰峦岭嶂。那些草原上的向导想找回旧路的标志已是完全不可能的了。

太阳从大西洋中升起，一个晴朗的日子也开始了，阿根廷的草原上出现了光线，光线又进一步延伸到太平洋中的波浪中了。那是早晨8点钟。

在少校的急救下，哥利纳帆与旅伴们，都逐渐苏醒了过来。幸好他们都只不过是受到震动而晕了过去，并没有其他的损伤。总算从庞大的高地岩儿那里爬了过来，一直爬到了那山脚下面。如果不是少了年少的旅伴罗伯尔，当前这不用动脚行走，乘坐自然力就可以下山的办法，大家都会鼓掌称快。

这勇敢的孩子罗伯尔，大家全都爱他呀，尤其是巴加内尔更是离不开他，虽然少校生性冷僻，但也喜欢这个孩子，而哥利纳帆则更是爱之如命。当哥利纳帆一听见罗伯尔失踪的消息，便急坏了，他能想象到这个可怜的孩子肯定落在哪个深坑中，正声嘶力竭地喊着他“第二慈父”。

“朋友们，我的朋友们。”哥利纳帆几乎是声泪俱下地说道，“我们必须要找到他，必须要找到他！我们不可以就这样将他给丢掉了！全部的山谷，全部的悬崖，全部的深坑，我们全都要找到底！你们将我捆在一根长绳上，把我缒下去，我绝对要这样做，你们懂吗？我要这样做！老天爷保佑罗伯尔现在还活着！把他丢了，我们还会有什么脸面去见他的父亲？为援救格兰特船长却将他的儿子给牺牲了，那成什么话呢！”

旅伴们都在听着他的话，都没有回答。他们觉得哥利纳帆在看着他们，是希望在他们的眼光中寻找到一丝希望出来，可他们全都将眼睛低了下去。

“究竟怎样了？！”哥利纳帆又说，“你们都听见我说的话没有？为什么你们都不开口？你们都认为没一点希望了吗？没一点希望了吗？”

又是一阵沉默，后来，依旧是少校先开了口。他问道：“朋友们，谁还记得罗伯尔是什么时间不见的了？”

这问题，没一个人回答。

“至少，”少校又说，“你们总能告诉我当这高地岩儿下崩时，那孩子在谁的旁边？”

“在我的身边。”威尔逊回答道。

“那么，好，一直到什么时候你还觉得他在你的身旁？仔细想想。你说吧！”

“我是这样记得的：我们跟着山崩，到了最后一撞前不到两分钟的时候，罗伯尔·格兰特依旧在我的身旁，两手还紧抓着苔藓呢。”

“不足两分钟！这可要注意呀，威尔逊！那时每分钟都会觉得十分漫长！你并没记错吧？”

“我想是不会记错的……是的呀……不足两分钟！”

“好！”少校说。“那时罗伯尔是在你的左边还是右边呢？”

“在我的左边。我还记得我的脸被他的‘篷罩’拍打到了。”

“那你自己呢？你在我们的……”

“也是在左边。”

“那么，罗伯尔只会在这边失踪，”少校一边说，一边手指着右边，面孔朝向山的一边，“按照他失踪的时间，我还能断定，这孩子掉进了距地面3公里以内的这部分山中。我们要找就该在这部分寻找，每个人寻找一个地带，在这部分山中我们会找到他的。”

没人再说一句话。立刻，6个人全都爬上了高地岩儿的山坡，在不同的高度分别站着，开始寻找。他们都沿着那下崩的路线右边寻找，连最下的石缝都被搜查了，迸落的碎石已将那些悬岩下的深坑部分给填了起来，他们下到坑底去寻找，所有人都冒着生命危险跑了下去，衣服被撕破了，手脚也被刺破了，又血淋淋地爬了出来。除了几个不用上去的平顶之外，这一整个安达斯山的地方，全都被仔细地找了个遍，并且找了很长时间，没有一个人想中途休息。但这所有的努力全是白费的。看来这孩子不但已经死在山中，而且几乎可以肯定有一座大岩石将他压住了，被永远埋葬在这山中了。

快下午1点时，哥利纳帆与他的旅伴们全都筋疲力尽了，又返回到原来的山谷中了。哥利纳帆悲痛万分，他不停地叹息着，只说了一句话：“我不走了！不走了！”

每个人都知道他的神经受到了刺激，因此才会有这种固执的想法。大家了解他，迁就他。

“我们再等等吧。”巴加内尔对少校和奥斯丁说，“我们先休息一下吧，恢复恢复体力。不管是再寻找下去，还是去走路，我们都有休息的必要。”

“是的，既然爱德华想要这样办，我们便留在这里吧！他心中还抱着希望呢，可还有什么能希望的呢？！”

“天晓得！”奥斯丁说道。

“可怜的罗伯尔！”巴加内尔回应着，擦着眼泪。

山谷中树木葱茏，少校挑选了一丛高大的树，在下面搭建起了临时的帐篷。他们只有几块盖布，所有的武器，一点干肉和冷饭都被拿了出来。一条小河在距离他们不远的地方，有水可以用，河水在山崩的影响下，还十分浑浊。穆拉地在草地上生了火，很快就把一杯热水送给他的主人，让他喝了去定定神，但哥利纳帆一口都喝不下去，他十分沮丧地在“篷罩”上躺着。

就这样一天过去了。夜晚依旧平静和安宁。当旅伴们躺着休息时，哥利纳帆再次爬上了高地岩儿山坡。侧耳听着，祈求能听见呼唤声。他一个人向前探着，走得十分远，相当高，还时不时地把耳朵贴到地上，他认真地听着，强忍着心头的跳跃，并用带有失望的声音呼唤着。

可怜的爵士一整夜都在山中彷徨。因为他不顾一切的寻找，要防止他从光滑的岩石上或峭壁的边沿上跌下去，有时是巴加内尔，有时是少校跟着他。但还是没有结果。千万声的“罗伯尔！罗伯尔！”仅引起一些重复着这亲切名字的回声。

天又亮了，人们只能跑到遥远的山岭上去寻找哥利纳帆，并不由分说地将他拉回了帐篷中。他失望的样子看起来非常可怕。这时谁敢跟他说出一个“走”字呢？谁敢跟他提议离开这伤心的山谷呢？可是，干粮吃完了。在前面不远的地方就能遇见以前那骡夫所提过的阿根廷向导及过草原所需的马匹了。现在可以往回走吗？往回走要比向前走更困难。况且跟邓肯号已经约好在大西洋岸上聚齐呀。不管什么理由都不能再耽搁下去了，在全体的利益方面，不能再拖延出发的时间了。

少校想要让悲痛中的爵士解脱出来。他劝说了很长的时间，哥利纳帆都好像没有听见，只是摇头。有时他也会挤出几个字来：“走吗？”他说。

“是的，走。”

“再等一个小时！”

“好，再等一个小时。”可敬的少校回答道。

一个小时过去了，爵士再次恳求再延迟一个钟头。他那样子就像是死囚在恳求延长一个钟头的生命那样。就这样，一个钟头连着一个钟头，差不多到了正午了。这时少校按照全体的意见，不迟疑，直接告诉哥利纳帆说必须要走了，他的决定关乎着全体旅伴的生命。

“是！是！”哥利纳帆回答道，“那我们走吧！走吧！”

但是，一边说着，却一边将眼睛从少校那转了过去。他紧盯着天空中的一个黑点。忽然，他将手举了起来，指着，一丝不动，跟突然中风了一样。

“那儿！在那里，你们看！看！”他说道。

大家都往天上看去，朝着他指定的方向。这时，看起来这个黑点越来越大了。原来是一只鸟在非常高的天空中飞翔。

“是一只兀鹰。”巴加内尔说道。

“是的，一只兀鹰，可谁知道？它来了！它下来了！等一等！”哥利纳帆回答道。

哥利纳帆在希望着什么呢？是神经错乱吗？他以前说过：“谁知道啊？”巴加内尔并没看错，那兀鹰看得越来越清晰了。这种大鸟，以前被当地的酋长们奉为神明。在这区域内它们长得尤其庞大，力量巨大，能将牛抓起来，丢进深谷之中。它们经常袭击平原上的羊、马、小牛，使用爪子将它们抓到高空。在那两万尺高的高空中去盘旋，这种高度已是人们无法逾越的界限，但对它们算不上什么。因此，这空中之王，在这种高度上，连人们最好的眼力都看不到它，可它却能用那锐利的眼光去俯瞰地面，辨别出那最为细微的物体，其视力的强大让全部的生物学家惊叹。

这只兀鹰到底见到了什么？是一个死尸吗？难道是看见了罗伯尔的死尸吗？“谁知道啊？”哥利纳帆总是这样说着，目光却不曾离开那兀鹰。那巨大的鸟越来越近，时而盘旋，时而如同一个抛在空中的物体，迅速下降，就这一会儿的工夫，它已经在距离地面不足 200 米高的地方环绕了好几个大圈了。人们看得相当清楚。它横飞在 5.4 米以上。浮在那空气中矫健的两翼几乎都没动，因为这大鸟的特点便是飞翔时还要带着威风凛凛的安闲样子。

少校和威尔逊都已将他们的马枪给拿了起来。哥利纳帆却用手势阻止了他们。在距离他们不足四分之一英里的地方，兀鹰环绕着山腰上一个无法攀登的平岭盘旋，快得让人头晕，时而铁爪张开时而捏紧，摆动着冠子。

“就在那儿！那儿！”哥利纳帆立即叫了起来。

然后，突然转变了一个念头，又惊叫了一声，说：“要是罗伯尔还活着呢！……这兀鹰会……开枪！朋友们！开枪呀！”

说时迟，那时快，兀鹰都已绕到那高耸着的一排山峰后边去了。过了一秒钟——就如同那一百年那么久的一秒钟，兀鹰再次飞了过来，承载着负重，冉冉上升。一片惊骇的叫声立即响起来了，一个死尸在兀鹰的爪下，悬挂着，摆动着，那便是罗伯尔·格兰特！兀鹰抓着他的衣服左右摇摆地飞到那距离帐篷不足 45 米的高空中，它也看到了这些旅客，激烈地鼓动着翅膀，搏着风，想要带着它那沉重的猎物远去。

“啊！”哥利纳帆大叫了起来，“就算让罗伯尔的尸体在岩石上摔碎，也不能让那兀鹰……”

他话还没说完就将威尔逊的枪抓了起来，想要瞄准那只兀鹰。可他的胳臂在发抖，枪也无法抓稳，连眼睛都又发花了。

“让我来！”少校说道。

立刻，他眼定手稳、全身不动地瞄准那只兀鹰，这时那只兀鹰离他都有150米远了。

但他的手还没扣动扳机，山谷中就有一声枪响砰的传来。一道白烟从两座雪花岩中冒了出来，那只兀鹰，头部中了枪，打着转缓慢下坠，如同一个降落伞那样张着翅膀。它并有没将它的猎物放下，可在下落时却是悠扬地，落在大概10步远的河岸边。

“落到我们的手中了！落到我们的手中了！”哥利纳帆说。

也没人问那一枪到底是从哪里来的，他便直奔兀鹰那里去，同伴们全都跟随着他跑。

当他们跑到时，兀鹰已死了。它那宽大的翅膀将罗伯尔的身体给遮盖住了。哥利纳帆立即扑到孩子的尸体上面，将他从那魔爪下拖了出来，在那草地上放躺着，将耳朵贴在他胸口上仔细地听。

他的口中发出了响亮且惊人的欢叫声：“还活着呢！他还活着呢！”

没多长时间，他便把罗伯尔的衣服给剥掉了，在他脸上浇冷水。罗伯尔动了一下，睁开眼，又看了看，说出话了，他只是说：“啊！是您，爵士……我的父亲啊！……”

哥利纳帆哽咽了，说不出话来了。他在孩子身边跪了下来，哭着，这孩子获救真是一个奇迹呀！

第十一章　学错了西班牙语

从兀鹰手里逃脱的小罗伯尔，获得了同伴们的热吻：他们恨不得将他给吞了下去。尽管他还十分虚弱，但没一个人不将他揽到怀中紧抱一下。这种热爱的表现是不会将病人给累死的，正好相反，对病人而言只会有好处。

孩子获救了，大家全都想到了救命恩人。自然还是少校首先想到的。他东张西望寻找着，看到距河50步远的山脚上一个身材高大的人在高岗上站着，纹丝不动。这人身材在2米以上，皮绳将长头发扎住，肩膀十分宽，脚边还放着一枝长枪。古铜色的脸，额头上涂着白色，下眼皮涂着黑色，眼和嘴之间涂着红色。那是当地的一个土人，披着一件美丽的大衣，上面还绣着红色阿拉伯式花纹，原驼的颈皮和脚皮被鸵鸟筋缝起来制作成大衣，在外面翻着细绒毛，这是一个模仿边区的巴塔戈尼亚的装饰。一件紧身的狐皮袄子在大衣的里面，前襟往下形成尖形。涂脸用的颜料在腰带上一个小袋子悬挂着。用牛皮制作的靴子，小腿上交叉绑着皮带。

虽然这巴塔戈尼亚人脸上涂得花里胡哨，看起来却十分雄壮，显得相当聪明。他的姿态也很有尊严。见到他在那石岩上站着，人们都快要误认为那是一座“镇静之神”的塑像，一丝不动，那般庄重。

少校一瞥眼见到他便指给爵士看。哥利纳帆立即向那个人跑了过去，那人也往前走了两步迎了上来。哥利纳帆的两只手紧紧握着他的一只手。爵士的眼光中、笑容中和全部的面部表情中全都充满了感激的心情，因此那个土人是完全理解的。他稍微点了下头，讲了几句话，不过少校和哥利纳帆全都没听懂。

巴塔戈尼亚人将那几个外国人仔细端详之后，便换了另外一种语言。但是，不管他怎样努力，他们依旧是听不懂。可那土人说的话中有几个词吸引了爵士的注意力。哥利纳帆知晓几个常用的西班牙语，认为那土人所说的正是西班牙语。

“是西班牙语吗？”他用西班牙语问道。

巴塔戈尼亚人点了点头，在每个民族中这种一上一下的动作都是表示肯定的意思。

“好了，这便是我们朋友巴加内尔的事情了。幸好想起了去学西班牙语！”

他们喊了巴加内尔。巴加内尔立即跑了过来，他使用法国人独有的高雅风度跟巴塔戈尼亚人打了个招呼，不过巴塔戈尼亚人说不定一点都领略不到这种风度呢。他一听见需要他跟人家说西班牙语，他便回答道：“这个没问题。”

因此，他为了发音清楚，特意将嘴张得特别大：“呜斯——梭以思——翁——好门——得——奔！”（你是个好人！）

那土人侧耳听着，没有回答。

“他不懂。”地理学家说道。

“或许是你说的音调不对吧？”少校提醒他。

“是的，就是那个鬼音调，让我吃亏了啊！”

他再次将这句恭敬的话又说了一遍，得到的还是一样的结果。“我换句话说吧。”他说，因此咬牙嚼舌地，一音一顿地，再次说出这几个字：“孙木——独维大——翁——巴塔戈！”（毋庸置疑，你是个巴塔戈尼亚人！）

可对方依旧保持着沉默。

“狄则意买！”（回答呀！）巴加内尔再次补充了一句。

那巴塔戈尼亚人还没回答。

“呜斯——公卜里言得意思？”（你懂吗？）巴加内尔恨不得将那嗓子都给喊破了。

十分明显，那印第安人还是没听懂，因为这个印第安人终于用西班牙语回答道：

“诺——公卜勒那奥。”（不懂。）

现轮到让巴加内尔诧异了。他将额头上的眼镜往眼睛上一推，开始出现不耐烦的样子。“他所说的那种鬼话，我要是懂得一个字才是怪呀！”他说，“那肯定是阿罗加尼亚语！”

“不会的呀，那个人肯定是用西班牙语回答的。”哥利纳帆说着，又转向用西班牙语问巴塔戈尼亚人：

“西班牙语吗？”

“西！西！”（是！是！）土人回答道。

巴加内尔从诧异转为惊骇了。少校和哥利纳帆互相瞄了瞄。

“啊哈！我渊博的朋友，”少校说，一丝微笑在他嘴唇上泛起，“你真是个粗心的专家，这次是不是你又粗心大意了？”

“嗯！”那地理学家在侧耳听着，一个怀疑的声音发了出来。

“是啊！十分明显，这巴塔戈尼亚人所说的确实是西班牙语……”

“他说的是西班牙语？！”

“是呀！你不会是学习了另一种语言，还以为是学……”少校的话还没说完，那学者就耸了耸肩，狠狠地“啊！”了一声，将他的话头给打断了。

“少校！你说得真是过火了！”巴加内尔十分不服气，说。

“不然，你怎会听不懂他所说的话呢？”少校反驳道。

“我之所以听不懂这个土人的话，是因为他说得并不好！”地理学家越来越有点不耐烦。

“这也就是说：他说得并不好，也因为你根本听不懂。”少校又冷静地逼了他一句。

“少校，”哥利纳帆出来打了个圆场，说，“您的假定有点说不过去。就算我们的朋友再粗心，也不至于将一国语言都给学错了吧！”

“要不是学错了语言，那么，我就请你，我亲爱的爱德华，……或，我还是请你吧，我的好巴加内尔，请你解释一下你与土人彼此说话不懂，到底是什么道理。”

“我不解释，”巴加内尔回答道，“那让我来证实吧。这便是我天天苦学西班牙语的书本！你瞧，少校，你还会有什么话说！”

他说着，就在衣袋中来回摸，摸了几分钟，摸出一本相当破的书，心安理得地把它递给了少校。

少校把书接了过来，看了看：“好啊，这是什么书？”他问道。

“是卢夏歌，”巴加内尔回答，“一部极其美妙的史诗呀，它……”

“卢夏歌！”哥利纳帆叫了起来。

“是啊，朋友，大诗人喀孟斯的卢夏歌，一点都没错！”

“喀孟斯，”哥利纳帆又重复了一遍，“啊，我那倒霉的朋友，喀孟斯是一个葡萄牙诗人呀！这六个星期以来你都学的是葡萄牙语呀！”

“喀孟斯！卢夏歌！葡萄牙语！……”

巴加内尔没法再说下去了，大眼镜下的眼睛开始发昏，同时一阵狂笑在身边响起，要知道，他的旅伴们可都在他的身边围着。

巴塔戈尼亚人连眉头都没皱一下，他肯定不会理解这节外生枝的一幕，只能耐心等候着说明。

“啊！我真是一个傻子！我真是个疯子！”终于巴加内尔说出话来了，“怎么会有这种事？这并不是那随意编出来的笑话吗？这种事我会做？这就像是巴拜尔塔的故事，将所有的语言都给混淆了！啊！朋友们！朋友们！我朝印度跑，却来到了智利！我想要学西班牙语，可学成了葡萄牙语！真是不像话了！要总是这样下去，有一天我往窗外扔烟头时，也会将我自己给扔出去的！”

听到巴加内尔这样说，任何人，任谁见到了他这副样子，都会不由自主地笑起来。首先他自己都大笑了起来。

“笑吧，朋友们！”他说。“尽情地笑吧！我笑自己，笑得比你们笑我还要厉害！”

说着便“哈哈！”大笑一阵，这个学者从在这艘船上开始，从来没有这样笑过。

“笑是笑够了。可我们没有能做翻译的人了。”少校说。

“啊！你也不要烦神了，西班牙语和葡萄牙语十分相似，因此才将我弄得阴差阳错。但正是这种相近的程度能容许我很快可以补偿过失。这位可敬的巴塔戈尼亚人的西班牙语说得真是太棒了，我保证等一会儿就能用西班牙语朝他致谢了。”

巴加内尔说的没有错，停了一会儿他竟然能跟土人交换几句话了，并且他知道了那巴塔戈尼亚人的名字叫塔卡夫，在阿罗加尼亚文中这个字就是“神枪手”的意思。

很显然塔卡夫是擅长打枪而得名的。

但哥利纳帆最庆幸的是听说那巴塔戈尼亚人是以导游为业，并专门负责带领旅客们在草原中旅行。这个巧遇真是太奇妙了，简直就是天意。因此，这次探险的成功几乎就是个事实了。谁都不会怀疑格兰特船长的安全了。这时，旅客们跟巴塔戈尼亚人全都返回到罗伯尔身边了。罗伯尔朝那土人伸出两只胳膊，那土人没说一句话，将手放在他的额头上。他捏了捏他那疼痛的四肢，检查了一下孩子的身体。然后，他微笑着跑到河边采集了几把野芹菜，用野芹菜给小病人的全身都擦了擦。他擦得很仔细，孩子通过这种仔细的按摩，逐渐恢复了力气。看起来，再休息几个小时就能完全恢复了。

因而，大家决定当天还继续待在这临时的帐篷里。不过粮食与交通工具这两大严重的问题还是要解决。因为他们的干粮跟骡子全都没有了。幸好有塔卡夫在呢。他习惯顺着巴塔戈尼亚的边境为旅客们当向导，他是当地最聪明的向导之一。他负责给哥利纳帆这一行人提供所需的一切，他自告奋勇，要带领哥利纳帆去相距最多四里的印第安人的集市上去，因为那里可以买到旅行所需要的全部东西。这个建议是半手势半西班牙语表示出来的，巴加内尔终于懂了。哥利纳帆和他那博学的朋友立即接受了这个建议，跟他们的旅伴辞别，跟随着那巴塔戈尼亚人，顺着往上游走去。

他们紧张地行走了一个半小时，只有跨着大步子才能跟上巨人般的塔卡夫。这带地区不但风景宜人，并且土壤肥沃。丰饶的草地一片接连着一片，就算有10万头牛羊在这里也不会愁吃的。这些平原有罗列的池塘和纵横的沟渠，这一切都提供着绿化的条件，黑天鹅在池塘中嬉戏，数不清的鸵鸟在藤蔓中腾跃，它们在分享水国的美丽风光。这里的鸟类很美丽，同时也相当的喧噪，品种之多更是吓人。有一种名叫“依萨卡”浅灰色带白条纹的斑鸠，相当玲珑可爱，就像是活跃的鲜花，还有很多黄莺点缀着树枝，成群结队的野鸽子在天空中掠过，“深歌罗”雀，“喜格罗”雀，“蒙吉他”雀，展翅争飞，数不清的小麻雀，互相追逐，漫天全是吱吱的叫声。

巴加内尔在路上走着，欣赏着，嘴中全是赞叹的声音，这让那巴塔戈尼亚人有点惊讶。因为，在他眼中，鸟在空中，天鹅在池水中，草在平原中，都是再自然不过的事情了，何必赞叹！可那学者却越来越起劲，并不觉得路有多长，他还总认为是刚动身不久呢，可这个时候这些印第安人的帐篷已经出现在眼前了。

这集市在两山围住的葫芦谷的深处中。那里，有30来个游牧的印第安人在用树枝搭成的棚子底下，大群的乳牛、牲牛、羊、马都在草地上放牧。它们在这片草场到那片草场之间闲逛着，每个地方都有丰盛的筵席来招待它们这群四条腿的客人。

这些印第安人被称为安第斯秘鲁人，他们橄榄色皮肤，中等身材，身段厚实，额头很低，滚圆的脸，薄嘴唇，高颧骨，容貌带有女人气，神色冷淡，是阿罗加尼亚人、白环什人和奥卡人的混血种，只要是人种学者一看就知道他们并不是纯血种族。这些土人无法让人对他们产生多大的兴趣。不过，哥利纳帆对牧人没有什么兴趣，他的注意力是在那牧群身上。对他们来说，只要有牛马就可以了。

塔卡夫负责去交涉，很快就成功了。哥利纳帆购买了7匹阿根廷小马，鞍辔齐全，还购买了百来斤干肉和几斛米，以及用来盛水的几个皮桶。印第安人很想使用葡萄酒或“卢母酒”来做交换，因为哥利纳帆没酒，他们便接受了20两黄金——黄金的价值他们是十分懂得的。哥利纳帆想再购买一匹马交给塔卡夫骑，但他却说用不着。

成交之后，哥利纳帆便从巴加内尔称作“供应商”的人们那里辞别了，没有半个小时就返回到了他们临时的帐篷。他刚一到，大家都欢呼了起来，每个人都饱餐了一顿。罗伯尔同样也进了一些饮食，他的体力差不多全都恢复了。

这天剩下的时间全在休息中度过了。大家胡扯着谈天，什么人都谈到了：谈到亲爱的海伦夫人与玛丽，谈到约翰·门格尔船长及他的船员，又谈到哈利·格兰特——可能他距离这里不远了。

至于那巴加内尔，全在盯着那印第安人，一步都不曾离开。他竟然遇到了一个真正的巴塔戈尼亚人！他真的十分高兴。他跟巴塔戈尼亚人相比就相当于一个矮人，他觉得塔卡夫足够跟那古罗马的马克西明皇帝和学者樊·德·伯罗克所见到的那位刚果黑人比美，因为这两个人全都有 2 米多高的身材！此外印第安人能耐着性子听他那西班牙语不停地跟他啰嗦。我们的地理学家仍旧在学习，不过这次并不是在书本中学习了。人们常常听见他用那嗓子、用舌头、用两颚发出很多响亮的声音来。

“要是我以后不能掌握西班牙语的音调，也不能去怪我呀！”他经常对少校说，“谁会想到会有一天有个巴塔戈尼亚的家伙会来教我说西班牙语呢？”

第十二章　线索

第二天，即 10 月 22 日 8 点钟，塔卡夫发出了启程的信号。阿根廷处在南纬 22 度到 42 度之间，它的地形是直着从西往东倾斜。旅客们只能从这稍微倾斜的下坡路一直走到海边了。

在巴塔戈尼亚人谢绝马匹时，哥利纳帆还觉得他跟别的向导一样，都愿意步行。如果是这样的话，他的两条长腿肯定不难追上马。可是，哥利纳帆想错了。

当出发时，塔卡夫怪叫了一声。一匹听见主人呼唤的高大的阿根廷种的好马，立即从周围的小树林中跑了出来。这匹马相当俊美，一身棕红色的毛表现出它是一匹骄傲的、勇敢的、活泼的良马。它具备了所有矫健的条件，头轻颈细，鼻孔大开，目光炯炯，腿弯宽阔，肩胛高耸，高胸脯，长脖颈。少校是一个识马的行家，他一直称赞这匹阿根廷种的好马，觉得它跟英国的“猎马”有一些相似之处。这匹好马名叫桃迦，在巴塔戈尼亚语中，“桃迦”是“飞鸟”的意思，事实上，这匹马也不愧拥有这个名称。

塔卡夫刚跨上鞍，马就腾跃了起来。这位巴塔戈尼亚人在马上的姿势很好看，是一个骑马的能手。他的装备中有阿根廷平原中习惯用的两种猎具：一种名为“跑拉”，另一种名为“拉索”。“跑拉”是在鞍的前面挂着，用皮条连起的三个球，印第安人可以在百步之外用扔出的“跑拉”裹住并立即绊倒他所追捕的野兽或敌人的腿。因此印第安人手中最可怕的武器就是“跑拉”，塔卡夫运用得相当灵巧。而“拉索”却正好相反，向来不脱手，是使用手挥动的武器。那只是一根用两条皮条编起来的 10 米长的绳子，末端则是个活结，在一个铁环中串着。使用时，用右手将活结扔出，左手把绳子拉住，绳子这端在鞍子上牢牢系着。除了上述的两种武器之外，还有一支马枪在斜背着，这便是那巴塔戈尼亚人的全副武装了。

塔卡夫的姿态自然健壮又灵活，显得从容自在，大家都在称赞他，他却不以为意，他一直在队伍的前面跑着。全队慢慢出发了，时而奔驰，时而缓行，但从不快步小跑，因为阿根廷的马好像完全不知道这中等速度的步伐。罗伯尔骑得十分大胆，他很快便将他那控鞍的能力表现了出来，哥利纳帆没多久就放心了。

草原的平地从那带高地岩儿的山脚下就开始了。它分为三带。从安达斯山起到 400 公里远，第一带的全区都是不算十分高的机根木和灌木丛。第二带有着 720 公里宽，被茂密的草给铺满了，一直延续到距离布宜诺斯艾利斯 288 公里的地方全部都是。到了草原的第三带，大片的紫苜蓿和白术蔓延在脚下，到处都是。

刚从高地岩儿山区走出来，哥利纳帆一行就遇到了很多的沙丘，当地人将其称为“迷荡落”，这些“迷荡落”如同波浪那样，遇到没有植物的根株将它们与土地攀结在一起时，它们便不停地随风飘扬。沙是十分细的，因此，只需要有那么一点点的风，沙就会如同那轻烟般，一阵阵地飘荡起来，或者旋转着直升高空，涌起沙柱来。望着这般景象，让人既喜又怕：喜的是这些沙柱时聚时散，时分时合，时高时低，时起时落，在这平原上飘摇，乱纷纷地根本没法形容，没有比这种形象再有趣的了；怕的是从这些“迷荡落”上扬起的沙尘细得根本没法捉摸，就算将眼睛闭得再紧，沙子也会往眼中钻。

这一天北风飘扬，沙飞扬了大半天。尽管这样，大家依旧行走得十分快，将近 6 点时，那高低岩儿已经在背后的 40 英里远了，身后呈现出一排的队影，很快消失在黄昏的云雾中了。

行人大概行走了 60 里路，都有些疲乏了，宿夜的时间也临近了，他们便索性在内乌康河岸搭建起了帐篷。内乌康河是一条在赤色的悬崖中流着的，水色浑浊，湍急的河流。内乌康河发源在很多湖泊之中，又叫拉密河或考磨河，也只有印第安人才知道那湖泊的所在地。

当夜无话，次日依旧是赶路。旅行队走得迅速且顺利。气候还能承受得住，道路平坦，因此行路也不觉得有多大困难。可到将近中午时，太阳却热了起来。傍晚，在西南面的天边有一片云彩点缀着，这是要变天的节奏。巴塔戈尼亚人肯定不会看错，他给指着西边的一带天空给地理学家看。

“好了！我知道了。”巴加内尔说，随后又转向了他的旅伴们说：“天气快要变了。我们要受到一场‘奔北落’哩。”

接着他便解释到，“奔北落”是阿根廷这些草原上经常出现的西南风，相当干燥。果然塔卡夫没看错，这场“奔北落”当晚就猛烈地刮了起来。仅有一层“篷罩”裹着的旅客当然是十分痛苦的，马全部躺在了地上，人都躺在马的旁边，他们为了取暖，都挤得十分紧。哥利纳帆十分发愁。要是这暴风不停息，便会耽误行程。但是在巴加内尔看了气压表之后，便向他保证不会这样的。

他说："通常，要是气温下降，'奔北落'肯定要带来接连三天的暴风雨。要是像现在这样，水银柱在上升，几个小时的狂风后便没事了。你就放心好了，我亲爱的朋友，只要天一亮，天空就会跟之前一样，迅速恢复晴朗。"

"巴加内尔，你就跟教科书一样，什么都懂，说得头头是道。"哥利纳帆说。

"本来我就是一个书本子，你尽管翻看就好了。"

果然这书本子说得很对。夜里一点钟，风就停了，大家都睡了一个好觉。第二天，每个人都是精神抖擞的，尤其是巴加内尔，他敲打着自己的手关节，发出愉悦的声响，又跟小狗那样，伸了个懒腰。那天是 10 月 24 日，也就是从塔尔卡瓦诺出发之后的第十天了。距离科罗拉多河与 37 度线交叉处还有 150 公里，也就是说，如果一切顺利的话，还需要再走 3 天。哥利纳帆在沿途中一直在注意观察周围有没有土人走到他们的周围。他十分想从土人那里打听格兰特船长的消息。巴加内尔现在都能用西班牙语跟巴塔戈尼亚人进行交谈了，而且互相足够了解，要是向那土人打听消息的话，翻译是能由塔卡夫来担任的。可他们行走的路线是那印第安人不经常走的，因为在这条路的北边就是草原上从阿根廷共和国到高低岩儿山区的大路。

因此，在这里都不会遇到游牧的印第安人或在酋长统治下定居的印第安人。偶尔在远处有个骑马游牧的人出现，但是他们显然不愿意与生人接触，一见到他们便很快逃走了。本来，他们这一行人，可能会让草原上任何一个单身的行人见到都会觉得形迹可疑：他们八人全副武装，骑着快马，甚至强盗见到他们也会溜之大吉；在这样荒野的草地上，旅客们见到他们之后，会误认为他们是强盗。因此，不管他们想与良民或者强盗进行谈话都是不可能的。他们恨不得碰到一伙强盗，就是互相之间打几枪后再跟他们进行谈话也好呀。可是，想要打听路线，却碰不到一个印第安人，这是十分可惜的，但另一方面，这荒凉的路线引发了一个枝节问题，为那份文件的解释带来了一个意外的证明。

旅行队所行走的路线有好几次横过草原的小路，其中有一条十分重要，那就是从卡门通到门多萨的。沿途全都是骡马牛羊的骨骼，这些骨骼已经让那些鸷鸟啄得七零八落，又被那空气给剥蚀得白生生的。这些骨头难免也与牲畜的骨头掺和在一块，全都是数以千计，全化成灰尘了。

到现在为止，塔卡夫见到他们专顺着一条直线前进，没有提出任何意见。不过他也知道，这条直线既不跟草原上任一条路接着，也不会到任一城镇、一个村落，或阿根廷任一个垦殖区。他是一个向导，他看见这班人不仅不让向导来领路，反过来给向导领路，因此，他很惊讶。可是，尽管他惊讶，但还保留着印第安人固有的那种保留的态度，关于那些曾被忽视过的很多条小路，他总是一言不发。这一天，一直到上述的那条要道，他才勒住了马，终于朝巴加内尔说话了。

“这就是通往卡门的路。”他说道。

“是呀，不错，我的好巴塔戈尼亚人。”巴加内尔用那纯粹的西班牙语回答道，“这是从卡门到门多萨的路。”

“我们并不走这条路，对吗？”塔卡夫问。

“不。”

“我们是往……”

“一直向东。”

“一直往东并没什么地方可去呀。”

“那谁晓得呢？”

塔卡夫不再说话了，他看着那学者，表现出极度惊讶的样子。可是，他并不觉得巴加内尔有任何开玩笑的意思。一个印第安人通常都是一本正经的，他永远都想象别人都是一本正经地说话的。

“你们并不是去卡门吗？”他沉默了一会再次问道。

“不是。”巴加内尔回答道。

“也不是到门多萨？”

“也不是。”

这时哥利纳帆也赶上了巴加内尔，询问塔卡夫在说着什么，他为何要停下来。

“他问我，我们是去卡门还是去门多萨，我说全不是，他十分惊讶。”

“事实上，我们走这条路应该让他感到十分奇怪。”哥利纳帆说。

“我也是这样相信的，因为他说我们并没地方可去了。”

“那么，巴加内尔，你是否能将我们这次远征的目的解释给他吗？你是否能给他说明一下我们一直往东走的意义呢？”

“这比较困难，一个印第安人是不会知晓什么是地球经纬度，至于我们发现文件的这些事情，他听了肯定会认为是在讲幻想的神奇故事呢。”

“我这倒是要询问你，”少校郑重其事地说，“到底是故事的本身他没法听懂？还是讲故事的人没法说清楚让他听不懂吗？”

“啊！麦克那布斯，”巴加内尔回答道:“你还是在怀疑我的西班牙语说得并不好！”

“既然说得好，那便试试吧，我可敬的朋友。”

“就试试吧！”

巴加内尔又回到巴塔戈尼亚人的旁边，设法将那段故事原本地讲了出来。有时是因为寻找不到准确的词语，有时是因为没法将某些细节给翻译出来，有时因为某些细节根本无法让算得上是半无知的人听懂，他那长篇的演讲时常被他截断了。那学者的样子看起来十分有趣。他费尽了心机，想尽了方法，指手画脚，咬牙嚼舌地说着，从额头上往胸口上流的大汗珠如同瀑布般直流。最后，实在没法说下去了，他就用手帮忙。他从马上跳了来，画了一幅大地图在沙地上：这是经线，那是纬线，互相交叉着；这里是太平洋，那里是大西洋；这是卡门那条路，一直通往这里。作为一个地理专家，他从来没有觉得这般困难过。塔卡夫观看着这场表演，自始至终态度安闲，没让人看出他到底是否听懂了。那地理学家足足讲了有半个多小时。后来，他停住了，用手擦着满头大汗，望着那巴塔戈尼亚人。

“他到底懂了吗？”哥利纳帆问道。

“我们去看吧，要是他再不懂的话，我也没办法了。”

塔卡夫一丝不动，一句话都没说，双眼盯着那慢慢被风吹平的地图。

“怎么样？”巴加内尔问他。

塔卡夫好像没有听见他的问话。巴加内尔甚至已经看到一个讥嘲的微笑显现在少校的嘴唇上了。他正准备去再作一番地理说明，去争夺这口气，这时巴塔戈尼亚人却用手一挥，把他止住了。

“你们寻找一个俘虏吗？”塔卡夫问。

“是的。”巴加内尔立即回答道。

“就是在从太阳落山到太阳升起的这条路上吗？”塔卡夫又说，按着印第安人的说法，的确是那条从西到东的路线。

“是，是，正是！”

“是上帝将那俘虏的秘密交付给大海的波澜了？”

“是上帝亲自交的。”

“那就让上帝的旨意实现吧！”塔卡夫很严肃地回答，“我们将一直向东走去，要是有必要的话，一直到太阳边去！”

巴加内尔见到他说的都被人听懂了，他得意扬扬，立即将印第安人的回答说给他那些旅伴们听。

“多么聪明的种族啊！”他又补充道，“在我们本国，听我这一套的 20 个乡下人中就有 19 个不会懂的！”

哥利纳帆请巴加内尔询问巴塔戈尼亚人：他是否听到过有外国人落在草原区的印第安人手中。

巴加内尔这样问了，并安静地等待着回答。

“好像听说过。”巴塔戈尼亚人说。

当这句话给翻译了过来，这 7 个人都一块围到了塔卡夫的身边来，用眼光来询问着他。

巴加内尔心里很激动，差不多都快说不出来了，他用那眼光盯着这个庄重的印第安人，继续对着这个有意思的话头追问下去，恨不得能在他没开口前就能将他的回答给看出来。

他用英文将巴塔戈尼亚人所说的每一个西班牙字同时说了一遍，让他的旅伴们听到了就像是塔卡夫在那用英文直接说话。

“那俘虏是个什么样的人呢？”巴加内尔问道。

“是一个外国人，是欧洲人。”

“你可曾见过他？”

“没有，但印第安人曾在闲谈时讲过他。他有一颗如同牯牛的心，是一条好汉！”

“一颗牯牛的心！”巴加内尔惊奇地说道，“啊！好一个巴塔戈尼亚语言啊！你们能明白吗，朋友们？！那意思说的是一个勇敢的人！”

“那就是我父亲呀！”罗伯尔叫了起来。

然后他把脸转了过来问巴加内尔：“那就是我的父亲，用西班牙语这句话怎么说？”

“艾斯——米奥——巴特勒。”地理学家回答道。

立即，罗伯尔就将那塔卡夫的手拉住了，柔声说道：

“艾斯——米奥——巴特勒！”

“苏奥——巴特勒！”（你的父亲！）塔卡夫双眼炯炯发光，应声回答道。

他一把将那孩子搂住，将他抱下了马鞍，用一种十分好奇的同情心仔细端详着他，他聪明的面容上浮现出一种平静的感动。

但巴加内尔还没将他的话问完。当时俘虏在什么地方呢？那时他在那儿做什么事呢？塔卡夫在什么地方听到人家在说他呢？

一时间很多的问题都涌到他的脑子中来。

他所提出的问题很快就有了答案，因此他知道了当时那欧洲人是在一个印第安人部落中当奴隶的，并且这部落是在科罗拉多河与内格罗河之间游牧的部落。

“距离最近的欧洲人是在什么地方？”巴加内尔问。

“在卡夫古拉酋长家中。”

“是否在我们一直遵循的这条线上？”

“是在这路线上。”

“那酋长到底是个什么样子的人？”

“是印第安·包于什族的首领，是一个两舌两心的人！”

“那也就是说：他所说的话总是反复无常，做事同样反复无常。”巴加内尔翻译了这句巴塔戈尼亚俗语后又这般解释道。

“我们能将我们的朋友从中解救出来吗？”他又问。

“或许可以，只要他还在印第安人手中的话。”

“你在什么时间听说到的呢？”

“很长时间了，我听说了之后，都有两年过去了。”

哥利纳帆的喜悦自然是没有办法形容的。这个回答跟文件上的日期是完全相符合的！但还有一个问题需要问塔卡夫。巴加内尔立即用西班牙语提出："你所说到的俘虏，是不是同时有3个呢？"

"这个我就不清楚了。"

"现在俘虏的情况你一点都不知晓吗？"

"一点都不知道。"

这句话将全部的交谈结束了。很可能在很早的时间3个俘虏已经分开了。但巴塔戈尼亚人提供的资料能证明这一点：印第安人以前曾谈到过一个落在他们手中的欧洲人。他所被俘虏的日期，及那被拘留的地点，所有的所有，连同那句用来描写他勇敢的巴塔戈尼亚的话，都十分明显地指出那人就是哈利·格兰特。

第二天，10月25日，旅客们带着一种兴奋的心情再次往东去了。那一带的草原土语中被称为"特拉维西亚"，经常是荒凉、单调的无边空地。经过长时间的风力刮磨，陶土质的地面，平坦极了，除了几条干沟里与印第安人挖出的一些池沼有几块石头外，其他的地方连一个小石子都没有。稀疏的一些矮树林，都相隔甚远，林端则呈现出黑色，零星地有几棵白色决明子树冒了出来，树上结着荚，荚中还长着一种有点糖味的果肉，清凉可口。除此之外，还有几丛笃唇香树、"沙纳尔"树、野金雀花树及各种荆棘，荆棘的瘦小就能表明这土壤的贫瘠程度了。

26日这天十分辛苦，因为他们需要赶到科罗拉多河畔过夜。鞭策着马，跑得十分快。所以，当晚，他们就到达草原区那条漂亮的大河了，在西经69度45分的地方。这条河经过相当长的流程进入大西洋中，在印第安语被"高比勒比"，也便是那"大河"的意思。在临近河口的那一段，有一种非常奇特的现象：就是距离大海越近，河中的水量则越少，或许是因为松土将那河水给吸收去了，或许是被蒸发了吧，直到现在，依旧是一个谜。

当赶到了科罗拉多河，巴加内尔的第一件事便是跳入被陶土给染红的河水中，"地理学者"洗了个澡。他十分惊讶，河水竟然那般深！这全都是因为初夏的太阳将那积雪给融化了的结果呀！而且，这河面很宽，因此马是没法游过去。幸好在上游几百米处有个木桥，全是用皮条将桥板给捆在河上的。那一小队人马从那个地方过了河，露营就在左岸。

在巴加内尔就寝之前，要将科罗拉多河准确地测量一番，他仔仔细细地将它画在那张地图上面。因为他已让雅鲁藏布江在西藏的山中自由自在地流淌着，现在只能测量科罗拉多河了。

27日、28日两天，途中都是平安无事的。同样到处都是一样的单调与贫乏。风景很少有所变化，地形同样也十分呆板。可是土壤却变得十分潮湿。行人需要从很多渍水的洼地和沼泽中越过。28日晚上，在一个大湖岸上人马都在那里歇息。

湖的名字叫做兰昆湖，在印第安语中是“苦湖”的意思，湖中的水全是浓味的矿泉。在1862年阿根廷军队曾在这里疯狂地屠杀过土人。旅行队伍按照惯例宿了营。要是没有很多的猴子与野狗，大家都能舒服地睡上一觉。只可惜那些猴子野狗总是叫嚣个不停，它们演奏出一种天然的交响曲用来欢迎这些来宾，可偏偏这些欧洲人的耳朵却又领略不到这种未来派音乐的风味。

第十三章　阿根廷“判帕”区

阿根廷的判帕区延伸到南纬34度到40度之间。“判帕”是阿罗加尼亚语，意思是“草原”。这区域用“草原”为名，则是名副其实的称呼。构成本地区特殊地貌的是西部含羞草类与东部的各种茂草。这些植物全都在浅红色或黄色的泥沙土壤上层的浮土中根生着。如果有一个地质学家来这里考察第三纪地层，收获肯定会十分丰富。在那里有数不清的洪水前期的兽骨，印第安人说那些都是已经绝种的大犰狳的骨骼。整个原始时代的历史都被埋藏在这些如同沙尘般一样多的野草下面了。

美洲的草原就像北美合众国北部的五大湖的“草野”，西伯利亚的“荒原”。这草原区的盛暑严寒比布宜诺斯艾利省的还要高，因为它处在内陆之中。按照巴加内尔的解释，海洋把夏天的热气都给吸收了，等到冬天再把这些热气给吐了出来。因此，那海岛上的气候，冬夏之间的温差并没有内陆的那般大。因此西草原区的气候并没有东海岸一带那么均匀。西草原区的气候是属于突变的气候，时而酷热，时而严寒，不停地在寒暑表的水柱上快速地跳动。秋天，即4月5日左右，雨水多且急，但到了10月份前后，气候相当干燥，气温十分高。每天早晨，哥利纳帆这一行，在审定好路线之后，天刚刚亮就出发了，数不清的大小灌木的根在地面上攀结着，相当结实。没了沙丘，同样也就没了构成沙丘的那种细沙了，沙尘也不会再被风扬起到空中去了。马大步地在草丛中前进。草原中随处可见一种叫“帕佳·不拉伐”的草，当印第安人遇到暴风雨时就会躲避在这些下面。相隔大概10公分长的距离，还有一片潮湿的洼地，可那种洼地越来越少。柳树在洼地中生长，还有叫做“阿根廷薄苇”的植物，尤其喜欢在淡水的周围生长。当马匹遇到这种地方时就会撒开喝上一阵子，不仅这是它抓住机会求得一时的痛快，同样也是为了前途着想，防止前面的水过少。在队伍的前面塔卡夫边走边打着丛莽。这丛莽中有一种叫做“韶力拿”的蛇，这种蛇的毒性最强，如果牛被它咬了，不到一个小时便会死去。塔卡夫打着丛莽就能把这种蛇给惊走。那匹矫健的桃迦马也帮助主人为那后来的马匹让路，腾跃在荆棘梢头。

在这平坦且径直的草原上旅行自然是很惬意和迅速。这片广阔的平原没有一点变化，也就是在四周160公里之内几乎寻找不到一块石头，一粒石子。从来没遇到过这般长远且这样单调的地方。几乎看不到任何风景，事物变化呀，自然界的奇观呀！也就只有巴加内尔这种遇见什么事都会兴奋的学者们才会对这条路上的一草一木产生出兴趣。他为何会产生兴趣呢？连他自己都说不出来。哪怕是碰到一个小树丛！或许仅是一根草！都能让他将话匣子打开，引发他滔滔不绝地讲给罗伯尔听，而罗伯尔偏偏就十分喜欢听他的这一套。

10月29日，在旅客面前展开的依旧是这么单调的平原，午后将近两点钟时，他们遇到了十分长的一片牲畜的遗迹。在那里堆着一大堆白生生的骨头，这些是牛的骨骼。这些遗骸并非排成弯曲的一条线，这表明牲畜是因为筋疲力尽导致的沿途倒毙。因此谁都猜不出来，连巴加内尔反复想都没办法猜出来，这般多的骨头为何会聚集在这一个十分狭窄的地方，因此，他又去请教塔卡夫，塔卡夫很轻松地便给予了他一个解释。

那学者叫道："那是不可能的吧！"巴塔戈尼亚人却点了点头表示这是事实，这把旅伴们给弄得更加莫名其妙了。

"到底是怎么一回事呢？"他们问。

"是天火烧死的。"地理学家回答道。

"怎么！雷火会造成这么大的一个灾难！"奥斯丁惊奇地问道，"一大群将近五百头牛全会卧倒在地上！"

"塔卡夫是这样说的，他是不会说错的。并且我也相信他说的话，因为这草原的风暴是十分狂烈的。希望我们不会有一天接受这样的考验！"

"天气十分热。"威尔逊说。

"是的，在那阴凉处温度计都有30度。"巴加内尔回答。

"这并不让我惊讶，我觉得热气在往我身里面钻。希望不要再这样热下去了。"哥利纳帆说。

"啊！啊！"巴加内尔叫了起来，"不要想那天气转变吧！你看在天边看不到一点雾的影子啊！"

"太倒霉了！"哥利纳帆又说，"我们的马都受不住热了。你还好吧，我的孩子？"他朝罗伯尔问道。

"不，爵士，我喜欢热，热点挺好的。"

"尤其是冬天热点好。"少校又纠正了这一句，边说边朝着空中喷出了一口雪茄烟。

晚上，他们在一个废弃的"栏舍"旁歇息，这"栏舍"是由树枝编成的，四壁上都涂着泥土，顶上还盖着厚厚的草。这个草棚子跟一个都已经烂掉的木桩子围成的院子相连接，这种院子足以保护马匹过夜，让它们不遭受狐狸的攻击，本来马是不怕狐狸的，但那些狡猾的野兽专咬马络头，当那络头一断，马便逃走了。

还有一个土坑在离“栏舍”几步远的地方，这个土坑是当做炉灶用的，坑中还有灰烬。仅有一张凳子、一张破了的牛皮床、一只锅、一条铁链子、一把煮“麻茶”的壶在这个“栏舍”中。南美的通行饮料是“麻茶”，那是印第安人的茶。茶叶是一种熔干的叶子，跟美洲人喝别的饮料那样，泡着水，用麦梗子吸。按照巴加内尔的要求，塔卡夫特意煮了几杯“麻茶”，还提供了一些日常的干粮，大家都是一边吃，一边喝，大家感觉都很好，都说这种茶的味道棒极了。

第二天，10 月 30 日，在热雾中太阳升了起来，最热的光线倾斜在大地上。这一天一定很热，在这草原上更苦的是没有可隐蔽的地方。可是，大家都还是鼓足勇气往东行进，好几次他们都遇到了庞大的牧群，在盛暑下牛羊全懒洋洋地躺着，连去吃草的力气都没了。根本见不到任何牧人的影子，守护着大群的牝牛、牡牛和牯牛的是一些狗，这些狗在口渴时习惯喝羊奶。好在这些牛不像欧洲的牛那样见到红色便惊惧害怕，都很好驯服。

“它们并不惧怕红色，肯定是因为它们吃的是共和国的草（当时法国统治者提起“红色”都“谈虎色变”，十分惧怕革命。）啊！”巴加内尔说，他这句打趣的话或许太过于法国式，可他自己感到十分得意。

草原上的景物在傍晚时有了些变化，大家的眼睛全都看厌了这些单调的东西，因此这一点变化大家迅速地注意到了。禾本草类愈来愈少，可牛蒂子愈来愈多，还有那 2 米多高的大棵白木，驴子肯定想不到还有这种美味。很多矮小的“少纳尔”树及别的暗绿色的多刺的小树全稀疏地生长着，这些都是易生在干燥土壤上的植物。在此之前，平原上的黏土还有着一定的湿度，可以滋润牧草，因此牧草生长得非常茂密，如同地毯一般。可现在这地毯好像是用旧了，有些地方大块的毛已经脱落了，暴露出麻线底子般的贫瘠土地。前途的艰苦就在眼前摆着，这都是地面越来越干燥的征兆。塔卡夫已经提起让大家都注意了。

“可我却并不讨厌这种变化，”奥斯丁说，“老是草，老是草，都把我弄得头昏脑涨了。”

“是呀，但是，总是见到草，也说明水源多呀。”少校回答。

“啊！水倒是不用发愁，我们在路上肯定能遇到一条小河的。”

要是巴加内尔听到他的这个回答，肯定会告诉他，在科罗拉多河与阿根廷省的这些山脉之间，河流是十分稀少的。但此时巴加内尔正在跟哥利纳帆说话，哥利纳帆让他去注意下这些奇特的现象，他开始进行解释。

原来，他们在大气中感受到充满一股烟味，可天边却见不到一点火光，远处也没有失火的迹象。因此，找不到任何一个正常自然的原因来解释这巨大的烟味。

没多久时间烧草的气味变得更加浓厚了。除了巴加内尔和塔卡夫以外，所有人都觉得很惊讶。然而，地理学家对任何问题都不会觉得困难，因此他给旅客们作出了下面的回答：

“我们没见到火，却闻见了烟。但我们应知道：‘无火不成烟’，这成语在欧洲是有的。因此，肯定有个地方着了火。不过，这平原过于平坦，因此气流畅通无阻，如果是在 120 公里以外的地方烧草，我们同样也能闻见气味。”

“难道是 120 公里以外着火了？”少校的语气中充满了疑问。

“可不是 120 公里以外吗？”巴加内尔十分肯定地回答道。

“不过，我需补充一点：这些火通常都是大规模的延烧，经常能烧到一个相当大的范围。”

“可是是谁在这草原上放火呢？”罗伯尔问道。

“有时是雷火，有时就是那草晒干了，印第安人放的火。”

“可是放火的目的是什么呢？”

“他们认为——这种‘认为’到底有多少的依据呢，这我可不清楚，——他们觉得在这草原区烧上一次火，禾本草会生长得更加茂盛。要是真是这样的话，这应该是草灰肥田的方法了。不过我认为，我们宁愿相信火烧草原是为了灭虫，有一种叫做兽虱的寄生虫，尤其对那牲畜有害。一把火就能烧死千万个兽虱。”

“但如此猛烈的手段，难道不会将那草原上的一些放牧的牛羊群也给烧掉了吗？”少校问。

“是呀，偶尔会烧死些。但这边牛羊群真的太多了，烧死一些，又算得了什么？”

“我并不是为那些牛羊群担忧，我也管不了这些。我是为那些穿越这草原区的旅客们担忧。万一碰到烟火突然降临，不会将他们也给全包围起来了吗？”

“你怎么会怕这件事情呢！”巴加内尔叫了起来，露出对这种遭遇极其有兴趣的样子，“有时这样的事情也会发生，就拿我来说，见到一个奇特的景象，却一点也不讨厌。”

“这便是我们的学者，”哥利纳帆接上话茬，“他要研究学术一直研究到被活活烧死为止。”

“天晓得，我亲爱的博士啊，我可不那般傻。我曾读过库柏（美国小说家）的游记。皮袜子（库柏小说中人物的外号）就曾告诉过我们：野火来了，只要将周围的草拔掉，拔出一块直径几米的空地来就可以了。这是最简单不过的方法了。因此我不怕大火烧来，我倒是愿意碰上这样一场大火。”

巴加内尔所希望的事情并没出现。只是现在因为太阳的强光所发射出的令人无法忍耐的烈焰，让人感觉已经烧到半焦了。在这种热带最常见的气候下，连马都喘个不停。有阴凉的地方更是没有。除非偶尔有一片浮云将那火球给遮住了。这时，便有一片阴影流动在这平地上，因此骑马的人尽力催动着马儿。但是，没多长时间，马就落后了，因为赤裸的太阳再次洒落这些火雨在那烧得发焦的草原上。

我们还曾记得，威尔逊说过不愁没水，那时他就没想到有一天大家全都会这般饥渴。他总说路上能遇到条小河，这说得未免过于乐观。事实上，不仅因为地势平坦，不存在任何可以蓄水的河床，连印第安人挖的池塘也都干涸了。巴加内尔见到这一程比一程更加干燥的情况，便几次提醒塔卡夫，并问他在什么时间能找到水。

“需要到盐湖，”巴塔戈尼亚人回答。

“那什么时间能到呢？”

“明天晚上。”

通常，在那草原区旅行的阿根廷人，全都是临时掘井，向下掘几米深便会有水。可我们的旅客并没掘井的工具，因此也就没有任何办法了。也就只能将所带的一点水进行定量分配。尽管大家都不至于全渴得要命，但也没一个人可以完全地喝个够。

晚上，大家一口气行走了 48 公里，便歇了下来。每个人都想恢复一天的疲劳，安稳地睡上一觉，可哪知道偏偏有乌云般的蚊群来打搅他们。蚊群的来临代表着风向的转变：果然，风向转变了 90 度：从西风转为北风。通常，在起南风或西南风的时候，那些可恶的飞虫是飞不过来的。

少校遇到这种生活上的各种小苦恼，还可以一直保持镇静，可巴加内尔却是相反，对于这种命运的捉弄，他很不耐烦。他恨透了这帮鬼蚊子，痛恨自己没带酸性水来擦拭自己身上无数的叮伤。尽管少校在尽力宽慰他，说博物学家做过统计，这世界上共有 30 万种昆虫，现在他们只遭受到了一万种昆虫的袭击，总而言之这还是幸事，但早上巴加内尔爬起来时依旧满肚子的不高兴。

可是，他还是不用大家催促，天刚亮便出发了，因为当天需要赶到盐湖呀。马渴得要命，已经十分疲惫了，尽管骑马人尽量将水省下给他们喝，但它们的配给量依旧十分有限。这天，天气干燥得很，“判帕”区的北风如同非洲大沙漠中的著名的热风那样，夹带着灰尘就刮了起来，同样让人受不了。

这天，一度旅途单调的气氛被打破了：穆拉地在前面行走着，突然将马头勒转，报告正有一批印第安人在走来。对于这件事每人都有自己的看法：哥利纳帆想到土人很有可能提供有关不列颠尼亚号失事船员的线索。塔卡夫却不乐意在这平原上遇到游牧的印第安人，他觉得他们都是匪盗，只想躲开他们。在他的命令下，小旅行队全都集中了起来，准备好了武器，毕竟所有事情都是有备无患的好！

没多长时间，大家见到了这些印第安人，这只不过是十来人所组成的一支小队，这让塔卡夫放心了。在他们相距百步的时候，他们看清楚了那些印第安人的面孔：他们全都是土著，是 1833 年罗萨将军（阿根廷的独裁者）所扫荡过地区的种族。额头高耸，往前突起，并非往后塌去；高大身材，橄榄色皮肤，这让他们成为印第安人中健美的典型。他们身上披着原驼皮或臭鼬皮，除一支两丈长的长枪外，还有刀、弹弓、“跑拉”和“拉索”。从他们操控坐骑的技巧能看出，他们全都是些好骑手。

他们全都在这相距百步的地方停住了，你喊我叫，指手画脚，好像在互相商量着。哥利纳帆向他们走去，但还没走到 4 米远，那队土人便立即将马头调转，一溜烟便不见了，快得让人根本不敢相信。

旅客们那疲乏的马肯定是追不上他们的。

“孬种！”巴加内尔骂道。

“他们逃得实在太快，并不是好人。”少校说。

“这些印第安人到底是什么人？”巴加内尔问塔卡夫。

“是些高卓人（西班牙人和印第安人的混血种）。”

“高卓人！”巴加内尔又朝他的旅伴们转了过去说，“原来那便是高卓人！刚才我们用不着那般大惊小怪的！并没什么可怕的！”

“为什么？”少校问道。

“因为高卓人全都是些善良的庄稼人。”

“你也是这样想的吗，巴加内尔？”

“自然啦。这几个高卓人将我们当成强盗了，因此全都跑了。”

“我倒是觉得他们是没有胆量来袭击我们的，”哥利纳帆说，他原曾想不管是什么人都要与他们进行谈话，现他们逃了，很懊悔。

“我也跟你一样，”少校说，“因为，要是我没看错的话，不但高卓人不善良，相反的，他们全都是些地道的可怕的匪徒。”

“话要从何说起？”巴加内尔叫了起来。

因此他便大谈这一种族学上的问题，而且谈得很热烈，竟能引起他破例的反驳，激起了少校的情绪。

“我想你所说的并不对，巴加内尔。”

“不对？”那学者否认。

“是呀，那塔卡夫本人就将这些印第安人当做强盗，塔卡夫是拥有根据的。”

“这次塔卡夫是弄错了。”巴加内尔反驳道，多少语气中带着一些气愤。“高卓人全都是些农夫、牧人，别的都不懂，曾经我写过这本关于‘判帕区’土人的小册子，相当受大家的欢迎。”

“那么，你错了，巴加内尔先生。”

“麦克那布斯先生，我错了吗？”

“就算是粗心的错吧。”少校坚持说道，“当你的书再出版时需要去更正一下。”

当巴加内尔听见人家批评甚至是嘲笑他的地理知识，便很恼怒，因此脾气便上来了，无法抑制住了。“你要知道，先生，我的书并不需要这种更正！”

“还是需要的！至少，这次是很有需要的。”少校反驳道，同样他也固执了起来。

“先生，我觉得今天你专喜欢去挖苦人。”

“我也觉得今天你的火气尤其的大！”少校针锋相对。

我们能看得出来，讨论发展到如此出乎意料之外，而问题本身并不值得这样的。哥利纳帆认为应出面去干预了：“的确，一方面你们也有些故意去挖苦了，另一方面也都有些火气，双方都很让我惊讶。”

巴塔戈尼亚人没办法听懂他们在那儿吵什么，但一见便知道是两个朋友在争吵。他慢慢微笑了，冷静地说：“都是那北风不好。”

“北风不好！”巴加内尔叫了起来，“这一切跟北风有什么关系呢！”

“呃！就是那北风的不好，你冲动的原因就是这北风！我听说在南美洲北风尤其刺激神经系统。”

“圣·巴特利克（苏格兰人十分崇拜的基督教圣人）知道，爱德华，你说得十分正确！”少校说着，便一阵大笑。

可巴加内尔真的是动了火，他依旧不愿罢休，他认为哥利纳帆的干涉有点过于轻率了，因此他找上了哥利纳帆。

“啊！你从哪里听来的这些话，爵士，我的神经遭受了刺激了吗？”

“是啊！巴加内尔，刺激你的就是那北风，这种风让人在草原区犯了不知多少罪呀，这阿尔卑斯山脉东部地区的风和罗马的乡间的风一样！”

“犯罪！”学者又说，“可我像是能犯罪的人吗？”

“我并没说你在犯罪呀。”

“那你还不如直截了当地说需要我来暗杀你好了！”

“呃！”哥利纳帆不由笑了起来，“我还真的怕你来暗杀我呀！幸好这北风仅仅吹了一天！”

大家听见这话，全都跟哥利纳帆一起哈哈笑了起来。

于是巴加内尔跑到前面独自消化他的脾气去了，两腿一夹，打着马。不过一刻钟过后，他又将这一切给抛到九霄云外去了。

就这样，学者的好性格有了一会儿的波动。不过，哥利纳帆说得很好，他这一次表现的小弱点全是因为外在的原因。到了晚上八点钟，塔卡夫指出通往盐湖的很多干沟，他在前面一点赶着。又行走了一刻钟，全部的人马全都跨下了盐湖堤。终于到了渴望已久的盐湖。但在那里等待他们的却是失望：湖水全都干了！

第十四章　干涸的盐湖

从文塔拿和瓜和半尼两条山脉一连串的湖泊绵延到这里，全都以盐湖为终点。在以前，有很多的远征队从布宜诺斯艾利斯出发，赶到这里来取盐，因为在湖水里含有大量的氯化钠（食盐的主要成分），但现在灼热的气候将水给蒸发完了，呈现在大家面前的全是凝结在湖底的盐分。这些盐让湖面成了一面巨大的反光镜。

当塔卡夫预告盐湖会有水源时，他指的是一些入湖的淡水湖。可谁知道那些河流全都干涸了：燥烈的太阳将全部的水都给喝尽了。所以，那渴了的旅行队赶到盐湖岸时，所有人都惊愕万分，大家需要立即做出一个决定来。在皮桶中仅存的一点水都有点坏了，无法再喝了。大家都逐渐渴得难以忍受。在这种紧要关头面前，饥饿与疲乏全都消失了。他们寻找到一个被土人遗弃的"鲁卡"——一种使用皮所做成的帐幕，这个帐幕在一个土坑中支着，那些精疲力竭的旅客们便都在这里住了下来。在湖的泥岸上，他们的马儿全都在上面躺着，带着嫌恶的心情咀嚼着咸草与枯芦苇。

大家在"鲁卡"安定好之后，巴加内尔便问塔卡夫有何意见，大家应该怎么做。两人展开了对话，时间很简短，哥利纳帆在旁边也听懂了几个字。可塔卡夫自始至终都是镇定地在说着，可巴加内尔却是手舞足蹈，说了有好几分钟，塔卡夫抱着膀子。

"他到底说了些什么？"哥利纳帆问道，"我好像听到他说要将我们分开。"

"是的，分成两队，"巴加内尔回答道"我们中间，谁的马又疲且渴，没法走动了，便顺着 37 度线这条路慢慢向前走。马还可以走的便往前赶，去侦察离这里 50 公里的瓜米尼河，这河流入圣路加湖。要是河水足够多的话，他们便会在河岸上等待后面的人。要是水都没了，他们可以赶回来迎接后面的人，让他们不再走冤枉路了。"

"水没有该怎么办呢？"奥斯丁问。

"没有水只能向南再走 120 公里了，一直到文塔拿山脉中最初的几条支脉，那里有很多的河流。"

"啊！爵士，那也带上我去吧。"罗伯尔说，"我们就当是要出去玩一趟。"

"可你怎样才能赶上我们呢，我的孩子？"

"赶得上！我的马好，它总是要往前赶的。您愿意带我吗，爵士？求您带我去。"

"那你来吧，我的孩子。"哥利纳帆说道，他也十分不情愿离开他。"我们 3 个人，"他又说道，"我们 3 个人一起，如果还走不到一个清凉的蓄水场，那也真是太笨了。"

"那么，我呢？"巴加内尔问道。

“啊！你，我亲爱的巴加内尔，”少校说，“你还是与后备军一块留在后面罢了。你对 37 度线上的情况太过于了解了，你知晓瓜米尼河，你也知道这所有的判帕区，因此你不能离开我们。穆拉地、威尔逊与我全都赶不上塔卡夫，都没办法跟他一块赶到约定的地点，也只有在你的旗帜下，我们才能充满信心，缓慢地往前走。”

“我也只能去忍耐点了。”地理学家说，但心中十分高兴获得了领导权。

“不过，你也不可粗心大意呀！”少校又说，“别将我们引到我们不想去的地方，比如说，别将我们引回太平洋岸上去！”

“这样才好呢，你这讨厌的少校。”巴加内尔笑着说道，“可是，我亲爱的哥利纳帆，你怎样才能懂得塔卡夫的话呢？”

“我想，他跟我应该没什么可以谈的。在遇到紧急情况时，我可以用我可以说的几个西班牙语，我能让他懂得我的意思，我也能知晓他的意思。”

“那么，你去吧，我可敬的朋友。”

“我们先吃点晚饭吧。要是能睡得着，那便睡一睡，一直睡到出发的时间吧。”哥利纳帆说。

大家在没喝水的情况下，吃了一顿大家都认为不爽口的晚饭。可也没有更好的办法了，大家只能睡觉了。巴加内尔梦见了很多的急流、瀑布、大江、大河、池塘、水溪，甚至还梦到了很多装满凉水的凉水瓶。总之，平日里只要有水喝的地方全都给梦到了。

第二天早晨 6 点，塔卡夫、哥利纳帆、罗伯尔 3 人的马都准备妥当了。最后一份发臭的水让这些马喝了，它们也是实在没办法才喝下去的吧。然后，那 3 人便上了马鞍。

“再见！再见！”少校、奥斯丁、威尔逊、穆拉地一块说道。“现在最重要的就是想办法找到水，别再向前跑了！”巴加内尔补充了一句。

没多少时间，巴塔戈尼亚人和哥利纳帆、罗伯尔往后一看，都见不到那地理学家带领中的那批人马了，难免心中有点郁闷。

他们所穿过的那片盐湖是一个陶木质的大平原，到处生长着 1.8 米高的卷缩的灌木，木本含羞草，饱含苏打成分的被叫做“如木”的丛生灌木。疏落的大片盐池将太阳光反射得更加强烈，甚至有些吓人了。这是一个叫做“巴勒罗”的盐池。乍看跟冻结的水面那样，但那灼热的太阳光很快就能让人知道那不是坚冰。尽管如此，整个晒得发焦的瘠土跟闪闪发光的冰湖相互照应，让这片荒区有了一种特殊的面孔。

在这之前都已经说过了，要是瓜米尼河也干了的话，这队人就只能往南去 130 公里到文塔拿山区了，这一地区的面目跟盐湖的荒区有着天壤之别。1835 年费兹·罗以船长领着探险船猎犬号来探查过这个区域，土壤尤其肥沃，这里生长着全印第安领域中最好的牧草，一直到山脚下那些布满各色树木中的森林中全都是牧草。那里有一种叫做“阿尔加罗坡”的决明子树，把果子晒干，磨成粉，便能制作出印第安人最喜爱吃的一种面包。还有那木质永久坚固的白色破斧树。还有“诺杜伯”树，经常引起重大的火灾，它遇见火就着。还有“维拉罗”树，垒成金字塔形状的一层层的紫花。最后还有那往天空中撑起24米高的如同大伞的“凡波”树，这里几乎所有的牛羊都在这下面乘凉。阿根廷人很多次都想迁移到这个地区来，可惜他们没法战胜印第安人的仇恨。

当然人们都会猜想到像这样的一个肥沃的地区肯定有大河从那山腰中流出来提供充足的水量。这种猜想当然没错，最早的时候那些大河也都不会干旱。不过，想要到达这些大河，还需要向南行走210公里的路。因此塔卡夫主张先去瓜米尼河去找水是正确的，这样，不仅不会偏离原路线，还会比去文塔拿山区要近得多。

3匹马都跑得十分起劲。这些聪明的牲口本能地知道它们的主人要将它们带往何处。尤其是桃迦，它跟飞鸟那样，表现出任何疲劳与挫折都不能将其打败的勇气，从那干涸的沼泽跳过，跳进“勾拉妈飞东”树丛，发出一种乐观的嘶声。哥利纳帆与罗伯尔的马，脚步比较沉稳，可是在桃迦的榜样鼓舞下，也在后面勇敢地跑着。塔卡夫在鞍上一丝不动，正像桃迦鼓舞着它的旅伴那样，用自己的榜样来鼓舞着他的旅伴们。

塔卡夫经常回头看着罗伯尔。

虽然这孩子小小年纪，却能在马上坐得十分沉稳，腰部十分灵活，肩背斜侧，两脚自然下垂，双膝据鞍。塔卡夫看了很满意，便喝起彩来。真的，罗伯尔都已变成了第一流的好骑手了，能受的住他的赞赏。

“好啊，罗伯尔，”哥利纳帆说道，“看塔卡夫的神气是在赞赏你哪！他在为你喝彩，我的孩子。”

“为什么喝彩呢，爵士？”

“因为你骑马的姿势很棒！”

“啊！我只是骑得踏实罢了。”他听见了别人的称赞，脸都喜悦得红了起来。

“最主要的便是要骑得踏实，罗伯尔，不过你太谦虚了，我能预测，你以后肯定能成为一名十分棒的运动家的。”

“好嘛，爷爷要将我造就成一个水手，可我却成了骑手，那他会怎么说呢？”罗伯尔笑着说道。

“做运动家也不妨碍去做水手呀，好骑手不一定全是好水手，但好水手完全可以变成好的骑手。在帆架上骑惯了就可以在马上骑得踏实。至于如何勒马，如何周游兜转，那都很容易，是再自然不过的事情了。”

“我那可怜的父亲啊！”罗伯尔接着说道，“啊！您救了他，爵士，他以后会感激你的！”

“你十分爱你的父亲是吧，罗伯尔？”

“是的，爵士，他对姐姐和我都很好。他全身心的只想到我们！他每次回来时，只要是他去过的地方，全都会给我们带点纪念品，并且每次一到家就会抚摸我们，对我们亲切温柔地讲话。啊！您以后认识他，肯定也会喜欢他的！他说话的声音很温柔，就跟玛丽一样！一个当水手的，说话那般温柔，十分奇怪，是不是？”

“是的，很奇怪，罗伯尔。”

“现在我还好像见到我的父亲就在我的眼前。”这孩子似乎在自言自语地说着，“慈爱的爸爸啊！好爸爸啊！在我小时候，他总将我抱在膝盖上摇晃着哄我睡觉，他经常哼着一首苏格兰的歌曲，歌曲中是赞美我国的湖泊。有时我还记得调子呢，不过是十分模糊的。玛丽也还记得。啊！爵士，我们是多爱他呀！呃！我想一个人越小就越喜欢父亲！”

“越大便越尊敬父亲，我的孩子。”哥利纳帆回答道，他听见了这几句从这小心灵中表露出的话，很感动。

在他们这样交谈时，马开始走得很慢了，变成了缓步前进。

“我们肯定能找到我的父亲，是不是？”罗伯尔沉默了一段时间，又说道。

“是的，肯定能找到的。塔卡夫给我们提供了寻找的线索，我十分信任他。”爵士回答。

“真是一个正直的印第安人呀，这个塔卡夫！”这孩子说。

“确实是这样的。”

“还有件事，您知道吗？爵士？”

“那你先说出来后我再回答你。”

“跟您在一块儿的每个人都很好！海伦夫人，我真的很爱他；那少校，态度总是那么镇定；门格尔船长，巴加内尔先生，还有邓肯号上的所有的水手，都是勇敢又热心的人！”

“是的，这我知道，我的孩子。”

“可您还不知道，您是那好人中最好的人？”

“啊！这要从何说起呢，我不清楚呢！”

“那么，您应该知道的呀，爵士。”他边说着边将爵士的手拉着放到嘴上闻了一闻。

哥利纳帆轻轻地摇了摇头。他们在不知不觉中已经落后了，因此赶紧停止了谈话，前面塔卡夫在招手催他们了。要知道时间是十分宝贵的！

于是这 3 人又催马跑了起来。但没多长时间，他们便发现除了桃迦之外，其他的两匹马全都跑不动了。中午，一定要想办法让马休息一个小时，它们真的太累了。大丛的紫苜蓿，全都晒枯了，它们都不愿意去吃。

哥利纳帆心中渐渐不安起来：干燥的气候一直没有变化，如果再寻找不到水源，那后果真的不堪设想。塔卡夫一声不吭，这个印第安人心中也会有失望的时候，他或许在想：要是连瓜米尼河也干了的话，那才会让人失望哩！

他们再次出发，不管怎样，又是用马鞭，又是用马刺，得让马必须上路，不过，也就只能这样缓步地行走着，再快也绝对不可能了。

本来塔卡夫是可以跑到前面去，因为桃迦只需要有几个钟头就可以将他送到瓜米尼河岸边去。毋庸置疑，他以前肯定也想到过这点，但是他又想到了不能将他的两个旅伴给丢在这荒野之中。因此，他不想抄在他们的前头，他把桃迦紧紧勒住，迫使它放缓脚步。

要想让桃迦常常慢步行走是十分不容易的，它既抵抗又腾跃，还激烈地嘶叫。因此他的主人不仅用力将它勒住，还需要用好话去安慰它。塔卡夫在跟马谈话，尽管桃迦不会讲话，但他至少还是懂得了主人的意思。塔卡夫肯定对他的马说了很多的理由，因此在“商量”了一会儿后，最终桃迦接受了他的意见，开始慢步行走，但是还不免表示出不耐烦的样子，他不停地咬着嚼铁。

桃迦明白塔卡夫，塔卡夫也知晓它。这头聪慧的牲口有着高度灵敏的嗅觉，它已经感受到了空中的湿气，猛烈地呼吸着湿气，鼓动着舌头，咚咚作响，好像是在喝清凉的泉水。塔卡夫肯定不会看错的，现在已经距离水源不远了。

因此他将桃迦急躁的缘由告诉了哥利纳帆和罗伯尔，用这理由来鼓舞他们，同时，不久另外的两匹马也懂得了桃迦的心理。大家又展开了最后一次的努力，开始在塔卡夫后面狂奔着。接近 3 点时，在地形的凹处一条白茫茫的线出现了。在日光的照射下它看起来在颤动。

“是水！”哥利纳帆说道。

“是水！是的，是水！”罗伯尔叫了起来。

他们完全不用去催马，那 3 匹可怜的牲口全身有劲起来，奔跑得连铁壁都挡不住。没有几分钟就到了瓜米尼河岸，连鞍带人全都扑到这救命的河水之中。

它们的主人还没来得及说出话就驶到河中了，完全洗个冷水澡，尽管衣物全都湿了，可没有人抱怨。

“啊！真好呀！”小孩子一边叫着，一边在河中心放开大喝。

“喝慢点啊，孩子！”爵士一边告诫着他，可他自己也没有以身作则。

这时，听见的也只是咕噜咕噜的喝水声了。

塔卡夫同样在喝，不过他喝得十分镇静，不慌也不忙，小口小口地喝着，他喝个没完，恨不得要把整个河全给喝干了。

“好了，我们的朋友也不会失望了。只要他们一到瓜米尼河就会有水喝了，水清且多。不过，但愿这塔卡夫不要一口气将这条河全给喝干了！”

“我们不可以去迎接他们吗？我们早点迎接他们，他们就能减少一点焦虑和痛苦呀。”罗伯尔问。

“你说的没有错，我的孩子，可怎么带水去呀？皮桶全在威尔逊手里。那还是去迎接他们吧。按照原来的计划在这里等着他们相对较好些。按所需的时间来计算，按他们马行走的速度来计算，在夜里他们就能到达这里。让我们为他们准备好住宿和一顿好的晚饭吧。”

还没等到哥利纳帆开口，塔卡夫就去寻找宿营地了。很幸运，他在河岸上找到了一所“拉马搭”——一种用来关牛马的三面环墙院落。要是不担心露天睡觉，这院落倒是一个很不错的住宿的地方。可塔卡夫的旅伴们也不强求在屋子中过夜。因此他们也不用再去寻别的地方了，在太阳下，大家都在晒湿透的衣服。

“现在，既然住处有了，那就想办法去准备晚饭吧。我们要让我们的朋友满意他们的先遣部队。我想，等到他们到了，也不会有什么抱怨了。现在，我认为去打个把钟头的猎也不算浪费时间吧。你准备好了吗，罗伯尔？”

“准备好了，爵士。”那孩子回答道，一骨碌便爬了起来，手中拿着枪。

之所以哥利纳帆想到去打猎，是因为瓜米尼河两岸好像是周围各平原全部禽兽的聚集区。人们见到了各种的鸟儿全都成群地飞了起来，有一种叫做“啼纳木”的“判帕”区特产的红鹧鸪；有黑鹧鸪；有一种叫做“得路得路”的雎鸠，有很多的黄色秧鸡，还有那绿得可爱的松鸡。

兽类是没法看见的。但塔卡夫手指了指深草与树丛，表示着那里面全藏着兽。只要走几步我们的猎人就能到达这世界上最为富饶的狩猎区。

他们开始打猎了。他们嫌弃飞禽，先要去打野兽，朝着“判帕”区的大兽的窝藏区开了几枪。在他们的面前立即突起了成百只的鹿和原驼——这些原驼跟那天夜中在高低岸山峰冲到他们面前的是一样的。但那些胆小的野兽跑得实在太快了，根本没办法赶上去用枪打。他们也只能降低要求，去打那些跑得慢点的兽，那些兽用来做菜还是十分妙的。打了十来只红鹧鸪和秧鸡，爵士还十分巧妙地打到了一只名叫“太特突尔”的野猪，这种厚皮兽的肉味相当棒，那一枪算得上是真划算呀。

不到半小时的时间，几乎所有需要的野味全都有了，可大家的精神却不觉得疲乏。罗伯尔打到一只叫做“阿尔马的罗”的贫齿类的怪兽，是一种有半米长，身子十分肥胖，全身都长满着活动鳞甲的犰狳，按照巴塔戈尼亚人所说，这种犰狳真是一道好菜。罗伯尔对于他的成绩很是自豪。至于塔卡夫，则打了一只“南杜”给旅伴们看。“南杜”跑起来快得吓人，是判帕区特产的鸵鸟。塔卡夫并没曲折地去堵截这只鸵鸟，他骑着桃迦奔到了它的跟前，因为“南杜”就在原地兜圈子，只要一枪没打中，它便会跟你兜上无数的圈子，弄得人疲马乏还是没办法打到它。塔卡夫一赶到它的跟前，便狠命地将他的“跑拉”抛了出来。他抛得如此巧，一下子就将那鸵鸟的腿给裹住了，让它没办法用力。没几秒工夫，便躺在地上了。塔卡夫立即将它捉住，这不仅仅是因为射猎的娱乐，“南杜”也相当好吃，他要请客人们品尝。

带回院中的有一大串鹧鸪和秧鸡、塔卡夫的鸵鸟、哥利纳帆的野猪、罗伯尔的犰狳。鸵鸟和野猪全都剥了皮，切成了薄片。至于那犰狳，因为是名贵的野兽，身上都长着烤肉托子，因此把它连壳放到热炭上烤着。

3个猎人自己只是将那些鹧鸪、秧鸡当晚饭吃了，将那大块头全都留给后面要来的朋友了。他们边吃边喝着清水，认为这清水要比这世界上任何美酒都要好，就连苏格兰高地所崇尚的闻名的威士忌酒都没法跟它比。

同样马也没忘。院子中堆着足够它们吃饱的大量的干藁草。一切全都准备好了，他们3人便裹起了“篷罩”，在大堆柔软的紫花苜蓿草上面躺了下来，而对于“判帕”区的猎人来说，最常见的床席就是这种草了。

第十五章　夜遇狼群

黑夜来临了，漆黑得连月亮的一点影子都看不到。仅有一些微弱的星光将平原点照。天边，黄道星隐没在深暗色的浓雾中。瓜米尼河如同漫长的一片油从云母石平面上滑下，静静地流动着。白天的羽虫、毛虫和竹虫都已经很疲乏了，都在休息，这种荒凉的无边的沉寂笼罩着无边无际的草原。

在共同规律支配下的3个人，都直条条地酣睡在草堆上。马早已是疲惫不堪了，都在地上倒着，只有那匹纯种的好马桃迦，依旧在那里站着睡，四腿笔直，休息跟行动时一样的英俊，在准备着主人随叫随到。院子中还是那一片宁静，炉中的火炭正在慢慢熄灭，在那静悄悄的黑夜中闪烁着最后的红光。

可是，临近10点时，塔卡夫只睡了一会儿就醒了。他皱眉凝神，倾听着：显然他在听一些细微的声响。没过多久，他那经常没任何表情的脸上浮现出一种不安的神情来。是有一批流窜的印第安人来了呢，还是一群河流区域盛产的黑斑虎、水老虎或其他猛兽来了呢？他认为这最后的一个假定的可能性是最大的，他朝院中的燃料望了一眼，更加有点不安了。是啊，那一堆干苜蓿草没多长时间就会烧完了，没法持久地将那些大胆的野兽给挡住！

然而，在这种情况下，塔卡夫也没别的办法，只能静静等待事情的发展。因此他一直在等待着，在地上半躺着，双手支在地上，两肘在膝盖上压着，眼睛一动不动，就像是一个人从梦中被突然而至的焦虑给惊起来了那样。

就这样一个钟头过去了。如果不是塔卡夫，任何人都不会听到外面有任何声响的，大家全都安心地睡着。但是，外地人察觉不到任何危险的地方，这印第安人敏锐的感觉及天生的本能却能感觉到即将到来的巨大危险。

当他在细听时，从桃迦处已经隐隐发来了嘶声。它的鼻孔朝着院子的出口处伸着。突然塔卡夫挺起腰来。

“桃迦感觉到有敌人了。”他说。

他站了起来，走出去仔细地看了看周围。

依旧是那般沉寂，但已经不是刚才那种宁静的状态了。隐隐约约中塔卡夫见到了很多黑影在苜蓿草丛那边一点声息都没有的浮动着。疏落的流光不停地在闪烁着，时明时暗，仿佛是很多的磷火在琉璃般的大湖沼上跳着舞。外地人肯定会觉得那是“判帕”区常有的萤火虫在飞舞，可是他却不会看错的。他知道是什么样的敌人来袭了。

他将枪弹装上，在柱旁躲着注视着。

他没等多长时间，狂吠和长号混杂成的一片怪声在草原上响起。响起了一声马枪的声音，算了给了那怪声一个回答，立即引起了无数的叫嚣。

哥利纳帆和罗伯尔都被惊醒了，一骨碌站了起来。

“是怎么一回事？”罗伯尔问道。

“是印第安人吗？”爵士问道。

“不是，是‘阿瓜拉’。”塔卡夫回答。

罗伯尔望着哥利纳帆。

“‘阿瓜拉’？”

“是的，是‘判帕’区的红狼。”爵士回答。

两人都拿起了枪，跑到了塔卡夫那里。塔卡夫使用手势告诉他们，让他们去注意那片平原，骇人的号叫声便是从那边传出来的。

罗伯尔忍不住后退了一步。

“你是不是怕狼，我的孩子？”

“不怕，爵士，”他用坚定的声音回答道，“而且，跟你在一块儿，我什么都不怕。”

“好极了。这些红狼也不是了不起的野兽，如果不是来得太多了，我连理都不理它们。”

“不管它！我们枪有的是，就让它们来好了！”

“它们来了，就让它们好好吃点苦头！”

爵士嘴上这样说，是为了让孩子的心放宽些。其实，他心中也忍不住害怕，在这黑夜中这样一大群的野兽来袭。或许来的红狼有好几百匹，就这三个人，不管武器怎样厉害，跟这般多的野兽进行格斗，想占上风也不容易！

塔卡夫所说的“阿瓜拉”，哥利纳帆知晓那是印第安人称呼红狼的名字。这种肉食动物，身材跟大狼狗那样，头长得像狐狸，肉桂红的毛色，一行黑色鬃毛沿着脊背上飘动着，既矫健又健壮，习惯住在沼泽区，时常游在水中捕食水生动物，常在夜间出洞，白天则在洞中睡觉，养牲畜的牧场是最惧怕它们的，因为当它们饥饿的时候连牛马都敢攻击，对当地造成了十分巨大的损失。也有个别的红狼并没有那般可怕，但成群的饿狼在一起，却完全不一样了，人们愿意去打一只美洲豹、一只黑斑虎，也不愿意去招惹一群红狼，因为虎豹能从正面打过去，可狼群却在四周，而且总是打不尽。

这次，哥利纳帆一听到“判帕”区中响起了一片的号叫声，便看到了平原上有很多的黑影子来回跳动，他知道这次聚集的红狼数量十分多。当时的情况可说得上是万分惊险的。

这时候，由群狼所组成的包围圈在慢慢缩小。同时马也醒了过来，表现出极端的恐慌。只有桃迦用蹄子踹着地，想把缰绳挣断，冲往外面。它的主人不停地打着呼哨，劝阻它，才让它安定了下来。

爵士和罗伯尔在院子的入口处守着。他们的枪全都上了子弹，正准备对着那第一排的红狼开火呢。突然塔卡夫将他们都举起来准备瞄准的武器给一把抓住了。

“这是为什么呢？”罗伯尔问。

“他不想让我们开枪！”

“为什么呢？”

“或许因为他觉得时机还没到呢！”

塔卡夫并不是因为时机的问题而让他们不要射击，他还有个更为重要的理由。当他将他的子弹袋托起并把它给翻了过来表示差不多都是空的时候，爵士立即明白了。

“怎么啦？”孩子问道。

“怎么吗？我们要节省弹药。今天我们打了一场猎，将弹药都快打光了。仅剩下不足20发的子弹”

孩子并没回答。

“你不怕吗，罗伯尔？”

“不怕，爵士。”

“好，我的孩子！”

这时，砰的一声又是一枪。有一匹狼胆子太大了，冲上来，让塔卡夫给打死了。本来其余的狼都排成密集的队形，现在全都退了下去，在距离院子100步远的地方挤着。

立刻，塔卡夫朝着爵士招了招手，哥利纳帆便去顶替了他的位置。塔卡夫跑到院子里将全部能烧的东西全都搬了出来，在那院子的入口处堆着，还丢了一个正在燃烧的火炭。不久，一副火焰的席幕便在幽暗的天空中拉了起来，从席幕的缺口处透过，能见到那平原被火光照得雪亮。这时哥利纳帆才看清了面前需要抵抗的红狼是这般多：从没见到过这么多的狼在一块聚集着，也从没见过这般凶狠的狼。塔卡夫烧起来对付它们的那处火网一下便把它们全给挡住了，但这也加速了它们的愤怒。

竟然有几条狼直接跳进了火坑边上去，把前爪给烧了。

一阵阵地，那叫跳着的狼群都冲了上来，打枪都没法将它们止住。在这一个钟头之内差不多有 15 只狼在那草地上倒下了。

处境现在看起来稍微好了一点。只要弹药没用完，院门口还布着火网，对于狼群的冲锋肯定是不用怕的。可是一旦这弹药耗尽，火网一熄，抵抗狼群的方法便没有了，那该怎么办呢?

哥利纳帆望着罗伯尔，心里觉得很难过。他把自己给忘记了，只是想到了这个可怜的孩子，认为他所表现出的勇气超过了他的年龄。罗伯尔的面孔呈现出灰白色，但手还是紧握着枪，他坚定地等待着发怒的群狼的袭击。

这时，哥利纳帆冷静地对当前的处境考虑了一番，决定和塔卡夫谈谈。

“一个钟头之后，我们便没有了弹药和火。我们不能等到那个时候再去下决心呀。”

因此，他回头望着塔卡夫，将他脑子中能提供出的几个西班牙语集合了起来，开始跟他谈话，可是时续的枪声经常将话头给打断。

他们俩想要达到互相了解的程度还是很困难的。十分侥幸，哥利纳帆早就知晓那红狼的习惯，要不然，塔卡夫所说的话，打出的手势，他会觉得很莫名其妙的。

尽管如此，他还是花费了一刻钟的功夫才将塔卡夫的回答传给了罗伯尔。

“他是怎么说的？”罗伯尔问。

“他说不管怎样都要坚持到天亮。红狼仅是在夜间出来，一到早晨便会返回窝中。它惧怕阳光，是夜狼，是属于那野兽中的鸱枭！”

“那么，我们便抵抗到天亮好了！”

“是的，我的孩子，可是没有弹药也就只能用刀来干了。”

这时，塔卡夫已给他们作出例子看了：一匹狼一直跑到火网边缘，刀在他的长胳膊上握着，从火网上伸过，又将那血淋淋的刀给收了回来。

火和弹药很快就要用完了。将近清晨两点钟时，塔卡夫又往火坑中投下最后一捆柴草。弹药总共也只剩下五发了。

哥利纳帆朝周围看了看，感到万分的伤感。

他想起了身边的孩子，想起了他的同伴，想起所有他喜爱的人。罗伯尔一声不吭，或许，在他天真的幻想之中，他还没感到死会离自己这么近。可是爵士都替他想到了。他就如同是见到那副没法避免的悲惨画面：饿狼将一个活生生的孩子吞咽了下去！他控制不住自己情感的冲动，将孩子拖到怀中，紧抱在怀里，亲吻他的额头。同时，两行清泪不由自主地从眼睛中流了出来。

罗伯尔依旧微笑着看着他。

“我并不怕呀！”他说。

“不怕！我的孩子，不怕！”爵士回答，“你说得十分对，再度过两个钟头，天便亮了，我们便会得救了。打得真棒！塔卡夫，打得真棒！我的巴塔戈尼亚好汉啊！”他又在那里叫着。这时塔卡夫用枪托子将两头想从火网跳过的大狼给打死了。

但是，在快要熄灭的红光照耀下，他见到了大群的红狼以密集的队形冲了上来。

这场血战快要接近最后关头了，火焰慢慢低了下来。原本被照得雪亮的原野再次慢慢回到黑暗之中了，与此同时红狼发着磷光的眼睛又在黑暗中出现了。再有几分钟，整个狼群全都会扑进这院子中来。塔卡夫将最后一枪给放了，又把一只狼给打死了。可弹药没有了，他站在那里交叉着胳膊，头一直低到胸前，似乎在那里沉思。他是否在想一个冒险的、狂妄的办法去打退这疯狂的群狼呢?

这时，狼群的攻击出现了变化。它们好像全都跑开了，以前震耳欲聋的号叫声突然停止了。平原再一次被死沉的静寂给笼罩着。

“它们全都走开了！”孩子说。

“或许。”哥利纳帆侧着耳仔细听着外面的声音。

塔卡夫猜到他的意思，一直对着他摇头。他知晓那些野兽肯定不会放过这到口的美味的，除非是阳光将它们逼得只能回巢。

就在他们猜想时的一刹那，他们发现敌人的策略发生了变化。

它们不再想从正面冲进院子中，它们的新战术给人们造成更大、更紧急的危险。那些红狼见到火和刀在顽强地保护着前门，它们便都绕过院子，从背面进攻。

没多长时间，他们 3 个人便听见它们的爪子在半朽的树桩上抓着。用很多强健的腿和血盆大口从摇动的柱子缝中伸进。马害怕极了，把缰绳挣断了，在院子中疯跑。哥利纳帆一把将孩子抱着，以方便去保护他，一直到他自己的最后一口气。或许，是为了死里逃生，他正想从院门冲出，这时，他的目光忽然落在塔卡夫身上了。

塔卡夫如同野兽被困在笼子中，在院子中兜了一个大圈，然后突然跑到他的马的前面，马已经急得有点不耐烦了。他把马鞍辔安上，仔细地，连一条皮带、一个纽扣都没放过。咆哮声还在持续升高，他好像一点都不在乎。爵士见到他这样做，心中悲痛且恐慌。

“他将要把我们丢下了！”他见到塔卡夫立即就要上马，便脱口说道。

“他吗！永远不会将我们丢下的！”罗伯尔说。

是啊！不但塔卡夫不肯将他的朋友丢下，他现在还要为了他们牺牲自己呢。

桃迦已经准备好了，它紧紧地咬着嚼铁，又蹦又跳，怒火充斥着眼睛，散发出闪闪的电光，它已经明白主人的意思了。

当塔卡夫揪住马鬃时，哥利纳帆急躁地一伸手将他的胳膊抓住。

“你要走吗？”他说，指着当时没有狼的那片原野。

“是的。”塔卡夫回答道。他知晓他旅伴手势的意思，接着他又说出了几句西班牙语，意思便是：“桃迦！好马，快。吸引群狼去追它！”

“啊！塔卡夫啊！”哥利纳帆喊道。

“快！快！”塔卡夫又说着。这时，哥利纳帆感动得都要说不出话来，他朝罗伯尔解释道：“罗伯尔！我的孩子！你知道吗？！他要为我们而去牺牲自己！他要往别处奔去，吸引狼群去追他！”

“塔卡夫啊！朋友！”孩子一把扑到塔卡夫脚前大叫道，“好朋友，请不要离开我们！”

“不！他不会离开我们的！”

哥利纳帆把头转过来对着那卡夫说：“我们一块儿跑吧。”他一边说，一边指着那两匹受到惊吓的马。

“不能，”塔卡夫会意道，回答，“不能。劣马，惊了。桃迦，好马。”

“既然这样，也好！”哥利纳帆说，“不要让塔卡夫离开你，罗伯尔，他启发了我应当做的事！让我来骑马！把他留在你身边。”

他一把将桃迦的缰绳抓住说道：“让我来！”

“不能！”塔卡夫镇定回答道。

“我一定要去！”哥利纳帆把缰绳夺过来叫道，“让我去！你去救这孩子！我将他托付给你了，塔卡夫！”

在这激动的情绪中哥利纳帆将英语夹杂在西班牙语中一块说了出来。可语言会有什么关系呢！在这种情况下，手势就能表达一切了，很快他们互相了解了。哥利纳帆想要去，可塔卡夫不肯。两人的争执持续了下去，危险一秒秒地逼近。院后的树桩被狼抓咬，眼看就要断了。

哥利纳帆和塔卡夫两个人都没有要让步的意思。塔卡夫将哥利纳帆拉到院口，手指着那无狼的一片平原，用激动的语言让他知道事不宜迟，万一骑马诱狼的计划不成功，那留下的人危险更为巨大；又说只有他知晓桃迦的性情，能利用它矫健迅速的特点去谋求大家的安全。哥利纳帆一时急糊涂了，坚持不听他的话，一定要自己去才行。忽然，他被猛推了一下，推到旁边去了。桃迦蹦了起来，前蹄悬空，急不可待地一跳便从火线和一排狼尸上越过，同时有一个孩子的声音叫了起来：“原谅我，爵士！”

说时迟，那时快，他们二人差不多都望见罗伯尔，他已在马背上趴着，手抓住马鬃，在黑暗中消失了。

“真是个糊涂的孩子啊！罗伯尔！”哥利纳帆叫了起来

但这叫声，就算是他身旁的塔卡夫都听不见。同时一片骇人的咆哮爆发了。原来红狼全都蜂拥般地去追那匹马了，全都一致往西跑去，快得就像是鬼影。

塔卡夫和哥利纳帆赶紧追出院子。这时平原再次恢复了平静，他们隐隐约约地望见在黑夜中一条黑色的曲线移动着。哥利纳帆急傻了，他绝望了，紧紧握着双手，扑倒在地上。他望着塔卡夫，可他还在微笑，跟平常那样镇静。

“桃迦，好马！孩子，能干！肯定得救！”他不停地说着，点头赞成。

“万一他掉下马呢？”

“不会掉的！”

就算是塔卡夫有这样的信心，可怜的爵士依旧急得要死，一直急到天亮。他甚至都没感觉到自己已经脱险。他想要去找罗伯尔，可塔卡夫却不让去，说其他的马追不上桃迦，桃迦肯定会将那狼群给远远丢在后面的，并且就算现在要去找罗伯尔，在黑夜中也寻不到，必须要等到天亮。

早晨 4 点钟，东方慢慢开始泛白了。过了一段时间，天边的浓雾慢慢地染上了淡白色的银光。平原上洒满了清露，晨风中蒿草在摆动着。

现在能去寻找罗伯尔了。

“动身吧！”塔卡夫说道。

哥利纳帆一声不吭，跳上了罗伯尔以前骑的那匹马。不一会儿的工夫，两人便朝西驰去，顺着他们旅伴们不会远离的直线往前奔。

他们飞快地奔跑了一个钟头，一边左右寻找罗伯尔，一边又害怕碰见他那血淋淋的尸首。哥利纳帆使用着马刺催着马，都快要将马肚子给刺穿了。最后，他们听见了枪声，还是有规律的一声接着一声，很显然是信号枪。

“是他们到了！”哥利纳帆叫了起来。

他俩将马催得更加快了，过了一段时间，他们便跟巴加内尔所带领的那队人马会师了。哥利纳帆忍不住又叫了一声。罗伯尔还是活的，跟他们在一块儿，生机勃勃，在桃迦背上骑着，这马看见了主人，也十分欢快地嘶叫了起来。

“啊！我的孩子啊！我的孩子！”爵士喊了起来，带着那无法形容的慈爱的表情。

他和罗伯尔一块儿跳下马，飞奔过去互相拥抱。紧接着塔卡尔又将罗伯尔紧紧抱在怀中。

“他还活着啊！他还活着啊！”爵士不停地叫着。

“是的，我还活着，这全亏了桃迦！”

塔卡夫还没等到罗伯尔说出感谢的话就去感谢他的马了。这时他正在跟马说话，抱着他的颈子亲吻它，好像这匹骏马能听懂人的话，血管中同样流着人的血液。

一阵亲热过后，他又转向巴加内尔，指着罗伯尔说道：“好汉！”

他又使用印第安人代表“有勇气”的俗语称赞罗伯尔，说：“他的马刺从没发抖过！”

这时，爵士搂着罗伯尔，问他：“为什么，我的孩子！你为什么不让我或塔卡夫去冒险去救你？”

“爵士，”那孩子用着最为感激的语气回答，“那冒险牺牲的事就不该我去做吗？塔卡夫已救过我的命了。您，您正在去救我父亲的命呀！”

第十六章　走向坦狄尔

大家都高兴了好一阵子，后到的人，或许少校要除外，都有一个同样的感觉：便是渴得很。幸好不远处就是瓜米尼河。大家再次上了路，早晨7点钟便赶到了那座小院落周围。一见到死狼躺满了院子的前后，便知道昨夜的那场防御战是多么激烈。

过了一段时间，大家全都喝足了，便在院子中大吃一顿非常丰盛的早餐，大家全都说“南杜”的肋条肉好吃，那连壳烤的犰狳才是最无上的美味。

“要是吃少了便会对不起老天爷，应该吃到涨破肚子才行。”巴加内尔说。

他吃得真是太多了，可他的肚子并没涨破，因为他喝的是瓜米尼河的清水，认为这水有着想象不到的消化能力。

哥利纳帆并不愿意在这里待太长时间，早晨10点便发出了出发的号令，给皮桶里也装满了水，大家都上了路。马也吃饱喝足，休息好了，展现出高度的奋发精神，几乎都保持着平常打猎时的步伐。有些潮湿的土壤也变得有点肥沃，可还是没有人烟。11月2日、3日两天，路上都没事。3日晚上，他们通过了长途跋涉后，都开始有些疲惫了，便在“判帕”区的尽头，布宜诺斯艾利斯省的边界上休息了。从10月14日他们离开塔尔卡瓦落湾，现在已经过去了22天，行走了730公里，也就是说，他们已经幸运地走过了将近三分之二的路程。

第二天早晨，他们越过了阿根廷平原区跟草原区的分界线。也就是在这里，塔卡夫希望可以遇到扣留格兰特船长的印第安人酋长。

布宜诺斯艾利斯省在阿根廷的14个省中是最大、最富饶的省份。这个省与南部的印第安人区域接壤，在东经64到65度之间。全省土地肥沃，气候宜人。禾本草类和高大的蔬菜类遍地都是。地面平坦，一直到坦狄尔与塔巴尔康西山的山脚下，差不多都没有一点凸凹。

自从这些旅客离开了瓜米尼河后，这里的气温有了明显的改善，这让他们十分满意。因为巴塔戈尼亚的猛烈的寒风不停地搅动空气中的气浪，这里的平均温度不会超过 17 摄氏度。因此，到了这里，大家都觉得很凉快。他们都满怀兴奋与信心前进着。但是，不管塔卡夫怎样说，这地区好像从来没有人居住过，或更加准确地说，居住的人全都迁走了。

这条向东的路线经过了好多湖泊，有时从湖岸掠过，有时则横截湖心，有的湖水是咸的，有的则是淡的。有很多轻捷的鸟儿在湖岸的树丛中跳跃，快乐的百灵鸟在那里欢唱，还有漂亮的“唐迦拉”，它的羽毛跟蜂鸟那样。那些漂亮的莺类兴高采烈地震颤着羽翅，丝毫不在意披着红肩章，坚挺着红胸脯，在堤岸上进行大会唱的椋鸟。“安奴比”鸟的悬窝在荆棘丛中摆动，就跟住在殖民地的白种人所使用的吊床那样。湖边有很多漂亮的朱鹭，迈着整齐的步伐行走着，迎风拍动着火红色的双翅。人们见到它们的窝，足足有 0.3 米高，如同椭圆形，成群地在一块儿栖息，跟小城镇里见到的那样。当旅客走近时，朱鹭并没有惊飞，这很是让巴加内尔失望。

“很早之前我就想见识一下朱鹭怎样个飞法。”他对少校说。

“好呀！”少校说。

“既然现在有这个机会，我便要去利用一下。”

“那你就利用吧，巴加内尔。”

“那你也跟我来，少校。你也来，罗伯尔，我需要一个见证人。”

说完，巴加内尔让其他的旅伴先走，自己向那群红翅膀的鸟儿走了过去，罗伯尔和少校在后面跟着。

走到枪弹可以到达的地方，他便把火药给装上，“砰”地放出了一枪，所有的朱鹭都惊叫着飞走了，巴加内尔把望远镜拿了起来，仔细地观察。

“怎么样？”当鸟群飞到没法看见的时候，他问少校，“你见到它们飞了吗？”

“当然啦，只要不是瞎子，都会看见的。”

“你认为它们飞时像羽箭吗？”

“一点都不像。”

“根本没法比。”罗伯尔补充道。

“我早就相信是不像的！”那学者又说，看起来十分满意的样子。“可有一个人，能说得上是谦虚中最骄傲的人，也就是我的同乡，最著名的夏多布里昂（法国 19 世纪初的作家），他竟然用羽箭来比喻朱鹭！啊！罗伯尔，你看，那文学上的比喻是根本靠不住的呀！你以后千万不要去轻信比喻，不到万不得已时千万不要去用它。”

“你这样进行的实验总该满意了吧？”少校问。

“十分满意。”

“我也满意了。赶紧催马赶路吧，就是因为你那著名的同乡，让我们落后了 2 公里路。”

当巴加内尔赶上旅伴时，正碰上哥利纳帆跟塔卡夫高谈阔论可又苦于不懂得西班牙语。塔卡夫曾几次停了下来，去观察远处的地平线，当每次观察时，脸上都会露出十分惊讶的神情。哥利纳帆见到他的随从和翻译都不在身边，便想去直接问他，可想尽了办法都没能让彼此完全理解。因此，他远处一望见巴加内尔便打招呼："快来呀，巴加内尔朋友！塔卡夫跟我说话，可我们彼此都听不懂！"

巴加内尔跟塔卡夫交谈了几分钟，后转向哥利纳帆说道："塔卡夫见到一个十分奇怪的现象，感到十分惊讶。"

"什么现象？"

"也就是在这片平原中，经常能遇见很多印第安人成群结队地来回走动，或赶着从牧场中劫来的牲畜，或跑到乌达斯山区去把他们的鼬绒毯子和皮条编成的鞭子卖了，可现在不但没碰上印第安人，就连他们过路的痕迹都没法找到了。"

"塔卡夫觉得是什么原因让他们不到这些平原上来？"

"他也是只有惊讶，说不出什么原因。"

"他本以为会在这一带碰上一些印第安人呢？"

"想遇见手上有外国俘虏的印第安人，也就只有卡夫古拉·卡特利厄尔或扬什特鲁兹等酋长率领的那班印第安人。"

"那些酋长都是些什么样的人？"

"30年前他们都是具有无上权威的部落首领，后来被驱赶到山的这边来了。从此，他们便被驯服了。他们在'判帕'平原上、也在布宜诺斯艾利斯省境内来回游荡。他们专门在这个地区当强盗，可现在却没有遇见他们，我也跟塔卡夫一样感到十分惊讶。"

"既然这样，那我们应该怎么办呢？"哥利纳帆又问。

"让我来问问看吧。"

巴加内尔与塔卡夫交谈了一会后说："他的意见我也认为十分妥当，是这样的：我们依旧往东走，一直行走到那边的独立城堡——这本来也在我们的这条线上，到了那里，如果我们还没有得到格兰特船长的消息，那我们至少能知道阿根廷平原上的印第安人都去哪里了。"

"这独立堡远吗？"哥利纳帆接着问道。

"不远，就在坦狄尔山里，离这里差不多有90公里。"

"我们什么时候可以赶到？"

"后天晚上。"

因为这件意外的事件让哥利纳帆感到十分失望。完全没有想到在"判帕"区里竟然遇不上一个印第安人。平时在这里的印第安人太多了。肯定有什么特殊的原因使他们从这里离开了。更严重的问题是：要是格兰特船长以前在这个地区的一个部落里做俘虏，他现在是被带往北方还是南方呢？这个新问题让哥利纳帆踌躇了起来。无论如何他们都要掌握格兰特船长移动的线索呀。想来想去，还是按照塔卡夫的意见为好！先赶去坦狄尔村，等到了坦狄尔村，至少能找到可以说话的人了。

临近傍晚4点时，在地平线上远远望见了一个丘陵，丘陵十分高，在像这样平坦的地区几乎可以算得上是一座山了，这座山便是塔巴尔康山，一行人就在这山脚下过了夜。次日，过山也就极为容易了。沙地如同波浪那样起伏着，坡路并不陡。攀登过安达斯高低岸儿的人真的不会把这种小山当做一回事，走这里的山路，没有人将马匹的疾行速度降低。中午从塔巴尔昆废堡经过，这是山南那一带为了防止土人抢劫而筑起来的碉堡锁链的第一个堡垒。在这里还没遇上印第安人，这让塔卡夫更加惊奇了。接近正午时，有3个人骑着马，在平原上带着枪跑着，他们仔细观察了这个小旅游队。他们没让人家接近，便用让人难以置信的速度逃掉了。这让爵士很恼怒。

“是一些高卓人。”塔卡夫说，他对于这些土人的称呼，曾引起少校与巴加内尔的争执。

“啊！高卓人。”少校应声道，“呃！巴加内尔，北风今天不吹了，你认为这帮家伙究竟怎么样？”

“我认为他们的样子更像是大强盗。”

“我亲爱的学者，‘像强盗’跟‘是强盗’有很大的差距啊！”

“那只不过只有一步之差而已，我亲爱的少校！”

听到巴加内尔的话，大家都大笑了起来，不但他没生气，相反他对印第安人提出了一个耐人寻味的意见：“我不记得曾在哪本书上见过：阿拉伯人的嘴上拥有一种十分凶恶的表情，可眼光却显得很温和。现在看美洲的土人正好相反。这班人的眼睛尤其凶恶。”一个职业的相面先生去形容这里的印第安人也不会比他说得更准确了。

这时，按照塔卡夫的命令，大家全都靠拢在一块儿前进。不管这地方是如何的荒无人烟，也不能不防突然袭击呀。但这种防备也是多余的。当晚，大家在一个废寨中休息，这废寨以前是卡特利厄尔酋长平常集合队伍的地方。塔卡夫没有看出近期有人居住过的痕迹，也就只能去检查一下地面，他发现这所寨很长时间以来都没人占据过了。

隔天，他们一行人又进入平原中，能看见邻近坦狄尔山最近的几个大牧场。但塔卡夫决定不在那些地方做停留，直奔独立堡去打探消息。他很想知道这片地区为何没有人。

自从过了高地岩儿之后，树木便十分稀少。到了这里，树木就都又出现了，这大部分是欧洲人到美洲之后才种下的。这里有楝树、桃树、白杨、柳树、豆球花树，虽没人去管这些树，然而却长势喜人。通常这些树都环绕在牲畜栏的周围。牛、马、羊等都在牲畜栏中饲养。牲畜身上都打着烙印，代表着谁是它们的主人。在围栏周围有很多强壮精悍的狗守卫。在山脚下那片略带有盐质的土壤中生长着最好的刍草，十分适宜于牲畜。因此人们都特别选定了这个地方去建立牧场。每个牧场都有一个总管与工头，他们手下每千头牲畜便有四个帮工来帮忙打理。

这帮人都过着圣经中那些大牧主所过的生活。他们拥有的牲畜群跟那些牛羊遍布美索不达米亚平原的牧主相比或许还要多。可在这里的牧人没有家庭生活，“判帕”区牧场的主人全都是些贩卖牛马的大商人，一点都没圣经中所说的那些多子多孙的老家长的感觉。

以上便是巴加内尔给他们旅伴们解释的话。至于这一点，他又大谈了人种学，对不同的种族都做出了十分有趣的比较，连一向沉默寡言的少校都感到有兴趣了。从他的表情上就能看得出来。

巴加内尔又有机会让同伴们欣赏到一次海市蜃楼的奇观，在这种平坦的原野中这种幻景是经常有的：很多牧场远望去，好像是岛屿，四周的白杨绿柳好像在那清水中倒映着，而这清水常常在这行人前面跟随着行人前进而后退。这幻影真太逼真了，人的眼睛根本没办法去辨别真假。

11 月 6 日这天，遇见了几个大牧场上有一两处地方在宰杀牲畜，那地方叫“杀腊得罗”。就像它名字所显示的那样，“杀”了便用盐来腌成“腊”肉。这种血腥的工作一般在春季末才开始。从“杀腊得罗”派人去牧场中带来牲畜，使用“拉索”套捕，套一个便捕获了一个，技术十分高妙，套够了便成群带往“杀腊得罗”，公牛、母牛、牯牛、羊，一杀便是好几百头，杀了剥皮，切肉。一般牯牛经常会抵抗。在这种场合之下，屠夫便成了斗牛士。这种职业十分危险，可他们技术娴熟，手段又相当残忍。总而言之，这种屠杀的情景都是惨不忍睹的。没地方能比这种地方更让人毛骨悚然的了。空气里总是臭气熏天，屠夫的狞叫声、狗的狂吠声和临死牲畜的哀鸣声都从那院子中传了出来。同时，成千上万的阿根廷平原上的鸷鸟从周围几十公里处飞了过来，从屠夫手中抢夺这些还在颤抖的残骸碎肉。不过，现场的这些屠场都是无声的、平静的。

塔卡夫催促着桃迦前进。当晚他就要赶到独立堡。主人鞭策着马，学习着桃迦的样子，飞奔在高大的禾木草中。途中也碰到几座庄户，全是深沟高垒，在正屋上有个阳台，庄中的居民都有武器，他们能从阳台上去射击那些平原来的盗匪。或许哥利纳帆能在那些庄子中获得他所需要的一些信息。可最为妥当的办法还是去坦狄尔村里打听。因为，路途并不远，穿过洛惠索河，再行走几公里越过沙巴雷夫河。没多长时间，马蹄便踏上坦狄尔山最初的几重草坡了。一小时过后，已经能看到坦狄尔村了，它在一个狭窄的山坳里深藏着，在那上面的便是独立堡的重重城垛。

第十七章　独立堡的司令官

坦狄尔山是一条古老的山脉，海拔有300多米。它由一连串的丘陵组成，这些丘陵上都覆盖着青草，并排成半环形。这个区域也就只有一个县，县名叫做坦狄尔，其中包括布宜诺斯艾利斯省的整个南部，它以山腰为界，很多山城上发源的河流在这带山腰向北边倾泄着。这县中大概有4000名居民，县城便是坦狄尔村，建立在北部冈峦的脚下，由独立堡来掩护。它的位置十分好，因为那里有沙巴雷夫河的一条相当重要的支流。还有一点十分特别，也十分奇怪，不过巴加内尔肯定也知道，那就是在这村中住的全是法国的巴斯克人和意大利移民。原因就是：法国人最早是在拉巴拉他河下游地区建立殖民地的。1828年，为了抵抗印第安人的多次侵袭，在法国人巴尔沙浦的领导下建立了这座独立堡。这个伟大的工程他获得了第一流学者多比尼的协助，通晓、研究并描写南美各国情况最翔实的学者便是这位多比尼。

坦狄尔村是十分重要的据点。它用当地的大牛车当做交通工具，跟布宜诺斯艾利斯进行交通往来，大牛车跑一趟仅仅要12天的功夫，因此这里的商业贸易很发达。村中运往省城的货色有大牧场所养的牲畜，宰杀场腌制的腊肉，还有印第安人的各种手工业品，比如棉布、羊毛织物、由编皮匠编的各种很难的货物等等。另外，这个村子不仅有一些十分舒适的房屋，还有一些学校与教堂。

巴加内尔给大家做了一番详细的介绍之后，还补充道：在这里是不会打听到任何消息的，并且这座城堡常常有军队驻守。因此哥利纳帆选了一家十分干净漂亮的旅社住了下来，将马牵到马房中。后来他与巴加内尔、少校、罗伯尔，在塔卡夫的引导下，朝独立堡走去。他们在山上爬行了几分钟就到了那堡门口，在门口有一个阿根廷哨兵站着，他守卫的姿势看起来十分懒散。他们很轻松地就走了过去，这说明防卫很松懈，或者就是这个地方相当安全。

这时，在这个城堡的空场地上，有几个士兵在操练。最大的年纪不超过20岁，最小的不超过7岁。说老实话，全是些十来岁的儿童少年，他们在那舞枪弄刀，倒是有点模样。一种用条子布制作的衬衫是他们的制服，贴身扎着皮带。裤子呢，他们既没穿长裤，也没穿短裤，同样也没穿苏格兰式的短裙。巴加内尔见到这里的政府不愿将钱花在那漂亮的军服上，便对这个政府有了一个初步的好印象。那些孩子军每人配备一枝后膛枪，一把军刀，那枪显得太重了，刀也显得很长，因为他们真的太小了。他们的脸全都晒得焦黑，模样都是差不多的样子。指挥他们的那个教练排长也跟他们的面孔差不多。大概他们是12个弟兄都在一个老大哥的指挥下进行大会操，后来问起这件事，果然是这样的。

巴加内尔对此并不觉得惊奇。他很熟悉阿根廷的统计数学，知道阿根廷每家儿童的平均数量都超过了 9 个。不过让他觉得惊奇的是那些小兵全都在做法国式的操，区分成 12 个节目的主要冲锋动作全做得很准确，并且那教练的命令经常都是用地理学家的法语发出的。

“这才让人奇怪呀！”他说。

可哥利纳帆并不是来独立堡看孩子兵进行操练的，更不是去研究他们的国籍和出身的。因此他不会让巴加内尔有时间继续惊愕下去，他请巴加内尔立即去找驻军首长交涉。巴加内尔照办了，于是一个小兵就朝着一座小房子走了过去。不一会儿，司令便亲自出来了。一个大约 50 岁的人，拥有健壮的体格，军人的风度，硬撅撅的八字胡，高颧骨，斑白头发，炯炯有神的眼睛，间隔着烟雾看到一团团浓烟从他的短筒烟斗中冒出。他的举止让巴加内尔回想起法国老下级军官那种自成一格的样子。

塔卡夫把哥利纳帆爵士一行介绍给司令官。当他说话时，司令不停地望着巴加内尔，盯着他看，弄得我们的学者有些难为情，弄不清头脑，也不知道那老兵意在何处。他正准备去问，司令官很不客气地一把抓住他的手，用欣喜的法语音调问：“你是法国人吧？”

“是呀！法国人！”

“啊！真高兴！欢迎！欢迎！我也是法国人呀。”司令重复说道，把学者的胳膊摇着，也不知道使用了多么大的力气。

“这是你的一个朋友吗？”少校朝巴加内尔问道。

“可不是吗！”他自豪地回答道，“在五大洲我们都有朋友呀。”

巴加内尔的手都快要被捏碎了，好不容易才从那如同老虎钳子般的手中挣扎了出来，后来正式跟大力士司令谈话。哥利纳帆想插进一两句话，询问他想要打听的事，可那司令正在背诵他的历史，看起来十分不情愿别人将他的话头给打断。在他的叙述之中，人们知晓了这位豪爽的军人已经离开法国很久了。虽然还没有忘记祖国的文字，可语言已不那般纯熟了，至少一些文法规则都不大记得了。他说起法文来差不多跟法国殖民地上的黑人那样。从他口中得知，原来法军的一个军曹是独立堡的司令官，曾是巴尔沙浦的伙伴。

自 1838 年独立堡建成之后，他便再没有从这里离开过，他是经过阿根廷政府核准来指挥这座要塞的。他是一个巴斯克人，已经有 50 岁了，叫马奴埃尔·伊法拉盖尔。虽然他并不是西班牙人，但他有自己的应对办法：他来到这里一年便加入了阿根廷籍，在阿根廷军队中服役，还娶了一个印第安人当老婆，这时这位印第安夫人正在奶着一对 6 个月大的双胞胎呢。自然，双胞胎全都是男孩，因为这夫人是下定决心不生女儿的。马奴埃尔从不知道除了当兵之外还会有别的职业，他希望上帝保佑他未来能给共和国贡献一个连的青年士兵。

“你们都看见了呀！”他说，“每个都可爱！好兵！若瑟！若望！米凯尔！倍倍！倍倍才7岁！都会打枪了！”

那小孩听见他父亲在夸奖他，把两只小脚并起，来了个立正，将枪举了起来，姿势很好看。

“他很有前途！总有一天，会升上校，当上师长！”司令又说。

司令说得很开心，果然军人的职业高于一切，将门之子的前途也是无可限量的，谁都不能去反驳他。他高兴极了，就像是歌德说过的“使人快乐的一切，无非幻梦”。

这一连串的历史整整讲了一刻钟，这让塔卡夫很惊讶：一张口就可以诉说着这般多的话来！当司令说话时，没有人将他的话头打断。但一个军曹，就算是一个法国军曹，说话也该有个尽头，他终于停止了，在停止之前还邀请客人去他的寓所。客人们认为盛情难却，也只能去见一见这司令夫人，这位夫人十分有“大家风范”，要是能用这个名词来描述一个印第安女人的话。

大家在接受了他的邀请后，司令便问贵宾们到底是什么风将他们吹到这块“敝地”来的。这才是言归正传的时候，要不然永远都没法谈上主题了。巴加内尔把这次横穿“判帕”区的经过用法语叙述了一遍，最后询问印第安人为何要全部从这个草原区离开。

“啊！……没一个人了！……”司令回答道，把肩耸了耸，“实实在在地……没一个人了……我们这班人也只能抱着膀子……没事做了！”

“到底是什么原因呢？”

“打仗呀。”

“打仗？”

“是啊！自家人去打自家人……”

“自家人去打自家人？……”巴加内尔重复道，在不知不觉中也跟着说那黑人的法语了。

“是的，巴拉圭人与布宜诺斯艾利斯人打了起来。”

“打了之后呢？”

“打了之后，印第安人全跑到北方去了，佛劳来斯将军也跟着去了。印第安人，强盗。”

“那些酋长呢？”

“酋长跟他们在一块儿呗。”

“怎么！卡特利厄尔酋长……”

“没有。”

“也没有。”

“还有扬什特鲁兹呢？”

“更没有了。”

这些回答翻译给塔卡夫听后，他点了点头，表示司令说得没错。原来塔卡夫都不知道或忘了还有这样一场内战。这场内战引来了巴西的干涉，让阿根廷共和国的内战双方都死伤好多人。像这种自相残杀的战争，正属于印第安人的好机会，他们肯定不会放过这次机会而不去趁火打劫的，因此，阿根廷北部各省全在打内战，“判帕”区中便没有人了。那军曹一点都没说错，这两件事，一因一果。但是，这件国家大事却将那哥利纳帆的计划给整个推翻了，原本准备去做的事全都做不成了。可不是吗？要是哈利·格兰特正是酋长们手中的俘虏，他肯定会被带往北方边区去的。既然是这样，那去哪里寻找他呢？又怎样才能找到他呢？是否应该一直跑到草原北部边界去展开一次危险且很可能无益的搜索呢？这种做法会产生十分严重的后果，必须认真讨论一下。

这时，还有一个重要问题需要向军曹提出，可大家竟将它给忘了，幸亏少校想了起来：

“这位军曹，你曾经听说过有欧洲人成了‘判帕’区印第安人酋长的俘虏吗？”

马奴埃尔想了一段时间，一个人在回忆中努力搜索。

“有的。”终于他回答说。

“啊！”哥利纳帆立即叫了一声，又抓到了一个新希望。

哥利纳帆、巴加内尔，麦克那布斯、罗伯尔都围在了军曹的身边。

“请说！请说！”大家全在催促着他，用渴望的眼光盯着他。

“那是几年前的事情了，”马奴埃尔回答道，“是呀，……不错……欧洲俘虏……但没见过……”

“几年前，”哥利纳帆说，“你是否记错了吗，你记错了……船失事的日期是很准确的呀，在1862年6月失踪的……因此还不足两年的时间。”

“啊！并不止两年，爵士。”

“不可能，”巴加内尔立即叫道。

“的确不止两年，那是倍倍出生时……有两个人。”

“不对，一共是三个人呀！”哥利纳帆说道。

“两个人，”军曹使用肯定的语气驳正。

“两个人！”哥利纳帆重复道，十分惊讶。

“两个英国人吗？”

“不是呀，”那军曹回答道，“谁说那是英国人？不是啊……一个法国人跟一个意大利人。”

“包于什人把一个意大利人包围给杀掉，是吗？”巴加内尔叫了起来。

“正是！那后来我知道了……那法国人获救了。”

“获救了！”小罗伯尔叫了起来，他的整个生命都好像悬在军曹这一句话上。

“是的，在那印第安人手中得救了。”马奴埃尔回答道。

大家全都望着学者，他把额头拍了拍，表现出失望的样子。“啊！那我懂了，”学者说，“一切全都明白了，一切都能解释了！”

“到底是怎么一回事呢？”哥利纳帆问，既着急又不安。

“朋友们，”巴加尔把罗伯尔的手抓住回答道，“我们要忍受这次大霉！我们把那线索找错了！在这里被俘虏的并不是格兰特船长，而是我的一个同胞，他的同伴名叫马可·瓦责罗，的确是被包于什人杀掉的。我的同胞跟随那些残酷的印第安人去科罗拉多河畔好几次，后来十分幸运地从他们的手中逃离了，又返回了法国。我们本想追查哈利·格兰特的踪迹，可现在却追到了那年青的季纳尔的踪迹。”

这个说明引发了一阵深沉的静默。错误是十分明显的：那军曹所提供的细节、俘虏国籍、同伴的被杀，从印第安人手中逃离，这全部都相互符合，证明那错误是没有疑问的。

哥利纳帆用失望的眼神望着塔卡夫。因此印地安人再次开口问军曹：“你从没听说过有三个英国人被俘吗？”

“从没有，”马奴埃尔回答道，“要是有，坦狄尔这地方应能听说得到的……我肯定会知道的……不，并没这回事……”

哥利纳帆听到这干脆的回答后，便觉得没有在独立堡停留的必要了。他和他的朋友们全告辞了，他们谢了那位军曹，并跟他拉了拉手。

哥利纳帆见到自己的希望全都覆灭了，心里很难过。罗伯尔走在他的身边，一直沉默，眼泪滴了下来。哥利纳帆找不到一句话来安慰他。巴加内尔却在自言自语，指手画脚。少校的嘴唇一丝不动。至于塔卡夫，他认为寻找出错误的线索，让大家走错了路，也极大地伤害了他的自尊心，因此也表现得不高兴。其实这种错误是会被原谅的，谁都被想到去责怪他。

大家全都返回到旅馆来。

晚饭吃得没有一点味道。当然，这些人每个都勇敢、热情，谁都不后悔吃了这么多没任何意义的辛苦，不后悔白白冒了这般多的危险。可每个人都觉得所有成功的希望全都突然破灭了。在坦狄山与海岸间还能寻找到格兰特船长吗？不可能呀。如果有俘虏在大西洋岸上落在印地安人手里，马奴埃尔军曹肯定会得到情报的。那些时常往来于坦狄尔与卡门间，常常去内罗河口做生意的印地安人肯定会注意到这件事情的。我们知道，但凡在这阿根廷平原上做生意的人，什么消息全都会相互转告，任何事情，任何做生意的人全都会知道。现在没一点格兰特的音讯，那就只有一种可能了：立刻去梅达诺岬约定的地点跟邓肯号会合。

可是，巴加内尔又朝哥利纳帆索要那张不幸引发这次寻访错误的文件，他带着一肚子的不高兴再次研究。他想要找到一个新的解释。

“这文件倒是十分明显呀！”哥利纳帆再三说道，“对于格兰特船长的沉船经过以及他的被俘地点，说得十分确定！”

“呃！未必！”那地理学家把桌子敲打着问道，“既然哈利·格兰特并不在‘判帕’区，那他便不在美洲。他到底在什么地方呢？这文件应告诉我们，并且它肯定会告诉我们的；朋友们，要是我找不出来，那我便不叫雅克·巴加内尔了！”

第十八章　可怕的洪水泛滥

独立堡与大西洋相距大概 240 公里。如果没意外耽误——这种耽搁可能性的确不大，4 天后哥利纳帆一行人就能跟邓肯号会合了。可他们的这次寻访就这样彻底失败了吗？没寻找到格兰特船长就独自返回船上去？这样总会很不甘心的。因此，第二天，哥利纳帆没有发出启程的命令。还是少校帮他负起责任来了：他备了马、置办了干粮，制定了行程计划。因为他的积极活动，在早晨 8 点钟这支旅行队便走下了坦狄尔山的青草山坡了。

哥利纳帆将罗伯尔带在身边，策马奔跑着，一句话都没说。他那勇敢的性格是不允许他平静地去接受这种失败的。他的心跳得都快要迸出来，头上热得如同火烧那样。文件上的困难几乎巴加内尔激恼了，他把文件上的字一个个来回想着，想要寻找出一个新的解释出来。塔卡夫沉默无言，放纵着桃迦去带领队伍。少校依旧怀着信心，坚定地干着他应该做的事情，好像就根本不知道失望灰心是怎么一回事。奥斯丁跟他的两个水手都在为他的主人分担着忧愁。突然，山路上有一只胆小的野兔在他们的前面窜了过去，那两个迷信的苏格兰水手互相看了一样。

“坏兆头。”威尔逊说道。

“是的，在高地，这是坏兆头。”穆拉地回答道。

“在高地是坏兆头，在这里同样不是好兆头。”威尔逊煞有介事地反驳道。

傍晚，旅客们从坦狄尔山区走过，又直接进入海岸的那片起伏如波的大平原里了。遍地都能遇到澄清的溪流，灌溉着肥沃的土壤，但是到高大的牧草中间又消失了。地面又呈现出平坦的形态，与在风浪后海洋恢复平静那样，阿根廷“判帕”区的最后一些岗峦也走完了，在马蹄下单一的草原又铺下了漫长的绿色毯子。在这之前，天气都是晴朗的。可这天，天色有点靠不住了。前几天因为高温产生出的大片水汽全都凝结成乌云，表示随时都会变成倾盆大雨。并且，地区靠近大西洋，常常刮西风，使得天气十分潮湿。当人们一踏上这肥沃的土地，见到这富裕的牧场与翠绿的牧草，便会知晓空气中的湿度有多高。不过，这天，至少这大片的乌云还没变成倾盆大雨。晚上，马匹轻松一口气奔跑了 65 公里后，在一些深的大小坑旁边休息。那地方并没有任何遮掩。每个人的“篷罩”都拿来当做了帐篷与被褥使用。在这风雨欲来的天气下大家都睡着了，幸好那风雨只是虚张声势，实际上并没有降临。

第二天，平原慢慢变低了，地下的水也都慢慢地显露了出来。土壤上的每个毛孔都在渗出潮气。往前行进没多久，便有大池沼，深的、浅的或正形成的把去的路都给挡住了。只要是边缘能看清楚且没有水草的沼泽，马匹应付起来都不算困难。可一旦碰到那些叫做“盆荡荡”的流动泥窝，那便困难了，泥面上有深草盖着，一不小心陷下去就会有巨大的危险。

这些泥窝不知道已经害死了多少人畜了。在前头半英里，罗伯尔走着，突然打马返回了，叫着:“巴加内尔先生！巴加内尔先生！有片长的全是牛角的林子！”

“怎么？”那学者回答道，“你见到一片林子长的全是牛角？”

“是的，一片小丛林。”

“一片小丛林，你这是在做梦呀，我的孩子。”巴加内尔驳斥道，耸了耸肩。

“我并不是在做梦，”罗伯尔又说，“您自己过来看吧！真是一个奇怪的地方！地里种植着牛角，牛角长得跟麦子一样！我倒想去弄些种子带回去！”

“他说得倒是十分正经。”少校说。

“这是正经话呀，少校先生，您去看看便知道了。”

罗伯尔并没说错，走了不远大家便都见到一大片的牛角地，牛角种得很整齐，一望无际，是片小丛林，低且密，真是很奇怪。

“这该不会是真的吧？”

“真是件怪事了。”巴加内尔说道，同时回头看着那印第安人，请教他。

“牛角在地面伸着，但牛在这底下。”塔卡夫解释道。

“什么？一群牛在这泥里陷着？”巴加内尔惊叫了起来。

“是呀。”塔卡夫回答道。

果然是一大群牛把这片土地踩松动了，陷下去便死掉了：好几百条牛全在这泥潭中闷死了。在阿根廷平原上这种事情经常会发生，塔卡夫肯定知道，同时这也是对那行人的一种警示，需要加强提防。大家从那片死牛滩绕过。这里面的死牛很多，多到可以满足古代最苛求神灵的一场最盛大的百牛祭。行走了一个钟头，已经远离那牛角田 2 公里了。

塔卡夫观察着周围的情况，心里有点着急，总觉得这一切看起来都不平常。他经常停下来，在马背上站着，他的身材高大，能望得十分远。可还是望不出个所以然来，也就只能继续往前走。行走了 1 公里多的路，他再次停了下来，偏离了直走的路线，一会往北，一会往南，行走了好几公里，又返回来领队，之间一直没说什么。就这样他停留了好几次，让巴加内尔觉得有点莫名其妙，哥利纳帆心中充满着不安。他请学者去询问塔卡夫，巴加内尔照他说的办了。

塔卡夫回答道，他见到这平原渍透了水，十分惊讶，自从他当向导以来，从没行走过这般的湿地。哪怕是在大雨季节中，在阿根廷的原野也能找到旱路可以走。

“那么，潮湿的程度不停地增加，到底是什么原因呢？”巴加内尔追问道。

“这我便不知道了，并且，就算是我知道的话……”

“那些山溪全都涨满了雨水，从不泛滥吗？”

“有时也会泛滥过。”

“或许现在是山溪在泛滥吧？”

“或许！”塔卡夫说道。

巴加内尔也只能满足这个并不肯定的回答，将这谈话的结果告诉了爵士。

“塔卡夫劝我们应该怎么办？”哥利纳帆问。

“我们该怎么办呢？”巴加内尔问塔卡夫。

“赶紧走。”

这句劝告，说得倒十分容易，可做起来并没这般容易。马走在软地上，总是朝下陷，没多久便会很疲惫了，并且这地面越来越低，这一部分平原可以说得上是一片无边的洼地，越渗越多的水没多久就聚集得十分深。因此，这片如锅底一般平的平原一泛滥便会变成大湖，现在最要紧的便是要一点都不延迟地快速跨越过去。

大家全都加紧了脚步。可是，临近两点钟时，天上下起了大雨，可说是倾盆而下。如果有谁想展示出所谓的“烈风淫雨不迷”的修养，这便是最好的机会了。在这种倾盆大雨下肯定没有遮蔽的地方，也就只能咬牙任它淋了。“篷罩”上全都变成了沟渠，帽子上的水如同屋边涨满水的天沟那样，哗啦啦地朝“篷罩”上一直倒着；鞍上的缨络全都变成了水网；只要马蹄一踩下去，便会溅起很大的水花，在这天上地下两路大水夹攻下骑马的人奔跑着。他们便是这样的，冷透了、冻僵了，十分疲惫，傍晚时才走进一所破“栏舍”。可这“栏舍”，也就只有没有任何讲究的人才会将它称为宿处，也只有那落难的旅客们才愿去投宿。哥利纳帆一行人没别的选择。因此大家也只能钻到这座连“判帕”区最穷的印第安人也不会愿意去居住的废棚中蜷伏着。好容易用草生起一堆火，可那火的热量还没冒出的湿烟多。在外面，阵阵的大雨不停地下着，大滴的水珠在烂草棚顶上漏下。水把火打湿了，不知道被灭了多少次，也不知道穆拉地和威尔逊两人多少次把它点着了。晚饭既简单也没营养，大家全都吃得愁眉苦脸。哪个人都没好胃口。也就只有少校对那些都已湿透的干肉，一口都不放过。任何环境的打击对于少校而言都没有任何影响。至于巴加内尔，他是一个地地道道的法国人，这时还想讲出个笑话来。可大家全都笑不起来。

“今天我的笑话受潮了，没办法爆响了！”他说。

在这种环境下最能宽怀的也只有睡觉了。因此大家都希望能进入梦乡去寻找到片刻的安宁了。夜里的天气糟糕透了。“栏舍”的木板好像要被折断，“劈啪劈啪”地响着。狂风把整个“栏舍”吹得歪歪倒到的，好像就要随风飘去了。马在外面呻吟着，任凭风吹雨打，虽然它们的主人有破屋遮身，但也不会比它们舒服。尽管这样，终于瞌睡战胜了大雨。最先是罗伯尔合上眼，头靠在了哥利纳帆爵士的肩上。没一会儿的工夫，别的人也都在上帝的守护下全都睡着了。

就如同上帝守护的一样，一夜都平安无事。早晨，在桃迦的呼唤中，人们全都醒了过来。通常这匹马是清醒的，现在它正在外面嘶叫着，用蹄踢着棚壁。就算没有塔卡夫，必要时它也会发出登程的信号。人们都十分倚重它，也都会依了它。它一叫，大家便都上路了。现在雨都下得小了些，可那不吸水的地面依旧保存着积水，到处都是水渗透不进去的黄泥，上面全都是水洼、沼泽和池塘，它们全都漫水出来了，构成了大片的“巴纳多”，深浅莫测。巴加内尔看了看他的地图，想起大河与未伐罗他河通常都是吸收这平原上的水，现在肯定是泛成了一片，这两条河床如果并起来应该有几公里宽了。

现在一定要用最快的速度往前进。这关乎大家的安危。要是那泛滥的水再往上涨，大家该去哪里栖身呢？把周围的天边全都望尽了，也没见到高地，这全都是平坦的平原，一旦大水侵袭进来，便会流通得十分迅速。

因此，催着马拼命往前跑。由桃迦领头，它要比某些大鳍的两栖动物还厉害些，它有资格称得上为海马，因为在水中它也一直跳着，就如同一直生活在水中的一条船。

突然，临近早上10点钟，桃迦表现得很急躁。它时常将头转向南边那片无边的平坦地带，嘶声慢慢加长，鼻孔使劲地吸着激荡的空气。它猛烈地越了起来，虽然塔卡夫不会被掀下鞍子，但也难以控制。桃迦嘴边的泡沫全都带着血，因为嚼铁给它勒得太紧了，可这烈马还是不愿意安静下来，它的主人觉得一旦将缰绳放下让它跑，它肯定会拼尽全力朝北方逃去。

“桃迦怎么啦？”巴加内尔问道，

“阿根廷的蚂蟥可厉害，它是不是被蚂蟥给咬了？”

“不是。”塔卡夫说道。

“那么，它是感觉到什么危险了，受惊了。”

“是的，它感觉到了危险。”

“什么危险呀？”

“这不知道呀。”

桃迦感受到危险，要是人眼还无法看见，但那耳朵都已听见了。果然，有一种隐约的澎湃声跟涨潮声那样，从天边飞了过来。阵阵湿风吹着，灰尘般的水沫在其中夹杂着。在空中很多鸟儿疾飞而过，好像在躲避这某种奇妙的现象。半截马腿都在水中浸着，都能感受到洪流最初的浪头了。没多长时间，一片骇人的叫嚣声，有牛吼，还有那马嘶，全都连滚带爬，没命地朝北奔去，快得让人吃惊。溅起的浪就像是有上百条的长鲸在大洋中翻腾，也不会把这般猛烈的浪头掀起。

"快！快！"塔卡夫高声叫了起来。

"怎么了？"巴加内尔问。

"洪水！洪水！"塔卡夫一边回答，一边将马刺着，催着朝北奔去。

"洪水泛滥了！"巴加内尔叫了起来，他带着所有的同伴，跟着桃迦朝北飞奔去。

飞奔的正是时候。果然，在8公里远的南面，一片又宽又高的浪潮排山倒海般倾斜到平原上，平原立即变为了汪洋大海。一切都被割掉了一般，深草全都不见了。在水上浪头拔起的含羞草飘荡着，构成很多流动的岛屿。这片洪流，劈头便是一排高厚的水帘，带着无法抗拒的威力。很显然，"判帕"区一些大河全都溃决了，可能就是北边的科罗拉多河和南边的内格罗河全都泛滥了，构成了一个庞大的河床。

塔卡夫告诉道，那白浪滔天的水流用这快马的速度向前奔来。旅客们全在前面跑着，就像是暴风追赶着浮云，凶猛的势头，水头正在追来。他用眼睛四处寻找，可一直没找到一个能躲避的地方。一直到天边，全都是天与水的混合。在过度的惊吓下，马没命地狂奔，骑马的人好不容易才将马鞍扒着。哥利纳帆经常回头张望。

"水要淹到我们身旁了。"他一直都在这样想。

"快！快！"塔卡夫一直都在那里叫着。

因此大家都又加紧逼着那可怜的坐骑。马刺把那马肚子擦着，流出来的血在水上滴着，都构成了一条条的红线了。那些马，踩到地上的裂缝都快要摔跤了。有时它们会被那水底的草给绊住，都快走不动道了。马扑倒了，人立即将它给拉了起来；再次扑倒了，再次给拉了起来。眼看着水在向上涨着，漫长的浪条表示着洪流的水头就要袭来了，相差不足2～3公里，在水头上白雪般的浪花腾跃着。人避水，水追人，人与这最可怕的灾难进行着顽强的斗争，相持足足有一刻钟之久。大家全都只顾着逃命了，逃了多少路，谁也不清楚。用那速率来估计，逃的路肯定不少了。可是，水都淹到马的胸脯处了，跑起来已经很困难了。哥利纳帆、巴加内尔、奥斯丁……每个人都觉得要没命了，就像是在大海中沉了船那样，只能去等死了。渐渐的，马蹄都没法探到底了，要是水深近2米，马肯定会被淹死呀。这时在水潮侵袭下的那8个人是怎样的焦急，怎样的悲痛，自然是没法来形容的。他们面对的是人力完全没法抗拒的自然灾害，感觉到自己实在没有力量了，感觉到自己有多渺小。他们的安全都已不在自己手里掌握着。

又过了五分钟，马都漂浮了起来，在游水了。水流在无比强大的力量支持下，以快马奔驰的速度带着那马匹，一小时便前进32公里。

在一切都快要绝望时，突然听到少校的声音。

“一棵树！”

“在哪里？”哥利纳帆喊着问。

“那儿，那儿！”塔卡夫回答他并用手指着离自己 700 ~ 800 米远的北方，在水中的一棵孤立的高大的胡桃树。

旅伴们是不需去催促的。让人喜出望外的这棵树不管怎样都要去抓住。或许这马匹是没法到这棵树的，但至少人能得救。急流冲着人和马不停地往前进。这时突然奥斯丁的马长叫一声后不见了。奥斯丁急速把马镫摆脱，开始矫健地游泳。

“抓住我的马鞍。”爵士朝他喊道。

“谢谢，爵士，我的胳臂还结实。”

“你的马怎样了，罗伯尔？”爵士又转头问小格兰特。

“它还成，爵士！它还成！游得如同鱼！”

“当心点！”少校高声嘱咐道。

这几句话还没说完，洪水的大浪头就已经到了。一个高达 1 米的滔天巨浪，声如巨涛，朝这几个逃难人身上扑去。全是一个个连人带马滚入了一个泡沫飞溅的大旋涡中了，连影都见不到了。几百万吨的水以疯狂的波涛把他们卷得翻来覆去。浪头过去时，人全都泛了上来，赶紧相互数了数。可马匹呢？除了桃迦还驮着主人外，其他的全都不见了。

“勇敢点！勇敢点！”哥利纳帆喊道，一手把巴加内尔支撑着，另一只手则在那里划着水。

“成！成！”那可敬的学者回答道，“我其实并不讨厌这……”

不讨厌什么呢？天知道！这可怜虫被迫喝了一大口泥水，连那半句话也都咽了回去。可少校还镇定地前进，十分规范地左右划着水，连游泳教练都没法跟他相比。两个水手也在水中游着，如同海豚在海中那样。至于罗伯尔，他一把将桃迦的鬃毛揪住，让它帮忙拖着走。桃迦英勇地把狂澜劈开，本能地顺着那股朝大树冲去的急流，始终没偏离那棵树的方向。

距离树也就只有 20 米了。没多长时间，大家全都在树边扒着。真侥幸啊！因为，要是没有这个栖身之地，大家全都别想获救了，肯定要死在那波涛中！

这时水还在往树干顶端涨着，大树枝最初长出的地方，因此攀附是十分容易了。塔卡夫把他的马撇下，将罗伯尔托着。首先爬上去，后又用那强有力的胳臂将那些都很疲惫的同伴给拉上了树，都在这个安全的地方待着。可急流把桃迦冲走了，很快都已经飘远了。它那聪明的头朝着它的主人，把它的长鬃毛振着，嘶叫着呼唤他。

“你把它给丢了！”巴加内尔对塔卡夫说道。

“我怎会丢弃它呢！”塔卡夫高声叫道。

“扑通”一声，他便朝那洪流里钻了进去，在距离树10米远的地方又从水面中露了出来。过了一会儿，他的胳臂便在桃迦的颈子上了，连人带马朝着北面的那一带茫茫天边飘去。

第十九章　栖身之地

哥利纳帆一行逃来所栖身的这树应该是一棵明胡桃树。叶子发亮，树冠圆圆的，就像是胡桃树那样。可事实上它是一棵“翁比”树，在阿根廷平原上，“翁比”树经常是孤独地生长着。这棵树的主干蜷曲且巨大，不仅有粗大的根在土中深入，还有很多坚韧的支根将它给攀附在地面上，相当牢固。因此它能抵抗住洪流的袭击，很难被冲倒。

这棵“翁比”树大概有30多米高，浓荫覆盖了四周约120平方米的面积。重叠的树叶全都在三个主枝上面寄托着，这三个主枝从直径快2米粗的主干顶上分开。两个主枝几乎都是竖立的，全都载着枝叶，就好像是一把撑开的巨大的伞，所有的枝叶全都互相交错着，纠缠着，如同经竹篾匠的手编织成的，组成一个不怕日晒雨淋的大屋顶。另一个主枝却并不是这样的，它几乎都在那澎湃的波涛上横卧着，最低的叶子都浸在水中了。整棵树如同大洋中一座绿孤岛，可那个横枝如同是一个海峡往前伸了出去。在这棵大树上，有很多空间。伞形枝叶的圆周开了很多的大缺口，跟森林中的空隙那样，释放出大量的空气，各处都是阴凉的。我们见到这三个大主枝将无数的细枝支撑着，一直到了云霄中，同时还有很多的寄生藤将那些大大小小的枝子给联系了起来，阳光从很多的空隙中零落地钻了进来，这一片树枝几乎都是靠这棵“翁比”树的主干独立支撑着。

避难的人刚到这树上，一群飞禽便逃往最上层的枝叶中去了，叽喳地抗议着这暴力的侵占。

这便是哥利纳帆一行人获得的栖身之地。罗伯尔和矫捷的威尔逊一爬上树便跑向最高的枝子上去了。他们的头从绿色的圆盖上钻了出来，在最高的地方一眼望去，可以看到十分远的地方。他们被洪水泛滥的一片汪洋包围着，只要是目力能见到的地方全都是茫茫的海洋，没有边际。水面上并没有别的树，也就只有这棵“翁比”树被冲得颤巍巍的，在洪流中孤立着。远处，有很多连根拔起的树干，蜷曲树枝，倒塌“栏舍”的草顶，还有那些从大牧场上冲下来的棚柱，淹死的兽尸，血淋淋的兽皮，还有一棵摇晃的树，上面有一窝黑斑虎，用利爪扒在脆弱的枝干上，并放肆地吼叫着，急流把这一切拖带起来，从南到北，漂荡地飞奔而去。有一个黑点在更远的地方，几乎都看不到，它吸引了威尔逊的注意力。那里塔卡夫和他忠实的桃迦慢慢地消失在天际。

“塔卡夫，塔卡夫朋友！”罗伯尔叫了起来，朝着勇敢的塔卡夫远去的方向挥动着手。

“他不会被淹死的，罗伯尔。我们也下去吧，与爵士待在一起。”威尔逊说。

没多长时间，罗伯尔与威尔逊都从三重枝叶上爬了下来，赶到了主木的顶端。哥利纳帆、巴加内尔、少校、奥斯丁、穆拉地或坐，或骑，或攀，各有各的样子，都在那儿坐着。威尔逊讲述了他在树顶上所见到的一切。大家全都赞同他的话：塔卡夫肯定不会被淹死的，不过就是不知道以后是塔卡夫把桃迦救起，还是桃迦将塔卡夫救起。在这树上人的处境，肯定要比塔卡夫还要值得考虑。当然，也许树不会被水冲倒，可持续增高的洪流会淹到它最高的枝子上来呀，这带地面尤其低，如同一个深的蓄水池。因此，哥利纳帆刚来就用小刀来刻画树皮，方便用来去测量水位。这时，水位稳住，泛滥好像已经到了最高峰。这已是一件让人宽心的事了。

“我们现在该去做什么呢？”哥利纳帆问。

“做窝呀，这还要问吗？”巴加内尔快乐地回答。

“做窝吗？”罗伯尔惊叫了起来。

“自然是要做窝呀，我的孩子，既然我们无法去过鱼的生活，那就该去过鸟的生活。”

“好啊！那做了窝，谁来给我们喂食呢？”哥利纳帆问。

“我来喂食。”少校回答道。

大家一听，全都转过身去看少校。少校十分舒适地在一把天然交椅上坐着，这把椅子由两个柔软的枝子构成，他一只手伸了出来，把他那湿透且饱满的褡裢伸了出来。

“啊！少校，你真是一个角色！你想得真周到，一般人肯定会忘记时，可你还偏偏可以想得到。”哥利纳帆叫了起来。

“人既不愿被淹死，那自然也不愿意被饿死呀！”少校回答。

“我也应想到这点，可是我太粗心了！”巴加内尔天真地说道。

“那褡裢中您装的是什么？”奥斯丁问。

“足够 7 个人两天的吃食。”少校回答。

“好！”哥利纳帆说道，“我希望在 24 小时内这水可以退得差不多。”

“或在 24 小时内我们有办法回到陆地。”巴加内尔纠正道。

“因此，现在我们第一个任务就是吃早饭。”哥利纳帆说。

“可总要先将这衣服给烤干了吧？”少校又给提出了意见。

“可火呢？”威尔逊问。

“没火就该去生火！”巴加内尔回答。

“去哪里生火呢？”

“就在这树干顶上！”

“那用什么生火呢？”

“用枯柴，我们去那树上砍。”

“有了柴，那火又怎样才能生着呢？”哥利纳帆说，“我们的火绒跟那海绵都湿透了！”

“不用火绒！”巴加内尔回答，“仅仅要点干苔藓，有点太阳光，用我的望远镜镜头来一照，你看罢，我的火便会出来了。谁去树上砍柴呢？”

“我去！”罗伯尔叫了起来。

他说着，如同小猫那样，快速地钻进那枝叶的深处了，他的朋友威尔逊在他的后面跟着。他们走后，巴加内尔已找到足够的干苔藓，他还找到了一片太阳光，这是十分容易的事情，因为那时太阳光线正是强烈的时候。然后，他用那架望远镜将这些易燃物一点便点着了。他们将这些易燃物在“翁比”树干的分枝处摆着，在那一层湿树叶上面托着。这便成了一个天然的炉灶，不用惧怕引起火灾。没多长时间，威尔逊和罗伯尔都回来了，还带着一大捆干柴，将它们放到那干苔藓上。巴加内尔为了去扇火，爬到那炉灶上，将他的两条长腿叉开，跟那阿拉伯人那样，后迅速地蹲起，用他的“篷罩”把大风扇了起来。柴很快烧了起来，一会儿这临时的炉灶上便烧起了熊熊的大火苗。大家都在那里随意地烤着，每个人的“篷罩”全都挂在了树上，随风飘荡。随后便吃早饭，每人都把那定量分配的一份吃掉了，因为还需要坚持到明天呢！或许大水并没像爵士希望的那样退得那般快，可干粮总是有限的，“翁比”树也不结果子，幸好这树上到处都是鸟巢，鲜鸟蛋也十分多，除了鸟蛋外，还有鸟也能吃，这便更不用去说了。

这些生活资料也算不上坏。

因此，现在，也只能去做久居之计了，想办法给安顿得舒服点。“既然厨房和饭厅全在这楼下，我们的卧室就设在楼上吧。”巴加内尔说，“既然房子十分大，房租也不算贵，也不用住得太过拥挤了。我见到上面有些天然的软兜子，只要我们将自己牢牢地绑在树上，就能在天下最好的床上休息了。我们无须害怕，并且我们还要轮流去守夜，我们的人数足够打退印第安人的舰队和别的各种野兽。”

“可我们缺少武器。”奥斯丁说。

“我还有手枪。”爵士说。

“我的也在。”罗伯尔应声回答道。

“要是巴加内尔想不出制造弹药的方法，那手枪还有什么用呢？”奥斯丁又说道。

“用不着去造。”少校一边回答一边拿出一个仍保存完好的弹药袋。

“你是从哪里来的弹药，少校？”巴加内尔问。

“塔卡夫的。他想到这弹药很可能会对我们有些好处，因此在跳下去救桃迦前交给了我。”

“好一个慷慨仗义的巴塔戈尼亚人！”爵士叫道。

“是的，”奥斯丁说，“要是所有的巴塔戈尼亚人全都跟他一样是一个模子印出来的，那我真的要去佩服巴塔戈尼亚人了。”

“我要求大家别忘记那匹马！”巴加内尔说，“它同样是巴塔戈尼亚人的一部分呀！要是我没推测错的话，我们还可以见到他们，在那马背上塔卡夫骑得好好的。”

“我们距离大西洋有多远？”少校问。

“最多有65公里左右。现在，朋友们，既然大家都能去各自去解决自己的问题，那我先要向各位告辞了。我需要上去寻找个观察台，用我的望远镜去看看，再将我所看到的情况告诉你们。”

大家便请这位学者自便了，他十分灵巧地攀了上去，从这枝到那枝，消失在密叶的帘幕后面。因此他的旅伴们全都忙着去准备床铺了。这事不算难也不用花费太多的时间，因为根本没有被子需要去铺，没有桌椅可以去搬。所以没多长时间每个人都准备好了，又返回到炉灶旁坐了下来。大家又闲谈了起来。并不是谈现在的处境，因为现在的处境也就只能去忍耐了，没有其他的办法。大家谈的依旧是谈不完的话题：格兰特船长。水一退，没有三天旅客们便都返回到邓肯号上了。可是格兰特船长跟他的两个水手——这几个不幸的遇难者都不能跟他们一块上船。这次失败后，在这次横穿南美大陆白跑一趟后，所有的希望好像都没有了。还需要去哪里寻找呢？如果海伦夫人和玛丽知道这些，心里该有多难过呀！

“我那可怜的姐姐啊！我们全都完了！”罗伯尔说。

哥利纳帆一时找不到一句话去回答他，这是第一次。他还可以给这孩子什么希望呢？他不是都遵循着文件的指示去寻找了一遍了吗？

“可是，”他说，“这南纬37度线也不是一个空洞的数字呀！是指哈利·格兰特的失事地点或被俘地点，这数字也都不假，不是推测的，更不是瞎猜的！是我们亲眼看到写得清清楚楚的呀！”

“这全都是真的，爵士，可我们的这次访寻最终以失败结束了。”奥斯丁回答。

“真是让人苦恼且让人灰心的事呀！”哥利纳帆叫了起来。

“苦恼自然是苦恼，但灰心也就不必了。”少校用着那安详的语调说道，“正是因为我们有这个可靠的数字，我们就应该将其寻找到底。”

“你说这话是什么意思？”爵士问，“你认为我们还有何事可做的吗？”

“可以做的最简单且最合逻辑的一件事，我亲爱的爱德华。我们返回船后，便乘船往东走，一直顺着这条37度线，要是有必要的话，一直走到我们最初的出发点。”

“你觉得，麦克那布斯，你觉得我没想到这点吗？我都不知道我思考过多少遍了！可还有什么成功的希望吗？只要离开美洲大陆，也就是远离了哈利·格兰特自己指出的地点巴塔戈尼亚吗？文件上不是写得十分清楚吗？”

“你的确已经知道不列颠尼亚号失事的地点既不在太平洋岸也不在大西洋岸，难道你还想返回到‘判帕’区再寻找一次不成？”

哥利纳帆并没回答。

“并且这条经线是他指出来的，我们顺着这条线去寻找，就算希望再小，难道不值得我们去试一试？”

“我并没说不该去……”哥利纳帆回答。

“朋友们，”少校朝着水手补充了一句道，“难道你们不赞成我的意见吗？”

“完全赞成。”他们全都赞成表达同意。

“朋友们，那现在听我说吧。”爵士思考了一下说道，“你也认真听着，罗伯尔，这是一个十分重要的讨论。我要想尽所有办法找出格兰特船长，这是我的承诺。要是有必要的话，我会花费我一生的精力去做这件事情。这位好心人一生都在为苏格兰效忠，所有苏格兰人都赞成我去营救他。我也是这样认为的，不管找到他的希望会有多么的渺小，我们都应顺着37度线去环绕地球一周，现在我决定这样做。不过需要解决的问题并不在这里。现在更重要的问题是我们是不是应立即放弃在这美洲大陆上寻找，并且以后也不可能再来？”

这个问题提得如此直接，没有任何人回答。谁都不敢去做出决定。

“那你说该怎样办？”哥利纳帆问了少校一句。

“我亲爱的爱德华，立即便用一个‘是’或‘否’去答复你，这责任有点太重大了，我们得好好想想这个问题。我最先需要知道南纬37度线有哪些地方已经经过了。”

“这个，需要去问巴加内尔。”

“那便去问问他呗。”少校说。

学者已经钻到高处的树荫里看不到了，只能从下面大声去喊他。

“巴加内尔！巴加内尔！”哥利纳帆喊道。

“在！”在半空中一个声音回答道。

“你在哪里？”

“在观察台上。”

“在干什么？”

“观察那一望无际的天边。”

“你能下来一下吗？”

“是你们需要我吗？”

"是的。"

"什么事？"

"我们想要知道37度线从哪些地方经过。"

"这个太简单了，"巴加内尔回答，"不用我下去就能告诉你们。"

"那么，你说吧。"

"好，听着。南纬37度线从美洲离开了便从大西洋上穿过了……"

"嗯。"

"去透利斯探达昆雅群岛。"

"好。"

"然后在那稍稍下去两分的地方，从好望角经过。"

"后来呢？"

"便从印度洋穿过。"

"之后呢？"

"从阿姆斯特丹群岛中的圣彼得岛掠过。"

"说下去。"

"把澳大利亚的维多利亚省给横截了。"

"继续。"

"出了澳大利亚……"

这句话并没说完。那地理学家是在那儿迟疑吗？他是不知道了吗？不，突然大叫一声，从树的浓荫中传下来一个强烈的呼声。哥利纳帆和他的朋友们全都吓得脸色发白，全都面面相觑。难道这是出现了什么灾难？还是那倒霉的巴加内尔从上面掉了下来？威尔逊和穆拉地全都要去营救他，突然一条大汉从上面掉了下来，是巴加内尔从树枝中滚了下来。他双手没抓到任何东西。还不知死活呢？天晓得。眼看他就要掉进那怒吼的狂澜之中了，这时少校伸出他那壮实的胳膊将他一下拉住。

"谢谢你，麦克那布斯！"巴加内尔叫了起来。

"你到底怎么了？"少校问，"你怎么会滚了下来？还是吃了你那总是粗心的亏吧？"

"是的！是的！"他回答着，连话都快说不出来了，"是的！粗心……这要开启一个新的纪元，这一次。"

"怎么会是开启一个新纪元的粗心呢？"

"我们给弄错了！我们又给弄错了！我们总是弄错！"

"这是怎么一回事？说呀！"

"爵士、少校、罗伯尔、朋友们，"巴加内尔喊了起来，"你们全都听我说，我们总是在格兰特船长不在的地方去寻找他！"

"你在说什么？"哥利纳帆惊奇地问道。

“我们所寻找的地方，不仅格兰特并不在那里，而且他从没来过！”

这几句万万想不到的话给大家造成的震惊可想而知。巴加内尔这是什么意思呢？这是神经错乱了？可是他说的看起来胸有成竹啊，大家都眼睁睁地看着哥利纳帆，因为他所提出的问题，哥利纳帆是直接回答的。然而爵士也只是摇了摇头，并没赞成巴加内尔的说法。

巴加内尔一阵兴奋之后，便又开口道：“的确是的呀！”他用坚定的语气回答道，“真的是我们找错了，这文件上根本就没这样说。”

“那你说下理由吧，巴加内尔。”少校相对镇定地说。

“十分简单，少校。原来我也跟你们一样，都给弄错了，我在回答你们的问题说到‘澳大利亚’时，忽然灵机一动，让我明白了。”

“怎么？”哥利纳帆叫了起来，“你觉得格兰特船长……”

“我认为文件中 austral 这个字并不是我们一直所想的那样，不是‘南半球’（austral）那个字，却是‘澳大利亚’（Australie）一词的前半段。”

“那这就奇怪了！”少校回答。

“哪只会是奇怪！”爵士耸了耸肩，反驳道，“那简直是不可能的事。”

“你所说不可能，我们法国是根本不会承认这个‘不可能’的词。”巴加内尔争辩道。

“怎么？”爵士又用那种很不相信的口吻追问道，“你竟然说不列颠尼亚号失事的地点是在澳大利亚的海边？”

“我认为是这样的。”

“别说假话，巴加内尔，你那个说法太让我惊讶了！特别是从一个地理学会专家说出来的。”

“那你还有什么别的理由来惊讶？”巴加内尔问，听见人家并不信任他所说的话，他总感觉有点不自在。

“理由是：要是你说的是澳大利亚，那你也要去承认大洋洲上有印第安人，可在大洋洲中从没遇到过印第安人呀。”

巴加内尔对哥利纳帆的“理由”一点都不感到惊奇。他早就猜到这点了，仅仅是微微一笑。

“我亲爱的哥利纳帆”，他说，“不要认为你这个‘理由’是铁证。我可以反驳得你哑口无言，让你们英国人遭受到一次从没受到过的惨败，代替我们报在在克勒西和达赞古尔打的那两次败仗的仇。”

“但愿你可以这样，巴加内尔。”

“你听啊。文件里从没出现过‘印第安人’（indiens）和‘巴塔戈尼亚’（Patagonie）等字样！那几个并不完整的字‘indi’不是‘印第安人’，而是‘当地土人’（indigines）。

那你会承认在大洋洲没有土人吗？”

“说得好！巴加内尔。”少校说。

“你能承认我所解释的吗，亲爱的爵士？”

“我承认，”爵士回答，“只需你证明那‘gonie’并不是指‘巴塔戈尼亚’(Pacogonie)或‘危险万分’(agonie)。”

“是‘危险万分’！”少校说。

“它是什么字没有什么关系，这些字全都是不重要的。我甚至连解释都不想去解释。主要的一点便是：austral是指澳大利亚，如此明显的解释，我们一看就应该发现，只可惜在这之前有个错误，竟让我们都给迷失了方向！要是让我先见到这个文件，如果不是你们的解释误导了我，我肯定早就不会解释错了！”

这一次，大家都对巴加内尔的话喝起彩来，恭维他，佩服他，奥斯丁、两个水手、少校，尤其罗伯尔，全都感觉到了新的希望，很快乐，他们祝贺这位可敬的学者。爵士的眼睛也慢慢睁开了，很明显，他也快要向巴加内尔投降了。

“还有最后一个问题，我亲爱的巴加内尔。你要是能将它也给解决了，那我对你这聪明的才智也只有甘拜下风了。”

“你说，哥利纳帆。”

“按照你的新解释怎样将这些字给连贯起来？那整个文件应该怎样解读？”

“太容易了。文件便在这里。”巴加内尔边说边将他几天来细心研读的那张纸拿了出来。

当地理学家在把自己脑子中的概念集合，聚精会神地准备去回答时，全场都没有了声音。他用手指将文件上的零落的字指着，并用那坚定的声调，尤其重复着一些字，读着：“‘1862年6月7日，三桅船不列颠尼亚号，沉没在……籍隶格拉斯哥港’，这里你们怎样理解都可以，这几个字没一点关系。‘澳大利亚的海上。因为急着上陆，两水手和船长格兰特将到达’或者‘已到达这陆地’，‘将被俘’或者‘已被俘于野蛮的当地土人，兹特抛下此文件。’等等，这个文字不是十分清楚了吗？”

“十分清楚，不过澳大利亚仅仅是个岛，那‘大陆’这个词怎么去解释呢？”

“你放心，我亲爱的爵士，第一流的地理学家都全称这个岛为‘澳大利亚大陆’。”

“那么，现在我只有一句话要说了，朋友们，去大洋洲！但愿老天爷保佑我们！”爵士叫道。

“到大洋洲去！”他的旅伴们每个人都在喊着。

“你可知道，巴加内尔，”爵士又补充道，“你能到我们的邓肯号上，这根本就是天意呀！”

“好吧，”巴加内尔道，“我也认为就是上天派我来的，以后就不要再提了！”

就这样，一席话结束了，它产生了多大的影响呀！它将大家的情绪都给扭转了过来。他们本来以为自己已经身在迷宫之中，再也走不出来，可现在又抓到了线索。在这个破产的计划中，他们又重新燃起了一个新的希望。他们能直接将美洲大陆丢下，让心飞往大洋洲的那片土地上。他们返回到邓肯号时，也不会将那失望给带回去，不会让海伦夫人与玛丽小姐为格兰特船长的失踪感到悲哀！因此他们都已经忘记了当时处境的危险，反倒兴高采烈起来，只是唯一感到遗憾的便是不能立即出发。

那时是下午四点钟。大家决定在 6 点时吃晚饭。巴加内尔打算准备一席盛宴来庆祝今天这一可喜的日子和伟大的发现。只是可惜带的菜太少了，因此他邀请罗伯尔"到附近的树林里"打猎。罗伯尔鼓掌表示赞成。他们把塔卡夫留下的那弹药袋拿了起来，将手枪擦了擦，装上小粒子弹，便出发了。

"别跑远了。"少校十分严肃地对这两个猎人说。

猎人走了之后，爵士和少校便去看树上刻的水位标记，同时威尔逊和穆拉地再次将那炉灶里的炭火点起。

哥利纳帆并没看到一点退水的迹象。可水好像已涨到最高峰了。不过从南到北流得十分快，这表示阿根廷所有的河流水量还没达到平衡。水在退潮前肯定要先稳定下来，这跟大海在涨潮停止、落潮开始时一样。因此，只要水还像这样往北急流，就不可能会立即下落。

当哥利纳帆和少校观察水位时，树上响起了枪声，接着便是一片的欢呼声，与枪声一样响亮。罗伯尔的男高音在巴加内尔的男低音的基调上听起来跟黄莺一样。别人听着还真不知道他们两个谁最孩子气。这猎肯定打得好，这表示着大家将会有鲜美的野味来下饭。少校和哥利纳帆返回到灶边，发现威尔逊想到了一条妙计：这水手竟异想天开，用一根线跟针钓起了鱼。在"篷罩"的折缝里已有好几十条小鱼在那摆着。是"摩查拉"鱼，嫩得跟香鱼那样，还活蹦乱跳的，真是一盘好菜！

这时，两个猎人从"翁比"树顶上下来了。巴加内尔十分小心地捧着一些鸟蛋，手上提着一串小麻雀——他准备以百灵鸟的名称将它们献给大家。罗伯尔十分灵巧地将几只"喜格罗"打了下来——这是一种黄绿相间的水鸟，味道十分诱人，在乌拉圭一直被认为是名贵的鸟种。巴加内尔以为用蛋做菜是千变万化的，但这次只能将这些鸟蛋放到热灰中。尽管这饭菜做法简单，但晚饭的菜肴却是丰富且鲜美。一席盛筵有干肉、硕蛋、烤麻雀、烤"喜格罗"、烧鱼，所有参加的人永远都无法忘却。

大家谈得十分起劲。全称赞巴加内尔是个好的猎手，还是个好厨师。这位学者把这些称赞全都接受了，面带着谦虚色，心里却喜滋滋的，就像一位真正有本事的人那样。赞叹过后，巴加内尔开始大谈这棵给予他们栖身之所的大树，他认为这棵树真的广大无边。

"罗伯尔和我，"他开玩笑说道，"我们打猎时就如同跑进了一个大树林中了。竟然有一个时刻我认为我会钻不出来。我找不到路，太阳又下沉了！想按着原路返回，却看不到我返回时的踪迹！肚子还饿！不停有猛兽在昏暗的树丛中怒吼……我是说……不是啊！没猛兽，真可惜！”

“怎么！”爵士说，“你还会可惜没猛兽？”

“是呀！十分可惜！”

“这洪水都已跟猛兽那样，真的凶恶极了……”

“从科学上来讲，没有凶恶的说法……”学者回答道。“啊！既然你这样说了，巴加内尔，你总不要人家去承认猛兽是有用的吧？猛兽会有何用处？”少校说。

“少校！”巴加内尔叫了起来，“你不知道猛兽也有很多种类的吗！有了猛兽就能将它们列为某门、某纲、某目、某科、某属、某种……”

“这便是叫做有用处吗？”少校说，“我用不着这个！要是古代洪水时期，我同样也在诺亚方舟上的话，我肯定不会让诺亚在他的船上装上一对狮、一对虎、一对豹、一对熊，及别的一切有害无益的兽类。”

“你确定你可以这样去做吗？”巴加内尔问。

“我肯定会这样做的。”

“要是按照动物学的观点来讲，你是犯了错误了。”

“但在人道观点上却没有错误。”少校回答。

“真是恼怒！如果是我，则会相反，我肯定连那些大懒兽、翼手龙，及洪水前全部的生物都给保留下来，真可惜，现在我们都没这些生物了。”

“那我告诉你，诺亚做错了，他将那些猛兽保存了，就该世代受到学者们的咒骂。”

大家听见这两个朋友为了这诺亚方舟争执，忍不住大笑了起来。少校一辈子都没跟人争辩过，最近却破例了，天天跟巴加内尔抬杠。当然那学者也是在故意刺激他。最后还是由哥利纳帆去出面调解，他说：“有没有猛兽这个问题，你说可惜也好，不可惜也罢，用科学的观点也好，用人道观点也行，事实上我们今天是没猛兽的。不管如何，在这‘空中的树林’中，巴加内尔是不可能希望碰上猛兽的。”

“为什么呢？”巴加内尔问。

“在那树上会有猛兽吗？”奥斯丁说。

“呃！当然会有呀！那美洲虎，猎人将它赶急了，不是也朝那树上逃去吗？一只虎猝然碰上这洪水也有可能爬到这树上来逃命的。”

“至少，刚才你没碰到美洲虎吧，我想。”少校说。“没有碰到，尽管我们在这树林中给搜索遍了。很可惜！不然好一场围猎呀！美洲虎真算得上是个猛兽呀！它一爪就能将这马颈子扭断！它只要吃过人肉，它便会专门喜欢吃人。它最爱吃的就是印第安人，其次是黑人，再次是白人与黑人混处的杂种人，白种人才是最后。”

“幸好我是排在第四排呀！”少校回答。

“好呀！这仅仅证明你这个人没有味道。”巴加内尔带着鄙夷的神气朝着他进攻。

“那你让我无味吧！”少校反击。

“你真是太可耻了！白种人总是以第一等人自居！美洲虎先生们，意见好像并不是这样的！”这巴加内尔真的很难对付。

“不论怎样，我的好巴加内尔啊，”爵士说道，“现在在我们这里既没有印第安人，也没黑人，更没杂种人，你那些亲爱的虎儿还是别来的好。我们的处境并没有刚才那样舒适……”

“怎么！舒适？”巴加内尔认为这个字能将谈话吸引到别的新的话题上，便紧紧抓住了这个字叫了起来，“你还说运气不好吗，哥利纳帆？”

“自然啦，你在这树上，既不方便，也不柔和，你认为舒适吗？”

“我从来没有这样舒适过，哪怕是在我的书房中也没这样舒适。我们度过这鸟类的生活，我们歌唱飞舞！我慢慢相信人类生来就该在树上生活的。”

“仅仅是少了一对翅膀！”少校说。

“以后翅膀总会生出来的！”

“在翅膀没生出来前，我亲爱的朋友，你还是叫我不在这空中的楼阁，而是去公园里的细沙地、房子中地板或船上的甲板上吧！”

“哥利纳帆，我们应随遇则安呀！碰上好的，固然好，碰上坏的，也不需去介意。我觉得你应该是后悔离开玛考姆府那个温柔乡了！”

“不是，不过……”

“我十分相信罗伯尔在这里是很快活的。”巴加内尔立即接着说道，至少希望能找到一个拥护他理论的人。

“是啊，巴加内尔先生！”罗伯尔使用自己一贯快活的语气说道。

“这种生活正好适合他这个年龄。”爵士解释道。

“也正好适应我这个年龄！”巴加内尔又反驳道，“一个人，越不讲究舒适，需要也越少，需要越少，幸福也会变得越多。”

“得了吧！”少校说，“你们看他将要对所有崇尚财富、所有华丽的建筑物下攻击令了。”

“并不是呀，少校，呃！说到这，我想到了一个小故事，要是你们愿意，我便讲出来给你们听。”

“很愿意！很愿意！巴加内尔先生。”罗伯尔说。

“你的故事是要去证明些什么？”少校问。

“我的老伙伴，它证明所有故事所能证明的东西。”

“那就是不去证明什么。”少校接着解释道，“也好，你说吧，你很会讲故事，那便讲个给我们听吧。”

“从前，”巴加内尔开始讲道，“有位王子总是不快乐。他跑了过去，去请教一个老法师。这贤明的老人则告诉他，在这尘世中幸福是最不容易找到的东西。不过，他又说道，‘我还有个很灵的方法，能让你获得幸福。’‘那是什么方法？’那青年王子问道。‘那就是寻找到一个快乐的人，将他的衬衫披到你的身上。’那老法师回答道。当场，那王子就吻谢了老法师，立即去寻找能够让他快乐的衣服。他便出发了。他把世界各国的京城全都访遍了！国王的衬衫，皇帝的衬衫，王子的衬衫，贵族的衬衫他全都试过了。可全都是浪费力气。他依旧不快乐！因此他又将艺术家的衬衫，战士的衬衫，商人的衬衫全都拿来试了试，也没有快乐起来。他便这样跑了很多的路，可还是没有找到幸福。最后，因为试过很多的衬衫都没用，他觉得很失望，愁眉不展地返回到父亲的宫殿中去了。正好有一天，他去乡下，在路上，他见到地里的一个农夫，快快活活，一边唱歌，一边犁田。‘这总是个快乐的人呀，’他心中想着，‘要是连他都说不快乐，那这世界上就不会有什么快乐的事了。’他走上去打招呼：‘呃！你这汉子，你快乐吗？’‘我快乐。’那人回答道。‘你心中就不想再要点什么吗？’‘不想再要别的了！’那人又说。‘让你不做农夫，去做国王，干吗？’‘我一辈子都不干这事！’‘那将你的衬衫卖给我吧！’‘衬衫！我根本就没衬衫呀！’”

第二十章　离别

巴加内尔讲起故事来绘声绘色。大家在保留自己见解的情况下，都十分赞赏他讲的故事。我们的学者得到了通常讨论都会达到的结果，那也就是说，并没说服一个人。可有一点大家全都赞同，那就是在这艰苦的环境中无论如何不能灰心丧气，现在既没王宫或茅屋能去居住，也就只能在这棵树上先忍耐着住着。

大家胡乱谈着，都没有感觉到天色已晚，也就只能用睡觉来结束这惊心动魄的一天。不但树上的客人因为遭受到洪水、颠沛流离感到疲惫，并且天气还十分的炎热，在这毒辣的太阳下他们已经被烤了一天，感觉马上就要支持不住了。鸟儿都早去休息了。号称“判帕之莺”的“喜格罗”鸟都已经停止了它们甜美的吟唱，鸟儿全部消失在这浓荫深处的树林里。最为实际的办法就是向它们学习，睡觉就是最好的。

可在大家睡觉前，哥利纳帆、罗伯尔和巴加内尔全都爬上了那“观察台”，对着那一片汪洋进行了最后一次观察。那时大概是晚上 9 点钟。浓雾中可看到地平线上的太阳正在慢慢西斜（美洲下午的 9 点钟等于我们的 6 点左右）。在另外的半边天，以天顶为界，全都浸浴在蒸汽中。本来南半球的星座是最晶莹和灿烂，而现在好像都蒙上了一层薄纱，依稀朦胧。不过，人们还能隐约辨认出，因此巴加内尔便利用这次机会给大家讲述南极圈中那些辉煌的星座，他指给罗伯尔看，哥利纳帆也在旁边领教着。他特别将那“南极十字架四个头号和2号的大星排成斜方形”指了出来，几乎与南极点相平；还有那“人马星座”里有着离地球最近的明星；还有“麦哲伦星云”，拥有两片大云，最大的一片看起来比我们所见的月亮还要大200倍。

还有一件事更是可惜：从两极没有看到“猎户星座”。但巴加内尔却讲述了巴塔戈尼亚人星宿学中一个有趣的特点。这些有着诗意的印第安人觉得，这“猎户星座”四个星星一条大“拉素”与三个“跑拉”，是从那奔驰在天上的猎人手上抛出来的。因此很多星座倒映在那镜子般的水面上，让人好像身处在那双重的天空中，上下澄澈，很是奇观。

当博学的巴加内尔就这些谈天说地时，整个东边的地平线上全都起了暴雨的景象。一大片黑厚的云，轮廓分明，慢慢升了起来，将一颗颗星星都掩盖了起来。这片云变化得很是阴沉可怕，不久就将这半边天给遮住了。它的推动力应在自身内部隐藏的，因为外面没一点风在吹它。天空的气层还保持着平静。树上没有一片叶子在颤动，水面上也没有皱起任何一条波纹。就连空气都好像没有了，就如同在这里有个巨大的抽气机要将天空中的空气给抽掉了。高压的空气将整个空间充满，这让身处其中的所有生物都觉得全身都充满了电流一般。

哥利纳帆、巴加内尔和罗伯尔全都对着这电流有明显的感觉。

“将要起风暴了。”巴加内尔说道。

“你害怕打雷吗？”哥利纳帆问罗伯尔。

“不怕。哪里会害怕打雷呢，爵士？”

“那就好，一会儿便会起风暴了。”

“按照这天气情况，估计这场风暴还不会小。”巴加内尔又补充道。

“我并不是怕这风暴，我只怕那倾盆大雨和风暴一块儿下来，这样我们的骨髓里都会淋透了。那你随便说吧，巴加内尔，人总在这鸟窝中住着可是不行的，一会儿就会得到教训的。”

“啊！拿出点哲学修养就好了！”学者回答。

“哲学修养！哲学修养也不能让人家全身都给湿透了！”

“这自然是不行的，但有了哲学修养，心中便会有了温暖。”

“好了，我们返回到我们朋友那里去吧，我们要让他们用他们的哲学修养和他们的‘篷罩’将身子给裹起来，越紧越好，需要提醒大家一定要用最大的耐心，因为以后很有这个必要。”

哥利纳帆望着虚张声势的天空看了最后一眼。这时密云将全部天空差不多都给遮住了。勉勉强强两边出现一个缺口，里面透出一些昏黄的暗光。一层幽暗的色彩在水面上覆盖着，好像是一片乌云就要跟天上的沉沉的雾气会合。那夜影是看不到了。声和光的感应力量都无法到达人们的耳朵中来。天空静寂得如同黑暗那样深沉。

“下去吧，马上就要打雷了！”哥利纳帆说道。

他和他的两个朋友顺着光滑的树枝溜了下来。发现底下有一片惊人的微光，他们都觉得十分惊讶。这微光是由无数的水光散发出来的，在那水面上无数的小光点在嗡嗡地浮动着，胡乱交织着。

“那是磷光吧？”哥利纳帆问。

“不是，是磷虫，跟萤火虫那样，它们都是些活物，并不值钱的金刚钻，布宜诺斯艾利斯的太太们将它们制作成十分漂亮的装饰品！”

“怎么？那些是昆虫，就像火星子那样飞？”罗伯尔叫了起来。

“是呀，我的孩子。”

罗伯尔便捉住了一个发光的昆虫。巴加内尔果然说得没错，那是一种有 1 寸长的大土蜂，印第安人称其为“杜可杜可”。这种奇特的甲虫的翅前有两个斑点，发光的地方就来源于这里，光度很强，光亮可以让人在黑暗中看书。巴加内尔将那虫靠近他的手表。可以看到表针在夜里 10 点钟的地方指着。

哥利纳帆返回到少校和三个水手那里，嘱咐他们在夜里应该做的事情。有一场猛烈的风暴将要到来，应该有些准备。雷声一响便要刮大风，这棵“翁比”树肯定会颤动得厉害。因此他叫每个人都将身子捆绑在这用树枝制作成的床上，还要绑得很牢固。要是天上的雨水无法避免，那最少要去防地上的洪水，紧急情况来临时，要朝着树脚冲来的急流中去。

大家都互相道了声“晚安”，心中却没“安”的希望存在，然后每个人都钻进各自的空中卧室中去，用“篷罩”紧紧包裹着，等待着瞌睡的到来。

但人非草木，自然界的剧变将要降临时，心中总会感觉到其中模糊的不安，哪怕是最坚强的人也难免会出现这种感觉。因此树上的贵宾们都很烦躁且郁闷，根本无法将眼皮合上，第一声雷响时，他们全都是清醒着的，这是在快 11 点时发生的，那雷声依旧在远处轰隆地响着。哥利纳帆爬上了横枝的末端，冒险将头伸了出去。

像锅底那样黑的夜空，零乱地被划成相对明亮的裂口，在湖面上清晰地反映着光芒。漫天的乌云有些地方就像是被撕破了，但跟软布那样并没有破碎的声音。哥利纳帆看了看天顶，还看了看天边，全部都是一片漆黑，然后他又返回到树干的顶端上了。

“那怎样，哥利纳帆？”巴加内尔问道。

“来势十分凶猛，要照这样发展下去，这风暴真不得了了。”

“十分好，既然我没法去逃避，那看一场奇观也是可以的。”他兴奋道。

“你又要再次搬出这样一套怪论了！”少校说。

“少校。我跟哥利纳帆的看法是相同的，这场风暴大得惊人。刚才我快要睡着时，想到了几个事实，让我盼望有这样惊人的一场大风暴，因为现在我们正处在大雷雨地区呀。我忘了在哪本书上看过了，1793 年，在这里的布宜诺斯艾利斯省，一场风暴引起了 37 次雷火。我的同事穆西先生曾数过，有一声持续响了 55 分钟。”

“拿着手表数的？”少校说。

“表在手上拿着数的……不过，”巴加内尔又说道，“要是让人去趋吉避凶的话，我有个考虑。我们所在的这棵‘翁比’树正是这片平原上的最高点。这里有个避雷针到时会十分有用，因为这棵树正是在这‘判帕’区这所有树林中雷火尤其爱好的。并且朋友们，你们也知道，科学家都在劝告暴风雨来临时不要在树下躲着。”

“好呀！”少校说，“这个劝告真是时候！”

“只能承认，巴加内尔，你也要看看说风凉话也要分时候呀！”哥利纳帆针锋相对地说。

“有什么要紧的！为了学点见识，什么时间都是好的。啊！响雷声过来了！”

这一不合时宜的谈话被猛烈的响雷打断了。越来越大的雷声，威力也更加猛烈，此起彼伏，越来越紧密。要是借助音乐来比喻的话，现在正是低音转入中音。没一会儿雷声更加尖锐了起来，好像有无数的管弦乐器在大气团中合奏着。空中全都是火光，在这火海中无法辨认出雷声到底是从哪条闪电中发出的，这些不断的隆隆声互相响应着，直窜上冥冥的高空中。

不停的闪电出现不同的花样。有几条闪电在地面上垂直照射着，在原地重复了 5 ~ 6 次。还有些闪电对研究这一门科学的人能吸引他们有兴趣去做统计，在统计里对叉形闪电只举出了两个实例，可在这时发生的叉形闪电竟有百十种花样。还有几条闪电分成无数的各色枝干，开始是弯曲的，跟珊瑚树那样，在黝黑的天空中射出老树形的光条，显得复杂无比且很有趣。

没一会儿，从东到北的那片天空蒙上一大片的磷光，很耀眼。这一片天火慢慢蜿蜒着燃烧着。它烧起来的云堆跟烧着一大堆炭那样，在那琉璃般的水面上反映着，形成一个巨大无比的火球。这棵“翁比”树正是火球的中心。

哥利纳帆和他的旅伴们都无言看着这骇人的景象。即使他们说话，也都听不见。在他们的身边大片的白光倾泻下来，一闪一闪，时隐时现，有时照出少校镇静的脸庞，有时则照出罗伯尔惊惶的模样，或照出那几个水手一晃一晃如同幽灵般满不在乎的面容。

这时，雨还没下呀，风似乎还在等着出发。但没过多久，天上的瀑布就决口了，从漆黑的天空上如千万条雨柱般地直垂下来，跟织布的竖线那样。这些大雨点子在湖面上打着，溅起了一大片泡沫，电光把这一大片泡沫给照得雪亮。

这场雨是否预告着风暴将要结束了？哥利纳帆一行人受了连续猛烈的淋浴不是就完了？不啊！在最激烈天火交战时，忽然有个拳头大的火团带着黑烟，直落到横伸的那个主枝末端上。火团子落下，旋转了几秒钟，一声霹雳，轰的一声就炸开了，跟炸弹那样，一股硫磺气味在空中弥漫着。紧接着就是一刹那的沉默，人们听见奥斯丁的声音在喊道："树上起火了！"

奥斯丁并没看错。一眨眼，树的西边部分火焰延烧起来，枯枝、干草制作的鸟巢，还有那"翁比"树的所有疏松的白木，全都在给火势助威。

风又刮了起来，朝着那火苗上吹着，风助火威，火苗快速蔓延着。大家必须要逃走了。哥利纳帆一行人赶紧去到树还没着火的东边。每个人都没说话，手忙脚乱，十分慌张，攀援的攀援，跌跤的跌跤，冒着险，直爬上那摇摇欲坠的细枝上去。这时西边的树枝因为烧得发焦而咔嚓咔嚓地响，从咔嚓咔嚓地响到蜷曲缭绕，像很多火蛇在燃烧，通红的灰烬落在洪水上，随波逐流，一边走，一边闪着褐色的亮光。树上的火焰，时而升腾十分高耸，一直进入到空中的火海中，连成了一片，时而狂风压了下来，在"翁比"树边打转。哥利纳帆、罗伯尔、少校、巴加内尔、三个水手，全都惊骇万分：浓烟把他们呛得喘不过气来，热气熏得他们难受，大火正朝着这边烧来，都烧到这边下面的主枝了。既然没法去阻止，也就没有办法去扑灭，眼看着全要烧死。树上不能再待下去了。反正都是死，烧死或淹死，还是选择一个并不太惨的死法吧。

"跳水！"爵士喊。

这时火焰已经烧在威尔逊的身上了，他已跳入湖中了。突然他们听见他惊骇的拼命叫着："救命呀！救命呀！"

奥斯丁直奔了过去，拉着他爬上了树干：

"怎么回事？"

"鳄鱼！鳄鱼！"他回答道。

顿时大家发现这树脚围满了最可怕的蜥蜴类动物。它们的鳞甲在火焰照耀下大片闪烁。纵扁的尾巴矛头样尖的长头、凸出的眼睛、一直到耳后的两颚，这所有的特征都不会让巴加内尔看错的。他认出了这些全都是美洲的特产——凶猛的"阿厉加鼍"，西班牙语区域的人称它为"介鳗"。这里便有十几条，它们用下颚的长牙啃着树木，用可怕的尾巴拍打着水面。

那些不幸的旅客一看见这些，便感觉到没命了。不管怎样全都是要惨死的，不是在这火舌下死，就是在这鳄鱼嘴里惨死。连那镇静的少校也说出了一句："很可能一切真的要全完了。"

事情就是这样的，当人们对大自然的肆虐无能为力时，而自然界的另一种元素则能将它制服。哥利纳帆望着这水火的夹攻，不知怎样是好。

这时，风暴已步入衰退阶段了，但它搅起了无数的水汽在空气中，且雷电也给这水汽赋予了极大的威力。因此南方慢慢形成了一股庞大的旋风，如同一团圆锥形的浓雾，锥顶朝下，锥底朝上，把沸腾的水跟翻飞的云给联结到一起。这一团飓风旋转前进着，快得让人眼花缭乱，它把湖水卷起，吸进那圆锥的中心，构成了一个水柱，并以它的自转产生的强大的吸引力将这周围的气流给吸引着朝着它飞奔来。没多长时间，猛烈的飓风便扑到“翁比”树上来，将这棵大树重重包围。整棵树连根而起，摇撼着。哥利纳帆竟认为是鳄鱼用它们强大的两颚咬着树，要将树给拔起来呢。他和同伴们互相抱得紧紧的，感觉到树都已朝下倒了，根往上翻了。熊熊燃烧的树枝都倒在那汹涌的波涛中了，发出了可怕的嗤嗤声。这仅仅是一秒钟的事情。飓风一卷而过，又去其他的地方肆虐了。它沿途吸收着湖水，所到之处就只留下一条空槽。

这时“翁比”树正在水上卧倒着，在水和风配合的双重力量下朝前漂流着。那些鳄鱼全都逃跑了，只剩下一只还在向翻起的树根上爬去，并朝前伸着张开的小嘴。穆拉地把一根半焦的树枝抓起，狠命地打它一下，把它的腰打折了。那鳄鱼被打翻了，在急流中的旋涡中沉没了，临下沉时它还在用那可怕的尾巴拍打着水面。

哥利纳帆和他的旅伴们终于摆脱鳄鱼的吞噬了，顺势爬到火势上方的枝子上去，这时这棵“翁比”树在夜幕中载着一团火焰漂游着，飓风把火焰吹得越烧越旺，如同一只张着火帆的冲锋船。

“翁比”树在这无边的大湖上漂游了两个钟头，一直没找到陆地。吞噬它的火焰都慢慢熄灭了。这次可怕的航行中的最大危险消失了。少校只是轻巧地说了一句：“要是我们现在能得救，那也不足为奇了。”

水流还保持着以前的方向，从西南方向往东北方向奔去。仅有几条残余的闪电在天上稀疏闪着，夜再次变得深沉。巴加内尔看着天边，却没法找到一个目标。风暴已到了尾声。大雨点都变成了雾那样的雨花，随风飘散着，大块的云如同瘪了那样，分裂成一团团云片在天空中飞翔。

大树仍在波涛中狂奔，用着惊人的速度朝前滑行着，仿佛这树皮中装着一部强大的发动机。没有任何迹象能证明它不会像这样持续漂游好几天。快早晨 3 点时，少校让大家注意，树根好像掠到湖底。奥斯丁把一个长枝子折下细心地探测着，证实了水下的陆地确实慢慢在增高。果然，20 分钟过后，“翁比”树像撞到了什么，突然停住了。

“陆地！陆地！”巴加内尔用洪亮的声音叫了起来。

烧焦了的树枝的末端接触到了一片高地。从航行开始到现在，大家都没这样快乐过。这里，触礁便是着陆。罗伯尔和威尔逊在这片高原上蹦着，欢呼“乌拉”。这时，突然传来一个十分熟悉的胡哨声，接着在平原上响起了马跑的声音。一会儿，在夜色中塔卡夫的身材挺立着出现了。

“塔卡夫！”罗伯尔立即叫了起来。

“塔卡夫！”全体的旅伴们都同声回应道。

“朋友们！”塔卡夫同样也在呼喊。他迎着水头在等待着这班旅客，他预计到他们肯定会流到这里的，因为他也是被水头冲到这里的。

这时，他两手将罗伯尔·格兰特抱了起来，搂在怀中，却没想到巴加内尔也跑到他背后把他给抱住了。哥利纳帆、少校和水手们再次见到他们的向导，都开心极了，全都过来跟他亲切握手。后来，塔卡夫把他们带领到一个废弃的牧场敞篷下。那里正燃烧着一堆旺火，可以让他们取暖，大块的猎物也在火上烤着，十分美味，大家吃得连碎屑都没留下。当他们精神镇定后回想，没有一个人不感到惊讶，连他们自己都不敢相信能够从水火夹攻下逃出来，在大批鳄鱼趁火打劫的危险情境下，他们还能逃出来！真是九死一生啊！

塔卡夫用十分简洁的几句话就向巴加内尔讲述了他逃难的过程，之所以他可以获救，都是那匹马的功劳。巴加内尔将对文件的新解释及这种新解释带给大家的希望，都一一跟他说了。巴加内尔那些精巧的推测，塔卡夫是否都懂了不得而知，但他见到他的朋友们全都快乐，都满怀信心，他也高兴和满意了。

我们能想象得到，那些英勇的旅游家们，在“翁比”树上休息一天后，没等到催促就立即出发了。早晨8点钟，他们全都准备好了。他们现在所处的方位，离大牧场与宰杀场的南边已经很远了，这个地方很偏僻，大家几乎没有办法寻找到交通工具，因此只能步行了。幸好只有60多公里的路程，并且谁走累了，桃迦还能将他驮上一段，必要时驮两人也行。大家再行走38小时就会到达大西洋的沿岸。

刚到出发时间，向导和他的伙伴们的背后都还是一片汪洋的洼地，他们开始朝那较高的平原上走去。阿根廷的领土再次呈现出单调的面目。仅有欧洲人种的几棵树好像冒险似的在牧草场上稀疏的生长着，这是十分罕见的情形，与在坦狄尔及塔巴尔康两山周围一样。只有在这些漫长的草原的尽头快到哥连德角附近的地方，那些本地的树木才肯生长。

就这样一天过去了。第二天，在还有24公里到海岸时，人们都感觉到了海洋。在下半日和下半夜刮起来一种被叫做“维拉宗”的怪风，开始将高的草顺着一个方向一直吹下去。一些稀疏的树木，一些矮小的木本含羞草，一丛一丛的“亚克河”树和一簇簇的“勾拉妈波尔”在那贫瘠的地面上挺起。有些盐滩在路上拦着，闪着光，就如同是被打碎的玻璃，让人步行很困难，行人只能从滩旁绕过。大家全都加紧了脚步，好能够在当天到达大西洋岸边的萨拉多湖。晚上8点，旅客们全都很疲乏了。这时，他们看见了很多的沙丘，大概有40米高，将一条泡沫飞溅的白线给拦住了。没一会儿工夫，耳朵里就传来了涨潮的长号。

“大洋！”巴加内尔立即叫了起来。

“是的，大洋！”塔卡夫应声回答道。

本来他们都已经感觉到精力难以为继了，现在却很矫健地爬上了那个沙丘。

夜已经十分黑了。大家的眼睛朝着那一片阴森的海上寻找，却什么都看不见。

他们想去找邓肯号，可来回找也没找到。

“不管如何，它就在这一带的，靠着岸边来回游荡，在等着我们呀！”哥利纳帆急躁叫道。

“明天我们就能见到它了。”少校回答。

奥斯丁朝着估计的方向喊着邓肯号，可没有一点儿回声。这时风很大，浪也相当高。云片从西边飞了过来。浪头的泡沫如同灰尘那样，一直飞溅到沙丘的顶端。因此，就算邓肯号在约定的地方，瞭望的水手也无法听见岸上的呼喊声，岸上同样听不见对主的回答。这一带海岸没有能停泊的地方。既无湾也无浦，更别说港，就算是小支流都没有。沿岸全都是一条条的长沙滩，一直伸到海里，接触到这些沙滩，比触到与水面齐平的礁石还危险。这些沙滩激打着浪头，因此这一带的海涛更是汹涌，要是船被风打到这些毡毯般的沙滩上，那没有任何获救的可能。

邓肯号见到这一带的海岸险恶，没有躲避风浪的地方，便会开得远远的。门格尔船长一生都很谨慎，到这里肯定会更加小心。奥斯丁心里这样估计着，并且他能肯定邓肯号肯定不会离岸超过 8 公里的。

因此，少校请爵士先暂时忍耐一下。一直朝着那黑暗无边的天边，白费眼力，又有什么用处呢?

少校说了这番话之后，就用沙丘做起了掩体，建立起一个野营。把最后的干粮拿出来给大家做旅途的最后晚餐。然后每个人全都学着少校，挖一个很舒服的洞来当卧铺，将没有边际的细沙当被褥，一直盖到下巴，倒下去便沉沉入睡了。仅有爵士没睡，一直守着。风还是那般大且猛烈，波涛一直汹涌地拍打到沙滩上，响声隆隆。哥利纳帆不相信邓肯号就在眼前。可要是假定它还没到约定的地点，也是不可能的呀。在 10 月 14 日哥利纳帆离开了塔尔卡瓦诺湾，11 月 12 日便到了大西洋岸。在他从智利、高低岩儿、“判帕”区和阿根廷平原穿过的 30 天当中，邓肯号有着充足的时间绕过合恩角，到达跟塔尔卡瓦诺湾相对的东海岸了。就它那样的一只快船，是不可能延期的。虽然过去的这场风暴猛烈，就算在大西洋的那片海洋上奔腾得厉害，但这只游船是一只好船，并且船长还是一个好海员呀。因此，既然它应该是到了这里，也就肯定会在这里了。

可他虽然这样想着，却没法安下心来。当情感与理智矛盾时，理智很难战胜情感。在这片黑暗中我们的玛考姆府的主人似乎已见到了他所爱的人们，他的亲爱的海伦、玛丽和邓肯号上的其他船员。海洋用它那无数散发着磷光的颗粒将这片海岸给装饰了，他在这荒凉的海岸上彷徨徘徊。他望，他听。有时，他竟会觉得自己看到这海上隐约出现了一个亮光。

“不错呀，”他心里说道，“我见到了海上的亮光，那是‘邓肯号’上的亮光，啊！难道我的眼力不能将这夜幕穿透吗！”

说到这儿，他突然想起：巴加内尔说黑暗中的东西，他都能看得到，是个夜视眼。因此他去寻找巴加内尔。这学者正在他那沙窝中睡得跟蛰虫冬眠那样，突然一只强健的胳臂将他从那沙窝中给拖了出来。

“谁呀？”他叫了起来。

“是我，巴加内尔。”

“谁呀，你？”

“我是哥利纳帆。你来，我需要用下你的眼睛。”

“我的眼睛？”巴加内尔使劲擦着眼睛说道。

“是的，用你的眼睛，在这黑暗中寻找我们的邓肯号。快点，来！”

“有了夜视眼真是倒霉呀！”他自语道，可心里却觉得可以给哥利纳帆帮忙，倒十分高兴。

他一骨碌爬了起来，伸了伸懒腰，鼻子里呼呼地就跟刚睡醒时一样，他跟着他的朋友去岸边上了。

“哥利纳帆请你仔细看海上那一带幽暗的天边。”

巴加内尔十分认真地看了好几分钟。

“怎么样？你看见什么了吗？”

“什么都没有呀！就算是一只猫来也没法看到两步远的地方。”

“你找找看，是否有一个红灯或绿灯，也就是说船上的左舷灯或右舷灯？”

“我没看到什么红绿灯！全都是漆黑一团！”巴加内尔回答道，眼睛又忍不住合上了。

他那急躁的朋友把他拖了半个钟头，机械地跟随着他，一会儿低头，一会儿又抬起头来。他并不回答也没说话。他的脚步也没法走稳，东倒西歪的，就如同醉汉那样。哥利纳帆一直看着他，发现原来他走着路也还在睡觉呢。

因此哥利纳帆搀住他的胳臂，并没有叫醒他，而是直接将他送回他的窝中，又用沙给他好好埋了起来。

天刚刚破晓，“邓肯号！邓肯号！”的叫声把大家全都惊醒了。“乌啦！乌啦！”全体旅伴都响应着哥利纳帆，朝岸头奔去。

果然，在海上，距离海岸大概有 4 公里远，游船的低帆都在帆罩中好好地裹着，用最小的马力缓慢航行着。晨雾中船上的烟看起来十分模糊。海浪十分大，这样吨位的船不可能再驶近沙滩脚下了，否则会十分危险的。

哥利纳帆拿起巴加内尔的望远镜看着，仔细观察那只船的行动。船并没有掉头，门格尔肯定没有看到，船还在往前走，左舷扣着帆脚，前帆也只张了一半。

可这时塔卡夫将他的枪紧紧塞满了火药，朝着那游船放了一枪。

大家全都仔细听着。塔卡夫的枪接连响了三次，甚至引起了沙丘里的回声。

最后，一股白烟从游船的腰部冒了出来。

“他们看到我们了！”哥利纳帆叫了起来，“是邓肯号在放炮呢！”

接着，几秒钟过后，炮声隐约传到岸上来了。邓肯号立即掉转帆篷，加强马力，摇摆着想尽可能靠近岸边来。

没多长时间，用望远镜看到一只小艇从那船上被放了下来。

“海伦夫人不能来，这海浪太大了！”奥斯丁说。

“门格尔也没法来，他不能从船上离开。”少校接着说。

“我的姐姐！我的姐姐！”罗伯尔叫嚷了起来，伸起他的胳臂朝着那颠簸的小船挥手。

“啊！我马上就上船去！”爵士说。

“耐心点，爱德华，您过了两个钟头就在这船上了。”少校说。两个钟头！是啊，小艇上六只桨划着，来回往来，必须要两个钟头才行！

爵士转过来去找塔卡夫，他正双手交叉，把桃迦带在了身边，安静地望着波涛澎湃的海面。

哥利纳帆拉住他的手，指着游船，对他说：“你跟我走吧。”

他只轻轻摇了摇头。

“来吧，朋友！”哥利纳帆又说道。

“不。”塔卡夫温和说道，“这里是桃迦，那里是‘判帕’！”他补充道，并用一个充满热爱的手势指着这一片一望无际的草原。

哥利纳帆知道他永远不会离开这片埋着祖先白骨的草原。他也知道这荒僻地区的儿女对故乡有多么的热爱。因此，他又跟他握了握手，没再勉强他。当塔卡夫带着他那特有的微笑，用“完全为朋友帮忙”这句话来谢绝报酬时，他也没勉强他接受这些报酬。

哥利纳帆十分想给正直的朋友留点纪念。让他永远记住他这个欧洲朋友。可他手边还有些什么呢？他的武器、他的马匹全都丢失在洪水中。他的同伴们也都跟他差不多，都是两手空空。

因此，他想知道怎样去感谢这一路向导的帮忙。这时，他突然想起一个办法：他从皮夹里掏出了一个宝贵的小雕像框子，中间镶着一个画像。那是劳伦斯的杰作，他将它送给了塔卡夫。

“我的天啊。”他说。塔卡夫看着那画像，很感动，十分简洁地说了这句话：“贤惠且美丽呀！”

然后，罗伯尔、巴加内尔、少校、奥斯丁和两个水手都来了，他们都用动人的语言与塔卡夫告别。现在这些诚实的旅客们要看着这个英勇且热心的朋友离开了，他们心中都很难受，当塔卡夫用他的长胳臂将他们全都搂到他那宽阔的胸脯前，巴加内尔想起塔卡夫经常看他那张南美及两洋的地图，对它有兴趣，就将它送给他了，这地图是巴加内尔当时唯一保存宝贵的东西。至于罗伯尔，他没什么东西可送，也就只有亲吻。

他亲吻着他的救命恩人，也没忘记去亲吻桃迦。

这时，邓肯号的小艇慢慢靠近岸，它钻到沙滩间的一条河汊，没一会就在岸边停靠了。

“我的夫人呢？”爵士问。

“我的姐姐呢？”罗伯尔叫道。

“海伦夫人和玛丽小姐全都在大船上等着你们。”划船的人说。

“赶紧走吧，爵士，一分钟都不能延迟了，因为潮马上就要落了。”

大家最后一次跟塔卡夫握手，既拥抱还亲吻。塔卡夫将他的朋友们直接送到小艇旁。小艇再次被推到水上。当罗伯尔正要上船时，塔卡夫一把将他搂在怀中，慈祥地望着他。

“你现在去吧，”他说，“你已是大人了！”

“再见！朋友！再见！”爵士再次喊了一次。

“我们难道就不能再见面了？”巴加内尔叫。

“谁知道呢？”塔卡夫回答道，把胳膊朝天举起。

塔卡夫的最后一句话在晨风中消失了。小艇到了海中，被落潮给拖着，越来越远。

很久，人们隔着浪花溅起的泡沫还可以看见塔卡夫的身影，在那里一丝不动地站着。他那高大的身材慢慢变小了。最后，消失在这些萍水相逢的朋友们的视线中。一小时过后，罗伯尔第一个跳上了邓肯号，直接奔上去把玛丽的颈子抱住，同时全船的水手全都发出“乌啦！”的欢呼声。

就这样，顺着一条直线横穿南美的旅行结束了。高山和大河都没让这些旅行家们离开他们那条坚持不变的路线。他们并没碰到人情险恶的困难，可自然界的力量经常去阻扰他们，让他们的意志与勇敢遭受了很多次严峻的考验。

第二十一章　相聚后的争议

回到船上后，大家都陶醉在重逢的喜悦中。哥利纳帆爵士不愿因为这次失败而让大家扫兴，因此第一句话便是：“要有信心！朋友们，要有信心！尽管这次我们寻访失败了，但我们有信心找到格兰特船长。”

为了不让两位女客海伦夫人和玛丽小姐失望，这种保证是十分有必要的。

的确，当那小艇缓慢划近大船时，海伦夫人和玛丽小姐全都等得万分焦急了，在尾楼顶上她们仔细端详着回来的人们。玛丽小姐既高兴且绝望，仿佛马上就要见到自己的父亲。她心跳得更加厉害，话都没法说了，站也没法站稳了，多亏海伦夫人用胳膊将她搂住了。门格尔船长在她身边站着，默默看着小艇。那双水手的眼睛十分锐利，就算是远方的东西也都能看清，可就是没看见格兰特船长的影子。

“他就在那儿！他来了！我的父亲！”玛丽小姐嘟囔着。

可小艇越来越近，欺骗自己的幻想也变为泡影。那群归来的旅客距离船不足100米了。海伦夫人和船长看清楚了小艇中没有格兰特船长，玛丽自己也泪眼模糊地认为没一点希望了。就在这时，哥利纳帆爵士及时给了他们一颗定心丸，并用那充满信心的话去宽慰他们。

大家一阵拥抱过后，他们将这次陆上探险碰到的一些意外的艰险告诉海伦夫人、玛丽小姐和门格尔船长。首先，哥利纳帆爵士将巴加内尔凭他的敏锐的智慧给那个文件一个新的解释提了出来。接着，他又把小罗伯尔夸奖了番，说他既勇敢且热诚，并不惧怕经历的危险，玛丽小姐有这般勇敢优秀的弟弟，应该感到自豪。爵士的话让小罗伯尔难为情了，不知去躲在哪里才好，多亏他姐姐把双臂张开，将他没头没脑地给搂在怀中。

“别难为情，罗伯尔，”门格尔说，“你这样才是格兰特船长的儿子！”

他伸出双臂将罗伯尔拖了起来，亲吻着他的小脸，小脸上还有玛丽小姐的泪花哩。

在这里我们略提一句：麦克那布斯和地理学家受到十分热烈的欢迎，慷慨的塔卡夫也被十分光荣地谈到了。海伦夫人十分遗憾没机会跟那位诚笃的印第安人握一握手。在一阵欢叙之后，少校就钻到自己的房间里，用着他那宁静、稳定的手刮着胡子。至于巴加内尔，却如同一只蜜蜂，东跑西颠，从各方面去接受人们对他的赞美和微笑。他要把邓肯号上全体船员都吻一遍，其中也有海伦夫人和玛丽小姐。因而，他便从她们俩开始，一个个亲吻过去，直到吻到奥比尔先生。

奥比尔认为没别的好办法去答谢他的盛情，也就只能起身宣布开饭了。

“开饭啦！”巴加内尔叫了起来。

“是的，先生！”奥比尔回答道。

“是一顿真正丰盛的午饭吗！是我一个人坐一张桌子吗？有餐具吗！有餐巾吗！”巴加内尔问个没完。

“当然会有啦！”

“那么，今天不去吃干肉，吃灰煨蛋，吃鸵鸟肋条了吧？”

“先生，这话要从哪儿说起！”司务长有点不高兴了，他感觉到他那高超的烹调本领被人看不起了。

“我并没有挖苦你啊，我的朋友，”巴加内尔微笑道。“要知道，一个月来我们都吃这些东西，并且都是坐在地上吃，不在桌子上吃，要不然就在那树杈上骑着吃。因此，你刚宣布去开饭，这对我而言，就像是在做梦，是讲故事，或想入非非！”

“那么，我们便去证实一下这顿午饭的真假，巴加内尔先生，”海伦夫人回答道，忍不住笑了起来。

“让我搀着你的胳膊去吧。”那位殷勤的地理学家说道。

“对于邓肯号，阁下有什么命令给我吗？”船长问。

“我亲爱的门格尔，”爵士回答道，“我们午饭后再从容讨论一下我们的探险计划吧。”

游船上的乘客和船长都去方厅了。门格尔吩咐机械师保持着动力，以方便接到命令就能开船。

麦克那布斯把脸刮完，旅客们也迅速梳洗了一下，全部都围在了餐桌旁。

司务长给预备的午饭，大家都吃得眉开眼笑，每个人都说好吃，比幡帕斯草原那个地方的盛筵还要好吃很多。每样菜巴加内尔都取两份，他说这是“因为粗心”。

提起粗心，海伦夫人便问这位可爱的法国人是否又犯过这毛病。少校与爵士相互看了一眼，全都笑了。可巴加内尔却大笑起来，笑得那般天真，并用荣誉保证以后绝对不会再犯这粗心的毛病，然后他津津有味地将苦读喀孟斯的作品跟人家讲了出来。

最后他又补充道：“总之，吃一亏，长一智，其实呢，每次错误，长远来看，我还是不会吃亏的。”

“我可敬的朋友，这话怎么讲？”少校问。

“十分简单呀！因为这次错误，不但我会说西班牙语，连葡萄牙语也都会说了，也是一举两得。”

“原来这样，真是一举两得啊！”少校回答道，“恭喜你，诚恳地祝贺你学会了两种语言了。”

大家全都在庆贺巴加内尔，可他一直在那里不停地吃着，嘴上一刻都没闲着。他一边吃，一边跟人谈话。可席间有个秘密他却没发现，却被爵士注意到了：那便是船长门格尔在玛丽小姐的身旁坐着，对她十分殷勤。海伦夫人对着自己的丈夫挤眼睛，表示“总是这样的！”爵士带着慈爱的眼光望着这对青年男女。他迅速地叫了一声门格尔，不过他所问的却是另外一件事。

“门格尔，这次航行如何？”

“十分顺利。”船长回答，“不过，我们没从麦哲伦海峡经过。”

“好呀！”地理学家叫了起来，“我没在船上，你们背着我却绕过合恩角！”

“他不后悔没看到合恩角，伟大的地理学家，”爵士说到，“除非你有那分身法，不然你怎样才能同时去几个地方呢？在幡帕斯草原你已跑过了，还能在那时绕过合恩角吗？”

“尽管不能，可也是一种遗憾呀！”那学者反驳道。

大家不再逗他朝下说去，他的这句话就成了这枝节问题的结束语。船长继续叙述着他们的航行经过。他们顺着美洲海岸走，观察了沿途的所有西边的岛屿，并没发现不列颠尼亚号的一点痕迹。等到了皮拉尔角，靠近麦哲伦海峡的入口处，正好赶上顺风，一直往南驶去。然后，邓肯号顺着德索拉西翁那一带岛屿航行，一直抵达南纬67度线，然后从合恩角绕过，顺着火地岛前进，从勒美尔海峡穿过，再顺着巴塔戈尼亚海岸北上。当它驶到与哥连德角一个维度时，遭遇了风暴，同样这场大风也猛烈袭击了幡帕斯草原上的哥利纳帆一行人。但游船没事，它靠近海岸后航行了3天，焦急地等着他们归来，直到听见枪响为止。至于海伦夫人与玛丽小姐，要是门格尔船长不佩服她们，那就真的太不公平了。因为在惊涛骇浪面前，她们一点畏惧都没有，尽管有时表现出一些烦躁的样子，那是因为她们那颗善良的心总是牵挂着阿根廷草原上旅行的朋友呢！

就这样船长的叙述结束了，哥利纳帆嘉奖了他一番。然后，又朝着玛丽小姐说：“我亲爱的小姐，我发现门格尔十分赞成你的那些观点，我想，在他船上你肯定不会着急吧。”

“怎么会呢？”小姐回答道，眼睛看着海伦夫人，同时好像在看着那年轻的船长。

“啊！我姐姐十分喜欢你，船长先生，”玛丽的弟弟叫了起来，“我也十分喜欢你。”

“我亲爱的孩子，我也同样爱你们，”船长回答道。这话说得让这孩子有些窘迫，可一层红晕在玛丽小姐的脸上泛起。为了转变话题，船长接着说道：“我将邓肯号的航行说完了，阁下可以将横贯美洲大陆的旅行的详情及我们这位小英雄的事迹讲一讲吗？”

没有比这更让海伦夫人和玛丽小姐喜欢听的了。因此，爵士尽快满足了她们的好奇心。他详细的，一幕又一幕的，将这次旅行说了一遍。爬安第斯山、碰到地震、罗伯尔失踪、兀鹰抓起罗伯尔、塔卡夫一枪、跟红狼的恶战、罗伯尔的牺牲精神、马奴埃尔军曹、洪水、在“翁比”树上避难、雷击枯树、大树起火、鳄鱼、飓风、大西洋岸上的一夜，所有的所有，不管是可乐或可怕的，全都原原本本讲了出来，让听众们时而欣喜，时而惊惧。叙述中有许多次的经历，罗伯尔都得到姐姐和海伦夫人的抚慰。从没有哪个孩子能像他此刻这样受到这么多热烈的拥抱和狂吻。

爵士叙述完了之后，又添加了一句话：“朋友们，现在要讨论我们今后该做的事了；过去的都过去了，未来属于我们，我们再去谈谈我们将要找的格兰特船长吧。”

午饭吃完了。大家全都跑到海伦夫人的小客厅里来了，在一张桌子上围着坐下。桌子上堆满了彩色地图，谈话立即开始了。

“我亲爱的海伦，”爵士说道，“上船时，我就告诉你：虽然不列颠尼亚号的失事的船员没跟我们一同回来，但我们有充足的希望能够寻找到他们。我们横穿美洲白跑一趟的结果，就是让人们树立一个信心，或更恰当地说，有了一个把握：既然这只船不是在太平洋沿岸失事，也不在大西洋沿岸。总之，我们把文件的意思给误解了，至于对巴塔戈尼亚的解释错全在我。幸好地理学家巴加内尔及时发现了错误，再次将那个文件重新解释了，因此我们心中不应再有疑问了。他就是拿着那法文文件解释的。为了使大家再放心些，我们让他再解释一番。”

巴加内尔接受了这个请求，立即就讲了起来。他将 gonie 和 incli 这两个根本不同的字讲得头头是道。巴加内尔有力地将“澳大利亚”（Australie）一词从 austral 这个字给解释了，他证明格兰特船长离开秘鲁海岸返回欧洲时，可能因为船上的机件失灵了，被西风漂流拍打到大洋洲海岸。最后，他那些巧妙的假定与精细的推理，让性格执拗、不容易接受空想的船长也全部赞同了。

地理学家讲完后，爵士宣布邓肯号要驶往大洋洲。

这时，少校麦克那布斯要求在命令掉头朝东航行前让他提一个小小的意见。

“那你说罢，”哥利纳帆说。

“我的目的并不是要将我们朋友巴加内尔的论断削弱，更不是要将它给推翻，”麦克那布斯说道，“我认为他这些推断全都十分谨慎、敏锐，完全值得我们去注意，但也只能当做我们今后寻访的基础。因此，我希望诸位最后一次对这些文件进行认真的推敲，以求达到无可非难和无人非难的程度。”

大家不知道谨慎的少校葫芦里卖的什么药，听他这番话全都有些不安了。

“接着说，少校，”地理学家说，“我准备回答你提出的所有问题。”

“我的问题十分简单，”麦克那布斯说道，“在 5 个月前，在克来德湾我们研究这 3 个文件时，我认为我们解释出来的意义十分清楚。除了巴塔戈尼亚的东海岸，没有其他的海岸可以假定为沉船的地点了。对于这点，甚至我们连怀疑的影儿也没有。”

“你想得十分对呀。”爵士说。

“后来，”麦克那布斯又说道，“巴加内尔如同鬼使神差一般，粗心大意地到了我们这条船上，我们把文件拿给他看，他一点都不保留地和我们在美洲海岸搜寻。”

“我赞同你的话，先生！”地理学家回答道。

“可是，我们却把方向走错了。”麦克那布斯说。

“是呀，我们将方向走错了，”那位地理学家学他的口气说道。随后又嘟囔道：“可，人难免会犯错的，一错再错，那才是真正的傻瓜哩。”

“等我把话说完，专家先生，”少校回答，“你别这般性急。我绝对不是要求在美洲一直寻找下去的。”

这时，爵士却等不及了：“那到底你在说什么？”

“没别的，我只需要你们承认一点。只要你们承认：大洋洲现在好像是不列颠尼亚号的出事地点，就跟当初美洲好像是格兰特船长所率领的那条船的出事地点那般明显。”

“我们自然会承认。”地理学家回答道。

“既然承认这点，”麦克那布斯又说道，“我按照你这句话告诉你：你的想象力仿佛太丰富了，今天觉得这明显，明天觉得那个明显，今天的‘明显’将昨天否定，明天的‘明显’又会将今天否定。这样循环下去，谁能保证在我们搜寻完大洋洲后，不会发现‘新大陆’和美洲、大洋洲那样明显呢？谁能保证，我们在大洋洲搜寻失败之后，你又认为应该去其他‘明显’的地方去寻找呢？”

爵士和地理学家全都面面相觑，一句话都说不出来。麦克那布斯的想法十分正确，让他们很吃惊。

接着，麦克那布斯说道：“因此，我请求在起航大洋洲前，我们再展开最后一次验证。这是文件与地图。将南纬 37 度纬线所穿过的各个地点再研究一下，看是否有其他的地方都在这文件中标记出来。”

“这个真容易，并不要太长的时间，”地理学家回答道，“因为十分幸运，这条纬线所经过的陆地十分少。”

“那我们就来研究一下，”麦克那布斯说着，将一张英国版的麦卡忒（法兰德斯的地理学家）投影法印制的地球平面图打开，整个地形全都呈现在大家面前了。

地图是在海伦夫人面前摆着的，大家全都凑了过来寻找合适的位置，听这位地理专家按照图去解释。

“我给你们讲过了，”巴加内尔说：“37 度纬线从南美洲穿过之后，便是透利斯探达昆雅群岛。我觉得文件中没一个字眼跟这群岛名字有关联。”

经过大家仔细的检查，只能承认地理学家说得十分对，因此都将这个群岛丢下。

“再往下看去，”巴加内尔又说道，“出了大西洋，我们便到好望角，比 37 度低了两度，然后我们便到了印度洋。在路上我们只能碰上阿姆斯特丹群岛。我们再跟透利斯探达昆雅群岛那样，在文件上仔细检查一下。”

大家又仔细查寻了一番。最后，将阿姆斯特丹群岛也放弃了。不管英文、法文和德文文件，不管是完整的或不完整的字样全都跟印度洋中的这群岛屿无关。

“现在，我们便到了大洋洲了，”地理学家又说道，“37 度线从澳大利亚大陆穿过，从百衣角进去，从吐福湾出来。我想你们跟我一样，觉得英文文件中的 stra 与法文文件中的 austral，十分显然，澳大利亚（Australie）这个字全都适合。我这就不用多说了。”

很快每个人都赞成地理学家的结论。将出事地点的可能性全都集中在他这方面了。

“再往前看去。”麦克那布斯说道。

“再往前看呗，”巴加内尔回答，“地图上旅行十分容易。离开吐福湾通过大洋洲东面的那片海峡便是岛国新西兰。首先，我要提醒大家注意，法文文件上的 continent 一词指的是‘大陆’的意思。因为新西兰仅仅是个小岛，格兰特船长不可能逃到那上面。尽管这样，我们依旧要去多研究下，比较下，反复审查每个字，看看是否有新西兰的可能。”

“绝不可能！”船长立即回答道，“我将文件与地图全都仔细观察了。”

“不可能，”身边的人都这样说道，包括少校在内，“不可能，和新西兰扯不上。”

“现在，”巴加内尔又说道，“在新西兰岛与美洲海岸远隔万里的海洋间，南纬 37 度线仅仅从一个荒无人烟的小岛穿过。”

“这个小岛叫什么？”麦克那布斯问。

“你来看下地图，叫玛丽亚—泰勒萨岛，这 3 个文件中我都找不到这个名字的一点痕迹。”

“是的，确实没一点痕迹。”爵士应声说道。

“因此，朋友们，你们过来商量一下，要是不能有把握的话，是否有可能在澳大利亚大陆上？”

“这十分明显呀！”全体乘客与船长全都赞同道。

因此，爵士问：“门格尔，煤和石油是否都够用？”

“足够了，阁下，在塔尔卡瓦诺我已经大量补充过了，并且我们到好望角补充燃料也十分容易。”

“那么好，开船到……”

“我还有一个意见。”麦克那布斯打断了爵士的命令。

“你说吧，少校先生。”

“不管大洋洲能怎样保证我们成功，在透利斯探达昆雅和阿姆斯特丹我们都只停留一天，好不好？我们航行路线上这两个群岛全都在啊，不用拐弯，也许能搜寻到不列颠尼亚号在那里沉没的痕迹。”

“多疑的少校，你依旧在固执己见。”地理学家叫道。

第二十二章　重踏征途

澳大利亚的百奴依角与美洲的哥连德间，经度差了 196 度，如果游船顺着赤道航行，需要走 6350 公里。因为地球是圆的，他们的船顺着南纬 37 度前进，航程便减小到了 5200 公里了。从美洲海岸到透利斯探达昆雅岛，那是 1140 公里，要是顺风的话，这段路，船长计划在十天内完成。果然，如同他希望的那样：当天傍晚，风势减弱了，然后就变成西风了。因此在这片平静的海洋上邓肯号充分展示了它的优越的性能。

乘客们在船上坐着，没多长时间就恢复了以往的习惯，他们离开船好像不足一个月。从太平洋的波涛离开后，很快就驶进了大西洋。曾经难以驯服的大海那样严酷地考验过他们，现在却配合起来给他们帮忙了。大洋都是宁静的，风向也刚刚好，所有船帆在西风的护送下，协助着锅炉中的气力永不疲倦。

航行进行得十分顺利，既没出现枝节，也没碰上意外。大家都满怀信心等着大洋洲海岸的出现，可能性慢慢变成了现实。大家热烈地谈论着格兰特船长，就好像游船要开到商埠接他回来那样。他的房间及其他伙伴的吊床也全都准备好了，特别是玛丽小姐尤其高兴，亲手为父亲布置了卧室。这卧室是由奥比尔先生给让出来的，现在他移到自己太太房间中去了。卧室的隔壁是那位地理学者在苏格提亚号上预定的“六号房”。

这位博学的巴加内尔先生几乎天天躲在“六号房”中，从早到晚在写一部著作，名叫《幡帕斯草原印象记》。人们经常听见他用激动的声音试读那些铿锵有力的文句，读完后，在笔记本上书写下来；有好几次，当他写得兴高采烈时，便向希腊神话中的史神克丽欧和诗神珈丽奥卜寻求灵感。

地理学者向希腊的那些司文艺的女神寻求灵感，并没有去瞒人。女神的首领阿波罗很乐意那些仙女们帮助我们的学者而从她们的富丽堂皇的仙宫离开。海伦夫人也经常实心实意去为他的成功庆祝。

麦克那布斯看他与希腊司文艺的女神展开交往，也在赞美他。

“不过，”少校又经常补充道，“一定不要再粗心大意了，我亲爱的学者，如果你要学英语的话，一定不要拿一本中国语法书来读！”

船上的生活就是这般的圆满。爵士和夫人全都留心门格尔和玛丽小姐的举动。他们认为两人的行动配合很默契，不过，这位船长先生不肯将这层关系说破，那还是任其自然的好。

“以后格兰特船长对这事会有什么想法呢？”有一天爵士问夫人。

“他肯定觉得门格尔配得上自己的女儿，我亲爱的爱德华，他这样想也是没错的。”

这时候，游船一直往自己的目标驶去，离开哥连德角 5 天后，就是 11 月 16 日，一场凉爽的西风刮了起来了；非洲的南端时常刮东南风的，只要是遇上西风想绕过好望角的船是再顺利不过了。因此邓肯号将所有的帆篷全都拉了起来：主帆、纵帆、前帆、顶帆、樯头帆，各种辅帆全都一齐张开了，帆索在左舷上扣着，用着那惊人的速度飞奔着。船首把往后飞逝的波澜劈开，螺旋桨都差不多没碰到水，邓肯号好像在参加划水竞赛那样。

第二天，洋面上漂满了长大的海藻，真像一个毫无边际的青草池塘。人们简单认为是北大西洋那种从邻近大陆冲下来的残树断草聚集成的“藻海”让人给搬到了这个地方。过去，莫利船长曾提醒要注意这种现象。那位地理学家用阿根廷的草原来跟这“藻海”相比，也是最恰当不过的了。邓肯号在这种草原中滑行着，速度稍微慢了点。

24 小时过后，天刚刚亮，瞭望的水手突然叫了起来：“陆地！”

“在哪里？”正在值班的奥斯丁问道。

“迎风的方向！”水手用手指着说道。

这一声音将船上的客人全给激动了起来，人把甲板都给站满了。没一会，从顶楼上一个大望远镜先伸了出来，后面便紧跟着地理学家。巴加内尔将他的工具也给架了起来，对指的方向观察着，可没看出有像陆地样的东西。

“去看云里呀。”船长对学者说道。

“果然，”巴加内尔回答，“好像是个山峰，差不多都没法看见。”

“那便是透利斯探达昆雅岛吗？”

“要是我没记错的话，”巴加内尔说，“我们差不多相距 68 公里，因为此岛海拔有 2100 米，在这样的距离下，我们正好能看得见。”

“对的。”门格尔船长回答道。

几小时后，已经能清楚地看见了天边上那群很高很陡峭的岛屿。在旭日初升彩霞缤纷的晴空中透利斯探达昆雅岛的黑黝黝的圆锥形顶峰显露出来。没过多长时间，主岛从那片石林中显出原形，岛群构成了一个朝东北倾斜的三角形，在三角形的顶端就是这主岛。

透利斯探达昆雅群岛的中心处在南纬 37 度 8 分和西经 10 度 44 分，无路岛在它的西南 17 公里，莺岛在东南 8.5 公里，这两个小岛依偎着主岛，形成一个渺小且孤悬的岛屿群在这部分洋面上。傍午时，船上测定了两个主要地点作为认路的标志，一个无路岛的一角——像是只帆船的岩石，一个则是莺岛的北端——如同一座残垒的两个小屿。午后 3 点钟，邓肯号朝着这个群岛法尔默思湾驶去了。这个湾，因为有西风岬挡着，所以风平浪静，这是个优良的港口。

几只猎捕海豹和别的海兽的捕鲸船在这里停着，因为有各式各样的海兽在这带海岸上，数也数不清。

船长在忙着寻找一个合适的停泊地点，因为这一带的港外停泊场遭受西北风和北风的攻击，很危险，1829 年英国双桅船裘里亚号就在这里沉没。邓肯号航行到距离岸有半公里的地方，停泊在一个海底多暗礁、水深 8 米的地方。乘客们立即乘上了大艇，着陆在那一片细黑松软的沙地上。

透利斯探达昆雅群岛的人们全在一个小村落里生活着，它处在海湾的深处，岸旁有一条水声潺潺的山溪。村里大概有 50 所房屋，十分清洁，用几何图形排列着，构成了英国式的典范。15 平方公里的平原在这座模型般的小城后展开，一片广阔的火成岩在这平原的尽头，圆锥形的高峰在火成岩层上矗立着，一直深入到 2130 米上的云霄。

当地总督接待了爵士，这是一位由好望角英国殖民政府管辖的地方。哥利纳帆立即向他询问哈利 · 格兰特和不列颠尼亚号的消息。但这两个名字对总督而言根本就是陌生的。这个群岛并不是交通要冲，因此船舶来往十分少。自从 1821 年无路岛白郎敦霍尔号触礁失事后，还有两只船在这个海湾沉没过：一只是 1845 年的卜利莫奎号，另一只是 1857 年的美国三桅船菲列德尔菲亚号。这群孤岛只有这三起船舶失事的记载。

爵士也没报什么希望能够获得什么准确的线索，他只是为了心安才询问总督的。甚至他还派人划着船上的全部的快艇绕岛巡视一周，这岛仅仅有 15 平方公里，哪怕是再大 3 倍，也没办法将一个伦敦或一个巴黎装下去。

在爵士去向总督打听时，乘客就在村子里和周围的海岸上散步。群岛上的人总共有 150 多人，全都是英国人和美国人，在这里他们与当地及南非的黑种人通婚，这些妇女可以说是丑陋到了极点。

当这些旅行者们的脚一踏上这块陆地，就感到很快乐，他们一直散步到接连平原上的海岸。这里种着农作物，但仅仅有一部分土地被耕种过，其他的地方全都是一连串的喷石悬崖，高峻且贫瘠，这里居住着千千万万庞大的信天翁与呆头呆脑的企鹅。

参观的人们将火成岩考察过后，便向那平原走了过去，山上的冰冻积雪都化成活水了，形成了很多的溪流，遍地都是潺潺的水声；青葱的灌木丛点缀着地面，一眼看去，树丛中的鸟儿跟花儿那样多；仅仅有一棵高 8 米的鼠李树和一些巨大的木本苇科植物——“屠色”草在这青青牧场上立着；此外还有多蔓并结着辣果的巴西蔷薇，枝条坚挺且壮实，纤维跟狮子头草纠结着，青青的灌木，清香扑鼻、沁人心脾的灰灰菜，及苔藓、野芹、凤尾草。这些全都是些当地特产，种类并不多，但十分茂盛。人们为了拥有个永恒的春季将全部的温柔常常朝着这个得天独厚的孤岛倾泻。地理学者十分兴奋地赞美，觉得这便是法国文学家费纳龙所歌颂的著名仙岛奥吉吉。他劝海伦夫人在这个岛上找个仙洞住下，向可爱美丽的女神珈丽莎学习，去做这岛上的主人。关于他自己，情愿拜倒在她的石榴裙下去做个服侍女神的小仙女。

散步的人们边赞赏边谈笑着，到了傍晚才返回到船上。在这村子的周围放牧着大群的牛羊；田地中种植着近 40 年才带上岛的麦子、玉米和蔬菜，这些植物全都长势很好，从田里到都城的街道上到处都是。

当爵士返回到船上时，邓肯号派出的巡查艇也返回了。它们仅仅消耗了几个钟头就将整个岛兜了一圈，在路上并没找到格兰特船长的任何痕迹。所以，这次旅行结果，除了能让人们将透利斯探达昆雅群岛从寻访计划中给删除外，并没其他的收获。

现在，邓肯号本能从这群大洋洲的岛屿离开朝东进发，可当晚并没开船，因为爵士允许他的船员们去猎一场海豹（有人将这种动物称作海牛，有人称海狮，有时则叫它海熊或海象）。这里的海豹真的太多了，将法尔默湾的沿岸海域全给塞满了。以前这里还有很多北极鲸鱼，但猎捕的人真的太多了，赶的赶，叉的叉，导致现在都快要绝迹了。相反，那些两栖动物都能成群的看见。邓肯号上的船员们决定用这晚上的时间去干一场，再用次日白天将它们给熬成油储备起来。

因此，邓肯号延迟了 3 天，在 11 月 20 日才启航。

吃晚饭时，地理学者将透利斯探各岛的历史讲了一些，大家听了都十分感兴趣。他们知道了这些岛屿是 1506 年被葡萄牙人透利斯探 · 达 · 昆雅发现的，他是著名葡萄牙探险家阿布奎基的随行者之一。这群岛被人发现后，无人问津，觉得它是风暴的巢穴，事实上这种看法也是有一定道理的，它的名誉也并没古巴荒岛贝尔穆德斯的好。因此人家都很少去接近它，只要是在这着陆的船只，大多都是因为被大西洋的飓风打得真的没有办法才赶到这里的。

1697 年，东印度公司的三只荷兰船曾在这里停过，并测定了群岛的方位，后来 1700 年英国天文学家哈雷又校订了这个方位的具体数字。从 1712 到 1767 年，还有几个法国航海家来过这里，其中最重要的一个是法国人拉白鲁斯，他是为了研究群岛的准确方位特地在 1758 年来这里进行了一场著名的探险旅行。

直到那时，岛上很少有人来，因此始终没人居住，到了 1782 年，美国人蓝拜尔展开了开辟工作。在正月里他与两个同伴在这里登陆，勇敢地着手去垦荒。好望角的英国总督听说他们开发了这里，建议给予他们一定的保护。他们也就接受了，因此在自己的草棚上把英国的国旗给挂了起来。这个小国中总共有两个臣民：一个老意大利人，一个葡萄牙的黑白混血儿。“国王”蓝拜尔似乎十分容易将“小王国”和平地统治下去，不料有一天，他在王国海岸巡视时，竟不知是失足落水还是让人推进海中给淹死了。到了 1786 年，拿破仑在大西洋的圣赫勒拿岛上被囚禁，英国为了监视他，在亚森森岛派了一支部队驻防，一支部队在透利斯探各岛驻防，由好望角的一个炮兵连和一队霍吞脱族的士兵组成。他们一直驻防到拿破仑死在那荒寂的岛上后，才调回了好望角。

“后就只剩一个欧洲人了，”地理学者补充道，“他是一个上尉，是个苏格兰人……”

“啊！是个苏格兰人！”麦克那布斯说道。少校对于同胞老是十分的关心。

“对，他叫威廉 · 格拉斯，”地理学者回答道，“在岛上还留着他的妻子和两个霍吞脱人。不久之后，又有两个英国人赶到这岛上跟他们一起生活，一个是水手，一个是泰晤士河上的渔夫，在阿根廷军队中曾当过骑兵。最后，在 1791 年白朗敦霍尔号沉没后，流落此地的还有一个脱险的旅客和他年轻的妻子。当时，岛上仅有六个男人，两个女人。1799 年便达到了 7 个男子，6 个女人与 4 个小孩。1805 年人口数便达到了 40 人，到了现在又增加了 3 倍。”

“很多国家就是这样形成的。”爵士说。

“为了使让透利斯探各岛的历史更加完整，我还补充一句，”地理学者嘟囔道，“我认为这一点跟南太平洋中的胡安斐岛有些异样，能称作鲁滨逊之岛。因为，要是胡安斐岛上曾有两名水手流落过的话，在这个群岛上也有两个学者流落过。1793 年我的同胞，博物学家瞿卜第·杜阿尔就在这岛上采集植物标本，可能是过于兴奋了，最后迷了路，直到船长起锚时才摸上了船。1824 年，我亲爱的阁下，你那同胞能干的画家依耳，就在这岛上丢了 8 个月。他的船长忘了他还没回船，便将船开往好望角。”

“这个船长真是粗心大意，”麦克那布斯应声道，“你们两个肯定是兄弟吧？”

“兄弟倒不是兄弟，少校先生，不过，他那样粗心大意是足够当我弟弟了！”

地理学者的这个回答将这场谈话结束了。

夜里，邓肯号的船员们打了场好猎，有 50 多只大海豹送了命。既然爵士允许去打猎，自然也让船员们有获得丰收的喜悦。因此第二天大家将这些十分值钱的动物的皮剥掉熬油了。自然，乘客们将这些空闲的时间消耗在登陆游览上了。爵士和少校全都挎着枪，想打些野味来助兴。他们一直步行到那山脚下，那里遍地都是岩石碎块，是黑色多孔的喷出岩，还有风化的残骸，以及火山的遗迹。山脚从无数摇摇欲坠的岩石乱堆中钻了出来。因此，不难想象那座圆锥形的高峰的形象。英国船长卡尔氏觉得这是一座死火山，他这是有理由的。

我们的猎人见到了几头野猪，一头让少校麦克那布斯打中给击毙了。爵士只打到了几只黑竹鸡，带了回去让厨师做了一道绝妙的好菜。那远处高原的山顶上还有几头山羊隐约可见。至于既英挺、又大胆且敏捷，连狗见到都会害怕的山猫，在这岛上它们繁殖得十分快，以后总有一天会变成了不起的山大王的。

晚上 8 点钟，大家全都返回船上去休息了。夜里，邓肯号从透利斯探达昆雅岛离开了。

门格尔船长想在好望角加煤，因此，他只能从南纬 37 度线离开，往北走 2 度。邓肯号在信风区下面航行，碰到强大的西风来为它送行。不足六天的功夫，透利斯探岛和好望角间的 700 公里都给走完了。11 月 24 日，下午 3 点钟，在船上就能看到桌山了。过了一段时间，船长便将测定了信号山的方位，它便是海湾入口处的标志。接近 8 点钟，船就进了海湾，抛锚在开普敦港了。既然巴加内尔是地理学会会员，自然会知道1486年葡萄牙海军上将狄雅兹是第一个发现好望角的，1497年葡萄牙著名航海家霍斯哥·达·伽马曾在这里绕过。并且，喀孟斯的《卢夏歌》歌颂的就是这伟大的航海家呀，巴加内尔这位赫赫有名的地理学家怎会不知道呢？对于这点，他曾发表过一点意见：他说狄雅兹见到好望角是在6年前哥伦布第一次航行前，要是狄雅兹当时从好望角绕过了，美洲的发现就有可能被无限期的推迟。因为欧洲与东印度间的航线，绕过好望角再往前，那是最短最佳的路线。那位伟大的热那亚航海家之所以要开船去朝西寻找，就像去寻找一条通往“香料之国”的捷径呀。因此，只要好望角一绕过，这条捷径就会被找到了，他向西探险还会有什么意义呢？他就不会再去做那没有意义的探险旅行了。

开普敦处在开普湾深处，是1652年荷兰人凡·利百克建立的。它是英国十分重要的殖民地首府，在1815年这片殖民地签订条约后归属英国管理，利用停泊时间邓肯号的乘客去上岸游览了一遍。

乘客们仅仅有12个小时的游览时间，因为门格尔船长也只有那一天时间去加煤，他想在26日早上开船。

开普敦全城并不大，游览也不需很多的时间。城市分布得如同一个分成方格的大棋盘，3万人在这大棋盘里活动着，有白人，有黑人，他们扮演着各种角色，国王、王后、骑兵、小卒，或许还有丑角。至少，那位地理学家就是这样形容的。开普敦也没什么名胜，无非就是去东南角耸起的堡垒、总督衙门的花园、证券交易所、博物馆及最早狄雅兹发现好望角时树立的一个十字架石碑罢了。人们见过这些后，最多再去品尝一下当地特产——“彭台”酒，除此之外，也没什么可以留恋的。我们的旅行家们同样是这样做的。第二天清早，他们便要起航了。邓肯号将触帆、三角帆、主帆、前帆给拉了起来，几个钟头后便从著名的“风暴角”绕过了，也是难乐观的葡萄牙国王约翰二世硬改名的地方，给改为“好望角”。

海平风顺，从好望角到阿姆斯特丹总共有1600公里，大概10天就能走完。在海上旅行家们比在幡帕斯草原上要幸运得多，以前在陆地上风和水曾联合跟他们作对，可现在却都配合着帮他们去前进，对于自然界他们再没一点抱怨的理由。“啊！海洋啊！海洋！”那位地理学者不停地说到，“海洋才是那人类真正的用武之地呀！文明的媒介就是船只啊！你们想想看，朋友们。要是地球上没有海洋，到20世纪人们认识的面积估计还不能到它的千分之一！你们再去看看罢：在那西伯利亚的森林里，在那中亚细亚的平原里，在那非洲的沙漠里，在那美洲的草原里，在那大洋洲的矿山里，在那两极严寒的冰区，这些地方，人们差不多都不能去冒险，连那最大胆的人也会退缩，最勇敢的人也会被吓倒的。总之，此路不通。交通工具不足，炎热、疾病和土人的强悍也将构成了一个没法逾越的障碍。11公里的沙漠就能让人们‘至老死不相往来’，它的阻力要比270公里的海洋还要大些！在两个相对的海岸上，人们总有‘天涯若比邻’的感觉。但只要有一片森林隔着，便都互相成了异类了！英国和澳大利亚相距十分遥远，却好像是疆界相连，埃及和塞内加尔则好像要去几百万公里，北京和彼得堡则好像就各在天边。今天我们穿过一片汪洋大海要比穿过非洲的撒哈拉沙漠容易些，就像是美国的莫利舰长所说，之所以全世界各大陆能够建立起来友好的关系，这全都靠了海洋！”

地理学家热情地演说着，连麦克那布斯对这篇“海洋颂”也都不置一词。是啊，要不是为了寻找哈利·格兰特，人们要完全顺着37度纬线前进，这种艰巨的工作就不会有人去尝试。幸好地球上有海洋，能将我们的航海家从一片陆地带到另一片陆地上。12月6日，天刚刚亮，一座新的山峰从波涛的怀抱中涌现出来。

那便是那阿姆斯特丹岛，它处于南纬37度47分和东经77度24分，在天气晴朗时，在25公里能看见外圆锥形的高峰。到了8点钟，高峰的轮廓还十分模糊，望去跟特内里夫峰很相似。

“因此，”爵士说道，“这高峰跟透利斯岛那样。”

“你的推断十分正确，”那位地理学回答道，“按照几何原理，要是甲乙两岛同丙岛相似，那丙乙两岛也同样相似。我还要补充，阿姆斯特丹岛也跟透利斯岛一样，过去跟现在都一直富有海豹与鲁滨逊一类的人物。”

“鲁滨逊到处都会有吗？”海伦夫人问。

“那可不是吗，夫人，”地理学家回答道，“我所知晓的岛屿中，有不少类似这样的漂游事件，在您那不朽的同胞狄福写《鲁滨逊漂流记》前，这种类似的奇闻异事早就有了。”

“巴加内尔先生，”玛丽小姐说道，“我能向你提个问题吗？”

“就算提两个都没问题，我亲爱的小姐，我保证都能答复你。”

“那么，”那少女又说道：“要是你被流放到荒岛上，你会怕吗？”

“我怕？”地理学家叫道。

“得了，我的朋友，”麦克那布斯说，“你总不会说如果被丢在荒岛上才是你最期待的期望吧？”

“这话我不会去说，”巴加内尔说，“不过，要是没有这种遭遇，也没关系。我便会再次安排新的生活，依靠捕鱼打猎为生，在冬天住到山洞中，夏天住在树上。我会用仓库来储备我们的东西。总之，我能自己去开发孤岛的。”

“你一个人能开发吗？”

“要是有必要的话，那我就一人开发吧。不过在世界上，人真的会有这样孤独吗？他难道不能在动物界中寻找些朋友吗？比方，把一只小山羊驯服，养只会说话的鹦鹉或一只可爱的猴子。万一再来个伙伴，就像是鲁滨逊遇到忠实的礼拜五那样，生活不也十分美满吗？两个朋友都在这孤岛上，这便是幸福啊！不如少校和我……”

“谢谢你，”麦克那布斯赶紧说，“我可没那般大劲头去学鲁滨逊，并且我也没法学得像。”

“亲爱的巴加内尔先生，”海伦夫人发话了，“您又是让那想象力给送到云端中了，毕竟现实跟梦想不在同一条起跑线上的。您说的至少那想象中的鲁滨逊，先让人家给他选个好的孤岛，然后将他小心地运上去，大自然待他又跟那娇生惯养的孩子那样，您只是往事物好的一方面想去！”

“怎么！夫人，您认为人在那荒岛上并不快乐吗？”

“我并不相信。人生来就要在这社会生活的，不可能从人群中离开去过那孤独的生活。孤寂让人只能产生绝望。在开始，一个人刚从海涛中爬出来时，因为物质生活的焦虑，生活安全的需要，也许他想不到去别的地方，眼前的困惑让他思考不到未来的威胁。但是，当他觉得孤独一人在这里看守荒岛时，既没希望返回故国，也没希望再次见到亲人，他会有什么样的感想呢？他是多痛苦呀！他的孤岛就是他自己的世界，全人类仅仅有他一个人，死到临头时，好像是世界末日一样。这种死在孤独生活中的是骇人的啊！您还是去相信我吧，巴加内尔先生，您还是别这样做的好。”

这位地理学者只能承认海伦夫人的话有道理，这种谈话直到邓肯号停在阿姆斯特丹岛离岸 1 公里的海面上才结束。

大西洋上的这群岛屿由距 50 公里的两个岛屿组成：北边是阿姆斯特丹岛（或称圣彼得岛），南边则是圣保罗岛。但在这里我们应提出一句，这两个岛的名字经常被地理学家和航海家给弄混淆了。

在 1796 年 12 月，这两个岛被荷兰人弗拉明发现的，后来丹特尔加斯陀，带着希望号和探求号寻找拉白鲁斯时再次侦查了这个岛。从丹特尔加斯陀开始这两个岛的名字就混淆了。在地图上海员巴罗和波丹把两岛名字给标错了，导致后来霍斯保、品保通及别的地理学家都一贯地将圣彼得岛说成圣保罗岛，将圣保罗岛给说成了圣彼得岛。1859 年奥地利军舰诺伐拉号在环球航行时，航员们才开始将这个错误纠正。这次巴加内尔再次给着重强调了一下。

圣保罗岛处在阿姆斯特丹岛之南，是个没人居住的小岛，由一座火山锥形的山构成，也许在远古时代是座火山。阿姆斯特丹岛在它的北面，岛的四周有 20 公里，生长着自愿从家乡离开过着孤独生活的几个人，他们全都习惯了这种可怜的生活。他们都是这渔场的看守人，可渔场却归波旁岛上的商人奥陀凡先生所有。这位并没获得欧洲列强承认的岛主，每年有年俸 7.5 万到 8 万法郎的厚利，因为他让人在那里捕“唇指鱼”，捕到便将其腌起来，然后再大批运送出去卖掉。

应该提到的是，阿姆斯特丹岛天然隶属法国并长期属它所有。早先，它起初用的是占领的关系，隶属波旁岛圣德尼城的航主卡曼先生的；后来，按照某一国际条约将其划给了波兰人，波兰人用了马达加斯加岛的奴隶在这里垦殖。说是波兰人的也就说得上是法国人的，因此最后这个岛就落在法国人手里了。1864 年 12 月 6 日邓肯号在这个岛停泊时，岛上的人口仅仅有 3 个人；一个法国人跟两个黑人，3 个人全都是那位岛主兼行商所雇用的伙计。因此，地理学家十分有幸碰到了可敬的维奥先生，有机会跟这位同胞握握手。维奥先生很老了，这位“忠厚长者”很客气地招待了上岛的贵宾。他有机会接待这些可爱的外宾，这对他而言真是个幸福的日子。阿姆斯特丹岛也就只有那捕海豹或十分少的捕鲸人光临，这些人通常十分粗鲁，他们天天跟鲨鱼打交道，没什么修养。

维奥先生朝着客人介绍了他的臣民们，也就是上面提到的混血儿，他们就是岛上所有的人口。此外，还有几头在窝里躲着的野猪和上千只呆头呆脑的企鹅。他们的住房处在西南部一个天然良港的深处，这个港口是因为山崩而形成的。

早在奥陀一世统治前，阿姆斯特丹岛就有了沉船的先例。巴加内尔讲述了两个故事，第一个故事开头便说道：“在阿姆斯特丹上两个苏格兰人的漂流记。”这个题目极大地吸引了听众的兴趣。

那是 1827 年。英国船巴米拉号从岛前通过，远远看见岛上有一股浓烟直冲云霄。船长收到遇难者的求援信号。他派小艇将两个人接了回来：一个青年，叫贝纳，22 岁；另一个叫卜罗夫，48 岁。这两个人全都不成人样了。18 个月来，几乎都没吃东西，没喝淡水，仅仅依靠蛙类维持生命。他们将随身带的钢针敲弯钓鱼，有时去捉小野猪，有时好几天都没水可喝。他们用打火石生起了一堆火，就跟古罗马神庙里的司灯女神那样，经常去守护着，生怕它熄灭，出去时也将火种携带着，就像是无价之宝。就这样，他们在艰苦与疲惫中煎熬着。由一只捕海豹的帆船将他们送上岛的，按照渔业中的习惯，他们应在这岛上居住一个月，捕海豹、剥皮、熬油，然后有人派船将他们接回来。可是，5 个月过去了，来接他们的船都没出现过。一天，一只去凡第门的船希望号来岛靠岸，但船长不知为什么不讲义气，拒绝了这两个苏格兰人的请求，将船开走了，一块饼干或一口淡水都没给留下来。要是没有巴米拉号从这里经过，将这两个可怜虫救上船，他们肯定要死在这里了。

阿姆斯特丹的历史——要是一座荒岛也有历史的话——记载的另一个事件便是裴龙船长的遭遇。这是一个法国人，他的历险也跟那两个苏格兰人那样，一样的开始，一样的结束：先是自愿来此岛居住些日子，接着，也是预先约定的船只没按时间去把他们接回来，过了 40 个月也没人问，最后一只外籍船被风吹到了这岛屿周围。不过，在裴龙船长流落期间出现了一幕流血的斗争，跟丹尼尔·狄福小说中的主人公鲁滨逊回岛时的经历有点像。

裴龙率领着 4 名水手——两个英国人与两个法国人，他们准备使用 15 个月的时间去打海狮。可是，15 个月过去了，船还没来，粮食慢慢没了，国际间的关系也不容易去维持。两个英国人反叛去偷袭法国人，要不是有两个法国人相助，裴龙肯定遭受了毒手。从这时起，敌对双方日夜相互监视，时刻都没把武器离开，彼此都有些胜负，双方都度日如年，过着困苦且焦急的生活。一个无聊的国际问题将几个不幸的人在这座荒岛上分裂成两个对立的阵营，要不是一条英国船把他们给救了，“两虎相斗，必有一伤”。

以上便是岛上出现过的流血事件。阿姆斯特丹岛已两度变成被遗弃的海员之家了，且这些海员被老天爷两度从苦难与死亡中解救了出来。但从此之后，就再也没有船只在这里失事了。要是有的话，肯定会有残余的东西被冲到这沙滩上的，失事的船员们或许会逃到维奥先生的渔场里来的。后来这位年事已高的老人，再没机会对这海上遇难者表现好客的情怀。什么不列颠尼亚号，什么格兰特船长，他一点都不知道。显然，阿姆斯特丹和圣保罗岛全都不是格兰特船长所失事的地点。

对那位老人的回答，爵士既不惊讶，也没有觉得扫兴。在他和他的旅伴们几次停泊的地方，全都没有格兰特船长的踪影。不过，他们仅仅是想去证实一下格兰特船长的确不在南纬 30 度线上，仅此而已。因此，门格尔船长决定在第二天出发。

乘客在岛上一直游览到夜晚。岛上的风景十分美丽。但岛上的动植物，就算是最爱写长篇大论的生物学家也难写出一页纸来，寥寥无几。所谓兽类、禽类、鱼类、鲸类，也就是那几只野猪，一些积雪鸡、信天翁、鲈鱼和海豹罢了。从淡黑色的岩缝里温泉和含有铁质的矿泉到处冒出，浓浓的水烟在那水面上升起，其中几处水温十分高。船长用温度计一试，竟达到了摄氏 80 度。从相差几步远的海里捕着鱼，再拿到这快到沸点的温泉中，煮几分钟便就成了美餐。这样巴加内尔也都不敢跳进去洗澡了。

大家全都高兴地来游览一番。夜晚，爵士向那位忠厚长者维奥先生告辞。大家全都给他祝福，祝他在岛上一切都称心如意。同样那老人也回谢了他们，祝福他们一路平安，寻访成功。接着，他们便乘坐邓肯号的小艇返回船上了。

第二十三章　探求失踪范围

12 月 7 日，早晨 3 点钟，邓肯号的锅炉就轰隆隆地响起来了，水手转动辘轳，船锚随即被吊了起来，从小港的沙底离开了，回到了锚架上，螺旋桨开始转动了，游船再次入海了。8 点钟，乘客们全都登上了甲板，阿姆斯特丹岛在那天边的云雾中慢慢消失了。这是顺着 37 度线旅行的最后一次停泊，距离大洋洲也就只有 1620 公里了，只要西风还可以维持 10 天，只要海上不出什么意外，邓肯号就能很快到达目的地了。

玛丽小姐和弟弟罗伯尔见到这海上的怒涛，心中难免有些感触，这些波涛也许是不列颠尼亚号在失事前几天给冲破过的呀，或许就在这里，不列颠尼亚号被打坏了，船员失踪了，仅有父亲一人与印度洋上的风暴作斗争，结果被一股无法抗拒的力量给拖向遥远的海岸。在海图上船长画出各股海流的流向给那少女看。其中一股——印度洋的横贯海流，势力十分大，朝大洋洲流去，方向是从西往东的。因此，或许不列颠尼亚号桅杆被打断了，舵失调了，那也就是说，在海和天的暴力前完全把武装解除了，只有随着这海流往前面的海岸奔去，结果被撞得“粉身碎骨”。

可还有个问题。据《商船日报》记载，格兰特船长的最后消息在 1862 年 5 月 30 日从卡亚俄发出的，那么不列颠尼亚号离开秘鲁海岸也就只有 8 天，6 月 7 日就进入了印度洋了呢？对于这个问题巴加内尔有一个合理的解释，就算是持相反观点的人也没法去反对。

12 月 12 日的晚上，从阿姆斯特丹岛离开都有 6 天了。哥利纳帆夫妇、格兰特姐弟、少校、船长全在楼舱里闲聊天，和往常那样，不列颠尼亚号是所有人员的唯一心事。正在谈时，巴加内尔提出了上述问题，这一提问，如同往大家头上泼了一盆凉水。

巴加内尔提出这个问题后，一声不响地去寻找那个文件。他回来时，仅仅耸了耸肩，好像一个人被一个“无所谓的小问题”给难住了那样。

“你耸肩，我亲爱的学者，那也就是说这个不成问题的问题出了差错，既然这样，你总该有个答复吧。”爵士说。

“不要急，”地理学家说，“我先要向船长请教一个问题。”

“那你说吧，巴加内尔先生，”船长说。

“一只快艇是否能在一个月内从美洲穿过到大洋洲的太平洋？”

“可以的，要是以每天 110 公里的速度航行。”

“那是最快速度吗？”

“不是，快帆船的速度要比这更快。”

“那么，好了！”地理学家又说，“文件上的‘6 月 7 日’几个字空隙相对大，它是否真的是 6 月 7 日呢？！要是海水将‘7’字前面的一个字侵蚀掉了，本来是‘6 月 17 日’或‘6 月 27 日’，那这问题不就解决了吗？”

“对呀！”海伦夫人回答道，“从 5 月 31 日到 6 月 27 日……”

“不列颠尼亚号有充足的时间去穿越太平洋到达印度洋！”

大家全都很满意地接受了这位渊博的地理学者的解释。“又把一点疑问给弄明白了！”爵士说，“幸亏有了我们这位朋友的协助。我们现在只有去大洋洲，在西海岸上去寻找格兰特船长的踪迹了。”

“是不是绝对就在西海岸呢？”门格尔问道。

“是呀，船长说的十分对，文件中没什么迹象表明失事的船只是在西海岸而不是在东海岸。因此，我们寻访目标应该放在37度线的大洋洲海岸的东西两端。”

“这不是又有问题了吗，爵士先生？”玛丽小姐问道。

“啊，没有的，小姐，”船长赶紧回答道。他的话把玛丽小姐的疑虑解除了。“阁下请注意，要是不列颠尼亚号在大洋洲东岸停泊的话，他应马上就会获得救援与帮助的。因为这一带差不多全都是英国人，住的全部都是英国侨民。格兰特船长行走不足16公里就能碰上同胞的。”

“是的，门格尔船长，”巴加内尔说道，“我赞同你的看法。要是在东海岸的吐福湾，在艾登城，不但格兰特船长会在这英国移民区找到栖身之所，并且还会寻找到交通工具返回到欧洲的。”

“那这样看来，”海伦夫人说，“要是我们去大洋洲西海岸的话，遇难后船员也会一样快速的寻到？”

“是的，夫人，”地理学家回答道，“那一带海岸很荒凉，没一条路通往阿德雷得或墨尔本。要是格兰特的船触礁失事了，它不会获得救援的，就跟在非洲那无情的海滩上失事一样。”

“那么，”玛丽小姐问，“我父亲两年来是怎样生活的？”

“我亲爱的小姐，”地理学家回答道，“你觉得船只失事后，在大洋洲你父亲登陆不成问题不是吗？”

“是的，巴加内尔先生。”

“那么，一旦登陆后，格兰特船长会怎么办呢？我猜测会有三种可能：或跟他的同伴们去了英国移民区：或落在当地土人手中；或在大洋洲中的沙漠中迷失……”巴加内尔讲了好长一段时间，忽然停住了，看看人们的眼色是赞同或反对这种猜测。

“继续讲吧，先生。”爵士鼓励他道。

“首先，”他继续往下讲了，“我把第一种推测否定。格兰特船长不可能跑到英国移民区。否则，他的安全则不会成了问题，早该返回家乡跟亲人团聚了。”

“可怜的父亲啊！”那少女自言自语道，“他离开我们都有两年了。”

“让巴加内尔先生继续说下去呀，姐姐，”小罗伯尔说，“最后他会告诉我们……”

“唉，我的孩子！我不能告诉你们什么准确的情况。我所可以断定的，只是你父亲落在那大洋洲土人手中做了俘虏，或……”

“这些土人是否会……”海伦夫人着了急。

“您放心，夫人。”他知道海伦夫人将会说些什么。“虽然这些土人未经开化，十分愚笨，但生性温和，不跟他们的近邻新西兰岛上的土人那般好杀成性。要是遇难船员被他们给俘虏了，他们肯定不会有生命危险的。这一点，我能保证的。全部旅行家异口同声地肯定过：大洋洲土人最怕出现流血纷争了，有好几次，旅行家与他们联合在一块，把流放囚徒的袭击给成群地打退。他们十分忠实可靠，但那些囚犯却是惨无人道。”

“你听巴加内尔所说的吧？”海伦夫人对玛丽小姐说道，“要是你父亲落入土人手中，我们肯定会寻找到他的，并且那些文件也仿佛告诉了我们，他是落进土人手中的。”

“要是他在荒漠里迷失了呢？”少女接了一句，用询问的眼光紧紧盯着地理学家。

“迷失了，我们同样会寻找到他的，是不是，朋友们？”那位地理学家充满信心地回答道。

“没有一点疑问，”爵士回答道，他迅速扭转了谈话的悲观趋势，“我不相信人类真的会迷失方向的……”

“我同样不相信。”地理学家再次将他的说法肯定。

“那么，大洋洲大吗？”小罗伯尔问道。

“大洋洲吗，我的孩子，大概有 775 万平方公里，就是说有欧洲的五分之四那么大。”

“真的有那般大吗？”麦克那布斯反问道。

“的确有那般大，少校先生。文件上明明白白写了‘大陆’两字，你该相信这片陆地有资格接受‘大陆’这一称号吧？！”

“这么大，自然要称为‘大陆’了。”

“我还要补充一下，”巴加内尔又说：“在广漠地区旅行家迷失的先例并不多。我仅仅知道有雷沙德一人，现在还下落不明。在我动身前，在地理学会上都听说了寻找到他的踪迹了。”

“难道澳大利亚大陆还没被完整勘探过？”海伦夫人问道。

“还没，夫人。这还差得远呢！对于这个大陆的内部情况人们还不如非洲了解得多，可是，这也并不是人类的过错，而是苍天不去承认探险家们。从 1606 年到 1862 年，在大陆内地或沿海从事勘探工作的都不少于 50 人。”

“啊，50 多人。”麦克那布斯用怀疑的语气说。

“是的，少校先生，难道你不相信吗？我是将冒险试航的船员跟大陆探险的旅行者全都包括在内的。”

“那 50 人也太多了吧？”少校反驳道。

“你说太多，我还有点嫌少呢！”地理学家老是这样，当有人跟他唱反调时，总是表现得很兴奋。

“那你说出来！”

“要是你不相信，我能立即说出他们中的50个人来。”

“啊！冷静点，地理专家，我们说话可是要负责任的呀！”

“少校，你敢用你的马枪跟我的望远镜打赌吗？”

“那我有什么不敢的，巴加内尔，只要你喜欢的话？！”

“好！那一言为定！要是你输了，可不能再用马枪去打羚羊、打狐狸了。除非是我借给你的。不过，你要借，我还是会借给你的。”

“巴加内尔，鹿死谁手，这还不知道呢，你也别抱太大的希望能战胜我。”

“那我们开始吧，”那位地理学家提高嗓门说道，“女士们，先生们，请你们来裁判。你，小罗伯尔，当做计数员。”哥利纳帆夫妇、玛丽、罗伯尔、少校和船长，全都乐了起来，等待着这次争辩的结果。这次争辩的中心的是大洋洲，正是邓肯号将要去的地方，这个时候来谈它的历史，也是十分合适的。因此，大家请巴加内尔立即展示出的记忆来。

“记忆之神尼母辛啊！”他开始高声叫，“司文艺女神的母亲，请给予我——你的忠实虔诚的崇拜者以灵感吧！在250年前，朋友们，谁都不知道有个大洋洲！从17世纪起，在1606年开始，无数航海家和探险家便踏上了这片土地。就在这年，西班牙航海家奎罗斯发现了它，给它取名为‘圣灵的澳大利亚’。罗伯尔，将这个航海家的名字记下，我来讲第二个。”

“记下了。”罗伯尔说道。

“同年，奎罗斯船队的副指挥托列斯一直向那些新陆地的南面去勘察。但是，重大发现则要归功于荷兰人海托治。海托治在西南南纬25度的地方登陆，将陆地命名为恩得拉。在他之后航海家就多了去了，什么齐申、厄代多尔、内兹、卡奔塔……”

巴加内尔连珠炮似地讲出了一大串。

他喝了一口水，又接着说道：“这先告一段落，现在我再说说英国人。1680年在美洲去打野牛的浪人头子，在南太平洋上横行的丹别尔，他干了很多年苦差事，侥幸从死亡的勾当逃脱之后，乘西内号跑到了澳大利亚的西北部，他与土人交接上了，对土人的贫穷、风俗、智慧展开了完整的描述。1699年，当他返回到海托治这个地方时，都不再是海盗了，而是皇家海军船长了。在这之后的70年里，再也没有一个航海家来过这里。一直到1700年，库克船长在这片土地上出现了，自此，澳大利亚便将大门打开去迎接欧洲的移民了。库克船长真是个了不起的航海家，总共进行了三次轰动一时的航行，既碰到了奇闻异事，比如在奥塔喜地观察了金星贯日的情景（即金星打日轮面前穿过的天文现象），也差点葬身海底。有一次，船触礁了，差不多就要沉没，幸好一块珊瑚嵌入漏水的裂口，把水头堵住了。他的最大发现就是寻找到了世界上最大的边缘海——珊瑚海，并很多次经过此地。但不幸，最后一次航行在散维齿群岛失事。”接着，他又举出了一批著名航海家，比如腓力浦船长、巴斯上校、弗得林中尉等等，充分将他惊人的记忆展现出来。

这时，巴加内尔都累得口干舌燥，嗓子冒烟了。他问罗伯尔有多少个名字了。

“56个了！”

“少校，我还能让你听个够，因为我还没提到居拜雷、波根维尔、罗兹以德、维亢姆……”

“够了。”庞大的数目将少校给压倒了。

“我还没提到裴鲁、阔衣，”巴加内尔又接着数了下去，跟快车开动那样，“还有贝尔纳、特里加、宁可汉……”

“你饶了我吧！”

“数到这里为止吧，”爵士替少校求情了，“就该麦克那布斯倒霉，他开始有点逼人太甚，但现在都认输了。”

“他的马枪呢？”巴加内尔带着胜利的神气问道。

“自然归你了，”麦克那布斯回答道，“虽然我舍不得它，但也没办法，你的记忆力如此之好，就算是一个枪械库你也可以赢去！”

“对于澳大利亚的历史，”海伦夫人说道，“要想有人比他所记忆的还要清楚详细，那自然是不可能的。甚至连一个小的地名或人名，一个最细微事实……”

“噢！最细微事实！”少校摇了摇头，表示并不相信。

“那你不服？少校先生。”地理学家叫了起来。

“我说的是关于大洋洲的很多细微的事实，或许你不是每件都知道的。”

“岂有此理！”地理学家挺着胸脯说道，表示很自信。

“要是我举出一个事实你并不知道，那你愿意还我马枪吗？”少校问。

“你说吧！”

“那你说话算数？”

“当然！”

“好。你是否知道为什么澳大利亚不属于法国？”

“这个，我想是……”

“或者，最少可以说出英国人对这件事提出什么理由也行。”

“我说不出，少校。”地理学家懊恼地回答道。

“理由十分简单，仅仅的因为你那个并不胆怯的同胞——在1802年波尔船长听见大洋洲的青蛙呱呱叫的声音，就心惊，拔锚而去，一去再也没回头。”

“怎么！”巴加内尔大叫了起来，“在英国，大家全都是这样说的？这真是个恶作剧！”

“恶作剧，我承认，”麦克那布斯回答道，“但在大英国这却是事实。”

“无聊！无聊！”那富于爱国心的地理学家再也受不住了，“现在人们真的都是这样说的吗？”

“真是都是这样说的，我只会告诉你实话。亲爱的地理博士，”爵士回答道，全场都是笑声一片，“但你怎会对这个历史事实一点都不知道呢？”

“我一点都不知道。但我要抗议！英国人经常称法国人为‘爱吃青蛙的人’。既然吃青蛙，那又怎会惧怕它呢！无稽之谈！”

“尽管道理是道理，事实还是事实。”麦克那布斯用谦虚微笑回答道。

依旧是这样的，那支夺来夺去的马枪还在它的主人麦克那布斯少校手中。

这次打赌的第三天，中午船长测算了一下，便去报告邓肯号已到了东经130度37分的地方了。乘客们全都看着海图，知道跟百奴衣角相距十分近了，心里觉得很满意。在百奴衣角和丹特尔加斯陀岬间，大洋洲海岸如同弓背，可37度纬线却如同弓弦。要是邓肯号往赤道方向走，很快它就能到荼坦姆角。

但此刻它正在被澳大利亚大陆挡住风浪的印度洋上往东航行着。

人们预计在四天后地平线上百奴依角就会出现。到现在为止，全是西风助备。可是，最近几天，风力有了减弱的趋势，现在正慢慢落下。12月13日，一点风都没了，船帆在桅杆上紧贴着。

要不是邓肯号装着有力的汽轮机，便会在这无边的洋面上滞留。

这种无风的问题很可能会没有期限地延续下去。晚上爵士与船长讨论了这个问题。青年船长见到船上的煤就要用完了，对这风力的减弱表现出不安。他将船上全部的帆全都给张了起来，连小帆、辅帆也都拉了上，希望再小的风力也可以用得上。但是，就像是那水手说的那样，连“装满一顶帽子”的风也都没了。

“不管怎样，我们都不要再去埋怨老天爷了，”爵士说，“无风要比逆风好吧！”

“阁下说得十分对，”门格尔船长回答道，“不过，这种突然的平静表明明天将要变天呀，因此我十分焦急。我们处在季风区域的边缘上航行，这种季风从10月到次年4月全都是东北风，只要它刮起来一点，我们的航行就会延期。”

“可那有什么办法？！要是碰上这种情况，也只能去忍受了，最多是耽误几天而已。”

“自然啦，要是逆风没风暴的话。”

“你是怕要变天吗？”爵士说着，一边观察着天空，天空万里无云。

“是的，我害怕天气要变，”船长回答道，“这话也就只能告诉你，我不愿让海伦夫人和玛丽小姐听到，使她们惊慌。”

“你想得十分周到，可有什么可怕的？”

“恐怕要来暴风雨了。您不要被这平静的表面现象给迷惑了，因为表面现象经常是靠不住的。两天来，风雨表一直低得让人担心，现在仅仅有0.73米了。这种警报不能不去注意呀，在南印度洋上我都已尝试过风暴的滋味了。南极冰山区蒸气的凝结产生十分猛烈的吸引力，因此引发了极地风跟赤道风的交战，造成旋风、飓风及各种各样的风暴，船碰到总是吃亏的。”

“门格尔，”爵士说道，“邓肯号是只很坚固的船，且船长还是最能干的海员，就让风暴来好了，我们会有办法来对付它的！”

由于船员的本能，船长才有了这些忧虑。他是英国人的“天气通”。总是下降的风雨表让他在船上采取了所有的防御措施。

他预料到会有一场猛烈的风暴来临。目前，天上自然看不见什么好兆头，但万无一失的风雨表是不会欺骗他的。通常，天空的气流从高纬度往低纬度流，两地相距越近，水平梯度力也越大，风速也就更快。

船长整夜都在甲板上待着。快到 11 点钟时，南边天空出现了块块云斑。门格尔将所有水手都调了上来，落下小帆，仅仅保留了主帆、纵帆、前帆和触帆。半夜，风大了，风力十分强，以每秒 20 米的速度前进。桅杆的咯啦声，帆索的劈啪声，船舱的呜咽声，这一切让本来就不知道有风暴的乘客们全都知道怎么回事了。地理学家、爵士、少校、罗伯尔全都上了甲板，有的是因为好奇，有的是准备出力。他们上床时，天空还是万里无云，满天星斗，现在却是乌云翻滚，狂风大作。

“是要起飓风了吗？”爵士大声问门格尔。

“还不是，就要来了。”

这时，船长命令将前帆的下收缩部卷起。水手们全都爬上软梯，十分费力地将前帆下收缩部卷起来，用帆索给扎好，在拉低了的帆架上捆着。门格尔要尽可能去把一些帆面保留，以便去平衡游船，来缓和左右摇摆的程度。

这些防备工作都做了，船长又命令奥斯丁和水手长，去准备应对将要到来的飓风。系艇的绳子与桅杆的缆绳全都加粗成双料的，炮的两边滑车也给系牢了，横桅索与后支索也全都拉紧了，孔也关紧了。门格尔就像 是一个将军在大炮旁那样，始终没从那挡风那边船面离开，在楼舱顶上他凝神观察着风吼云腾的天色，似乎要将这天时的秘密钻探出来。

这时，风雨表已降低到 36 厘米了，通常这种低度是很少见的，同时，风暴镜的色彩也表示着风暴的来临。

早晨一点，在房内的海伦夫人和玛丽小姐觉得颠簸得厉害，也冒险跑到甲板上了。这时，风速都达到了每秒 28 米，十分猛烈地敲打着缆绳，好像在叩击着乐器的琴弦，散发出急速的颤动声；辘轳也互相撞击着；在粗糙的索槽里绳索奔突着，发出尖锐的声响；帆布轰隆地往前后两边飘荡；浪头同样高得吓人，冲打着游船，游船如同一只翼鸟在白浪滔天的水花上前进。

门格尔一瞥见到那两位女客，立即走到她们面前，请她们返回舱去。已有几个浪头拍打到这船上了，甲板随时都有冲坏的危险。风浪的怒吼声真的太大了，海伦夫人差不到都听不到船长的话。“是否有什么危险吧？”她趁着浪涛微微有点平静的当儿问道。

“没什么危险，夫人，请您们立即回去！”

海伦夫人与玛丽小姐无法拒绝这个几乎恳求式的命令，全都返回到船舱中了。这时，在尾樯下面正好一个大浪花滚过，将她们四周的护舱玻璃震得直颤。同时，风也更加猛烈了。桅杆受着帆的压力都弯了下去，游船好像要从这浪头上跳过去了。

“卷起主帆！”门格尔叫道，“你去下前帆和触帆！”

水手们都各自返回到工作岗位上了。吊帆索松了，卷帆索被扭紧了，用纤绳将触帆拉下来，声音跟比风声还要高。于是，邓肯号的烟囱喷出大股的浓烟，蒸汽枪的叶子板一下轻一下重拍打着浪涛，有时叶子板都在水面上翘着。

哥利纳帆、少校、巴加内尔和罗伯尔看到这邓肯号跟波浪进行斗争的样子，既赞美又惊惧，他们紧紧扒住横栏杆，彼此都不能交谈。他们见到在狂风中大群的海鸟翱翔，这种风暴鸟，风浪越大飞得越起劲，让人看得心惊肉跳。

突然听到一片震耳欲聋的“嗤嗤”声音，比那风暴的声音还要高。蒸汽猛烈地喷射了出来，报警的汽笛异常狂叫着。游船猛一歪，倾斜得真是吓人，威尔逊正在扶着舵盘，冷不防让舵杆给打倒了。邓肯号横着对着那浪头，失去了控制力。

“怎么了？”门格尔叫道，直接奔到那指挥台前面。

“船摔倒了！”奥斯丁老是那般幽默。

“舵被打掉了吗？”

“快救机器！快救机器！”机械师的声音在叫着。

门格尔又朝着机器间奔了过去，连跑带滚地从梯子上下来了。机器间中充满了汽雾：汽缸里活塞一丝不动；连杆器也无法推动横轴。这时机械师见到连杆器都失去了作用，又害怕汽缸爆炸，索性将汽门关掉了，让蒸汽从排气管中倾泻出去。

“到底是怎么了？”门格尔问道。

“蒸汽轮机扭弯或嵌住了，”机械师回答道，“它没办法转动。”

“怎么，嵌住就没法搞出来吗？”

“不可能。”

现在不是抢修这意外损失的时候，蒸汽机都无法转动了，蒸汽由活门中跑了出来，不起作用了。因此，船长只能去利用船帆了，从变成自己危险敌人——风的方面去寻找帮助。

门格尔又返回到甲板上，简单朝爵士汇报了情况。请爵士带着另外三位返回到船舱中。哥利纳帆执意不肯。

“不能，阁下，”门格尔坚决地说道，“我一定要单独一人带领着船员在这里。进去吧！船可能会被埋在这波浪中，浪头无情，它会将你们全都给扫进去的。”

“但，我们也可以帮点忙……”

“进去！进去！爵士，一定要进去！在某些程度上而言，在这船上是由我来做主的！回舱去，我请求你们这样做。”

门格尔说得十分坚决果断，情况肯定很严重，爵士知道他应该以身作则，首先要服从呀。因此，他带领着三个同伴从这甲板上离开了。他们去了两位女士那里，这两位女乘客正万分焦急，等待着这场与暴风雨进行斗争的结果。

“门格尔真是一个勇敢坚强的男子汉！”爵士进入到那方厅中说道。

“是的！”地理学家也附和道，“他让我想起伟大的莎士比亚所写的《暴风雨》一剧中的那位司锚官，他对着那乘坐军舰的国王嘟囔道：‘走开！不许出声！返回舱中去！要是你不能让这风浪平息的话，那就不要说话！别阻挡住我的路，我告诉你！’”

这时，门格尔没有浪费一秒钟，他想尽办法要将船从这险境中解脱出来。他决定使用微帆航行法去避免偏离航线。因此，船上就要升上些帆面，还要斜拉着，使它能在侧面受到风。人们将前帆给张了起来，把帆脚缩小，又张起一面三角帆在次要的桅杆上，舵柄正对着下风舷。

本来那只游船就有着十分优秀的行驶性能，它被急风吹得有如快马加鞭，任凭风吹浪打。船帆还能支撑得住吗？这些帆全都是上等的敦提帆布制作的；可风力这般的猛烈，再怎样好也没法挺住呀！

这样利用最小的帆面借助风力去斜进的好处，就是将船身最结实的部分面对着浪头，还保持着原有的航向。可是，这样行驶也是有危险的，因为船很可能在这两浪之间宽阔的深槽中再也爬不起来了。可此时门格尔没有别的选择余地，只能利用微帆斜驶的方法，只要桅杆和船帆没让风给打下来。船员们全在他的面前，随时都在准备着，哪需要人手就到哪里去。船长用绳子将自己绑在护桅索上，面对着那狂怒的海洋。

夜在这样的情况下过去了。人们希望在天亮时风暴会有所减弱。但希望落空了。临近早晨 8 点时，狂风跟以前相比更加猛烈了，变为飓风了。

门格尔一声不说，但心中在为那船上所有人的安危担忧。邓肯号倾斜得很厉害，甲板的支柱也在那吱吱响着，有时浪头都拍打到了主桅上伸出的辅杆。还有一阵子，所有的船员都觉得船没办法爬起来了！当帆吹出了帆框时，如同一只大白鸥将要飞掉那样，有些水手都要拿着斧头将那大桅杆的护桅索砍断了。

船竟然再次又漂了起来，可没有浪贴着，还没有方向，十分颠簸，桅杆差不多都要被折断了。要是再像这样驶法，就不能再这样下去，船体都承受不住了，只需要边板一散，接缝再一裂，波浪便会冲了进来。

现在船长就只有一个办法：就是将一个三角帆扯起来，任风吹。都不知这片小帆扯了多少次了，花费了好几个钟头才给扯好了。一直到下午的 3 点种，那三角帆才在主桅的辅杆上拉了起来，任风去摆布了。

于是，在一块小帆布的作用下邓肯号被拖带起来，它开始用无法计算的速度飞驶着。也就是这样，它朝着风暴赶着它所去的东北方航行着。它必须保持着最大的速度，因为只有速度才能保证安全。有时，它从巨浪上越过，用锋锐的船尖将那浪条划开，如同鲸鱼那样给钻了进去，浪头从甲板上扫了过去，从船头扫到船尾。有时，它的速度跟浪头那样，眼看舵就要失去作用，因此时而左右闪，差不多都要将这船给闪翻了。有时，在飓风推动之下，浪要比它还要快，因此浪头跳得比船顶还要高，用迅猛不可阻挡之势，由船头到船尾，从甲板上扫过。

12 月 15 日整整一天就这样度过了，一会儿总算有了点希望，可一会又变了失望。船长一刻都没从自己的岗位上离开，也没有吃任何东西，尽管表面上还是冷静的，但内心却是惊慌失措，那双眼睛总是盯着北方的朦胧雾影。

可不是？一切危险都是有可能的。邓肯号从航线上被打了出去，用着没办法驾驭的速度朝大西洋海岸上奔了过去。自然而然船长觉得有一种灾祸正在威胁他。他每时每刻都在惧怕触礁失事，给碰得粉身碎骨。他预计大洋洲海岸就在这风前不到 10 公里的地方，可是，在这种情况下靠岸的结果就是遇难，就是沉船。在无边无际的大海奔驰肯定要比触礁好上 1 万倍，因为虽然海浪急，还会有办法去自卫，最多去听命摆布而已；要是风暴将船吹到岸边一撞，那就全完蛋了。

门格尔找到爵士，跟他展开了一次十分特别的谈话。他一点也不掩饰，将当前的处境说明；他是一个不惧怕牺牲的海员，将会更加镇静地去面对现实；最后，他说或许不得已的话，让邓肯号朝着海岸上撞去。“只要能救这船上的人，你想怎么办就怎么办好了，”爵士说道。

“那海伦夫人怎么办？格兰特小姐怎么办？”船长又说道。

“最后关头我会告诉她们的。当船真没一点希望时，你就去通知我一声。”

“那时我自然会去通知您，阁下！”

爵士又返回到女客们的身旁。女乘客也觉得危险就要来临了，但不知道这危险会到什么样的程度。她们同样表现出巨大的勇气，至少不会在男同胞之下。这时，地理学家不合时宜讲着大气环流理论，小罗伯尔竖着耳朵听着。他给小罗伯尔讲了西非旋风、羊角飓风、直线台风间的很多有趣的比喻。麦克那布斯，带着宿命论的观点在那里唉声叹气，安静地等待着世界末日的降临。

临近 11 点钟时，风暴好像小点了，湿雾也散开了。在快速的明朗中，船长见到了一片低地，在那下风向 3 公里远的光景。船正对那陆地奔去，前面浊浪滔天，高得出奇。门格尔立即明白浪头碰到坚实的阻挡才可能会蹦得这般高。

“会有暗礁。”他对奥斯丁说道。

“我同样是这样觉得的。”大副回答道。

“我们的命全都在这上帝手上悬着，”船长又说道，“要是有暗礁可以让邓肯号驶了过去，要是上帝不能将船对准这缺口，那我们就会完了。”

“此时潮正在高处时，或许我们就能过去了，船长。”

“你看那浪头会跳得多么高，奥斯丁，什么船才能过去呢？只能去祷告上帝来协助我们了，伙计！”

这时，风推动着邓肯号的小三角帆，正用这骇人的速度急驶。没有多长时间，它距离暗礁也就只有 2 公里远而已，水汽将船长的眼睛给遮住了。可门格尔却还可以看到那全都是泡沫的水面的另外一边还有片平静的水面。要是邓肯号能到达那里就会相对安全了。可怎样才能进去呢？船长将全部的乘客都请到甲板上来，他不愿等待那沉船之际，还把他们都关在舱中。爵士和旅伴们全都看着那滔天巨浪。玛丽小姐的脸都吓白了。

“门格尔，”爵士轻声说道，“我要想办法去救我的妻子，要是救不成就会一起去死；那你就去负责救玛丽小姐吧。”

“那就这样吧，阁下。”船长回答道，把爵士的手拉着贴在自己眼泪汪汪的眼睛上。

邓肯号距离滩更加近了。当时潮正是高的时候，本来船底有足够水时能够将它载过去的。但浪实在太大了，将船朝上一抛，又往下一扔，肯定会让船体的后部给触礁了。没办法让这浪头再低点，水流再平滑些吗？总之，只要能让这带波澜更加平静点就好。

最后门格尔想起了一个办法。

“油！”他大叫道，“朋友们，倒油！倒油！”

船员们立即明白了这句话的含义。这正是通向成功之路的计策：要是在这狂浪之上盖上一层油，狂浪便会平息了下来，有水上这层油漂着，能让浪头很润滑，因此会将激荡减少。这办法见效十分快，但效力消失得同样快。一条船在人为的平静海面上度过之后，狂浪与以前相比更厉害了，很可能会对这后来的船只带来致命威胁。

很多装海豹油的大桶滚到船头，在船员们死里逃生的关头，气力好像增加了数百倍，他们用斧头将木桶砍破，在左右舷的栏板外挂着。

“都准备好啦！”门格尔叫到，等待着最合适的时机。

仅仅有 20 秒，船便到了那条被咆哮的水浪拦住船能驶进的缺口，现在正是时候了。

“动手呀！”

在船长一声令下后，油桶全都倾斜倒了下来，油滔滔地从那木桶中涌了出来。顿时那片油竟将那白浪滔天的海面给压了下来。在压平的水面上邓肯号一晃而过，只有那一眨眼的工夫，便驶进了那平静的水域中。这时，船后面的洋面从那油层的束缚中给挣开了，翻滚得更汹涌了。

第二十四章　驶出灾难角

门格尔船长的第一件事便是把那两个锚抛下，一边有一个，将船给稳稳地停下了。它在水深 5 米的地方停了下来。海底还好些，全是粗沙石，能把锚吃住。因此，既不会怕滑锚，也不会怕搁浅。在惊险中邓肯号狂奔了很多小时，现在总算有个安乐窝了，三面的尖峰将这个海湾环抱着，把这海上吹来的狂风挡住了。

爵士拉住了门格尔的手，说："谢谢你，船长！" 这寥寥几字让门格尔觉得更加的欣慰。爵士将他自己刚刚那份焦虑的心情永久地留在心中，海伦夫人、玛丽小姐、罗伯尔全都无法想到他们刚才死里逃生的环境是多么的复杂。

现在仅仅还有一个重要的问题要去搞清楚了。这场风暴将邓肯号打到海岸的什么地方来了呢？怎样才可以再次寻找到 37 度纬线呢？它西南面与百奴衣角相距有多远？这几个基本问题全都要等着船长回答。他立即用动手测算、一边观察、一边在海图上作出标志。

测算结果还算可以，邓肯号离这航线并不远：相差不足两个纬度。此刻它正在东经 136 度 12 分和南纬 35 度 7 分的地方，地名叫做灾难角，处在澳大利亚的南端，距离百奴依角 160 公里。

灾难角，顾名思义，就是经常出现灾难的地方。它与坎加鲁岛上的一个土岬构成波大角遥遥相对。在这两角之间有一条探险家海峡，这条海峡通往这两个深水的海湾：北边的斯滨塞湾与南边的圣文生湾。圣文生湾的东岸就是南澳省的首府阿德雷得港，这座城市建立于 1836 年，人口有 4 万，资源很丰富。但城市居民大多都从事农耕作业，没什么人种植葡萄、柑桔和别的农产品，很少有人去兴办大规模的工业。城市中农业人口要比工人多很多。总之，这个地方不重视商业与手工业。

邓肯号能否将这损坏的部分给修理好呢？这同样是个亟待解决的问题。首先门格尔船长需要知道哪些地方给损坏了。他派人去下水检查。潜水员返回来报告。说蒸汽机的轮子给扭坏了，把龙尾骨给顶着了：因此汽轮没办法转动了。据此判断，损坏十分严重，甚至需要很多的工具才可以修理，而在阿德雷得这些工具是不可能找到的。

爵士和船长商量后决定：邓肯号还张帆前进，顺着大洋洲海岸去寻访格兰特船长的踪迹，等到了百奴衣角才给停了下来，也许能获得一些很重要的线索，后再往南行，一直抵达墨尔本；在墨尔本十分容易将这损坏的船只给修理好。只要蒸汽机一修好，邓肯号就顺着东海岸搜索，去完成这一连串的工作。

这个建议获得了大家的支持。门格尔决定只要风顺就开船。他们等候没多久，飓风就慢慢地停了，紧接着就是一场能利用的西南风。大家把开船的准备工作给做好了，新的帆再次上了桅杆。早晨4点钟，水手们把辘轳转动，船慢慢从港离开了。邓肯号把它的主帆、前帆、顶帆、辅帆、纵帆、樯帆撑起并急驶着，它尽可能的靠岸行驶，帆索扣在右舷上，依靠着大洋洲海岸的风力前进。

两小时之后，灾难角便不见了，邓肯号在海峡上随风漂流。晚上，它从波大角绕过，顺着坎加鲁岛，在距离岸边只有几公里的海上航行着。大洋洲小岛中最大的一个就是坎加鲁岛，从欧洲流放到澳大利亚的囚徒，只要是能逃出来的，都把此岛当做栖身之地。岛的外观十分美，在海岸的岩石上有无边绿荫。这里还跟1802年初被发现时那样，人们还能见到平原上成群的袋鼠在树林中跳跃着。第二天，船上的小艇全都放了下来，一批人登陆后就顺着岸边查访。这时船正在36度纬线上，爵士不希望在36度和38度的查访中留下空白点。

12月18日这一整天，游船全把帆张着，紧贴遭遇湾前行，就跟那一般的轻快帆船那样快。这是1828年旅行家司徒特发现了澳大利亚最大的河流——墨累河——后可以到达的地方。它没有坎加鲁岛的海岸那样青葱，仅仅有些贫瘠光秃的丘陵偶然打破了那一带低下且又支离破碎的海岸线；此外也零落地还有个灰色的矶头，但所表现出的全都是南北极地那般的荒凉景象。

在这次旅行中，小艇给帮了大忙。虽然驾驶小艇是件苦事，但海员们都没有抱怨。几乎每次哥利纳帆爵士与他形影不离的朋友地理学家和小罗伯尔三个全都陪同前往。这三个人都没有亲眼见到不列颠尼亚号的一点遗物，但他们心中却还是充满了希望。他们在这一带苦苦寻访着，惟恐将任何一个地方给漏掉了。每天夜里当船停了下来，尽量不去动，白天便到这岸上仔细搜寻查找。

他们边走边寻访，12月20日就到了百奴衣角，还是没有寻找到一点沉船的遗迹。不过，这也并没有证明格兰特船长没来过这里。目前船只失事已经两年了，它的残骸十分有可能被海水给冲散了，或者腐蚀掉了，甚至早让海流给冲得没有了踪迹。并且，船只失事，土人很快就会知道，就跟老鹰很远就能闻见尸体的臭味那样，他们肯定会将这船上的东西洗劫一空的。此外，海水将格兰特船长和他的伙伴冲到这海边，既然被土人俘虏，自然也毫无疑问会被带到这大陆的腹地。

但这样一来，博学的地理学家的推测就没法站住脚了。要是在阿根廷的领土上，他会有充足的理由去阐述文件上的纬度是被拘留的地点，却不是这船只失事的地点。因为在幡帕斯草原上河流很多，可以将这宝贵的文件送到海洋中。但现在在澳大利亚，情况就不一样了，南纬37度线横截的河流不多；再说，科罗拉多河和内格罗河是从荒漠的、无法住人的沙滩上流过而注入海洋的，并且经常会断流。可别的大河，比如墨累河、雅拉河等，它们的支流全都相互交错，入海口的商船云集。因此，在这样船舶来往不绝的河流里将这易碎的瓶子丢下可以安全地漂流到印度洋来，这可能吗？

这是根本不可能的，普通人一看就会知道。因此，地理学家的推测——瓶子是从内河流到海里的，在美洲还可以说得通，转移到大洋洲就不合逻辑了。对于这个问题，少校曾提出了疑问，巴加内尔也承认在这里他的推测并不适用。因此，文件里的纬度数仅能指的是那沉船的地方，那也就是说，那瓶子是格兰特船长在大洋洲西海岸撞毁的地点将其丢下海去的，这都是十分明显的道理了。

可正如爵士所说的那样，这种肯定的结论与格兰特被俘的假定并无矛盾。这一点，门格尔甚至早就预料到了，在这文件中他写到："将被俘于野蛮的当地土人。"但是，这样一来，去寻找那几名俘虏，只是顺着那37度纬线去寻找，并不涉及别的地方，这也是没一点道理的。

这个问题大家讨论了很多，最后有了结论：要是在百奴衣角寻找不到不列颠尼亚号的线索，爵士也就只能返回欧洲了，虽然他的寻访并没成功，但没功劳也有苦劳吧。

这个决定不免让乘客们丧气，特别是格兰特姐弟二人觉得失望。他们两个跟随着哥利纳帆夫妇、门格尔船长、麦克那布斯及巴加内尔等着小艇上岸时，心中就在想着，父亲能否得救就在这一举了。"在此一举"一字千金，在他们心上深深打印着。

"有希望！有希望！永远都是有希望的！"海伦夫人不停鼓励着身边的这位少女。

距岸不足200米了。百奴衣角往海内深入3公里长，坡度缓和的山坡是角的尖端。小艇划到这天然的良港，由一群珊瑚礁合成的。

邓肯号上的乘客十分顺利地登上了岸，陆地相当荒凉。层层如带的陡岸顺着海岸给围成了一条线，18米高，是一条天然屏障，没钩绳肯定是没法爬上去的。幸好船长发现往南半英里远的地方有一个缺口，它是因为石灰岩遭受到海水侵蚀，山基不牢，从而产生了山崩而形成的。

哥利纳帆一行人从缺口钻过，差不多爬了一条软梯上了岩顶。罗伯尔像只小猫那样，攀援在极陡的斜坡上，第一个就到了顶峰，远远将巴加内尔和少校甩到后面。巴加内尔都快要被气疯了，可麦克那布斯还是不改常态，心平气和的。

没一会，这个小旅行队就集合了起来，观察了一下眼前展现的平原。那是一片长着灌木丛与地衣植物，土壤十分贫瘠的荒郊，爵士说它像那苏格兰的低地中的荒谷，巴加内尔说它像法国布列塔尼亚半岛的瘠地。尽管这带没人居住，但在远处，依稀能见到一些建筑，很显然这是有人间烟火的迹象，并且按那些建筑物来推断，这并不是野蛮人而是劳动人民居住。

"一个风磨！"罗伯尔叫道。

果然，在 2 公里外，风中一个风磨的翅膀转动着。

“还真是个风磨，”地理学家用望远镜对准那东西后说道：“那是个很小的风磨，既实用还朴实，一看上去就很顺眼。”

“差不多像那教堂的钟楼。”海伦夫人说道。

“是的，夫人，风磨就是磨肉体的粮食，教学则是磨灵魂的粮食的，从这个观点来看，二者同样是相似的。”

“那我们就去风磨那儿瞧瞧！”爵士说。

大家都上路了。走了半小时后，经过的人类劳动的土地处处显示出新气象。从荒凉到生机勃勃的转变是十分突然的。那里再是百草丛生，而是一座新开垦的活树篱笆围成的农庄。在草原上三两一群的牛、马在吃草，草场周围栽着高大的豆球花树。接着，遍地都是金黄的麦穗和巨大的草堆，围绕着新筑的围墙果园，这果园好像是一座雅致实惠且富有诗意的大花园，就算是园林诗人霍拉斯看到了也会去赞叹的。此外，还有草棚、脚屋，全都配置得十分合理。最后，在那尖屋脊的磨房俯瞰下，一座简单且舒适的住宅被那喜气洋洋的风磨的大翅膀转动的影子慈祥地抚摸着。

这时，四条大狗全都吠叫了起来，朝着主人汇报着客人的光临。从堂屋里走出一位 50 岁上下、面容和蔼的长者。后有五个健壮的儿子和他的妻子紧跟着。人们一看就知道，这位长者是个爱尔兰的海外移民。在本国他受尽了苦难，因此远涉重洋，来到此地谋生，寻求幸福。

爵士一伙人还没将来意和身份说明，便听见了热烈欢迎他们的话了：“外地客人，欢迎你们来奥摩尔家做客。”

“你是爱尔兰人吧？”爵士问道，伸手拉着这位长者的手。

“以前我是，可现在我是澳大利亚人了，”奥摩尔回答道，“请进来，诸位，不用客气，宾至如归好了。”

这样恳挚的邀请也就只能不客气地接受了。海伦夫人和玛丽小姐由奥摩尔太太领进屋中，同时，孩子们帮他们把武器卸下。

这所房子全是木质结构，屋子的楼下有一间宽敞且明亮的大厅。几条长凳子，两个橡木橱，里面全都摆满了白色瓷器和发亮的锡壶，一张长桌，二十个人都能坐得下，这便是大厅里的全部家具。这房子里的家具都十分结实，能跟那几个壮健的小伙子相称了。

午餐都摆好了。在中间的是热气腾腾的火锅，烤牛肉和羊腿在两边，四周全是些水果。主要菜肴都在这里，其中搭配的小吃肯定不会少。主人热情好客，桌上的摆设更是引人，桌子很宽大，菜肴也丰盛，不坐上去真的不合适。农庄里的雇工与主人平等，他们都来跟这主人一起吃饭了，奥摩尔手指着宴席。“我早就在这儿恭候着你们了。”他质朴地对爵士说道。

“你早就在等候？”爵士大吃一惊。

“只要是来的客人，我全都恭候着。”那爱尔兰人说道。

然后，全家主仆都肃立，用肃穆的声音来做饭前的祷告。海伦夫人很喜欢这些淳朴的风俗，她看了丈夫一眼，她知道他很喜欢这古风。

大家全都吃得称心如意，便畅所欲言了。苏格兰和爱尔兰十分近，两个岛上的人一握手便是一家人了。奥摩尔讲述了他的历史——一部移民因贫困被驱赶出来的历史。有很多人跑到再远的地方去碰运气，结果还是逃脱不了窘困的命运。他们也就只能怪运气不好，但忘记了怪自己不聪明、懒惰，及其他各种缺点。谁可以去节衣缩食、沉着冷静、善于生计、勇敢上进，就更加容易获得成功。

以前奥摩尔就是这样的人，现在还是。在家乡他几乎快要饿死，便携带家眷来到澳大利亚。在阿德雷得他下了船，不愿去做矿工，宁愿去从事农业生产劳动。两个月之后，他去经营农场了，现在的农场已经经营得如火如荼了。

在澳大利亚的土地还是分成“份”（每份 80 英亩），由政府来出售。一个勤劳的农民能耕一“份”，除了维持生活之外，还会有节余。

奥摩尔依靠着他的农业经验，一来可维持生活，二来可节余一些，用第一“份”的盈利又购买了几“份”土地。他的家庭和农场开始兴旺起来，慢慢变成了农场主。尽管他经营不足两年，现在已经有 500 亩土地和 500 头牛羊。以前曾在欧洲做奴隶的人，现在自己都变成自己的主人了，并在世界上最自由的国家里享受着民主与待遇。

客人们听了奥摩尔的自述后，都衷心祝贺他。他说完自己的历史，毫无疑问，等待对方也开诚相见，但他并没提出那样的要求。他十分含蓄，总是这样表示：我是一个什么样的人，我都说过了，我不便询问你们到底是什么人。爵士呢？他急着想说的是，为了寻访不列颠尼亚号，他才不顾劳碌赶到百奴衣角来。他也是一个开门见山的人，因此首先问有没有格兰特船长的消息。

奥摩尔的回答并没有带来好消息。他从没听说过这个名字。两年来在这里的海岸或百奴衣角没有出现过一只船。不列颠尼亚号出事才仅仅两年啊，因此，他肯定会有把握地说，遇难船员没来过这西海岸。

“现在，爵士，”那爱尔兰移民又补充道，“请问那失事的船只跟你有何关系？”

于是，爵士向他讲述了捕捞文件的经过、游船的旅程及寻访船长而作的种种尝试。他一点都不隐晦地说道，他满肚子的希望因为听见主人那斩钉截铁的回答而变成了泡沫。

自然这些话给在场的人一种痛苦的感受。罗伯尔和玛丽小姐全都听着，泪眼汪汪。地理学家想用一句适合的话去安慰他们。门格尔船长心中同样不好受，无法将心中的烦闷排遣出来。那些满载希望横渡大洋的慷慨的人们，心中再次浸入了绝望的毒汁。这时，突然他们又听见一句话：

“爵士啊，那感谢上帝吧。如果格兰特船长还活着的话，他肯定在这澳大利亚大陆上居住着！”

第二十五章　不列颠尼亚号上的遇难船员

这句话引起了所有人难以形容的惊愕。爵士一下子跳了起来，从座位上离开了，叫道：“谁说的？”

“是我，”在桌子那端的一个农场工人回答道。

“你呀，艾尔通！”奥摩尔说道，他的惊奇并不比其他人少。

“是我，”艾尔通兴奋且坚定地说道，“我，跟你一样，爵士，是苏格兰人，并且还是不列颠尼亚号上的一个遇难船员。”

这一句话，几乎产生了惊天动地的影响。玛丽小姐觉得天旋地转，高兴得都快晕了，忍不住倒在海伦夫人的怀里了。门格尔、罗伯尔、少校等也全都围在了艾尔通的身边。

艾尔通是一个45岁的人，有一副严酷的面孔，一双炯炯有神的眼睛深陷了下去。他肯定有非凡的气力，尽管十分瘦。他浑身的筋骨可以看出肥肉跟他没有缘，中等身材，肩膀很宽大，举动坚决，面容严酷，神色中充满了智慧和毅力。这一切让人一看就会产生好感。他好像近期还受过什么苦难，他脸上苦难所烙下的印证更容易增加人们的同情心。不仅他是个能吃苦，还不怕吃苦，还能战胜苦难的人。

爵士和他的朋友们一看到艾尔通这个人，就觉得应该引起重视。爵士代表大家发言，提出很多的问题，艾尔通全都一一回答了。在这种场合他们两个巧遇知音还是同胞，心里可说是百感交集。

所以，最初爵士提出的问题都是杂乱的，就像是忍不住自己涌出来的。

“你是不列颠尼亚号上的遇难船员？”他问道。

“是的，爵士，我就是那条船上的水手长。”

“是船只失事后跟他们一块脱险的吗？”

“不是，爵士。就在那个可怕的当口，我从船帮上甩出来了，让海水给拍打到海岸上了。”

“你并不是那文件中所说的那两个水手之一？”

“什么文件？我并不知道这事！”

“那船长呢？”

“我本认为他淹死了，失踪了，给沉到海底了。我一直都觉得只有我一个人脱险呢！”

“但是，刚才你说船长还活着！”

“不对，刚才我是说，要是船长还活着的话……”

“你刚才还补充了一句，他肯定在澳大利亚大陆上活着啊！”

“是呀！他只会在这大陆上呀。”

“那么，你不清楚他究竟在哪儿里吗？”

“不知道，爵士。我再重复一遍，我本认为他葬身海底了，或撞死在岩石上了。是您告诉我或许他还在活着呢。”

“那么，你还知道些什么？”爵士问道。

“我仅知道一点，要是格兰特船长还活着，他就会在这澳大利亚大陆。”

“船到底的在哪儿出事的？”终于少校忍不住了。

这本应该是最先提出的问题，但让爵士和艾尔通之间空泛的谈话给耽误了。现在，谈话步入了正规，有点条理了，没多长时间，那段漆黑的历史情节开慢慢明朗化了。

艾尔通对少校先生所提出的问题作了如下的答复：

“当我正在船头接触帆时候，忽然被甩了出去，不列颠尼亚号朝着那大洋洲海岸行驶，那时它距离岸不足两英里。因此，出事地点肯定就在那里。”

“是在南纬37度线上吗？”门格尔问道。

“是的！”艾尔通说。

“是否在那西海岸？”

“不是，在东海岸。”水手长纠正道。

“那是在什么时候？”

“1862年6月27日夜晚。”

“对了，对极了。”爵士叫了起来。

“这您该明白了吧，爵士，”水手长再次补充道，“要是格兰特还真活着，就肯定可以在大陆上寻找到他，不能去其他的地方寻找。”

“我们肯定会去找，肯定能找到他们，将他们给解救出来，朋友们！”地理学家叫了起来。“啊！宝贵的文件啊，”他又天真地补充道，“只能说你落到最聪明的人手里。”

没有疑问，没人去听这位地理学家所恭维的话语。哥利纳帆夫妇、玛丽和罗伯尔又再次朝艾尔通的身边涌去。他们握着艾尔通的手，似乎有这个人在眼前，格兰特船长的安全就会有了保证。既然水手长可以安全的脱险，难道船长就不能从那场灾难中逃出来吗？艾尔通也十分乐意重复着格兰特应跟他在一块儿的话语。大家又问了他很多的问题，他全都逐个作了解释。当他讲话时，玛丽小姐握着他的手。这个人是父亲的伙伴呀！是一个不列颠尼亚号上的船员呀！他曾在格兰特船长身边生活过呀！他们一起漂游过海，冒着一样的危险呀！玛丽小姐紧盯着他那张饱经风霜的脸，激动的泪水都流了出来。

直到这时，没有人再去怀疑水手长的身份了。也就只有少校，或门格尔也在内，他们心里想艾尔通的话能否全都相信。这种意外的巧合是可以引起若干怀疑的。当然，水手长举出很多的事实及很多彼此符合的日期，还把很多动人的特殊细节说了出来。但尽管细节正确，那也不一定都是真的，因为骗子的手段通常很高明，大家全都知道这点。因此，少校态度保留，不愿立即下断语。

至于门格尔船长呢，他的怀疑没多久就让水手长的话给打消了。当他听到水手对玛丽谈论她父亲时，他觉得艾尔通真正是格兰特船长的伙伴了。艾尔通十分熟悉船长的孩子。当他们出发时，他还在格拉斯哥港见过他们。他说，那天船长和朋友告别，还举行了宴会，两个孩子全都过来吃饭。那时，小罗伯尔还没 10 岁，船长托水手狄克去照看他，他却背地里爬到那桅杆的横木上，真是虚惊一场呀！

“真的是那样的吗？”小罗伯尔笑着问道。

水手长又随便讲了很多的小事情，好像全都无足轻重，但船长却看得很重要。他歇下来时，玛丽便柔声请求他：

“再说呀，艾尔通先生，再给我们讲述一下我们的父亲。”

水手长极力地满足他们的要求，爵士不愿打断他的话头，但还有很多的问题在那脑子中挤着，海伦夫人让他去看玛丽那种快乐欣慰的情绪，没让他再开口。

也就在这次谈话中，艾尔通叙述了不列颠尼亚号的历史及它在太平洋上的航行历程。对那次航行玛丽也知道一部分，因为一直到 1862 年 5 月船只的消息才消失。这一年中，在大洋洲各主要陆地这艘船都曾靠岸，他们去过新几内亚、新西兰、新喀里多尼亚，这些陆地大多都是殖民地，因此他们到处受到英国当局的歧视。然后，竟然在巴布亚西岸上他们找到了一个据点，认为在那里可以建立起一个移民区，还能保证它的繁荣。的确，在摩鹿加和菲律宾的船路中间要是有个中途站，肯定能吸引很多船只，尤其是苏伊士运河开通后，经过好望角的航线也就取消了。格兰特船长是个很有正义感的人，他反对任何不顾国际共同利益的政治斗争。

在勘察完巴布亚之后，不列颠尼亚号到卡拉俄去处理粮食的事情，1862 年 5 月 30 日从卡亚俄港离开，准备从印度洋取道好望角返回欧洲大陆。启程后的三个星期，一场骇人的暴风雨将船给打坏了。船差不多都要翻了，必须要将桅杆砍断才行。船底漏洞慢慢进水，怎么都没法堵住。全体船员几天几夜都没合上眼，都快要给累死了，他们一刻都没从抽水机旁边离开。在风暴中轮船颠簸了 8 天 8 夜，舱里水达到 6 米了，船体慢慢下沉。且在那狂风暴雨中小艇给刮走了。大家也就只能在这船上等死，而在这时，就像是地理学家推测的那样，船看见了澳大利亚东海岸。没多长时间，船便撞岸沉没了。先是猛烈一碰，浪头把艾尔通给卷走了，在一个珊瑚礁上拍打着，晕了过去。苏醒后，他落在当地土人手中。当他被带去内陆后，就再也没有听到任何关于不列颠尼亚号的消息。关于格兰特船长的叙述在这里就结束了。这段叙述引起了很多惊讶，少校也不再去怀疑水手长说的事实了，不然这就太不公平了。有了文件，还有艾尔通的个人经历对于这次寻访就更有现实的意义了，这所有的一切都充分证明格兰特船长以及他的同伴并没在海底丧生。人们十分合理地推测了那三人的遭遇，因此大家又请艾尔通叙述一下他在内陆时的情形。这段叙述十分简单，十分通俗。

艾尔通变成土人俘虏后，就在大运河流域一带劳动。他生活得十分苦，因为本来部落就是穷苦的，但他并没遭受虐待。艰苦的奴隶般的生活过了两年，他的心中依旧怀着恢复自由的希望。虽然逃跑会碰上很多的危险，但他依旧在等待机会准备逃脱。

1864 年 10 月的一个夜晚，他趁着土人防备不严，逃到原始森林中躲起来了。躲了整整一个月，他吃的是草根、树叶、树皮等，徘徊在广无人烟的地域。白天依靠太阳，晚上依靠星星去辨别方向，他经常陷入到绝望的困境中。就这样，他从沼泽、河流、高山越过，走过很多探险家都没敢去的地方。最后，他跑得精疲力尽，死去活来，奄奄一息了，才来到奥摩尔这个善良的人家中，用劳动来换取自己幸福的生活。

“艾尔通对我十分感激，我对他也十分满意，”这名爱尔兰移民听完这段叙述后说道，“他是一个聪明勇敢的人，只要他愿意，这儿永远都是他的家。”

水手长打出个手势，表示了对爱尔兰人的感谢，他等待着人们继续提出问题。这时他心里想他的听众有充分的理由去问很多问题，应该将他们都一一满足。可是，他现在回答的问题有的都提出了好几遍了，还会有什么新的问题呢？因此，爵士让大家展开讨论，按照现在的情况，应如何制定下一步的寻访计划。少校朝那水手长转向，问道：

“你说你是格兰特船长的部下，有何证明？”

“那还用说，”艾尔通没有一点迟疑地回答。但是，他认为少校对他有丝不信任，因次又补充道，“我有船上的服务证书。”

说着，他从大厅走出，去取证书。他来去没超过一分钟。趁着这当儿奥摩尔说了这样一句话：“爵士，我能向您保证艾尔通是个诚实人。在我这里他做了两个月的活儿，挑不出一点儿毛病。事先我知道他是个遇难的俘虏。他是一个光明磊落的人，很值得你去信任。”

正在爵士朝庄主解释他从没怀疑过艾尔通的身份时，艾尔通拿着证书走来了。船主和格兰特船长共同签署的证书，玛丽认出那是他父亲的笔迹。证书上写着：“兹派一级海员脱姆·艾尔通为格拉斯哥港三桅船不列颠尼亚号上的水手长。”对于艾尔通的身份是不用去怀疑了。“现在，”爵士说道，“我征求大家的意见，以后应该怎么做的。你的意见，艾尔通，是最为有用的。要是你能再给我建议，我们将万分感激。”

水手长思考了一会，后回答说道：“谢谢阁下对我的信任，我一定不辜负你的希望。这儿的风土人情我也了解一二，要是我能帮诸位的忙的话……”

“你自然能给我们帮上忙！”爵士说。

“我跟大家想的一样，”水手长又说道，“既然从那场惨祸中船长和那两个伙伴逃脱出来，没跑到英国的属地，到现在还没一点消息，就只能怀疑跟我的遭遇一样，被土人给掳去了。”

“你所说的正是我预料的结果，”地理学家附和道，“很显然那几个遇难的人也做了土人的俘虏，在文件中他们也预料到了。但我们是否能推测，他们所去的地方跟你一样，都在南纬 37 度线以北呢”。

“十分有可能，先生，”水手长回答道，“那些歧视欧洲人的土人在英国殖民区居住的很少。”

“这让我们寻找起来就困难多了，”爵士说着，心中却没了主意，“这般大的一片陆地，我们又如何在这内陆找到俘虏的踪影呢？”

长时间的沉默过后，海伦夫人用眼光向全场的旅伴们探问，但没得到答复，哪怕是那心直口快的地理学家也破例地没了话语，门格尔船长在大厅中踱来踱去，也觉得很为难。“那你有啥好主意，艾尔通先生？”终于海伦夫人问水手长了，“要是你，你会怎样做？”

“要是我做的话，夫人，”艾尔通十分快地说，“不再返回到邓肯号上，直接驶到出事地点。等到了地方再见机行事，这样，也许能寻找到一点线索，后再斟酌处理。”

“这好倒是好，”爵士说，“可要等到邓肯号修好才可以。”

“船坏了吗？”艾尔通问道。

“是的。”船长回答。

“坏得很厉害吗？”

“厉害倒不是很厉害，只是需要一些修理工具。一个蒸汽轮的叶片被扭坏了，只能到墨尔本才可以修好。”

“张帆行走不行吗？”水手长又问道。

“能倒是能，但是，只要起一点逆风，邓肯号到吐福湾也就浪费太多时间了。不管怎样，还是需要去墨尔本的。”

“那么，就让它先去修罢了，”地理学家叫了起来，“我们不乘船去那吐福湾了。”

“要步行去吗？”船长问道。

“横贯澳大利亚跟横贯亚美利亚同样，我们顺着 37 度纬线走就可以了。”

“但邓肯号呢？”水手长问道，表现得尤其关心。

“等到邓肯号修好之后，就去接我们。有谁要反对这个计划？少校感觉如何？”

“我并不反对，”少校回答道，“只要能横贯澳大利亚就行。”

“这没问题，”地理学家说道，“我还建议海伦夫人和玛丽小姐一起跟着去那儿！”

“你所说的是真心话吗？巴加内尔？”爵士问。

“不客气的说，我亲爱的阁下。这仅仅有580公里，一天行走30公里，没一个月就走完了，跟修好邓肯号的时间差不多。啊！要是再往北一点的纬线上行走，要是穿过澳大利亚最宽的部分，要是需要从那些酷热的大沙漠经过。总之，要是去做很多最大胆的探险还没做过的事，那就不一样了。这趟旅行，要是大家愿意的话，可以乘轻快的马车，也能去坐土车，坐土车更加有情调，相当于从伦敦到爱尔兰去游览一番，没其他的东西。”

“要是有猛兽呢？”爵士想将全部可能出现的问题全给提出来。

“澳大利亚没猛兽。”

“碰上未开化的土人呢？”

“这条纬线上不会有什么突然情况。就算有，也不像新西兰的土人那般凶狠。”

“还有那英国的流犯呢？”

“在澳大利亚南部各省并没有流犯，东部殖民区才会有。不仅37度纬线所穿过的维多利亚省拒绝流犯入境，还制定了法律，连外省期满释放的流犯都不允许入境。今年甚至维多利亚省政府还通知轮船公司，要是有接受流犯的港口，禁止运煤，并停止公司的补助。”

“是的，”奥摩尔肯定了巴加内尔的说法，“不仅维多利亚是这样做的，而且南澳、昆士兰乃至塔斯马尼亚各省也都在效仿。”

“就拿我说吧，我也没碰到过，”艾尔通附和道。

“这你们应该放心吧，朋友们，”地理学家又说道，“既没土人，也没猛兽，更没那流犯，连欧洲都没这般好的地区！大家现在都该同意这个计划了吧？”

“你的意思呢，夫人？”爵士问道。

“我赞同大家的意见，我亲爱的爱德华，”海伦夫人回答完，又将头转过来对大家说：“去上路吧！朋友们！”

第二十六章　向澳大利亚进发

爵士做事向来雷厉风行，绝不浪费时间。巴加内尔的建议刚被采纳，他就立即吩咐去做好旅行的所有准备，在第二天就出发了。

这次横贯澳大利亚大陆会有什么结果呢？既然格兰特船长在这片大陆上已经变成了无法争辩的事实，那么这次远征很有可能会有收获，肯定会有更多的机会去寻找到线索。人们将顺着南纬 37 度线进发，当然谁都无法确定能否在这条线上找到。但这条线上也许会有格兰特船长的踪迹，并且这条线直通到失事地点。这才是最主要的目标。

艾尔通也同意跟他们一块去，当向导带领他们从维多利亚的森林穿过，并直接到达东海岸，这又增加了成功的把握。爵士很高兴能获得格兰特船长的水手长的帮助，因此去询问农庄主，是否艾尔通的离去会给他带来很多的不便。

虽然奥摩尔很不舍得失去这么好的一个帮工，但还是同意了。

“那，你呢，艾尔通，你愿意跟我们一起去寻找你的遇难伙伴吗？”

水手长并没立即回答，犹豫了一下，然后看起来全部考虑好了，便说：“好吧，爵士，我跟诸位前往。要是寻找不到船长的踪迹，至少我会将你们带领到出事的地方的。”

“谢谢你，艾尔通，”爵士说道。

“我还要问你个问题，爵士。”

“你说吧，朋友。”

“我们准备在什么地点与邓肯号会合？”

“要是我们无须将全程给走完，那就去墨尔本吧；要是直达东海岸，就在那里就会合吧。”

“那邓肯号船长呢？”

“船长在墨尔本等待指示。”

“好了，爵士，你就信任我吧。”

“自然信任你。”

不列颠尼亚号上的水手长艾尔通受到所有船员的欢迎，格兰特的儿女已经向他表示了多次谢意了。除爱尔兰移民外，全都对他的决定表示高兴。只有奥摩尔不大高兴，因为艾尔通将要走了，他要失去一个聪明且忠实的帮手，但他知道这次远征只能由他当向导，因此只能忍痛割爱了。爵士请求奥摩尔帮忙提供交通工具，一切说妥之后，乘客们便返回到船上了，并跟艾尔通约定好了出发的时间与地点。

大家欢天喜地返回到船上，所有的情况都变了，大家看起来一点儿顾虑都没有了，那些勇敢的访者也不用再去内陆漫无目的地去寻找了，每个人心里都充满了愉快的信心。

如果进展顺利的话，两个月后，邓肯号可能就在苏格兰海岸登陆了，也可能已经找到格兰特船长了！

当门格尔船长对横贯大陆的旅行提出一些建议时，他觉得旅行队中肯定少不了他。因此在跟爵士商量行动时，提出种种自己要去的理由。

“仅有一个问题，不放心，”爵士说，“那就是你的大副是可以信任的吗？”

“绝对信任，”船长回答道，“奥斯丁是一个好海员。他肯定能将邓肯号开到目的地的，他心灵手巧，可快速修好邓肯号出现的任何问题。并且他还是个忠于职责的人，绝对不会私自改变计划或延缓执行的。因此，阁下信任他就跟信任我那样就行了。”

“既然这样，好吧，那你就跟我一块儿去，”爵士又说道，“当我们找到玛丽的父亲，你在场也正好。”

“啊，阁下！”门格尔含糊地应到。

他只能说这些了，因为他十分激动。

第二天，船长带领着木匠与那几名水手，载着粮食，去往那农庄中去了，他负责与奥摩尔商量组织交通工具的事情。

庄主全家都在等待着他们，只等他一声令下，便就开始工作。艾尔通也在这里，他不吝惜自己的经验，提供了很多宝贵的意见。

有一点，奥摩尔和门格尔意见是一样的：那就是女客乘牛车，男客骑马。庄主可以提供车子跟牛马。

那种牛车就是长 6 米的大拖车，上面盖着大皮篷，底下有 4 个板轮，轮上并没辐条和铁箍。车头距离车尾十分远，不可以去急转弯。10 米的车辕在车头上安着，在辕边需要准备六头牛成对地站着。赶这样的牛车，一定要有技巧才行。艾尔通是个赶车的能手，驾车的职务只能是他的了。

车上没有弹簧，会颠簸得十分厉害，门格尔没有任何办法改造这粗糙的东西，只有尽量把车内布置得好一点。首先，把车厢分成了两段，中间隔层木板。后段装着粮食、行李和行灶，前段坐着女乘客。通过木匠加工，前段看起来就像一个精致的小屋，地毯在地板上铺着，还有盥洗设备都在里面装着，还为海伦夫人和玛丽小姐准备了两张床。周围挂着皮帘，夜间可以放下来，足以抵挡寒气。要是下雨了，男客们能躲进来避雨。但正常夜间，他们要搭建帐篷居住。船长挖空心思要将这块狭小的地方变为安乐窝，他竟然成功了。在这流动的小屋中海伦夫人和玛丽小姐是不会再留恋船上的客房了。

对于男客们就相对简单许多了：爵士、地理学家、罗伯尔、少校、船长和威尔逊、穆拉地这两名水手每人一匹马，这两位水手竟然还能在这陆地上“航行”了。艾尔通去驾车，自然在车头上坐着。

奥比尔先生不喜欢骑马，因此愿意在行李厢中坐着。牛马都在庄园的草地上，这样出发时就能很容易地集合起来。

门格尔将这所有一切都安排好了，便带着爱尔兰移民一家来到船上。这一家要去回拜爵士阁下。艾尔通也认为可以跟他们走一趟。于是，临近 4 点钟时，船长与大批的客人走进了船舱中。

在船上，他们遇到了热烈的欢迎。爵士留他们吃饭。盛情难却，他们都接受了。奥摩尔见到这一切表示出了极大的惊奇。房间中的家具、壁橱、船上的枫木和紫檀做成的装备，全都引起他的称赞。

艾尔通却是相反，他并不欣赏这些没必要的消费。

但是，这位水手长从航行的角度做了一番考察：他直接参观船腹，把机器仔细看了看，询问了机器的马力和耗煤量；他还去了煤舱和粮舱；他尤其关心武器间，了解了大炮的性能与射程。门格尔听到他就这些方面发出的一些谈论，就知道艾尔通是一个内行人。最后，他又检视了一遍桅杆和船具，才算结束这次参观。

"您这条游船真的很漂亮，爵士，它有多少吨位？"他问。

"210 吨位。"

"开足马力，这条船一小时就可以轻松地跑 9 公里，"艾尔通说，"我所猜得差不多吧？"

"要是说 10 公里，"船长纠正道，"那你便猜对了。"

"10 公里，"舵手叫了起来，"没一条战船能追上它。"

"是的，"船长自豪地回答道，"邓肯号是一只竞赛的游船，不管用哪种方式航行，它都是不会输的。"

"张帆航行也会比其他的船快吗？"

"没错。"门格尔又说道。

"那么，爵士，还有你，船长，"水手长又说道，"请接受我一个普通海员的祝贺吧！"

"好，艾尔通，"爵士说道，"只要你愿意，随时都能在这条船上来做事。"

"以后我会考虑这件事的。"水手长简单回答道。

这时，奥比尔先生回来报告，宴席都摆好了，要请大家入席。

"好一个聪明的角色，这艾尔通。"地理学家对少校说道。

"真的太聪明了！"少校含糊地说到。他总认为那水手长的面孔与举动不对，我们应这样说，这或许是因为偏见或忌妒作怪。

席间，水手长对他熟悉的大陆作了很多有趣的介绍。他询问爵士要带多少水手去大陆上旅行。当他听说仅仅带穆拉地和威尔逊去时表示了极大的惊讶。他劝爵士再去寻找几个。对于这点，他一再坚持。

像这样的坚持，几乎让少校对他的反感全部消除了。

"可为什么要这样做呢？"爵士问道，"途中没有什么危险吧？"

"没有任何危险！"水手长回答道。

"那尽量将水手全都留在船上吧，邓肯号张帆、修理正是需要人手的时候。尤其要紧的是，以后还要去指定地点跟它会合呢。因此，船上的人手尽量还是不减的好。"

艾尔通看起来明白了爵士的意思，没有再去相劝了。

天色已晚了，乘客与爱尔兰人分手了。艾尔通和奥摩尔全都返回到他们的庄园中。第二天的车马都应该准备好了，早上 8 点是启程的时间。

海伦夫人和玛丽小姐作好了所有的必要准备，所花费的时间也并不长，所带的东西也没巴加内尔的那般啰嗦。这个学者用了半个夜晚的时间将他那巨大的望远镜给拆下来了，擦了又擦，擦了之后再次装上。所以，第二天天刚亮，少校用他那雷鸣般的声音将他叫醒时，他依旧在那儿大睡呢。

派人送行李到农庄，一只小艇在下面等着，门格尔一行人都跳了上去，船长最后一次嘱咐了大副奥斯丁。要他绝对要在墨尔本等待命令，并不管在什么情况下一定要坚决地去执行。

那位老海员让船长完全放心，并代表全体海员祝福这次远征将会成功。小艇从船上离开了，雷鸣般的“呜啦！”声响彻云霄。仅仅用了 10 分钟，小艇便靠岸了，一刻钟过后，这一行人出现在了奥摩尔庄园里。

所有的准备全都好了，当海伦夫人看到为她准备的铺位，甚是高兴。那辆原始的巨大牛车，她也十分喜欢。那 6 头牛，一对对排列着，神气得如同那老家长一样，也很适合她的口味。艾尔通拿着牛鞭，等待着新主人的命令。

“啊！这辆车真棒！”地理学家说道，“它都能赛得过世界上全部的邮车。如同江湖艺人那样，去周游列国，没其他的旅游方式会比这种更好的了。一座能流动的房子，可以停，可以走，来去自由，还会有比这更好的没有？我们终于实现了古代游牧民族萨马特人的幻想。”

“巴加内尔先生，”海伦夫人说道，“以后你能来光顾我的客厅了。”

“那是当然，夫人，”学者回答道，“那也是我的荣幸，我肯定不会将这机会错过的。”

“我将天天等待着你的到来，”海伦夫人说道，“并且您还是……”

“我是你朋友中最为热诚的一个，不是吗？”巴加内尔殷勤对着那海伦笑。

7 匹马将这一番社交辞令给打断了，马鞍备齐，长叫嘶鸣。爵士结算完账目，支付了所有购置的费用，还说了很多感谢的话。这位爱尔兰移民认为这些话比金钱珍贵得多。

当启程的信号刚一发，海伦夫人与玛丽小姐便上了“卧车”，艾尔通也爬上了他那御座，奥比尔钻到后车厢里，其他的人全都跨上了马。奥摩尔叫道：“上帝保佑你们！”所有的人都附和着。伴随着牛马的嘶鸣，车轮慢慢滚动了，车厢板咯吱地响了起来，没多长时间，在路上转弯了，那热诚好客的爱尔兰人的农庄就看不到了。

12 月的天气，北半球已经变成凄冷、潮湿且让人讨厌了。在南半球却不是这样，那里正好是炎热的夏季。在出发的那天，夏天已经来临了，因为在 12 月 21

日太阳就进入摩羯宫，每天它在地平线上的时间越来越短。因此，哥利纳帆一行的远征差不多全都在热带的太阳下进行。

这一带印度洋上英国各领地总称为澳大利亚，它包含着新荷兰、塔斯马尼亚、新西兰与周围的若干小岛。至于澳大利亚大陆，则被划分为很多块贫富不均的殖民地，这些殖民区间的界线全都是直的。英国人并不管这些地形、河流、气候和种族的区别，却擅长随意地找出这里面的界限。殖民地全都是长方形的，一个个挨着，彼此嵌合着，跟镶嵌方格那样。在别人眼中，直线和直角全都是几何家们玩的把戏，却不是地理学家们的手法。仅有海岸线作出的各种迂回曲折，将大自然以生动可爱的参差代表向人为的整齐提出抗议。

巴加内尔经常笑话这种棋盘式的分区，这也在所难免。要是澳大利亚也属于法国的话，法国的地理学家肯定不会去爱矩尺、爱画线笔到这般程度的。

现在在大洋洲这个大陆上共分为六个殖民地，仅仅在海边才居住有移民。只有少数大胆的居民冒险朝内陆 324 公里远的地方生活过，可后来死活就不知道了。至于那真正的腹地，几乎没人知道它的内幕。

幸好 37 度纬线不从这些荒无人烟的地方穿过，在那些地方，很多科学家的探险全都是有去无回。爵士肯定不会去冒险的，他现在要穿过的是澳大利亚的南部地区，这一带有：阿德雷得省的狭长部分，全部的维多利亚省和新南威尔士的倒置三角形的尖端。

从庄园到达维多利亚边境，不足 100 公里，两天就能走完。艾尔通计划在第二天晚上到达维多利亚省最西边的阿斯人的雷城里去过夜。

在旅行开始时，总是“鞍上人精神，鞍下马活跃”。人精神，没有关系，马的活跃度则要去控制一下。因此，大家决定平均每天只走 40 里到 50 里，并不多走。并且，“老牛拉破车”，速度十分慢，马车还需要去配合牛的步伐。那辆大车，连车上的人与粮食用具，就成了护卫的核心，好像是个流动的堡垒。骑马人尽量在车子两边走着，趟趟路，但不可以距离车子太远了。

人马的次序并没有什么特殊的规定，可以随便走在这一定的范围内，善于打猎的人去跑跑旷野，擅长交际的人跟女客们谈心，喜欢哲学的则在一块儿辩论哲理。巴加内尔看起来样样在行，因此忙得不亦乐乎。

开始的这段路程并没什么引人入胜的。全都是一些丘陵，不高却都光秃秃的。一片广阔的荒地，构成了人们说的“草养区”；很多草原都被一片片的灌木丛盖着，这些植物全都带着咸味，叶子是很尖的，这是羊类最喜欢吃的食物，几公里路走过来，几乎全都是这些东西。有时还能见到一种猪头羊身的动物——猪面盖，在一根根电线杆下吃草。

到此为止，这种平原跟幡帕斯草原并没有什么两样，平坦的绿茵，蓝蓝的天空，成群的野兽。少校坚持说现在还在阿根廷，可地理学家却准确地说不久地形就会出现变化。所以大家都跟看热闹似的，全都期待着新事物的出现。

临近3点钟，车子从一大片无树的旷野走过，这个地方俗名叫做“蚊原”。这是一个真正的蚊子世界，那讨厌的双翅昆虫不停地叮人，叮得那一行人和牛马都十分苦恼。要想蚊子不叮则是根本不可能的，幸好流动车子上有很多阿摩尼亚水，叮了便去擦一擦，立即就会止痒消痛，巴加内尔个子很高，那些顽强的蚊子尤其喜欢去光顾他，气得他直骂娘。

傍晚时，几处用豆花树编成的篱笆点缀着平原，稀稀落落间还有几棵白胶树，在那更远点的地方，有一条近期压出的辙道，接着便是那些外来的树种：橄榄树、柠檬树、青栋树，最后就是些护院的栅栏。晚上8点，在鞭子的驱赶下，牛加快了脚步，到了红胶站。

所谓的“站”，指的是草原上饲养牲畜的建筑物。我们知道，澳大利亚草原上的主要财富就是牲畜。牧人全都是些“坐地人”，就是在地上坐的人们。的确，在无边无际的草原上远离故乡的移民游牧，累时，朝地上一坐就是最常见的一个动作。

红胶站是个并不大的建筑，但爵士在这里却受到了极热情的款待。那些偏僻的人家，经常是好客的。这种情况在澳大利亚移民区中，更为常见。

第二天，天刚刚亮，旅行者们再次出发了。在当晚他们要赶到维多利亚省内。地面慢慢高低不平了，小山也蜿蜒起伏，一眼望不到头，山上覆盖着一条红色的细沙，就像是一面让风给吹皱的大红旗。直干白皮的几棵杉树，把它们的枝条伸出来，肥沃的草场都被这些深绿的叶子给庇荫着，草原上充斥着活蹦乱跳的袋鼠。过了一段路，人们又见到了那大片的荆棘和小胶树。不久，这些树丛慢慢从密到疏，一棵棵孤立的小树成了大树，逐渐呈现出原始森林的风貌。

可是，接近维多利亚边境时，景物又明显变了，行人们全都感觉到一片新的地面在这脚下延伸。他们始终顺着一条直线前进，就算遇到任何丘陵或湖泊等障碍也是这样的。他们总是盯着几何学上的第一条定律，没打一点折扣地走着两点间直线距离最短的路程。什么疲乏，什么困难，全都给忘了。

他们的行进速度就以这牛行的速度为准，这些心平气和的牲口走得不算太快，但一步都没停过。

就这样，一口气行走了100公里，分为两天，23日傍晚，到了阿斯人地区了，这是维多利亚境西部的第一个城市。由艾尔通将车子送进客栈，这个叫做“王冠旅舍”的客栈，是全城中最好的宾馆。晚上，清一色的羊肉上了桌，热气腾腾，各种样式，很丰盛。

大家吃得十分多，谈得同样多。每人都想知道澳大利亚大陆上的珍奇事物，因此都希望地理学家可以打开话匣子。自然，巴加内尔是不用去请的，就用“幸福的澳大利亚”为话题在维多利亚省上做起了文章。

“用‘幸福’这两个字眼形容并不正确！”他说道，“应说‘富饶’二字，因为幸福跟富饶不能相提并论。澳大利亚有金矿，可是让那些冒险家们给霸占了。我们从金矿区穿过，就能看见。”

“维多利亚这个殖民地，历史很短暂吗？”海伦夫人问道。

“是的，夫人，仅有 30 年历史。那就是 1835 年 6 月 6 日，星期二……”

“晚上 7 点 15 分，”少校接道，他最近这些日子总爱跟地理学家开玩笑。

“不对，是 7 点 10 分，”地理学家再次一本正经地说，“有两个人在腓力浦港巴特曼和法克纳建立了一个据点，就在墨尔本城的东海湾上。起初的 15 年中，这块殖民地还算得上是新南威尔士省的一部分，后来，宣布独立，叫做维多利亚省。”

“独立后便繁荣了？”爵士问道。

“你去想想吧，我高贵的朋友！”地理学家回答道，“这里有些近期的统计数字，少校是否讨厌，我认为很有意思。”

“那你说好了。”少校说。

“1836 年，这块殖民地总共有 244 个人。今天，却有 50 万人了。700 万株葡萄树，每年有 12 万多加仑葡萄酒生产出来。在平原上 13000 千匹马奔驰着，在那一望无际的牧场上有 675272 头牛放牧着。”

“还有猪呢？”少校又问道。

“对不起，我差点把这给忘了。猪有 79625 头。”

“那多少头羊呢，巴加内尔？”

“现在羊有 7119943 头，少校先生。”

“现在我们吃的这头计算在内吗？”

“不，不在内，我们吃掉了这头羊的四分之三了。”

“精彩！不愧是地理学家！”海伦夫人喝彩，“必须要承认，这些问题对这学者太熟悉了，我的表兄麦克那布斯不管怎样都没把他给难住。”

“当然，到现在都没有……”少校接上一句，故意将他的兴头引起。

“你等一下，少校先生！”巴加内尔叫了起来，“我告诉你，我保证这地方是世界上最为奇怪的地方。这大陆的形成、地形、物产、气候，及它以后的消失，这所有的一切都让世界上的学者惊讶。起初这片大陆不是在中心形成的，却从四周高耸起的，如同一个无比大的圆环；在它的中间形成了一个内海，逐渐干了。现在空气、土壤中没有一点潮气；每年树木脱一次皮，叶子从来不落，叶面是背朝太阳的，因此并不遮阴；木材经常没法烧着；石料淋雨后便会融化；树长得十分低，可草长得十分高；禽兽种类奇特，四足兽与长嘴鸟，如鸭嘴兽，让生物学家们只能为它们再添出一个‘单孔动物’的新门类；用长短不齐的腿跳跃的袋鼠；山羊有着猪头；狐狸会飞；天鹅是黑色的；老鼠会筑巢；‘抱窝鸟’总会去迎接客人的到来；各种鸟类的鸣啭和姿态让你都没法想出来，有的如同时钟报时，有的如同马鞭抽响，有的则有磨刀霍霍声发出，有的则有‘滴达、滴达’的钟摆声响着，有的在早晨日出时鸣叫，有的则在傍晚日落时哭啼！啊！真是稀奇古怪，不合逻辑的地方呀！真是个不近世间人情，不符合自然规律的乡土！”

巴加内尔的一篇宏论，说得更是忘形了，喋喋不休。他总是朝上说，指手画脚，在手中叉子飞舞，坐在他身边的人十分危险。最后，还是一片雷鸣般的喝彩声将他的话给压了下去。他总算是沉默了。

当然，对于他所说的这些天方夜谭的故事，人们都已经十分满足了，不想他去再补充些什么。可是少校却用冷言相激，问他：“你说完了吗，博学的专家？”

“完了？那还早着哩！”地理学家顶他一句，再次来了劲头。

“怎么？”海伦夫人无意中挑逗他一句，“难道还会有比这更加奇怪的事情吗？”

“当然，夫人，就拿那气候来说，它要比那些动植物还要奇怪呀！”

“那就举个例子吧！”有人叫道。

“暂且不说这澳大利亚在卫生条件上有怎样的优势，这里的氧气很丰富，氮气也不多；没有湿风，很多疾病都从来没有在这里出现过，从伤寒、天花到各种慢性病，这里全都没有出现过。”

“可是，这同样是个不小的优点呀！”爵士说道。

“当然是一个优点，但不显著，”地理学家回答道，“就拿气候的某点来讲，说出来就像是假的。”

“说出来呀，试试看。”船长急着问道。

“你们永远都不相信我的。”

“我们会相信，快说吧！”听众全都忍不住了。

“说吗，它有……”

“有什么？”

“有教化功能！”

“教化功能？”

“是的！”巴加内尔充满信心地说道，“这里的金属不会生锈，人同样不会生锈。这里有纯洁干燥的空气，很快就能将这一切洗得干干净的，从衣服到灵魂！在英国，流犯们都被送往这个地方来进行教化，早就注意到这气候的功效了。”

“怎么！还会有这种影响吗？”海伦夫人问道。

“是的，夫人，对人对兽，同样都会起到作用。”

“你不是在说笑话吧，巴加内尔先生？”

“肯定不是！你们看吧，这里的马群和羊群全都被训练了。”

"那是不可能的事！"

"但这是没法改变的事实！只要是做坏事的人，一到这种充满活力、适合卫生的空气中来，几年便会变成好的了。这种功能，慈善家们早就知道了。在澳大利亚大陆，一切人类的天性都会变好了。"

"那你呢，巴加内尔先生，"海伦夫人说到，"你都这样了，再来这得天独厚的大陆会变成什么样？"

"以后会变得呱呱叫，夫人。"地理学家笑得前仰后合，

"呱呱叫，没有其他的话说！"

第二十七章　一片神奇的土地

第二天，天刚刚亮就出发了。天气已十分热了，但还算可以忍受，道路十分平坦，马跑起来也不费劲。一队人马从一片树木十分稀疏的新生林经过。他们行走了整整一天，夜晚在白湖岸边宿营，这里的湖水盐分很高，不可以饮用。

在这里，地理学家只能承认这白湖不白，就像黑海不黑，红海并不红，黄海也不黄，蓝山不蓝那样。可是，为了维护地理学的名誉，他还是为这命名辩护了很长的时间，但所提出的理由没一个能成立的。

按以往的规律奥比尔准备好了晚饭。饭后，旅客们有的在车子里，有的在帐篷里，很快便都睡着了，尽管外面的狼狗不停嚎叫。

在白湖的对岸，展现着一片美丽的平原，上面开着五颜六色的菊花。第二天，旅客们一醒见到了这美丽的风景，十分想去玩赏。可是，他们还是按时启程了。除了远处的几座秃丘，全都是一望无际的草原与花朵，好一片明媚的春光。蓝色的细叶麻与本区特产的朱红色的爵床覃相互映衬着。这片草地被很多样的爱尔莫菲拉树点缀着。了灰、甜菜等胭脂类植物盖满了这里的地面，有的是青绿色，有的是淡红色，这些植物全都是有用的工业原料，将它们烧成灰可以提炼出十分好的碱来。巴加内尔遇到花草又变为植物学家，对这些陌生花草他都能叫上名来，同时，他对数字也有着十分浓厚的兴趣，他在这里共发现了澳大利亚植物 120 类，总共分为 4200 种。

又走了 16 公里后，牛车在高大的树丛中钻行着。那些树全是豆球花树、木本含羞草、白胶树等，它们全都争芳斗艳，姿态万千。这片多泉眼的平原里的植物并没有辜负阳光的恩赐，接受的阳光十分多，散发的香气也很浓郁，呈现的色彩同样缤纷。

至于动物，就稍显吝啬了。在平原上有几只食火鸡蹦跳着，没办法接近。这

时，少校却足够灵巧，竟然一枪将一只这近于绝种的怪鸟打中了。那怪鸟叫做“霞碧鹭”，英国移民又称它为“巨鹤”。它高达 1.5 米，长 0.6 米，黑嘴，下部很宽大，末端十分尖，呈圆锥形。头上的朱红色与颈上的油绿色、胸部的白色、两只脚上的鲜红色互相映衬着。大自然好像要将调色板上的色彩全都用在这奇禽怪鸟身上。

大家都在赞美这只鸟。如果不是走了几里路小罗伯尔同样勇敢地打了一只怪兽的话，那今天所有的功劳全都要属于麦克那布斯了。罗伯尔所打死的怪兽，一半如同刺猬，一半如同食蚁兽，能说得上是一种四不像的动物，就像是创世纪中所说的那些十不像的爬虫。它能将带有黏液的长舌头伸出，垂在圆筒般的嘴外面，去捕捉蚂蚁吃。它的主要食粮就是蚂蚁。

“这是一只针鼹鼠！”巴加内尔把这怪兽的名字叫出来，“你们曾经见过？”

“难看的很。”爵士答非所问。

“难看是难看，但是珍奇动物，”地理学家又说道，“并且，仅在澳大利亚大陆才有。”

巴加内尔本想将这只针鼹鼠带走，以后能当做单孔动物的标本，但受到奥比尔的大力反对，因此也只能放弃了。这天，旅行队都到了东经 141 度 30 分的地方。到这为止，他们很少碰见移民和“坐地人”了。那地方好像没人居住，连土人的影也都没见一个。因为在大令河和墨累河支流的尽头那片人迹罕至的广大地区中到处游荡着一些未开化的民族。

但是，一个十分少见的壮观场面让旅行者们兴奋了起来。大陆上有些大胆的投机商人从东部的山区贩运牲口到维多利亚及南澳等省。他们有机会能遇上这般巨大的阵容。

临近下午 4 点钟，船长指出前面 3 公里的地方，一股漫长的尘埃带在那地平线上长了起来。这现象是怎样出现的？大家都很难去理解。还得请博学的地理学家去解释。但没等到巴加内尔开口，艾尔通的一句话打断了他的沉思。艾尔通说那是牲畜走过时扬起的灰尘。

水手长并没判断错。那片烟慢慢飘近，羊咩、马嘶、牛哞的合奏曲从里面传出，在那牧区交响曲中，还夹杂有人的叫喊声、吹口哨和叫骂声。

一个人从喧嚣的烟云里出现了，他好像是这支大军的总指挥。爵士迎了上去，不拘小节地交谈了起来。这位总指挥，或称为“牧守”，他的名字叫做山姆·马彻尔，自然来自东部，去泡特兰。

他在蓝山那一带平原上把这些牲畜买来，买时十分瘦，现在要将它们驱赶到南澳那些丰美的草场上，等到养肥了，再高价去出售，会净赚不少利润，总计能得 5 万法郎。但需要多大的耐性、多大的毅力才可以将这群不听话的牲畜驱赶到目的地！路上要吃多少苦呀！生意人赚钱也不容易！

牧群还在顺着含羞草丛缓缓前行，马彻尔开始讲述他的经历。海伦夫人和玛丽小姐及骑士们全都来到这大树下，听这“牧守”说话。

马彻尔出来都有 7 个月了，每天大概走 25 公里路，他那漫长的旅途还需要 3 个月才能走完。在这次生意中，有 20 只狗，30 个人给他帮忙，其中五个黑人十分擅长寻找走失的牲口。在这支走兽大军后面跟着有六辆大车，赶牧群的人在牧群中拿着皮鞭走来走去，维持着固定好的次序，那群狗则组成轻骑兵队在两侧巡逻。

旅客们全都在赞美这么巨大的军队的秩序。种类不同的牲口不可以在一块行走，因为野生的牛和羊是没法和睦相处的。只要是羊走过的地方，牛就不愿在那里吃草。因此只能让牛先走，将它们分为两营作先锋；接着便是五个团的羊，由 20 个人来指挥；最后是一个连的马来当后卫。

马彻尔还提醒大家注意：这支兽军的“领导”并不是狗或人，而是牛，牛是聪明的“首领”，所有的牲畜全都拥护它们。它们很庄严地向前挺进，本能地选择好路，深受主人的另眼看待。因此人们也拉拢它们。它们要停，就让它们去停；要是歇下后，它们没发出动身的信号，你也很难想出什么办法让它们去走。

这支兽军的远征，尽管不是古希腊名将色诺芬亲自指挥，也很值得编入历史的。那“牧守”对远征的细节又作了很多补充。他说，要是这支大军在平原上走，一切都不成问题。白天牲畜在沿路吃草，在小沟里喝水，夜时睡觉，只要狗一叫，全体马上就会集合了，全都十分听话。但到了大森林里，从那些植物和木本含羞草丛穿过，困难便多了许多。这时，牧畜混杂了起来，或跑散了，需要花费很长时间才能将这秩序整顿好。万一不幸，一个首领走失了，则需要不惜代价将它找回来，不然它们就会有溃散的危险。万一天下大雨，那就更加糟糕，懒的牲畜不愿前进，要是碰到大风暴，牲畜给吓得发狂，整个牧群就会全部乱窜起来。

可是，因为“牧守”的机智与勇敢，他居然将这些困难克服了。他总是向前走，1 公里 1 公里地挪着，将很多平原、树林、山丘全都给抛到后面了。但除了机智、勇敢外，还需要一种更高贵的品质，那就是耐性——这种耐性在过河时显得尤其重要。当一到河边，“牧守”便会发愁，不是没法渡过去，而是牲畜不愿过。牛一嗅到水，便会往回跑。羊同样不能下水，只是乱窜。等到夜里，将公羊硬拖进河，母羊如果不愿跟随，也不成。让它们喝水去熟悉环境，它们却不去喝水，虽然小羊咩咩叫，“母亲”还是丝毫不动。有时这样会耽搁个把月。“牧守”对这群咩着、嘶着、哞着的家伙一点儿都没办法。后来，忽然有一天，可能是一时高兴，有一小队牲畜便过河了。这时，出现了一个困难，人们没办法让这般多的牲畜有秩序的过河。因此，队伍一乱，把不少牲畜给淹死了。

以上便是马彻尔所补充的细节。在他叙说时，牧群已经十分有秩序地行走了好长的一段路。这时，他应该赶到队伍的前头，去选择好的牧场。因此，他朝爵士告辞，跨上了土产良马，热诚地向大家拱手告别。没多长时间，在一团灰尘之中消失了。

接着，旅行者们背朝牧群前进了。直到晚上，才在塔尔坡山脚下停了下去。

这时，地理学家十分郑重地提醒大家说：今天是 12 月 25 日，圣诞节到了。这个重大节日，司务长并没有忘记，他准备了一席美味可口的晚餐。大家全都赞美奥比尔先生的手艺，这晚饭做得真是太好了。这一餐的内容有：鹿火腿、腌牛肉、熏鲑鱼，大麦粉与荞麦制作的蛋糕，还有中国名茶，任凭大家去喝，还有大量的威士忌跟几瓶保尔多葡萄酒。大家全吃着，都感觉还是在夫人家中的玛考姆府的大餐厅里呢!

当然，这丰盛的晚宴什么都不缺。可是，地理学家还要去加点水果，他将长在野橘树上的果子都给摘了下来。这种树，土人叫做“毛卡梨”，果子没有任何滋味，但核子咬碎后跟蕃椒那样辣。地理学家为表示热爱科学，硬将果子放到口中，结果嘴都给辣麻了。少校向他咨询内陆沙漠的特点，他连话都说不出来了。

第二天，没有什么事情值得叙述了。他们从诺通河的肥沃地带走过，后又从半干涸的麦根齐河渡过。天气还算得上晴朗，也并不太热，风从南面吹来，将空气调节得十分凉爽，就跟北风调节北半球气候那样，巴加内尔给他的小学生罗伯尔解释：“这算是我们的运气好，因为平均气温，南半球比北半球还热些。”

“为什么南半球要比北半球热呢？”那小孩问道。

“你没曾听说过在冬天距离太阳近吗？”

“听说过，先生！”

“没听说过冬天冷是因为太阳光斜射的原因吗？”

“这也知道呀！”

“我的孩子，就是这个原因南半球热呀！”

“我并不懂！”罗伯尔把眼眨了眨。

“你去想想看，”地理学家又解释道，“在欧洲我们过冬时，澳大利亚就在地球的另一面，那是什么季节呀？”

“夏季呀！”罗伯尔说道。

“那好，正是这时，地球最接近太阳……你懂吗？”

“我懂了……”

“南半球夏天热就是因为在夏季南半球比北半球距太阳近些。”

“真是这样，巴加内尔先生。”

“因此，人家说地球‘在冬天’会距离我们近些，那就指的是对北半球的人而言。”

“这点，我从没想过。”罗伯尔回答道。

“现在知道了，以后就别再忘了。”

罗伯尔十分满意这堂天文地理课，最后，还知道了维多利亚省平均气温摄氏大概在 23 度。

晚上，在离龙斯达湖五公里的地方旅行队宿营，两边全都是山：北边是德朗蒙山，南边则是德利登山。

第二天 11 点钟的样子，牛车到了维买拉河河岸。这条河足足有半英里宽，河水比较浅，胶树和豆球花树在这中间长着，另还有几棵高大的桃金娘科植物，叫“美特罗西德罗・斯沛笑沙”。它的长枝足足有 4.5 米高，红花在枝上点缀着。成千上万只鸟在那青葱的枝叶间跳来跳去。下面碧波中，有一对黑天鹅在羞羞答答地戏着水，这对江河中的“珍禽”没多长时间就在水中消失了。在这片引人入胜的原野上，这条维买拉河河湾十分多，流水曲折迂回着。

这时，车就停在这片地毯似的草地上，蓬草长满了草场的边缘，在水中倒映着它们的倩影。河上没有木筏和桥，只能找片浅滩，蹚水而过。在上游四分之一公里的地方，河水相对浅，他们准备在这里渡河。再三去探测，河水仅有 3 米，因此，从这带高河底上牛车走过，不会有什么危险。

“没其他的法子吗？”爵士问艾尔通。

“是的，”水手长回答道，“但我认为这里并不算是危险。我们能过去！”

“那么，夫人和玛丽小姐将要下车了。”

“没必要！牛走得十分稳，我保证让它们在平坦的水路上走。”

“好吧，艾尔通，我就信任你。”

骑马人将这牛车围住，果断下河了。通常，车子从浅滩过河，周围都有一连串的空桶浮着。但爵士一行人没有这种“救生圈”，只能摸水过河了。艾尔通在御座上坐着牵着牛，指挥着。在前面少校和两个水手挡住激流，爵士和船长则在车子的两旁，准备随时去护驾。地理学家和小罗伯尔当做后卫。赶到了河中心，水就深了，一直淹到轮轴。牛从浅滩走出，要是脚探不到底，很可能连车都要被拖下去的。因此，艾尔通勇敢效劳，自己下水将牛角把住，终于将那牛车带到正路上来。

就在那时，没想到车子突然一碰，咯啦一声，车身歪了。水都淹到女客们的脚跟了。爵士和船长拼命把车档拉住，终于车子漂了起来。那就是最惊险的一瞬间。

多亏，艾尔通把牛轭抓住，用劲一扳，又将车子朝反面扭转过来。前面河底是一个缓坡，牛马的脚慢慢高了起来。过了一段时间，最终安全地过了河。虽然大家都湿透了，但心里还很满意。

不过，车子的车厢给碰坏了一点，爵士的马的前蹄铁掌也给丢失了。

这种意外的损失要赶紧修理，大家全都面面相觑，很为难。这时艾尔通又自告奋勇，愿去数公里外的黑点站去寻找钉马掌的铁匠来。

“好，那就拜托你了，艾尔通，”爵士说，“那你回来要多长时间？”

“大概需要几个小时，但不会再多了。”

“你去吧，快去快回。我们就宿营在维买拉河岸上。”

几分钟过后，水手长艾尔通骑上了快马，消失在一排茂密的木本含羞草后面。

这一天的空闲时间全消磨在闲谈与散步之中了，旅客们游览着维买拉河边的风景，谈着笑着。很多灰鹭和红鹤等他们走近“扑楞楞”地便飞了过去。缎光鸟在无花果树的高枝上藏着，在那肥大的百合花枝中黄鹂、斑鸠、翘翅鸟飞来飞去，翡翠鸟没去捕鱼，相对文明的鹦鹉，还在开花的胶树上发出让人耳聋的鸣叫。

就这样散步的人们欣赏了一整天美丽的大自然，他们有的去潺潺的水边，有的在软绵绵的草地上躺着，有的溜达在木本含羞草丛中。黄昏时间十分短，没一会天就黑了。他们望着那星宿的方位走回来——因为南半球是看不到北斗星的，只能将地平线与天顶中间闪耀着的南极十字座当做他们指向标。

在帐篷里奥比尔都摆下晚饭了。很快大家入了席。晚饭丰盛得很，是一盆烩鹦鹉，这鹦鹉是威尔逊用技巧打来的，经司务长的妙手而做成美味的菜肴。

晚饭后，大家想寻找个话题去谈谈，晚点睡觉，以免把美好的月色辜负了。自然人群中少不了巴加内尔，海伦夫人要求他讲述些来大洋洲探险家的故事，大家全都赞成。

要地理学家将那话匣子打开，正好是他求之不得的事。听的人在一棵茂盛的“盘杉”树下躺着，雪茄冒出的一缕缕轻烟在黑暗里的枝叶里消失。巴加内尔立即不加思索地讲了起来：

“或许你们还记得，朋友们。在船上我讲过很多旅行家的名字，他们全都深入腹地，做了从南到北或从北到南的探险。其中有名的几个人是柏克、马金莱、兰兹博罗和斯图亚特。关于马金莱和兰兹博罗我就不多说了，他们两个人是澳大利亚委员去派来寻找那柏克的，因为从那次旅行后，柏克一直都没回来。

“柏克和斯图亚特是两位大胆的探险家，现在我要说的就是他们两位的探险史。闲话少说，言归正传。

“1860年8月20日，在墨尔本皇家学会的鼓舞下，一位爱尔兰的军官便出发了，他便是罗伯尔·柏克。跟他一起去的总共11人：有出色的天文学家威尔斯，植物学家白克莱尔博士，有格莱，有印度青年军官金格，有蓝代尔，有白拉赫和几名印度兵。此外，还有载有行李与18个月的粮食的25匹马和25匹骆驼。这个探险队计划先顺着柯伯河走，一直赶到北岸的卡奔塔利亚湾。他们顺利地从墨累河和大令河流域越过，到了殖民地边界的梅宁驿站。

“到了那里，他们觉得行李太累赘。因为这种困难，再加上柏克脾气并不好，探险队内部也不和。指挥骆驼的蓝代尔，带领着几名仆人从探险队逃离。柏克依旧前进，他朝着柯伯河的方向走了下去，有时他走过水草丰美的牧场，有时走过沿途水源缺少的石子路。到11月，距离出发时都有3个月了，在柯伯河岸上他们建立起第一个储粮站。

“在那里那些旅行家停留了一些时候，突破了一系列的困难，后来在威尔斯堡建立起了一个中途据点。柏克将探险队分为两个小队。由白拉赫领导一个小队，在威尔斯堡留守了3个月，或3个月以上，要是粮食不缺的话，一直等到另外那个小队回来。另一个小队仅有柏克、金格、格莱和威尔斯4个人。他们带有6匹骆驼，还有3个月的粮食，包括150斤的面粉、50斤大米、50斤荞麦粉、50公斤干马肉、100斤咸猪肉和腊肉、30斤饼干，这全部都是途中所用的。

“这四个人就出发了。艰难地从一片荒芜的地区穿过，最后到埃尔河上。自此，他们尽量顺着东经140度线，一直向北走。

“1月7日，他们从南回归线走过，太阳跟火那样热。这一带经常出现海市蜃楼的奇景，经常找不到水喝，有时碰到激烈的暴风雨时，也可以凉爽些，有时还会碰到游荡的几个土人，土人也没去为难他们。总之，沿途没有河流或高山阻挡，路上困难并不大。

“1月12日，一些砂岩质的丘陵在北面出现了。到了山脚，走路便很辛苦了。人还能勉强往前行，牲口却不愿意动，俗话说‘老是在山里转！骆驼怕得出了汗！’虽然这样，他们还是用强大的毅力到达脱纳河河岸，后来就赶到佛林德河上游，它在棕树和桉树的帘幕下流入卡奔塔利亚湾的一条河流。

“接着便是一连串的滩地，这表明距离海洋不远了。这时，很不幸死了一只骆驼，其他的骆驼都不愿往前走。金格和格来也只能留下来陪它们。柏克和威尔斯依旧步行往北，难以诉说他们碰到的困难，他们的日记中诉说得一清二楚。之后，他们赶到了一个被海潮淹没的滩地，但没见到大洋。”

“这样说，他们就没再往前走了？”爵士问道。

“自然没法前进了，”地理学家回道答，“滩地走上去便会朝下陷，他们只能返回到威尔斯堡跟他们的旅伴会齐。回来又不容易！柏克和同伴全都累得筋疲力尽了，只是一步步地移到格莱和金格两人这里来。后又再次回归。

“回来路上又遇到了各种意外、危险和艰苦，我们所知道的并不清楚，因为他们没留下记录，但想来肯定很危险。

“的确，4个月他们到达柯伯河时，4个人仅剩下3个人了。格莱因劳累过度病死了，骆驼也先后死了4匹。可柏克只要到达威尔斯堡，那里便会有白拉赫和存贮粮等待着他，他和同伴便会得救。因此，又打起精神，一步步地往前走。4月21日，终于到了威尔斯堡！……可谁知道，也就是在这天，因为白拉赫等了5个月没见到来人，便一个人走了。”

“走了！”小罗伯尔惊叫了起来。

“没错，走了！你说，气人不气人！当然白拉赫也追不上他了。被遗弃的这3个人吃了点余粮，体力也恢复了点。但，交通工具很难解决，距大令河还有150公里呢！

“也就在这时，柏克提出去距离这里比较近的澳洲殖民站去。就这样 3 个人又出发了。所剩下的两匹骆驼，一匹在柯伯河泥泞的支流中死去了，另一匹也一步都走不动了，只能将其杀掉当干粮了。因为那时干粮都吃光了。接着，他们也就只能去吃一种叫‘纳儿豆’的水生植物。沿途的两侧并没水，他们又没盛水的工具，因此，只能顺着柯伯河岸行走。谁知天有不测风云，一场火灾又将他们的草棚子和所有的衣物全给烧掉了。真的他们一切都完了！只能去等死！

“柏克将金格叫到身边说：‘我不行了，这是我的表和笔记本，留下当做纪念；你将手枪放在我右手中，死时怎样摆就怎样摆，不用管它，也不用掩埋我。’把这几句话说完后，柏克就没再开口，第二天早晨 8 点便身亡了。

“金格十分惊恐，不知如何是好，跑去寻找土人帮忙。但当他回来时，威尔斯也死去了。至于金格本人，算是被土人收留了。到了 9 月份，皇家学会派出探险队来寻找他们，在土人群居的地方寻找到了金格。就这样，那次纵贯大陆的 4 个探险家，仅仅有一个活着返回。”

巴加内尔的叙述在听众脑海中留下悲惨的印象。大家全都想起格兰特船长，不知在什么地方，或许会跟柏克的命运一样。这种联想自然就出现了，因此玛丽小姐忍不住流出了眼泪：“我的父亲！我可怜的父亲啊！”“玛丽小姐，请你冷静点，”船长赶快说道，“别人遭受那些困难，是为了冒险而行。格兰特船长会跟金格一样，在土人那里生活得十分好，会活着返回的！你父亲并没碰到那般险恶的环境呀！”

“他的安全肯定没问题！”巴加内尔又补充道，“我再重复一遍，小姐，大洋洲土人全都是热诚好客的！”

“愿上帝保佑他！”那少女含泪说道。

“还有那斯图亚特呢？”爵士问，他想将那悲观的氛围改变一下。

“斯图亚特吗？”地理学家接着讲道，“他就幸运多了，他的名字都载入史册了。从 1848 年开始，斯图亚特便去旅行，先后进行两次，都没成功。但他不是一个气馁的人。1857 年元旦，他又带领着 11 个有耐性的伙伴，从堪布斯河离开了，一直到距离卡奔塔利湾 60 法里的地方为止，但因为粮食吃尽，因此又半途而废。然后，他还要去冒险尝试，又组织了第四次旅行，这次居然获得了巨大成功！

“南澳议会为了支持他这次探险，拨款 2000 英镑。斯图亚特按照自己的经验，有 充分的准备。他的朋友伍佛德、奥德等总共有 10 人加入这个探险队。他们携带了 20 只大皮桶，每只有七加仑容量。1862 年 4 月 5 日，正式出发，他的计划路线顺着东经 131 度前进，所以要比柏克的路线偏西 7 度。

“在贺勿滩斯图亚特扎下帐篷，当做第一个宿营地。然后往东走，在多草的平原中碰到了达利溪，又顺流向上行走了 50 公里路程。

“这一带是个好地方，那些茂盛的牧场，要是有‘草地人’在此放牧，肯定会牛肥马壮，桉树长得十分高。斯图亚特既惊又喜，前行中，又碰到罗伯氏河。这两条河全都在真正的热带大棕树林中流过，土人在沿岸居住，他对探险家招待得十分热情。

“从这里，旅行队又往西北前进，从大片砾石沙滩穿过，找到了阿德雷得河源。于是，他们从安亨地区穿过，阿德雷得河慢慢变宽了，两岸全都是沼泽，海应该不远了吧。

“7 月 21 日，星期二，他们在凉水滩休息，因为前面有很多条小溪挡住了去路，并不好走。第二天，他们有时绕过无法渡过的河汊，有时前进在泥沼中，最后终于走上铺满浅草的高地，很多胶树和树皮多纤维的杉木在这里生长着，各种水鸟飞翔着，都很凶猛，至于土人，却十分少见。只见有几处野营远远冒着烟。

“7 月 24 日，他们出发都有 9 个月了。这天早晨 8 点 20 分再往北走，当天就能到达海边。慢慢的，斯图亚特听见海涛拍岸的声音，但他没说出来。接着，他们又钻到一片野葡萄园中。

“斯图亚特又行走了几步，便踏上了印度洋海岸！‘海啊！海啊！’斯林叫道，别的人也都跟了上来，三声激动的感叹声在这大海上久久回荡。

“这片陆地的第四次纵贯抢险旅行终于成功了！

“就像是在那出发之际，南澳总督所说，斯图亚特洗净手脸，返回到那带谷地，刻下自己名字的缩写‘约·斯’两个字在一棵树上，去纪念这伟大的探险事件。

“次日，斯图亚特再次去勘察，看看能否从西南方向到阿德雷得河口，但遍地都是沼泽地，不适合马行走，只能将这个计划放弃。

“于是斯图亚特爬到一棵树上，在树顶上插上澳大利亚的旗帜。树干上还刻着这样一行字：‘往南一尺掘下去’。

“要是有旅行家按照图示去取，便会发现一个白铁盒子，在里面装着一份文件，内容是：

“‘从南到北纵贯澳大利亚的伟大的探险旅行’

“在 1862 年 7 月 25 日以约翰·斯图亚特为首的探险家们到达此地，他们贯穿了整个的澳大利亚，从南海直抵印度洋海岸，经过了大陆中心。在 1861 年 10 月 12 日他们离开阿德雷得城。为纪念这次的成功，在树上他们留下旗帜，还留下探险队长的姓名。所有经过都良好。愿上帝保佑女王！

“下面便是探险家们的签名。

“那次轰动世界的大事就是这样的。”

“这些勇敢的人们全都返回故乡了吗？”海伦夫人问道。

“是的，夫人，他们全都回来了，但吃了很多苦。特别是斯图亚特，在回来的途中，得了败血病，严重损坏了身体的健康。9月初病况加重，大家认为他活不了太长的时间，居然他又奇迹般地活下来。当然，路上几次折腾全都是死去活来的。终于在12月10日那天返回到阿德雷得城，全城居民全都热烈欢迎他的归来。但他的身体总是不好，在接受了地理学会的奖金后，乘印度号返回到祖国苏格兰去了。”

“这人真有毅力，”爵士说道，“他的毅力跟体力都很重要，它能让人去完成那没完成的事业。苏格兰有这般好的儿子，应值得骄傲与自豪！”

“斯图亚特后，还有人去冒险吗？”海伦夫人问。

“还有，夫人，”地理学家回答道，“我经常对你讲得的雷沙得，他先后有过两次探险，最后为他酷爱的事业献身了。去年，著名植物学家穆勒博士发起了一次募捐，当做一次探险经费。最后，由勇敢胆大的音太尔带领着一队勇敢的‘坐地人’，于1864年6月21日出发。在我和您谈话时，或许他们正在陆地上艰难跋涉着呢！预祝他们成功吧！也祝我们跟他们一样，都会马到成功！”

到此地理学家的故事讲完了。时间也不早了，大家就回去睡觉了。在这般寂静的深夜，只有藏在白胶树的密叶里的时钟鸟规则地一秒秒地报着时辰。

第二十八章　火车开进墨累河原野

艾尔通离开宿营地已经有好长时间了，少校心里开始担心起来。不过，他却丝毫没把这种担心表现出来，他只是在默默地观察河流周围的环境。在这片和平的土地，处处洋溢着宁静的气息，黑夜过去了，太阳又从东方露出了笑脸。

爵士害怕艾尔通没能把铁匠请来。如果真的是这样那就没人能把车子修好，就无法继续赶路。这样一来，可能就要耽误好多天，而爵士心里非常着急，真恨不得立刻就把所有问题解决掉，他不容许再有片刻的拖延。

所幸艾尔通准时回来了，同时把铁匠也带了回来。他带回来的这个铁匠有着高大的身材，满脸的横肉，看起来非常健壮有力，但却是一脸的贱相，看上去让人生厌。不过这些都不重要，只要他能把车修好就行。而且他总是沉默寡言的，是个不随便浪费口舌的人。

“他能行吗？”船长问。

“这我也说不好，”艾尔通回答，“先让他试试再说吧。”

那铁匠开始着手修车了，他的手法娴熟，力气也很大。麦克那布斯看见他的两只手腕上的肉都被削掉一圈，血涨成紫黑色，就像带了一副黑色的手镯，看这伤疤应该是新近才造成的，他身上的那件破旧的毛线衫没能遮盖住这块疤痕。少校问铁匠，这么重的伤痛吗？但铁匠却没有理会，只是埋头作事。

两个小时后，车子修好了。也把爵士的马重新钉上马蹄铁。新钉的马蹄铁看起来有些特别，是三叶状的，上端就像叶子的轮廓。少校让艾尔通看那马蹄铁。

“这是黑点站的标志，”水手长回答，“为了方便寻找丢失的马，同时根据这标志也能准确地区分和其他站上的马蹄印。”

所有工作做完之后，铁匠要了工钱就离开了，在这段时间里他说的话一共没超过四句。

稍作片刻的休息后，旅行队又继续上路了。走过了一片名副其实的“露天平原”，里面种植的都是木本的含羞草。在平原上还散布着许多硅石和铁矿石。又走了几英里，来到湖滩地带，牛车压出很深的车辙印。在高大的芦苇丛中隐约现出许多不规则的小溪，发出潺潺的流水声。再走远些，就是大片的碱地，这段路走得挺顺利的，而且也不寂寞。

海伦夫人轮流把骑士们请到车上来，每个人都有机会得到片刻的休息。能同善良的夫人聊聊天，并且还有美丽的玛丽小姐陪着，也是一件很惬意的事，并且还会受到夫人的热情招待。当然门格尔船长也不例外，他那略有些严肃的谈话并没有让人讨厌，反而使人听了还挺开心。

就在这样的情况下，不知不觉地斜穿过由克劳兰到霍尔商的这条邮路，这条路灰土很大，所以步行的人很少。旅行队在穿过塔尔坡区的尖端时，又经过几个不高的丘陵。夜晚，就在离玛丽博罗 5 里远的地方留宿。这时，天下着蒙蒙细雨，若是在别的国家，可能地面就会潮湿起来。但是在这里，好像空气有神奇的吸潮能力，所以一点也不影响野外宿营。

第二天，由于山路太多，道路崎岖不平，所以大家的速度有些慢了下来。在这一带一连串的小山丘就像是整个瑞士的缩影。沿途凹凸不平，上下颠簸，走起来相当困难。骑士们反倒觉得下马步行，还会舒服一些。

到 11 点的时候，他们来到了卡尔斯白鲁克，这是一座相当重要的城市。艾尔通认为为了节省时间，还是绕过这个城市。但这对对一切都感觉新奇的巴加内尔却是件难办的事。人们只好随他的便，牛车继续向前缓缓前进。

而那位地理学家还是和往常一样，总喜欢带着小罗伯尔玩。他们在城里大致地浏览了一下，即便是短时间的游览也足以使他对澳大利亚的这座城市有了大致的了解。在这座城里有一家银行、一所学校、一个法院、一座教堂、一个市场，还有百来座砖砌的房子，不过式样都很规整。所有的建筑形成一个四边形，里面的街道完全是英国式的，都是互相平行的。但是看起来太单调寡味，如果城市扩建的话，应该把街道延长一下就可以了，就像是小孩长高了同时也就应该把裤腿放长一点，一点也不会改变原来的对称。

卡尔斯白鲁克是一座新兴的城市，处处洋溢着一片生机。许多人在忙忙碌碌地为自己的生活奔波，一片繁荣的景象。往运输站一直涌入搬运金子的人，这些贵重的货币是从奔地哥和亚历山大的各石区运来的，由当地警察护送而至。这些生意人眼里只有金钱，一心扑在生意上，很少注意有陌生人的进入。

巴加内尔和罗伯尔在这座城市里走了一个小时，随后穿过一片耕地和旅行队伍汇合。穿过耕地后，是一片广阔的草原，上面有无数的羊群和放牧人的棚舍。再往前，紧接着就是荒漠区了，这种突然的转变是澳大利亚所特有的大自然现象。

然而，到目前为止，还没有遇见一个过着原始生活的土人。爵士开始怀疑，会不会和阿根廷的幡帕斯一样，在这里根本就没有印地安人。在澳大利亚大陆上难道会没有澳大利亚土人吗？但根据地理学家说的，在这条纬线上，土人主要集中在墨累河那一带平原上，从目前的位置向东还有 320 里远呢。

“我们离生产金子的地方已经很近了，”巴加内尔说，“在 1852 年的时候，人们就像蝗虫一样铺天盖地地来这里开采金矿。以前，这里就是土人的聚居地，现在这里已经变成了文明区域，因为土人们都逃到荒山野林去了。今天在天黑前，我们就能穿过这连接墨累河和海岸的铁路了。坦白说，在澳大利亚竟然会有铁路，这真让我感到很奇怪！”

“为什么会觉得奇怪呢？”爵士问。

“因为感觉这一切太不匹配。啊，我知道了，你们这些英国人在海外殖民地架电线，开万国博览会，在澳大利亚建铁路，这在你们看来，好像是很自然的事！但在我一个法国人看来，这铁路就完全打破了原来澳大利亚的观念。”

“先生，那是因为你只看到了过去，而没有看到现在和将来啊！”

“这话我承认，”地理学家回答说，“但是在这荒无人烟的地区火车奔驰着，天空中飘散着大团的蒸汽，单孔兽、食火鸡等小动物在前面逃亡，未进化完全的土人在一旁呆立着瞅着这怪物。对于这一切，除了美国人和英国人外，其余任何人看了都会感到惊讶的。这铁路一建成，完全打破了这荒凉的意境。”

“只要把文明带进荒原就行了，意境没有了也无所谓！”少校反驳道。

这时，他们的争论被响亮的汽笛声打断了。旅行队离铁路已经相当近了。一列从南到北的火车以很低的速度行驶着，停的地方刚好是铁路和公路的交叉口。这条铁路正是巴加内尔刚才所说的那一条，它连接着澳大利亚最大河流墨累河和维多利亚省的省会。它所经过的地区都是富饶肥沃的，沿线“坐地人”的畜牧站一天比一天多。自从有了这条铁路，到墨尔本的交通方便多了。已经修好的有 180 公里，在墨尔本和散达斯特之间，有两个大站那就是肯顿和卡斯尔门。还有 150 公里正在修筑中，一直到达就在同年在墨累河上刚刚建立起来的殖民地利物林的首府——厄秋卡。

在离卡斯尔门站几英里处有一座名叫康登桥的铁路桥，这座桥就架在墨累河的一条支流吕顿河上。

艾尔通把牛车向康登桥赶去，骑士们跑在牛车前面，为了想要满足一下自己的好奇心，所以想尽快赶到康登桥看一看。

原来附近居民和正在放牧的牧羊人都围到铁路旁边来了，都在向这座桥奔去。他们走着并且重复着这样的一个呼声：

“到铁路上去！到铁路上去！”

一定是发生什么事故了，要不然不会引起这么大的骚动，说不定还是场悲剧呢。

爵士快马加鞭地赶着，其余的人跟在后面，没几分钟，就赶到了康登桥。到了之后才知道发生骚动的原因。

原来这里真是发生了车祸，不过不是撞车，而是火车脱离了轨道跑到河里去了。看到这情况不禁使人联想到美国发生的那起最为严重的火车交通事故。铁路穿过的小河被火车头和车厢塞满了。可能是因为车子太重，把桥压断了，也可能是因为车轮脱轨，6 节车厢中有 5 节都钻到了河底，最后一节的铰链不知什么缘故竟然断开了，所以才得以保留下来，停在了距深渊仅 1 米远的地方，真是好险啊！此时河水中那惨不忍睹的景象，车厢撞散了，车轮扭坏了，枕木烧焦了，就连铁轨也被压弯了。汽锅被撞裂炸开了，满地都是大块的碎片。在这乱七八糟的废物堆中，还冒着缕缕青烟。原本车子掉下河已经够惨了，又来了一场大火更是雪上加霜！遍地都是残骸断肢，烧成焦炭的躯体和大片大片的血迹。谁能忍心再去数数共有多少人在这里变成血肉模糊的遇难者。

人群中夹杂着爵士、地理学家、少校和船长，听着大家七嘴八舌的议论。除了营救人员正在忙碌外，其他的都是在寻思出事的原因。

“是因为断桥才造成的。”其中一个人说。

“哪里有断桥呢！”另一个人接着说，“这桥本来是好好的呀。”

“是因为车子到的时候，没把桥接上才造成这次事故的。”

原来这是一座转桥。平时可以转开让轮船渡过。会不会是守桥员疏忽，没有把桥转过来接上铁轨呢？结果车子冲了过来，却落了空，翻进吕顿河里。这种推理似乎很合逻辑，因为虽然车头和车厢把桥一半压倒在下面，而另一半仍在另一边铁索上吊着，上面的铁索并没有损坏。所以，毫无疑问，是守桥员失职才造成了这场事故。

这次事故是在凌晨 3 点 15 分发生的，事故车辆是晚上 11 点 45 分从墨尔本开出的 37 次快车。事故刚一发生，最后一节车厢上的列车员就立刻请求救援。但是事故把电线杆都撞断在地上，电报、电话此时都不能使用了。因此在三个钟头之后卡斯尔门主管当局才赶到事发地点。一直到早上 6 点，当地殖民总监米彻尔先生和一名警官率领一队警士，才把救援工作组织起来。许多“坐地人”也赶来伸出援助之手。此刻他们的首要任务就是先把火扑灭，因为那时，正是熊熊大火烧得最炽热的时刻。

在路基的斜坡上，躺着几具已经面目全非、无法辨认的尸体。这时若想在那火海中找出一个活人来，已经为之晚矣。一堆的车厢没多大工夫就烧了个精光。这列车上共有多少乘客，还是个未知数。只有在最后一节车厢中的 10 个人，躲过了厄运的来袭。铁路当局也已派救护车把他们送往医院了。

这时，爵士向总监表明了身份，就和那位看着又高又瘦，却十分镇定、机智的警官攀谈起来。面对这场惨剧，他就像是一位数学家面对一道算术题一样，他无法求得这道难题的答案。所以，当爵士悲叹道："这真是一场惨祸啊！"他却冷冷地回答："这不仅仅是惨祸，爵士！"

"不仅仅是惨祸！"爵士惊叫一声，"那还会有什么呢？"

"这可能是一场有预谋的犯罪！"那警官镇定地回答。

爵士没有在意他的这种不恰当的措辞，回头看看米彻尔先生，想听听他的意见。

"的确，爵士，我也认为这件事肯定不简单。因为最后一节车厢的行李曾遭到抢劫，在这没有遇难的 10 人中有 5、6 个还遭受了暴徒袭击。我认为不是因为失职，而是有人故意把转桥转开了；再说守桥员也失踪了，他可能和罪犯是一伙的。"

警官在听了总监的话后，只是摇了摇头。

"你对我的想法有什么意见吗？"米彻尔先生问他。

"我不认同你说的守桥员和罪犯是串通一气的。"

"然而，"总监辩解，"如果没有串通，我想，那些草原上的土人是不会懂得转桥的机关的。"

"你这话可能是对的。"警官说。

"那么，"米彻尔先生又说，"还有个线索，就在昨晚 10 点 40 分有一只船过了康登桥，据船夫说，船刚走过，桥又按规则关好了。"

"这也可靠。"

"所以，我觉得守桥员和土人串通那是不可否认的事实，如果不是他，那些土人根本就不能把桥转开。"

那位警官沉思着，没有说话只是一直在摇头。

"那么，先生，你认为这不是土人犯的罪吗？"

"肯定不是。"

"不是土人又会是谁呢？"

就在这时，从上游半公里外的地方传来一片相当大的喧哗声。所有人围成一团，一看究竟。这时从人群中抬出一具尸体。死者正是那位守桥员，但已经冰凉了，在心口处被捅了一刀。凶手把尸体扔得远远的，一定是想扰乱侦破的思路。现在尸体已被发现，就可以充分证明警官的怀疑是正确的。这事故绝对跟土人没有一点关系。

“干这行的，”警官说，“使用这东西是相当熟悉了。”很快，他又补充了一句，指着明晃晃的手铐说：“我一定要把这副‘手镯’送给那些罪恶的家伙作为他们新年的礼物。”

“那么，你怀疑是……”

“一定是那些‘乘英王陛下的船不付钱’的家伙。”

“怎么，难道是流犯。”巴加内尔惊讶地叫了起来，他对澳大利亚殖民地里的这句俗话还是懂得。

“我还以为流犯是不允许在维多利亚省停留呢！”爵士试探着说。

“呸！”那警官说，“在他们眼里法律有个屁用！他们会偷渡过来的，如果我猜的没错，这些家伙一定是来自伯斯的。如果真是这样，我敢以我的身份打赌，他们一定还要回伯斯去。”

米彻尔点点头，表示同意他的说法。就在这时，牛车已到了铁路和公路的交叉点。爵士不想让车上的女客看到那惨不忍睹的景象。于是，和总监打了个招呼，便告辞了。随后向旅伴们招招手，让他们也跟着走了。

“不能因为这事而耽误了我们的行程，”他说。

到了牛车旁，爵士只是对两位女客说一列火车出了事故，却没告诉她们事故的原因和那悲惨的画面。他准备以后有机会的时候再告诉艾尔通。在距桥头几十公里的地方小旅行队越过铁路，继续向东行进。

不久车子就钻进了一片狭窄蜿蜒的山坳里，山坳的尽头是一片美丽的景象，许多美丽的树木，没有连成一片，而是一丛一丛分割开来，和热带的树木一样枝繁叶茂。其中有一种树它有和橡树一样的躯干，结着和豆球花一样的香荚，那略带青绿色的叶子和松树叶子一样粗糙，这就是最可爱的“卡苏琳娜”树。在这些树错综交错的枝条中夹杂着一些“盘杉”的奇特和圆锥形树顶，这种“盘杉”看起来虽然瘦弱，但很挺拔。树丛中还有许多灌木，细嫩的枝条倒垂下来，就像水盘中流下的绿色水流。这自然的风景，实在是美轮美奂，叫人不知该欣赏哪一点才好。

海伦夫人要求在此稍作休息，大家欣然接受。大车停止了它那咯吱咯吱的响声。树丛下面铺了一层绿色的地毯，把地毯分成很明显且整齐的方格子，现在的陆地就像一个大棋盘。

这是一片多么富有诗意的地方，为长眠在地下的人安排了一个清幽之地！但是，现在墓地已基本被野草覆盖，路过的人很难看得见。

“这是一片墓地。”巴加内尔对大家说。果然，这是一块土人的墓地。不过，你眼睛看到的是那浓密的树荫和一群快乐的飞鸟，一切都是那么美，没有一点忧伤的感觉。甚至有人称这风水宝地为“伊甸园”，死神早已不在人间。这片清幽仿佛在为活人而安排的。如果不是白人的入侵，土人也不会远离家乡最终埋葬在异国他乡。再往前走一点，那些土人的圣土便被殖民者的牛羊所践踏，墓地上的树林已变得稀稀疏疏。长此以往，渐渐的墓地也被那些漠不关心的行人给踏平了。

这时，地理学家和小罗伯尔正沿着墓地的荫凉小路走着，因为他俩很投缘，所以一边走一边交换着自己的知识。但是他们并没有走太远，突然爵士看见他们停下了脚步，他也跟着下了马，俯身向地上看。看他们的表情和神态，好像是在观察一个稀罕玩意儿。

艾尔通催促牛车，很快也赶到了那儿。大家立刻就清楚了他们停下来和惊讶的原因了。原来在那茂密的大树下有个土人，是个8岁的小男孩，他穿欧洲的衣服，在树下睡着了。从他那鬈曲的头发，近乎棕黑的皮肤，厚嘴唇，塌鼻子和两个特别长的手臂，就可以知道他是典型的棕色人种。但是，在他的脸上又充满了智慧，这又是和本地土人不同的地方，那么毫无疑问，他肯定是多少受过一些教育的。

海伦夫人一见这孩子，就马上下了车，对他表示出了特别的关心。全体队员也马上围了过来，而孩子还在熟睡中。

“可怜的孩子，”玛丽小姐说，“他是不是迷路了。”

“我想，”海伦夫人说，“他可能是从远处跑来扫墓的，可能他的亲人就葬在这里！”

“我们不能丢下他孤零零的一个人！”罗伯尔说，“并且……”

罗伯尔的话还没说完，那个小男孩翻了个身，却仍然没有醒，就在这时大家在他背上看见了一个小牌，上面写道：

陶林内
到厄秋卡去
由服务员史密斯负责照料
车资已付

大家看后感到十分惊讶。

“这又是英国人干的，”巴加内尔有些生气地叫起来，“他们送孩子回家就和寄包裹一样，‘邮资’付过后就不管了。我之前就听别人说过，当时我还不相信呢！”

“可怜的孩子！”海伦夫人念着，“他会不会坐的就是那辆出事的火车呀，他的父母会不会都已经不在了，留下他一个人了。”

“我想，应该不会的！夫人，”船长回答，“这块牌子不是说他是一个人来的吗？”

“他醒了。”玛丽小姐说。

果然，孩子醒了。慢慢地张开眼睛，可能因为阳光太刺眼，又立刻把眼睛闭上了。海伦夫人拉着他的手，他站了起来，望着周围的这些人，露出惊讶的表情，同时也因为害怕脸色有些发白。后来，他慢慢地平静了下来。

“孩子，你能听懂英语吗？”夫人问。

“是的！”那孩子是用英语回答的，但带着浓浓的外乡音。

“你叫什么名字？”夫人又问。

“陶林内，”那小土人说。

“啊！陶林内，”巴加内尔插话了，“如果我没记错的话，你的名字用澳洲话来说，就是‘树皮’的意思，是吗？”

陶林内点点头，又把目光转向女客。

“你是从哪里来，小朋友？”夫人接着问。

“从墨尔本来，乘坐的到散达斯特的火车。”

“是在康登桥发生事故的那列车吗？”爵士问。

“是的，先生！”

“你是一个人来旅行吗？”

“我不是在旅行，我要回家。巴克斯顿牧师让史密斯先生照顾我，可谁知那不幸的服务员已经死了。”

“你在火车上还有认识的人吗？”

“没有了，先生！”

可是，他为什么要来这人迹罕至的地方呢？又是什么原因让他离开康登桥？关于这些问题，夫人又接着问。

原来他的故乡在拉克兰，他是要回去看望家人的。

“你爸爸妈妈在家吗？”小罗伯尔问。

“在的！阿哥。”陶林内说完和小罗伯尔握了握手。小罗伯尔听见小土人叫他“阿哥”，心里高兴极了，上去抱着小土人吻了吻。他们两个便成了好朋友。

这时，所有的人都对陶林内的谈话产生了兴趣。太阳已经快落山了，在这里休息看起来也不赖，趁天黑赶那几里路也没多大意义，于是大家就在此落脚了。艾尔通把牛安顿好，也支好了帐篷。奥比尔准备好了晚饭，大家邀请陶林内一起共进晚餐，小家伙虽然已经很饿了，可还是说了一些客套话。大家坐在一起，两个小男孩紧挨着。罗伯尔总是给陶林内夹菜，陶林内一边接受一边说着谢谢，那种有些害怕，却又十分文雅的样子让人看了十分喜欢。

大家一边吃着饭，一边继续谈论着。所有人都很关心陶林内，问东问西的。其实他的身世很简单。和许多小土人一样有着相同的命运，从小就被送到殖民地的慈善机构里。澳大利亚的土人性格十分温和，从不仇视外来人员。在大城市里人们经常可以看到他们。他们的服装相当原始，在大街上走来走去，卖手工业品，如猎具、渔具、武器等。有些部落的酋长，为了省钱，很是愿意让他们的孩子去接受英国式的教育。

陶林内的父母就是这样做的。让这个可怜的孩子在墨尔本待了5年，从未见过亲人一面。然而，浓浓的思乡之情不会减少，一直活跃在那孩子的心中。他不怕路途的艰辛，坚决要回家，哪怕是看看那已流散的部落和已死掉的家庭也好。

“你看了父母之后还要回去吗？”夫人问。

“是的，要回去，夫人。”陶林内用诚恳的目光望着海伦。

“那你将来要做什么呢？”

“我要让我的同胞走出穷困和愚昧！让他们得到生活的自由！”

这样的话从一个8岁的孩子嘴里说出，竟是这样的震撼人心，只有那轻浮的爱嘲笑、爱打击别人的人听了才会觉得好笑。但是，在他面前的我们这些苏格兰人都被他的这种勇气所折服，对他更加尊重了。地理学家的心灵受到了震撼，开始对这位小英雄有了同情心。

坦白说，到目前为止，他都不喜欢这个穿着欧洲服装的小土人。因为他来澳大利亚是希望看见那些赤身裸体，身上刻有花纹的土人，而不是这种遍地都是的欧洲服式。这种“彬彬有礼”的服装不是他所希望的。但听完陶林内的这一番谈话，他的态度发生了一百八十度的转变。他对眼前的这个小土人佩服得五体投地。之后，他和陶林内也成了好朋友。

当夫人问陶林内在哪里读书时，陶林内说在墨尔本师范学校，校长是巴斯顿牧师。

“学校都开有什么课？”海伦夫人问。

“有数学、圣经、地理……”

“啊！还有地理！”地理学家叫起来，这说的正是他喜欢的。

“是的，先生，”陶林内回答，“并且在放寒假之前，我的地理考试还得了一等奖。”

“地理课得过奖，那真是不简单！”

“看，这是我的奖品。”小男孩从衣服口袋里掏出一本32开本的圣经，在第一页上写着：“墨尔本师范学校，特地奖给地理课第一名的陶林内，拉克兰人。”

对于一个澳大利亚的土人，地理学竟如此出众，真令他难以相信。地理学家再也抑制不住他那激动的心情，一把抱起陶林内，又亲又吻。陶林内却是一脸的茫然，不知为何他会如此对待自己。海伦夫人解释道，巴加内尔是位有名的地理学家，如果让他来授课，一定是一位著名的教授。

“你是地理学家！”那小土人说，“先生，那你考考我吧？”

“好啊，我也正有此意呢！我也想看看你们学校的地理课教得怎么样！”

“陶林内一定会让你大开眼界的，你还是小心点为好，巴加内尔先生！”少校带着讽刺的语气说。

“简直岂有此理！叫堂堂的地理学会的秘书大眼界！”

他一边说一边用手指顶了一下鼻梁上的眼镜，俨然一副教授的神态，带着严肃的语调，开始问。

“陶林内，请站起来！”他说。

原本陶林内就是站着的，正毕恭毕敬地等着巴加内尔的问题。“世界上的五大洲分别是什么？”巴加内尔问，在那时，连著名的地理学家也还不知道有个南极洲。

“亚洲、美洲、欧洲、非洲、大洋洲。”那小土人脱口而出。

“对的。那我再问你，大洋洲划分为几部分？”

“主要分为密克罗尼西亚、波利雷尼西亚、美拉尼西亚。其中主要岛屿有：英国的澳大利亚；英国的新西兰；英国的塔斯马尼亚；还有奥克兰、马加利、茶坦姆、马拉基、马金等，都属于英国的。”

“好了，好了！难不成几乎整个大洋洲都在英国的保护之下吗？”巴加内尔叫起来，“我反倒觉得，法国……”

“什么法国？”那小土人惊讶地问。

“你们学校难道就教你们这些吗？”

“是的，先生，难道教得不好吗？”

“好，好极了！把整个大洋洲都教成他们的了。我再来问你。”

少校看着地理学家的那副既懊恼又惊讶的表情心里乐开了花。

“现在我们说说亚洲吧。”地理学家有些没底气地说。

陶林内回答说：“亚洲是个大洲，都城加尔各答。其中主要城市有：马德拉斯、孟买、亚丁、科伦坡、新加坡、马六甲、曼谷；主要岛屿有：马尔代夫群岛、辣喀代夫群岛、查哥斯群岛等，这些都属于英国人。”

“很好，那接下来我们谈谈非洲吧！”

“非洲主要有两个主要殖民地：西边是些英国居留地，主要城市是塞拉·勒窝内；南边是好望角殖民地，都城开普敦。”

“回答得很好！”地理学家稍微松了口气，开始认定这是一种疯狂的英国地理教学模式了，“教得真不错！至于摩洛哥、埃及，阿尔及利亚……都从英国版图上剔出去了，现在，我想听听你对美洲的看法！”

“美洲分为南美洲和北美洲。北美包括新不伦瑞克、新苏格兰、加拿大，还有北美合众国，约翰逊任当地总督，但这些都属于英国。”

“约翰逊总督！”巴加内尔叫了起来，“那是林肯总统的继承人啊！你知道的还真不少哩！至于南美的佐治亚，像圭亚那、特立尼达、牙买加等地属于英国那是不争的事实，这我也是知道的，你不必说了。我想知道你们老师在教你们欧洲的时候是怎么教的？”

“欧洲吗？”陶林内不明白为什么地理学家那么激动。

“是的，欧洲，它是属于谁的？”

“自然也是英国。”小土人坚信地回答。

“不出我所料，那你说说吧。”

“欧洲有苏格兰、英格兰、泽西岛、格恩西岛、马耳他岛、设得兰群岛，它们都是属于英国的。”

“很好，还有别的国家吗，孩子？”

“别的国家？好像是没有了。”

“那西班牙、俄罗斯、奥地利、法兰西呢？”

“这些只是省份，不是国家。”

“胡说八道！”地理学家把眼镜一摘。

“难道不是吗？西班牙的省会是布罗陀。”

“好，很好，真是好极了！那法兰西呢？也是英国的一个省份？”

“是的，先生，加莱是它的省会。”

“那加莱也属于英国？”

“那是当然。”

听到这里地理学家再也忍不住了，捧腹大笑起来。看着他这样的举动陶林内却觉得莫名其妙。地理学家提问陶林内，他尽力回答，但却是那么离奇古怪。是他做梦也没想到的那种荒谬。虽然大家在笑，他除了有些莫名其妙却并不惊慌，严肃地等着这笑声的结束。

“怎么样，我没说错叫你开眼界了吧？”麦克那布斯说。

“没错，少校。”巴加内尔回答，“墨尔本的老师教得太好了！把整个世界都归入他们管辖。这巧妙的教育，地方土人还有什么能不被驯服。那么，孩子，月球，月球也属于英国吗？”

“将来应该会的。”那小土人一本正经地回答。

地理学家听他这么一说，在原来的地方再也待不住了，他非要找个地方笑个够不可，随即站起身，跑到宿营地以外的地方大笑了一场。

就在这时，爵士从自己的书籍里找出理查逊写的一本《地理学简论》的书籍。英国人很重视这本书，但它要比小土人的教师说得准确多了。

“来，孩子！”他对陶林内说，“这本书你留着做个纪念吧，并且它也可以帮助你纠正你在地理学上所犯的错误。”

陶林内接过书，什么也没说，他大致看了下书中的插图，脸上写满了大大的问号，不肯把书放进衣袋。

这时天已经很晚了，为了不耽误明天的行程，不得不休息了。罗伯尔邀请那小土人和他同睡一张床，小土人接受了。

没多久，海伦夫人和玛丽小姐也回到了车上，男客们都在帐篷里躺下。这时，还能听到巴加内尔那大笑的声音，他的笑声和喜鹊的歌唱声混成一片。

第二天早晨6点，当众人被一阵鸟鸣声惊醒的时候，那个澳大利亚的小土人却不见了。我们不知道他是想早点回到故乡呢？还是因为那地理学家的狂笑得罪了他？

但是，当海伦夫人醒来的时候，她发现旁边放着一束新鲜的单叶含羞草，那本理查逊著的《地理学简论》也放在了巴加内尔的衣袋里。

第二十九章　黄金之乡

1814年，莫其逊先生担任当时的伦敦皇家地理学会会长，从事研究澳大利亚南海岸不远的自北向南的那条山脉，它和乌拉尔山的地质构造有许多相同之处。众所周知，乌拉尔山蕴藏着丰富的金矿。因此，这位地理学家就大胆推想：会不会澳大利亚的这条山脉也含有金子呢？的确，他的推断果然没有错。

不出所料，两年后，从新南威尔士有人给他寄了两块金矿的标本。于是他就决定送一批工人去新荷兰的金矿区。

最初在南澳是杜通先生发现的金沙。而最初在新南威尔士是佛白和斯密士先生发现金矿床的。

这一轰动，引来了世界各地的淘金人，形成了一股“淘金热”。尤其在奥非尔城这个地方产金量最多，发展也最快，真不愧同名于《圣经》里的那个金国。

在那时，知道维多利亚省有金矿的人还并不是太多。直到1851年，才在这个省掘出金沙，不久，在奥文河、巴拉剌、奔地哥和亚历山大四个地方就同时开始开采，因为这些地方含金量很丰富。但是，由于当时的开采条件很有限，前三个地方的开采量不是很乐观。而亚历山大地区，分布均匀，矿石质量高，对于开采很有利。当时，它所产生的金子价格是每斤1411法郎，是全世界最高的市场价格。

现在，这个小旅行队沿着南纬37度线正向这个金矿区进发，在这个地方不知有多少人因此而发财又有多少人破产。12月31日，整整一天的时间他们都走在崎岖不平、牛马难行的路上颠簸着，最后终于看见了亚历山大的许多圆圆的山顶了。当晚他们就在一个山坳里休息，把牛马拴好，随意让它们在旁边吃草。第二天，也就是1866年的元旦，我们又走在黄金之乡的道路上。

地理学家和其他人都感觉十分荣幸，因为走过了这座著名的金山。用澳大利亚土语说这山名，那就是“吉坡儿”。不知有多少冒险家前来这里，其中有强盗，良民，有自己来送命的，也有要人家命的。特别是在 1851 这个黄金年中，“黄金热”变成了一种流行病，像瘟疫一样蔓延着，不知多少人以为终于有了发财的机会，结果却死在异乡。好多人说，上帝慷慨地撒下了千百万黄金的种子，现在到了收获的时候，于是，便来收金的收获人也就应运而生了。真是“万般皆下品，唯有掘金高”。在此失去生命的人固然多，可是发了大财的也不少。大家都不说那些倒霉的家伙；但只见有发财的，就会迅速地传播开来，传遍了五湖四海。所以很快，各路野心勃勃的人便纷纷向澳大利亚大陆涌去。仅墨尔本这个城市，就多了五万四千名的移民，他们是支无纪律无组织的大军，是一些无恶不作的掠夺者。

在那个黄金狂热的年代里，在地方上已毫无秩序可言。然而，英国政府竟然以他们那种惯有的沉着，使这种局势得到了控制。那些警察和士兵也都改邪归正，不干那抢劫的勾当了。所以，当爵士路过此地时，就不会再遇到当年那残暴的事情了。已经过去 13 年了，现在有着严格的制度控制着，金矿开采得井井有条。

但是，常年的开采，使这金矿已变得“千疮百孔”，遍地皆是像白蚂蚁钻的洞眼，渐渐地矿层快被采完了。

接近 11 点的时候，旅客们到了矿区中心。那是一座新兴的“城市”，有别墅、有工厂、有银行，也有教堂和报馆；同时还有农庄、旅馆和游乐场；甚至还有剧场，当时正上演一部描绘本地风光的话剧，演得相当不错。是一部名叫“幸运的掘金人”的剧本，主角在结尾时带着满满的失望的情绪掘下了最后一锄，而这最后一锄挖出了令人兴奋的大金块。

爵士怀着强烈的好奇心，想参观一下亚历山大的采金区。他让艾尔通先赶着车走，他一会儿就追上去。这想法和巴加内尔不谋而合，像往常一样，他自告奋勇地充当解说员和向导。

他带领着大家向采金区走去。用碎石铺成的道路很宽敞，洒水车也刚刚洒过水。到处都是什么“掘金人总办事处”，“块金总汇”，“黄金有限公司”等等的大招牌引人注目。过去的单干形式已被劳动力和资本联合起来所代替了，到处都能听到机器的隆隆声。再往前，放眼望去，地面上是不计其数的洞眼。工人们抡着的铁锄，在阳光的照耀下发出闪闪的亮光，好像是天空中不断放出闪电。这些来自不同国家的工人，彼此间并无争吵，默默无声地劳动着。

这时巴加内尔发话了，他说：“大家不要以为在大陆上就没有一些财迷跑来单干找金子的。我们都知道，大多数工人都是由公司雇佣的，因为这些矿区是由政府出租或出卖的，你如果没钱就没有下锄的机会。所以那些既没钱又不愿出卖劳动力的人，就不得不冒险单干了。”

“那他们有什么发财的方法呢？”

“‘跳坑’法，”巴加内尔回答说，“就比如说，我们这些人，在矿上是没有开采的权利的，但是，只要运气好，一样可以有意外之财。”

“那该怎么做呢？”少校问。

“‘跳坑’呀！我刚才已经说过了呀！”

“什么意思？”少校又问。

“‘跳坑’吗！在这儿有个风俗，经常引起骚乱和凶杀，但主管当局也无能为力。”

“快说呀！真啰嗦！”

“我现在说的就是呢！这里的人们都是知道的，不管是哪一个矿区，除重大节日外，只要一天一夜无人开采，就变成公共的了。如果你够幸运，谁占据了那就归谁了。所以，小罗伯尔，如果你运气好，能找到这样一个矿床，那它就是你的了。”

“先生，不要把我的弟弟教坏了。”玛丽小姐不高兴地说道。

“别生气小姐，我是在和他说笑呢。他永远也不会做掘金人的！掘地、翻地、播种施肥、最后收获，这才是正儿八经要做的事情。只有走投无路的人才会和地老鼠一样在土里乱扒、瞎钻，想找点金子！小罗伯尔是不会去做这勾当的。”

他们参观了主要矿场后，又走了一段用细沙铺成的马路，之后就到了银行。在银行的屋顶上竖着国旗，这座建筑物真是够气派。银行的总监接待了爵士一行人，并请他们到里面参观。

银行里存放着很多金子。银行总监指出许多奇异的金子标本，并详细说明了各种采金的方法。生金大致分为两种：分解金和卷金。它们都属于矿石块，金子和泥土混在一起，或者外面包裹着一层硅石。所以，要根据土质的不同，在开采时使用深度开采法或地面开采法。

卷金分布最多的地方是在干沟深处和急流山谷，根据体积的大小，分出层次，最上面的是金粒，下面是金片，最下面是薄块。

而分解金，它的外部石皮已经被分解掉了，然后集中起来形成一个“金团”。有时，这一个金团，便抵得上一个富翁的全部家财。

在亚历山大地区，金子主要分布在黏土层中，或青石片层的各层夹缝中。往往有些人能在这种地方找到大片的金块层也是足够幸运的，这就是人们所说的“金窝窝”。

各种生金标本参观完之后，他们又来到矿物陈列馆。里面陈列着各种澳大利亚的土壤所赖以构成的矿物质。金子并不是澳大利亚拥有的唯一东西，它就像个巨大的聚宝盆，所有的珍宝在陈列馆中都一一展现。在玻璃橱中陈列着闪闪发光的白色黄玉，这能与巴西的黄玉相媲美；有鲜绿的石帘石；有玫瑰色的红宝石；有宝贵的石榴石；此外，还有投龙河两岸产的小粒金刚钻，还有亮晶晶的金红石。总之，各种各样的宝石品种齐全，琳琅满目，不需要外来供给。在这里什么也不缺，就差把这些珍宝做成首饰了，一旦做成，一定无与伦比，会被抢购一空。

爵士谢过了总监的招待，便告辞出来，继续去参观矿床。

巴加内尔是个视金钱为粪土的人，可是，他走路的时候也总是在地上东瞅西瞅的，好像在找什么宝贝。伙伴们拿他开玩笑，他也不在乎。他有时会弯下腰，捡起一块石头，拿在手里研究一番，又带着失望的表情丢掉。一路上都是如此。

“啊！地理学家，你什么东西丢了！”少校拿他打趣道。

“是啊！在这生产黄金石的地方，感觉好像丢了什么东西。我也不知道为什么会有这种感觉，总想找块重一点的金子带走。”

“如果找到了，你会怎么办，我的巴加内尔先生？”爵士问。

“啊！如果真的能找到，我就把它献给祖国，存到法兰西银行里。”

“银行会接受吗？”

“当然，就说这是作为建设铁路的公益基金。”

大家大大赞美了一番巴加内尔的爱国热情，海伦夫人也希望他能找到世界上最大的金块。

他们一面说笑着，一面逛着周围的矿区。到处都可以看到在规则地、机械地工作着的工人，但并看不出他们对自己工作的热爱。

旅游结束后，他们来到了一家小酒馆歇脚，同时也在等待着牛车的到来。既然是在酒馆，当然要吃点东西，因此，巴加内尔叫来了老板，点了当地的饮料。

很快服务员送来了一杯“诺白勒”，其实就是英国的一种水酒，不过酒多水少，里面还加有糖罢了。这里的喝法太澳大利亚式，这些欧洲人可有点受不了。所以在他们接过酒杯后，又兑了一瓶水，所以，“诺白勒”又变成了英国水酒，酒馆老板看到这一系列的举动感到惊讶极了。

喝了酒之后，大家又开始谈那些淘金人，除了这好像没什么可说的了。

巴加内尔对看到的一切感到很满意，但又有些遗憾，如果是在亚历山大采金的时代来参观，或许会更有趣。

“就在那时，”地理学家说，“地面被挖的到处都是洞，那些挖洞的蚂蚁是很厉害的，所到之处无一幸免。但是却没有看到，他们过着糜烂的生活，挣来的钱都被吃喝挥霍掉，我们现在坐的这个小酒馆在当年就是人家说的‘地狱’。赌博的时候有时也会打起架来，警察制止不了，就只好由军队来镇压。最后，军队制服了这帮人，他们变得规矩多了，也都开始纳税了。当然征收也没什么困难了，但社会秩序要比加利福尼亚还要混乱。”

“谁都可以干采金这一行吗？”海伦夫人问。

“是的，夫人，干这行不需要有太高的文化水平，只要身强力壮就行。一些被贫穷逼得背井离乡的人，基本身无分文，那些稍有些钱的带着锄头，没钱的就带把刀，但不论有没有钱，都带着那种做正经之事的人绝不会有的狂热。所以在金矿区就出现一种奇怪的现象，遍地是船篷、草棚、帐篷，还有木板、泥土、树叶搭成的小屋。正中间是总督府的雕檐大厦，上面插着英国的国旗，还有各种公务人员住的蓝布帐篷，收金坐商，换金小贩的各种店铺。那些商贩赚的都是穷人的血汗钱，真正发财的也还是他们。那帮穿红羊毛衫长胡子的掘金人，整天生活在水里泥堆里，到处都是连续不断的锄头声，死尸的腐臭味也在空气中弥漫着。那令人窒息的灰尘，像云雾一般笼罩着那些可怜人，他们的寿命很短，好在澳大利亚的气候好，如果来一场伤寒病我敢保证十人中死掉的能有九个半。那些人冒着生命危险辛苦大半辈子，一二百万的人却在绝望中死去，而发财的只是很少很少的一部分。"

"巴加内尔，你能说说采金的方法吗？"爵士问。

"方法很简单，"巴加内尔说，"采金人在初期只是淘金，可现在不一样了。开发公司找到金脉，在那里可以直接采到金叶、金片、甚至金块。但是，淘金人只会沙里淘金，如此而已。他们先挖地，把认为是出金的土层挖起来，然后用水冲洗，用来分开金子和沙子。这种冲洗工作使用的是一种摇床，它是由美国传来的，叫做'克拉得尔'。这种工具形状像一个盒子，长2米，一种没有盖的棺材，里面分成两层。上层是一面粗铁丝网，接着又是几层细铁纱网。第二层下部分很窄。淘金的时候就是把含金的沙土放在第一层上，然后用水冲洗，同时用手搅动。根据它们体积的大小，石块留在粗纱上，碎金和细纱，分别留在各层细纱网上，土则变成泥水，冲到第二层的末端了。这就是普遍通用的淘金机器。"

"即便简单，那也是一种工具。"船长说。

"基本为了便宜，都会买二手货，"地理学家回答，"就算真的没有，也是可以不要的。"

"不要，那用什么代替呢？"玛丽小姐问。

"用个大盘子就可以，像簸箕一样用盘子簸土。不过，簸出来的不是麦粒，而是金粒。在采金的第一年，许多采金人很是幸运，没出什么钱就发了大财，因为那时黄金遍地都是。就在地面，很多很多。溪水的下面就是矿床。甚至墨尔本的街道上都有金子，铺路用的都是金沫子。所以，在1852年仅仅一个月的时间，在亚历山大就有价值823万法郎的黄金运到墨尔本。"

"跟俄罗斯皇帝的年俸差不多啊。"爵士说。

"真是位可怜的皇帝！"少校补充一句。

"有没有突然间发财的？"海伦夫人问。

"有的，夫人。"

"你能说说吗？"爵士说。

"1858年，在巴拉剌，人家找到一块重573两的金子；在吉普斯兰有一块重782两；1861年又有一块重834两。最后，就在这里，一个采金人发现一块重65

公斤的金子，假如以每半斤 722 法郎来计算的话，那这块的价值就是 223860 法郎！一锄头挖出 11000 法郎的年金，这个数量让人相当羡慕了！”

“这些金矿一被发现，世界黄金的产量增加有多少呢？”船长问。

“太多了，19 世纪初世界每年的黄金产量不超过 4700 万法郎，而现在，产量估计上升到 9 亿多，接近 10 亿了。”

“所以，在我们脚下，会有许多的金子吗？”小罗伯尔说。

“是的！孩子，可能有几百万两。不过，我们并不看重金钱，所以把它踩在脚底下。”

“那么，澳大利亚可真是‘得天独厚’的好地方了。”

“并不是，能产金子可不见得就是得天独厚的地方。因为这地方养活了一批游手好闲的人，他们过着富丽堂皇、骄奢淫逸的生活。所以孩子，生产金子并不是最好的地方，而生产铁才是最好的地方，因为可以用铁来制造生产劳动的工具，不断地锻炼人民的身体和能力。”

第二天，太阳刚露出笑脸，旅客们就离开了产金区，与此同时，也就走出了塔几坡区的边境。现在，正走在达尔零西区的路上，这条路灰土特别大。几小时之后，已走了一半的路程。一路走来顺顺利利，照这样计算再有半个月就可以到达吐福湾的海滨了。

目前，大家的身体都还挺好的，牛马也没觉得很累。地理学家说澳大利亚的气候特别“养人”，这话一点不假。潮气很少，几乎没有，天气也不算太热。

不过，自康登桥火车事故以来，旅行队戒备严格了许多，根本没再用以前的预防措施。现在的规定是：第一，打猎的人不得走得太远，牛车要一直在自己的视线范围内。第二，夜晚睡觉的时候轮流看守车子。枪上随时都装上子弹。显然是那伙在荒野中出没的强人，让他们心有不安。

当然，海伦夫人和玛丽小姐对这些戒备的措施是不知道的，因为爵士不想让她们担心。

但是这种戒备也是必须的，因为一个不小心，可能就会出大麻烦。而且不只哥利纳帆他们想到这一点，就连一些城市居民和畜牧站上的“坐地人”也在时刻提防流犯的偷袭。一到晚上，家家户户紧闭大门，在院子里还拴着狗，一有动静便会狂叫起来。放牧人在傍晚集合牛羊群的时候，个个都佩带着枪。这种戒备并不是多余的，那件血案，使人们不得不如此。甚至有些平时喜欢开窗睡觉的平民，一到傍晚来临，便紧闭了门窗。

就是地方当局也是小心翼翼，为了要保护邮车，许多宪兵队被派往乡下，以前邮车可以放心地在大路上奔驰。就在这一天，爵士一行人在穿过公路的时候，看到一辆飞驰而过的邮车，邮车过后尘土飞扬。虽然车子是一闪而过，可爵士还是看见有警察在车子上坐着，拿着闪闪发光的马枪。在黄金热的时候，欧洲的那些社会垃圾都被倾泻到澳大利亚大陆上来，现在这种戒备的情况好像又回到了那种混乱的年代。

走过 1 公里的基莫公路后，牛车来到一片桉树丛林。这片丛林非常大，好像跨过了好几个经纬度，自百奴衣角出发以来，旅客们还是第一次钻这种丛林。

大家看到的这些大桉树高有 60 米，15 厘米厚的树皮，大家不禁发出赞叹声。这些树的树干约有 6 米粗，上面还流着带有香味的树脂，一直挺到 45 米的高度。在这个高度以下，没有斜生的枝杈，甚至连一个疙瘩的侧影都没有，就是木匠用刨子刮也不会这么光滑干净。

这些大树几百棵连成一排，像柱子一样粗细均匀。这些树到了很高的地方才开始分杈，枝杈是对称生长的，枝上的树叶也是互生的。叶里还垂下一朵朵大花，花托好像覆盖着的盂钵。

在树林中，对流的空气把土地上的潮气都吸尽了。树和树之间的距离都是相等的，间距挺大，牛群、马群可以畅通无阻。原始森林的树枝密集，荆棘横生，还有许多倒下的树干，到处都是错综复杂的藤条，如果有人要去开发，那火和刀是必不可少的。而这行人现在经过的这片桉树林的地面覆盖着浅草，树顶翠绿，在天和地之间是疏疏落落的"擎天柱"，望不到尽头。树荫不是很多，所以也不怎么凉快，但是林子里有一种好像隔了层轻纱透过来的特殊光亮。树影有着一定的规则，地面上的闪光也很清晰。就好像到了一处仙境，给人以耳目一新的感觉。澳大利亚的森林就是不同于欧洲大陆上的森林，土人称这种树为"塔拉"，属于种类繁多的桃金娘科——是澳大利亚植物界的代表。

由于树叶子生长得奇怪，所以在这翠色的苍穹下，树荫不浓密，暗影也不深。这些叶子都是刀口式的叶边侧身向着太阳，没有一片是平面向着太阳的。迎着太阳光望去，能看到只是奇特的树叶侧面。所以，太阳光线就像透过百叶窗子一样，能穿过叶丛照射到地面上。

大家为这一点，倍感惊奇。当然，地理学家能够解释个问题，他立刻回答说：

"大自然造物，自有它的道理，我对这里的树叶并不感到奇怪。而对植物学家把这种树叫'有加利'就感觉有些莫名其妙了。"

"'有加利'是什么意思？"玛丽小姐问。

"是桉树的学名，出自希腊文，原意是'有庇荫之利'。可能是那些植物学家故意拿希腊文骗人，让人很难发现这个错误，很明显这种'有加利'树根本不能利于庇荫。"

"先生，我们都同意这点，不用说了，"爵士说道，"你快告诉我们为什么叶子这么长呢？"

"植物学和地理学都有原因，"地理学家解释道，"可以看出来，这一带气候比较干燥，很少下雨，土壤都被晒干了，所以树木体内的汁液也没有很多。但为了生存，它们就得保护自己，想法避开阳光的直接照射，防止水分的过度蒸发。所以，它们不让正面晒着，而是侧面对着太阳。这树叶是很聪明的。”

“可它们也很自私啊！”麦克那布斯反驳说，“它们只顾自己，也不替过路人考虑一下。”

所有人都赞成少校的说法，除了巴加内尔，他虽然擦着额上的汗珠，却仍然认为在没有阴凉的树林走路是一种很难得的机会。尽管如此，这样生长的桉树叶子，人们不会喜欢它。如果穿过这片林子的时间需要很久，烈日当空，没有阴凉，行人自然受不住。

牛车在这一眼望不到边的桉树林中行走着，路上没有碰到一个土人，一只野兽。只有几只鹦鹉在枝头叽叽喳喳为他们唱歌。有时一群五色斑斓的鹦哥穿过远处的树隙，一闪而过。总之，死一般的沉寂充斥在这座巨大无比的翠色庙宇中，只有人们的谈话声，马蹄声，辚辚的车轮声和艾尔通赶牛的吆喝声打破这片清幽。

天已暗下来了，爵士他们就在几棵刚刚被火烧过的桉树下宿营。这几棵桉树就像工厂里的大烟囱，树干已被烧空，从脚到顶都是通的，只剩外面一层树皮，而树仍然还活着。即便如此，这片森林终究会被“坐地人”和土人的这种烧树习惯而毁掉。地理学家向奥比尔建议，就在空心树干里生火做饭。火刚一点着，火苗就往上蹿，烟一直冲到树顶的叶丛中。夜里由穆拉地、威尔逊、艾尔通和船长轮流放哨，直到太阳出来的时候。

1月3日，人们死死地盯着那好像永远走不完的路。到了傍晚时分，树丛渐渐变得稀稀落落了，接着又走了几公里，在小片平原上出现了一些整齐的房屋。

“塞木尔！”地理学家叫，“过了这个小镇，就算出维多利亚省的边境了。”

“这个小镇重要吗？”夫人问。

“是个简单的村子，正在向市镇转变。”

“在那里我们可以找个像样的旅馆吗？”爵士问。

“应该没问题。”

“那么，快走吧，今晚我们要让女客们好好休息一下，我想，她们应该不会反对吧？”

“肯定不会，我们会很喜欢的。不过不要离路线太远，别耽误了我们的行程。”

“不会远。我们也累了，应该好好休息一下，并且，明天天一亮我们便启程。”爵士说。

晚上9点的时候，月亮已爬上了天空，透过一片雾气，倾射出万丈光芒。渐渐地天全黑了。小旅行队走在塞木尔镇的马路上，在前面领路的是巴加内尔，他好像对这些从未见过的东西也很熟悉。也许是他的本能，他领着大伙一直到了康倍尔旅馆。

安排好了牛马和车子，旅客们被领到相当舒适的房间里歇息。

大家在10点的时候吃晚饭，奥比内对晚饭检查了一番。地理学家和小罗伯尔已去镇上转了一圈。他们对夜游的印象只是轻描淡写地说了几句。其实他们看到的东西并不多。

然而，如果细心的话，一定会注意到塞尔木街上的骚动：一堆一堆人群中你一言我一语地不知在谈论什么，气氛显得很紧张。有人在大声读着当天的报纸，并发表自己的推测，互相讨论着。少校发现了这个情况。他没走多远，甚至都没出旅馆大门，便察觉出街上的气氛不对劲儿。他从那健谈的旅馆经理狄克逊那里得到了事情的答案。

但他却没有声张。等吃完饭，两位女客回房休息，他把其他人留了下来，说："康登桥血案的凶手已经有眉目了。"

"凶手抓到了吗？"艾尔通赶忙问。

"还没有。"少校用一贯镇定的语气说。

"真遗憾！"艾尔通又补充了一句。

"那么，凶手是谁呢？"爵士接着问。

"你看看报纸就知道那警官猜得不错。"少校说着，把昨天的澳大利亚新西兰日报递给哥利纳帆。

于是哥利纳帆读出了下面这则新闻：

1866年1月2日，悉尼消息——12月29日夜间，在康登桥上发生的一起特大交通事故，大家一定还记得。火车在11点45分经过吕顿河时，而此时康登桥居然是开着的。

事故后的搜索以及在离康登桥半公里发现守桥员的尸体，证明了这惨案是有预谋的而非偶然事故！

果然，根据调查的结果得知，6个月前西澳伯斯的拘留营准备将一批流犯移送诺福克岛，中途这批流犯逃掉了。就是他们制造了康登桥的惨案。

这批流犯一共有29人，彭·觉斯是他们的头头，他是个很狡猾的匪徒，在几个月前，也不知他是怎么到的澳大利亚，虽然警察通缉他，却一直没被抓到。

望广大城市居民、乡野移民及牧民们各自小心提防，并协助警察，一旦有他们的消息要随时报告本殖民地总监！

殖民总监米彻尔

爵士读完这则新闻后，少校转向地理学家，对他说："巴加内尔，现在你相信澳大利亚可能有流犯了吧。”

“越狱的流犯，自然少不了，”巴加内尔解释道，“但正式收容的流犯肯定是没有的！”

“不管怎么说，这里有流犯已是不争的事实，”爵士发表意见，“我想，就是有流犯，也不能改变我们的旅行计划，我说的对吗，船长先生？”

船长犹豫着没有立刻回答。一方面他怕中止旅行会让格兰特姐弟难过；另一方面又怕继续会遇到意外。

“如果没有海伦夫人和玛丽小姐的话，这些亡命之徒我倒一点儿也不在乎。”

爵士听懂了这话的含义，接着说："当然我们并不是不去找格兰特船长了。可是，与女客们同行多有不便，所以我们还是先到墨尔本，回到邓肯号上，然后继续乘船去东海岸寻访失踪的船员或许会好点。你说呢，少校？”

“我想先听听艾尔通的看法。”

水手长被点名，只好说出自己的看法。

“我想，”他说，“我们距墨尔本有 320 里，如果真的有危险，那么向东和向南是一样的。这两条路都是毫无人烟，人迹罕至的。而且，我不相信我们这些手中有武器的男子汉就对付不了那 30 来个流犯。所以，除非有更好的办法，否则我们还是继续前行吧。”

“艾尔通说得对，”地理学家附和着，“我们继续向前，说不定还能找到格兰特船长的影子。若是回过头来向南，我们就离格兰特的踪迹越来越远了。再说，我们这些勇敢的人是不会把那些伯斯来的逃犯放在眼里的。”

这样一说，大家都毫无异议地同意了继续之前的计划。

“我还有个建议，爵士。”艾尔通又说。

“你说。”

“派人给邓肯号送个信，看看是不是可以让它开到东海岸？”

“现在恐怕不合适吧，”船长回答，“等我们到了吐福湾，再传信也不迟。如果现在就发，一旦出现意外让我们不得不回墨尔本，我们就会找不到邓肯号了。而且，船坏得挺严重，现在应该还没修好。这些种种的原因，我觉得还是等等再发命令为好。”

“那好吧。”艾尔通回答，他并未坚持自己的意见。

第二天，旅行队离开了塞尔木镇。大家全副武装起来，随时准备应付外来事故。半个小时后，大家又来到了向东延伸着的桉树林。哥利纳帆反倒宁愿在旷野里旅行，因为在这树丛中，便于强盗隐藏而旷野就不会。但是现在，别无他选。所以，“老牛拉破车”，只好在林中小路上走了。晚上，沿安格尔塞区北境走了一段之后，牛车就经过了东经 146 度线。大家就在墨累县边境上留宿了一晚。

第三十章　澳大利亚土人

第二天，1 月 5 日清晨，大家踏进了墨累区域。这地区一直延伸到大洋洲的阿尔卑斯出的那一带巍峨的山脉为止，一路上都是人迹罕至。在那一带还没有现代文明的传播，这个区域是维多利亚省荒无人烟、情况也不了解的地区。不过，将来有一天伐木人会让这片森林在他们的利斧下消失，它的草场会成为牧畜的绝好饲料。但是，到目前为止，它还是一块原始地带，一片荒无，无人开发。

在英国地图上把这片荒区叫做“黑人区”，意思就是黑人的保留地。英国移民把土人粗暴地驱逐到此，在这偏僻的荒原和钻不进去的森林里土人的种族渐渐地灭亡了。凡是白种人，不论是浪人、移民、伐木人或“坐地人”，都可以自由地进出这被划定的区域，而当地黑人却不允许出来。

地理学家一边骑着马，一边谈着当代的关于种族歧视的问题。对于这个问题，只有一个结论：那就是弱小的种族必将被大英帝国的殖民制度所征服，要在它的故乡把它们消灭。这种种族的压迫是随处可见的，只不过澳大利亚越来越明显罢了。

在殖民初期，不管是流犯还是移民都把黑人当做野兽看待。他们残酷地驱逐土人，甚至用枪杀死他们。这些土人被屠杀，法学家还振振有辞地说：大洋洲的人民是“化外顽民”，杀死这些贱货根本不是犯罪。甚至在悉尼的报纸称大规模地毒死他们，这才是屠杀他们最有效的方法。

由此可见，英国人通过屠杀土人来实现开拓他们的殖民事业，他们的残暴是惨绝人寰的。在印度，消灭掉 500 万印度人；在好望角，100 万的人口被屠杀剩下 1 万。在澳大利亚也是使用同样的做法，大批的土人不是饮酒过度而丧命，就是被虐待致死。当然，英国当局也发过通告，制止几个杀人不眨眼的伐木人的暴行。但是他们的规定是：如果一个白种人割掉一个黑人的耳朵或鼻子，或者割下黑人的小拇指做“烟杆”，将会受鞭责的处分。然而，刽子手并没有因这种规定而有所畏惧，反而使他们更大规模地干起杀人的勾当，甚至有时灭掉整个部落。以凡第门岛为例吧，在 8 世纪初岛上有五千土人，而到 1863 年仅剩下了 7 个人！并且最近《火星报》还报道了一条消息，说塔斯马尼亚的最后一个人逃到了哈巴特。

地理学家说完这番话，爵士、少校和船长并没有半个字的反驳。即便他们是苏格兰人，也没什么好辩解的。因为这是众所周知的事实，是无可否认的铁证。

“如果是在 50 年前，”地理学家接下去说，“可能我们还会碰上很多土人，可是现在甚至连一个影子也看不到。恐怕再过一个世纪，那些土人就要灭绝了。”

是啊！所谓的“黑人区”却并没有黑人，甚至连一点痕迹也没有。实在是可怜。荒野和树林交替出现，越往前走越荒凉越冷寂。甚至就连牛或马这些生物好像也都不愿来这偏僻的地方。就在这时，小罗伯尔却停在了一丛桉树前，叫道：“快看！这儿有一只猴子！”

他一边叫，一边用手指着那在树枝上跳来跳去的小动物，它的动作非常敏捷，一会儿在这棵树顶上，瞬间又窜到那棵树顶上，好像长有翅膀会飞似的。难道这地方的猴子和传说中狐狸长出一对蝙蝠翅膀一样会飞吗？

这时牛车也停了下来，还没等大家看清楚是怎么回事，那只猴子就消失在了桉树尽头。一会儿，它又像一道闪电瞬间从树上跳下来，在地上一扭一拐地跑着，伸出它那长长的胳膊抓住大胶树的光树干。这树干又直又高，表皮光滑，想要抱着很难，只见那只猴子拿出一样东西，看起来像一把斧子，先在树干上砍出许多小凹坑来，然后，借着等距离的小凹坑爬上树顶的枝杈。没一会又钻到茂密的树叶中了。

“真奇怪！这是什么猴子呢？”麦克那布斯自言自语。

“这哪里是猴子呀，”巴加内尔回答他，“分明就是澳大利亚土人啊！”

大家还没来得及对地理学家的话表示怀疑，忽然听到不远处传来一阵叫声。大家还以为是发生了什么意外，快速走出约100米远，出人意料地是他们到了一座土人的宿营地。

这景象实在令人不敢直视，那用大块树皮做屋顶的十多间草房，当地人叫“骨尼窝”。他们在穷困的压迫下，简直没了人样，看了让人反胃。那里男男女女老老少少共有三十来人，他们都披着破烂的袋鼠皮。看到牛车来了，他们就想要逃走。幸亏，艾尔通用了几句莫名其妙的土话，让他们放宽了心。他们满脸疑惑地围了过来，仿佛牲畜见了家人给它们东西吃的样子。这些土人的皮肤像被煤烟熏过一样晦暗，但并不黝黑，身材非常矮小，头发乱成一团，有着很长的胳膊，肚子很大，满身的纹身和毫毛，有的人身上还留着在丧礼中割掉肉而形成的伤痕。他们的样子难看极了，真不知道造物主该怎么刻画他们的肖像？

海伦夫人和玛丽小姐下了车，给了这些可怜人一些吃的。这些土人就跟饿死鬼托生的一样，狼吞虎咽地吃起来。这样一来，土人便把这一行人当做神灵看待，澳大利亚的土人很迷信，说本来白人也都是黑皮肤，只是死后升入天堂，才变成了白皮肤的。

两位女客对这些土人中的妇女感到特别的怜悯。大洋洲这里女子的遭遇，真是苦不堪言。大自然就像继母一样虐待她们，甚至连一点的姿色都不愿给她们，她们只是别人用暴力抢来的奴隶，结婚的礼物只是换她们主子经常握在手里的那根“华狄”的一顿毒打。什么是“华狄”的一顿毒打呢？也就是大洋洲人用的战棒。结婚后，马上变成了少年老太婆，她们做着流浪生活中的一切苦差事，一面抱着裹在蒲包里的孩子，一面背着打猎和打鱼的工具，同时还要带着织网用的“蜜翁”

草筋。她们还要为一家人准备食物，这“蜜翁”是一种像麻的野草，除了这些外，她们还要捕袋鼠，捕蜥蜴，捕蛇，一直追到树顶上去捕；她们还要去砍木柴，剥下树皮用来盖棚子；她们生活的就和牛马一样，从未休息过，而关于吃，她们也只能在主人吃完之后，吃一点人家不吃的剩下的东西。

这时，几个可怜的女人，好像很久没吃东西了，正在用谷粒诱捕小鸟。

她们能像死人一样，一动不动，在滚烫的地面上躺着等上几个小时，总希望有一只愚蠢的鸟来到她们手边，她们的计谋不过如此，或许只有澳大利亚的鸟才会上当受骗。

旅客们对土人的好把他们给感动了，全都跑来围住旅客，所以大家不得不提防他们会产生抢劫的念头。他们就和野兽一样在嘶嘶地说着话，舌头不住地在嘴里打转，但是他们的声音很温柔。他们一面做着手势一面不断地说:“诺吉，诺吉。”因此可以看出:“诺吉”就是“给我”的意思。不论看见什么东西，他们都重复着这句话。奥比尔先生小心翼翼地保护着他们的那节行李车厢，尤其是对那些供旅途上食用的干粮更是尽心保护。

那些饿狼似的可怜虫看看车上的东西，露出贪婪的目光，同时龇出尖利的牙齿，可能这些牙齿都是嚼过人肉的。

当然，大部分的澳大利亚土人平时是不吃人肉的，但是在打架的时候，一旦把仇人打败了，就要吃他们的肉，这也是经常可以看到的。

这时，爵士同意了海伦夫人的提议，叫人给他们点吃的。那些土人立刻明白了他的意思，做出种种表情来，就算是再铁石心肠的人也会被他们这些表情所感动。他们一边做表情，一边大叫，发出的咆哮声就像是野兽见到有人打开笼子给它们喂吃的一样。他们尽管对麦克那布斯的说法不认同，但也不能否认这个没有进化完全的种族和野兽相差不远。

奥比内先生懂得社交习惯，他认为散东西应该先从女人开始。但那些可怜的女人却不敢在她们的主子面前吃。而那些主子一齐扑向饼干和干肉，就像饿狼扑向羊群一样。

玛丽小姐一想到她的父亲就是被这样野蛮的土人俘去的时候，禁不住流下了眼泪。她仿佛看见一个像格兰特船长那样的人正在这种粗野的民族里做奴隶，忍饥挨饿，还要受尽虐待。门格尔船长好像看透了她的心思，十分不安地看着她，所以还没等她开口就向那不列颠尼亚号的水手问:“艾尔通，你就是从这样的野人手里逃出来的吗？”“是的，船长，”艾尔通回答，“内地所有的土人基本上都是一样的。不过，您在这里看到的只是这些可怜人中的一小部分而已。在大令河两岸还有许多大部落，他们的头领有着可怕的权利。”

“那么，一个欧洲人在这些土人部落里有什么事能做呢？”

"应该和我以前做的一样呀，"艾尔通回答，"跟他们一起捕鱼、打猎，甚至一起打仗，我已经对你们说过，他们对你的待遇如何是要看你做事的成绩的，如果你够聪明够勇敢，你就可以在部落里受到尊重。"

"但还是俘虏呀！"玛丽问。

"是的，不管白天黑夜仍然被严密监视着，"艾尔通说，"根本没有逃跑的机会。"

"即便如此，你还是逃出来了，艾尔通。"少校插嘴说。

"是的，麦克那布斯先生，我是趁着部落间打仗的时候，逃出来的。既然逃出来了，当然我也不会后悔。但是，如果叫我再逃一次的话，我宁愿做一辈子的奴隶，我也不想再穿过内地那荒无人烟的地方了。愿上帝保佑格兰特船长不要冒险作这种逃脱的打算！"

"那是当然喽。"门格尔回答，"玛丽小姐，但愿您父亲还是在土人的手里当俘虏，这样，总比他在大陆上的森林里乱跑，找起来要容易得多。"

"您认为还有找到的希望吗？"玛丽小姐问。

"是的，玛丽小姐，很希望看到您在上帝帮助下能和父亲团聚！"

玛丽小姐流下了感动的泪水。

就在他们谈话的时候，土人们突然发生了骚动，他们大声地叫喊，四处散开，个个拿着自己的武器，好像发疯了似的。

爵士正在为他们的举动感到莫名其妙，这时麦克那布斯问艾尔通："你在澳大利亚土人中间生活了那么长时间，对他们的话应该能听懂吧？"

"只能听懂一点，"那水手回答，"每个部落都有各自的土话。但是，我相信我大致可以猜到这些土人的意思，为了感谢阁下，他们要表演一场战斗给阁下看。"

果然，水手长说的没错。没有任何的开场白那些土人就直接打了起来。他们装得很逼真，打得怒气冲天。如果不是事先知道是表演，简直就要认为这是一场真正的搏斗。据许多旅行家报道，澳大利亚土人是很棒的哑剧演员，这时他们的惊人演技果然被表现得淋漓尽致。

他们只是用一些大木棒来作为攻击和防卫的武器，这木棒很重，能把最厚的脑壳给打碎。还有一种叫做"托玛好克"的斧头，它是用非常硬的石块磨成，夹在两根棍子中间。有 3 米长的斧柄。这斧头很有用，同时杀伤力也很强，因为它既可以砍树枝，又可以把人头砍下来，既可以劈树，又可以劈人，随持有者的心思来使用。

这许多土人舞动着手里的武器，嘴里还不时发出一片叫骂声；战斗人员互相冲击着：有的人倒下来就像死了一样，另外的人就发出胜利的欢呼。这场面，叫人看了有点儿心惊胆战，就是真的战斗也不过如此。海伦夫人怕他们弄假成真，向旅行队打过来。在里面混着打的还有几个小孩，并且是真打。这里面有男孩，还有女孩，特别是女孩子，火气更大，一巴掌来一巴掌去，打得又用力又猛烈。

这样的群架持续了有10分钟，突然所有的打手都停止了打斗，都丢下了手里的武器。土人全都站着不动，保持着他们最后的姿势一动不动，就和画里面的人一样。甚至要以为一下子他们都变成化石了。

是什么原因引起这样的变化呢？他们为什么不动了呢？很快大家就明白了。

原来，这时飞来了一群大鹦鹉，在橡胶树顶上自由翱翔着。咿咿呀呀的叫声漫天都是，它们五颜六色的羽毛，好像一条在飞动的彩虹。就是因为这群鸟的出现，才使他们的战斗中止了。打猎总比打仗要好，所以他们都停止了打仗而来打猎了。

有一个土人抓起一件构造特殊的红色东西，离开了他的伙伴们，而其他人始终还是在原来的位置上站着一动不动，他从灌木丛与大树之间走向那群鹦鹉。他在地上匍匐着前进，没有一点的声响，既不扰动一个石子，也不碰到一片树叶，看起来就像一个影子在向前滑动。

一走到合适的距离，那土人就抛出手里拿着的东西，那东西就在距地面半米高，跟地面平行着向前飞去，飞了大约有四丈远，可是并没有落地，突然一直向空中飞上去，升到10米高的地方，打死了十多只鸟，又成抛物形回落到猎人的脚边。爵士和他的朋友看到眼前的情况惊呆了，都不敢相信自己的眼睛。

“那东西叫‘飞去来’。”艾尔通说。

“‘飞去来’！”巴加内尔叫起来，“是澳大利亚人用的‘飞去来’吗？”

他一边说，一边像个孩子一样，跑过去拾起那神奇的玩意儿，想要一看究竟。

的确，一般人都会想着“飞去来”里面藏有机关，可能是一种弹簧，只要弹簧一开动，它就可以在空中拐弯了。其实并非如此。

其实这“飞去来”只是一块弯弯的长1米多的硬木。中间厚的地方有0.1米，两头尖尖的。凸出来的一面突起两条锋利的边缘，凹进去的一面深度大约有7—8厘米。构造就是如此简单，但效果却是让人难以相信。

“这就是人家常说的‘飞去来’呀。”巴加内尔看了看那怪东西说，“不就是一块木头，没什么特别的。可是怎么横飞出去，没有掉落，反而是蹦起来，最后又落回到抛的人手里呢？许多旅行家和学者对这个东西也都无从解释。”

“会不会跟抛铁环一样，用某种手法抛出去，又能回到出发点呢？”门格尔问。

“也可能是一种回力作用，”哥利纳帆爵士补充说，“就像打弹子一样，打着弹子上某一点，它会转个圈儿返回来？”

“都不是，”巴加内尔回答，“抛铁环也好，打弹子也罢，他的反作用都需要有个着力点来决定，像抛铁环的作用点是地面，打弹子的作用点是台子。而这个‘飞去来’根本没有作用点呀？怎么会一蹦蹦那么高呢？”

“那么，您对这现象怎么解释呢，巴加内尔先生？”海伦夫人问。

“我也不知道，夫人，不过我可以肯定的是，很明显这种现象有两个原因，一个是扔的手法。一个是‘飞去来’的特殊构造。但是，这种巧妙的扔法，正是澳大利亚人的秘诀。”

“不管怎么说，这代表着他们的智慧……怎么能把他们比做猴子。”海伦夫人看着少校补充到，而他还是一脸的不服气，一直摇着头。

时间就这样在大家的辩论声中悄悄流逝。爵士觉得不能再耽误时间，应该继续前进。就在他要请女客们上车的时候，忽然跑过来一个土人，很兴奋地说了几句话。

“啊！”艾尔通说，“他们看见了几只鸸鹋！”

“嗯？是还要打猎吗？”爵士说。

“我们得看看，”巴加内尔叫道，“一定还是很精彩！还要用‘飞去来’哩。”

“你觉得呢，艾尔通？”

“不会耽误太长时间的，爵士。”那水手回答。

那些土人一点也没浪费时间，很快布置好了一切。打鸸鹋是他们难得的大喜事呀，打到一只鸸鹋就够叫全部落吃上好几天。所以他们拿出所有的本领来捕捉这种大猎物。但是这么大的一只鸟，跑得又非常快，没有枪怎能打着呢？没有猎犬怎能追上呢？巴加内尔要求看这场打猎也是想要看看他们那有趣的打猎方法。

土人叫这种鸸鹋为“木佬克”，也有人叫它没有鸡冠的食人鸡，现在在澳大利亚的平原上已经变得很稀少了。这种大鸟身高有 0.76 米，白色的肉，头上有一片角质的硬甲，淡淡的棕色的眼睛，黑色的嘴壳，向下弯着，趾上有强健有力的利爪，但是翅膀却很短，不能飞，羽毛的颜色较深。虽然它们不能飞，但是却跑得飞快。所以，想要捉住它们，只能用妙计。

所以，那人一叫，十几个土人像冲锋队一样四处散开。在这片可爱的土地上，野生的蓝草正盛开着蓝花，地面都被染成一片蓝色。旅客们在一丛含羞草的旁边停了下来。

当土人走近时，十几只鸸鹋立刻站起来逃走了，在一公里外的地方藏了起来。那位猎手观察好地形，做了个手势，示意让同伴不要动。伙伴们立刻在地上躺下。猎手从网兜里取出两张缝得很巧妙的鸸鹋皮，瞬间就披在身上。然后伸出右臂，抬着头，模仿鸸鹋觅食的样子。

猎手模仿得像极了，慢慢地向那群鸟走去。有时也会停下来，仿佛啄食；有时用脚扬起灰土，周围是一团云雾。他还学着鸸鹋的叫声频频发出声音，绝对可以以假乱真。果然，鸸鹋上当了。那群毫无警惕的大鸟来到土人身边。这时，只见土人挥起木槌，六只鸸鹋一下子被打倒了五只。

猎人的收获颇丰，这场围猎也就落下了帷幕。

于是爵士、两位女客和其他队员向土人告别，继续前进。

第三十一章　两位青年“坐地人”

旅行队在东经146度15分的地方安然度过了一夜。第二天早晨7点，旅行向东继续开始。他们的足迹在平原上留下一条直线，这足迹和“坐地人”的足迹没什么差别，唯一不同的就是爵士的那匹能留下了叶形蹄印的马，这蹄印是黑点站的标志。

在平原上有时也能看到一些曲折的河流，岸边有黄杨树，河水有时干涸，有时满涨。这些河流的发源地是群山连绵的野牛山，它的形状如波浪，美丽极了。

当晚大家就决定在这山脚下宿营。艾尔通赶着牛，加快脚步，今天一天已经走了55公里，牛已显得疲惫不堪。天色渐渐暗沉，他们也按时到达山脚。在大树下支好帐篷，大家都是草草地吃了点饭。此时他们已感到睡觉比吃饭还要迫切。

这晚该地理学家值班。他扛着马枪在四周巡视外面的动静。虽然没有月光的照耀，但星光闪烁，夜色还算明亮。地理学家凝视着天空的星座，好像那就是一张大星图，能读懂的人，就能体会到无限的乐趣。

大自然的一切好像也都沉睡了，只有马脚上发出的绊索哗啦哗啦的响声，打破这份宁静。

因此，巴加内尔陷入了奇妙的幻想中。他的心此刻已不在人间，而在九霄之上。这时忽然传来悦耳的钢琴声，惊扰了他的奇幻。

他仔细听，那钢琴的节奏很是激昂，浑厚响亮的声波震动着他的耳膜。

“在这偏僻的地方怎么会有琴声？”他感到非常诧异，“这叫我如何相信呢。”

的确，这事是有些奇怪。地理学家想，会不会是这里的怪鸟能学卜勒耶尔或厄拉尔（两位是法国著名钢琴制造家）钢琴的音调，如同有些鸟能学磨刀和敲钟的声音呢？

就在这时一阵清脆的歌声也传了过来。一个钢琴手再加上一位歌手！地理学家听着，对这件怪事还是不敢相信。然而，他听出来这是歌剧《唐璜》中的一段，是一支非常有名的曲子。“真是件怪事！”地理学家又想，“就算澳大利亚大陆上的鸟会唱歌，也不可能会唱莫扎特的名曲啊？！”

他细细地聆听着这美妙的音乐，再加上这美丽的夜色，所达到的完美效果，只有听到的人才能体会它的美妙。地理学家被这美妙的歌声和琴声陶醉着，没过多久，声音停止了，寂静的夜重新袭来。

当威尔逊来换班的时候，他还是那副如痴如醉的表情。但是巴加内尔并没有告诉他音乐的事，他准备明天再把这怪事告诉大家。所以，他交了班便回帐篷睡觉了。

第二天，旅客们被一阵犬吠声吵醒。爵士立刻起来，有几条凶猛的猎犬——英国最好的品种——出现在小树林旁边。旅客们刚想走近，它们就退了回去，但叫得更厉害了。“这荒凉的地方难道也有‘坐地人’？”爵士说，“既然有猎犬，那肯定就有猎人。”

地理学家刚想开口告诉大家昨晚的事，就在这时出现了两个青年猎人骑着剽悍的良种马。

他们的样子看起来很绅士，穿着标准的猎服，一看那支旅行队，立马就停了下来。可能他们在想，在这里怎么会出现这么一帮全副武装的流浪人。就在这时，两位女客下了车。

两位猎人，立刻下马，摘下帽子，向女客们走来。

爵士也迎了上去。因为他们是外来的生人，便先通报了身份和姓名。那两位青年人鞠躬致敬，年纪稍大的开口说:“爵士，夫人如若不弃，请到寒舍休息片刻。”

“你们是……”爵士问。

“噢，我叫米歇尔，他叫桑迪。我们是霍坦站的主人，既然来了就到寒舍坐会吧？”那年长的青年说。

“太客气了，我们实在不敢打扰……”

“爵士，我们都是漂零者，如果诸位能光临寒舍，那也是我们的荣幸了。”米歇尔说。

爵士只好答应了。

“先生，”地理学家发话了，“请恕我冒昧地问一下，昨晚唱莫扎特名曲的人是你吗？”

“是我，先生，”米歇尔回答，“伴奏的是我堂弟桑迪。”

“你唱得真好听，请接受我由衷地赞美。”地理学家伸出手来，那青年绅士十分文雅地握了握。然后，米歇尔指着右边的路，示意大家从这边走，他在前边带路，大家动身了。他们一边聊着，一边欣赏路边风景。

霍坦站是一座美丽的庄园，布置得和英国公园一样整齐。一望无际的草地被灰色的栅栏圈成一块一块的，上万头牛羊正在那里吃草，许多牧人和牧犬守卫着这支嘈杂的大军：羊咩声、牛吼声和犬吠声，以及鞭策声响成一片。

向东望去是一片树林，树林那边耸立着的霍坦山巍峨高大，高达 5000 多米。一排排的常绿树木，好像经过人工的雕凿。还有一种样子像棕榈的低矮灌木就像是一丛丛的“草树”，整个树干隐藏在和头发一样细长的树叶之中。空气中弥漫着一种薄荷桂的香味，这时这些树正开着白花，散发着淡淡的清香。

“万绿丛中一点红”，在这片绿树丛中，还点缀着许多欧洲移来的果树：梨树、苹果树、桃树、柑橘树、无花果树，甚至还有一些橡栎树，看到这些旅客们高兴极了。他们走在故乡的果树下并没感到奇怪，真正让他们感到惊奇的是在枝头唱歌的鸟雀：有羽毛一半金黄、一半像鸟绒的“丝光鸟”，有羽毛如绸缎般的“缎鸟”。在这些鸟儿中间，他们第一次见到了“麦尼儿”。这种鸟又叫琴鸟，尾巴像奥尔斐（古希腊神话中的乐圣）弹的那种典雅的古琴。它在凤尾草中穿梭着，但是当它的尾巴触碰着树枝的时候，却没听到安飞翁（希腊神话中的乐神）为重建白城而演奏的那悦耳的音律。地理学家真想抓只“麦尼儿”，亲自在鸟尾上弹一弹。

大家边走边聊，在一条两边栽着“卡苏琳娜”树的道路尽头出现了房屋。

那房子很漂亮，是用木材和砖石建造起来的，它深藏在“爱尔莫菲拉”树丛里。外形十分美观，有点像瑞士的风格，墙外环绕着一圈回廊，廊檐下挂着中国式的灯笼，就像古代罗马建筑的前庭。窗外种着五颜六色的鲜花。没有比这座房子再漂亮，再舒适的了。在外面的离草坪不远的地方有一根铜灯柱，顶上装着雅致的灯球，晚上，打开灯整个花围如同白昼一般，煤气是从在凤尾草树和“米亚尔”树下面的木棚藏着的一座小型煤气机里输送出来的。

并且，在住宅的四周看不见马房脚屋和厂棚，没有一点农庄的痕迹。这样的房屋一共有 20 来座，都坐落在半公里路外的山谷里，形成一个小小的村落。住宅间都装有电话，可以随时通话。这种住宅仿佛就是一处世外桃源，听不到一点尘世的喧嚣。

过了那绿荫道，接着是一座小巧玲珑的铁桥，下面是潺潺的流水，桥那边直通住宅外边的花园。过了小桥，红光满面的管家先生出来迎接。旅行队一行人走进富丽堂皇的大厅，出现在大家面前的是那豪华的家具及摆设。

来宾们看出了主人丰富的艺术和时髦的生活。先说前厅，里面挂满了各种精美的骑马射猎的艺术品。和前厅对着的是一间开着窗子的大客堂，里面摆着一架钢琴，钢琴上还有一堆各个时期的乐谱。还有几只画架，上面摊着画稿；有个像座，座上放着大理石人像；墙上还挂有西欧名画，脚下铺着柔软的华贵地毯，壁毯上绣着美女图，天花板上悬挂着一古铜吊灯。此外，还有许多珍奇古玩。一所澳大利亚的住宅里居然有这么多名贵物品，任何人见了都免不了要感到惊奇，所有这一切充分说明主人懂得生活和会欣赏艺术。总之，凡是在飘零生活中能使人消遣解闷，能使人回忆起故乡的东西都放置在客堂中。来到这里，就像到了英国或法国的高级别墅一样。

透过纱窗射进来一道柔和的光线，海伦夫人来到窗前，对外面的景色连连称赞。原来这住宅的下面是一片宽广的谷地，一直绵延到东边山脚下。连绵的草地和树林，疏疏落落的空地，凹凸不平的冈峦，坑坑洼洼的地势，这一切构成了一幅美丽的山水画。而这幅画却是活的，它能随着太阳的偏爱而时刻变化着。即使是想象力很丰富的人，也难以勾勒出这幅美丽的图画，这片美丽的自然风光真让人大饱眼福。

这时，桑迪已经吩咐厨师准备好了早饭。不到 15 分钟，大家便都入席了。美味佳肴自不必细说，客人们毫不拘束，畅所欲言。最开心的还是那两个青年人，他们认为能在自己家中招待一次嘉宾，真是荣幸之至。

宾客把他们此次旅行的目的告诉了他们，他们对队员们那种无所畏惧的寻访精神所感动。对格兰特的儿女也进行了一番安慰。

“格兰特船长，”米歇尔说，“既然他不在沿海各殖民区中，那么一定是落到土人手中了。在文件中他能准确地说出他的位置，说明他是一上岸，便被土人掳去了。”

“他的水手艾尔通也落入了土人手中，然后逃出来的。”门格尔船长说。

“你们有没有听说过不列颠尼亚号遇难的消息？”夫人问主人说。

“从未听过。”

“在你们看来，格兰特船长被俘之后，会受到虐待吗？”

“本地土人并不残酷，夫人，”青年“坐地人”回答，“你们大可放心，他们对人还是挺温和的。以前也有很多欧洲人和他们一起生活，但从未受过虐待。”

为了证明这一点，巴加内尔说：“柏克探险队中唯一的生还者金格就是很好的例子。”

“不只是他，还有个叫布克莱的英国兵，”桑迪说，“他在 1803 年脱险来到腓力浦港，被土人收容，一待就是 33 年。”

“还有，最近在澳大利亚杂志上刊登，一个叫毛利尔的人，”米歇尔也说，“过了 16 年的奴隶生活，目前终于回到故乡。格兰特船长的经历也许和毛利尔一样。我想，找到格兰特船长的希望还是很大的。”

这些话也就说明了之前地理学家和艾尔通说的话是对的，所以，大家听了还是很高兴的。

在女客离席后，剩下的人又谈到康登桥惨案。这两个“坐地人”对此事也有耳闻，可是这并不能引起他们的恐惧。在他们的畜牧站有一百多人，这帮匪徒绝对不会在此下手。况且，在墨累河这片荒凉的土地上，也没什么好抢的，他们也不会冒险前来。再说在新南威尔士那边有着森严的戒备，他们想过来也是有一定难度的，艾尔通也是这样想的。

爵士耐不住两位主人的热情，只好在霍坦站逗留了一天。这 12 小时他们得到了很好的休息，牛马也恢复了体力。所以，大家说好，提出一个消磨时光的好计划。大家都接受了。

中午，从院门处奔出七匹雄壮的猎马，女客们乘坐的轻便马车也出发了，后面跟着打猎的仆人。猎人都背着猎枪。同时，在最前面还有一群猎犬也在快乐地狂吠着。

用了 4 个小时的时间，猎人骑马踏遍了那片林园的所有道路。这片园林像德意志的一个小土邦，尽管居民寥寥无几，但却有着数不清的山羊。至于那些鸟兽，也从四面八方聚集而来，却不会有很多跳到枪口来白白送命的。所以，听到枪声一响，在平原和林里的小动物都躁动起来。小罗伯尔待在少校身边，上蹿下跳，高兴极了。不管他姐姐怎样嘱咐要他小心点，他总是第一个开枪射击。好在由门格尔船长负责照顾他，玛丽小姐也可以放心了。

在这场围猎的猎物中，最吸引人眼球的是当地的特产动物——袋熊和袋鼬。

袋鼬是袋兽的一种，比狐狸还要狡猾，它偷东西的工夫可以做狐狸的老师。但是，它长得却是奇丑无比，长只有 1.5 米。巴加内尔一枪打死一个，但由于他极强的虚荣心，让他觉得这种兽十分可爱。“多么漂亮的小兽啊！”他说。

小罗伯尔也打了不少猎物，其中还有一只袋狐，这是一种小狐，黑色的皮毛，点缀着白色的斑点，它的皮和貂皮一样珍贵。此外，还有一对在树洞口休息的小松鼠也在劫难逃。

但是，这次围猎中追捕大袋鼠的那一幕是最令人惊心动魄的了。不到下午 4 点，猎狗惊扰了一群这种稀奇的袋兽。幼鼠迅速地钻到母亲的育儿袋中，大袋鼠一个接一个地快速逃跑。在跳远这方面，它们就是世界冠军，它们的后腿是前腿的两倍，一张一弛，能跳很远，像装有弹簧一样。领头的那只最美的雄袋鼠，身高有 1.4 米，当地人叫它“老头子”。

袋鼠对这紧张的追逐一点没感到累，猎犬又不敢太接近它们，因为它们的后爪很是锋利，让猎犬害怕。但是到最后，它们还是跑不动了，那“老头子”躲在树后，瞬间，那猎犬被蹬飞到空中，掉下来时，肚子已被抓破了。很明显，就是这群猎犬一齐上，也难以制服那群袋鼠。除非开枪，因为只有子弹可以征服它们。

也就在这个时候，小罗伯尔差点丢了性命。他想把枪瞄准些，所以走得更近，可谁知这个时候那袋鼠一跃而起，冲了上来。

罗伯尔大叫一声，摔倒在地。在马车上的玛丽小姐被吓傻了。这时，开枪也是不行的，误伤到孩子就糟了。

船长靠着他的机智灵敏，不顾自己的安危，拔出猎刀，向大袋鼠扑去，猎刀直刺胸部，把袋鼠杀死了。幸运的是罗伯尔基本没受什么伤。

罗伯尔爬起来后，和姐姐抱在了一起。

“太感谢您了，门格尔先生！”玛丽小姐紧握着船长的手说。

“这是我应该做的。”这次打猎以这场意外事件而告终。那些“群龙无首”的袋鼠自然作鸟兽散了。被打死的大袋鼠成了大家的战利品。晚宴上，按照土法泡制的大袋鼠尾汤很受欢迎。

吃完饭后，又喝了点饮料，大家聚在大客厅中，聆听着美妙的音乐。海伦夫人的钢琴弹得非常好，特意为大家献了一曲。米歇尔和桑迪歌唱得很好，他们唱了法国名作曲家古诺·马色·达维德的名曲中的一些段子，还唱了德国的天才作曲家瓦格纳的名曲。

音乐会结束，大家又喝了点澳大利亚名茶。而地理学家非要品尝当地的土茶，人家就给了他一杯像墨水一样浓黑的饮料——那是半斤茶叶，一升水，熬了4个小时的结果。巴加内尔虽然喝得龇牙咧嘴，但还是称这是绝顶的好茶。

夜深了，客人们都已睡下，但在梦中还继续着白天的欢快场面。

天刚亮，爵士一行人就向那两位青年“坐地人”告别。彼此说了一些客气话，还相约在欧洲的玛考姆府再见。随后，车轮开始滚动，绕过山麓，那座豪华住宅便和幻影一般，消失了。一直走了8里路，还没有驶出霍坦站地界。

直到上午9点，旅行者们刚走过畜牧站的最后一道棚栏，又来到了维多利亚省的一片连名字也不清楚的地方。

在东南方澳大利亚的阿尔卑斯山脉挡住了去路。这山脉好像是一个伟大的防御工程，绵延2200公里，那陡峭的悬崖，挡住了空中的流云。

天空乌云密布，闷热得叫人喘不过气，除了这些，那崎岖不平的路面，给前进带来了更大的困难。平原上遍布的山丘，到处都是小胶树稀稀疏疏地生长着。稍远一点，越来越高的丘陵形成了阿尔卑斯山脉最初的几个阶梯。不难看出，旅行队是越走越高，因为牛拉得已经十分吃力，直喘粗气，车轭被牛拖得咯吱咯吱作响，腿上的牛筋凸显着。虽然艾尔通的赶车技术很好，但也不能保证没有意外的碰撞，把车板撞得总是唉声叹气。车上的女客们倒是毫无怨言。

船长和另外两名水手走在前面带路，他们尽量挑好走的路。也可以说这里基本没有路，这地面就和海边的礁石一般高低不平，牛车就像船在礁石缝寻找航道一样。而大家就像是在波涛汹涌的海上航行着。

这段路走得很辛苦，而且很危险。遇到茂密丛生的棘丛，威尔逊不得不用斧头开路。潮湿的地面，脚一踩就往下陷。因为路上的障碍太多，所以这段路感觉特别漫长，深邃的山谷，深不可测的河滩，高耸的花岗岩，有这些的地方非得绕过不可。所以，他们走得很慢。傍晚时分，就露宿在山脚下的高本白拉河。这里有一小块平原，平原上长满了淡红色叶子的灌木，高约1米。“苦头还在后面呢？”爵士说，“阿尔卑斯！单这个名字就够叫你想象的了。”

“这个要打个折扣，”地理学家回答，“这只是个相同的名字，正如澳大利亚和欧洲，都有比利牛斯山脉、阿尔卑斯山脉，格兰比安山脉，还有蓝山山脉，虽然名字相同，但都是缩小的模型。这个情况说明地理学家想像力很有限，想不出新名词，或者就是词汇太贫乏了。”

“照你这么说，这条阿尔卑斯山脉是……”夫人问。

“是缩小版的，”地理学家回答，“走过去没什么难的。”

“只有你这样粗枝大叶的人爬过一座大山还不会觉得有什么，”少校反驳说，“你这是替自己现身找说法吧！”

“我怎么就粗枝大叶呢？”地理学家不高兴了，“我早就改掉粗枝大叶的坏毛病了，不信你让两位女士评评，我说得是吗？我还有犯错吗？”

“是的，一次错也没犯，巴加内尔先生，”玛丽小姐说，“你已经是个十全十美的人了。”

“太完美并不好，”海伦夫人又补充了一句，“你应该还和以前一样，那就最好了。”

“是吗？夫人，”地理学家回答，“我要是不犯点小错误，那就和普通人一样了。所以，我还是希望平时出点小错误能逗你们开心。要是我真的不犯错，好像就没尽到职责。”

第二天，1 月 9 日，尽管巴加内尔一再强调，但困难并未减少，反而更多了。已经无路可走了，所以只能到处乱找，有时钻到又窄又深的山坳里，结果却是“此路不通”。

走了大概有一个小时，就在艾尔通感到进退两难之时，他发现山路旁有小旅馆—— 一个破败不堪的酒店。

“这儿怎么会有酒店呢？老板在这儿应该挣不到什么钱。”巴加内尔叫起来。

“但是，它给我们指引了路线，”爵士说，“我们进去坐坐吧。”

爵士和艾尔通前后走进小店。这酒店名叫“绿林旅舍”，老板是个粗野大汉，满脸横肉。店里卖白兰地、威士忌、烧酒，他就是自己的顾客。没客人的时候，他就自斟自饮。偶尔也能看到几个过往的“坐地人”或放牧人。

爵士问了酒店老板几个问题。他爱答不理地回答着，但从他的回答中，爵士还是弄清楚了路途的方向。爵士给了他一些小费。就在他们出门的时候，突然看见了墙上贴着一张告示。

这是一张殖民地警察局的一个通告。通告上说，伯斯有一批流犯潜逃，现在通缉匪首彭·觉斯，如有人将其捕获，送交当局，赏金 100 镑。

“这个混蛋，真该把他绞死！”爵士说。

“首先得抓住他才行！”水手长回答，“100 镑！可不是一笔小数目，这个可恶的家伙根本不值这么多。”

“我感觉这个老板也不像好人。”爵士又说。

“我也这么认为。”水手长附和道。

艾尔通套上牛车又继续赶路了。他们向卢克诺大路的尽头走去。那里盘旋着一条羊肠小道，斜贯山腰。大家又要开始爬山路了。

这条山路坡度很陡，马上和车上的人不只一次地需要下来步行。上坡的时候，车子太重，人不得不帮着推；下坡时，车速又太快，这时人又要在车后拉着；急转弯时，车辕太长，拐不过弯来，又不得不先把牛解下来。甚至有时，上坡的时候实在上不去，就不得不请那几匹已经疲惫不堪的马也来帮一下忙。

就在这一天，不幸的事终于发生了。不知是由于生病，还是因为疲劳过度，穆拉地骑的马死了。

水手长检查了一下那死去的伙伴，但并没有看出死亡的原因。

“这畜生一定是某条血管破裂而死。”爵士说。

“可能吧。”水手长回答。

随即哥利纳帆把自己的马让给了穆拉地，他跟夫人一块儿坐车。旅行队继续前行，已经顾不上那匹死马，而它却成了老鹰的一顿美餐。

澳大利亚的这座山并不太高，宽度也不过 5 公里，如果能选出正确的山路，两天就能翻越此山。到山那边后，就不再有什么不可逾越的障碍了。

一行人终于在 1 月 10 号那天到达山顶，海拔大约不过 600 米。“远看是山，近看成川”，没有比这句话能更恰当地形容阿尔卑斯山的山顶了。平坦的地势，四周也没有什么障碍物，一眼望去，可以看得很远。北边是奥美奥湖，波光粼粼的湖面，漂浮着几只水鸟。湖的那边就是低平的墨累河流域的冲积平原。南边的草场就像展开着的绿色地毯，那里的地层含有大量的黄金，有茂密的原始森林。那里的河流、物产和动植物，到目前为止，尚未受到人类的破坏，大自然仍是它们的主人。而这座阿尔卑斯山脉就是“原始区”和“文明区”的分界线。这时，太阳快要落山了，几道光线穿过西边天空的彩霞，把大地照得光彩夺目。相反，在山脉的北面，显得一片苍茫，只有阴影在晃动，仿佛山南的夜幕来得特别早。很快，整个山南面便淹没在黑夜之中。旅行队处在两种境地的分界线上，很清晰地看到光明与黑暗的对比。放眼望去，看看那几乎完全陌生的地面，心中不免升起一丝惆怅。

那天晚上，他们只能露宿。第二天一早，便开始下山。下山的路走得很快，但是，在半路上遇到一场气势凶猛的冰雹，把他们逼得退缩在一块大岩石下面。那可不是一般的小雪珠，有冰砖那么大，从乌云中急急地直冲下来，就是石炮所发出的石块也不能和它比。巴加内尔的头上被打了两个大包，把车篷也打了好几个洞，那种尖尖的冰块，有的甚至嵌到树皮里面。要想不挨打，就必须等冰雹停了再走。这场冰雹整整下了一个小时才停了下来。旅行队又在倾斜的岩石上慢慢地移动起来，地面很潮湿，岩石上也因为沾了水变得非常光滑。

一路上老牛破车摇摇晃晃，吱吱哑哑地叫着，有几处已脱了榫，不过整个车身还算结实。傍晚，他们终于跨过了阿尔卑斯山的最后几个阶梯，来到一片孤立的杉树林中。再往前走就可以到达吉普斯兰平原。总算是平安翻越了阿尔卑斯山脉，照例晚上宿营。

一夜平安度过，第二天继续上路，大家精神焕发，兴致丝毫不减，都希望一下子就能找到格兰特船长。只有到达太平洋海岸，才有可能找到失事船员们的踪迹，在吉普斯兰这块平原上找，也是无济于事的。于是，水手长艾尔通催促爵士下令给邓肯号，叫它开往太平洋沿岸来，便于寻找。刚好在这里有条通往墨尔本的大路，交通十分便利，按他的意思，现在就派人是个很好的机会。

似乎水手长的话很有道理。地理学家也劝爵士接受他的建议。他认为把游船开来，的确能帮我们很大的忙，并且他还补充说，过了此地，通往墨尔本的大路就很难再有了。

爵士有些犹豫不决，如果不是少校坚持反对，可能他会接受的。但是麦克那布斯说，靠近海岸的路途艾尔通最熟悉；如果发现有什么线索，要追踪寻找，少了水手长那可是不行的。并且他知道不列颠尼亚号的遇难地点。

当然，少校的建议也有道理，船长同意他的意见，并支持他。门格尔的理由是：如果从吐福湾派人要比这里近得多，还不必穿越那320里的荒野。最后，大家一致通过到吐福湾再作打算。艾尔通好像很失望，麦克那布斯看了一眼，但什么也没说，他是个不善表达的人。

吉普斯兰平原由东往西略微有点倾斜，但地势很平坦。一眼望去，遍地零星的木本含羞草、各种胶树、桉树，打破了这单调的景色。大花胃豆头的灌木，开着鲜艳的花朵；几条不起眼的小溪中长满了蒲草，两岸开满兰花。河水很浅，涓涓流淌着，旅行队蹚着水走过，成群的鸨鸟和鸸鹋远远地看到有人就逃跑了，树林中蹦蹦跳跳的袋鼠，就像动画片中的小木偶。这时，旅行队员们的马匹已经吃不消，瘦得皮包骨头，所以他们也没心思打猎。

而且，这闷热的天气，让人畜都难以忍受。所以他们抛开所有的杂念，只想快点前进。只有艾尔通对牛的吆喝声打破这片沉寂。

从中午到下午2点，他们一直走在一片奇怪的凤尾草丛中。虽然美景就在眼前，可他们却无心欣赏。这种草本植物长得很像树，高足有3米，还开着花。在那柔软的细枝下旅行队走过。走在这固定的大伞的荫庇下，还是让人比较满意的。特别是地理学家他的愉悦都写在了脸上。总是发出赞美声，却没想到惊起大群的鹦鹉和鹦哥，耳边顿时响起震耳欲聋的啧啧声。

正在巴加内尔得意之时，他忽然从马身上摇摇晃晃，就像一块门板一样掉了下来。是因为天热，他中暑了吗？大家都围了上来。

“巴加内尔！巴加内尔，你怎么样？”爵士叫着。

“朋友们，我没什么，可我没有马骑了。”地理学家笑着说，把脚从马镫上褪出来。

“你的马也死了？”

“是的，和穆拉地的马一样，说死就死了。”

这时，爵士、少校、船长都来检查这匹马的死因，但还是一无所知。

“真奇怪。”门格尔说。

“是呀，到底是怎么回事呢？”少校也咕哝着。

这次意外的发生，使这一行人开始不安起来。因为想要在这荒无人烟的地方补充马匹那是绝对不可能的。要是这些马都得了马瘟，他们就没办法继续赶路了。

真是祸不单行，还没到傍晚，威尔逊的马也死掉了，并且这次更为严重的是倒下了 3 头牛。“马瘟”似乎也已成为不争的事实。这样一来，所有的牲口只剩下 4 匹马和 3 头牛了。

问题越来越严重。骑马的，没了马还可以步行，许多“坐地人”就曾步行穿过这片荒凉的地界。但是如果没了车，两位女客怎么办呢？这里离吐福湾还有 200 公里呢，她们能走得过去吗？

船长和爵士很是着急，他们为剩下的牲口检查了一遍，想法防止意外的再次发生。但没发现任何不良迹象，甚至连一点细微的毛病也没有。每只牲口都是好好的，还可以经受长途跋涉的颠簸。但愿那可怕的瘟疫到此为止，不要再有牛马死去。

虽然，大家感觉有些莫名其妙，但并没有停下前进的脚步。没马的人走累了就轮流地坐会牛车。这天走得很慢，一共才走了 16 公里。晚上，停止前进的命令一发出，大家立刻都睡下了。这一夜是在高大的凤尾草丛中度过，同样一夜无事，在草丛中庞大的蝙蝠飞来飞去，在当地它们被称为“飞狐”。

1 月 13 日，一天平安无事。没有再发生牲口倒毙的事，大家长出一口气。牛马各自做着各自的事，精神充沛。海伦夫人的客厅因为来坐的人多了，所以最为热闹。30 度的气温热得大家感到有必要喝一些冷饮，所以司务长奥比内一直忙个不停。这个时候，苏格兰的啤酒销量最好。大家都对巴克来酒厂的老板大为赞赏，说他是大不列颠最伟大的人物，甚至比英国名将威灵顿还要伟大，因为即便威灵顿再伟大，也造不出这样的好酒来。地理学家喝得有些多了，话也多了起来，喋喋不休洋洋洒洒地谈论着古今。

这一天从开始就很顺利，想必一定会顺利到底的。大家一口气走了足足有 25 公里的路，那是一片高低不平的红土地带。他们计划将在傍晚赶到那条在维多利亚南部流入太平洋的斯诺威河，就准备留宿在河边。很快，牛车就走在黑土层的平原上，路的一旁是荒草，另一旁则是长满花胃豆的田野，天色暗下来，天边出现了一道雾气，不远处就是奔流着的斯诺威河。大家快马加鞭，就在一个土丘后面，大路的转弯处露出一片森林。艾尔通赶着牛车穿过那片高大的树林，在离斯诺威河不到半公里的路上，牛车忽然掉到沼泽中，一直陷到车轴。

“后面的当心点！”艾尔通赶快回头说。

“怎么了？”后面的人问。

“牛车陷到沼泽里了。”艾尔通一边回答一边抽动鞭子，凭那几头牛的力气，车子丝毫不想出来，而且越陷越深。

“我们就在这里宿营，等明天，再把车子拉出来吧！”水手长回头说。

爵士同意了。

黄昏的时间很短，夜幕降临，但气温依然很高。空中充满了水汽，闷得人喘不过气来，一道道闪电把天边照得通亮，好像暴风雨就要来临。很快大家在大树下布置好营房，只要不下雨，还能在此安静地过一夜。

如果下了雨，想要把车弄出沼泽就更难了。所以艾尔通连夜费了很大的劲才把那牛车和 3 头牛从沼泽中拉出来。牛肚子上糊的都是泥巴。水手长把牛和马牵到一块，细心照料。这天晚上，爵士更是对这任劳任怨的老黄牛感激不尽，因为现在没有什么能比它们更重要的了。

简单地吃过晚饭。因为天气太热大家都没怎么吃，现在最需要不是吃饭而是休息。夫人和玛丽道了声晚安，回她们舒适的小窝了。至于男客们有的钻进帐篷，有的索性躺在草地上，在这种天气下，睡在外面倒没什么坏处。

大家都睡着了，此时天空的乌云在移动着，乌云把黑夜笼罩得越发阴暗了。夜深人静，一点风也没有，偶尔可以听到猫头鹰的叫声，唱着小三度低调，和欧洲的那种多愁善感的杜鹃鸟一样，叫声哀转凄凉。

快到 11 点钟的时候，少校醒了过来，他眯着眼睛，由于过度的疲惫，他不愿起来。忽然看见在树林中流动着一片隐隐约约的亮光。像一幅白缎子，又像阳光照耀下的湖面闪闪发光，开始少校还以为是鬼火在野地烧起来了。

他起来向树林走去，仔细一看，立刻让他感到十分惊讶。原来这是一种奇特的自然现象，是许多菌类植物发着磷光。这种植物的胞子囊在黑暗中可以发射出强度很高的光线。

少校不是个自私的人，他想去叫巴加内尔，让这地理学家也能一饱眼福，欣赏这奇特的美景。不料就在这时意外发生了。

树林被那磷光照亮的面积并不很大，少校借着亮光隐约看见在树林边缘迅速走过几个人影。这是真的吗？这是眼花了吗？

少校悄悄地伏在地上仔细观察，他看清了不远处几个人一会站起一会弯腰，似乎在寻找着什么。

这些人在做什么呢？我一定要弄明白。少校没有丝毫的犹豫，在没有旅伴的陪同下，独自一人在地上匍匐前进，像个草原上的土人，躲到草丛中去了。

第三十二章　旅行队中的内奸

“天有不测风云”，夜里 2 点钟，天空中乌云密布，电闪雷鸣，下起了大雨。帐篷根本挡不住这么大的雨水，男客们只好躲进牛车。大家已无法入睡，只好随便闲谈着，只有少校一声不吭，只是静静地听着。大雨一直下个没完，这场暴雨很可能要引起斯诺威河的河水泛滥。松软的地面，车轮已深陷其中，如果河水再一泛滥那情况就更糟了。所以艾尔通、穆拉地、船长不时地跑去看水位，回来的时候衣服都淋透了。

到天亮大雨终于停了，但太阳并没有出来。遍地是大滩的浑浊黄水，像个烂池塘。从潮湿的地面上腾腾地冒出热雾来，空气中的湿度已达到饱和点，潮湿得让人受不住。

爵士最关心的是车子，当务之急是把车子弄出烂泥坑。他们去看了看那笨重的车子，半个车轮已被稀泥淹没，要想弄出来还真是不容易，所有的人力和牛马都加上去，也不算多。

“不管怎么说，必须抓紧时间弄出来，这种泥坑越陷越深。”门格尔说。

“那现在就动手吧。”艾尔通应声说。

于是，爵士、他的两名水手、船长和艾尔通都钻进树林中，去牵昨夜拴好的牛马。

那片胶树林的景象很是荒凉。林中都是很远一棵的参天枯木，树皮剥落了似乎近百年了，就和欧洲软木树在收获的季节剥掉皮一样。这些树大约有 20 米高，树枝光秃秃的，稀疏地向空中伸展开。没有一只鸟愿意在这空中的骷髅上筑巢，在这叮当响的枯骨上也没有一片叶子摆动。整片树林像得了瘟疫死去了一般，这种情况在澳大利亚并不少见，至于造成的原因，却没人知道。最年长的土人，甚至埋葬在地下他们的祖先，也从没有见过这片林子绿过。

爵士一边看着灰蒙蒙的天空，一边走，胶树的细枝条清晰地映衬在天空上，像精致的剪影似的。艾尔通跑到昨天牛马吃草的地方，却不见了牛马的影子，顿时惊慌失措。这些牲口都拴着缰绳的，应该不会跑远。

于是，大家分头去找，却什么也没找到。艾尔通从那条长满木本含羞草的斯诺威河河岸上慌慌张张地走回来。他发出了牛听惯的呼唤声，但没有任何应答。这位水手长感到十分不安，旅伴们也面面相觑，露出失望的表情。

已经找了一个小时了，爵士正要从距离车子 1 公里远的地方往回走的时候，突然听到了一声哀鸣，还有牛叫声。“牲口在这里！”船长喊道，径直向那丛胃豆草丛走去，草长得很茂盛，把牛马藏在里面一定看不见。

很快，大家跑了过去，顿时被眼前看到的情景惊呆了。原来在地上躺着三匹马两头牛，都已死去，连尸体都僵冷了。在树上还有一群黑老鸹呱呱地叫着，等待着这即将到口的美餐。爵士和旅伴们面面相觑，只有威尔逊忍不住破口大骂。

“骂有用吗，威尔逊！”爵士说，其实他也抑制不住自己了，“现在，只好把剩下的一匹马、一头牛牵回吧，我们以后的日子就全靠它们了。”

“如果牛车没陷在沼泽中，可能就不会发生这些事了！”船长说，“总的来说，当务之急是要把那可恶的车子弄出来。”

“我们快回吧，出来这么长时间了，女客们该等急了。”

艾尔通和穆拉地分别解开牛缰绳和马缰绳，大家沿着弯弯曲曲的河岸返了回来。半小时后，大家把这个不幸的事告诉了女客们。

“艾尔通，太可惜了，如果当时我们在过维买拉河时，把我们所有的牲口都钉上黑点站的马蹄铁，就好了。”麦克那布斯对水手说。

“少校，为什么这么说？”

“因为所有马中，除了钉有三角形马蹄铁的没死，其余都死光了。”

“是的，”船长说，“这也太巧了吧！”

“这应该是偶然。”水手长回答，同时瞟了少校了一眼。

少校好像有话要说，但却什么也没说。大家都在等着少校继续说下去，但是他却不说了，而是向艾尔通走了过去。此时，艾尔通正在检修车子。

“他的话是什么意思？”爵士问门格尔。

“谁知道呢？”青年船长回答，“不过，少校不会没根据地胡乱猜测。”

“少校是不是对艾尔通有怀疑。”海伦夫人猜测说。

“怀疑？”地理学家不屑地反问。

“怀疑什么呢？”爵士问道，“难道这些牛马是艾尔通毒死的？可他为什么要这样做呢？他和我们不是一伙的吗？”

“可能是我猜错了。艾尔通从开始就对我们很忠诚。”海伦夫人纠正说。

“可是，少校也不会无缘无故说那些话的，我一定要问个明白。”船长说。

“他会不会认为水手长和流犯是一伙的呢？”心直口快的地理学家说道。

“什么流犯？”玛丽小姐问。

“巴加内尔错了，”船长赶快补充说，“在维多利亚省是没有流犯的这是大家都知道的呀！”

“啊！是的，我怎么糊涂了，听谁说的维多利亚有流犯。即便是有，这里的卫生气候也会使他们改邪归正……”

这可怜的学者拼命地想收回说错了的话，结果适得其反，欲盖弥彰，就像那辆牛车一样越陷越深。海伦夫人盯着他，让他感到心里发毛。为了缓解他紧张的情绪，夫人带着玛丽小姐到了帐篷的另一边。奥比内先生正在精心地为大家准备早饭呢。

“我真想把自己当流犯一样押出边境。”地理学家后悔地说。

“我也是这么想的！”爵士回答。

爵士看似郑重其事的说词，使可爱的地理学家心里更加难受了。但爵士却并没在意，说完这话就和船长到牛车那边去了。

这时，艾尔通和那两名水手正在想办法把牛车从稀泥中拉出来。把牛和马套在一起，使出全力，皮条都快拉断了；威尔逊和穆拉地则在一旁推着，但是，不管怎么努力，都无济于事。

稀泥渐渐变干了，死死地咬住了车轮，就好像水泥铸钢筋一般。

为了减小它的黏性，船长命人向车轮底下泼水，但也是无用之功。人和牛马又使劲拉了一阵，慢慢地感觉有些疲累，不得不停下。只能把车子的部件一点一点地拆下来，除此之外，别无他法。然而，想拆也不是那么容易的，因为没有拆车的工具。

艾尔通一心想把牛车拖出来，又鞭策牛马想再试一次，却被爵士制止了。

“好了，别打了，”他说，“这是我们仅剩的两头牲口了，想要继续赶路，一个驮两位女客，一个驮行李，还是可以的。”

“那好吧！”艾尔通心有不甘地解下那两头已经累得有气无力的牲口。

“现在，我们都回帐篷，需要研究一下我们下一步该怎么办！”爵士说。

没过一会儿，旅伴们吃完早饭，精神也恢复了不少，便开始讨论下一步的安排了。

首先，要测定一下现在的准确位置。这任务自然非巴加内尔莫属。他仔细测算了一下，旅行队现在是在南纬 37 度东经 147 度 53 分的地方，在斯诺威河岸。

“吐福湾海岸的准确经度是多少？”爵士问。

“150 度。”

“那儿，两地相差 2 度 7 分，合多少公里？”

“120 公里。”

“那我们现在离墨尔本有多远呢？”

“至少 320 公里。”

“好吧，现在距离、位置都已经弄清楚，那我们该怎么办呢？”

大家一致同意，立刻向海岸出发。海伦夫人和玛丽小姐保证每天走 8 公里路，面对这残酷的现实，她们并没有害怕。

“海伦，你真不愧为出色的旅行家，”爵士对夫人说，“但是，是不是一到吐福湾我们就可以找到我们所需要的一切呢？”

“应该可以，沿途很方便，”地理学家回答，“艾登是一个历史悠久的城市，那里与墨尔本交通很方便。再说，再走 50 公里，我们就可以到维多利亚边境上的德勒吉特城，在那里我们可以购买粮食，应该还可以找到交通工具。”

“爵士，那邓肯号怎么办？”艾尔通问。

“现在命令它到吐福湾，不是刚好吗？”

“你觉得呢，门格尔？”哥利纳帆问。

“我觉得不应该叫邓肯号这么急着启航，”门格尔想了想，回答说，“会有时间通知大副奥斯丁的。”

“是的，显然时间是很充足的。”地理学家又补充一句。

“而且，大概 4 ~ 5 天后，我们就可以到达艾登城。”船长又说。

“4 ~ 5 天！你将来可不要后悔，就是 15 天或 20 天到了，就是很不错的了。”艾尔通说着还摇着头。

“120 公里的路就要 15 天或 20 天吗？”爵士问道。

“是这样的，前面就是维多利亚最艰难的一段路，据‘坐地人’讲，那是一片荒郊，荆棘丛生，在那里根本不可能建立牧站。想要过去，除非用斧头或火炬开路，你要相信我，欲速则不达。”艾尔通斩钉截铁地说。大家看着地理学家，好像他对水手长的说法也表示赞同。

“即便困难重重，”船长说，“那么 15 天后，我们再给邓肯号发命令也不晚啊！”

“其实主要的障碍并不在路上，而是斯诺威河，我们必须要等河里的水位退下去，才能过去。”艾尔通又补充一句。

“非要等水退吗？我们就不能找到一个浅滩吗？”

“这个很难找到。”艾尔通回答，“在这个时期，遇到这样急的河水，那是很少有的，可能都是我们运气不好吧。”

“斯诺威河很宽吗？”海伦夫人问。

“又深又宽，夫人，”艾尔通回答，“大约宽有 16 公里，并且水流得特别急。最好的游泳健将也很难安全渡过。”

“我们可以砍棵树，做个小船，坐船过去不就行了吗？”小罗伯尔自信满满地说。

“你真不愧为格兰特的儿子，真是太棒了！”巴加内尔夸奖两句。

“小罗伯尔说得很好，我们也就剩下这最后的‘看家本领’了。我感觉不用再浪费时间作没有意义的讨论了。”船长又发表了自己的看法。

“你怎么看？”爵士问艾尔通。

“如果没人来帮忙的话，我相信一个月后我们还在此地。”

“那么，你有更好的办法吗？”门格尔问，因为气愤已涨得满脸通红。

“有，叫邓肯号离开墨尔本到东海岸来！”

“你总是叫邓肯号启航，难道它到了吐福湾，我们的困难就能解决了吗？”

艾尔通并没有立刻回答，过了一会儿，吞吞吐吐地说：“我并不是坚持我的主张，而是我的主张有益于大家。如果您现在说要走，我随时准备出发。”

他说完这些双手交叉放在胸前，观察着大家的反应。

“你怎么能这样说？”爵士说，“有什么意见，你尽管说，我们一起讨论。你想怎么办？”

艾尔通镇定，满怀信心地说了下面一番话：

“既然我们现在别无他法，也不想去斯诺威河去冒险，那么现在我们能做的只有等待救援，而能帮助我们的人只有向邓肯号上找人。所以，我们暂时住在这里，粮食还很充足，派一个人去给大副奥斯丁送信，叫他把船开到吐福湾来。”

大家露出惊讶的表情对这突如其来的建议。显然船长也不同意。

“再去送信的同时，”水手长接着说，“一旦斯诺威河水位下降，我们可以找个浅滩过去，就算要坐船过去，也有时间做木船。这就是是我的建议，请大家考虑。”

“好的，你的建议的确值得好好考虑，”爵士说，“可是这个建议要耽搁我们的行程，不过却可以让我们得到很好的休息，这样就能避免一些突发的危险。大家意下如何？”

“你也说说吧，少校先生，”海伦夫人这时插嘴说，“你怎么总是默不作声的。”

“既然让我说，”麦克那布斯回答，“那我就坦白地说，我认为艾尔通是个又谨慎又聪明的人，他的建议我完全同意。”

出乎所有人的预料少校竟然答应得如此爽快，在之前他一直是反对艾尔通的。这时就连艾尔通也感觉有些奇怪。本来大家也准备接受水手长的建议的，经少校这么一说，自然毫不犹豫地都赞成。所以，爵士采取了艾尔通的建议。

“为了安全起见，我们暂时等待让人家送交通工具来吗？”爵士又补充一句。

“这样应该比较稳妥，”船长回答，“这条河如果我们过不去，那送信人一定也过不去啊！”

大家又看看艾尔通，他好像很有把握地微笑着。

“会有办法的！”艾尔通说。

“什么办法？”船长问。

“只要回到由卢克诺通往墨尔本的那条大路上不就可以了吗？！”

“徒步走 400 公里吗？”门格尔叫起来。

“那肯定不会，不是还有一匹健康的马吗。走这段路用不了两天，再加上邓肯号从墨尔本到吐福湾的 4 天，一天后再由吐福湾到达此地，总共一个星期，这样我们就可以得救了。”

麦克那布斯不断地点头赞同艾尔通的话，这让船长感到很诧异。但既然大家都觉得这方法可行，也只能这样做了。

“目前的任务，”爵士说，“派谁去好呢？这趟差使责任重大，路途艰辛。谁能担此重任？”

穆拉地、威尔逊、巴加内尔、门格尔，乃至小罗伯尔都毛遂自荐。门格尔强烈要求愿意前往。艾尔通一直沉默着，现在终于开口了：

“阁下，如果能信任我，这一趟还是我去吧。我对这一带很熟悉，道路也熟，比这再难的地方我都跑过，别人过不去的地方我也能顺利通过。所以，我愿担此重任。只要有封信交给大副，让他相信我，我保证邓肯号在6天后就能到达吐福湾。”

“真不愧是格兰特船长的部下，我相信你一定能完成这次任务。”

显然，这次任务没有比水手长更合适的人了，所以，大家也不再争了。但是门格尔提出了最后的反对意见，他说艾尔通留下或许为找到格兰特船长的线索还能帮上忙。但少校说，在这种情况下，寻访根本是不可能的，所以，暂时离开也没关系。

“那好吧，艾尔通，你就放心去吧，”爵士说，“越快越好，别让我们等太久。”

此时艾尔通脸上露出得意的神色，他迅速转过头，但是无论如何，他那神色还是被船长瞟见了。所以，这也更加重了门格尔船长对他的不信任。

艾尔通做着出发的准备，两个水手帮着他装干粮和备马。这时，爵士正忙着给大副写信。

他通知大副火速启航到吐福湾，并且告诉大副艾尔通是自己人。他让奥斯丁一到东海岸就派一队水手前来救援……

爵士写信的时候，少校在一旁看着，当署艾尔通名字的时候，他突然问艾尔通的名字该如何写。

“照音写吗？”爵士说。

“不对，”麦克那布斯镇定地回答，“读音是读成艾尔通，可写出来却是彭·觉斯！”

第三十三章　揭穿假面具

彭·觉斯这个名字一被说出，顿如晴天霹雳。艾尔通一不做二不休，站起身，举起手枪，砰的一声，爵士应声倒地。这时外面也响起了枪声。

刚开始的时候门格尔船长和两名水手愣住了，等反应过来想去抓彭·觉斯的时候，却为时已晚，那丧心病狂的流犯已经跑到胶树林中与他的土匪会合了。

爵士伤得并不重，快速爬起来。用帐篷来挡子弹那是无用的，只好退出去。

“牛车，快进牛车？”船长一边喊，一边拉着海伦夫人和玛丽小姐往牛车方向跑。这时，厚厚的车厢是个安全的避难所。随后，少校、船长、巴加内尔，两名水手都抓起马枪，准备还击。爵士和罗伯尔也钻到牛车里，同时司务长奥比内从车厢跑出来，准备和大家一起战斗。

事故发生得如此突然，让人难以预料。彭·觉斯躲进树林后，枪声立刻停了下来，接着是死一般的寂静。在胶树枝上缭绕着几团白烟，一片茂密的胃豆草一动不动，好像刚才的那一幕根本就没发生只是幻觉而已。

门格尔和麦克那布斯在大树底下进行了一番仔细的搜索，这些流犯已经逃跑了，地面上留下了他们的脚印，还有冒烟的导火索。少校十分谨慎，把导火索踩灭了。在这干枯的树林里，“星星之火，可以燎原”。

“那些混蛋逃掉了吗？”船长问。

“是的，”麦克那布斯回答，“不过，这样一来更让人担心了。俗话说，‘明枪易躲，暗箭难防’，我们在明处，人家在暗处，随时都可能袭击我们，所以，以后我们要格外小心。”

麦克那布斯和门格尔又扩大范围搜索了一番，始终未见流犯的踪影。这帮匪徒就像鸟一样，突然就不见了，未免太蹊跷了，所以大家难免有些害怕。而那辆嵌在泥里的牛车就像一座堡垒，变成了防御中心，每两人一班，一小时换一次，轮流守卫。

在爵士被彭·觉斯一枪打倒之时，海伦夫人吓坏了，直扑到丈夫的身边。很快，这位勇敢的妇人立刻清醒过来，赶快扶丈夫上车。到了车上，脱下衣服，伤口露了出来，麦克那布斯检查了一番说只是点外伤，没伤到筋骨。尽管流了很多血，爵士还是硬撑着抬起带伤的胳膊，动了动，表示伤得不重，让大家放心。包扎好了伤口，他便叫人说说事情的发展经过。

麦克那布斯第一个发言。全体人员，除威尔逊和穆拉地在外面站岗，其余都静静地听着。

在未正式开始之前，少校把一段海伦夫人还不知道的经过说了出来，就是：伯斯的一伙潜逃流犯，流窜在维多利亚境内，康登桥的血案等等，先大致叙述了一遍。随后，少校递给海伦夫人从塞木尔买的那份澳大利亚新西兰的日报，接着补充道：彭·觉斯是个惯犯，他臭名昭著，警察当局正在悬赏捉拿他！

此时大家最关心的是少校是怎么知道艾尔通就是彭·觉斯的。对于其他旅伴来说，这一点还是个谜。少校的解释如下：

少校对艾尔通的第一印象就不好。这就使细心的少校本能地警觉起来。在一些小事上，例如：在维买拉河这位水手长和那铁匠彼此交换眼神；每次在穿过城镇时，艾尔通总是有些迟疑；还有多次要求把邓肯号调到东海岸来；再有，在他手里的牲口先后离奇死去；还有，他的态度，语言总是模棱两可，含含糊糊。这种种的迹象，足以让一个细心人对他产生怀疑。

然而，如果不是昨晚的事情，也不能使少校那么肯定艾尔通就是匪徒们的头头。

那天夜里少校在钻进那片高高的小树丛里之后，偷偷来到那几个引起他注意的可疑的人影旁边。那些菌类植物发出微弱的光，足以使他把一切看得真切。

只见那三个人影在观察地上的马蹄印，其中一人，正是黑点站钉马蹄铁的那名铁匠，“是他们。”一个人说道。

“是的，错不了，”另一个人回答，“看三叶形马蹄印。”

“从维买拉河到这里，一直都有。”

“那毒草作用还真不小，他们的马都死光了。”

“这胃豆草毒性大着呢，就是一个骑兵队的马也能都给毒死了。”

“后来那三人停止了谈话，”少校又接着叙述，“我又跟着他们向前走了一段路，后来他们又说起来：‘艾尔通真了不起，’那铁匠说，‘他把格兰特船长的故事编得天衣无缝，活灵活现，真不愧是个不错的水手！要是这一票能成功，我们就发大财了！’‘还是叫他彭·觉斯吧，这名字真够响亮！’说完这些，这三个坏蛋就离开了胶树林。我回到帐篷，翻来覆去地睡不着，心想澳大利亚的流犯并没有像地理学家说的那样都已弃暗投明了啊！我这样说，请巴加内尔先生不要生气！”

少校停止了说话。

他的旅伴们也在静静地思考着事情的来龙去脉。

“啊！这艾尔通真是个混蛋！”爵士气得脸色煞白，“原来把我引到这里，就是想要杀人夺财啊！真是可恶！”

“是的！”少校作了十分肯定的回答。

“照这么说，他的同党从维买拉河起，就一直在跟踪我们，找机会对我们下手，是这样吗？”

“应该是！”

“那这个狡猾的艾尔通，一定不是不列颠尼亚号上的水手了？还有他的服务证书也是偷别人的？”

大家焦急地望着少校，这一点他们也考虑到了。

“现在一切都清楚了，”麦克那布斯仍是用镇定的语气说，“我认为这人的名字应该就是艾尔通。这个彭·觉斯，应该是他沦为流犯的诨名，并且不能否认，他做过不列颠尼亚号上的水手，并且也认识格兰特船长，要不然，他对我们所说的那些细节不会知道得如此清楚。从他的同伙的谈话也可以证明这一点。可以肯定：艾尔通就是彭·觉斯，正如彭·觉斯就是艾尔通一样，这个不列颠尼亚号上的水手做了流犯团伙的头目。这就是我的想法。”

大家对少校的这番解释都是认同的。“现在，”爵士说，“那你还可以解释一下，为什么格兰特船长的部下会来澳大利亚呢？又是怎么来的呢？”

“至于怎样来的，那我就不知道了，”少校回答，“这个问题就是警察局也不一定知道，至于为什么，那更无从解释了。不过我相信，总有一天一切都会真相大白的。”

“难道连警察当局也不知道艾尔通和彭·觉斯是同一人吗？”爵士又问。

“应该是的！”少校说，“如果他们知道这个，就会帮我们找到线索的。”

“这样说来，”海伦夫人说，“那些人混入奥摩尔先生的庄园，也是想犯罪吗？”

“这个不容置否，”少校回答，“他一定是想在那爱尔兰人身上下手，恰好又遇到一个好机会，让他改变了原来的计划，开始打我们的主意。那家伙听到爵士原原本本的叙述一番，又听到船舶失事的消息，正想借此机会发一笔横财。决定了横跨澳大利亚的旅行后，便和我们一同出发。也是在维买拉河，他和他的同伙——那个铁匠沆瀣一气，在马蹄铁上作了印记。之后，他的同伙就一直尾随着我们。艾尔通，这个没良心的家伙，竟用毒草毒死我们的马和牛。最后，看到时机成熟，又把我们骗到斯诺威河边，让他手下来攻打我们。”

麦克那布斯拼凑的事实概括了彭·觉斯的全部历史事实，他的罪行也暴露无遗。现在大家都认清了那家伙的真面孔：原来他是个阴险狡诈、穷凶极恶的流犯。现在他的企图已被大家揭穿，爵士不得不时刻保持警惕。不过好在已经揭穿了他伪装的面具，这总比一个隐藏在内部的奸细，要好得多。

现在一切都已明了，却产生了不少负面影响。当所有人都在讨论之前的情况时，玛丽小姐却在独自一人思考着未来。门格尔船长见她愁眉不展，脸色苍白，一点笑容也没有，露出十分绝望的表情。他知道玛丽小姐这个时候在想些什么。

“玛丽小姐！玛丽小姐！你怎么哭了？”门格尔连忙叫她。

“好孩子，好好的怎么哭了？”海伦夫人说。

“我父亲！夫人，我的父亲，他……”玛丽哽咽着说不下去了。她这一提，大家便知道她要说什么了。从她那晶莹的泪花中，看得出此时她的心有多疼，她父亲的名字到了嘴边却被她生生咽了回去。

揭穿了艾尔通的阴谋，一切希望也如同泡沫一般破灭了。这么说来不列颠尼亚号根本没在吐福湾触礁，格兰特船长也根本没有踏上澳大利亚这片土地，这一切只是艾尔通在胡说八道，只是为了把爵士一行人骗到内地来。

就这样，对文件的错误解释再次把寻访工作带上了错误的道路。

看着那两个愁眉不展的格兰特姐弟二人，大家也都闷闷不乐的。这时，还有什么话能来安慰他们呢？罗伯尔扑在姐姐怀中哭了。

“遇到这缺东少西的文件，真是倒霉，我们想得脑袋都快炸了。”那可敬的地理学家好像真的对自己生气了，用手拍着脑袋，真恨不得一下子拍塌下去。

这时，爵士到外面来到站岗的穆拉地和威尔逊身边，平原上死一般的沉寂，天空中聚集着大块的乌云。在这种沉闷得快要窒息的气氛中，就是掉根针在地上也能听见，静得让人不寒而栗。那帮流犯已逃远了。在树林的低枝上落着大群的飞鸟，几只袋鼠悠闲地吃草，还有一对风鸟大胆地从灌木丛中伸出头来。这一切表明了这里的宁静没人打破。

“这段时间，有什么异常吗？”爵士问那两名水手。

“没有，阁下，”威尔逊回答，“大概那些流犯已经逃远了。”

“或许彭・觉斯跑到阿尔卑斯山脚下去了，”穆拉地接着说，“再找些流窜的山贼做帮凶，以增强他们的实力。”

“这很有可能，”爵士回答，“这都是些坏蛋。他们对我们的精良武器有所惧怕，可能会在夜里再次来偷袭我们。一旦天黑，要更加提高我们的警觉性。如果我们能尽快离开这里，到东海岸，那就可以放心了！只是现在河水泛滥，挡住了我们的去路。如果能买个木筏帮我们渡河的话，花再多钱我也不在乎。”

“为什么我们不自己做一个呢？”威尔逊说，“材料这里就有啊！”

“威尔逊，那是行不通的，这条河流速非常急，是渡不过去的。”

这时，少校、船长和地理学家来到了爵士跟前。他们是来观察斯诺威河水势的。由于不久刚下过大雨，所以河水暴涨，水流特别急。湍急的惊涛骇浪，旋转着、冲击着，形成了许多深不见底的旋涡，想要在这样的条件下渡河那是不可能的。

“我们根本过不去这河，”船长说，“不过，我们也不能等在这里坐以待毙。现在，更需要去做和艾尔通翻脸之前要做的事了。”

“什么意思？”爵士问。

“我的意思是，我们得抓紧时间找救兵，到不了吐福湾，那就派人去墨尔本。我们还有一匹马，请阁下允许我，去搬救兵。”

“可是，这太危险了，”爵士说，“这一带经常有强盗出没，而且彭・觉斯的人也在大小路口都有把守。”

“这些我都知道。但是目前情况紧迫，不能再拖了。我尽量用一个星期的时间跑一趟，阁下，您觉得呢？”

“在爵士作出决定之前，我想说说我的看法，”地理学家插嘴说，“现在是必须要派人去墨尔本了，但是门格尔船长万万不能去，因为他是群龙之首，不能轻易去冒这个险。还是让我去吧。”

“你说得很对，巴加内尔先生，”麦克那布斯又插嘴道，“但为什么是你去呢？”

“我们两个也可以的。”威尔逊和穆拉地异口同声地说。

“你们以为我怕一口气骑马跑这 320 公里吗？我去才最合适！”少校接着说。

“好了安静，朋友们！”爵士大声喊道：“现在我也不知道派谁去好了，还是抽签决定吧。巴加内尔，把我们的名字都写在纸上……”

“阁下，不能写您的名字！”船长赶快说。

“为什么？”

“您的伤还没有完全好，还不能离开海伦夫人的照料。”

“是啊！爵士，”巴加内尔也附和说，“这旅行队离不开您啊。”

“爵士，您的责任就是守在这里，指挥大家，所以您不能离开。”少校也这么说。

“这一趟少不了艰难险阻，”爵士说，“我应该分担一份，怎么能让我置身事外呢？什么也别说了，快写吧！我希望抽到的人是我！”大家看爵士如此坚决，只能照做了。把他的名字和大家的名字放在一块，然后抽签。结果是穆拉地抽到了，他高兴地跳了起来。

“爵士，我这就准备出发，”他说。

为了表示祝贺爵士紧紧地握住穆拉地的手。然后大家回到车里，只留下少校和船长二人站岗放哨。派人去墨尔本的决定和抽签的结果很快被海伦夫人知道了。她对穆拉地也说了一些鼓励的话，使那水手十分感动。大家对穆拉地还是很了解的，他聪明、勇敢、身强力壮，还能吃苦耐劳，所以说他担此重任是很合适的人选，穆拉地决定在晚上8点的时候就动身，威尔逊替他备马，他们考虑到那特殊形状的马蹄铁可能有危险，便换了昨夜死去的马蹄上的马蹄铁。这样，流犯就不能认出这是旅行队的马的足迹了，并且他们又没有马，想要追上穆拉地也是不可能的。

备好马之后，爵士开始给大副奥斯丁写信。但是，爵士由于胳膊受了伤，只好请地理学家代写。此时，这位学者正在专心思考那个文件，并没有注意到周围的事物。他把文件上的字反反复复地想，希望能找出正确的解释，所以，他在心里左思右想，却怎么也想不通，仿佛陷入难解的题海中了。爵士请巴加内尔写信，可他却并没听见，哥利纳帆只好又重复了一遍，这时他才清醒过来：

“哦！好，我替您写！”

他一边说着，一边机械地拿出一张白纸，然后拿起笔，听爵士念。哥利纳帆念道：

“汤姆·奥斯丁，即速启航，将邓肯号开到……”

地理学家写完这个“到”字，忽然眼睛瞥见地上的那张《澳大利亚新西兰日报》（Australian and New Zealand）。报纸被折住了，只露出“aland”这个单词。巴加内尔仿佛忘记了自己正在做的事情，停笔不写了。

“怎么了，巴加内尔先生？”

“啊！”巴加内尔叫了起来。

“你有心事？”麦克那布斯问。

“没，没什么！”

然后，巴加内尔低声连续地念道：“阿兰（aland）阿兰，阿兰！”他站了起来，手中拿着报纸，翻来覆去地看，好像有许多话要说，但他却什么也没说。两位女客、小罗伯尔、爵士被他的这种莫名其妙、惊魂不定搞得摸不着头脑。突然这位地理学者像发疯似的，但很快又镇定下来，刚才眼中流露出来的得意光芒，现在却没有了。他又坐下来，镇定地说："继续念，爵士！"

爵士又接着往下念，信的全文大致如下：

"汤姆·奥斯丁，即速启航，将邓肯号开到南纬37度线横穿澳大利亚东海岸的地方……"

"澳大利亚吗？"巴加内尔自言自语，"啊！是的，是澳大利亚！"

他一口气把信写完，然后递给爵士让他签名。因为哥利纳帆刚受的伤，胳膊非常疼，潦草地写下自己的名字。封好信口后，巴加内尔心情非常激动，手还有些颤抖，他用颤抖的手在信封上写下地址和姓名：

"墨尔本，邓肯号

汤姆·奥斯丁大副亲启"

之后，巴加内尔离开了牛车，边走边用手比画着念着那几个莫名其妙的字："阿兰！阿兰！西兰（Zealand）！"

在写信后的一天，一切平安无事。穆拉地已经准备好了一切，这个诚实勇敢的水手觉得能有机会对他的爵士表示忠诚，暗自庆幸。

地理学家恢复了常态。从他的眼里可以看出他心里有事，但他好像又不愿告诉大家，当然，他不说肯定有他自己的理由，因为麦克那布斯听见他一直嘟嘟囔囔，好像在生闷气，不自觉地说了这么一句话："不，不！说了他们也不会信的！并且，现在已经太晚了，又有什么用呢？"

过了一会儿，地理学家开始向穆拉地解释到墨尔本的途中所必备的一些知识，他摊开地图，用手指着要走的路线。草地上有好多条小路都能通到克诺大路。而这条大路要一直向南直到海岸之后，再拐一个大弯，转向墨尔本。走这条大路的时候，千万不要为了图方便而抄近路，走陌生的地方。

路线非常简单，所以，穆拉地肯定不会迷路的。在离营地几公里路以内一定有彭·觉斯和他的同党埋伏着，就这一段路可能有危险，等过了这段路后应该就没什么危险了。穆拉地保证，一旦穿过匪徒的埋伏区，就能把这些流犯甩得远远的，尽快地完成任务。

6点的时候，又下起了倾盆大雨。帐篷无法抵挡大雨的洗礼，大家只好都到牛车里来吃晚饭。这牛车也实在坚固，它深深地陷在泥土中，牢固得就像一座堡垒建筑在石基上一样。至于武器，他们有7枝手枪和7枝马枪，弹药和粮食都很充足，坚持几天没有一点问题。并且要不了6天的时间邓肯号就可以到达吐福湾。再过一天，船员们可能就会到达斯诺威河的对岸，即使过不来，但至少流犯看见我们有了救兵，也会望而生畏吧。但是，这一切都寄托在了穆拉地的身上。到了8点，夜色已浓，动身的时候到了。给穆拉地牵过马，为谨慎起见，还在马蹄上缠上了布，这样一来，马走起路来就没了一点声响。动身之前，马好像已经很累了，但是旅行队的所有希望都寄托在它那跑得矫健而平稳的四条腿上啊。

麦克那布斯劝穆拉地一旦走出流犯们所控制的势力范围就不要让马太累了。宁可耽误一天半天，切不可半途而废，一定要把任务完成。

船长给了穆拉地一把手枪，里面还装了6发子弹。一个沉着勇敢的人，拿着这么强的武器，瞬间就能把子弹倾出所有，即使遇到强人抢劫，也准能一扫而光。

爵士、海伦夫人、玛丽小姐一一和穆拉地握了手，穆拉地跨上了马鞍。哥利纳帆对他一再强调："这封信一定要亲手交给汤姆·奥斯丁，叫他一刻也别耽搁，立刻把船开到吐福湾。如果到时候在吐福湾见不到我们，那就说明我们还没有渡过斯诺威河，请火速前来救援！现在，你快去吧，我的好水手，愿上帝保佑你！"

就这样在这个风雨交加的黑夜，穆拉地踏上了危险的道路，还要穿过那漫无边际的荒野，要不是这位水手有着坚强的意志，恐怕都会有所畏惧。那水手并没有过多地说些告别的话，只说了句："再会！爵士！"很快，在沿树林边的小路上便不见了他的身影。

这时，风刮得更大了，吹得那些在黑暗里的桉树枝发出阴沉的咯吱咯吱声。甚至人们还可以听见一些枯枝落在湿地上的声音，那些早已干枯的大树，却一直挺立着，现在却被狂风刮倒了一些。风在怒吼，树林发出哗啦哗啦的声响，河水在咆哮，这一切合成了一片喧嚣。大风把乌云向东吹动着，直贴到地面上来，好像是一块一块的烟雾。在风雨交加的深夜这阴森森的黑暗让它变得更加恐怖。

在穆拉地走后，旅客们又回到牛车内，里面已经没有多余空隙，只好挤在一起蜷伏着。海伦夫人，玛丽小姐、爵士和地理学家在前厢，门窗紧闭；威尔逊、奥比内、罗伯尔他们挤在后厢。麦克那布斯和船长在门外站岗。这种工作很有必要，因为流犯随时都可能来偷袭。

冷风吹在两位忠实的哨兵脸上，但他们还是忍耐着。因为黑夜的时候敌人很容易来袭，他们俩把眼睛瞪得圆圆的，想看透黑暗中的一切。风在怒号，树枝之间发生碰撞，大风把树干折断，河面上波涛汹涌，在这一片风暴声中，除了这些其余什么也听不见。

然而，有时风好像吹累了，要停下来喘口气似的，才得到了片刻的宁静。这时只有斯诺威河在静静的芦苇丛和胶树林里不断地呻吟着，这种突然的平息使黑夜显得格外阴森恐怖。麦克那布斯和门格尔船长对周围的一切更加细心观察。

就在这时，他们的耳朵传来一声尖锐的叫声，门格尔走到少校面前，问道："你听见了吗？"

"听见了，是人还是野兽？"

"好像是人。"船长回答。

接着，两人又听到那不知是什么的叫声，同时，听到的还有枪声，但不是很清楚。就在这时，狂风又起，他们连彼此间的谈话也听不清了。所以，他们站在了车子的下风处。

在车内的旅伴们也听到了那不可理解的叫声和枪声，爵士揭开门帘，走到站岗的那两旅伴身边。

"何处传来的枪声？"他问。

"那边。"船长说，同时用手指着，那方向正是穆拉地出发所走的那条阴森小路。

"有多远？"

"风传播得比较快，应该最少也有5公里。"

"我们去看看是怎么回事！"爵士说着，提起马枪就要走。

"不能去！"麦克那布斯说，"这可能是他们要的诡计'调虎离山计'，就是想把我们骗开。"

"如果那帮匪徒打死了穆拉地可怎么办？"爵士抓住少校的手说着。

"明天我们就会知道结果了。"麦克那布斯冷静地回答，绝对不能让爵士去冒这个险。

"您不能去，还是我一个人去看看吧！"门格尔说。

"你也不能去！"少校用十分霸道的语气说，"你想让他白白去送死，以削弱我们的力量吗？那样一来，就等于我们自取灭亡。如果，发生不幸穆拉地牺牲了，但不能在不幸之后再让不幸接着发生吧！我们是抽签决定的，那他的死就是命中注定的，如果是我抽到的，即使发生了事，我一定不会求救的。"

不管怎么说，麦克那布斯不让爵士和船长去是对的。如果他们真的去了，一定是凶多吉少。在这样雷雨交加漆黑的夜里，想要找到水手，走向埋伏在树丛中的流犯，那等于是自取灭亡。再说，旅行队本来剩下的人也不多，再也禁不起伤亡。

然而爵士对这所有的理由都听不进去，他手握马枪，在车子旁边转来转去，稍微声响，他便侧耳细听。他尽量把眼睛瞪得大大的想要看穿那漆黑的树林，仿佛他看见了自己的部下被那些流犯打得死去活来，甚至好像还听到了他的求救声，而那些可恶的家伙用极其残酷的手段伤害那水手，把自己的快乐建立在别人的痛苦之上，一想到这，爵士便心如刀割。少校已经没有了主意，不知道能否留住爵士，生怕他一时冲动，跑去白白丢了性命。

"爵士，"少校说，"你得听我的劝，冷静点。你要为海伦夫人、玛丽小姐和其他旅伴想想啊！更何况，你知道穆拉地在什么地方吗？你要去哪儿找他呢？也许他被拦截在 2 公里之外的路途中，到底是哪条路，你知道吗？……”

正在这时，呼救声再次传来，但是，声音很微弱。

“你听！”爵士说。

正是从枪声那边传来的呼救声，应该不到半公里远。此时爵士已经顾不上什么了，他推开少校，向那条小路奔去。这时那断断续续的求救声再一次传来，“救——命啊！救——命啊！”这充满绝望的声音听起来悲惨极了。少校和船长也跟着跑了过去。没一会儿，在林间小道上他们望见一个人影，连滚带爬地跑过来，痛苦地呻吟着。

这个人影正是穆拉地，他受了很重的伤，性命堪忧。旅伴们把他抬回牛车，都弄得满身是血。

雨越下越大，风越刮越狂。他们一到，车内的人被眼前的情况吓傻了。待反应过来后，大家便迅速让开位置，安顿好穆拉地。少校脱掉那水手的上衣，衣服上的雨水、血水一起往下流。他找到了伤口，那伤口是被人在右肋下捅了一刀所致。

少校立刻动手，很熟练地把伤口包扎好。麦克那布斯现在也不敢断定这一刀是否伤到要害。现在是上帝主宰着穆拉地的生死，伤口里涌出一阵一阵鲜红的血，穆拉地眼睛紧闭，脸色苍白，已经奄奄一息，那样子伤得不轻。麦克那布斯清洗了伤口，敷上厚厚的一层火绒，然后又盖上几层纱布，最后包扎好。终于止住了血，大家那紧张的心才稍稍放心。穆拉地斜躺着，左肋朝下，头和胸都肿胀着，海伦夫人给他喂了些水。15 分钟后，穆拉地抽搐了一下，接着，慢慢地睁开眼睛，嘴里喃喃地说着话，但是含糊不清。少校把耳朵凑近他的嘴边，听他总是重复着说：

“爵士，……信，……彭・觉斯……”

麦克那布斯重复了一遍他的话，然后看着旅伴们。穆拉地说的是什么意思？难道彭・觉斯拦截了我们的水手，要我们讨救兵吗？还有那封信……

爵士听完这话连忙去摸那水手的衣袋，大惊失色，给大副汤姆・奥斯丁写的信不见了。这一夜就在忧郁与不安中度过的，现在大家最关心的是穆拉地的生命，此刻他正发着高烧。海伦夫人和玛丽小姐成了最热心的护士，这两个善良的人一直忙个不停，从没有一个病人受过这样无微不至的照顾。

天亮了，雨也停了。天空中仍然滚动着浓浓的乌云，大树的枯枝铺满了地面，地上到处都是稀泥，车子陷得更深了。上下车都有些困难，不过，车子已经到底了，不会再往下陷了。天一亮，爵士、少校、船长就跑到营地周围侦察地形，他们沿着那条沾满血迹的小路走，但始终没有发现彭・觉斯及其党羽的痕迹。一直到昨晚出事的地方，在那里躺着两具尸体，一定是穆拉地打死的，死者中那黑点站的铁匠就是其中之一。此时他的脸色铁青，整个脸都变了形，样子很吓人。

为了谨慎起见，他们不能走得太远。于是，他们便原路返回，此时严重的处境使他们陷入思考之中。

“是不是要再派人去墨尔本？”爵士终于打破了沉默的气氛。

“一定要的！”船长回答，“我的水手没能完成任务，那就由我来替他完成吧！”

“这可不行，门格尔。要知道，没有马跑300公里路，那怎么能行呢？”

到现在始终没见到穆拉地骑走的那匹马。它是被打死了呢？还是在荒野中逃走了呢？还是被那些匪徒夺去了呢？如果能找到它，那就好了。

“不管怎么说，”爵士又说，“我们不能再分散了。要等8天也好，15天也行，到斯诺威河里的水位降下去，我们再到吐福湾吧！然后，再想一个稳妥的方法捎信给邓肯号，叫它来东海岸。”

“现在只能这样了。”地理学家说。

“所以，”爵士又说，“我们大家不能再分开了。孤身一人在这匪徒的伏击圈中乱跑，危险性更大。现在，愿上帝保佑我们那可怜的水手能够活下来，同时也保佑大家平平安安的！”

爵士说的这两点都是对的：第一，不能让任何人再去闯这“鬼门关”；第二，耐心等待河水退下去，直到能够渡过为止。一旦过了河，离南威尔士省的边境城市德勒吉特就不过22公里，在那里就可以找到去吐福湾的交通工具。并且，到吐福湾后可以拍电报到墨尔本直接给邓肯号下命令。

这种做法才是明智之举，只可惜现在才决定。如果早些能决定下来，不派穆拉地去找救兵，他的不幸也就不会发生了，他们回到营地，看见旅伴脸上愁云稍稍散开了，便感到是穆拉地有了生还的希望。

“好些了，他好些了！”小罗伯尔迎上去对他们说。

“穆拉地好些了吗？”

“是的！”海伦夫人回答，“少校可以放心了，他的命算是保住了。”

“少校人在哪儿呢？”爵士问道。

“在穆拉地身边。穆拉地想和他说话，你们还是不要去打搅他们。”

这时，穆拉地烧已经退了，意识也已清醒过来。但他神志刚一清醒，刚能开口讲话，就要找爵士或者少校。麦克那布斯看他那虚弱的样子，不愿和他多谈，但穆拉地再三坚持，少校只好听着。

他们谈了好几分钟，爵士才回来，现在只好由少校来传达了。

少校把爵士叫到车外，走到支帐篷的那棵胶树下和朋友们合在一起。此刻少校的心情特别沉重，没有了往常的轻松。他一看到海伦夫人和玛丽小姐，便开始不安起来。

爵士问少校他们都谈了些什么，少校这才把刚才的谈话内容简单地说了下：

“穆拉地在离开营地后，一直沿着巴加内尔给他指示的那条小路。他用黑夜所能容许的速度迅速地往前赶路。大约走了有3公里路的时候，一群人挡住了去路，马因为受到惊吓，打起立站起来。此时穆拉地抓起枪就打，有两人应声倒下。借着枪的闪光。他认出了彭·觉斯。毕竟寡不敌众，到现在，他枪里的子弹还未打完，只是右肋下被捅了一刀，便摔下了马。”

“然而他还没有昏过去，那些匪徒却以为他已经死了。他感到有人在他身上摸索着，然后听到几句话，‘我找到信了，’一个流犯说。‘快拿来！’彭·觉斯回答，‘有了信，邓肯号就是我们的了。”

听到这里，爵士不由得大吃一惊，冒出了冷汗。

少校又接着往下讲：

“现在，你们快把马给我追回来，彭·觉斯又说，‘在两天之后我便可登上邓肯号，6天就能到吐福湾。我们就在那里汇合吧。哥利纳帆他们这些人还在傻傻地等着呢！你们赶快到根卜尔别桥去过河，去东海，在那里等着我。我会有办法让你们上船。一旦你们上到船上，让把船上的人喂王八去，我们有了邓肯号，便可称为海上之王了。’‘哇！伟大的彭·觉斯！您就是我们的领袖！’流犯们都叫起来。很快他们追回了穆拉地的马，彭·觉斯跨上马，朝克诺的大路飞奔而去，很快，就看不见了踪影。后来，他的同伙也朝东南方向走去，显然是去根卜尔别桥了。身负重伤的穆拉地，为了回来报告这一重大情况，坚持连滚带爬地跑回来，直到离营还有300米，快要昏死过去的时候，我们便把他抬了回来。这就是穆拉地对我说的所有经过，”少校总结一句，“现在你们该明白为什么那勇敢的穆拉地坚决要说话了吧！”

大家终于知道了事情的经过，却没有一个不知所措的。“海盗！真是一群海盗啊！”爵士破口大骂，“我的船员都会有生命危险的，我的邓肯号也将被他们抢去呀！”

“是的！他们的目的就是邓肯号！”少校回答，“然后……”

“那么！现在我们必须赶在匪徒们之前到海边！”没等少校说完，地理学家插嘴说。

“我们该怎么渡过斯诺威河呢？”威尔逊问。

“我们轮流抬着穆拉地；只要有一线生机，我们就要把握住，总不能让我们的同伴白白送命吧？”

“从根卜尔别桥渡过斯诺威河，这个方法行得通，但是也有风险，因为在那里可能有流犯把守，不会让我们轻易渡过。如果真是这样，他们至少会用30个人来对付我们7个人的，现在顾不了那么多了，闯得过得闯，闯不过也得闯！”

“爵士，在冒险走这最后一步棋之前，”门格尔说，“还是让我先去侦察一下更为妥当。”

“我跟你一块去，门格尔。”地理学家应声说。

这个建议爵士同意了，船长和巴加内尔立刻动身朝斯诺威河走去，沿着河岸，一直走到彭·觉斯说的那个地方。他们在河边高大的芦苇丛中曲曲折折地站着隐藏自己，为了不引起流犯的注意。

天已经很晚了，这两位全副武装的勇敢的伙伴还没有回来。大家眼巴巴地盼着。

在将近深夜 11 点的时候，威尔逊说他们回来了。船长和巴加内尔来回跑了有 16 里路，已是疲惫不堪。

“桥找到了吗？”爵士迎上去就问。

“是的找到了，是一座藤条扎的桥，”船长说，“流犯们已经从桥上过去了，可惜……”

“可惜什么？”爵士着急地问，料到肯定又出现了新的意外。

“他们把桥给烧断了！”地理学家失望地回答。

第三十四章　强渡斯诺威河

尽管根卜尔别桥被烧断了，但现在还不是绝望的时候，反而应该采取积极的行动，所以无论如何都要渡过斯诺威河，并且一定要在流犯之前赶到吐福湾。所以现在大家不能自暴自弃，这毫无用处。第二天，船长和爵士又跑到河边，想渡河的办法。

水位还没有降下去，河面上仍是汹涌澎湃。要和这样的洪水作斗争简直就是自寻死路。爵士双手抱在胸前，一动不动地沉思着。

“我先试试看能否游过去行吗，爵士？”船长问。

“不！门格尔，再等等吧。”爵士回答，一面用手抓住大胆的青年，生怕他跳入河水似的。

这样说着，两人又回到营地。这一天过得简直是度日如年。爵士不知到河边跑了多少次，总想找个方法渡河，却始终是一无所获。这条河好像也在专门和他们作对，水位一直未减，就算里面流着的是火山的熔岩，也没有那么难渡。

这几天，靠着海伦夫人的精心照料，水手已经脱离了生命危险。直到现在，少校才确定那一刀没伤到要害。当时可能只是因为失血过多，病人才奄奄一息的。血一止住，好好修养几天，很快便会康复。海伦夫人让穆拉地一直住在前车厢，他还感觉挺不好意思的。而怕耽误了其他旅伴的行程这也是最让他感到不安的了。所以，他要求一旦他们有办法能过河，尽管走就是了，只留威尔逊照顾他就可以了。

可是，一连好几天，这条可恶的河总不能随人所愿。所以现在爵士的脾气差极了。夫人和少校尽力劝他再忍耐一下，别发火，但都不起作用。也是可能这个时候彭·觉斯已登上邓肯号，他能忍吗！当他心爱的游船——邓肯号，扬着帆，开足马力向东海岸自投罗网的时候，当他的船员一小时比一小时更接近死亡的时候，他还能忍吗！

此时船长门格尔，心里也特别难受，每想到那即将发生的可怕一幕，就感到万分焦急。

为了克服眼前的困境他愿意付出所有，因此学澳大利亚人，用大块的胶树皮造了一只小艇。因为胶树皮很轻，用木棍夹起，便成了一只轻巧的渡船。

1月18日，门格尔和威尔逊用那只不太坚固的小船试了一下。他们使用了浑身的解数，也无济于事，一到急流处小船就翻了，他们也差点丢了性命。很快旋涡把小船卷走了，消失了踪迹，他们费了好大的力气，才爬上岸。由于最近一直下雨，再加上高山积雪融化，河水涨得更高了，此时河面宽有1公里，而他们二人离开河岸的距离还不到3米。

1月19日和20日这两天情况还是没有任何改变。爵士和少校沿着河岸走了有8公里远也找不到任何一个浅滩。处处是湍急的洪流，处处是汹涌的波涛，好像整个山区的雨水都集中到这条河流中来了。

现在，想要挽救邓肯号已经不可能了。只能让它听天由命吧。彭·觉斯已经走了5天了，可能游船已经到了东海岸，也可能已成了匪徒的囊中之物。

然而，坐以待毙总是不行的！毕竟洪水不会一直这样涨，它来得快，应该退得也快。果然，21日早晨，地理学家观测到水位已经开始下降了，他把这个好消息连忙报告给爵士。

“下降了又如何，一切都晚了。”爵士唉声叹气地说。

“可我们总不能一直这样下去吧？”麦克那布斯反驳道。

“明天我们也许就能渡过河去！”门格尔也说。

“就算渡过去，那几个可怜的船员还有救吗？”

“阁下，您听我说，”船长又说，“我相信大副奥斯丁的为人。他一定会严格执行命令，船能开的时候就一定会开的。但是谁也说不准在彭·觉斯到达的时候，船就已经修好了呢？万一还没修好，推迟了开船呢！”

“你说得对，门格尔！但愿如此！我们还是尽快赶往吐福湾。现在，我们离德勒吉特只有55公里了。”

“到了那个城镇，我们就可以找到交通工具了，”地理学家说，“然后以最快的速度赶往东海岸，或许还能阻止这场悲剧的发生！”

“好，我们马上开始准备！”爵士命令道。

于是，船长和威尔逊开始着手造船了。从上次失败的造船经历得知胶树皮根本抵抗不了那汹涌的洪水。所以，他们找了几棵大胶树，准备造一个既牢固又大的木筏。这工作费了不少的时间，一直到第二天才把船造好。

这时，水位已经明显下降了。但是斯诺威河水流仍然湍急。然而，这并构不成多大威胁，只要顺着水势斜走，在适当范围内控制好水势，还是可以到达对岸的。

正午时分，大家只带上了两天路程所需干粮，其余的如帐篷、牛车全部丢掉。这时，穆拉地身体已无大碍，恢复得挺好，简单的翻身动作，已能独立完成。

到了下午 1 点，大家上了木筏。在木筏的右边船长安上一支长桨交给威尔逊掌管，这是为了防止急流把木筏冲走，失去了航路的方向。至于门格尔，他站在木筏尾上，用一根粗制的橹掌握着航向。海伦夫人和玛丽小姐坐在正中间，穆拉地挨着她们，爵士、少校和地理学家则围在他们周围，随时准备救护。

“准备好了吗，威尔逊？”船长问。

“好了！”威尔逊用粗大的手握着桨回答。

“途中一定要小心，别让浪头把我们冲掉！”

门格尔船长解开系筏的绳索，瞬间就顺着水流漂去，刚开始的 5 米还是挺顺利的，木筏一直在威尔逊的控制下行驶。但是没多久，旋涡把木筏裹了进去。木筏只在里面打着转，却怎么也出不来，这时桨和橹已经毫无作用。只能等待旋涡过去才能出来。木筏转得飞快，使人头晕目眩。门格尔船长站在那里，紧紧地咬着牙，脸色灰白，眼睛直盯着那无数旋涡。

木筏随旋涡推进，用了好长时间，才到了河中心，这时，距离出发的地方才走了半公里路。这里的波浪更加凶猛，所以不容易形成旋涡，所以在这里木筏稍微稳当了些。

船长和威尔逊的橹和桨又能发挥作用了，在水中沿斜线前进着。经过一番艰苦奋斗终于快到岸时，突然威尔逊手中的桨断了，瞬间木筏失去了平衡，木筏又被急流冲去。船长的橹可不能再断了，他在尽力与急流抵抗着。折断的桨把威尔逊的手划伤了，但他仍过来帮忙。

好在“功夫不负有心人”，木筏在河中挣扎了半个小时，终于在对岸的一个陡峭岩石上靠岸了，可谁知这一撞，由于惯性太大，把木筏给撞散架了。

现在，旅行队几乎是一无所有了。从这里到德勒吉特还有 50 里路要走，在这荒无人烟的地方，想遇到移民或“坐地人”那是很难的，因为在这一带除了穷凶极恶的强盗和杀人不眨眼的山贼外，根本没有居民。

于是大家决定一刻也不耽搁，立刻出发。穆拉地知道自己会拖累大家，所以他要求把他留下了，然后，派人再来接他。

爵士极度不愿意失去这个可爱、勇敢的伙伴。他估计至少要 3 天才能到达德勒吉特，再过 5 天才能到东海岸。可能那个时候邓肯号早已到达东海岸了，已经是晚了，再晚几个小时又有什么关系呢？

“我不会丢下你的，”爵士说，“我们做个软兜，就是轮流抬也要把你抬到东海岸！”

大家用带叶的桉树枝很快地编好了软兜，什么也不管不顾，便把那受伤的水手放了上去。爵士和威尔逊是第一组抬他的人，就这样跟着大家走上了去德勒吉特的路。

开始还觉得是次不错的旅行，谁知现在却到了如此狼狈不堪的地步啊！现在已经不再是寻找格兰特船长的问题了，格兰特根本不在这里，甚至从未来过这片大陆，而这片大陆差点成了寻访他的人的生命终点。当他那勇敢的同胞到达澳大利亚东海岸的时候，可能连他们乘坐的那只游船也变成匪徒的了！

在沉默与痛苦中度过了这艰难的一天。抬穆拉地的人每隔十分钟，就要换一次。在这样炎热的天气下，走路已经够累的了，抬个人更是雪上加霜，但旅伴们没有一个叫苦的。

这一天他们共走了 8 公里路，天色渐渐暗下来，他们就在胶树林里宿营了。晚饭也只是从木筏上抢下来的一点干粮，在这时，马枪简直成了无用之物，明天的饭还没着落呢。“屋漏偏逢连夜雨”，偏偏在夜里下起了雨。盼呀盼，好容易盼到天亮，雨也停了，就又要出发了。更倒霉的是这地方简直比沙漠还荒凉，人迹罕至，所以连给少校打猎的机会也没有。

幸亏小罗伯尔眼睛管用，发现了一个鸟巢，里面有十几只鸟蛋。奥比内把蛋拿来煮熟，再加上从水洼中挖来的一些马齿苋，这便是 22 日的午餐。

慢慢地路上荆棘丛生，走起来有些困难了，墨尔本人都习惯叫这种草为“箭猎”。一旦不小心，它就会划破你的裤腿，把你的脚刺得鲜血淋淋。然而那两位勇敢的女客并没说一句苦，她们毫不畏惧地前行，为其他人做了表率，而且常常用语言或表情来互相鼓励。

当天，他们在布拉山脚下的容加拉河岸上留宿。多亏少校打了一只大老鼠，不然，晚饭都难以解决。这是一种名叫“坎地道鼠”的老鼠，它的肉很好吃，如果它有山羊那么大就好了。奥比内很快就把它烤熟了，然而它的肉很有限，大家只好连骨头也一块吃了。

23 日，大家虽已精疲力尽，但仍继续前进着。绕过山脚后，是一片广阔荒无的草原，那草长得如同鲸鱼的胡须一般，既像箭林，又像刀山，杂乱无章，他们不时地用斧劈，或用火烧，才开辟出一条路来。

这天早晨，“巧妇难为无米之炊”，司务长虽巧也毫无办法。他们走在贫瘠的散乱硅石中，天气也特别热，大家忍饥挨饿。如果一直这样没吃没喝地走下去，他们都会倒下的。

幸运的是，他们看见了许多“颃形”，它像贮满甘露的瓢，盛满了水，挂在一种珊瑚状灌木的树枝上。大家尽情地大口大口地喝着，感到又有精神了。

同时还找到了吃的东西。就是土人在虫蛇鸟兽都吃光了之后所赖以生存的那种植物，叫做“纳儿豆”，地理学家之前听别人说过。这种植物是草类里面的隐花植物，叶子像苜蓿，叶下长着牙胞。有扁豆大小，用石头一砸便成了“面粉”。用这种“面粉”做成的粗面包，对于饥饿的人，吃起来也是非常美味的。这种果实非常的多，奥比内贮藏了不少，以后几天也不用害怕饿肚子了。

第二天，穆拉地已经能够自己走路了，他的伤口已完全愈合。离德勒吉特还有不到 16 公里的路程了，当晚就在新南威尔士的边境上歇息，此时恰好是东经 149 度。

淅淅沥沥的小雨又下了几个小时，大伙的衣服都被淋得湿透了。好不容易船长发现一座锯木人留下的破破烂烂的木棚，大家进去可以避避雨。威尔逊想把火生起来，来烤“纳儿豆”粉面包，便开始着手出去拾枯枝了，但是，拾来的干柴却怎么也点不着，因为这树的里面含大量的矾质，根本点不着。博学的地理学家在之前讲澳大利亚奇闻时也已说过此事。

所以火没点着，自然没人吃那干冷的面包，都穿着湿漉漉的衣服睡觉了。只有高枝上的小鸟在叽叽喳喳地叫着，好像在嘲笑这些不幸的寻访者。

女人毕竟不同于男人，那两位女客虽然表面装作若无其事的样子，实际上她们的体力已渐渐在衰减。她们已经不是在走了，而是连拖带爬了。

然而，路总能走完的。第二天，天一亮就继续赶路了，在 11 点的时候到了德勒吉特城一个叫威斯的小镇，此镇距吐福湾还有 80 公里。

在德勒吉特城，他们重新配好了交通工具。此时，爵士心中又燃起希望的火焰。如果邓肯号稍微耽误一下，24 小时之内，我们便可到达吐福湾，也许还能挽救邓肯号。

中午，大伙美美地吃了一顿，之后便坐上一辆邮车，离开这个城镇。邮车由 5 匹强壮的马拉着，如飞一般向前跑去。

车夫听说快的话就多加钱，更是马不停蹄，快马加鞭。每一个小时就能走 16 公里，每过一站停留不过两分钟。此时此刻爵士真想让自己变成一只小鸟迅速飞到东海岸去。

第二天，太阳刚刚升起的时候，隐约能听到海水的声音，也就是说很快就到目的地了。邮车绕过海湾到达 30 度线的海岸，也就是信中命令奥斯丁把船开来的地方。

一到地方，大家迫不及待地向海上望去，努力地搜寻着邓肯号的影子，希望能有奇迹出现，邓肯号在海中游来游去，和一个月前在阿根廷的哥连德角外一样呢？但是水天一色，在广阔无垠的海面上却没有找到邓肯号的影子。

会不会因为风太大，船在港外无法抛锚，所以开到吐福湾的内港——艾登城去了。

所以，爵士又命令邮车向离此地 9 里的艾登城进发了。

在离标志港口的固定信号灯不远处车夫停了下来。在码头上是停有几只船，但是仍然没有玛考姆府的旗号。

爵士、船长和地理学家一齐下了车，来到海关，询问了海员，查看了近几天的船舶进口登记簿，可结果是，一星期以来，没有船只到过吐福湾。

“会不会是邓肯号推迟了启航时间呢！是不是我们赶在他们前面了！”爵士叫着说，人总不能总是往坏处想，所以才转到这个念头上来。

船长门格尔摇摇头，他深知奥斯丁的为人，他绝不会拖延命令执行的时间。

“情况到底如何，我们总得知道，总不能这样模棱两可着吧！”哥利纳帆说。

一刻钟后，他们发了一个电报给墨尔本船舶保险经理人联合会。然后，大伙重新坐上邮车，来到维多利亚旅馆里稍作片刻的休息。到下午两点，爵士收到回文，电文如下：

吐福湾艾登城哥利纳帆爵士邓肯号于本月18日启航去向不明船舶保险经理人安德路

爵士手中的电报像一页纸一样从手中滑落在地。

毫无疑问！邓肯号已变成了一只海盗船，而它的新主人就是匪徒头目彭·觉斯！

这次澳大利亚大陆旅行以高兴乐观开始，却要以绝望而告终！好像再也找不到有关格兰特船长和他的受难船员的踪迹，这次旅行的代价实在太大，搭上了整个船队的性命，而且爵士此时也已精疲力竭，无计可施。这位英勇的寻访人，在幡帕斯草原没有被天灾吓倒，现在却在澳大利亚大陆上被人祸给制服了。

第三十五章　不列颠尼亚号依然是个谜

如果说注定要让寻找格兰特船长的人们绝望，那么现在，他们已如此的狼狈不堪，不也正是该绝望了吗？茫茫无际的大地，要到哪儿再作一次探险旅行呢？这样的旅行还有什么办法可以实现呢？现在没有了邓肯号，就是想回国都是困难的！那些善良的苏格兰人的这次寻人壮举就这样以失败告终。在有毅力的人的字典里是没有失败这样的字眼的，然而爵士已经受够了命运的捉弄，他不得不承认，他对这救人的工作，已经无能为力了。

在目前的情况下，玛丽小姐也不再提起她的父亲，尽管她心里有一万个不愿意，可她一想到那些不幸的船员也变得力不从心了。以前是海伦夫人安慰她，现在反倒成了她安慰海伦夫人！她是第一个建议回苏格兰去，船长看她这样刚强、善良，不由得佩服之至，他想提一提继续寻找格兰特船长，但却被玛丽用眼光制止了。她对他说：“门格尔先生，不能再找我父亲了！我们应该为这些善良的人考虑一下。爵士应该回欧洲去！”

“是的，玛丽小姐，”爵士说，“现在应该回去，要让英国政府知道邓肯号的遭遇。不过你也别难过。”

门格尔说：“我们既然已经作出决定要出来找格兰特船长，就不会半途而废，还是让我一个人继续找下去吧！找不到，我决不罢休！”

玛丽小姐对船长这个誓言感激不已，紧紧地握着那个青年人的手。

就在当天大家决定回欧洲，并且要尽快赶到墨尔本。第二天，船长便去打听开往墨尔本的船。他以为艾登和维多利亚省之间应该有很多船只往来，可实际并非如此。在这里一共就有三四只船，并且都停泊在吐福湾里。没有一只去墨尔本，或悉尼、威尔士角的。想要回欧洲只能从这三个地方搭船，因为在这三个地方有一条英国本土之间半岛邮船公司的正规航线。

经过一再商讨之后，最终哥利纳帆爵士决定要沿着海岸公路到悉尼，可地理学家却提出了一个建议，出乎了所有人的预料。

原来他曾经到过吐福湾。知道那里有到新西兰北岛都城奥克兰的船只，他想先承包下这条船，然后再乘半岛邮船公司的船回欧洲。

大家对这个建议都在思考着。地理学家没有说出很多的理由，只说了一点，顶多也就是五六天的时间。澳大利亚与新西兰之间的距离不过一千公里左右。

巧的是，奥克兰又刚好在他们盯住不放的那条 37 度线上。这个建议可能也是一个机会，在新西兰沿海还可以再进行一次找寻！

但是新西兰只是一个岛，而不是格兰特船长逃往的“大陆”。所以，地理学家并没有表明是再去寻找格兰特船长。

船长对巴加内尔的建议很是赞同。不过，总应该先去看看要乘的船是怎样的状况再决定是否上船。所以哥利纳帆，少校，船长，巴加内尔和罗伯尔便一齐坐上一只小划子，靠近距岸两链远的那只小船。这只船叫麦加利号，是一只重 250 吨的双桅帆船。它是专门跑澳大利亚和新西兰间的这条航线。船主名叫威尔·哈莱，他只有一只眼睛，胖乎乎的脸上泛着红光，手掌宽厚，塌鼻子，嘴唇上满是烟油，他粗野的态度可以看出此人没什么文化，这样的一副嘴脸让大家对他产生了一些厌恶，船上的水手也和他差不多。但是现在只能搭他的船了。

“你们找我有事吗？”他见生客上了甲板就问。

“你就是船长吗？”门格尔问道。

“是的，”哈莱说，“怎么了？”

“你的船是要装货到奥克兰去吗？”

“是的。那又怎么了？”

“是什么货？”

“好买好卖的货。”

“什么时候出发？”

“明天，趁午潮的时候就走，怎么样？”

“搭客吗？”

“那要看是什么客，只要他们能习惯船上的大锅饭。”

“自备伙食。”

“多少人？”

“10位，其中还有两位女客。”

“我没有舱房。”

“你把甲板上的便舱腾出来就可以了。”

“这个吗？”

“怎么样答应不答应说句话！”门格尔说道。

“那要看……”船主兜了一两个圈子，钉了铁掌的皮靴踏在甲板上发出笃笃的声响，然后往门格尔面前一站。

“你们愿出多少钱？”他问。

“你要多少？”门格尔反问。

“50镑。”

哥利纳帆点点头，表示可以。

“好，就50镑。”门格尔回答。

“这只是船费！”船主补充了一句。

“行，只是船费。”

“不包括伙食。”

“那就不包括。”

“那好，就这么说定了。怎么样？”哈莱伸出手。

“什么？”

“定钱呢？”

“先付一半，这是25镑。”门格尔边说边数钱给他。哈莱接过钱往腰包里一塞。

“明天上船，”他说，“正午前来，一旦到时间不管你们有没有到我们都要开船。”

“会准时到的。”

回答完毕，哥利纳帆一行人离开了船。

“真是个大老粗！”门格尔说。

“呃！我倒觉得他挺合我意，”地理学家说，“是个不折不扣的海狼！”

“是只不折不扣的狗熊才对！”少校纠正。

“我敢打赌，”门格尔补充道，“之前这只狗熊一定做过人肉买卖。”

"那可不关我们什么事！"哥利纳帆回答，"只要麦加利号到奥克兰去，只要他是麦加利号船长。从吐福湾到奥克兰，我们只是见了数面，到了之后就和他永别了。"

海伦夫人和玛丽小姐知道明天就要启程了很是高兴。麦加利号没有邓肯号那么舒服这点爵士已经告诉了她们。但她们毫不在乎。奥比内先生去置办粮食。他常哭他老婆，他夫人还在邓肯号上，下落不明。这时，他去执行任务的积极性很高。只几个小时的时间就把一切都办好了，双桅船上根本不会有这些食物。

与此同时，少校找了一个钱庄，把爵士汇到墨尔本联合银行的几张汇票兑换了。他要的是现金、弹药和武器，于是把这些都补充了一些。地理学家也在爱丁堡约翰斯顿出版社里，找到了一张精制的新西兰地图。

此时的穆拉地已经基本康复，差点要了他命的伤势看来马上就要好了。

威尔逊则被派到麦加利号上去安排旅客们的舱位。洗刷过后，舱房完全变了样。哈莱看他这么认真地干着，便走开了。哈莱不在乎他们是谁，更不管是男是女。在他的舱房里塞满了200吨的皮革。

利用这一天剩下的时间，哥利纳帆还想再去一次37度线穿过的那个地方，他这样做有两个目的。

他想再考虑一下那假的沉船地点。事实上，艾尔通的确是不列颠尼亚号上的水手，也许不列颠尼亚号真的就是在澳大利亚这一带海岸附近沉没的，既然不是在西海岸，那会不会是在东海岸。以后不会再来这里了，所以不能放过一点的蛛丝马迹。

并且，不列颠尼亚号即便不是在这里失事，至少邓肯号是在这里落到那些匪徒手里的。说不定当时还有过一场恶斗呢！

由门格尔陪着爵士，一起进行这双重目的的侦察。维多利亚旅馆主人给他们备了两匹马，他们就绕着吐福湾向北的那条路走去。

走在路上心里阵阵刺痛，他们骑着马，看着海水侵蚀的岩石，彼此间没有交流。

以门格尔的聪明敏锐，每一个地方他应该都没有放过。按常理来说，在那海滨上应该会有一些沉船遗物被冲上来。然而却一无所获。

不列颠尼亚号的失事，依然是一个不解的谜。至于邓肯号，亦是如此。

然而，在岸边一丛"米亚尔"树下门格尔却发现了几摊烧过篝火的痕迹，很明显，最近几天有人在这里露营。会不会是游牧队呢？

不是。在树下有一件灰黄两色的粗毛衣，很旧还打过补丁，看着令人反胃，这一迹象毫无疑问地告诉他那些流犯曾来过这里。因为在毛衣上还有伯斯大牢的号码。不知是哪一位犯人穿过的。

"快看！"爵士说，"那些流犯来过这里！我们邓肯号上那些不幸的伙伴……"

"是啊！"门格尔压低嗓子，"不用说，他们应该还没上岸，就都死在……"

"真是一帮畜生！"爵士叫起来，"如果他们落到我手里，我一定要替我的船员们报仇！”

哥利纳帆因为悲痛导致面孔铁青。许久盯着大海看，接着不声不响地打马，返回艾登。

还有一件事要做：就是把最近发生的事情报告给当地警察局。在做笔录时班克斯警官喜形于色。他听说彭·觉斯和那伙强盗离开了，心中的大石头终于可以落地了。全城人都松了口气。他们立刻发电报给墨尔本和悉尼的行政当局告诉他们这一消息。

爵士回到旅馆。一晚上大家都是闷闷不乐的。他们回想起在百奴衣角时的希望，再想到现在的失望。

这天晚上，船长把烦躁不安的地理学家请到自己房间里，询问他紧张的原因。

“约翰，我的朋友，我没紧张，还和平时一样！”

“巴加内尔先生，”门格尔说，“您心里一定有什么秘密。”

“嗯！那有什么办法呢？”地理学家指手画脚，“我也是情不自禁啊！”

“到底是什么事呢？”

“既开心又失望的事。”

“既开心又失望？”

“是的。”

“您是不是又找到了什么新的线索？”门格尔逼问。

“没有啊！到了新西兰就不能回来了，不过，究竟……哎！你也知道，人总是这样！只要还有一口气，就是不肯死心！还是俗语说得好，‘气不断，心不死！’这句话要算是世界上最好的格言了！”

第三十六章　吃人的海岸

第二天，也就是 1 月 27 日，旅行队登上了麦加利号，住在狭小的船舱里。船主没有把他的房间让给女客，那房间也是很脏。12 点整，退潮了，船借势起锚。海上刮着西南风，但不是很大，拉起船帆。威尔逊想帮一下那五位船员，但被哈莱拒绝了。

既然人家不愿意，他也只好不给自己惹麻烦了。

这时，在船主叫骂声中那五位船员把船帆升好了。麦加利号好像做好了远航的准备，低帆，纵帆，顶帆，前帆，触帆，还有许多的插帆和小帆。它那看起来有些臃肿的船头，笨重的船尾和宽宽的船底注定了它是典型“老鸭式”的速度很慢的船。

即便如此，如果不出意外顶多不超过 6 天就可以驶进奥克兰港口。

到了晚上 7 点，已经看不见澳大利亚海岸和艾登港口的固定灯塔。海上风浪很大，船速很慢；强烈地震颤着，旅客们安安分分地守在舱里，就像是在坐牢。

每个人都在想着自己的心事。基本上没人说话。哥利纳帆踌躇满志地来来回回走动着，而少校则坐在那儿一动不动。门格尔时常到甲板上来观察风浪。罗伯尔跟在他的后面。至于地理学家，他一个人在角落里自言自语不知在说些什么。

他会在想什么呢？他在想是命运安排他去的新西兰，同时他还想起了新西兰的历史。

在新西兰的历史里，是否有把新西兰这两个岛作为大陆看待呢？同时他还在想着那个文件。

“contin，contin，……”他重复着说，“这个字就是大陆（continent）没错呀！”

他回忆起了那些航海家发现这两个大岛的经过。

那是 1642 年 12 月 13 日，在荷兰人塔斯曼发现凡第门阵地之后，17 日，船驶入一个大海湾，它的尽头是一条夹在两岛之间的海峡。

南岛名“玛海普那木”，意为“产绿玉的鲸鱼”，而北岛“依卡那马威”，这是土语，意为“马威之鱼”。

塔斯曼派了几只小艇在此登陆，带回来两只独木舟，上面坐着一些吵吵嚷嚷的土人。这些土人都是中等身材，皮肤呈棕色，瘦得皮包骨头，黑色的头发盘在头顶上，上面还插着一根又长又大的白色羽毛，说话的语音很生硬。

欧洲人和土人的这第一次会见看似可以建立长久的友谊。可事实并非如此，第二天，塔斯曼的一只小艇去探索附近海岸有没有停泊地点的时候，7 只载满土人的独木舟向这只小艇发起了猛烈的攻击。水手长的喉咙挨了一枪跳入了海里。剩余的 6 人有 4 人被杀死，余下两人与水手长逃了回来。

随后，塔斯曼报复了几枪就赶快起航了。直到现在这个海湾还叫屠杀湾。塔斯曼沿屠杀湾西岸向北驶去，1643 年 1 月 5 日在北角附近停泊。这里人凶浪猛，不允许他上岸；他决定离开这片陆地，随后把这里取名为斯塔腾兰，意思就是“三民地”，是为纪念当时的“三民会议”而取的。

他还以为自己在南美洲的南部发现了一个“大陆”哩。“可是，”地理学家想，“17 世纪的海员可能会把新西兰误认为是‘大陆’，但 19 世纪的海员一定不会这么认为的！要说格兰特船长犯下这样的错误，还真不应该啊！”

在塔斯曼之后的 100 年间，好像新西兰又消失了，后来，一位名叫徐尔威的法国航海家在南纬 35 度 37 分的地方又发现了这片陆地。徐尔威的小艇被偷了，而他一怒之下放火烧光了一座村庄。

1769 年 10 月 6 日著名的库克船长利用小恩小惠收买了土著人，并用礼炮吓唬他们使他们变得老老实实。

1773 年那伟大的海员又一次来到霍克湾，这次他目睹人吃人的惨剧。

1827 年 3 月，那著名的阿斯特罗拉伯号船长居蒙居威尔，居然没携带武器在陆上和土人过了好几夜，土人们不但没有伤害他还教了他土人的歌曲，并且他们还互相交换了礼物，船长还测量了有用的地图。

综上所述，从土人那忽而野蛮忽而和善的表现中，可以得出这样一个结论，那就是：新西兰人的残酷行为大都是为了报复。他们是否和善，要看船长为人的好坏来决定。一个名叫依耳的英国人，是位流浪科学家，也不知他环球旅行了多少次。他到这两个岛上，也看到他们吃人肉，看到新西兰人互相残杀。

1831 年拉卜斯船长在群岛湾也见到这人吃人的惨象。此时的那些野蛮人已经会使用火器，并且十分准确，他们的战斗力也增强了不少，甚至有些部落被全部消灭掉。

新西兰人能保护自己，能抵抗外敌的入侵，他们仇恨侵略者的情绪，驱使着他们和英国移民作着顽强的斗争。

就这样巴加内尔把新西兰的全部历史回忆了一番，他越想越觉得浑身血液沸腾。但是，所有的历史没有一点能把两个岛构成的地方加上“大陆”的名字，他的思路完全被 contin 这个字给堵住了，使他找不到答案。

1 月 31 日，麦加利号已经行驶 4 天了，在澳洲和新西兰之间的那片狭窄的洋面上所走的路程还不到全程的三分之二。哈莱船主对船上的事几乎都不关心：任凭水手们乱搞。这粗鲁的家伙天天不是白兰地就是大麦烧，整天喝得醉醺醺的，水手们也跟他一样，就任由麦加利号听天由命了。

船长的失职，不得不使门格尔更加留心了。不只一次，船差点就翻了，威尔逊和穆拉地抢着扶稳舵。船主有时也会干涉，甚至还会破口大骂。他们只好忍气吞声。他们要求把醉鬼捆起来丢到舱底去，却被门格尔制止了。

虽然如此，门格尔还是对这条船有一万个不放心，不过，他也只是背地里对少校和巴加内尔提一提，却没向哥利纳帆提起，只是不想让他担心。麦克那布斯给他出的主意和威尔逊、穆拉地两人不谋而合，只是用词不同。

“如果你觉得这样做对我们有益的话，约翰，”麦克那布斯说，“你就该担负起这只船的指挥责任，如果你不愿担任‘指挥’的职责，就由你来负责驾驶这条船吧。等我们在奥克兰下船之后，再让那个醉鬼还做他的船主，到那时他想翻船已经跟我们没关系了。”

“那是当然，麦克那布斯先生，”约翰回答，“到万不得已的时候，说不定我会这么做的。现在，我们打下手就可以了。”

“你自己就不能驾驶吗？”巴加内尔问。

“这个有点难，”约翰回答，“船上连一张航海地图都没有！”

“是吗？”

“是的。哈莱这家伙对这一带很熟悉，他根本不需要地图来参考。”

巴加内尔说：“他一定是觉得他的船可以自己认路，不需要人来辨别方向。”

“呵，呵，如果快靠近陆地的时候哈莱还不醒，那我就真的没办法了。”

“希望到时他能醒。”巴加内尔说。

“既然这样，”麦克那布斯问，“你就不能在需要的时候自己把麦加利号开到奥克兰吗？”

“那是不可能的，因为没有那一带的海岸地图。在水下几米处都有暗礁，不管你的船有多么结实，只要一碰上龙骨就完蛋了。”

“一旦船被撞毁，上面的人除了往岸上爬，就没有其他的办法了吗？”少校问。

“巴加内尔先生，您是不是想说海岸上那些厉害的毛利人呢？”门格尔问。

“是的，我的朋友，那些毛利人非常的聪明，喜欢杀戮，还喜欢吃人肉。”

“这么说来，”少校问，“如果不列颠尼亚号是在新西兰海岸附近发生事故的话，你就要劝人家不去找了？”

“沿着海岸找还是可以的，”巴加内尔说，“愿上帝保佑我们永远不要落到这些野蛮残酷的土人手里！”

受了侮辱就要用血来洗刷干净，这就是毛利人的风俗，他们认为这才是荣誉。在这样的国度里，塔古力一定不会忘记他的部落上次受到的耻辱。他耐心地等待着欧洲的船来报仇，他也实现了他的这个报仇计划。

1772 年 5 月后，先后有两艘船来到这里，这两艘船分别是：卡特利号和马斯加兰号。

起初的时候他还对法国人表现出一副唯唯诺诺的样子，所有的土人都没带武器跑来欢迎他们，想要骗取他们的绝对信任。

卡特利号的船长马利荣为了想给船只换桅杆，便把船停泊在群岛湾里，因为近来起了几场风暴，船上的一些桅杆受到了严重的毁坏。所以，他想回内地去寻找木材。5 月 22 日，在距离海岸 2 公里远的地方，发现了一片高大的柏树林，在树林附近离他们的船有 1 公里左右的地方有个小湾。

首先，建立了一个木工场。三分之二的船员带着斧头和工具都被派到那里，一边砍树，一边向小湾方向开辟了一条道路。另外在港中心的毛突阿罗小岛上还选了两个据点，船上的病员，箍桶匠，铁匠都在那儿，还有一个据点在陆上，离船 1 公里半，大洋的岸边。

许多身强力壮，和颜悦色的土人帮水兵工作。

直到此时，马利荣船长并没有完全放松戒备。土人没携带武器，而船派大划子上岸去却经常是全副武装的。他们被土人的表现给骗了，放松了戒备放下了武器，克劳采舰长也曾劝马利荣别太大意，但却遭到了拒绝。

从此，那些土人更加殷勤，他们与船上的官员相处得十分融洽。马利荣在正式到陆上访问的时候，他被土人们尊称为大酋长，还在他头发上插上四支白羽毛，以表心中的崇敬。

和睦相处了 33 天。造桅工作也做得很好，舰上的水库在毛突阿罗岛上的淡水上着水。

6 月 12 日下午 2 时，马利荣准备好了小艇。他们想要到塔古力的村子脚下去打鱼，这事事先早已计划好的。他坐上船，随身带了两名军官勒吾和佛德利古，还有一个自愿兵，教练官和 12 名水兵。此外还有塔古力和另外五个酋长陪着他。

小船向陆地划去。

到了晚上，马利荣舰长却没有回来。

第二天，卡特利号到毛突阿罗岛上去补充淡水。一路却是平平安安，没有意外发生。9 点钟，马斯加兰号站岗的水兵救起了一个人，当时此人已奄奄一息。

被救者正是马利荣舰长带去的一名水兵屠尔内。铁矛在他的腰部戳了重重的两下，在去打鱼的 17 人中，只有他一个逃了回来。

早晨 7 点钟那只不幸的小艇停在村边。看来了客人土人都欢天喜地的，把客人背上了岸。之后，法国人各自散开了。顷刻间，许多土人都带着木棒，长枪，向他们奔来，十个打一个，他们被全部打死。只有水兵屠尔内，从敌人手里逃掉，躲在矮树丛里，但他的腰下也被刺了两枪。乘土人没有注意，他才得以跑到海里。

这件事使两船船员都惊恐万分。响起来一片报仇的呼声。但当务之急是要把岸上三个据点的人先救回来。

昨天夜里克劳采舰长就住在木工场。到现在还没回来，首席军官居克来莫尔代他采取了紧急措施。马斯加兰号派出了大划子，还载着一名军官和一队士兵，去营救木工场的人们。他们沿着海岸前进发现了马利荣舰长的船，就在那儿上了岸。

正如前面所说，因为克劳采舰长当时不在兵舰上，所以对大屠杀的事一点也不知情。到下午 2 点，他忽然看见一队士兵，他立即意识到应该是出事了。他迎了上去，才知道屠杀的情况。为了不引起慌乱，他没把消息告诉别人。

当时，所有的高地都被土人占领着。克劳采舰长立即命令拆下工具，一些不太重要的就地埋掉，放火烧毁了工棚，带着 60 人退了出来。

土人们在后面一边追一边喊着：“马利荣被塔古力杀死了！”听到这些水兵们要去报仇，却被克劳采制止了。就在他们到达海岸和登划子时，有 1000 名左右士兵稳稳地坐在地上，一动不动。大划子刚一到海里；如雨点般的石头像就打来了，4 名水兵向岸上开了枪，土人的酋长被打死了。

克劳采舰长刚登上了马斯加兰号，便立刻派了一只大划子带着一队士兵到毛突阿罗岛上去，水兵便在岛上过夜，病员也都回了兵舰。

第二天，在岛上又增加了一队士兵的兵力。法国人对这个村子进行了全面的扫荡，6 个酋长都被杀了。同时也在继续补充着淡水。

最后，所有的工作都完成了。只剩下要侦察一下那 16 人中是否还有存活的，同时还要为死者报仇。于是一只载着许多士兵的大划子来到了塔古力的村庄。那阴险狡诈的家伙早已逃走。还披着马利荣舰长的大衣。在塔古力屋里搜出刚烧过的脑盖骨，上面还留有牙齿的痕迹；还有用木串子穿着的一条人腿；还有一件沾满血迹的硬领衬衫，应该是马利荣的；此外佛德利古的手枪，小艇上的质形徽章，还有一些衣服和一些破烂的布条。在另一个村里，还搜到许多已经洗得干干净净，并且煮熟了的人肠子。

找到了这些杀人与吃人的证据，那些遗骸都被恭恭敬敬地埋葬了。最后放了一把火烧光了整个村子。1772 年 7 月 14 日，这两只兵舰才离开了这片伤心之地。

新西兰人一向喜欢吃人，并且不讲信用。这一点在 1773 年库克第二次来新西兰旅行时也得到了证实。

库克的经历是这样的：12 月 17 日在他率领下的由佛诺舰长指挥的一只船，放了一只大划子去登陆，目的是想采集一些野草。这只划子却是有去无回了。登陆的是一个候补少尉和九名海员。佛诺舰长因为不放心，所以就派薄内中尉去找他们。中尉到了那划子着陆的地点。据薄内报告称，“发现一幅野蛮与屠杀的惨象，说起来就叫人毛骨悚然；我们好几个同伴的头，肺，肠子都七零八落地丢在沙滩上，旁边还有几只狗正在吃。”

在结束这一连串血腥记录之前，我们还应该说说 1815 年被新西兰人攻击的兄弟号和 1820 年桑普生指挥的波以德号上全体船员被杀的事。

新西兰这片吃人的海岸，正是由那醉鬼指挥和笨蛋驾驶的麦加利号所要到达的地方呀！

第三十七章　倒楣的麦加利号

这段走不完的航程让人有些疲惫不堪。2 月 2 日麦加利号已经行驶了 6 天，但还是望不见奥克兰的边岸。一直刮着西南风，这倒是顺风而下，但却是逆流而上，船不翻就是好的了。汹涌的海浪冲击着船只，遇到浪槽船只能勉强爬起来，每一次的摆动，桅杆就跟着激烈地摇晃一次。

幸亏哈莱的性子不急躁，船走得慢他也没什么要求，也没有把船帆拉得太紧，要不然全船桅杆可能都要倒下来。希望这副坏船架子路上别出什么意外，就这样应付到目的地，门格尔心里这样祈祷着。

天还在一直下着雨，海伦夫人和玛丽小姐只好待在船舱里，但是她们却毫无怨言。有时她们也到甲板上来透透风。

女客们一回到船舱，大家便想尽一切办法逗她们开心。巴加内尔本想讲故事给大家消遣，但收效甚微。大家对这趟归国的旅途情绪都不高。最伤心的还是哥利纳帆爵士了。不管风吹浪打，他都一直在甲板上。只要风一停，他就拿起望远镜瞭望着天边，好像在向那默默无言的大海问话。他总是沉不住气，把痛苦不安的情绪清晰地表现在脸上，好像对一切都感到心灰意冷了！

门格尔总是寸步不离跟着他，不管风吹雨打。这一天，哥利纳帆又向天边望去，特别是在海雾偶然打开了一个缺口时，他的目光比平时更加殷切。约翰走到他旁边，问道：

“阁下是在找陆地吗？”

哥利纳帆摇摇头。

“我想你也应该着急要离开这麦加利号了，”那青年船长又说，“在平常来说，我们应该在36小时前就可以看到奥克兰的信号灯火了。”

哥利纳帆没有回答。他一直望着，望着，并把望远镜对准上风那边的地平线上持续了一分多钟。

“陆地在这边，”约翰·门格尔说，“请阁下向右舷看。”

“我不是在找陆地，为什么向右舷望去呢，约翰？”哥利纳帆回答。

“那你在找什么呢爵士？”

“找我的游船！我的邓肯号呀！”哥利纳帆气呼呼地回答，“它应该就在那里，在那一带海面上冲击着海上的风浪，干着海盗的罪恶勾当！我告诉你，约翰，它就在那一带，就在澳大利亚和新西兰之间！我想我们一定可以遇到它！”

“还是愿上帝保佑我们不要遇到它的好，爵士！”

“为什么这么说呢，约翰？”

“阁下，请不要忘了我们现在的处境！如果遇到后邓肯号来追捕我们，我们连逃的机会都没有啊！”

“为什么要逃呢，约翰？”

“必须要逃呀，爵士！不过就是想逃应该也是逃不掉的，我们一定会被这帮混蛋抓去，任由那些匪徒摆布，要知道彭·觉斯可是心狠手辣，无恶不作的！我们死倒无所谓！我们一定会顽强抵抗直到流尽最后一滴血！可是就算我们死了又能怎样呢？你还要想想哥利纳帆夫人和玛丽小姐呀，爵士！”

“可怜的女人啊！”哥利纳帆自言自语，“约翰，我已经心灰意冷，有时失望会侵袭我的内心。我总是觉得好像还有什么新的不幸在等着我们，好像老天都在和我们作对！这让我感到非常害怕！”

“您感到害怕吗，爵士？”

“是的，但不是为我自己害怕，而是为了我爱的人们，也为了你爱的人们。”

“您就放心吧，爵士，”青年船长说，“现在别害怕了，麦加利号就交给我了，你负责瞭望邓肯号，但却是为了要避开它！”

门格尔说得没错。一旦遇到邓肯号，麦加利号就该倒楣了；而在这狭窄的海面上，海盗可以肆无忌惮地横冲直撞，这种情况还是很可能会遇到的。然而，至少这一天，邓肯号并没有出现，当天的夜里，也就是自吐福湾出发的第6夜，并没有出现约翰·门格尔所担心的事。

但是，这一夜的天气却是让人十分害怕。天空突然暗沉下来，样子十分可怕。哈莱船主和他的海员一下子从沉醉中清醒过来。他走出船舱，揉揉惺忪的眼睛，摇了摇他那又大又肥的脑袋。然后深吸两口清新的空气，好像喝了安神汤一样，这之后才想起来去看看桅杆。此时的风力更猛了，同时还转了风向，此时的风向是由西往东，直直地把船往新西兰海岸上吹。

哈莱船长连叫带骂地唤来几名水手，让他们立刻把顶帆落下，扯起夜航帆。门格尔对他的这一举措还是挺赞成的。但他不愿和这位粗鲁的家伙有什么交谈，所以什么也没说。但是，为安全起见，他和爵士都没有离开甲板。两小时后，风更猛烈了。哈莱却把前帆收到最小。因为麦加利号和美国船一样有两层帆架。这工作由5个人来做并不算难。因为有两层帆，所以只要把上层帆落下来，这样一来就可以把前帆缩到最小了。

风浪继续加大，麦加利号的底部已开始厉害的震动，就像撞上了岩石一样。那笨重的船壳很难爬上浪头，所以在浪头打来的时候，甲板上冲来了大量的海水，在左舷边竿上悬挂着的小艇也早已消失得无影无踪了。

门格尔开始变得不安起来。浪头其实并不算很大，如果换作别的船，一定不会特别在意，甚至还可以随浪浮动。然而这只破船却很可能要一直下沉。因为它每下降一次，甲板上因排水口来不及排泄所溅上来的海水，这海水很可能要把船舱灌满。为了以防万一，门格尔建议用斧头砍破舷板，让水更快速地流出。然而却被哈莱船长拒绝了。

然而他们即将要面临的还有一个更大的危险。那就是快到11点半的时候，当时门格尔和威尔逊正在甲板下风向站着，忽然听到异常的声响。他们本能地警觉起来。门格尔对那水手说：

“回澜！”

“没错，是海浪触到礁石打回来的！”

“至少有 400 米远吧？”

“最多不会超过 400 米！应该就是陆地！”

门格尔把身子探出舷外，对那幽暗的波澜细细观察，高声叫道:“威尔逊！测水！”

哈莱守在船头，对自己所处的危险处境并未觉察到。威尔逊奔向前桅的桅盘手拿着测水锤。他抛下铅锤，绳子从指缝中溜下去，但只溜了三段，铅锤就停止了。

“只有 3 英寻！”威尔逊报告说。

“哈莱！我们走到礁石丛里了。”门格尔对船主说。

哈莱毫不理会地耸耸肩，奔到船舵那里，扭动船舵，对着下风的船舷。此时，所在的处境是极其危险的，只见威尔逊一把丢开测水锤，用力拉着前桅的调帆索，让船帆兜着风转过去。船主被猛力推到一边，还不知道是怎么回事呢！

“尽量顺着风！快放松扣帆索！快放松！”门格尔一边喊，一边忙着掉转船头让船避开那些礁石。

半分钟后，一场危机就这样平安度过了。船沿着礁石缝行驶，天色虽然暗沉，但依然可以看见在离船只有 4 英里远的地方有一条汹涌的白线。

直到此时，哈莱船主才意识到事情的严重性，开始惊慌起来。他说话已经变得语无伦次，发出相互矛盾的命令，这也充分说明这醉鬼已经完全失去了理智。他一直认为距离陆地还有 20 ~ 30 公里，一定能平安到达；谁知突然出现在他面前的竟是近陆的险滩，原来的海流已让他找不到他惯走的路线，现在他已被弄得惊慌失措，就因为他那点可恶又可怜的经验主义。

其实，这时他还不知道，门格尔采取的紧急措施已让他的船远离险滩了。但是他却不知道现在所在的位置，或许船还在礁石圈里。此时的风向是向东吹着，剧烈的颠簸把船弄得前仰后翻，船头和船尾的每一次下落，都会有触礁的危险。

果不其然，很快，下面的暗礁越来越多。现在必须来个急转弯，逆着风回到没有暗礁的水面上。要想急转弯，对于这样一条不平衡，帆面又缩得很小的船来说，的确是有很大的难度。但是，现在已别无他法只能尝试一下。

“把船舵完全转向下风船舷！”门格尔向威尔逊大喊。

麦加利号开始向暗礁慢慢靠近了。不一会儿，就可以看见浪打到水下的石岩，溅起的水花。水花在浪头上发着白光，就像是突然有磷光照彻了那些浪头。大海怒吼着，好像是希腊神话里所说的那些老岩精在叫嚣。

穆拉地和威尔逊伏在舵盘上，舵把已到了转不动的位置了。就在这万分危急的一刻，砰的一声突然响起。麦加利号撞到了岩石上，撞断了触桅的支索，所以此刻前桅也是命悬一线。受了这小小的损害，船是否还可以转过来呢？

这已经是不可能了，因为就在此时一个高浪打来，把船高高地捧起，送到暗礁上面，然后又猛地把它放了下来，麦加利号被重重地摔在礁石上，动弹不得。

船舱的玻璃也被震碎了。瞬间甲板上挤满了旅客。但是甲板仍然被海浪冲洗着，这也是有危险的。此时门格尔心里清楚地知道船是陷在沙里了。

因此他把大家请回了便舱。

“你坦白说，船到底怎样了？”爵士问门格尔。

“倒是不会沉船，但是海浪会不会把船打散了，那就不一定了。好在我们还有足够的时间来想办法补救一下。”

“不能放下小艇吗？”

“海上浪太大，天也太黑，并且现在我们根本不知道向哪边着陆。等天亮再说吧。”

这时候，哈莱就像疯了一般在甲板上跑来跑去。而他的部下，在惊慌了一阵之后，又开始用酒精来麻醉自己。门格尔早已猜到他们喝醉了会出事的。靠船主根本管不住他们，那个可怜虫此刻也正是无计可施，可能是在计算他损失的货物，是否可以得到保险公司的赔偿呢！

门格尔也没有去打扰他。他让旅伴都做好武装准备，随时准备打退这伙坏东西的骚扰。而那些水手喝得烂醉如泥，哭爹喊娘。

“你们这些混蛋谁敢跑到便舱去，”少校十分镇定地说，“就不要怪我手下不留情。”

那些水手一看这阵势，知道自己惹不起，便灰溜溜地走开了。至此，门格尔对这些酒鬼来闹事已经不再担心了，现在唯一需要做的事就是等待天明。

风浪渐渐平息下来，船也一动不动的。门格尔打算太阳一出来，就去探探路——看看有没有什么方便的地方可以登陆。此时吊在右舷上的小划子成了船上唯一的交通工具。但是这个划子很小，一次只能坐 4 个人，来回要 3 趟。

门格尔趴在舱篷上，极力想透过这漆黑的夜去发现些什么。他在心里想着，如果这里离海岸有点远的话，那只单薄的小划子能禁得起这么来回折腾吗？

门格尔希望太阳能早点升起来。这时，女客们对他的话却是十分的信任，都在铺位上睡着了。而其他的男同胞已经听不见醉鬼的叫嚣，也休息了以便恢复精神。船上安静极了，好像这条船在沙滩上也睡着了。

到了早晨 4 点钟，东方终于出现了亮光。门格尔急忙上了甲板，只见大地渐渐泛白，天边出现一片云，在这广阔的大自然的舞台上晨幕慢慢升起。还有一个像一座灯塔的发光点在一个山峰上闪耀着，但却被山峰挡住了视线，所以还不能看见初升的太阳。那里应该就是陆地了，距离此处还不到 15 公里远。

“看见陆地了！”门格尔叫起来。

旅伴们从沉睡中被惊醒，都奔上甲板来，望着天边出现的海岸。现在已经顾不上考虑岸上居民是凶恶还是善良了，因为那是毕竟是他们逃难的地方啊。

“哈莱人呢？”爵士问。

“不知道，爵士，他和他的水手都不见了。”门格尔回答。“快去找找他们，我们不能不管他们，把他们丢在这里。”哥利纳帆一向都是宅心仁厚的。

大家找遍了中舱、下舱和水手间都没有他们的影子。

“会不会是掉到海里了呢。”巴加内尔说。

“很有可能！”门格尔回答，一脸担忧的表情。

他说完之后便向船尾走去。

“快找小划子去。”门格尔说。

穆拉地和威尔逊跟着他，准备把划子放下海。可谁知，划子却早已没了踪影。

第三十八章　第一计划失败

原来趁着黑夜哈莱和他的水手，放下船上仅剩的一只小划子逃走了。这是毫无疑问的。

“这群混蛋跑掉了，对我们来说也好，”门格尔安尉爵士说，“还省了我们不少麻烦。”

“我也这样认为，”哥利纳帆说：“更何况，我们还有这么多勇敢的朋友，从现在开始，麦加利号的临时船长就是门格尔了，我们就做你的临时水手，一切听从你的安排。”

这话把大家都给逗乐了。那青年船长向大海看了一眼，又看看这残缺不全的船桅，然后说：“目前，我们有两个可以脱险的办法：一个是把船弄出来，继续往海上开；另一个就是做个木筏划上岸。”

“如果能把船弄出来那是再好不过了。”哥利纳帆说。

“船损坏得怎样？”海伦夫人问。

“夫人，我想应该不严重。我们可以在船头安个临时桅杆，代替前桅。虽然这样是慢了些，但同样也可以到达我们想去的地方。”

“我们还是对船损坏的部位检查一下吧。”麦克那布斯务实地说。

忙了 3 个钟头，哥利纳帆、约翰和穆拉地才把货舱里的皮革移开，把一部分扔到了海里，以便减轻船体重量。在检查船底时，才发现左边靠腰板的地方有两个接缝开了口。不过幸运的是麦加利号向右倾斜，开口在上翘着，所以才没有流入海水。威尔逊迅速塞了一些麻线，又钉上一块铜片，这才把接缝给补好了。

底舱里没有灌入太多的水，抽水机就可以把它抽干，这样一来又可以减轻一些重量。

接着检查船壳，这时门格尔发现它并没有因搁浅受到太大的损坏。可能副龙骨有一部分嵌在沙里，但是想把它弄出来还是有办法的。

内部检查完后，威尔逊又泅到船底，确定一下船搁在高滩上的部位。

现在的任务就是想办法把船弄出来。太平洋涨潮时潮水并不太高，即便如此，门格尔还想借着涨潮的浪头把麦加利号冲起来。可作个临时桅杆难度还是相当大的，并且还需要耗费很长的时间。看来到中午时刻涨潮的时候，已经来不及了。那就只好先观察一下水势对船头的作用，耐心等到下一次涨潮再尝试一下。

现在，大家开始做准备工作。首先门格尔叫人把桅杆上剩下的帆都放下卷起来。经过一番努力，终于先后落下主帆、副帆和顶帆。小罗伯尔就像一只小猫灵敏地爬上桅杆，没有丝毫的胆怯，就和见习水手一样，为工作做出了不少的贡献。

接着就是抛锚了。在船的后面，朝龙骨方向，抛下一个或两个锚，以便在涨潮时船尾能够抬起来。要是那只小划子还在就好了，现在，只能用断的前桅材料和空酒桶扎个木筏，作为运锚的工具。只要抛下的锚能够到达底部，那么麦加利号就有希望浮起来。

于是开始造木筏，每个人都各尽其责。人们把还系着索的前桅用斧头砍断，让那断桅倒下来。前桅是在下截接头处折断的，所以桅盘还是比较容易下来的。门格尔用桅盘筏，下面用空桶托着，让浮力更大，筏上安上一个橹，让操作更方便。

已经接近中午了，造筏的工作才完成了一半。门格尔让哥利纳帆指导造筏工作，自己去测算地理方位了。

门格尔在哈莱的房间找到了一个六分仪和一本格林威治天文台的年鉴。要知道，只有透过六分仪上的望远镜看到真地平线，也就是水天相接的那条线才能够测算。不幸的是，真地平线被北面伸入海洋的一块陆地给挡住，根本没办法测算。

既然如此，就必须用一种人工地平线来代替它。通常都是用一个装满水银的大平盘，如果没有水银，用流质柏油代替也是可以的，就在这个平盘上测量。此时门格尔已经知道新西兰西岸的经度了，只要测量出来纬度就可以了，于是，测纬工作开始了。

首先，利用六分仪测定太阳在子午线上距地平线的高度，测量结果为 68 分 30 秒。这样一来太阳距天心的距离就可以知道是 21 分 30 秒，因为两数之和为 90 度。再利用格林威治年鉴，得出所求纬度为 38 度。因此，就可以确定麦加利号的位置是东经 171 度 13 秒和南纬 38 度。

门格尔看了看地图，发现此时麦加利号偏离航线了一个纬度，被吹到偏南方向。想要到达新西兰的都城必须向北航行一个纬度才可以。

测定完方位，正是 12 点 15 分了，大家站在甲板上观察着麦加利号的动静，心里紧张极了，他们是多么希望它能自己浮起来啊！但是却只听到船底下嘎啦嘎啦的颤抖声，船身却丝毫没有移动。

木筏造好的时候已经是下午 2 点了，锚被摆到筏上，在船尾上门格尔和威尔逊系了一条细铁链，之后便开始登筏抛锚了。落潮正好把他们送到船后，在水深 10 英寸，距船 100 米的地方抛下锚。锚紧紧地吃住海底。同样，他们又在水深 12 英寸的地方抛下主锚。

一切准备工作就绪，就等着涨潮了。门格尔十分高兴，对水手夸奖了一番，并向巴加内尔承诺，如果他好好干将来会提升他为水手长的。

这时，奥比内也已把饭准备好了，全体船员补充了能量，精神也恢复得差不多了，饭后，门格尔又检查了一遍，因为想把这条搁浅的船弄出来的确有难度，不能粗心大意，稍有不慎，便会前功尽弃。

门格尔叫人把大部分的货物都扔到海里去了，以便减轻船上的重量。剩下的皮捆子、备用的帆架、几吨生铁和重的松段，全部搬到后部，以致压低船尾，帮助船头翘出沙坑。同时，还把许多装满水的酒桶滚到船后部去，以便使前部的上浮力更大。

做完这一切，已是半夜，全体船员都感到疲惫极了。大风已在慢慢减弱，海员们观察着云层的颜色和排列方式，发现风向有变化的趋势。门格尔把这个情况报告给爵士，同时建议到第二天再做起船的工作。

门格尔说："我是有理由的：首先，现在我们都已经很累了，起船没有力气是不行的；另外，即便船浮起来，在这漆黑的夜里到处还都是暗礁也是难以行驶的；还有，说不定明天上天还能助我们一臂之力，如果刮西北风，我们就可以把桅杆上的各种帆都张起来，逆着风，说不定靠着帆力就能把这条船搞起。"

门格尔的理由是很有道理的，所以连船上最性急的两个人——爵士和地理学家对这个建议也只好同意了。夜里一切平安无事。大家轮流值班，重点看护船锚。

果然不出所料。天刚亮，就刮起西北风，并且越刮越大。全体船员集中力量，准备张帆。并且在满潮还没有到达之时，利用现在的时间在船头装了个便桅，来代替前桅。这样一来，船一旦漂上来，就可以很快离开这一带危险海域。

升好了大大小小的帆，潮水便开始上涨。一条接一条的漫长的小浪翻滚着，渐渐的礁石也开始消失不见了，像许多海怪陆续回到它们的海底老巢中一般。尝试那艰巨工作的时刻快到了，每个人的心里充满了狂热般的急躁，大家都处在极度的紧张中，都沉默着，都在等候着命令。门格尔全神贯注地观察着潮势，他不放心地看了一眼那两条伸得又长、拉得又紧的粗铁链。潮水在 1 点钟的时候达到了最大高度，此时正是潮水已涨未落的那一刹那。这时，必须要赶快动手，一分钟也不能耽误。大帆主帆一齐被拉起来，兜住风力，鼓起在桅杆上。

"快转绞盘！"门格尔叫道。

在那个绞盘上装有转动用的杠杆，大家拼命地转动杠杆。在绞盘的强力转动下两条铁链被拉得笔直。锚紧紧地吃着海底，没有丝毫的滑动，想要成功就必须抓紧时间了，此时的风刮得更猛了，胀起帆腹，紧贴桅杆，把船往外推。可以感觉好几次船壳都在颤动，好像就要浮起来。也许这时再加个人帮忙就可以把船拔出沙滩了。

“海伦！玛丽！”爵士叫起来，“快来帮忙啊！”

两位女客也跑过来，跟大伙一起努力。

绞盘轮子上的掣子最后又响了一下。

但是，自那之后，绞盘便转不动了，船还是没有动，全部努力白费了，最终还是没能成功。潮水已经开始下降，很明显，就是风力再加上潮势，单靠这些人还是没办法让船浮起来。

既然第一种脱险的办法已经失败，那就要立即执行第二种方案。很明显麦加利号是浮不起来的，现在只能丢弃这条船了。如果是等别的船只来到出事地点搭救旅行队，未免显得太没有远见，太傻了。因为也许到那时，麦加利号早已成了碎片。只要海浪稍微大一点或者来一次风暴，就会把船打得在沙滩摇摆，一摆就破，一破就散，散了以后，连渣子都看不见。这样说来，船破只是迟早的事，所以，门格尔决定要在船破之前登陆。

门格尔建议造一个木筏，或者用海员的专业术语说是，扎个“浮台”，这个“浮台”一定要足够结实，能把乘客和足够的粮食装上送到新西兰的海岸。

这事已没什么好讨论的了，说干就得马上干。到了晚上，造筏工程已经完成得差不多了，但现在不得不停止了，因为天已经完全黑下来了。

吃过晚饭，海伦夫人和玛丽小姐回舱休息了，其他的旅客在甲板上走来走去，谈着某些严重问题。勇敢的小罗伯尔也没有离开，他也在聚精会神地听大家讨论，准备在今后的危险中为大家出力，为大家服务。

地理学家询问门格尔，能否在附近着陆，沿着海岸走到奥克兰去。门格尔回答说，这样落后的交通工具，想到奥克兰几乎是不可能的。

“既然用木筏不行，那用这双桅船上的小划子可以吗？”巴加内尔又问。

“可以的，但必须要在白天才能航行。”

“这么说那些可恶的家伙是有意扔下我们，独自去奥克兰了。”

“别提他们了！那些酒鬼，不守信用还没一点义气，十有八九会掉在海里喂鱼的。”

“活该！他们划走的小划子对我们来说可是有很大用处呢！”

“现在提这些陈谷子烂芝麻有什么用啊！”爵士问，“很快，我们就要坐木筏上岸了。”

“我们要避免在这近处靠岸。”巴加内尔反对说。

“难道30来公里路就让你害怕了？”

“不是的，爵士！我并不怀疑我们的勇气，对两位女宾的毅力也没有丝毫的怀疑。30公里路，在别的地方，那是小菜一碟，但在新西兰就不一样了。你们千万不要认为是我胆小啊！我们穿越美洲，穿越澳大利亚大陆，我都是第一个提出建议的。可是，在这里，我不得不重申一遍，任何事都好办，可就是千万别就近登陆。”

“新西兰有什么可怕的？”爵士问。

“新西兰有让人害怕的土人！”地理学家回答。

“土人有什么可怕的？我们都佩戴有武器可以保护自己，还怕几个坏蛋的进攻吗？”

“不仅仅是几个土人的问题，”地理学家摇摇头说，“现在的新西兰已结成了可怕的部落，他们反抗着英国的统治和侵略者做着拼死的斗争，他们常常能战胜侵略者，然后把敌人打死吃掉！”

“啊！这里的土人还吃人！”小罗伯尔惊叫起来。

接着大家又听见那孩子自言自语地说着：“姐姐呀！海伦夫人呀！我好害怕！”

“别怕，好孩子，”爵士对他说，想安慰一下他那惊恐的心。“巴加内尔，我的朋友，会不会是你说得太耸人听闻了。”

“没有，爵士！罗伯尔已经长大了，我们应该跟他说清楚，不应该对他有所隐瞒。”

“你以为所有新西兰人都是善良的吗？”地理学家义正严辞地说下去，“去年，一个名叫瓦克纳的英国人在奥坡地基就被残忍地弄死了，那地方距奥克兰只有几公里，也可以说就在英国官方的眼皮底下发生的。”

“得了吧！”麦克那布斯说，“这些叙述都不靠谱，那些旅行家往往喜欢把到过的地方描写成惊险万状，就差说是从土人肚子里逃出来的呢！”

“这我知道，有些话可能是添油加醋了。但是，也有许多信誉度很高的人士说过，如牧师马得逊、肯达尔，船长居威、狄龙、拉卜拉斯等，他们的话我们不能不信。毛利人的酋长死了，他们就杀人祭天。他们迷信地认为用人作供品，可以平息死者的怒气；否则，死人的怒气就会发泄在活着人的头上。同时，他们还认为杀人为死者祭奠就是给死者送仆役！但是，他们往往是吃掉了被杀死后做仆役的人，由此看来，实际上他们迷信的成分少，爱好吃人的成分多。”

地理学家说得一点没错，在新西兰、斐济岛或者托列斯海峡，吃人的风气已经变成一种风俗了。当然，这让人害怕的风俗里，肯定有迷信的成分。但是，他们之所以吃人，是因为缺乏猎物，填不饱肚子，这些未开化的人为了填饱肚子不得不吃人。再后来，祭师们又把这种变态的习俗定为教规，赋予它神圣的意义。吃人由充饥而变成礼仪，吃人风俗的演变经过就是这样。

而且，在毛利人看来，人吃人是很自然的事情。另外，新西兰土人还认为，一旦敌人死去，把他吃了，便可以继承他的灵魂、勇气和力量。而这些东西主要贮藏在脑子中，所以在宴会的时候，人脑是上等菜，是主菜。

所以说地理学家认为新西兰的土人之所以吃人主要由于饥饿也就不无道理了，不但大洋洲的未开化的野人是这样，欧洲的也是如此。

他还补充道："在最文明的民族的祖先中也存在过吃人的风俗，而且并不只是几个特殊人有这癖好，有这癖好的特别是在苏格兰人的祖先中。"

"这是真的吗，巴加内尔先生。"少校说。

"真的。你还是看看圣·哲罗姆描写苏格兰阿提考利人的文章吧，你会知道你的祖先是什么样的人！并且用不着追溯太久，就在伊丽莎白女王时代，也就是莎士比亚创造夏洛克（话剧《威尼斯商人》中的主角）的时候，不就有个叫做索内·宾的苏格兰土匪吗？他就是因为吃人肉而被判处了死刑。是什么思想让他吃人肉的呢？是宗教吗？不，是饥饿。"

"真的是饥饿？"门格尔问。

"是的！"巴加内尔回答，"因为在这冷酷无情的地方，鸟兽都很少，他们没有别的动物作为食物来源，只好吃人肉了。在这里甚至还有吃人的季节，就像文明国家打猎的季节一样。在吃人的季节里就来打一次大仗，战败部落就成了胜利者的食物了。"

"这么说来，巴加内尔，"爵士说，"只有等到新西兰草场充满了牛、羊、猪等牲畜，这吃人的习惯才能彻底消灭。"

"是的，爵士！"

"他们是怎么吃的？"麦克那布斯问，"是煮熟了吃还是生吃？"

"少校先生，你问这干吗？"小罗伯尔有点惊慌地问。

"为什么不问问呢？孩子，如果真的是要被吃掉，我宁愿他们把我煮熟了吃！"

"为什么！"

"这样就不会被他们生吞活剥呀！"

"你想的倒是挺好，少校，"地理学家又开口了，"把你放锅里煮熟，不一样受罪吗？"

"唉，反正都是死，在活煮和活剥之间，也没什么好选择的了。"

"我就坦白跟你说吧，少校，"巴加内尔说，"新西兰土人吃人肉，一定是烤熟或者煮熟了再吃。他们都是烹饪的行家。但是，就我个人而言，只要一想到被人家吃掉，心中难免觉得不自在。把命送到一个未开化人的肚子里，想想都觉得委屈！"

"总的来说，"门格尔说，"大家都不愿落到土人手里，是吧？"

第三十九章　成为殖民地后的新西兰

地理学家说的都是事实，这是无可争辩的，新西兰土人的残忍也是不容置疑的。所以说，就近上陆危险性可能会很大。但是，很快麦加利号就会被风浪打坏，必须尽快离开才行。恐怕来不及等待过往船只救援，而且这也是不现实的。

麦加利号目前已经偏离了来往船只的航线。所有来新西兰准备靠岸的船，不是在新普利默斯下一点，就是在奥克兰上一点，而麦加利号就搁浅在两者之间，在依卡那马威海岸最偏僻的地段。这带海岸差得很是个野人窝，危险性也很高。所以一切船只都尽量避开它，万一被风吹到这里，也要想办法快速地离开。

“那我们什么时候出发？”爵士问。

“明早 10 点，”门格尔说，“那时刚好会涨潮，上涨的潮水会把我们带上岸的。”

第二天，木筏造好了。全体的船员都付出了自己的心血！可就是太小了，所有的旅客和粮食装载不下。所以不得不再造一个，既坚实又能便于操纵的运载工具。当然造筏的原料只有桅杆了。

说造就造，砍断了支桅索齐帆脚，不一会大桅也倒了下来，从右舷栏杆上倒下掉入海里，把栏杆打得嘎啦作响。砍倒大桅之后，麦加利号船面上就成光秃秃的，和趸船一样了。

大桅被锯成三段，也就形成了木筏的骨干。接着又把前桅的断料跟大桅凑在一起，所有这些松段都结实地互相联系起来。门格尔为了让木筏的浮力更大，细心地在木料之间夹上六只空桶。

在这紧紧扎起来的下层基础上，威尔逊又在上面铺了一层用舱口格子框制成的漏孔地板。这样，尽管浪头从木筏上滚过，在木筏上也不会留下水。而且，还在木筏的四周钉上了挡水板，以防止筏面上溅到海水。

这天早晨，风向对旅行队很有利。门格尔可以靠着风力前行，所以又架起一个桅杆，四周用支桅索拉牢，在桅杆上还挂起便帆。在木筏的后部安一个宽掌舵，以便风力太大时操纵航向。

就这样，一个新型的运载工具便应运而生。9 点的时候，开始装食物了。先装上能够到达奥克兰的足够的粮食；接着是贮藏室的粗粮、劣质饼干和两桶咸鱼也拿来凑数。能吃的东西太多质量也太差，连司务长都感到难为情了。

食物被装在既防潮又不透水的木箱里，然后把木箱钉好。枪械和弹药也放在安全的地方。幸运的是他们的短枪都还在。

另外，为了防止一次涨潮不能把木筏送到岸边，而在海中停泊的这一情况，还装上一个便锚。到了 10 点的时候，潮水开始上涨，从西北方吹来阵阵微风，海面上那微小的浪花滚动着。

“一切都准备好了吗？”门格尔问。

“是的，船长。”威尔逊说。

“上船！”门格尔喊道。

大家迅速地登上木筏，穆拉地砍断缆绳，张开了帆，木筏在潮势与风力的推送下向陆地进发了。

离岸只有 5 公里的距离。如果是个划子，用不了 3 个小时就能到达。但现在是木筏就难说了。如果风一直吹着，一次涨潮可能就能把他们顺利带上岸；但是如果风停潮落，就肯定会停下了要等第二次涨潮不可。

当然，所有人都希望一次就能成功。

风刮得越来越大了，起初木筏航行还是很顺利。黑色的礁石和金黄色的沙滩也已在波涛中慢慢消失。为了避免触礁，掌握好那容易出错的木筏的航向，必须要有精湛的技术和高度集中的注意力。到中午，离海岸还有 2.8 公里了。天气晴好，人们已经可以看见陆地的轮廓了。在东北部的地方耸立着一座山峰，高有 800 米，它离奇地出现在天边，从侧面看就像一只龇牙咧嘴，仰着脖子的猴子的头。那就是著名的比龙山，从地图来说是在南纬 38 度线上。

到了 12 点的时候，地理学家让大家看，在高潮下所有的礁石都消失了。

“那里还有一个礁石呢！”海伦夫人说。

“在哪儿？”地理学家问。

“那里，”说着，海伦夫人用手指着前面距离有一海里远的一个小黑点。

“果然如此，”巴加内尔说，“我们要记住它的位置，一会儿，如果潮水把它淹没了，我们就看不见了，这样很容易触礁的。”

“威尔逊，它正对着那座山的北边尖棱，我们要远离它。”门格尔叫道。

威尔逊用尽全力压住木筏后面的木舵，以便控制好方向。可奇怪的是，已经走了半公里了，那黑点一直是浮在波涛上。

门格尔用望远镜观察一下说：“那不是礁石，不知道是什么东西浮在水面上。”

“会不会是船上的桅杆？”海伦夫人问。

“不会的，它不可能漂这么远。”

“等等！”门格尔叫起来，“我看清楚了，是个小划子！”

“不会是双桅船上的小划子吧？”爵士问。

“是的！那小划子已经翻船了，底朝天！”

“真是不幸啊！上面的人可能都死了吧。”海伦夫人说。

“天又黑浪又大，还有这么多暗礁，这不明摆着找死吗！”门格尔说。

“愿上帝可怜他们吧！”玛丽小姐喃喃地说。

大家都沉默着，向小划子靠近。很明显，在距陆地 2 公里远的海面上它不幸翻掉了，划子上面坐的人，毫无疑问，一个也没有逃出来。

“靠近小划子，可能它对我们还有用。”爵士说道。

穆拉地站在木筏的前头，挡住划子，以免它撞到木筏上，那翻掉的划子在风力的推动下漂了过来。

“是空的吗？”门格尔问。

“是的，船长，”那水手回答，“划子是空的，但是船舵都裂开了，已经不能用了。”

“没一点用处了吗？”少校问。

“是的，现在只是一堆废料了，只能当柴烧。”门格尔回答。

“真是太可惜了，如果小划子还能用的话，就可以把我们送到奥克兰去。”地理学家唉声叹气。

“别伤心，并且，现在风浪这么大，这个小划子还没有木筏安全呢！轻轻一撞它可能就会粉身碎骨的！所以说，爵士，我们没必要在这里停留了吧？”

“那你看着办吧！”

“威尔逊，继续沿着海岸前进。”

潮水上涨还有一个小时的时间，木筏趁着潮势又走了1公里。到这时风几乎已经完全停了，并且好像还有点逆风在吹，木筏也停止了前进。很快，在落潮的时候，可能还会拖着木筏倒退呢。门格尔一秒钟也不敢耽搁，立即命令停泊。

穆拉地早已做好停泊的准备，他立即抛下描，落到海底5英寸深的地方。木筏倒退了4米，把锚缆拉得很直。同时也卷起那块倒帆，人们已经作好种种措施，准备停泊一段时间。

此时距离陆地已经不到2公里远了，看着近在眼前的陆地却是可望而不可即。潮水会在晚上9点以前再一次涨起来，门格尔已经做好不在夜间航行的准备，所以就必须等到早晨5点为止。

海水一浪接一浪地涌上海岸。爵士问门格尔这么好的浪头，为什么不好好利用继续前行，到达海岸呢？“阁下，是一种光学上的幻觉迷惑了您，”青年船长回答，“表面看这些浪头是在运动，但其实它并未走。不过是流动的分子在摆动罢了。不信的话您可以拿一块木板丢在海里试试，它只会停在海面而不会前进的。所以，我们只能耐心等待了。”

“先吃了晚饭再说吧，”麦克那布斯对船长说。

奥比内拿出10块大饼干和几块干肉。让旅伴们吃这种伙食，司务长觉得非常难为情。但大家却吃得很香，连女客也是如此，虽然海浪的颠簸让人有些反胃。急且凌乱的浪头，颠来倒去，木筏摇摇晃晃，让人以为是木筏触礁了。缆绳拉得很紧，每隔半小时，门格尔便命人把绳放长1英寸，让它能有片刻的歇息，很怕绳子支持不住断开了，木筏就会顺流漂走。所以门格尔心里十分焦急，无论是缆绳断了，还是锚滑了，那都是不得了的。

黄昏时分，太阳连着倒影，一片鲜红，沉在了地平线后面。浩渺的水波在西方闪烁着，炫耀着，像铺了一层流动的银片。放眼望去，在茫茫中显出来一个黑点，那就是搁浅在沙滩上的麦加利号，它停在那里一动也不动。

从短暂的黄昏到夜幕的形成，只是短短几分钟的时间。很快，那片横亘在东面和北面的陆地就在夜影沉沉中溶化了。

这些不幸的受难人挤在这个狭小的木筏上，真是苦不堪言！他们有的迷迷糊糊地睡着了，可睡梦中仍是焦躁不安，噩梦连连，有的甚至一夜未合眼。天亮时，大家起来舒活一下筋骨，个个都是疲惫不堪。

随着再一次的涨潮，从海上又吹来阵阵的风。此时是早晨 6 点，机不可失。门格尔立刻布置启航，发出起锚的命令。不幸的是新的问题又出现了，锚在沙里嵌得太深了，尽管木筏装有滑车，却怎么也拔不起来。

门格尔急于启航，干脆命人把缆绳砍断了，牺牲了锚，就让它永远留在海底了。可是，一旦这样做，如果这次涨潮不能把木筏送到岸边的话，中间就不能再停泊了。

又张起了船帆，木筏缓慢地向陆地漂去。在晨曦照耀下远处浅灰色的黑影出现在天空。中途仍有许多礁石，他们总能很巧妙地避开或绕过。但目前海风不稳，好像没那么容易靠岸。

在 9 点的时候，距离陆地不超过 1 公里了。岸的外圈到处都是很陡的沙滩，必须要在沙滩中找个靠岸的地方才行。风又开始慢慢变小，最后又停了。帆面瘪瘪地拍着桅杆，现在它倒成了木筏的累赘。门格尔让人把它落下来。现在，只能靠涨潮把木筏送到岸边了。而且，还无法控制方向，大面积的海藻还阻挡着前进的脚步。10 点，门格尔看见木筏几乎已经不动了。这时，海岸已近在咫尺了，想停泊吧，却没有锚。又害怕落潮，把木筏拖回大海里去。门格尔急得像热锅上的蚂蚁，举手无措。

所幸，木筏被忽然一撞停住了，在一个离岸只有 25 英寸的沙滩上搁浅了。

这时几位男客跳到水里，把木筏用缆索牢牢地系到旁边的礁石上。大家把两位女客高高举起，递送上岸，连衣角都没弄湿。很快，这支旅行队的所有成员连同武器、粮食都上了新西兰那让人害怕的滨海地区了。

爵士想一刻也不耽搁地沿着海岸向奥克兰继续前进。但是，从早晨起，乌云就布满了天空，下了木筏后，便开始下起雨来。所以，现在继续赶路也是不行的，必须找地方避雨。

就在这时，在海边威尔逊找到一个被海水侵蚀而成的溶岩洞。大家急忙带着粮食和武器钻了进去，以前被海水打进来的成堆的干海藻，就被他们当做了天然的床铺，凑合着躺下休息。他们把洞口的几块干木材点着，大家烤干了衣服。

门格尔船长认为这雨来得快，应该停得也快，可谁知一下就是几个小时，风吹得更猛烈了，大家只好耐心等待着。这么大的风雨又没有交通工具，现在要赶路只有疯子才会这么做。而且毕竟离奥克兰也就几天的路程，只要没有土人打扰，迟个一天半天也是无所谓的。

在休息的过程中，大家谈起了新西兰的战事。但是为了了解并正确估计这些遇难者所面临的危险处境，必须先知道这次北岛上流血斗争的经过。

自 1642 年塔斯曼到库克海峡以来，虽然新西兰人和欧洲船只常有来往，却始终在岛上过着无拘无束的生活。没有一个欧洲国家想要占领分布在太平洋上的岛屿。后来，特别是英国的一些传教士，便引诱新西兰的酋长们伸着脖子接受英帝国的枷锁。被诱骗了的酋长签署了一封给维多利亚女王的信，想要寻求她的保护。但有远见的酋长便感觉此事不对劲，其中一个，曾预言说："我们将要失去我们的土地了；从此，这地方不再属于我们。很快，外国人就要来占领它，我们也将成为他们的奴隶。"

一点没错，在 1840 年，先驱号军舰来到依卡那马威岛北部的群岛湾。霍伯逊舰长下船到了科罗拉勤卡村。全村村民被召唤到耶稣教堂开会，在会上宣读了英国女王的委任状。

第二年 1 月，一些新西兰主要酋长来派亚村英国外交人员的住宅里开会，霍伯逊想降服他们，说他们现在权利已经得到了保护，也拥有了自由，应该把土地卖给英王了。刚开始，酋长们意见分歧还很大。但这些头脑简单的家伙经不起人家的花言巧语和金钱的诱惑，最终领地还是被承认了。从 1840 年起，一直到邓肯号离开克莱德湾那天，这段时间所有的局势，巴加内尔全部都是知道的，所以他打算毫不保留地给旅伴们讲讲。

"我之前曾说过，新西兰人是勇敢的，虽然他们作了短时间的让步，但在之后抵抗的过程中他们的奋斗不息的精神充分地显示了出来。毛利族各部落是一个大家族，他们推选了一位酋长，对他是要绝对的尊敬和服从。这个民族的人有着高大的身材，平滑的头发，个个骁勇善战。曾经有过一个名叫奚昔的著名酋长，他比法兰西古代的名将魏森杰托利还要厉害。现在，在依卡那马威岛战争从未停止过，由威廉·桑普逊率领部民们保家卫土的斗争一直未停息。"

"新西兰的各主要据点不是已经被英国人控制了吗？"门格尔问。

"是的，"地理学家回答，"自从被霍伯逊舰长占领以后，他做了岛上的总督，在地理条件较好的地区先后建立起九个殖民区。共计十八万零三百四十六人，在各地也出现了许多重要的商业城市。在北岛上有阿呼昔利、新普利默斯、惠灵顿等城市，十分繁华，常有船舶来往。在南岛上，有库克海峡上的皮克敦、有纳尔逊，这地方被称为新西兰的花园。赛过法国蒙伯烈的，有英佛加尔给尔、克赖特彻奇、都内丁。所有这些城市都是各有各的特色，让你无法评判它们的优劣。并且，这些城市并不仅仅是由几个木棚凑成，也不是土人的村落，而是现代的文明城市，有教堂、报馆、码头、船坞、银行、医院、俱乐部、合唱团、剧院、植物园、风土研究所、慈善社团、神学院、帮会组织，还有万国展览馆，跟伦敦、巴黎的几乎没什么不一样。今年，在这吃人的国度里全世界的工业品都被送来展览，可能这时展览已经开幕了！”

“在跟土人打仗的时候还会开展览会吗？”海伦夫人惊奇地问。

“英国人对战争才不会在乎呢！”地理学家又说，“打仗并不会让他们惊慌，他们一边打仗，一边开展览会。有时甚至还在新西兰人的枪口底下修铁路。”

“现在他们之间的斗争是怎样的？”门格尔问。

“我们离开欧洲已经有六个月了，很少知道出发后的事情。不过，在穿过澳大利亚时，曾在报纸上看到说，北岛上的仗仍在激烈进行中。”

“这场战争到底是从什么时候开始的呢？”玛丽小姐问。

“土人的第一次起义是在1845年，这次战争开始于1863年底。但是，在这之前，毛利人早就想摆脱英国人的殖民枷锁了。部落把老巴塔陀请出来做国王，新王国的京城就设在隈卡陀江和隈帕河之间的村子。不过这个国王却是一个胆小怕事刁滑的老头，而他却有一个精明强干的首相。这个首相名叫威廉·桑普逊，他是这场战争的中心人物。在组织军队上充分发挥了他的才能，在他的指导下，一个塔腊基省的酋长把许多零散的部落统一地集中了起来；另一个隈卡陀的酋长组织了一个保障公众利益的组织——土地大同盟，目的是为了防止土人把土地卖给英国政府。英国政府在报纸上发表了这个令人震惊的消息，对此政府表示了极度的不安，同时，土人的战斗水平也提高了很多，双方矛盾变得越来越尖锐，一触即发。”

“那么，战争爆发的导火索是什么呢？”爵士问。

“这个说来话长了，有一个土人把在新普利默斯附近的5000亩土地卖给了英国政府。但是，经纪人来丈量时，酋长金吉却提出不卖了的抗议。并在土地上安营扎寨，日夜守卫。几天后，上校高尔德带兵强硬占领了此地。于是，便开始了一场民族自卫战争。”

“毛利部落士兵多吗？”门格尔问。

“近百年来，毛利族人口骤减，现在两岛合起来也不超过9万人，其中有3万名战士还可以和他们的敌人周旋一阵子。”

“他们这样抵抗，最后取得胜利了吗？”海伦夫人接着问。

“胜利了，夫人。他们英勇善战，连英国人都为之叹服。新西兰人善打游击战，把优势的兵力集中起来，一个一个歼灭敌人，专抢移民财产。将军卡莫龙率领部队在丛莽中搜索，感到十分吃力，1863年，在一次战斗中，毛利人居然占领了隈卡陀江上游的一座要塞。这要塞建筑在一个陡峭的山头上，地势非常险要，外面有三道防线。毛利族的许多酋长号召人们保卫家乡，并预言将来一定会消灭那些‘白皑卡’（白种人的代称）。卡莫龙将军率领3000名部下，个个惨无人性，充满杀气，没有一个生存下来的俘虏。开始的时候威廉·桑普逊指挥的战士只有2500

名，到后来一直增加到 8000 名。在战争最艰苦的时候，就连妇女也加入了战斗的行列。不过最终这支队伍还是失陷了，成了一片焦土。在战斗中，涌现出许多可歌可泣的故事。有一次，在俄拉干堡垒里坚守有 400 个毛利人，他们被卡来将军带来的 1000 人给团团围住。他们没吃没喝的，却一直没有投降。最后，杀出一条血路，往沼泽地带逃去了。”

“英国人占领了隈卡陀县，”门格尔问，“那这场战争是不是就该结束了？”

“怎么会，英国人不把新西兰土人驯服，怎会善罢甘休。就在我离开巴黎的时候，听说总督接受了塔兰伽各部落的投诚，允许他们保留四分之三的土地。又说起义领袖威廉·桑普逊也要投降。这简直就是胡说八道，事实可能正相反，这正义的战争会更激烈地更有组织地进行下去。”

“照你这么说，将要在塔腊纳基省和奥克兰省继续进行这场战争吗？”爵士问。

“我想应该是这样。”

“可我们不正是要去那里吗？”

“没错，我们登陆的地方离科依亚港也仅仅只是几公里远，我相信港上一定高悬着毛利人的国旗。”

“那么，我们往北走应该会好些。”

“我想是的，新西兰仇恨欧洲人，特别是英国人，我们一定要避免和他们相遇。”

“如果运气好的话，说不定我们还能碰见欧洲军队。”海伦夫人说。

“可能吧，但遇到的可能性不大。田野上任何一丛树林中，可能都会藏有游击队员，小队的士兵不敢单独行动到乡下来搜索。因此，我们也不要指望欧洲军队能来救我们。我们沿着西海岸走，走累了就休息会儿，会顺利到达奥克兰的。我甚至还想走上郝支特脱先生沿隈卡陀江所走的那条路。”

“这位先生是旅行家吗？”小罗伯尔问。

“是的，孩子。他是科学委员会的一位委员，在 1858 年的环球航行时曾到过这里。”

“巴加内尔先生，来新西兰的也有跟柏克、斯图亚特一样著名的旅行家吗？”小罗伯尔又问。他只要一听到旅行家探险的故事，总是印制不住自己兴奋的心情。

“有几个，比方白利萨士教授、胡克博士、博物学家狄芬巴和哈斯特。虽然他们都为自己的冒险付出了生命的代价，但和去澳大利亚和非洲探险的旅行家相比知名度还是不够高。”

“你知道他们的历史吗？”

“当然喽，现在就讲给你听。不过，我说的故事并不太长。因为新西兰的领地不大，没有多少值得去探索的奇闻异事。严格来说，这些人物根本不能算作旅行家，只是一些游览者，虽然他们牺牲了，也不过是在一些无关紧要的小事中送了命。”

“那这些人都有谁呢？”海伦夫人也在听。

“有几何学家霍维特和卫公伯。之前已经讲过的在探险中找到柏克遗体的那个人就是霍维特。这二人都在 1863 年上半年从克赖斯特彻奇出发的，他们要穿越埃特伯里省北部的高山。卫公伯还有个叫鲁卜的旅伴，这个人曾在《里特尔顿泰晤士报》上发表过一篇文章，详细记载了那次探险的经历。据我的回忆，他们应该是在 1863 年 4 月 22 日，到达拉卡亚河发源的冰山脚下，然后爬到了海拔 1300 米高的山顶。那时他们又冷又累，没法继续前进了，只好宿营在冰天雪地里。他们在山里转悠了 7 天，最终在山谷底找到出路。他们忍饥挨饿，衣服经常被淋湿，带的饼干化成涝粉团子，糖都化成了膏子，浑身伤痕累累的。最后，他们终于找到了一座毛利人的草棚，在人家的菜园中又弄到了几块马铃薯，两个朋友就这样享受了晚餐。到了晚上，他们来到靠近塔拉马考河入海处的海边。只有渡过河，才能向北走到格来河。但这里的河水很深，还很宽，他们找到了两只破划子，迅速地修理了一下，就上船了。

“但是，到了河中心，不幸的事发生了，小划子不知怎么回事开始漏水了。卫公伯快速地跳进河，鲁卜不会游泳，只好死死地抓住划子。就这样反倒救了鲁卜的命。夜色非常浓重，还下起了瓢泼大雨。鲁卜在风浪中跌跌撞撞地过了几个小时，最终被冲上了岸，却已没有了知觉。第二天，天一亮，他便苏醒过来，奋力向一股清泉边爬去。不久，在附近发现已经死了的卫公伯，他的头和身体都陷在泥中。鲁卜徒手扒了个坑，把同伴的尸体掩埋好。两天后，他已饿得没了人样，被好心的毛利人收留。在毛利人中也有好人。5 月 4 日，他回到了白伦纳湖霍维特的宿营地，不过，在 6 个星期后这位可怜的旅行家也死掉了。”

“真是祸不单行了，好像这些旅行家被一条有生命的线给拴在一起了，只要绳子一断，都只有死路一条。”门格尔中间插了这么一句话。

“你说得对，门格尔先生。我也是这样想，有什么样的联带性规律使霍维特也要几乎在同样的环境中死掉呢？这个谁也解释不清。他受工程局主任卫德的委托，要从胡怒尼原到塔拉马考河口探出一条可以骑马的通行路线。他出发的时候，共带了 5 个人。他拥有着智慧的头脑，在开始的 65 公里还是相当顺利的，但到了塔拉马考河边便不能继续前进了。于是，他返回到了出发地点，带着许多粮食和用品又一次重新出发了，虽已接近寒冬，却又回到了原来的宿营地。就在收留了鲁卜以后，便带领两个部下去渡过白伦纳湖，从此，便消失得无影无踪了。他所乘的那只单薄的小艇在水边搁浅着，搜寻工作持续了 9 个星期，仍是没有一点结果。可能那几个不幸的人不会游泳，是落水淹死了。”

“为什么不能认为他们是生活在新西兰某一个土人部落中呢？”

“至少他们是生死不明啊！”海伦夫人说。

“不能这样说夫人，”地理学家回答，“出事这么长时间了，一直活不见人，死不见尸……在新西兰这个地方，如果一年内没有消息的话，”他又自言自语地说，“那基本上就可以肯定已经死了！”

第四十章　到达限卡陀

2月7日的早晨6点，爵士发出了启程的命令。大雨已经停了，但乌云仍是布满了天空，不能透过一缕的太阳光。气温不算太热，白天赶路还是可以忍受的。

地理学家拿出地图，测算了一下，他认为沿曲曲折折的海岸走，还不如先到50公里外的加那瓦夏村，那是限帕河和限卡陀江汇合的地方。那里有“陆上邮路”经过，说不定还可以乘坐马车去奥克兰。于是，旅行队的人各自背着自己的干粮，开始沿着奥地湾的岸边前进。为了安全起见，他们之间的距离不能太远，并且本能地准备好马枪，注意着那高低起伏的草原上的动静。地理学家拿着精细的地图，用艺术欣赏家的眼光赞美着地图标注的正确性。

在这一天的行程中，他们经过了一段沙滩，上面铺满了蚌和乌贼鱼头骨，沙里还夹杂着大量的一氧化铁和过氧化铁。只要用磁石一接近地面，就立刻会吸到一层明亮的结晶体。

一些在海水中喜欢游泳的海洋动物跟着浪潮翻滚着，它们见了人并没有害怕逃跑。许多海豹，头是圆圆的，额宽阔且高高隆起，它们的眼睛有着丰富的表情，呈现出一副和善以至于多情的面孔。难怪古代神话都把海生动物诗化了，尽管海豹的叫声是那样难听，而诗人们还是会把它美化成会唱歌的美人鱼。人们猎杀这些海兽只是为了它们的皮毛和油，它们在海岸上聚集着，这可是一桩很大的买卖。在海豹中还有三四只海象，它们的皮肤呈灰蓝色，有七八米长，特别引人注目。它们躺在厚厚的沙滩上悠闲自在，挺起可硬可软的长鼻子，做鬼脸似地摇着长而卷曲的硬髭毛，这种髭毛一绺一绺的就像一位公子哥儿的胡子。小罗伯尔正细心地观察着这些有趣的动物，忽然十分惊奇地大叫起来：“快看这些海豹在吃石子呢！”

的确，几只海豹大口地吞着岸上的石子。

“这是事实，有什么好大惊小怪的呢！”巴加内尔应声说。

“它们的食物也太特殊了，这些东西可不好消化啊！”小罗伯尔说。

“傻孩子，它们并不是为了填饱肚子才吃石头的，而是为了增加身体的重量，这样便于它们沉入水底罢了。不信，等它们回到岸上，你还能看到它们吐出这些石头呢。”

果不其然，没一会儿，半打海豹吞了足够多的石头后，便大肚便便地沿着岸边爬去，沉入水底了。但是爵士不愿浪费宝贵时间来等海豹回来，看它们吐石子了。他催促行人继续前进，巴加内尔只好带着失望的表情离开了。

10点，大家停在许多雪花岩的脚下解决了早饭。这些岩石纵横交错，好像古代的克勒特人（上古欧洲中部及西部居民）在海岸上支起的大石梁。在一片蛙壳滩中生长着大量的新海淡菜，这种淡菜很小，但是味道却很好。经过奥比内的精心加工，在炭火上烤熟了，大家还是觉得很美味的。

休息过后，沿着海湾的岸边继续前进了。在齿形的岸石和峭壁上，他们还看见了许多海鸟，有超鸥，有军舰鸟，还有体型庞大的信天翁一动不动地待在岩石尖上。到下午4点，已经走了15公里路了，大家并没有感觉怎么累，女客们则要求继续赶路直到晚上。这时，路转了方向，绕过北面那几座山的山脚，便进入隈帕河流域了。

放眼望去一片葱郁的地面好似是一望无际的大草原，地势平坦，应该比较好走，但到了边缘地带却让人大失所望。草地的尽头是一片开满小白花的树丛，中间还夹杂着一些凤尾草，又高大又繁多。想要在小树丛中开辟一条路是很难的。到了晚上8点，总算绕过了那一带哈卡利华塔连山的最初几个山丘，人们就地留宿了一宿。

即便在夜里也不能放松警惕，他们荷枪实弹地轮流站岗。直到太阳出来为止。夜间一点火也没有点。在新西兰，既无老虎，又无狮子、铭熊，任何猛兽都没有，只有吃人的土人，他们就像是两只脚的黑斑虎，如果点了火可能反会把它们引来。总之，夜里还是比较安全的，只是有只大胆的野鼠跑来啃干粮，还有几只沙蝇——土语叫“嘎姆”，蝥得人很难受。

第二天，地理学家刚一起来，就比之前放心了不少。他对这个新地方的恐惧已慢慢减少。他们所担心害怕的毛利人并没有出现，甚至连梦里也没有再梦到。他对现在的情况十分满意，并把这种心情告诉给了爵士。

“我想，”他对哥利纳帆说，“这次旅程应该会比较轻松、顺利地完成，不会有什么危险的。我估计今晚就可以到达那条河流交汇的地方，只要上了奥克兰的大路，再遇到土人的机会就很渺茫了。”

“离两河交汇处还有多远的路程？”爵士问。

“和昨天走的路程差不多，有25公里。”

“但是，树丛挡住了我们前进的路，我们的速度太慢了。”

“以后就会好了，我们沿着隈帕河边走，路会好些。”

“那我们立刻启程吧。”

在最初的几个小时，遇到的障碍还挺大。在这个地方，穿过它的丛林开出车路之前，只能徒步前行。那些种类繁多的凤尾草和毛利人一样坚强地捍卫着自己的家乡。但是，快到中午的时候，他们到了隈帕河边，从这里沿河岸北上，几乎就没什么障碍了。

这片“风景区”真是让人目不暇接，纵横的小港，港子里的水又凉又清，在灌木丛中欢快地流淌着，根据植物学家胡克的调查，在新西兰已经发现了2000种植物，其中有500种是本地的特产。但是花的种类却很少，颜色也比较单一，几乎没有一年生的植物，但禾本类、伞形类和羊齿类却十分旺盛。

郁郁葱葱的地面上，耸立着一些稀稀落落的大树；有“美特罗西得罗”树，它开着朱红色的花朵，有枝条密集向上直挺的罗汉柏，有诺福克松树，还有一种柏树名字叫做“利木”，它的样子和欧洲的柏树几乎一样。多种多样的凤尾草把所有这些树干都包围住了。

在灌木丛上面，树枝中间，则是鹦鹉的王国，它们自由自在地飞翔着，喧闹着。其中一种被叫做“卡卡利吉”的鹦鹉，它有着绿色的羽毛，脖子下还有一条红带；另一种叫“南国老人”的，它的羽毛呈棕红色，翅膀下面的颜色特别艳丽。

麦克那布斯和小罗伯尔在行走中也不忘打猎，竹鸡和几只鹬鸟成了他们的战利品。奥比内为了不耽误行程，一边走，一边拔毛。

对地理学家来说，他的贪馋被强烈的好奇心压倒了，他倒不在乎这些野味的营养价值，特别想捉一只新西兰的特产鸟。突然他想起来一种叫“突衣”的鸟，这种鸟有着特别离奇的生活习惯，因为它们总在不断嘲笑，所以被人们称为“嘲笑专家”；又因为它的黑羽毛带有一条白领子服装，有时又会被叫做“司铎”。

“这种离奇的‘突衣鸟’，”巴加内尔对麦克那布斯说，“在冬天的时候就会长得特别肥胖，以至于根本飞不动，于是它便自己剖开胸肚，啄出肚子中的脂肪，以减轻身体的重量。这种做法真是太离奇了！”

“因为太离奇，所以对你刚才说的话，一点我也不相信！”麦克那布斯说。

地理学家真恨不得捉一只这样的鸟，把它那鲜血淋淋的胸前伤痕给那怎么也不肯相信的少校看看，可惜他却办不到。

但幸运的是他却遇到了另外一对怪鸟，这是一种名叫“几维”的怪鸟，生物学家把它叫做“鹬鸵”。这种鸟的每只脚上有四个趾，没有尾巴，也没有翅膀，长着鹬鸟的长嘴壳披着如头发一般的白色羽毛，样子十分怪异。它不挑食，昆虫、蛹子、种籽、蠕虫，什么都吃。为了逃避人和猫狗的追捕，这种鸟才跑到这荒凉偏僻的地方来，现在已在慢慢地接近灭绝。它那种可笑的动作和不成形的躯体，时常引起旅行家的关注。在色勒号和阿斯罗拉伯号来大洋洲探险的时候，法国的科学院特别希望居蒙威尔能带回这样一只怪鸟去作标本。但是虽然居蒙威尔答应给土人很多的报酬，却始终没有得到一只活的“几维”鸟。

巴加内尔运气真不错，他居然有幸一次就逮到了两只“几维”鸟，将来把它送到巴黎动物园，鸟笼子上挂着“雅克·巴加内尔先生赠”的牌子，可以很好地满足一下他的好胜心。

这时，这支旅行队正沿着限帕河岸往下走，个个精神饱满。这地方地处偏僻，人迹罕至，在草丛中或沙滩上河水静静地流淌着。行人可以一直望到东面封锁河谷的那座小山，小山形状怪异，在朦胧的雾气里沉浸着它的侧影，就像是许多庞大的猛兽，和生活在洪水前期的那些怪兽一样，也可以说是一群长鲸，突然变成了化石。看着这些高低不平的山峦，就能够知道这是一片火山岩地质构造。本来，也就是由于火山喷发才形成了新西兰南北二岛。现在，在它的脏腑里地火在奔腾着，使它颤抖、震动，并且会不时从间歇的沸泉口和火山口里冒出来。到下午4点，已顺利地走完了15公里的路程，离两河交汇处已不足8公里了，到了那里就到了奥克兰的大路了，并且暂时计划就在那里宿营。至于从那里到京城，只需两三天的时间即可；而且还有邮车通过，往来于奥克兰和霍克湾之间，半天就有一趟，非常方便。

“这么说，”爵士说，“今晚我们还得露宿一次。”

“希望是最后一次！”地理学家说。

“这样的话就再好不过了。露营实在是一个艰苦的考验。”

“巴加内尔先生，要是我没记错的话，在两河交汇处应该有一个村落，我们可以在那里找个旅馆，休息一夜，可以吗？”门格尔船长问。

“是的，那个村子叫加那瓦夏，但在这种毛利人的村子，想找个客栈，小酒店都是很难的，能找到的不过是一些土人住的茅棚子罢了。我们不但不能在那里过夜，反而要小心地避开它才行。”

“你就那么怕毛利人，巴加内尔先生！”爵士说。

“我亲爱的爵士，对毛利人还是小心为妙。现在毛利人和英国人的关系如此紧张，像我们这样的人，他们只愁抓不到，我可不想接受他们的盛情款待。所以，我认为我们还是有必要尽量避开加那瓦夏村，避免和土人遇到为好。等我们到了德鲁里，就可以毫无顾虑地好好休息了，旅途的疲劳也能得以恢复。”

大家对巴加内尔的意见都很赞成。海伦夫人宁愿露天过这最后一夜，也不想去做无谓的冒险。她和玛丽小姐都不要求中途停歇，愿意继续沿河岸走去。

两小时后，黄昏来临，太阳在向西边的地平线上沉下去之前，还利用云层忽然开朗的机会，洒下最后的光芒。夕阳的光辉把东边那遥远的山峰染成了一片红色。好像是对旅客们匆匆地行着一个敬礼。

爵士一行人加快了前进的脚步，他们很清楚，在这高纬地带，黄昏是很短暂的，黑夜会随之而至，在天黑之前他们要赶到两河交汇的地方。这时，地面上已升起了一片浓雾，路已经有些看不清了。

暗影虽然已经开始蒙蔽了视觉，但听觉还算灵敏。很快，愈来愈响的流水声告诉大家已经快接近目的地了。到了 8 点，旅行队到了两河交汇处，在那里免不了有海浪的轰鸣声。

“啊！终于到隈卡陀江了，”地理学家叫道，“在这条江的右岸向上就是去奥克兰的路。”

“今晚我们就在这里宿营吧，”少校说，“前面有片黑影，应该是片丛林，正好可以给我们做掩护。吃完晚饭我们就休息吧！”

“今天的晚饭只有干肉和饼干了，不能生火。我们悄悄地来，明早再悄悄地离开。真得感谢这片雾，可以很好地为我们遮挡敌人的视线。”地理学家说。

到了小树林中，大家听从了巴加内尔的话，静静地吃了晚饭。经过长途的跋涉，个个都疲惫不堪，很快，大家便进入了梦乡。

第四十一章　落入“啃骨魔”之手

第二天天亮的时候，浓雾弥漫着整个江面。空气中饱和的水汽遇冷凝结，给水面盖上一层厚厚的云。没多久，太阳露出了笑脸，很快云雾便消散了。在浓雾中显露出河岸的景色，在晨光中隈卡陀江显得异常的靓丽。

在两河之间伸出一个狭长的半岛，上面长满灌木，愈往远处愈尖，直到两河交汇处才消失不见。

隈帕河在和隈卡陀江合流处之前的四分之一公里的地方就挡住了隈卡陀江水的去路，它的水流非常急促。这猖狂的河水最终还是被强大而镇静的江水给制服了，并且平平稳稳地拖带着它一起汇入太平洋。

一只长 20 米、宽 2 米、深 1 米的船在隈卡陀江中逆流而上，只见它的船头高高翘起就像一艘威尼斯的交通船。这条船是用一棵“卡希卡提”树的树干刳出来的，在船底上还铺着一层厚厚的干的凤尾草。船上还有八只桨，它们迅速地划动着把船划得就像在飞一样，在船尾还有一人，只见他手拿一只长桨，操纵着船的航向。

这人大约有四五十岁，是个土人，身材高大，有着宽阔的胸部，四肢发达，强劲有力。在他的额头上布满了凸出的皱纹，目露凶光，样子看起来十分可怕。

从他满身满脸刻着又细又密的文身便可知道，那是一个毛利族的酋长，有着很高的地位。从他的鹰钩鼻子的两边起两条黑色的螺旋线，分别绕过嵌着黄眼珠的眼眶，在额头上交叉起来，一直延伸到浓密的头发丛中最后消失了。他的牙齿非常洁白，嘴和下巴都埋藏在规则的彩色图案里，图案上雅致的涡云纹相互缠绕着，一直延伸到挺挺的胸脯为止。

这种刺花，在新西兰这里又被称作“墨刻”，是一种最高的尊荣标志，只有参加过战斗的勇士才有资格刺佩这种光荣的花纹，平民和奴隶是无权刺的。只要一看花纹的性质和精细程度，便知道他们的身份，而著名的酋长，身上则常刺着动物的图像。还有些酋长要忍受这种疼痛的“墨刻”达 5 次之多。在新西兰，越是地位高的人，身上的文身越是刺得一遍又一遍。

据说，对这种刺花的风俗居蒙威尔曾介绍过许多有趣的故事。他把这种“墨刻”形象地说成是欧洲许多世家大族所引以为豪的族徽。不过这两种标志之间有小小的差异而已。新西兰人的墨刻是个人的随身标记，谁想佩戴这种徽记就必须曾经表现出非凡的勇武，根本没有假冒沿袭的可能，而欧洲人的族徽通常只能表明本人所建立的功勋，至于子袭用就毫无表功的意义了。

此外，这种“墨刻”除了显示个人的尊贵身份外，还有一个实际用途：它还可以增厚皮肤，用来抵御天气的寒冷和蚊虫的螫咬。

至于驾小船的这位酋长，毛利族的花匠用刺花的信天翁的尖骨针在他脸上已刺过 5 遍又密又深的线条了。他摆出一副骄傲的神态。

他身上穿的是一件弗密翁麻织成的宽衫，还缀着狗皮，在腰间围着一条短裙，裙上还残留有最近战斗中染上的血迹。佩戴着绿玉的耳环，颈上挂着几重“普那木”珠圈，普那木是一种神圣的玉石，晶莹剔透。还有一支英国造的长枪挂在他身上，和一把长 40 公分，翠绿色的两面口“巴士巴士”斧头。

在船上还有 9 位级别较低的战士，但个个也是样子凶狠，还都配带有武器，其中几名应该在前不久受过伤，他们也披着弗密翁麻的大衣，一动也不动地待在那里。还有 3 只恶狗趴在他们脚边。船前部的八位水手仿佛是酋长的奴仆，他们用力地划桨，小船逆流而上的速度很快。

另外在这只小船上，还有 10 个欧洲俘虏被紧紧地拴着挤在一块，动弹不得，他们就是爵士一行人。

原来在昨夜，旅行队竟鬼使神差地宿营在土人窝里了。半夜，在睡梦中他们被抓到小船上，却并没有受虐待，他们也没打算抵抗，因为抵抗也是徒劳的，他们的武器弹药全被土人缴获。如果抵抗，说不定就是自己得先没命。

由于土人讲的话中还夹杂着英文，很快，他们便知道这是帮残兵败将，十有八九都死了，此时正向隈卡陀江上游撤退。他们大部分被英军第 42 旅屠杀，他撤退回来就是为了准备沿江召募士兵，再去和威廉·桑普逊会师，准备再一次的战斗。

这位毛利族酋长名叫“啃骨魔”，听着这样的名字就让人不寒而栗，这个名字用土语讲就是“啃敌人骨头的人”。他胆大、勇猛，一般的敌人到了他手里就连怜悯的希望都没有。英国兵都知道他的名字。最近，新西兰的总督还在悬赏要捉拿他。

眼看渴望之久的奥克兰就在眼前了，却又不幸地被俘上了贼船，这打击对旅伴是多么沉重啊！然而，爵士一直表现得从容不迫，不管面临多大的危险，他总能表现出一副若无其事的样子。他觉得自己应该为大家树立一个榜样，必要时，还应该第一个去牺牲，因为他不仅是一位丈夫，同时还是旅行队的队长。他有很深的宗教观念，他认为神圣的举动总会感动上帝出来主持公道的。尽管旅途百般险阻，他为那慷慨的热情把他引到这野蛮的地方来从未后悔过。

旅伴们同样没丢爵士的脸，看了他们那宁静、自豪的气度，人们一定不会相信他们要大难临头了。他们在土人面前表现出的傲慢、不在乎的样子，令那些未开化的土人肃然起敬。一般来说，土人的自尊心也是很强的。谁能以勇敢和沉着赢取别人的尊重，他们就会对他刮目相看。爵士知道他只有这样做才可以让旅伴和自己免受一些无谓的虐待。

那些土人基本上都是沉默寡言的，从离开营地到现在，他们彼此间就没怎么说话。对此爵士心中非常焦急，他决定问问酋长准备把他们怎么处置。

他对着“啃骨魔”，用丝毫不畏惧的语调对他说：“你要把我们带去哪里，酋长？”

“啃骨魔”阴冷地瞅了他一眼，什么也没说。

“你打算怎么处置我们？”爵士又问。

酋长的眼睛像闪电般发着光，用粗暴的声音回答：“你们那边的人如果要你，我们就愿意去交换；否则，你们只有死路一条。”

听了这些爵士心中便有了底，就没有再继续追问。可以肯定，也有毛利人的首领落到英国人的手中，他们想以交换的方式换回他们。

因此，旅伴们还是有生的希望，还没到完全绝望的地步。

小船在江上飞快地向上游行驶着。地理学家倒是挺乐观，他想这些毛利人就会把他们送到英国人的防地，他们不用费吹灰之力，这可真是一件美事。所以，他泰然自若地埋头看着地图，目光循着隈卡陀江流，瞭望着这一省的谷地和平原。海伦夫人和玛丽小姐为了抑制心中的恐慌，低声和爵士交谈着，她们内心的焦急恐怕就是那最灵敏的相面人也看不出。

毛利人以隈卡陀江为豪，它是新西兰的民族之江，就像斯拉夫人对于多瑙河，德国人对于莱茵河一样。这条江总长有320公里，灌溉着北岛上最肥美的土地。两岸的部落都是根据江名来命名的，叫做隈卡陀部落。这是一个顽强不屈的民族，他们从来没有对任何人屈服过，现在，他们也正在顽强地抵抗侵略者的入侵。

几乎没有别国船只航行在这条江上，只有本岛船只在里面劈涛斩浪。极其偶然的时候才会有个别大胆的冒险家来这条神圣的江水中冒险。好像限卡陀江的上游是不允许外人进入的。

地理学家很清楚当地土人对这条大动脉的崇敬之情。但对于“啃骨魔”这伙人究竟要把他们带去哪里？他却不得而知。后来，在酋长和士兵的谈话中，他听到了“道波”这个名字，这立即引起他的注意。

他查了一下地图，才知道“道波”是位于北岛奥克兰省南端的多山地带，是新西兰一个有名的湖泊，限卡陀江就流经此湖。这湖全长共计大约 70 公里。

地理学家用法语问门格尔，船现在大概的速度是多少。门格尔说大约每小时 2 公里。

“那么，”地理学家说，“如果只是白天赶路，到道波湖差不多就要 4 天时间。”

“可是英国人的防地在哪里呢？”爵士问。

“这个谁知道呢！”巴加内尔回答，“按理说，战事现已蔓延到塔腊纳省了，英国军队很可能就在山后面沿湖边驻扎着，因为那儿是游击区。”

“但愿是这样！”海伦夫人说。

爵士只要一想到勇敢、年轻的爱妻和玛丽小姐会被送到一个人迹罕至的地方，并且还要任凭土人的摆布，心中就感到万分难过。但是，他发觉“啃骨魔”正在看着他，所以他把伤感尽力抑制着，用漠不关心的神情望着两岸。

在河流交汇处上游半公里的地方就是巴塔陀王的故居，小船从故居前经过，却没有停留。除了这只小船，江上再无别的船只了。两岸几幢支离破碎的茅棚，彼此远远地隔开着，已经不成样了。江边的田地也荒无着，岸上连一个人影都没有。在这荒凉的地方，几只不同类的水鸟给它带来了一点生气。一只有着黑翅膀，白肚皮，红嘴的“塔巴伦巴”鸟拖着长腿在跑，它是一种涉水鸟。有时黄嘴、白毛、黑脚的壮大的“可突姑”和灰色的“麻突姑”悠闲地看着土人的小船飞过。在那倾斜的江岸边，水有相当深度的地方，一种毛利人叫做“可塔勒”的翡翠鸟，捕食着鳗鱼，这种鳗鱼成群结队地在水中游来游去。在江中冒出的一个小岛上，有许多气宇轩昂的田凫、苏丹鸡和秧鸡，在明媚的阳光下梳洗打扮。这些小精灵们安静地享受着生活的乐趣，不受任何人的打扰，因为在这场战争中两岸的居民，已经逃的逃，亡的亡了。

最初一段的限卡陀江，江面很是宽阔，在辽阔的平原上静静地流淌。但是愈走地势就愈险要，先是丘陵，接着是高山，最后流经谷地，就变得极其狭窄了。在距河流交汇处还有 6 公里远的地方，在江的左边，巴加内尔看到了地图上标的几利罗亚高岸。“啃骨魔”将船停在这险峻的地方，命人把从旅伴那里抢来的食物拿给他们吃。而他的兵士以及划船的奴仆，则吃他们自己的食物：也就是烤熟的凤尾草根，这种凤尾草在生物学家眼里叫做“可食的羊齿蕨”；还有新西兰到处都有的马铃薯，被称为“卡帕那”。他们不习惯吃肉类食物，对俘虏们吃的干肉他们没有丝毫的兴趣。

3 点钟的时候，经过江水右岸的几座高山，这就是波卡罗亚连绵的山脉，像一排被毁的堡垒，一些残留下来的城堡还在一些峭壁上屹立着，这些都是当年毛利人中的工程师凭天险筑起来的防御工事，甚至可以说这是一些庞大的鹰窝。

太阳快要落山了，这时小船来到一带河岸，岸上堆满了轻巧多孔的浮石——这是一种水中的火山岩石，因为限卡陀江发源于火山地带，所以，急流把这些浮石冲了出来，冲得沿江遍地都是。河岸上还有几棵树，刚好可供宿营。酋长让俘虏们下了船，男的双手都被绑着，女的则没有绑。他们把爵士一行人押到营地中心，还在营前烧着烈火，成了一道不可逾越的屏障。

在酋长还没告诉旅伴们说要用他们去交换俘虏之前，爵士和船长还曾经商讨过趁这帮败兵晚上宿营时，悄悄地溜走。

但自从知道实情以后，大家觉得逃走这个办法不稳妥。最安全的办法，就是耐心等下去，让土人拿自己去和俘虏交换，这样能活下来的希望还比较大。因为他们现在已经没有了武器，没办法自卫，并且对这一地区很是陌生，逃跑的话风险太大。当然，也可能会有意外发生、事故延缓或者无法进行交换，但是，那种可能性毕竟不大。不然，10 个手无寸铁的人对付 30 个全副武装的土人，基本没有胜算的可能。其实，爵士的推测也是对的。在“啃骨魔”部落里有一个重要首领被俘了，他们很想把他换回来。

第二天，船向上游继续行去，比之前的速度更快了。10 点，在波海文那河口作了稍微的停留，这条河是从右岸的平原里曲曲折折地流到江中的支流。

在河口，还有一只小船，上面坐着 10 个土人。这条船和酋长的船相遇后，他们彼此间打了招呼，说了句:“阿依勒·梅拉”——意思就是说“你平平安安地到这里来了”。之后，两只小船并排前行着。这些新来的土人也是残兵败将，个个衣服都是破破烂烂，武器上还粘着血迹，有的人伤口还在流血，但他们同样也是沉默不语。他们带着那种未开化民族固有的无所谓的神情，丝毫没把心思放在这些欧洲俘虏们的身上。

中午，在西边出现了蒙加陀塔利山的许多山头，河谷开始变得越来越窄。在山峡里猛烈的江水急速流着，溅起一层层的浪花。土人们一边划桨，一边唱着歌，桨声和歌声附和着，他们的声音很洪亮，歌声委婉动听，船在雪白的浪头上飞奔着。急流过后，每隔 1 英里就拐一个弯，江水变得温顺并且恢复了平静，缓缓地向前流淌。

傍晚，“啃骨魔”在山脚下停了船，在这个窄狭的河岸上坐落着这座山的最初几个旁峰，形成了一排陡壁的悬岩。在那里乘船而来有 20 个土人，正在安排露宿的生活。树底下燃烧着大堆的篝火。一个和“啃骨魔”地位差不多的首领稳重地走过来，双方互相拥抱吻了一下，并亲切地打了招呼，说了声:“见吉。”俘虏仍被他们安置在了营地中心，有人严密看守。

第二天一大早，便开始继续逆流而上，又有许多小船从隈卡陀江的支流里钻出来。大约有六七十名战士，他们是吃了英国士兵的苦头，从前线撤回来，准备回山区去。有时从那边一连串的小船上响起一阵歌声来。一个土人高唱着毛利人的那首神秘的爱国歌曲：

巴巴拉提瓦提提敌

依东伽内……

这是号召毛利人为争取独立战争的国歌，歌声响亮而清晰，在山里引起了回声，在唱歌时，其余的土人都嘭嘭地拍打着自己的胸膛，就像打鼓一样，齐声和着那支雄壮的战歌。听着这歌，水手们划得更卖力了。小船飞一般地冲开波浪前进着。

在这一天的航行中，那些俘虏被一个奇特的现象给吸引了。在下午 4 点的时候，酋长掌着舵控制着小船，没有一点担心地钻进一条狭窄小道。波澜壮阔的江水冲击着江中的小岛，小岛的数量多得让人惊叹，行驶在这样的水域中极容易翻船。但是在这段旅途中，又不能翻船。因为即便翻船也是无路可逃，只要踏上江边那滚烫的泥滩就会立刻毙命。

原来，这段江水来源于地下有名的沸泉，探险家对这些沸泉甚是感到惊奇。两岸的淤泥已被铁锈染成了鲜红色，在这里连一片净土都没有。空气中弥漫着刺鼻的硫磺味。土人对那种从土缝里发出的臭味和泥泡胀后冒出的那种煤气已习以为常，而俘虏们却实在难以忍受。尽管他们的鼻子忍受不了这种蒸发的气味，但眼睛却不能错过这美妙的景色。

在蒸汽云雾里那几只小船就像一些无头苍蝇乱钻着。这浓浓的迷雾朦朦胧胧，在江面上形成一座大穹窿。江两边是数不清的沸泉，有的喷着一根一根参差不齐的水柱，像人工特意在此布置的喷泉和瀑布，有的正冒着大团大团的蒸汽，人们甚至要以为是有机械师在控制着这些泉水，使它们或止或喷，此起彼落。在空中水和蒸汽混成一片，在太阳光的照射下发出五颜六色的虹光。

这里特殊的地质构造，造就了这里奇特的景观。由于在这里火山频发，地火也在不断地燃烧，所以河水在不停地沸腾。在离这儿不远的罗托鲁阿湖那边，靠东面，还有许多温泉和罗托玛哈那和特塔拉塔两个热水瀑布。据说，之前有几个大胆的旅行家曾在那里作了最初的探险工作。这里的喷水口、沸泉和硫气坑实在是多不胜数。目前，在新西兰有瓦长利和加里罗两座活火山，因为这两个泄气活塞不能够及时地排泄出地下的热力，所以只好在此发泄了。

土人的几只小船在这大概就也是 3 公里长的热汽层中穿行着，很快，硫磺烟忽然没有了，急速的气流送来了一股清新的空气，人们有些憋闷的胸膛终于感到一阵清凉，终于走过沸水区了。

天黑前，土人们奋力地划桨，又通过了希巴巴士阿和塔玛特珂两道急流。到此时，他们已经走了 100 多公里的路了。晚上，仍和以前一样在岸边露宿。

第二天，地理学家巴加内尔先生根据地图的指示，知道右岸耸入云霄的高山叫托巴拉山，海拔有 1000 米。

到了中午，所有小船向东行驶，之后转弯向南，便进入了道波湖。湖边有一座茅棚子，棚顶上还有一块布在随风飘扬着，土人们纷纷举手向它致敬，因为那是他们的国旗。

第四十二章　毛利人部落

之前有历史记载，在岛中心的一片火山岩中间有一些窟窿塌了，所以形成了一个长 40 公里，宽 30 公里，深不见底的大坑。山顶上四周的泉水都汇入其中，成了如今的道波湖。这奇特的湖泊，海拔有 300 多米，四周被 800 米的高山环绕着。北面远远的有几座山峰，峰顶上长满小树；南面是一片森林，森林那边是一些圆锥形的火山头；西面是高高的悬崖峭壁；东面是一片广袤无垠的湖滨平原，在枝条纵横交错的灌木丛中有一条小径，小径上点缀着许多闪闪发光的浮石。那片碧水被这一切环绕其中，气势恢宏，湖面上奔腾呼啸的风暴不比太平洋上的飓风逊色。

这片地区是一口庞大的沸水锅，锅下还有燃烧着的火苗，大火把地面烧得滚烫，不停地颤抖。有许多地方地壳就像烤过的烧饼一样，发生了龟裂，从缝隙中渗出腾腾的热雾。很明显，如果不是在 20 公里外的同加里罗火山口，这些地心的热气找到出路的话，想必这片高原一定会陷入一个炽热的熔炉里。

从湖边向北望去，在众多喷火的小山头当中同加里罗火山高高地耸立着，山顶上喷着火焰和烟云，就像人头上装饰的羽毛。它和一条相当错综复杂的山脉连接着。在这座火山后面，在平原上有一座孤立的鲁阿胡峰，峰顶在 3000 多米的云雾里消失不见了，从来没人关注过这座无路可通的圆锥形火山，对那火山口的秘密也没人探测。至于同加里罗火山，却是截然不同的待遇，它很容易攀爬。20 年来，比维尔，狄逊和最近的郝支特脱先后 3 次前来测量。

如果不是现在的处境，博学的地理学家一定会把关于这些火山的传说讲给旅伴们听。他一定会说：同加里罗山和塔腊纳基山之前也是连在一起的，两者之间相处得非常融洽。但是，有一天为了争一个女人，它们却吵了架。当时的同加里罗和所有火山一样，年轻气盛，以至于大发脾气，动手打了塔腊纳基。在塔腊纳基挨打后，觉得非常羞愧，便从王嘎尼河谷里悄悄逃走了，逃走途中还丢下两个小山头，一直逃到东海海滨，它才一个人孤零零地耸立在那里，从此更名为厄格蒙山。

当然，此时地理学家哪还有心情讲故事；即便是讲了，旅伴们也无心聆听。他们现在是泥菩萨过河——自身难保，只好听从上天的安排。他们静静地望着道波湖的东北岸。

毛利族的酋长过了隈卡陀江，又驶入了一条小河，这条河就像是隈卡陀江的一个漏斗。接着他们又绕过一个尖岬，靠着湖东面的沙滩，在海拔600米的芝伽山的最初几个冈的脚下停住了。在那里生长着一大片弗密翁草，土人称它们为“哈拉克基”，它是新西兰土人的宝贵布料。这种植物的使用价值非常高，浑身是宝，它的茎有一种胶质，可以代替蜡或浆粉的用途；它的花是上等的蜜源；而它的叶子更可爱，新鲜的可以当纸用，干的可以用作引火绒，撕裂了的可以搓绳子，造缆索，织渔网，分成纤维还可以编成大衣、席子、被褥或麻布，尤其是这种麻布，染成红色或黑色可以给最高贵的毛利人做衣服。

在新西兰南北二岛上，这种宝贵的弗密翁草，到处都是，不管是在海边、江边或湖边。在他们到的这片地区，野生的弗密翁草长得非常茂盛。它们开着棕红色的花，形状有些像龙舌兰，叶子伸张得随处可见，叶子狭长且锋利，密密实实地形成了一片剑林。许多可爱的小鸟，经常来光顾弗密翁，它们在辛勤地采蜜，成群结队地飞着，竞相吮吸着甜蜜的花心。

在湖水中还有一大群鸭子在搜索食物，这些鸭子有淡黑色的羽毛，中间夹杂着灰绿色的花纹，之前它们都是野生的，现在已经变成家禽了。

大约又走了四分之一公里的路程，在眼前出现了一座城堡，它被修建在一个峻峭的悬岩上，是毛利人凭天险而建的城寨，俘虏手脚都没有绑就被押下了船。穿过许多弗密翁田和茂密的树丛的小路向城寨走去，树丛中有四季常青和红色浆果的“秸卡荼”树，土人称之为“弗树”，这鲜嫩的果实比欧洲的千年蕉还要好吃。还有“胡油”树，它可以当黑色染料，灰色的圆嘴鹊和闪着金属光泽的许多大鹁鸽，以及无数长着红肉冠的椋鸟在土人走近时都飞起来了。

爵士、海伦夫人和其他旅伴在绕了一个大圈后，才到了城堡内部，城的外墙是一道5米高坚固的栅栏。他们用木桩作为第一道防线，接着是一圈柳条墙，上面都凿有枪眼，再往里就是内城了。内城地势平坦，矗立着许多具有毛利特色的建筑物，还有40来座草棚，整整齐齐地排列着。

刚进入内城，俘虏们就看到外面木桩上挂着很多骷髅，不寒而栗。海伦夫人和玛丽小姐立刻把脸转过去，并不是因为她们害怕，而是不忍直视。这些骷髅都是土人的战利品——敌方首领的头颅，至于他们的身子，可能早已成了毛利人的下酒菜了。

“啃骨魔”的府第位于城堡深处，周边是一些简陋的茅屋。在府第的后面是一个露天广场，是用来集会和习武之用。房屋的墙壁是用树枝和木桩编排起来的，墙里面还蒙着弗密翁草席，用来防寒取暖。他的府第不是很大，大约有1000平方米，对于这样一个酋长，已经足够了。

房子在朝南的方向开了个缺口，上面挂着一块厚厚的草帘子，可以前后掀动，这就是房门。屋顶向外延伸出来，像古罗马人住宅的飞檐。各种图形花纹装饰着椽子，在门外的墙上，也就是现代所谓的“迎门墙”，上面雕刻着许多奇特的花卉、人物供来宾欣赏，其中有奇禽异兽，有树木，有缠绕着的连环花纹，密密麻麻的一片，这都是毛利族的能工巧匠的杰作。

在矮屋里，是平整的地面，还有一张高出地面5公分的矮床，上面铺有一张芦席，芦席上又盖有一张长长的软软的香蒲叶子编成的垫子。中间有个石洞，这就是炉灶。房顶上有个缺口，算是烟囱。因为烟只有到够浓的时候才会从烟囱里排出，所以墙壁已被熏得乌黑发亮。

“啃骨魔”的府第旁边还有一个仓库，里面贮藏着酋长的用品和粮食，有他收获的弗密翁草、水芋、凤尾草根、山芋以及炉灶。再远一点有几所院子，养着一些猪羊，这些家畜是当年库克船长移植过来的，但现在繁殖得并不多。另外，还有一些到处乱跑觅食吃的狗。总的来说，这些可以食用的牲畜毛利人养得都不怎么好。

爵士一行正等着酋长的发落，同时还有一群老妇人在辱骂他们。这群恶婆娘指手画脚，伸着她们的拳头，从她们嘴里挤出的几个英文单词可以知道，她们是要为死去的亲人报仇。

在担忧与辱骂的包围当中，旅伴们都有着各自的反应。海伦夫人表面装出一副若无其事的模样，其实内心也是非常害怕。她拼命地控制着自己的情绪，只是想安慰一下自己的丈夫。而那可怜的玛丽小姐因为惊吓差点昏过去，幸亏有门格尔船长扶着她，并做好全力保护她的准备。少校面对这百般的辱骂，并不以为然。但地理学家却不行，他被气得咬牙切齿。

哥利纳帆担心那群泼妇会对自己的妻子大打出手，于是他走到“啃骨魔”的面前，指着那群恶婆娘，要求酋长停止她们这无礼的行为。

酋长只是看了他一眼，仍是什么也没说，只是挥挥手，那群恶婆娘便乖乖地离开了。爵士点头表示感谢，然后又回到旅伴中间。这时，在“习武场”上聚集有百十人，有老有少，有男有女，其中一些人闷闷不乐的一脸忧愁，等待首领发布命令，还有一些人正在痛哭流涕，为最近死去的亲人或朋友哀悼。

原来，所有响应桑普逊号召反抗英国侵略的酋长中，只有“啃骨魔”活着回来了。首先他给他的部民讲述了在隈卡陀江下游平原地带起义失败的经过。他带领的士兵有二百多人，其中一部分做了俘虏，大部分未回来，更多的是牺牲在了战场上，要永远背井离乡了。

这就是为什么“啃骨魔”一到，部民们都这么伤心的原因。本来这打了败仗是没人知道的，但这时，消息已经不胫而走了。

在亲友阵亡后，新西兰土人内心的哀痛总要比肉体上的疼痛更严重。尤其是女人，她们用锋利的贝壳划破肩膀和脸皮，伤口愈深，表示悲伤的程度越深。眼泪和血同时流淌着，这种场面快令人窒息。尤其那些可怜的妇女，像疯了一样，鲜血淋淋，样子十分可怕。

还有另外一个原因让土人们更伤感，他们也比较在意这些。那就是他们所哭的亲人不但死了，并且连尸骨也不能收回来埋在自家祖坟里。毛利人是很迷信的，他们认为遗体的保存和来世的命运是联系在一起的。他们要保存的不是腐烂的肌肉，而是骨头。他们把那些骨头小心翼翼地收集起来，再洗刷干净，刮磨，有的甚至还涂上一层漆，最后放入“乌斗巴”里，土语的意思就是“光荣之屋”。这种“乌斗巴”装饰上死者的木头像，像上同样画有死者生前在身上刺的花纹。现在，这些战死他乡的烈士们，墓穴只好空着，也无法举行应有的宗教仪式。烈士的骨头即便不会被野狗吃掉，也会“白骨露于野”了。

一想到这些，土人就满怀愤怒之情。女人们对爵士一行人的辱骂刚刚过去，男人们又开始恶狠狠地怒骂起来，他们挥动着拳头，看着很可能就要对旅伴动手了。

酋长很怕控制不住那些情绪激动的人有什么过激的行为，所以命人把俘虏押送到城堡的另一端，有一个供神的木棚，土人叫“华勒都”，这是一个神圣不可侵犯的地方。

俘虏们总算暂时避开了那紧张的局面，大家就躺在弗密翁草席上休息。海伦夫人实在太累，体力和精神都有些支持不住了，不由自主地倒在丈夫的怀里。

爵士把她紧紧拥入怀里，不断地说：“勇敢点，我亲爱的海伦！”

罗伯尔刚被关进棚子，就站在威尔逊的肩上，从墙头与屋檐之间的隙缝里探出头去。在这里城堡的全景尽在眼底，就连酋长的府第也能一眼就看到。

“他们都在围着‘啃骨魔’开会……”小罗伯尔低声说，“他们手舞足蹈……在叫骂着，……酋长要说话了……”

沉默片刻，罗伯尔又说：“那些野蛮人现在总算安静下来了……他们的酋长正在讲话……”

“很明显，”麦克那布斯说，“酋长保护我们，就是想拿我们去换回他们的首领！不知道他的部下是否会同意这样做？”

“看样子应该是同意了……”罗伯尔说，“现在，他的部下有些已经回自己棚子里了……有的离开了城堡……”

“是吗？”少校问。

"是的！"罗伯尔回答，"只有押送我们的那几个人，现在在酋长的房间里待着……啊！有人朝我们这里来了。"

"你快下来，罗伯尔！"爵士说。

这时，海伦夫人"嗖"的一下站了起来，紧紧地抓着丈夫的手："爱德华，玛丽和我都不能落入土人手中啊！"海伦夫人惊恐地说。

说完这句话，海伦夫人把一支装好子弹的手枪递给了丈夫。

"你怎么还有武器！"爵士大吃一惊，眼中却露出一丝亮光。

"这是我随身带的，因为毛利人不搜女俘虏的身。真的到了万不得已，这支枪我是留给自己的，并不是打他们的……"

"爵士！"少校说，"快把枪收好，不到危机时刻，不能暴露……"

哥利纳帆藏好了枪，挡着棚门的草帘被掀开了，一个战士走了进来。

他打了一下手势让俘虏跟他走。旅伴们互相递了一下眼色，穿过城堡中的小路，来到酋长面前。

"啃骨魔"的部下聚集在他的身边，其中在波海文那河口驾着小船和他会合的那位酋长也在。那位酋长年龄在 40 岁上下，同样有着凶狠的面容，身体非常强壮，他的名字叫卡拉特特，土语的意思就是"好发脾气"。在他脸上刺有细致的花纹，一看便知在部落中他有着很高的地位。但是"啃骨魔"却总在敷衍着他。一个善于观察的人一看就能看出他们之间一定有矛盾。的确，"啃骨魔"嫉妒卡拉特特的权势，他们共同指挥陧卡陀区的部落，他们的力量没有多大悬殊。所以，两人在谈话时，虽然嘴角勉强有着一丝笑意，可心里却暗藏敌意。

"啃骨魔"开始询问爵士问题了。

"你是英国人吗？"他问。

"是的，我是英国人！"哥利纳帆没有丝毫犹豫地回答，他知道这个国籍可以使俘虏交换工作顺利进行。

"那你的旅伴们呢？"

"都是的。我们只是在进行航海旅行，不幸船沉没了，之后便流落至此，对于战争我们并没有参加，我们是无辜的。"

"谁能证明你没有参加？"卡拉特特粗暴地吼道，"只要是英国人都是我们的敌人！你们入侵我们的家乡！毁坏了我们的村落！"

"他们是做得不对！"哥利纳帆庄重地说，"说实话，对此我表示十分的难过，但并不是因为我此刻落入你们手中才这样说。"

"听我说，""啃骨魔"说，"我们的大祭师'脱洪伽'——奴衣·阿头，被你们抓去了，成了你们欧洲人的俘虏，他希望我们能把他赎回来。如果不是他已经吩咐过，我真想剜出你们的心，以祭奠死去的战士，然后把你们的头永远地挂在栅栏的木桩上！”

“啃骨魔”之前还是很冷静的，可一说到这里便气得直发抖，一脸的杀气。

接着，他在慢慢冷静了之后又说：

“你知道你们英国兵愿意用我们的‘脱洪伽’交换吗？”

哥利纳帆迟疑了一下，注意观察那酋长的脸色。

“这个我也不知道！”在沉默了好一会儿爵士才这样说。

“依我看，你的这条命能够抵得上我的祭师的命！”

“我在这群人中，既不是首领，又不是祭师，应该抵不上！”

听了这个回答，地理学家愣住了，用极其惊异的眼光望着哥利纳帆。

“这么说，你是没把握会进行交换了？”酋长又问。

“是的！”

“英国人难道不愿意和我们的‘脱洪伽’交换了？”

“如果用我一个人去换，恐怕是不行的。要换，也要我们一齐去换。”

“我们的条件是一个换一个！”

“要不，你先用那两位女人换吧！”哥利纳帆一边说，一边用手指着海伦夫人和玛丽小姐。

海伦夫人真恨不得奔到丈夫跟前，却被少校一把拉住了。“这两位女士，”爵士又说，并向她们很恭敬优雅地鞠了一躬，“在英国她们有着很高的社会地位。”

酋长认真地观察着每个俘虏，嘴角泛起奸诈的微笑，突然，他的笑容僵在了脸上，用怒不可遏的声音说：

“你这该死的欧洲人，想来骗我‘啃骨魔’吗？你以为我不知道你的心思吗？”

说到这里，他用手指着海伦夫人。

“她应该就是你的老婆！”他说。

“不是他的，她是我的。”卡拉特特淫笑着叫起来。

接着，卡拉特特一把推开男俘虏，把手搭在海伦夫人肩上，他的手刚触到海伦夫人的肩头，她便被吓得脸色煞白。

“爱德华！”不幸的少妇惊慌地叫起来。

哥利纳帆实在按捺不住心中的怒火，举起手枪，只听“砰”的一声，卡拉特特便倒地死了。

整个城堡都被这枪声惊动了，土人如潮水一般涌出家门。“习武场”上挤满了人，他们举手高呼，要求严惩凶手。哥利纳帆的手枪也被缴获了。

“啃骨魔”用离奇的眼光看了爵士一眼，然后，用一只手掩护那位杀死卡拉特特的凶手的身体，另一只手挡住那些因愤怒而跑来的人们。

最后，那片喧嚣终于被他那庄严的声音压下去了：

"神禁！神禁！"他大声地叫着。

听到这句话，土人们都在俘虏面前停住了。总算在酋长那种超人权威的保护下，他们没受到伤害。

很快，俘虏们又被押回临时牢狱。但是却不见了小罗伯尔和地理学家的身影。

第四十三章　骇人的葬礼

"啃骨魔"在部落中既是酋长又是祭师，这种事例在新西兰还是有很多的。他有祭师的权威，他就可以依靠这个权威对一些人或物用那种迷信的"神禁"来保护。

所谓"神禁"，是这里土人的一种风俗，只要一个人或一件东西一被"神禁"，任何人都是不能接触或使用的。按照毛利族的教规，不管是谁伸出亵渎神的手触及到"神禁"的人或物，就会触犯神怒，将会被神处死。并且，即使迟迟不报复这种亵渎行为，也会由祭师们很快执行的。

"神禁"，除了在日常生活的场合有了若干固定的习惯之外，一般都由酋长根据政治的目的随时宣布。在许多的情况下一个土人都可以受到好几天的"神禁"，比方说，在绣花的时候，在剪发的时候，在造房屋的时候，在造独木船的时候，在他患重病或死的时候。假如说河里捕鱼的人太多了，鱼根本养不起来，或者怕人践踏地里刚成熟的甜芋，为了经济上的目的，都可以用"神禁"来保护这些东西。一个酋长如果不想让别人来骚乱他的住宅，他就可以把住宅"神禁"起来，如果他想垄断一外来船舶的贸易，他仍然可以用"神禁"来隔离这只船；一个欧洲商人如果惹恼了他，这个商人也要得到他的"神禁"。在这些方面，"神禁"的作用就和欧洲古代皇帝的"否认权"有些相似。

如果一个东西被"神禁"了，任何人也不能摸一下，否则必会受到严惩。如果一个土人摸了"神禁"，在一定时期内他是不能吃有些食物的。等过了这种严格的禁食期，他们的手还是不能摸食物，如果他是穷人，就只好用嘴咬着吃；如果他是富人，他也可以叫奴隶帮忙，把食物送到他的嘴里：此时"神禁"已使他变成一只畜牲了。

总之，新西兰人的最细小的行动都被这种神奇的风俗约束着、操纵着。这也表现了神对社会生活的不断干涉。它具有法律的效力，这种频繁的"神禁"是无可辩驳而且也是无人辩驳的，简直可以说是土人全部法令的概括。

至于旅行队那些人，是那位酋长随机应变地发出了一个"神禁"的命令，把他们从土人的狂怒中解救了出来。当时有几个"啃骨魔"的亲信，一听到他们的首领发出“神禁”的命令便立刻停了手，反过来也对那几名囚徒进行了保护。

然而，哥利纳帆并不会因此就妄想能免除他的处罚。他只能一命抵一命。众所周知，在土人中，一个人在临死前还要受到许多非人的虐待，绝对不会给你一个痛快的死法。哥利纳帆也深知自己这次过激杀人的行为，一定免不了要忍受最残酷的报复，他在心里早已做好了准备，他唯一的希望就是“啃骨魔”不要迁怒于他人，把愤怒发泄在他一个人身上就好了。

他和他的旅伴们度过了这难熬的一夜啊！谁能体会到他们的焦急和痛苦呢？那勇敢的罗伯尔和豪迈的巴加内尔还没有消息，他们会有怎样的遭遇呢？他们会不会已经成了土人发泄仇恨的第一批牺牲品呢？至于他们俩，大家已不抱任何希望了，连那不轻易绝望的少校，此刻也已心灰意冷。玛丽失去了弟弟，简直要伤心欲绝，门格尔看到玛丽悲伤的样子，也急得团团转。哥利纳帆却总是在想着海伦夫人那可怕的要求，她要求丈夫亲手把她打死，免得将来受苦刑或做奴隶。他会有这种惊人的勇气来亲手打死自己的妻子吗？

“还有玛丽呢？我又有什么资格来打死她呢？”门格尔也这样想着，好似万箭穿心，悲伤极了。

很明显，想逃脱那是根本不可能的。全副武装的10个战士，死死地守住门口呀！

到了2月13日早晨。因为“神禁”的关系，那些俘虏没有受到土人的任何虐待。虽然棚子里有一些吃的东西，但是他们碰都没碰。因为心里太悲伤，肚子被惊恐和闷气填满了，一点也没觉得饿。就这样又过了一天，没有丝毫的改变，也没有带来任何希望。毫无疑问，凶手的死刑和死者的葬礼应该是同时举行的。

哥利纳帆认为“啃骨魔”可能已经打消了交换俘虏的念头，然而，对于这一点少校却还怀着一丝丝的希望。

“谁又能肯定呢？”他总是这样说着，并且让爵士回忆一下卡拉特特被打死时“啃骨魔”脸上的表情，“说不定‘啃骨魔’还在心存感激呢？”

尽管少校这样解释，但是，哥利纳帆对此已不抱任何希望。整个的一天就在恐慌和矛盾中过去了，仍然没有进行处刑的准备仪式。

仪式延迟是有原因的。毛利人认为，一个人在死后的3天内，灵魂还没有从躯体中离开，所以要经过整整3天才能埋葬尸体。在这里要严格遵守这种风俗。直到2月15日，整个城堡都是安安静静的，连个人影都没有。门格尔常常站到威尔逊的肩上观察外面的动静，却什么也没发现。只有在“华勒都”门口站岗的战士严密地监守着，轮流值班。

到了第3天，各棚子的门都打开了。那些野蛮人，老的少的，男的女的，有好几百人齐聚在城堡，个个都沉默者，不声不响。

“啃骨魔”从他的屋里出来了，一些部落里的主要首领紧随其后，他们走到城堡中央，上了一个 2 米多高的土墩。在土墩后面几米远的地方土人群众排成一个半圆形。全场寂静无声。

“啃骨魔”做了个手势，一个战士向“华勒都”走来了。

“别忘了我们的约定！”海伦夫人对她丈夫说。

爵士紧紧地把妻子抱到胸前。这时，玛丽也向门格尔走去。

“爵士和夫人会认为，”她说，“一个做妻子的不愿苟且偷生可以要求死在丈夫的手里，那么为了同样的目的，一个未婚妻，一定也可以向她的未婚夫提出同样的要求。约翰，在这生死攸关的时刻，可以说了，在您的内心深处，我不早已是您的未婚妻了吗？可以吗，亲爱的约翰，我能不能指望您，像海伦夫人指望爵士一样呢？”

“玛丽！”门格尔欣喜若狂地叫起来，“啊！我亲爱的玛丽！……”

他的话还没说完，草帘被掀起来了，俘虏们被押到“啃骨魔”那里去了。两位女士已经认定了她们的死法，此刻反倒觉得平静了不少，但是男士却是心如刀割，却还要装出十分镇静的样子，显得他们毅力非凡。

他们被带到了那新西兰酋长的面前，这酋长便开始宣布他的判决：

“是你杀了卡拉特特对吗？”他对哥利纳帆说。

“是的，是我杀的。”爵士回答。

“明天，太阳一升起来，你就要被处死。”

“只死我一个人吧？”爵士问，心却在猛烈地颤抖。

“啊，如果不是我们‘脱洪伽’的生命比你们的生命更宝贵些啊！”“啃骨魔”叫起来，眼睛里射出一种恶毒的懊恨！

这时，土人的人群忽然发生了骚动，哥利纳帆迅速地向四周望去。不一会儿，人群分开了，一个战士满头大汗，疲惫不堪地跑了过来。

一看到那战士，“啃骨魔”便用英文对他说，很明显是想让这些俘虏们能够听懂：

“你是从‘白皑卡’阵地里来的吗？”

“是的。”那战士回答。

“你看见我们‘脱洪伽’了吗？”

“是的，我看到了。”

“他是否还活着？”

“不，他已经死了，被英国人给枪毙了！”

一旦“脱洪伽”死去，那么哥利纳帆和他的同伴们也将生命不保！

“统统处死！”“啃骨魔”怒吼着，“明天太阳上山的时候你们一个个都得死！”

判决就这样下达了，这些不幸的人就这样不分青红皂白地被一起判了死刑。海伦夫人和玛丽望着天空，却表现出了感激之情。

土人没有再把俘虏们押回“华勒都”。这天他们也应该参加酋长的葬礼和随着葬礼举行的血祭。一队土人押着他们来到了一棵大“苦棣”树的脚边，看守的人和他们待在一起，眼睛一刻也不离开他们。那毛利部落的其他人都沉浸在深深的哀悼中，到了忘我的境界。

从卡拉特特死的那天起，已经过去 3 天了。死者的灵魂应该已经离开了他的臭皮囊。葬礼开始了。

在堡中心的一个小土墩上停放着尸体，穿着华丽的寿衣，外面还裹着一层漂亮的草席，头上插着羽毛，戴着一圈绿叶。胳臂、胸脯和面孔都擦着油，没有一点腐烂的样子。

亲友们都来到土墩脚下。忽然，好像有个乐队指挥打着丧歌的拍子一样，响起了一片哭泣声，呜咽声和号哭声的交响曲，声音震彻云霄。大家都以沉重的节奏和怨痛的韵调，为死者哀悼。死者的近亲捶着自己的头；远亲则抓破自己的脸，表现出为死者流的血比流的泪更多。这种野蛮的道义被那些可怜的女人表现得淋漓尽致。但是，就是这样的场面仍然不够抚慰死者的灵魂，还要找到本部落的生人的头来发泄死者的怒气。他们觉得：既不能让人死而复生，就要想办法使死者在阴间也不缺乏人世的享乐。卡拉特特的妻子绝不会把丈夫一人丢在坟墓里。并且那不幸的女人也不愿意独活。这不仅是风俗，同时也是职责，在新西兰历史上也常有这种殉夫的事例。

这时卡拉特特的妻子出场了。她看起来还很年轻，散开的头发乱糟糟地披在肩上，又哽咽，又是号哭，哀声震天。她一边哭，一边用模模糊糊的话音、缠缠绵绵的悼念，断断续续的语句来颂扬死者的品德。悲伤到极点时，她便躺到土墩脚下，把头往地上撞。

这时，“啃骨魔”走到了她的眼前。这个可怜的女人一下子又爬了起来，在酋长手里舞动着可怕的大木槌，一槌下去她倒了下去，死了。

立刻又响起一片骇人的叫声来。无数的土人挥动着他们的拳头威胁着，看着胆战心惊的哥利纳帆他们。他们好像被钉住了一动不动地站在那里，因为葬礼还没有完。

卡拉特特和他的老婆在黄泉相见了。两具尸体并排躺着。但在那永恒的生活里，只有贤妻陪着死者还是不够的，还要有他们的奴隶跟着一起死，要不然谁来伺候他们呢?

在主子的尸体前又带来了 6 个可怜的奴隶。那都是按照残酷的战争法规沦为奴隶的几名俘虏。奴隶主活着的时候，他们受尽了虐待，饥寒交迫，肚子从没填饱过，干的是畜牲的活，现在按照毛利人的原教习惯，还要到阴间继续他们这种无休止的奴隶生活。

这几个可怜的家伙好像早就知道要殉葬，所以并不感到惊骇，已经听从了命运的安排，没有丝毫的抗争。他们的手并没有被绑住，这足以说明他们是心甘情愿去陪葬的。

好在死的时候不会太受罪，可能反倒是对他们忍受长期痛苦的一种解脱。毛利人的酷刑只是为这几名欧洲凶手准备的。他们在距 20 步远的地方紧紧地挤在一起，眼睛却看向了别的方向，不敢直视这惨不忍睹的景象。

6 个大木槌由 6 名精壮的战士高高举着，他们一齐打下去，顿时 6 个牺牲品便倒在血泊中。于是一声信号，便拉开了吃人肉的一幕。

主子的尸体是受到“神禁”的，但是奴隶的尸体就没有了，所以它们是属于部落所有的人。也是分赏给哭丧的人的一种酒钱。所以祭礼一旦结束，所有的土人，不管首领还是战士、老人还是孩童，不分年龄和性别，所有人都像疯了一样，扑到那 6 名奴隶的尸体上来。

哥利纳帆和旅伴们被这可怕的场景压抑得喘不过气来，他们尽量不让可怜的海伦和玛丽看见这令人发指的情景。这时他们也意识到明天太阳升起来的时候他们将面临的会是怎样的死法，并且，在惨死之前还不知道要受些什么酷刑呢！因为惊恐他们已说不出话了。

接着，开始了葬礼的舞蹈节目。一种烈性酒是用“极品椒”所酿成的，更增强了那些土人的疯狂。他们已经没了人性。他们会不会忘了酋长的“神禁”，向惊恐的哥利纳帆他们下手呢？幸好在众人狂醉时“啃骨魔”还保持着清醒的头脑。他给了一个小时的时间，让大家尽情吃喝，在过足了人肉瘾之后，再依习惯的仪式继续进行葬礼的最后一幕。

土人们把卡拉特特夫妇的尸体抬起来，按照新西兰的风俗，要把手脚都弯过来，紧贴着肚子。现在要下葬了，但却不是永远埋着，只是到土地把皮肉腐烂完只剩下骨头的时候。

在堡外 3 公里远的一个小山顶上，那就是他们的墓地，这山名叫蒙加那木山，在湖的右岸。

就要把尸体抬到那里了。这时有人抬来两个很原始的轿子，那是两个软兜，放在了土墩脚下。尸体用藤箍支着，蜷曲着，他们的手脚放到软兜上。4 个战士抬起轿子，部落的所有人又开始号着丧歌，一排排的，跟在轿子后面，一直送到墓地。

哥利纳帆他们一直被监视着，他们远远地看着送殡的队伍离开了堡的外城，渐渐的，歌声和哭声就低了下去。

过了差不多半个小时的时间，送殡的人们钻进了山谷的深处，便看不到了。没一会儿又看见他们出来了，在山路上蠕动着。远远望去，这支漫长曲折的队伍，跌宕起伏，就像一行鬼影。

在 250 米高的地方全部落的人都停下了脚步，也就是停在预先为埋葬卡拉特特的蒙加那木山的地方。

普通毛利人的坟墓只是一个坑和一堆石头。但是这样一个有权势的酋长将来是一定要成为神灵的，本部落的人为他建造了一座与他生前的名誉地位相匹配的大坟墓。

墓地的外面还围有一道栅栏，还有许多树桩立在墓穴旁边，桩上涂着鲜红的颜色，还刻着人物的画像。死者的亲人们并没忘记，死者的灵魂和生前还是一样的，要吃东西，所以他们在墓穴里还放了许多粮食，和死者的衣服、武器放在一块。

布置完墓里需要的一切东西，接着就是把尸体放下去，两人并排躺着。接着，又是一阵号啕大哭，然后用草和土把尸体掩埋起来。

做完这一切，送殡的队伍沉默着下了山。此后任何人都不能再上这座山了，谁要是不守规矩上去了，那就得死，因为它和同加里罗山一样，也是受了“神禁”的，在同加里罗山也埋着一名酋长，他是在 1846 年的地震中死于非命的。

第四十四章　越狱成功

当太阳在普克塔普山峰和道波湖边屠哈华山峰后面慢慢沉下去的时候，土人们又把哥利纳帆一行人押回了牢里。在太阳从华希提连山的各山顶升起之前，他们是不会离开这所牢狱的。

他们还有一夜的时间去作临死前的准备。在痛苦的压力下，还要忍受着惊恐的煎熬，但是他们仍然一同吃了饭。

“就算在死亡面前我们也不要垂头丧气，要让那些野蛮人看看欧洲人的傲骨。”爵士曾这样说过。

晚饭过后，海伦夫人高声地诵着晚祷。旅行队的全体成员都脱下帽子和她一同祷告。

谁在死亡之前会不想到上帝啊?

做完了晚课，大家互相拥抱了一下。

海伦夫人和玛丽退到棚子的一角，就躺在了一张草席上。现在睡觉就是为了忘记忧愁、阻止痛苦，很快她们就闭上了双眼，互相依偎着入睡了。因为疲劳和连续几天的失眠使她们实在支持不住了。这时，哥利纳帆把旅伴们拉到一边，对他们说：“亲爱的朋友们，我们和这两个可怜的女士的生命都握在了上帝的手里。如果明天我们的死是出于天意，我相信我们都会勇敢地去死，去受上帝的最后审判，这样也不愧为基督教徒。上帝能够看透人的内心，他知道我们追求的目标是高尚的。如果不能成功，注定一死，那也是上帝的安排。不管他的安排多么残酷，我都毫无怨言。可是，现在到了这里来死，还不是一死了之，还有苦刑，甚至还有奇耻大辱，而这两位女人啊……"

刚开始的时候爵士的声音还是很坚定的，可说到这里却不由得颤抖起来了。他顿了顿，以便压制自己的感情。沉默之后他继续说道："约翰，你已经答应了玛丽，像我对待海伦一样地去对待她，你到底会有怎样的决定呢？"

"我既然已经答应了她，我相信，在上帝的垂鉴之下，我一定能做到的。"

"是的，约翰！但是没有武器我们该怎么办呢？"

"我这里还有一件武器。"门格尔说着，顺手拿出一把短刀，"当卡拉特特被您杀死倒在您脚下的时候，我从那野人的手里夺了这把刀。爵士，我们俩谁后死谁就来执行对海伦夫人和玛丽的承诺。"

这段对话过后，棚子里是死一般的沉静。最后，这一沉默还是被少校打破了，他说："朋友们，不到最后关头不要采取这极端的方法。我始终不信事情到了无法挽救的地步。"

"我不是就我们这方面说呀。"爵士回答，"不管是怎样的死法，我们都会拼死干的，如果现在只有我们几个男人的话，我早就会喊：朋友们，冲啊！杀死那些杀人不眨眼的恶魔！但是现在还有她们俩呀！还有她们呀！……"

在这个时候门格尔拉开了门帘，数了数看守"华勒都"的土人，共有 25 人。在那里还烧着一堆旺火，堡里高低不平的建筑物映衬着那惨淡的红光。那些土人，有的站着不动，有的躺在火的周围，他们的黑影在火帘的背景上清晰地映了出来。但是不管他们是站着的还是躺着的，都会时常转过身来看看他们守着的这座棚子。

一般来说，在想逃脱的犯人与看牢的人之间，犯人成功逃跑的机会还是大些。因为一个是有心，一个是无意。看守的人可能会忘记他在看守。而犯人却不会忘记人家在看着他。犯人时刻都在想着怎么逃脱，而看守的人并不会时时刻刻想着防备。

正因为这样，所以经常会发生囚犯越狱的事情，并且逃的方法非常巧妙。

但是，现在情况有些不同，看守的人不是一些漠不关心的狱卒，而是充满仇恨，充满报复心的土人。如果说没有把俘虏们绑起来的话，那是因为根本不需要捆绑，25 个人看着"华勒都"唯一的一道门，还有绑的必要吗？

这座棚子，背靠着城寨尽头的一座石岩，能通到堡中心的那片平地上的只有一条狭长的泥路。棚子的两边都是陡峭的悬崖，底下是 30 多米的深坑。因此，想从这里下去那是根本不可能的。牢房的地面到处都是大石壳，想要挖地道也是行不通的。唯一能出去的路就是通向堡中心的那条像一座吊桥似的泥路，但是却被毛利人把守着。所以，想逃走怎样都是不行的，在牢狱的墙壁上哥利纳帆也做了多次的尝试，最终不得不承认任何能想到的逃走办法都是行不通的。

然而，这一夜就在惊恐和不安中一分一秒地度过。整个山丘被黑夜笼罩着。月亮也未露出它那娇羞的面容，就连星星也躲了起来，一片深幽的黑暗，几阵狂风在堡的周围肆虐着，把棚子的木桩吹得发出呜呜的声响，经这阵狂风一吹，土人烧的火堆更加旺盛起来了，火焰的红光直射到牢里来，闪了几闪。也照亮了牢房内的人，这些不幸的人都沉浸在他们最后的沉思中。棚子里是死一般的寂静。

大概到了早晨4点，一个轻微的响声吸引了少校的注意力，好像是从棚基的木桩后面发出来的响声，在靠着石岩的那边墙壁里。开始，少校对这个声音并没有太在意，后来觉得声音还在继续着，就留心地听了一下。这声音总在不停地响，他心里开始犯嘀咕了，然后干脆就把耳朵贴到地上，仔细地听。他感觉好像是有人在外面挖洞，是扒土的声音。

少校心里有了眉目之后，就悄悄地溜到爵士和门格尔身边，打断他们痛苦的沉思，把他们领到棚子的深处。

“你们听。”他低声说着，用手势叫他们弯下身子。

渐渐的扒土的响声听得更清楚了。他们竟能听到在用一种尖东西的钻挖小石子发出吱吱吱的响声，并且小石子是向外面掉下去了。

“是野兽在它的洞里活动。”门格尔说。

爵士拍拍自己的额头：“谁知道呢！”他说，“如果是一个人呢？……”

“管它是人还是兽，很快我们就会知道答案的！”少校回答。

威尔逊、奥比内也凑了过来，大家一齐动手挖墙壁，门格尔就用他的短刀，其余的人有的用从地上拔起的石头，有的甚至就用手指甲，这时穆拉地趴在地上从门帘缝隙里观察着那群土人的一举一动。

这些土人静静地围在火边，他们一定不会想到在离他们20步远的地方发生了什么事。

松动而易碎的凝灰岩构成了那一块地面的外层。所以即便没有工具，仍可以挖得很快。很快大家就可以明确地判断出是有一个人或者几个人扒在城堡的腰部，在从棚壁的外面挖地道。这些挖地道的人是要干什么呢？他们是明知道棚里有俘虏而来营救他们的呢，还是另有所图。

大家又加紧努力，他们的手都磨破了，流出了鲜血，但是还不断地在扒。差不多过了半个小时，扒出的洞已深达1米了。他们听到外面的响声渐渐地大起来了，就知道隔开他们的不过是一层薄土罢了，只要把这层薄土扒掉，就可以内外相通了。

又过了几分钟，忽然一把尖刀扎破了少校的手，他猛地往回一缩，一瞬间的疼痛差点让他叫出声来，却被他忍住了。

紧接着门格尔就伸出他的短刀，把在外面钻动的那把刀给挡住了，伸手一摸就摸到拿刀的那只手。

一只小手！可能是个女人也可能是个孩子的手，但可以肯定那是一只欧洲人的手！

双方都一声不吭，很明显，双方都不敢声张。

“会不会是罗伯尔？”爵士自言自语地说。

但是，尽管他说话的声音很小，还是惊醒了玛丽，她溜到爵士身边，抓住那只糊满泥土的小手就吻。

“是你！是你呀！”玛丽肯定地说，“真的是你呀，我的罗伯尔啊！”

“是我，姐姐，我来了，我来救大家了！但是，别嚷嚷！”

“真是个勇敢的好孩子啊！”爵士频频地嗟叹。

“注意看住外面的土人，不要引起他们的注意。”罗伯尔又说。

穆拉地在听到罗伯尔到来的时候，离开了一下，现在又赶快回到自己监视的岗位上去了。

“外面没什么，现在他们已经都睡了，只有4个人在看守。”他说。

“赶快再扒！”威尔逊应声说。

很快把洞扒得更大了，罗伯尔从他姐姐的怀里又扑到海伦夫人的怀里，还有一条弗密翁草的长绳子系在他身上。

“我的孩子啊！我勇敢的孩子啊！”夫人低声说，“那些土人没伤害你呀！”

“没有，夫人。我也说不清楚当时的情况，我就是趁乱逃过了那些土人的眼睛。我爬出了栅栏，躲在树丛后面待了两天。夜里我就到处跑，我想找到你们。在全部落的人都忙着给那位酋长办丧事的时候，我就跑到牢狱这边的寨脚下观察了一番，才发现我可以爬到你们这里。后来我到一所无人的棚子里偷了这把刀和这根绳子。峭壁上的草丛和树枝就被我当做了软梯，慢慢地往上爬。在无意中又发现这棚子靠着的这座岩石中间有一个山洞。从这个棚子到那个洞只隔着几尺厚的松土，我就开始扒土，就进来了。”

现在所能给罗伯尔的只能是许多无声的热吻。

“我们现在就走吧！”他用坚决的语气说。

“巴加内尔是在底下吗？”爵士问。

“巴加内尔先生吗？”罗伯尔听到这句话，甚是惊讶。

“是呀，他是在下面等我们吗？”

“没有呀，爵士。怎么，难道巴加内尔先生不在这里吗？”

“是的，他不在这里呀，罗伯尔。”玛丽回答。

“什么意思？你没有看见他吗？”爵士问，“在那阵纷乱的时候，你们俩不是一块儿逃走的吗？你们没有遇到吗？”

“没有呀，爵士。”罗伯尔回答，在听到他的好朋友巴加内尔不见了，他也感到很吃惊。

“我们赶快走吧，一分钟也不能耽搁了。不管巴加内尔在哪里，总比我们在这里要好。我们快点离开这里！”少校说。

是的，时间非常宝贵，现在非走不可了。如果不是洞外有一段几乎是垂直的峭壁，这次逃走基本上没有多大的困难，不过好在这段峭壁不是很高，只有 7 米左右。下了这段峭壁，就是一个不太陡的斜坡，一直延伸到山脚下。只要到了山脚下，很快俘虏们就可以钻进山谷。如果到了那里，毛利人才发觉他们逃跑了，他们又不知道牢狱与外面斜坡之间挖了一条地道，所以就一定要绕个大弯子才能赶到这里。

逃脱计划开始实施了。为了保证成功逃脱，已经做好了所有的准备。大家先陆续地爬出了那狭窄的地道，到达山洞里。在约翰·门格尔离开棚子之前，他先弄掉了扒出的那些土，然后溜进地道口，顺便又用棚里的草席把洞口给盖上了。所以，地道也被完全掩藏起来了。

现在要做的就是从那段峭壁下到那个斜坡上，这还得感谢罗伯尔带来的那条绳子，如果没有绳子那峭壁是根本无法下去的。

大家赶快把那条绳子解开，把它的一端拴在岩石上，向外面拖着。

这绳子是用弗密翁叶筋绞成的，门格尔尝试了一下，觉得好像不大结实。要知道，是不能随便去冒这个险的，一旦摔下去很可能就会丧命。

“这条绳子，只能禁得住两个人。因此我们考虑绳子的力量，让爵士和夫人先一起下去，等他们安全到了坡上，就拉着绳子摇 3 下，示意我们再接着下去。”

“我先下吧，在坡子下端我看到一个深坑，先下去的人可以躲在里面，等着后面的人。”罗伯尔应声说。

“那好，你就下去吧，小心点我的孩子。”爵士说着，握了握他的手。

罗伯尔出了洞就没了踪影。一分钟后，绳子抖了 3 下，这就表示他已经顺利地到达地面了。

接下来，该爵士和夫人了。黑夜浓重，但是在东边耸立的山峰已经微微露出一点淡灰的色彩了。

清晨的寒气刺激了夫人的神经，她感到特别清爽，精神饱满，于是开始她那危险的逃脱。

爵士先抓着绳子，海伦夫人也跟着抓住绳子，两个人沿着绳子一滑，就到了峭壁搭到坡顶的地方。然后，海伦夫人跟在爵士的后面，爵士抵着她，开始倒退着往下走。他找到小树和草根作为她的落脚点。他总是会先试一试，然后再把海伦夫人的脚放上去。他们的动静惊醒了几只鸟，轻轻地叫着飞走了，还有被踢出土窝的小石子，哗啦啦地向山脚滚去，两个人吓得胆颤心惊。

在坡上他们走了一半，忽然听到有人叫喊。

“停下！”门格尔轻轻地喊。

哥利纳帆一手拉住妻子，一手抓住一丛方茎草，停在那里，大气都不敢出。

原来威尔逊对他们发出了警号。他听到牢狱外面有动静，快速地回到棚子里，托起门帘，看了看那些毛利人，打了一下招呼，所以门格尔让哥利纳帆停下了。

果然，看守的人中有一个听到了异样的声音，爬起来了，靠近牢狱，在离棚两步远的地方站着，低下头，认真地听。他在那里整整待了有一分钟——久得像一个钟头的一分钟，侧着耳朵，眼睛盯着看。然后，认为是自己听错了，摇摇头，又回到他的伙伴们那里，抱上一捆枯柴，扔到半熄的火堆上，火焰又旺起来了。火把他的面孔照得红亮，脸上却没有了任何不放心的神情了。他看了看天边上那隐隐约约的晨光，又躺到火边烤他那已经冻透了的手脚。

“没事了。”威尔逊说。

门格尔又发出信号，让爵士他们继续往下走。

爵士顺势往坡子下一溜，很快他和海伦夫人都到了罗伯尔等着他们的那条小路上。

又摇了 3 下绳子，接着就是门格尔带着玛丽走上了那条危险的途径。同样他们也成功到达了罗伯尔所说的那个深坑，和爵士夫妇汇合了。

5 分钟后，全体旅伴都顺利地逃出了牢狱，又离开了那临时藏身的土坑。他们避开了有人住的那带湖岸，沿着狭窄的小路，钻进了最深的山谷里。

他们快速地走着，尽量避免让人家看到他们。他们都沉默着，走在许多小树丛中，就像一行鬼影。现在他们要到哪里去呢？

不知道，只是胡乱地跑着，但最起码现在他们已经重获自由了。

快到 5 点的时候，天边开始露出了鱼肚白。云堆的高处，渐渐显出一片淡蓝色。朦胧的山峰开始从晨雾中露出头角。很快太阳就要出来了，而这片晨曦已经不是刑杀的信号，却成了将要揭露囚犯的逃亡。

所以，在土人们追捕之前，逃亡的人们必须逃出土人的圈子，跑得越远越好，让他们无处可寻。可是他们根本走不快，因为那都是些很陡峭的小路。爬坡时海伦夫人由哥利纳帆扶着，玛丽则由门格尔搀着。成功的喜悦充斥着罗伯尔的内心，他欣喜地，胜利地，在前面开路，两个水手则走在后面断后。

再过半个小时，太阳就要从天边的云雾中升起来了。

逃亡的人们又乱跑了半个小时。此时已经没有巴加内尔来给他们引路了，为巴加内尔担忧，他的下落不明却在大家成功逃脱的喜悦中蒙上了一层阴影。然而，大家尽可能地朝着东方跑，迎着即将升起的太阳走去。一会儿他们就到达了离道波湖面 150 米高的高度了。在这样的高空中清晨的寒气让人越发觉得寒冷，深深地刺入他们的肌肤。在他们的面前许多高山和丘陵的模糊的影子一层层地重叠着。但是此时哥利纳帆正是唯恐入山不深：他甚至想先钻进那片万山重叠的迷宫里，然后再想办法慢慢地摸出去。终于，太阳出来了，它迎着逃亡者放射出它新一天的光芒。

突然，一片骇人的咆哮声，由成百的呼叫声混合而成，在空气中传播开来。那声音是从堡寨里传出来的，但是现在哥利纳帆已经分辨不清堡寨在什么地方了。而且到处都是浓浓的雾气，在他的脚底下展开就像一道帘幕一般，根本无法看清下面的那些低谷。

但是，毫无疑问，一定是土人们发现了他们的逃脱。他们能否逃避土人的追捕呢？他们又是否早已被土人看见了呢？他们沿途会不会给土人的追踪留下了什么线索呢？

这时，下面的雾气都升上来了，他们被一片湿云包围了，他们可以看见脚底下 100 米远的地方那疯狂的人群。

他们互相都看到了对方。接着又爆发了一片咆哮声，里面还夹杂着狗叫的声音。全部落的人都出来了，他们想爬上牢狱的那座悬崖，却怎么也爬不上去，接下来就开始转过头来涌向栅栏外面，走小路向这些逃避报复的囚徒追去。

第四十五章　得以安生的墓穴

此时距离山顶还有 30 米左右。如果要躲开毛利人的追赶，爬上山顶才是此时最好的办法，然后从山顶转到山那边去。他们希望到那边能有个山脊把他们渡到邻近的山峰上去，那些山峰杂乱地混在一个庞大的山系里面，如果那可怜的巴加内尔在他们身旁的话，一定会弄清那一带复杂盘旋的山势啊。

所以，他们必须抓紧时间往上爬，土人的叫骂声已经越来越近。那些追过来的土人已经到了山脚下了。

“勇敢点我的朋友们，打起精神来！”哥利纳帆不断地叫着，一边说，一边用手势鼓励着他的旅伴们。

不到 5 分钟，他们就到了山顶，在山顶他们回头看了看，一方面是想判断一下当时的形势，另一方面是想找出一个能够躲避那些毛利人的方向。

在山顶，他们可以清楚地看到整个的那一片向西边展开的道波湖，湖的周围被群山环绕着，风景十分美丽。南边是同加里罗山的那个熊熊的喷火口，而北边是比龙甲山的群峰。但是向东望去，那些和华希提连山相连的一大排层峦叠嶂就挡住了视线，这条华希提连山是一条大山脉，层层叠叠的山峰连绵着，从库克湾一直到东角，斜贯北岛全境。所以逃亡的人必须从山那边再跑下去，进入到那许多狭隘的山坳里，但很可能会在那里找不到出路。

哥利纳帆用惊慌的眼神向四周看了看，在太阳的照耀下大雾已经慢慢消散了，他能够清楚地看到下面最小的一个山凹和毛利人的一举一动。

那山顶很平坦，上面还托着一个孤立的圆锥形山尖，当他们到达那片山顶时，土人和他们的距离已不超过150米了。

这时候哥利纳帆是一分钟也不敢耽误。不管多累，都必须继续逃跑，否则就会被重新逮到。

“趁着路还没有被截断的时候，”他叫着，“我们快下去！”

但是，就在那两个可怜的女人正以最后的努力爬着站起来时，却被少校止住了，说：“不用跑了，哥利纳帆，你看。”

果然，大家看到毛利人的行动已经发生了变化，对于这一变化让众人很不理解。

他们突然不再追赶了。原本他们是要攻到山顶的，可现在却停止了进攻，好像是受到什么严厉的禁令。那群土人捺着他们的性子，在那里一下子就停住了，就像是波浪碰到一个不可逾越的岩石一样。

所有那些人肉瘾犯了的土人，现在在山脚下一字儿排着，指手画脚，叫嚣咆哮，挥着手中的枪和斧头，却不敢向前一步。他们的狗也和他们一样停在那里一动不动的，好像是就地生了根，只是疯狂地乱叫着。

这到底是怎么回事呢？是什么制止了那些土人的进攻呢？旅行队的人瞪着大大的眼睛看着，感到莫名其妙，只害怕控制“啃骨魔”部落的那种魔力一旦失效，他们就又要追上来。

忽然，门格尔叫了一声，同伴们都回过头看他。只见他用手指着那圆锥形山尖上筑起的一座小碉堡给他们看。

“那是卡拉特特的坟墓呀！”罗伯尔叫起来。

“你会不会弄错了，罗伯尔？”爵士问。

“不会，爵士，我认得，就是那坟墓！”

罗伯尔的确没有弄错。再往上15米，在山尖的顶端上，有许多新涂的红色木桩，围成了一道栅栏。这时哥利纳帆也认出那就是卡拉特特的坟墓了。原来在仓皇逃跑中，竟偶然逃到了蒙加那木山的山顶上。

旅伴们跟在爵士后面，他们爬上了通到圆锥形山尖上的那段斜坡，一直到了坟墓的脚下才停住脚步。在坟墓前面有个用草席盖着的大缺口，从缺口处可以走进墓室。当哥利纳帆正要往墓室走去的时候，忽然后退了一步：“里面有个土人！”

“这墓室里怎么会有土人？”少校问。

“是的，麦克那布斯。”

“不管他！我们一起进去。”

爵士、少校、门格尔和罗伯尔一齐钻进了墓室。在里面果然有个人，他披着一件弗密翁麻的外衣，在阴暗的墓室里，根本看不清他的面孔。那人好像很安静，正在悠然自得地吃早饭哩。哥利纳帆刚要和他说话，那人却先开口了，他用非常和蔼的口吻，用非常流利的英语说：“我亲爱的爵士，请坐，已经准备好了早饭在等您呢。”

原来那人竟是巴加内尔！大家一听见他的声音，都飞奔了进来，这位绝妙的地理学家用长胳臂拥抱了大家一番。找到巴加内尔了！有了他，大家就像得到了保障似的！大家正想问他，是怎样并且为什么会到这里来的。但这些不合时宜的问题都被爵士的一句话给堵了回去。

“山上到处都是土人呀！”他说。

“土人？我根本不会在乎那些愚蠢的家伙！”

“难道他们不会……”

“你是说那些笨蛋！你们等着看好了！”

大家都紧随巴加内尔走出了墓室。那些土人还在原来的地方，把这座山峰围得水泄不通，发出骇人的咆哮。

“你们就叫吧！吼吧！把嗓子喊破吧！你们这些笨蛋！”巴加内尔说，“我看你们谁敢爬上这座山！”

“他们为什么不敢呢？”哥利纳帆问。

“因为他们的酋长在这里埋着呀，可以让这座坟墓保护我们呀，因为这座山已被‘神禁’了呀！”

“被‘神禁’了？”

“是的，我的朋友们！我之所以逃到这里，就是因为这个呀，就和欧洲中世纪那些不幸的人们逃到不可侵犯的圣地一样。”

“感谢上帝保佑！”海伦夫人叫起来，举起双手向着天。

是啊，这座山已被“神禁”了，由于卡拉特特酋长的坟墓就在这里，所以它也就免除了那些迷信的土人的侵袭。

逃亡到这里的人们还不能算是完全脱了脸，只能说获得了一时的平安，但是这种一时平安的机会是可以被好好利用的。此时哥利纳帆已说不出来心里是什么感觉，只是待在那里沉默着，少校也只是摇头，却在他的脸上现出了侥幸的神色。

“如果那些愚蠢的家伙想就这样一直困着我们，那他们就是痴人说梦。我敢肯定不出两天，我们就可以逃出他们的魔掌了。”巴加内尔说。

“我们当然要继续逃啊！但问题是该怎么逃呢？”爵士说。

“现在我也还不知道，但是我相信我们总会逃掉的。”巴加内尔回答。

这时，大家都想知道巴加内尔在这段时间的遭遇是怎样的。但奇怪的是，这个本来好说话的人现在却变得沉默寡言起来，甚至要人家逼着他，他才肯说出几句话来，平时的他总是一说起故事就兴高采烈的，可是现在，就连朋友们提的问题，他都只是敷衍着回答几句。

“我们的巴加内尔是被人家给换了吗？”少校在想。

的确，那可敬的学者现在连仪表也跟以前大不相同了。他用他那件罩衫紧紧地裹住自己，好像有什么怕被大家看到似的。只要一谈到他，在他的脸上就会现出尴尬的神色，对于这点大家都能看出来，所以便不好再追问什么，只好装着没看到他这一点，好的是只要不谈到他，他依然和往常一样眉飞色舞的。

当大家都到墓室外的栅栏脚下围着他坐下的时候，他才把他的遭遇选择了一些可以说的，讲给旅伴们听。他是这样说的：

在卡拉特特被刺后，他和罗伯尔一样，趁着那一阵骚乱，逃出了堡寨的外城。但是，他却没有罗伯尔那么好的运气，他逃出堡外却跑到另一群毛利人的营地里去了。在那里，他们的酋长是一个身材高大的毛利人，看起来很精明能干，一看便知他的地位要比本部落的其他战士都高。这酋长说的一口流利的英语，他用鼻尖碰了碰巴加内尔的鼻子，以示欢迎。

巴加内尔小心翼翼的，他会不会又要变成俘虏了呢？可是他一看他每走动一下，那酋长就寸步不离地跟着他，很快地他就知道那时他是什么身份了。

这位酋长名叫“希夷”，土语的意思就是“太阳之光”，他这个人心肠倒不坏。巴加内尔靠着他的大眼镜和大望远镜获取了这位酋长很高的估价，这位酋长努力想拉拢他把他留在身边，他一边用小恩小惠笼络人，但另一方面特别在夜里却用弗密翁麻的绳子捆着他。

巴加内尔就在这样的处境中生活了 3 天。在这 3 天里，巴加内尔受的到底是优待还是虐待呢？“既是优待，又是虐待。”他说，并没有作详细的解释。总之，他又成了俘虏，除了没有那种死在眼前的恐怖之外，他的处境要比那些不幸的同伴好不了多少。

幸好在一天夜里他咬断了绳子逃跑了。在卡拉特特举行葬礼的时候他曾远远地看到过，他知道蒙加那木山顶就是那位酋长的葬身之地，所以这座山必然是要被“神禁”的。他决定逃到这座禁山上来，另一方面就是因为他的旅伴们还囚禁在这个地方，他不忍心丢开他们独自逃跑。他的冒险的尝试总算还是成功了。在昨天夜里他就到了卡拉特特的墓室里面。在这里，他一边“养精蓄锐”，一边等着有利的时机把他的朋友们解救出来。

巴加内尔叙述的经过就是这样的。但是他却有意把他在土人家里过的那段生活省略掉细节部分，从他不只一次的吞吞吐吐想说却又没说的态度使人感觉到他是故意这样做的。但不管怎么说，大家都为他庆贺，总算逃了出来，既已说明了过去，就该谈谈现在了。

当前的处境还是非常严重的。虽然土人们不敢往山上爬，却打算一直围困他们，使他们水尽粮绝的时候自己主动下山来。这只不过是时间的问题，而这些土人有的是耐性。

哥利纳帆并没有估计错当时窘迫的处境，他是一定要等待机会，到了万不得已，还要自己制造机会。

首先，哥利纳帆对蒙加那木山的地形做了一次仔细的勘察，就是观察他那座临时碉堡的地形，观察的目的不在防卫，因为土人们是一定不会攻上来的，目的在于如何离开这座碉堡。少校、门格尔、巴加内尔都和他一同去察看这座山，想要一探究竟。他们观察着各条山路的方向，到达点和坡度。观察到蒙加那木山连接到华希提连山的那条长 1 公里路的山岭，向着平原低下去。岭上的山脊又窄又没有规则地起伏着，如果逃脱的话，这是唯一可走的道路。如果逃跑的人是乘着天黑在山脊上跑，这样就看不到他们，或许他们还能钻进那条连山的深谷里，让那些毛利人无法继续追踪。但是这条路也是危机四伏，枪弹还可以打到山脊降低的地方。如果土人在山腰里打枪，就可以在那段山脊上构成一道火网，任何人也不能安全闯过。

哥利纳帆和他的朋友们冒险向前，竟来到那段危险的山脊上了，迎面就是一阵像冰雹般的弹丸，还好没有打到他们。风把几个包火药的纸团子刮到了他们跟前。是印刷字的纸张，巴加内尔好奇地捡起来一个看看，费了他好大的眼力才认清了上面的字迹。

“真好啊！朋友们，你们知道吗，那些混蛋的枪弹是用什么东西做的？”

“我们怎么能知道，巴加内尔。”爵士回答。

“从《圣经》上撕下来的纸呀！如果那些神圣的语言是专作这种用途的话，我真要为那些传教士们感到心疼啊！他们如果想在毛利人这儿建立起几所图书馆该有多难啊！”

哥利纳帆和他的同伴又回到那座墓室里去了，想再检查一下墓室的内部。

正在他们走着的时候，突然感到地面一阵一阵的震颤，为此他们感到很惊讶。那不是一般的摇动，却像是锅边被沸水冲着一样，连续不断地在颤动。很明显，地火已经烧起来了，在这座山底下蕴蓄着许多强烈的蒸汽，被山堵住了，不能发泄。

他们都是从限卡陀的沸泉中钻过来的人，他们已对这种特殊现象见怪不怪了。

他们知道这个依卡那马威岛的中部基本上是火山质的。就像一个真正的筛子，地下的蒸汽从无数筛孔以硫气坑或沸泉的形式泄漏出来。

对这点巴加内尔早已观察到了，所以他让朋友们注意：他们所在的这座山就是火山质。它不过是林立在北岛中部的许多圆锥形山顶之一，也就是说它将来也要变成一座火山的。这山的内壳都是淡白色的凝灰岩，一个最轻微的震动就有可能在这山壳上造成一个大喷火口。

“你说得很对，但在这里我们并不比靠在邓肯号锅炉旁边更危险呀。这里的地壳倒是一层坚固可靠的钢板！”爵士说。

“你的话我也同意，但再结实的锅炉，用的时间久了也会有炸破的一天。”少校说。

“少校，我并不想一直待在这个圆锥形的山顶上呀。只要老天指给我一条可走的路，我立马就走。”巴加内尔说。

“啊！如果这座山能载着我们走该多好啊！”门格尔接着说，“这么多的汽装在它的肚子里呀！就像我们的脚底下就有几百万匹马力，可惜都不能用，白白浪费！我们的邓肯号要是有这马力的千分之一，就可以把我们送到天的尽头啊！”

经门格尔这么一说，哥利纳帆又对邓肯号产生了无限感慨。这位善良的爵士，不论他自己的处境是多么的危险，就算他把自己忘了，但只要一想到他的船队便忍不住唏嘘哀叹。

他还处在深沉的哀痛中，不知不觉已经走上山尖，和他的那些难友会合了。

海伦夫人一看见他就奔了过去。

“我亲爱的爱德华，地形已经侦察好了吗？我们有没有希望逃掉呢？”

“希望还是有的，我亲爱的海伦，土人不敢上山来，我们有的是时间去计划逃脱。”

“现在，先回墓室里去吧！”巴加内尔兴致勃勃地叫着，“这是我们的府第，我们的堡垒，我们的研究室，我们的饭厅，不会受到任何人的打扰！夫人们，请允许我在这座优美的住宅里招待诸位。”

大家都随着可爱的巴加内尔走了进来。那些土人看见这些逃犯又要亵渎这个被“神禁”的墓室，枪声和骇人的咆哮声立刻又爆发了，他们的咆哮声和枪声一样响亮。但是，幸运的是，枪弹却不能打得和叫嚣声一样远，到了山腰就落下去了，辱骂声则一直冲到天空里才慢慢地消散掉。

毛利人的这种迷信远超过他们的愤怒之情。海伦夫人、玛丽和她们的旅伴们都看在眼里，这时他们才算把一颗悬着的心完全放了下来，陆续地都钻进了墓室。

这座新西兰酋长的墓室有许多涂红的木桩排成的栅栏。许多象征的图形——也可以说是木刻的绣花纹——象征着死者的功绩和高贵的身份。在柱与柱之间悬挂着许多成串的避邪的物品，摇摇摆摆的，有贝壳制的也有石头雕的。内部的土面好像铺上了一层地毯般的绿树叶子。在墓室的正中心，土面稍微凸出一点，一眼便可以看出是新挖成的一个坟墓。

酋长的枪械，都装好了子弹和火药线，他的长矛，还有他那把漂亮的绿玉斧头，还有大量的弹药都摆在那里，足够死者在阴间打猎用上无数年。

“这是一所军械库呀，我们可以拿来为我们所用呢。土人死了到阴间还要带着武器，这恰恰是帮了我们，他们想得真是太周到了！”巴加内尔说。

“呃！这些东西怎么都还是英国造的呢！”少校说。

“当然啦，把枪当做礼物送给这班土人，真是愚蠢至极！他们拿到这些枪就用来打击侵略者，但现在我们不能不承认他们做得很对，不管怎么说，现在这些枪对我们十分有用！”爵士说。

“但是，最有用的还要属这些为卡拉特特备下的粮食和饮水呀。”巴加内尔说。

果然，死者的亲友为死者考虑得实在太周到了。这足以说明他们对死者的崇敬。这里有足够十个人吃半个月的口粮，或者更准确地说，足够死者吃到无穷。但这些粮食都是植物，有土人叫做“旋花芋”的甘薯，有欧洲很早就移植过来的马铃薯，有凤尾草根。还有几口装着新西兰人吃饭时惯喝的清水的大缸，还有十几个编得很巧妙的篮子，里面装着许多不知作何用途的一种绿树胶做成的长方块。

因此，大家可以不愁吃喝了。他们毫不客气美美地先吃他一顿。

哥利纳帆拿出足够大家吃饱的一份，交给奥比内去加工。这位司务长一向是一个讲究形式的人，就是在危急关头也不愿意把伙食做得不像个样子，所以他觉得这些吃的东西都不够资格。关键是没有火，他也不知道该怎样把这些草根弄熟。

还是巴加内尔办法多，他叫奥比内把那些甘薯和凤尾草根都塞到土里去，不必管它。

的确，这里地壳外层的温度很高，如果拿个温度表插到土里去，一定会显示出 60 到 65 度。奥比内差点烫到了手，在他扒坑烤草根的时候，嗤嗤地冒上来一股热汽，喷到两米高，把他吓得摔了一跤。

“快关起来呀！”少校叫着，那两个水手立刻跑来帮忙，把那坑用碎石块堵了起来。这时巴加内尔却在呆呆地看着发生的一切，突然脸上露出惊奇的神色，自言自语地说：

“为什么不能利用这个呢？”

“有没有烫到你？”少校问奥比内。

“那倒没有，少校先生，可我真没想到……”

“没想到老天如此厚待我们，是吧？！”

巴加内尔得意地叫起来。“现在粮食和饮水都不缺，还有地火来烧！哈！这座山真算得上是个天堂呀！我建议我们就在这里建立一个殖民地，在这里耕种，住一辈子！我们就做这山上的鲁滨逊好了！在这座舒适的圆山尖上，真的，我还真想不出还缺少什么东西！”

“缺倒是不缺，如果地壳硬一点，那就更好了。”门格尔回答。

“你在担心这地壳！它又不是刚刚才形成的呀！它已经有很长时间都在和地心火力抗争了，在我们离开之前，他还挺得住的。”巴加内尔说。

“早饭已经好了。”奥比内报告着，他严肃的样子就像在玛考姆府伺候主人一样。

立刻，大家都到了栅栏旁边，吃着他们近来常吃的救命伙食。

吃的只有两种东西，所以大家也没有什么可挑剔的了，但是关于凤尾草根的味道，各人却有不同的意见。有人觉得滑腻无味，有人却觉得很甜，很好吃。至于热土里烤熟的甘薯，那真是美味。巴加内尔发表他的感慨说：有这样的好东西吃，卡拉特特葬在这里实在是没什么遗憾了。

接着，大家吃过早饭后，哥利纳帆就建议立即商讨逃脱的计划。

“这样好的地方，想走了吗？这么着急干吗呢？”巴加内尔说，带着真正舍不得的语气。

“但是，巴加内尔先生，就算此刻我们在这里很舒适，很安全，我们也不能就此沉迷在这里啊！”海伦夫人回答。

“夫人，我怎敢违抗尊命！既然您要商讨，就商讨吧。”

“首先，我觉得，我们要逃就要趁早，不能等到粮食吃完了再逃。并且现在的我们精力都很充足，我们要趁现在精力充足的时候离开。我们就在今天夜里，设法跑到东边山谷里去，乘着黑暗穿过土人的包围圈。”哥利纳帆说。

“如果毛利人让我们过去的话，这当然是好极了。”巴加内尔回答。

“如果他们不让我们过去呢？”门格尔问。

“那么，我们就应该想到更好的办法。”巴加内尔回答。

“原来你有妙法吗？”少校问。

“妙到使人莫名其妙！”他答了一句，便不再说什么了。

现在只有耐心等着，到天黑悄悄溜过土人的防线。

那些土人一直未离开原地方半步。好像人数还增加了些，应该是后来又来了不少人。山脚下的一个火圈子就是由烧着一堆一堆的篝火形成的。当四周山谷被夜幕笼罩的时候，好像蒙加那木山是从一个大火坑里冒出来的，而山顶却在深沉的黑暗中渐渐消失。人们可以听到200米距离处的敌人营寨里在骚动，在喧哗，在叫嚣。

9点，夜已完全黑透了，哥利纳帆和门格尔决定再去侦察一下，要带领旅伴们逃跑时所走的那条危险的路。他们悄悄地跑了下去，大约走了10分钟，到了那条窄山脊上，这山脊高出敌营17米，正穿过土人包围圈。

直到那时，一切都很顺利。躺在火旁边的毛利人，好像没有看见他两人在逃跑，所以他俩又多走了几步。突然，山脊的左右两边，同时响起了枪声。

“快往回走！那些匪徒的眼睛跟猫一样，枪还打得很准！”哥利纳帆说。

他俩立刻又爬上山顶的陡坡了，赶快回来安慰那些被枪声惊扰的旅伴们。哥利纳帆的帽子上中了两颗子弹。有了这次尝试，他们知道在这条漫长的山脊，两边都有散兵线，想去冒险那是绝对不行的。

“这些土人监视得这么严，我们明天再说吧，就算逃不过去，你们总可以让我给他们露一手了！”

天气非常的冷。不过好在卡拉特特把他最好的睡衣、很厚的被褥都带到墓室里来了，每个人都毫不客气地拿了几件，裹在身上，很快他们就在土人的迷信的保护下安心地睡着了，外面挡有栅栏，下面是温暖的地面，被地下滚热的蒸汽震得颤抖着。

第四十六章　“制造”一次火山爆发

第二天，2 月 17 日，太阳的晨光唤醒了蒙加那木山上的睡眠者。在山脚下的毛利人一直来回跑动，始终不离开他们那条监视线。只要旅行队的人一从那被亵渎的圣地里走出来，迎接他们的就是一片疯狂的叫嚣声。

大家环顾四周，看看还沉浸在晨雾中的深谷，看着前后左右的山峰，看看被晨风吹起涟漪的道波湖。

大家很想知道巴加内尔的新计划，都围到他身边来，用眼光向他询问。

旅伴们那惊慌不安的好奇心立刻得到了满足。“朋友们，我的计划应该是万无一失的，那就是：即便它没有达到我想要的效果，就算是完全失败，我们的处境也不会变得更糟糕。不过这计划我相信会成功，一定能成功！”

“那你的计划是什么？”少校问。

“是这样的，因为土人的迷信使这座山成了我们暂时的避难所，那么我们就可以再利用他们的迷信逃出这座山。如果能让‘啃骨魔’相信，我们因为亵渎这圣地而受到了上天的惩罚，总之，让他们相信我们是遭到了天遣死掉了，这样一来，大家想想，他们是否就可以丢下这座山回到他的村子去呢？”

“应该是这样。”爵士说。

“你想要我们怎样遭到上天的惩罚呢？”海伦夫人问。

“就像那些亵污圣灵的人们被天火烧死呀，朋友们，在我们的脚下就是那替天行道的烈火，只要我们把这火放出来就可以了。”巴加内尔回答。

“怎么？难道你是想造一座火山来吗？”门格尔惊叫起来。

“是的，造出一个临时的火山，一个人工的火山，一个我们可以控制火势的火山！这底下的蒸汽和地火正在蠢蠢欲动，如果我们用人工叫它们喷射出来，说不定可以帮我们逃过这一劫。”

“这个主意真是太棒了，巴加内尔。”少校说。

“你们听懂了吧，我们假装是被新西兰的火神放火烧死了，事实上我们却可以巧妙地隐藏到卡拉特特的墓室里去……在那里待上三四天，甚至五天，也就是说，等到那些土人深信我们已经死了从而放弃围困的时候我们再行动。”

“可是，如果他们要证实一下我们受天罚的情形呢？”玛丽说，“万一他们爬上山来一看究竟呢？”

“他们绝对不会这么做的，我亲爱的玛丽。这山是受了‘神禁’的，既然它已自动烧死了犯‘神禁’的人，它的‘神禁’自然就更加严格了！”

“这是最好的办法了，但是，如果那土人一直在山脚下不走，而我们山上的粮食又被吃光了。这个可能性应该很小，如果我们做得逼真的话，他们不会不走的。”

“这最后的办法，什么时候开始行动呢？”海伦夫人问。

“就今晚，在夜最深沉的时候。”巴加内尔回答。

“好吧就这样干，巴加内尔，你是个大天才，我平时从不盲目乐观，但这次我敢保证一定能成功。就让我们来给那班坏蛋表演一幕奇迹，叫他们的迷信思想继续延续下去吧，不能让他们改信基督教！这也是逼不得已，传教士可不要怪罪我们啊！”

就这样巴加内尔的计划全票通过了。的确，以毛利人那种迷信的思想，这计划一定是可以成功的。关键就是该怎样做了。想法的确很好，但做起来难度却很大。这火山是否会把那些大胆扒开喷火口的人们也一并吞下去呢？火焰、熔岩、蒸汽一冒出来，人是否能够控制呢，操纵得了吗？会不会把这座圆锥形山顶整个地沉到火海里去呢？喷射地火，本来是大自然的一个绝对特权，现在居然要人类来操纵了。

这些困难巴加内尔也早已预料到了，但是他只是打算小心地去做，不会做得太过火。只要做出一个喷火的样子骗过那些毛利人的眼睛就够了，又不会真弄出那可怕的火山爆发来。

这一天大家在焦急地等待着！却怎么也不见天黑！所有人都在数着钟点，时间好像停滞了，怎么也走不完。已经做好了逃走的一切准备工作。所有的粮食都分成了小份儿，打成不太笨重的小包裹。还从墓室里拿出来了几张草席和武器，足以构成人们轻便的行装。当然，不用说，都是躲在栅栏里面做的这些准备工作，没让土人知道。

6点，奥比内做了一顿还算丰盛的晚饭。在这个地区的深谷中逃亡，要逃到什么地方、到什么时候才能再吃饭呢？谁也说不好。所以，为了预防将来的饥饿，大家都尽量多吃点。中间的一盘大菜，是威尔逊捉到的几只大老鼠，隔水蒸熟了的。这是新西兰的名贵野味，但海伦夫人和玛丽却死也不肯吃，而那些男客们则和毛利人一样，大口大口地嚼着。这肉的味道实在很美味。很快那几只小动物就被吃光了，只剩下骨头了。

到了黄昏时分，一片乌云遮住了太阳的光线。好像暴风雨就要来临，天边电光闪闪，云海深处响着隐隐的雷声。

巴加内尔对这场风暴非常欢迎，它正好可以来帮助他完成他的计划，协助他导演这一场好戏。土人非常迷信和恐惧这种自然界的剧变，他们认为雷是大神奴衣·阿头愤怒的吼声，闪电就是大神愤怒的眼光。所以，雷电交加就预示着神要亲自来惩罚这些亵渎“神禁”的人了。到了8点的时候，黑暗已经笼罩了整个山尖。天空拉起了一层黑色的帷幕，与巴加内尔将要放射出来的那片熊熊的火光相映衬。此时毛利人看不见他们，这也正好是动手的好时机。

这事一定要做得快。爵士、少校、巴加内尔、罗伯尔、奥比内和两个水手一齐动起手来。

他们选择在离卡拉特特幕室30步远的地方作为喷火口。是啊，一定要保证不能让火喷到这座墓室。这点很重要，因为一旦墓室烧毁，“神禁”也就随之消失。巴加内尔看到在一块巨大岩石的四周冒出相当浓厚的热汽。他相信在这块大岩石的下面一定有自然形成的一个小喷火口，只是因为这石头太重，地火被压住才不能喷出来。如果能把这块大岩石挪开，就等于拔掉了喷火口的塞子，那么熔岩和蒸汽就会喷出来了。

那些准备制造火山爆发的人就在墓室里拔起几根木桩来当杠杆，用力撬那块大石头。在他们的齐心协力下，很快岩石就松动了。他们把岩石撬得越活动，石下的土层也就颤动得越厉害。同时他们还为这块岩石在山坡上挖出了一条小壕沟，以便它沿着这斜坡滚下去。

隐隐的火焰奔腾声和热汽沸腾声在那块变薄了的地壳底下，到处流窜着。那几个大胆的劳动者，就像神话里那些操纵地火的神一样，无声无息地工作着。很快，从岩石下的几条裂缝以及冒出的几股热气就可以知道此时他们那地方已经很危险了。他们拼尽全力最后一搏把那岩石翻起来，瞬间在那斜坡上滚得没了踪影。

那层薄地壳瞬间迸裂了。一条炽热的气柱直冲云霄，哗啦啦的响声震耳欲聋，同时熔岩和沸泉向毛利人的露营地和山下的各条坑谷里奔流而去。

那座圆锥形的山尖整个都在抖动，让人以为它陷落在一个无底的深渊里。哥利纳帆和他的伙伴们差点没逃出喷射力所能波及的范围。他们快速地躲到墓室里，就算是奔跑着还是没能幸免溅到几滴94度的沸水。刚开始的时候这股水还只是有点蒸锅气，很快就发出浓厚刺鼻的硫磺味。

这时，熔岩、泥土和火山碎块混成了炽热的一团。许多奔流的火在山腰上留下了一条一条的火路。这片喷火把附近的山峰都照得红亮，深谷里也闪着强烈的反光。

所有的土人都迅速地爬起来，在他们的营地里熔浆沸腾着，有些溅到他们身上，烫得他们哇哇直叫。没被烫到的都在拼命地往四周的丘陵上逃去。然后，惊魂未定地回头来看那骇人的景象，看着那张着血盆大口的火山，看着他们的大神把那些亵渎圣山的人愤怒地吞噬下去。有时，喷射声偶然降了下来，就可以听到他们在吼着咒语：

"'神禁'！'神禁'啊！'神禁'啊！"

这时烧红的石块、熔岩和大量的蒸汽从喷火口里冒出来。此时那已不是一股简单的沸泉了，而成了一座实实在在的火山，直到那时为止，地火都在猛烈地喷射着。

一个小时后，在山腰上流着许多条白热的熔浆。人们可以看到大群的老鼠从它们的洞里跑出来，离开这片烧焦的土地。

整整一夜，狂风肆虐着，暴雨倾注着，这座圆山顶喷射的地火从未停歇，并且越来越猛，这不禁使哥利纳帆担忧起来。喷火口的边缘不断地被喷出的火头啮蚀着。

俘虏们远远地躲在栅栏后面注视着那火热骇人的迸发。

到了早上，火山的狂怒还没有减低。火焰跟大股浓厚的淡黄色的蒸汽掺杂在一起，到处都是奔流着的熔浆。

哥利纳帆不断地用眼睛看着，心在狂跳着，他扒在每个栅栏缝里，认真观察土人的动静。

那些土人早已逃到附近的高地上去了，离开了火山喷射的范围。在火山下有几具烧焦的尸体静静地躺着。再远一点，靠城堡那边，二十来座子被熔岩烧毁了，现在还在冒烟。新西兰人东一群西一群的，仰望着那烟火腾腾的山尖，表现出一种迷信的极其恐怖。

"啃骨魔"来到了土人中间，哥利纳帆清楚地看到是他。他从没有火那边一直走到山脚下，但是却没有往上再走一步。

在那里，他伸出他的两只胳臂，和巫师念咒一样，对这座山做了几次比画，从他做鬼脸上来看，不难看出，也正如巴加内尔所料，"啃骨魔"对这座替天行道的神山又增加了一重更严厉的"神禁"。

没过一会儿，土人便排成一行一行的，向那曲折的小径走下去，回他们的城堡里去了。

"他们离开了，他们放弃了他们的岗位了！感谢上帝！我们的计划成功了！我亲爱的海伦啊，我勇敢的旅伴们啊，我们算是死过一次了，但在今天晚上，我们就要复活，离开我们的坟墓，我们就要永远地离开这野蛮的部落了！”

墓室里弥漫着的喜悦之情真是难以形容。希望的火焰又在每个人的心中重新点燃。这些顽强不屈的旅行者忘记了过去和未来，完全沉醉在当时的成功喜悦里。事实上，要从这偏僻的地方走到欧洲人住的地方还是很难的。并且他们认为骗走了“啃骨魔”，也就算是逃掉了所有的新西兰的土人了！

少校对这班毛利人的极端的鄙视毫无遮拦地流露出来，并且他把他所有的骂人名词都用在了这些毛利人身上。巴加内尔骂人本领也不逊色。他俩开始不依不饶地大骂毛利人。

还要再等一天才能真正离开这个险境。大家就利用这一天的时间来讨论逃走大计。巴加内尔把他的那张新西兰地图当做宝贝儿似的保留了下来，所以此刻他可以在地图上找出最安全的道路。

经过讨论之后这些逃亡的人们决定向东边的巴伦特湾走。可是要经过一些陌生的地区，但是这些地方好像没人居住。我们的这队旅行者对于避免天然的障碍，应付自然界的困难，都已经游刃有余了，现在他们只害怕遇到毛利人，所以他们一心想要避开他们，去东海岸。在东海岸，传教士们曾在那里建有几个传教站。而且，到目前为止，北岛的那一部分还没有受过战争的侵扰，土人的流动部队应该也不会去那里搜索。而从道波湖到巴伦特湾的距离，大概有 160 公里，就算每天走 16 公里也要走 10 天。这一路下来不吃苦那是不可能的。但在这个勇敢的旅行队里，却没有一个人爱惜脚步。一旦到了传教站，在那里旅客们就可以得到很好的休息，再等机会到奥克兰，因为他们最终的目的地始终是奥克兰。

决定好了之后，大家还在继续观察土人的动静，一直到晚上，山脚下也没见一个土人，当夜幕降临的时候，山脚下已经没有任何营火显示着那座圆顶山下还有毛利人的踪迹。道路已是畅通无阻了。

到了 9 点钟的时候，乘着漆黑的夜，爵士发出启程的信号。他和他的旅伴们都拿了卡拉特特的东西，武器和粮食，开始向一重重的山坡走去。门格尔和威尔逊在前面带路，他们一边走，一边认真地听着，看着。一有细微的亮光，他们就要侦察一下，一有细微的响声，他们也就停下来。几乎可以说每人都是顺着山坡的地势溜下去的，这样可以避免被人发现。

在离山顶还有 70 米的地方，门格尔和威尔逊到达了土人坚守的那段最危险的山脊了。万一，那些狡猾的毛利人，只是假装退却而是引他们上圈套，万一毛利人没有被火山爆发的那一幕欺骗过去，那么，在这里他们可能就会突然出现的。哥利纳帆尽管很有把握，不管巴加内尔如何嘲笑，他总是身不由己地浑身发抖。通过这一段山脊需要 10 分钟，他那整个旅行队的命运就由这 10 分钟决定了。海伦夫人紧紧地抓住他的胳臂，他也能感到她那狂跳的心。

可是他坚决不能退缩。门格尔也没有后退的念头。这个青年船长带领着全体人员，在夜幕的掩护下，在这狭窄的山脊上爬着，有时碰动了一块石头，会直滚到山脚下，他就立刻停下来。如果在山脚下还有土人把守的话，这些异样的响声一定会引起两面猛烈的射击。

这时，在倾斜狭窄的山脊上这些逃亡的人们像蛇一样地爬着，所以走得很慢。门格尔走到离昨晚土人盘踞的那个平山顶已不到 8 米远的山脊最低处了，只要过了这里，山脊就会高起来，地势很陡，再向上走四分之一公里就是一片矮树林。

总算走过了这最低的一段山脊，什么意外都没有发生。旅客们开始继续悄悄地往上爬。现在根本看不到那片小树林，但知道它就在那里，只要没有埋伏，哥利纳帆认为一旦到了树林就算到了安全地带了。然而，他也注意到，从这时起，他们已经走出了“神禁”的范围。上升的那段山脊已经不属于蒙加那木山，而是属于耸立在道波湖东面的那个大山系。所以在这里不但要防土人枪击，还要防止他们突然扑到身边来搏斗。

这支小旅行队轻轻地向前面的平岭爬了足足有 10 分钟。但还是看不见那一片幽暗的矮树林，不过估计，应该就在前面不足 70 米远了。忽然门格尔停了下来，差不多是往后退了。在前面的阴影里他好像听到有什么声响。他这一举动使全体的旅伴都跟着停了下来。

他像被钉在了那里一样，一动也不动，使后面的人非常害怕，大家等着，这种等待真是一种煎熬啊！简直无法用笔墨来形容。不会是又要往回跑，再回到原来的山尖上去吧？

然而，门格尔没有再听到那声响，又继续沿着那山脊的窄路往上爬了。

很快，在黑暗中那片矮树林模糊可见了。又走了几步，就到了那片矮树林，所有的逃亡者都聚栖到树叶的浓荫下面蹲下来。

第四十七章　前有狼，后有虎

黑夜这个条件对逃走来说非常有利。所以必须趁着黑夜离开道波湖这一凶险地带。巴加内尔走在前面起着向导的作用，在这次艰苦的长途跋涉中，他那奇妙的旅行家的本能又一次被表现得淋漓尽致。他在伸手不见五指的黑暗中敏捷地钻过去，转过来，准确地选择出几乎看不见的小路，始终保持着固定的方向，肯定不会出错。可以说，他那天赋的夜视眼帮了他不小的忙，即便在最深沉的黑暗中他那双猫眼连最细微的东西也能看见。

在山的东面那斜坡上大家连续走了 3 个小时。巴加内尔稍微向东南方向偏移，以至于能走到华希提连山和开马那瓦山脉之间的那条狭道，那条狭道途径奥克兰到霍克湾的大路。他计划过了那个山坳就离开大路，由高山作掩护，穿过那荒无人烟的地区，再向海岸走去。

到了早上 9 点，这 12 个小时他们共走了 20 公里路。那两位毅力坚强的女客已是精疲力竭，不能要求她们再走快了。并且，他们已经到达了那两大山脉之间的小道，在这地方很适合宿营。右边向南就是去奥克兰的大路。巴加内尔手里拿着地图，向东北拐去。到了 10 点钟，这些人走到一个峻峭的山口子，大家掏出口袋里的干粮，大吃了一顿。虽然少校和玛丽一直不喜欢凤尾草根，但现在也大口大口地嚼着。他们一直休息到下午 2 点，然后，继续向正东方向走去，晚上，就在离山 12 公里的地方宿营，就这样露天睡了一晚。

第二天，路上遇到了相当严重的障碍。要穿过一片奇特的地区，在这里到处是沸泉、硫气坑和火山湖。虽是大饱了一次眼福，但腿却有些受不住。每隔四分之一公里路就会出现许多障碍，许多曲折，许多弯环，不用说，走起来相当困难。然而风景却是如此秀丽啊！大自然的面貌又有着多么无穷的变化啊！

在这 50 平方公里的广阔空间，地下的热力选用不同的形式喷泄出来。在一丛丛的茶树中流出许多透明晶亮的咸水泉，泉上有无数的昆虫飞舞着。泉眼处发出刺鼻的火药味，并在土面上留下一层沉淀，发出雪白耀眼的光芒。它们的清水沸腾着；附近的许多其他的泉眼却涌出冰冷刺骨的水流。在泉眼的旁边有高大的凤尾草，在适合古代生物生长的条件下生长着。

四面八方都有从地下喷出来的水头，就像公园里的喷泉，水头的周围，大团的蒸气缭绕着。这些水头有的一直不停地喷射，有的断断续续，好像有个任性的火神在任意地操纵着。水头从天然的平台上一层层地流下来，平台上好像装有现代化的水盘。水头浇下来，在一团一团的白烟下慢慢混合在一起，侵蚀着平台的半透明的阶梯，像沸腾的瀑布注入洼地，形成大片湖泊。更远点，在那些纷乱的喷泉的尽头，就是许多硫气坑。好像地面上起了许多大脓泡。那都是半熄半着的喷火口，留下许多的大裂缝，冒出不同的气体。刺鼻的亚硫酸气味弥漫在空气中，地面上铺满了硫磺凝成的大片的硬壳或结晶块。那里有无数的丰富的资源，千百年来就是这样地堆积着，无人理会，等将来有一天西西里岛的硫磺矿被开采完了的时候，如果要找原料必然会找到新西兰的这片不出名的区域里来的。

旅客们穿越这困难重重的地区，已经非常疲惫了。在这里宿营是很辛苦的，猎人的马枪也遇不到一只值得奥比内亲手来炮制的鸟。所以大部分时间，大家只好吃凤尾草根和甘薯。这种粗茶淡饭难以恢复他们的体力。

所以大家都想赶快走完这片一无所有的地方。

然而，要迂回绕过这片难走的土地，至少要用 4 天的时间。到 2 月 23 日，旅行队离蒙加那木已有 80 公里了，哥利纳帆一行人就在一个小山脚下宿营，在巴加内尔的地图上也有这座山，却没有名字。眼前是一片平原，灌木丛生，天边却出现一片森林。

这对他们来说是很有利的，但是却有了新的问题：这些适宜居住的地区会不会有太多的居民居住呢。直到此时，却是连一个人影也没有看到。

这天，少校和罗伯尔打到了三只几维鸟，这三只鸟都变成了餐桌上的美食，但老实说，刚上桌不久，没几分钟它们就被吃了个精光。

后来，在吃马铃薯和甜薯的时候，巴加内尔提出了一个临时建议，大家对这个建议举双手赞同。

他建议把这座耸入云霄，还没有名字的山峰叫做哥利纳帆峰，并且他在他那幅地图上很细心地写上了爵士的名字。

此后，旅途上的许多单调而又乏味的细节，我们就不一一细说了。从这带湖泊区到太平洋海岸的这一段旅途里，稍微重要的也就只有两三件事。

一整天的时间他们这一行人都在树林和平原上走着。门格尔依据太阳和星辰的位置测定方向。幸好苍天垂怜，气温不高，也没有下雨。不过这些跋山涉水的旅行者却感到越来越累，走的速度也越来越慢，但是他们却迫切想要赶到传教站。他们仍然坚持赶路，但已经不是在一起谈论了，而是分成了几组，但并不是根据情感的亲密度来分组的，而是根据个人思想来决定的。

大部分时间里，爵士总是独自一人走着，他越接近海岸，就越容易想起邓肯号和船上的船员。在抵达奥克兰之前他可能还会遇到许多危险，但是他却把这些置之度外，一心只想着船上那些被惨杀的水手们。这幅可怕的画面总是萦绕在他的脑海里。

大家也不再提哈利·格兰特了。现在既然已无法再去营救他，就是提了又有何用呢？如果还有人在叫着他的名字，那只会出现在门格尔和他的女儿两人的谈话中。

门格尔没有再向玛丽提起在牢狱里的最后一夜她对他所说的那番话。由于他的笃实，他不愿把在生死攸关的时刻所说的话当做正式的诺言。

他在谈到哈利·格兰特的时候，仍会提起今后寻访的计划。他向玛丽保证：哥利纳帆将来一定会把这中途失败的事业继续下去的。他的依据是：毫无疑问文件是正确的。所以，格兰特船长一定还活着。所以，就算找遍全球，也一定把他找到。听到这话，玛丽完全沉醉其中。他俩本就有着相同的思想，现在又有着同样的希望。他们的谈话海伦夫人也常常参与其中。但她对此却没抱太大的希望，但是，她也不愿意对这一对天真的男女说什么扫兴的话，让他们失望。

同时，少校、罗伯尔、穆拉地和威尔逊四个人在一块打猎，却并未离开旅行队太远。他们每人都打到了一些野味。至于巴加内尔呢，他总是用那件弗密翁外衫裹着自己，独自走在一旁，一声不吭地好像在思考什么。

虽然根据自然规律，人在苦难中，疲乏中，困窘中，危险中，就是性格再温和也会变得郁闷或烦躁起来，但是他们这班患难朋友却始终是精诚团结的，为了朋友，是可以牺牲生命的。这一点是需要特别说明的。

2 月 25 日，他们的去路被一条河给挡住了，那应该是巴加内尔地图上标记的限卡利河。大家找到了一片浅滩，徒步走了过去。

此后的两天中，都是一片接一片的灌木平原。已经走了道波湖和海岸之间一半的路程了，虽然大家走得很累很辛苦，却一路还算顺利没遇到意外。

现在，出现了一望无际的大森林，这些森林和大洋洲的森林很相像，不过这里不是按树而是“高立”松。虽然他们的欣赏心情已被这四个月的旅行消磨得差不多了。但他们一见到这些足以与加利福尼亚“巨树”和里班古柏相媲美的参天古松依然是叹赏不已。这种“高立”松，又叫“脂胶松”，在分枝下面的树干高 30 多米。它们都是一丛一丛地长着的，丛与丛之间是断开的，所以森林不仅仅是由杨树组成的，而是由无数的树丛组成的，树顶上撑起一把高 300 尺的绿色大伞。

这中间还有几棵小点的松树，只不过百十来岁，它们和欧洲某些地方的红松很相似，都戴着深绿色圆锥形的王冠。它们的前辈则刚好相反，都是些五六百岁的老树，顶上形成硕大无比的绿色华盖，在下面无数交叉的枝丫支撑着。那些新西兰森林的大族长——最大的树，直径有 17 米，所有旅客张开胳臂连接起来也抱不过来。

在这些又高又大的树丛中小旅行队就用了 3 天，这里的黏土地面从未有人踏过。可以看出这里从未有人来过，因为在许多的“高立”松的脚下堆积着一层厚厚的松脂，如果把这些松脂当做土产输出的话，多年也运不完。

旅行队遇到了大群的几维鸟，在毛利人常到的地区里很少见到这种怪鸟，原来它们是被土人的猎狗驱逐到这些人迹罕见的森林里来避难了，反而给旅客们提供了既营养又丰富的食物。

在茂密的树林里有一对极大的飞禽也没有逃过巴加内尔的眼睛。他的博学家的本能立刻警觉起来。他让他的旅伴们赶快来，于是少校、罗伯尔和他自己，三个人早已把疲惫抛在了九霄云外，都向那对鸟追去。

为什么巴加内尔忽然动了这样强烈的好奇心呢？其实不难解释，因为他认出了，或者自以为认出了这两只鸟就是属于恐禽类的莫滑鸟，有些博物学家认为这种鸟早已灭绝了。只有一些旅行家和郝支特脱先生还肯定地说今天在新西兰还有这种没有翅膀的鸟。这次他们看到这种鸟，也正好是对郝支特脱先生和那旅行家的见解的一种证实。

巴加内尔追赶的那两只莫滑鸟是和翼手龙、大懒兽同时代的生物的后代。它们的身高足有 6 米。这是一种体型非常庞大的鸵鸟，但却胆小如鼠，逃得极快。在跑的时候，就连枪弹也阻止不了它们逃跑！在追了几分钟后，那两只莫滑鸟竟消失在了许多大树的后面，猎人白跑了许多路，白费了许多弹药。

终于在 3 月 1 日这晚，哥利纳帆一行人走出那片“高立”松的森林了，宿营在了那座高 2000 米的伊基兰吉山脚下。这时，自蒙加那木山到这里已经走了 160 公里路了，离海岸就剩 50 公里了。门格尔原希望在 10 天内可以走完这段路，他竟没有料到会有这么多困难在等着他们啊。

是啊，他们沿途走了许多弯路，遇到许多困难，再加上测算得不是很准确，这样一来，实际路程要比估计的多五分之一，并且不幸的是，走到这山脚下时旅客们已经是精疲力尽了。

离海岸还要走两整天，现在大家特别需要精神满满，处处小心警惕，因为此时又到了土人常到的区域了。所以，大家也顾不上疲劳，第二天太阳刚升起来，就又继续赶路了。

右边的伊基兰吉山被远远地抛在后头了，左边又有高 1200 米的哈代山耸立在前头，在这两山之间，道路非常崎岖难行。那里有一片绵延十来公里的平原，上面长满熊柳，这种植物有着很柔软的枝条，人们把它叫做“窒息藤”，真是一点没错。每一步的挪动，都能缠着手、膀子和腿。这些枝条就像是长蛇，弯弯曲曲地缠绕着你的身躯。在这两天里，大家都是一边开路，一边向前走，一边和那万头怪“蛇”做着斗争，这种惹人厌的藤蔓十分坚韧，巴加内尔甚至想把它们列入“植虫科”。

想在这片平原上打猎那是不行的，所以，原先猎人们每天都有自己的战果，但现在却派不上用场了。随身带的粮食也快吃光了，又得不到补充，还缺水，大家越累，就越觉得口干舌燥，却找不到止渴的东西。

这时，哥利纳帆一行真正到了狼狈不堪的地步。自出发以来，他们还是第一次显得这样窘迫呢。

他们现在已经不是在走路，而是一步一步地往前挪，好像他们已经没有了灵魂，只剩下了一副躯壳，没有了五官的感觉，只是靠着那仅有的求生本能来带领他们前进。最后，终于他们到达了乐亭尖，总算到了太平洋的海岸。

在这里空着几个草棚，看得出这个村落是最近才遭受战争破坏的，还有一些荒无的田地，到处是焚烧和劫掠的痕迹。也就是在这里，那残酷的命运还为这些不幸的人们安排了一个新的可怕的考验正在等待着他们。

就在他们沿着海岸彷徨的时候，忽然，一队土人出现在了离海岸 1 公里的地方，他们挥舞着手中的武器，气势汹汹地向这一行人奔来。此时哥利纳帆一行人已经在海边上，无路可逃，只好拿出仅剩的一点力量来和敌人作最后一搏，这时候，忽然门格尔叫了起来：

“快看，一只小艇！那里有只小艇！”

果然，有一只独木舟搁在了离此不到20步远的沙滩上，船上还有六把桨。说时迟，那时快，旅客们立刻把那独木舟推进水里，迅速地跳上去，逃走了。少校、门格尔、穆拉地、威尔逊划桨，由哥利纳帆掌舵，而两个女客、奥比内和罗伯尔都躺在他的身边。

只用了短短10分钟，在海面上独木舟就走了四分之一海里的路程。海面风平浪静的，逃难的人们也都沉默不语。

然而，门格尔却不愿离开海岸太远，他正打算让大家沿着海岸划去，但就在这时，他突然停住了手里划着的桨。

原来他看见从乐亭头那里划出来了三只独木舟，很显然，是向他们追来的。

“往大海里划！往大海里划！我们宁可在波涛中沉没，也不要落在他们手里！”他叫着。

四个桨手齐心协力，把独木舟向海中心划去了。有差不多半个小时的时间，逃的船和追的船始终保持着原有的距离。但是，没过多久，他们这几个人终因体力不支，渐渐地放慢了速度，但后面追来的三只独木舟眼看着比他们划得快得多。现在他们与追的船已相距不到2公里了。所以想逃避土人的攻击那是不可能的了，土人都带有枪，马上他们就要开火了。

这时的哥利纳帆在做什么呢？他站在艇子尾部，向周边望去，他还异想天开地想找到援助呢。他在期待着什么呢？他是想找到什么呢？还是他有什么预感呢？

突然，他的眼睛放出了亮光，他用手指着远处的一点，“是一只海船！朋友们，那里有只海船！快划呀！拼命划呀！”

四个桨手因为在紧张地划着，所以没有一个转头看那条令人兴奋的船，他们一下也不敢放松。只有巴加内尔站起来，对准那个黑点用望远镜看了看。

“的确是一只海船！”他说，“还是一只汽船哩！它正开足马力向我们开来啦，伙伴们，快划呀！”

有了这一线的生机，逃难的人们又鼓足了劲头，大约有半个小时，四只桨把艇子划得飞快，和追来的小船之间又保持了原有的距离。渐渐地可以看见那只汽船了。可以清楚地看到它那两根落了帆的桅杆和那大团的黑烟，哥利纳帆把舵丢给罗伯尔，抓起望远镜，想仔细地辨认那只船。

突然，他的神情紧张起来，脸色变得煞白，手里的望远镜也掉了下来。门格尔和伙伴们看到他的这一举动，都感到莫名其妙。为什么他又忽然这样地绝望呢？爵士一句话就道出了理由：“是邓肯号！是我的邓肯号和那批流犯啊！”

“邓肯号？！”门格尔也叫了起来，丢下手中的桨，立刻站起来。

“天啊！我们前后都是死路一条！”哥利纳帆用焦急的语气自言自语道。

果然，正是邓肯号，谁也不会弄错，就是那批匪徒和游船！少校情不自禁地对着天空骂了一声：“怎么什么倒霉事都会遇到呢？！”

这时，没人再划独木舟，就让它自己随波而动。还想往哪里划呢？还有什么地方可逃的呢？前有盗匪，后有土人，这怎么能逃得掉呢？

突然，“砰”的一声枪响，这一枪来自那追得最后的那只土人的独木舟，枪弹刚好打到威尔逊的那只桨上，桨立刻又划了几下，逃亡者的艇子离邓肯号更进了。

那游船开足了马力行驶着，他们之间已相距不到半海里了。约翰·门格尔腹背受敌，已经不知道该如何操纵艇子，也不知道该逃向哪里。两个可怜的女客更是吓得魂不附体，跪在那里祷告。

土人的枪弹如雨点般落到艇子的周围。这时只听轰的一声炮响，游船上的一颗炮弹从他们的头上飞了过去。他们被枪炮前后夹击着，只好在土人的艇子和邓肯号之间坐以待毙了。

门格尔急疯了，抓起他的斧头，就在他要把小艇砍破以便连人带艇一齐沉到海底去的时候，罗伯尔的一声大叫制止了他。

“汤姆·奥斯丁！是汤姆·奥斯丁！”他不住地嚷着，“我看见他在船上！他知道是我们！还挥着帽子在给我们打招呼呢！”

门格尔高举的斧头就在空中定格了。

紧接着又从他们头上飞过去了第二颗炮弹，把追他们的那三只独木舟中的头一只炸成了两段，同时在邓肯号上还响起了一片“乌啦！”声，把那些土人吓得落荒而逃，快速地向海岸划去。“快来救救我们呀！快来救我们呀，汤姆！”门格尔大声叫着。

接着，一瞬间，这十名逃亡者莫名其妙地回到邓肯号上了。

第四十八章　邓肯号又出现了

古老的苏格兰的歌声在哥利纳帆和朋友们的耳朵里响起来了，这时他们心中的感慨，无法用语言表达。他们一踏上邓肯号的甲板，那风笛手就吹起他的风笛，演奏着玛考姆府传统的族歌，船员们以最热烈的欢呼声欢迎船主的回归。哥利纳帆、巴加内尔、门格尔、罗伯尔、甚至连少校也流出激动的泪水，大家互相拥抱。首先是一番庆幸，然后就是一阵狂欢。巴加内尔简直高兴坏了。他上蹿下跳的，拿起他那从未离身的大望远镜，当做枪，瞄准着向海岸逃去的两只独木舟。

但是，一看到爵士和他的旅伴们都是衣衫褴褛，面目熏黑，很明显是吃了很多的苦头，船上人员的欢呼声立刻停止了。三个月前还满怀希望去寻找遇难船员的胆气豪壮的这班旅行者，现在一个个都跟鬼一样，仿佛是死后的灵魂跑进了游船。其实他们早已对这只游船死心了，也未想过再见到它，而现在又鬼使神差地回到了这只船上，这完全是偶然，碰巧的事啊！而大家回到船上的时候样子是如此狼狈，如此憔悴，好像一副九死一生的样子呀！

这时，大家已经忘记了疲劳和饥渴，他们更关心的是汤姆·奥斯丁，怎么会来到这一带海面上来。

为什么邓肯号会出现在新西兰的东海岸外面呢？它又是怎么躲过彭·觉斯的阴谋呢？老天爷又是怎样把它指引到逃亡者的面前来营救他们的呢？

怎么会？为什么？是什么理由？大家说话都是用这几个字眼开头，纷纷向奥斯丁提出问题。这位老海员也不知道先听谁的好。所以，他决定只听爵士一人的，回答他一个人的问题。

“那些流犯呢？”爵士问，“你是怎么对付那班流犯的？”

“流犯吗？”奥斯丁回答着，但却好像丝毫不懂对方提出的问题的意思。

“是呀！劫游船的那帮混蛋！”

“劫游船？劫您的游船吗？”

“是啊！汤姆！就是劫邓肯号呀，那个彭·觉斯没到船上来吗？”

“什么彭·觉斯呀，我从来没看见过他呀。”奥斯丁回答。

“从来没有！”爵士叫起来，他被这老海员的回答弄懵了，“那么，汤姆，你告诉我，为什么你让邓肯号来到新西兰东海岸的外面呢？”

奥斯丁露出一副惊讶的样子，把爵士、海伦夫人、少校、罗伯尔、玛丽、巴加内尔、门格尔、穆拉地、威尔逊、奥比内都弄得莫名其妙了，可等到汤姆·奥斯丁用平静的声音回答出下面一句话时，更是让大家惊愕万分。

“就是按照您的指令，邓肯号才来到这里的呀。”

“遵照我的命令？”

“是呀，爵士。是您在 1 月 14 日的信上嘱咐我遵照您所说的一切做的呀。”

“快把信拿来我看看！拿来我看看！”爵士叫着说。

这时，十位回船的旅行者把奥斯丁团团围住，眼巴巴地望着他。原来在斯诺威河写的那封信是送到了邓肯号上了！

“这是怎么回事呀，快给我们说明白吧，要不然我还以为我在做梦哩，你确实收到信了吗，汤姆？”

“是的，只有一封信。”

“是在墨尔本收到的？”

“正是，也是我们刚把船修好了的时候。”

“那信呢？”

“爵士，信不是您亲手写的，但是有您的亲笔签名。”

“是的，正是。那封信是一个叫彭·觉斯的流犯送给你的吗？”

“那倒不是，是一个叫艾尔通的水手，他曾在不列颠尼亚号船上当过水手长，就是他把信送给我的。”

“那就对了！艾尔通就是彭·觉斯。那你说说，我在信里都写了什么呢？”

“您命令我立即启程离开墨尔本，并且把船开到……”

“不是在澳大利亚东海岸吗？”爵士急躁地叫着，说的话让奥斯丁有些吃惊。

“不是在澳大利亚东海岸啊！是在新西兰东岸！”他说着，把两只眼睛瞪得大大的。

“信上说的是澳大利亚东海岸呀！汤姆！真的是澳大利亚东海岸呀！”旅伴们异口同声地回答着。

这时，奥斯丁突然眼睛一花，差点昏过去。只见哥利纳帆那么肯定地说着，他反倒是怕自己把信看错了。他为人忠厚老实，是个说一不二的老水手，怎么会犯这么大的错误呢？紧张的情绪让他脸红心慌。

“你别慌，汤姆，”海伦夫人说，“可能是天意要……”

“不是的，夫人，请您原谅我！我绝对不可能看错信！那是绝对不可能的！信艾尔通也是看了的，他和我看见的一样呀，反倒是他，要坚持把我领到澳大利亚东海岸去呀！”

“是艾尔通要去吗？”爵士叫起来。

“是的呀！他固执地对我说，是信里写错了，硬说你是要我到吐福湾和你们会合！”

“那封信你还保留了吗，汤姆？”少校问，连他也被弄得糊里糊涂了。

“保存着呢，少校先生，我这就去拿。”

奥斯丁立刻跑到前甲板上他的房间里去了。在他去取信的那一分钟内，大家面面相觑，相顾静默无言，只有少校用眼睛盯着巴加内尔，把两手抱在胸前，对他说：“哼哼！巴加内尔，不得不承认，这次的错犯得太大了！”

“嗯？”巴加内尔被少校说得莫名其妙，他弯着腰，低着头，额上戴着一副大眼镜儿，活脱脱一个又长又大的问号。

奥斯丁把信取来了。

“您请看。”奥斯丁说。

哥利纳帆接过那封信就读：

“令汤姆·奥斯丁立即启航，将邓肯号开到南纬 37 度线横截新西兰东海岸的地方！……”

“真的是新西兰东海岸吗？！”巴加内尔叫起来。

他一把从爵士手里夺过来那封信，把他的眼镜拉到鼻梁上，又揉了揉眼睛，要自己亲眼看一看。

“还真写的新西兰！”他说，他说话的语调简直无法形容，同时，从他的手指缝中信滑了下去。

这时，他感到有一只手搭到他的肩上。他猛地一抬头，和少校面面相对。

“算了，我的好巴加内尔，还算幸运，你没把邓肯号送到印度支那去！”少校带着庄重的神情说。

那可怜的地理学家却承受不住这个玩笑了。但惹得游船上的全体船员一阵哄笑，前仰后合的。可怜的巴加内尔就像疯了一样，两手抱着头，抓头发，来回走动着。他不知道自己在做什么；他也不知道自己想做什么！他机械地跑下楼舱梯子，在中甲板上大踏步地走着，东摇西摆地，一直向前走去，毫无目的，接着又爬上前甲板。在前甲板上，脚被一捆缆索绊住了。不是他眼疾手快用手抓住一根绳子，他差点就要摔倒了。

突然，轰的一声，震声吓人。是前甲板上的那尊炮放响了。开花的霰弹打得那片平静的海面翻腾起来，像沸腾了一样。原来那倒霉的巴加内尔抓的绳子正是炮上的绳子，炮是装好了弹药的，只要绳子一动，扳机就触到火药引子了。所以才来了这样一个晴天霹雳。这一震把那地理学家惊得从前甲板的梯子上滚了下来，从中舱护板上一直滚到水手的房间里，不见了。

大家都被这一声炮响惊到了。都以为是出了什么事呢。十名水手迅速来到中甲板下面，把巴加内尔抬上来，屁股朝下，头和脚并到一块，好像被折成了两段。

那地理学家一声不吭的。

人们把巴加内尔扛到楼舱里躺着。所有的伙伴都为那诚实的法国人慌了神。每逢严重关头少校就变成了医生，所以他立刻准备为那不幸的巴加内尔脱掉衣服，以便为他查看伤情。但是他刚一伸手来解他的衣服，那半死不活的人就像触了电似地突然坐起来了。“不能脱！坚决不能脱！”他嚷着。接着他又重新用他那套破衣服裹到他那瘦瘦的身体上，重新扣好，他的紧张有点奇怪。

“要把衣服脱掉的，巴加内尔！”少校说。

“我说了不能脱！”

“我必须给你检查一下……”

“不用了！”

“可能摔断了……”少校又说。

“真的摔断了吗？那就叫木匠修一修就好了！”他回答着，两条长腿一蹦就站了起来。

“叫木匠修什么呀？”

“修中舱的支柱呀，我摔这一跤摔断了那根支柱！”

一听这句话大家又哈哈大笑起来，并且比之前笑得更厉害了。同时这一回答也让所有朋友悬着的心放了下来，原来那可敬的巴加内尔在触炮摔跤的那一幕中丝毫没有受到伤害。

“即便如此，这地理学家也未免太害臊了，简直害臊得出奇！”

少校心里想。

“现在，巴加内尔，你坦白地告诉我们。我承认是老天在驱使着你的粗心大意。毫无疑问，如果不是你，那些流犯一定会把邓肯号弄到手，如果要不是你，毛利人一定又把我们抓去了，但是，请看在上帝面上，你能否告诉我，是什么样的一个离奇的联想，是由于什么样的一种神差鬼使的精神错乱，让你竟把‘澳大利亚’写成了‘新西兰’？”

“哎！这还不简单吗！”巴加内尔叫着，“那是……”

但说到这里，他用眼睛看看罗伯尔，又看看玛丽，一下子停住不说了。接着，又回答说：

“我亲爱的哥利纳帆，那有什么办法呢？我本来就是个黑白颠倒的人呀，我是个一辈子改不了的荒唐鬼，是个糊涂虫，我死了就是脱下皮来也还要留着那副粗心大意的面目呢……”

“除非剥掉你的那张皮就好了，”少校凑上一句。

“把我的皮剥掉！”忽然巴加内尔气势汹汹地叫起来，“你这句话是什么意思？……”

“什么什么意思，巴加内尔？”少校反问一句，还是用平静的语调说着。

这个小小的插曲就这样结束了。

现在，为什么邓肯号会到新西兰东海岸，总算真相大白了。那几位仿佛遇到奇迹一般得救的旅客什么也不再想了，只想回到各自的房间好好休息一下，并且要吃饭了。

这时，爵士和约翰·门格尔等海伦夫人、少校、巴加内尔、玛丽、罗伯尔等进了楼舱之后，却把汤姆·奥斯丁单独留了下来。他们还有问题想要问他。

“现在，我的好汤姆，请你告诉我。你在接到命令，让你到新西兰海岸附近来，你不觉得奇怪吗？”爵士问。

“怎么不奇怪呢，爵士，我接到命令当时就很诧异，但您也知道我对接到的命令从来没有议论的习惯，所以我就照命令做了。我又怎能不照命令做呢？万一我自作主张，不照命令的明文行事，最后出了事，岂不是我的责任吗？您如果处在我的位置，不也会这样做吗？船长？”

“那是当然啦，汤姆。”门格尔回答。

“那么，你当时心里怎样想的呢？”爵士又问。

“我怎样想么，爵士？我当时就想，可能就是为了找哈利·格兰特才要到您所指定的地方去。我想一定是您有了新的安排，另外有海船把您载到新西兰去了，所以要我到新西兰的东海岸来等您。并且，在离开墨尔本时，我一直没有说出游船要到达的目的地，等到船开到大海里，看不见了大洋洲的陆地，我才向全体船员说了目的地。当时在船上还起了一场小风波哩，让我一时感到很为难。”

“你说的风波是什么呢，汤姆？”爵士问。

“是这样的，”奥斯丁回答，“在开船的第二天，艾尔通知道了邓肯号的目的地……”

“艾尔通！他在船上吗？”爵士叫起来。

“是的爵士，他还在船上。”

“艾尔通还在船上！”爵士又说一遍，眼睛看着门格尔。

“真是老天有眼啊！”门格尔说。

只一会儿的工夫，就如闪电般，艾尔通的所作所为，他长期的预谋，哥利纳帆的受伤，穆拉地的被狙击，在斯诺威河那带沼泽地区里旅行队所受的困难，总之，那坏蛋过去的种种，一幕幕地呈现在爵士和船长两人的眼前了。现在，由于不可思议的事态演变，那流犯反倒落到了他们的手里！

“他现在在哪儿？”爵士急切地问。

“在前甲板下面的一个房间里，有人严密地监视着他。”

“为什么把他关起来呢？”

“因为他一知道船是向新西兰驶去，便开始大发脾气，他威逼我改变航向，威胁我，最后，他还鼓动船员造反。从这些方面我知道他不是个善良的人，所以才对他采取了防备措施。”

“那之后呢？”

“从那以后，他就一直待在他的房间里，自己也不愿出来了。”

“很好，汤姆。”

这时，他们请哥利纳帆和门格尔到楼舱里去。已经为他们准备好了他们迫切需要的早饭，他们俩坐上就餐的桌子，一点没提艾尔通。

但是，当大家吃完饭，填饱了肚子，恢复了精神，又聚集在甲板上的时候，哥利纳帆就告诉了大家艾尔通还被扣在船上。同时，他还说要把艾尔通唤到大家面前来接受审问。“我可以不来参加这次审问吗？”海伦夫人问，“我亲爱的爱德华，坦白地说，我一看见那个坏蛋，心里就不舒服。”

“海伦，我希望你还是留下来吧，这是一场对质。我一定要彭·觉斯看到他所伤害的人一个个完好地站在他的面前。”

海伦夫人对这个意见表示了接受。她和玛丽就坐在爵士的身边。爵士的两旁是少校、门格尔、巴加内尔、罗伯尔、穆拉地、威尔逊、奥比内——差点被那流犯陷害得丢掉性命的人们统统都在这里。对这一幕的严重意义游船上的船员还不懂呢，他们都保持着深沉的静默。

“把艾尔通带上来！”爵士说。

第四十九章　审讯流犯艾尔通

艾尔通被带了出来，他缓慢地穿过中甲板，爬上楼舱的梯子。只见他目光呆滞，紧紧地咬着牙齿，握成拳头的手痉挛着，在他的脸上既没了骄傲的神情，也没有屈辱的样子。他一被带到哥利纳帆爵士面前，就把双手抱在胸前，沉默着，一副悠然自得的样子，等着爵士的问话。“艾尔通，”哥利纳帆说，“没想到我们还能再见，就在你想把邓肯号送到彭·觉斯那班流犯手里的，很不幸我们又见面了！”

艾尔通听了这句话，嘴唇稍微颤翕了一下。在他那毫无表情的脸上泛起了一阵红晕。这阵红晕不是忏悔，而是由于没有成功劫船的耻辱。原本他计划要做这条船的主人，可现在却成了这条船上的囚犯了，而他的命运也将掌握在这条船上了。

然而，他并不吱声。哥利纳帆耐心地等待着，但他却固执地不说一句话。

“艾尔通，说话呀，你还有什么可说的？”哥利纳帆又追问。

艾尔通迟疑了一下，额头上的皱纹皱得更深了，然后，以从容不迫的声调回答说：“我能有什么可说的，爵士，是我自己考虑不周，被你们抓起来，您想怎么处置就怎么处置吧。”

说完这句话之后，他就把目光转到西边的那带海岸，对他身边所发生的一切，装作一副漠不关心的样子。看他的样子，好像他对那次事件完全不知似的。但是哥利纳帆决定先忍耐着，因为还有更重要的事促使他要详细知道艾尔通的神秘历史，特别是关于哈利·格兰特和不列颠尼亚号的那段历史。所以，他继续审问下去，强压住心头的怒火，用极度温和的态度说话。

“艾尔通，我还有几个问题想请教一下，你应该不会拒绝我吧。第一个，我是应该叫你彭·觉斯呢，还是应该叫你艾尔通呢？你到底是不是不列颠尼亚号上的水手？”

艾尔通依然无动于衷，观望着海岸，对爵士的问题只当做没听见。

哥利纳帆继续问道，渐渐地眼睛发出光来。

“你能告诉我吗？你是如何离开不列颠尼亚号的，跑到大洋洲来做什么呢？”

回答爵士的依然是沉默，艾尔通的脸上也没有一点表情。

“艾尔通，你最好老老实实地回答我。你现在只有坦白，才是唯一的出路。我再最后问你一次，你是否愿意回答我的问题？”

艾尔通把头转过来对着哥利纳帆，眼睛死死地盯着对方的眼睛：“爵士，我没有什么可回答的。就算我有罪也应该由法院来证明，而我自己却不能证明自己有罪。”

“很容易证明你的罪行！”哥利纳帆回答。

“容易！爵士？”艾尔通带着嘲讽的口吻说，“我觉得阁下说得太轻松了。我敢断定，就算是伦敦最精明的法官也定不了我的罪！格兰特船长既然已经不能在这里作证了，那谁又能说出我来大洋洲是做什么的呢？并且警察当局从没抓到过我，并且我的伙伴也都还是自由的，谁又能证明我就是警察当局在缉拿的那个彭·觉斯？除了您，谁又能证明呢，不必说一个罪案，就是一个可谴责的行为，又有谁能证明是我做的？谁又能肯定地说我想把这只船交给流犯？任何人都不能，我再说一遍，没有任何人！您只是对我怀疑，那很好，但是，如果想定一个人的罪，是要有确凿的证据的呀，而这证据你有吗？所以，在提出反证之前，我始终是艾尔通，是不列颠尼亚号上的水手。”

艾尔通在说这些的时候很兴奋，说完却又恢复了原来那个若无其事的样子。他一定以为他的那一番话就要作为结束这场审问的结束语了。但哥利纳帆没有放弃接着问了下去，他说：

“艾尔通，我不是执法官，不负责调查你的罪证。我们必须把双方的立场说个明白。我没想要你说出任何可以定你罪的话。对于这个问题，法庭会问你。但是，你应该清楚我的目的是找人，只要你的一句话，也许你就可以纠正我找错了的路线。你愿意吗？”

艾尔通摇着头，一副视死如归的样子。

“你能告诉我格兰特船长在哪里吗？”哥利纳帆问。

“不能，爵士。”

“那你愿意告诉我不列颠尼亚号遇难的地点吗？”

“同样也不愿意。”

“艾尔通，”哥利纳帆又说，差不多是用恳求的口吻，“如果你知道哈利·格兰特在哪里，你至少应该告诉他那两个可怜的孩子吧？那两个不幸的孩子就等着你的一句话呀？”

艾尔通稍稍迟疑了一下，脸上一阵抽搐，但仍是低声地：“我不能说啊，爵士。”他含含糊糊地说。

接着，他马上又暴躁地补了一句，好像在责备自己不该一时心软：“不！我不能说！你尽管叫人把我吊死好了！”

“吊死！”哥利纳帆再也抑制不住他的愤怒了，大声地叫起来。

之后，他又控制住了自己的愤怒，用庄重的声音回答说：“艾尔通，这里既没有刽子手，也没有法官。等船到了前面的码头，我就把你交给英国官厅。”

“这正合我意！”他说。

然后，他就悠然地走回作为临时拘留他的那个房间，门外有两名水手负责看守，监视着他的一举一动。参加这场审问的所有人都感到失望和愤慨。

哥利纳帆没有办法说服艾尔通，现在还有什么事可以做呢？很显然，只有执行之前在艾登决定的那个计划，返回欧洲去。这次的寻访工作毫无结果，除非以后再继续寻访，所以，照目前的形势看，好像不列颠尼亚号永远消失了，也不能再从文件中得到其他的解释了，甚至在37度线上再也没有其他任何陆地了，所以只有把邓肯号先开回欧洲以后再决定。

哥利纳帆和朋友们在一番商讨之后，又特别和门格尔谈了回航的问题。门格尔去看了看煤仓，剩下的煤最多可烧半个月，所以，在最近的一个中途站必需要补充燃料。

门格尔建议把船开到塔尔卡瓦诺湾，等上足了燃料，再继续作环球旅行。由这里到塔尔卡瓦诺湾是直航，并且刚好在37度线上。到了塔尔瓦诺湾，补充了游船的必需品后，就可向南绕过合恩角，沿着大西洋的航线返回苏格兰。

爵士接受了这个建议，立刻命令机械师加大马力。半小时后，船就开始向塔尔卡瓦诺湾驶去，海面风平浪静，刚好符合太平洋的称号。到了晚上6点，在天边的热雾中新西兰最后的山峰也渐渐地消失了。

这也就是说开始返航了。对那些勇敢的寻访者来说，回到格拉斯哥港却没有把哈利·格兰特带回来，是该多么遗憾啊！所以，在出发时全体船员都是那样信心满满并且很快乐，可是现在要重回欧洲，一个个都觉得像打了败仗垂头丧气的。没有一人因重返故乡而感到兴奋，为了找回格兰特船长，所有人都愿意再去冒一次风险，哪怕耽误更多的时间也在所不惜。

所以，在欢迎哥利纳帆回船的那一阵“乌啦！”声之后，接着满船都是垂头丧气的情绪。旅客们不再频繁来往了，也没有了之前在征途上充满乐趣的那些谈笑。每个人都孤零零地躲在自己的房间里，就连甲板也很难有人光顾。

其中巴加内尔，常常比别人夸大几分的反映着船上或忧或喜的情绪，他总是在必要的场合，在失望中找到一线希望，可现在就连他也是愁眉不展的，沉默不语，很少有人看到他。他天生好说话，法国人所特有的那种活泼，现在也变得沉默和沮丧。看起来，他好像比他的旅伴们还要难过。哥利纳帆只要一谈到再去寻访，他就直摇头，表现出完全绝望的样子，好像不列颠尼亚号上遇难船员们的命运已被他算得清清楚楚了。人们可以感觉到他已深信那几名遇难船员都一定没有生还的可能了。

然而，船上的艾尔通却能说出不列颠尼亚号失事的原因，可他就是不肯说。毫无疑问，那个混蛋虽不一定知道格兰特船长目前的情况，但至少知道船只遇难的地点。不过，很明显，一旦找到了格兰特，就多了一个指证他犯罪的见证人，这对他是不利的。所以他固执得不愿说。所以，船上的人，特别是水手们，对艾尔通表示十分的愤怒，恨不得要打死他。

哥利纳帆好几次还想从他的嘴里套出几句话来，可不管怎么说这个固执的家伙就是什么也不肯说，他的固执简直有些莫名其妙，以至于让少校认为他可能真的一点也不知道不列颠尼亚号和格兰特船长的遇难情形。并且少校的这种看法，和巴加内尔不谋而合，所以这种看法也正好印证了地理学家个人对哈利·格兰特命运的悲观揣测。

但是，如果艾尔通真的一点不知情，他大可承认他什么也不知道啊？即便他不知道，也并没有什么妨碍呀。可他却死也不肯开口，这就为制订新计划增加了困难。由于艾尔通在大洋洲出现，所以大家就推断哈利·格兰特是否也在大洋洲呢？对于这个问题，必须要让艾尔通说话不可，不管用什么方法。

海伦夫人见她丈夫因为失败露出为难的神色，就要求允许她去和那固执的水手谈谈。也许男人做不成的事，而女人用她的温柔和怜悯或许可以成功。并且古今不是还流传着一个故事吗？当太阳和狂风比赛，看谁能使一个行人脱下大衣的时候，狂风越刮，那行人越是把大衣裹紧，而太阳稍微放出一点柔和的光芒，那人便立刻脱下了大衣。哥利纳帆相信聪明的妻子，所以就决定让她去试试。

3 月 5 日这天，他们把艾尔通带到了海伦夫人的房间里。参加这次会谈的还有玛丽，因为这少女可能会有很大的影响，而海伦夫人不愿忽视掉任何一个有助于成功的因素。

在房间里两位女客和那个不列颠尼亚号的水手谈了差不多一个小时，但一点没透露谈话的情形。她们到底说了些什么呢？她们是用什么方法从他嘴里套出一点秘密呢？总之，始终没有人知道这场盘问的详情。但在她们和艾尔通分手时，她们脸上露出的同样是失望的神情，甚至还有一种真正沮丧的神色。

所以，在把艾尔通带回他自己的房间时，在路上水手们给了他许多暴力的威胁。而他呢，只耸耸肩，仍是不理睬，这更加剧了水手们对他的恼怒，直到门格尔和哥利纳帆亲自出面干涉才结束了这场公愤。

但海伦夫人并不因此就失去了信心，她要坚持和那个没心肝的人斗争到底，第二天她亲自跑到艾尔通的房间里，以避免他从甲板上经过时又引来大家的愤慨。

温柔善良的海伦夫人独自一人，和那个流犯头子面对面地谈判，谈了整整两个小时。哥利纳帆焦急得就像热锅上的蚂蚁，在那个房间旁边一直来来回回地走着，有时真想把妻子叫出来，不要白受那种谈判的痛苦，有时又下决心要把一切可以帮助成功的办法都进行到底。

但是，这一次海伦夫人出来时，脸上稍微露出了兴奋的表情。她是不是已经知道那个秘密呢？是不是把那坏蛋的最后的一点恻隐之心感动了呢？

少校从夫人的脸上看出来了，但却不自主地表现出一种不相信的神态。

然而消息不胫而走，立刻在全体船员里传开了，说那流犯被海伦夫人说动了，这就像通了电流一般，所有的水手都齐聚到甲板上来，这速度要比奥斯丁吹哨子召集他们来做工要快得多。

哥利纳帆赶快迎上他的妻子："他都说了吗？"

"还没有，但是，他说，想见见你。"

"啊！亲爱的海伦，你太棒了，你成功了！"

"我希望能有一点作用，爱德华。"

"你有对他承诺什么吗，需要我再向他保证一下吗？"

"是的亲爱的，但只有一条，就是我答应他叫你尽你的一切可能减轻那坏蛋必不可免的处罚。"

"太好了，我亲爱的海伦。立刻让艾尔通来见我吧。"

由玛丽陪着海伦夫人回到自己的房间里去了。艾尔通又被带到方厅里来，而哥利纳帆却早已在此等候。

第五十章　艾尔通的交换条件

艾尔通被送到爵士面前，押送的人就立刻退了出去。

"你想见我吗，艾尔通？"哥利纳帆说。

"是的，爵士。"

"只跟我一个人说吗？"

"是的，但是，我想，如果少校和巴加内尔先生都在的话，可能会更好点。"

"对谁更好呢？"

"对我。"

艾尔通极其镇定地说着。哥利纳帆用眼睛盯住他看了看，然后就命人通知少校和巴加内尔，他们俩应邀立刻赶到了。当他的两个朋友一到方厅就在餐桌旁坐下的时候，"现在人已经到齐了，你可以说了。"哥利纳帆说。

艾尔通稳了稳情绪，开口说：“爵士，一般双方谈条件或订合同，在合同上都要有证人签名。这也是我要求请巴加内尔和少校二位先生来这里的原因。严格来说，我是来跟你谈判的，我只有一个交换条件。”

对艾尔通这种傲慢的态度哥利纳帆也已经习惯了，所以他连眉头也没皱一下，虽然心里觉得这个人居然是来和他谈判交换条件的，实在有些离谱。

“什么交换条件呢？”他问。

“条件就是，我想从您那里得到某些好处，而您可以从我这里得到一些对您有用的线索。我们一手交钱，一手交货，爵士，您看您是否愿意？”

“你能说些什么线索？”巴加内尔问。

“我先不问什么线索，我要知道你想得到什么好处。”哥利纳帆纠正说。

艾尔通点点头，表示他理解哥利纳帆这句话的含意。

“我想得到的好处就是，爵士，您不是想要把我交到英国官厅的手里吗？”

“是的，艾尔通，这是很公平的。”

“我没有说不公平，”艾尔通安静地回答，“所以，我如果要求您就这样把我放掉，您一定也不肯了？”

在回答这样直白的问题之前，哥利纳帆稍稍有些迟疑。然而哈利·格兰特的命运就掌握在他的这次谈话中呀！但是，他又觉得他应该受到法律的惩处，这种责任感最终战胜了他，因此他说：

“我不能，艾尔通，我不能就这样把你放掉。”

“我也没指望您能就这样把我放掉。”他很自豪地回答。

“那么，你想到什么两全其美的办法了吗？”

“我有一个折中的办法，爵士，一边是恢复我的自由，而您不肯。一边是吊架在等着我，要吊死我。那么办法就在这二者之间。”

“是什么办法呢？……”

“如果您愿意可以把我放到太平洋的一个荒岛上去，再给我一些最必要的东西。我将在荒岛上自生自灭，如果时间允许，我将在那里忏悔我的罪行！”

哥利纳帆怎么也不会想到他会有这样的一个建议，他看看他的两个朋友，他俩也都沉默着。他想了想，回答说：“如果我答应你的要求，艾尔通，你是否就会告诉我我想知道的一切呢？”

“是的，爵士，也就是说，我把知道的关于格兰特船长和不列颠尼亚号的一切都告诉您。”

“说出全部的事实？”

“全部事实。”

“有谁能保证你说的是事实呢？”

“啊！看来您是对我不放心呀，爵士，您怎么会怀疑我呢，您应该相信我的人格呀，不过能有什么办法让您相信一个坏人的人格呢？但事实上，我剩下的只有我的人格了。信不信由您。”

“那好吧，我相信你，艾尔通。”哥利纳帆直截了当地说。

“这就对了，爵士。再说，如果我欺骗您，您总有办法报复我的呀。”

“有什么办法呢？”

“在荒岛上我又逃不掉，您再去抓我就好了。”艾尔通对答如流。不用对方说自己的困难，他便自己先提出来，并且替对方设想对付自己的办法，这话说得让人无可反驳。他用绝对诚意来和人家“谈条件”，还能对他有什么不信任吗？然而，为了获得对方的信任他还有更进一步的办法。

“爵士和二位先生请您们听着，我请大家一定要相信我说的这个事实：也就是说，我会直言不讳，一点也不想欺骗你们，并且为了证明我的诚实在这次谈判中我要向您提供一个新的证据。我这么坦白地说，因为我也需要你们拿出自己的诚意。”

“你说吧，艾尔通。”哥利纳帆回答。

“爵士，你还没有一句话来表示同意我的建议哩，然而，我可以毫无保留地先告诉您，关于哈利·格兰特的事情，我知道的并不多。但是，爵士，对于我自己方面给您提供一些细节还是可以的，但都是关于我自身的情形，对于您寻找格兰特却没有太大的帮助。”

在哥利纳帆和少校脸上瞬间出现了失望的神情。原本他们以为艾尔通是有什么重大的秘密，而现在他却已经承认他所能提供的线索对于寻访几乎是毫无用处的。至于巴加内尔好像已经预料到了这一切，始终神色不改。

不管怎么说，尽管没有人能保证艾尔通的话，但他这坦白的态度使听的人已经十分感动了，尤其是他又做了这样的总结：

“所以，我事先说明了，爵士，这次的交换条件，对我有利的较多，对您有利的较少。”

“管不了那么多了，艾尔通，我答应你的条件，把你放到太平洋的一个荒岛上去。”

“好的，爵士。”

对于这个决定艾尔通是不是该感到庆幸呢？这个很难说。因为从他那面无表情的脸上并没有显出一点高兴来，好像他是在替别人谈条件。

“我已经做好回答问题的准备了。”他说。

“我们没什么问题可问了，你就把你所知道的告诉我们好了，艾尔通，还是先说说你到底是什么人。”

“诸位，我的确是不列颠尼亚号上的水手长汤姆·艾尔通。我是 1861 年 3 月 12 日乘哈利·格兰特的船离开格拉斯哥的。我们一起在太平洋上航行了 14 个月，只是想找个有利的地点，建立苏格兰的移民区。哈利·格兰特是个成就大事的人，但在我俩之间常会有激烈的争吵，我和他的性情根本合不来，而我又不肯迁就他。爵士，要知道，哈利·格兰特那人，只要是他决定做的事，十头牛都拉不回。那个人就像是钢铁铸成的，对自己是钢铁对别人也是如此。但是，即便如此，我还是决定叛变。我鼓动船员和我一齐叛变，夺取那只船。是否应该这样做，已经是另一个问题了。我对也好，错也好，哈利·格兰特没有一点的迟疑，就在 1862 年 4 月 8 日在大洋洲西海岸把我赶下船了。”

“就在大洋洲。”少校打断了他的话头说，“这么说在不列颠尼亚号到卡亚俄停泊之前你就离开船了？到了卡亚俄以后它还没有消失呀。”

“是的，我在船上的时候，不列颠尼亚号在卡亚俄还没有停泊过。是因为你们先告诉了我它在卡亚俄停泊的事实，所以我在帕第·奥摩尔农庄里谈到卡亚俄。”

“你接着说吧。”哥利纳帆说。

“我说，我被丢到了一个几乎荒无人烟的海岸上，但那里离西澳省省会伯斯的流犯拘留所只有 30 公里远。当我在海滨一带彷徨的时候，遇到了一批刚从牢里逃出来的流犯。我就入了伙。爵士，那两年半的流犯生活我想请您别再问了。我只告诉您，后来我化名为彭·觉斯，做了流犯的头目。1864 年 9 月，我到了爱尔兰人的那所农庄里。我以艾尔通的真名字受雇为佣工。在那里我就等待时机，我的最终目的就是想劫到一只船。2 个月后，邓肯号来了。当你们到农庄的时候，也就是您，爵士，您清清楚楚地说出了格兰特船长的历史。所以我知道了许多我所不知道的事实，在卡亚俄不列颠尼亚号的停泊，它 1862 年 6 月——也就是我离开船的 2 个月——发出的最后消息，怎样发现了那文件，在 37 度线上船只失事的，以及您要穿过大洋洲大陆去找哈利·格兰特的许多可靠的理由，等等。我当时就下定决心。要把邓肯号弄到手，这只海船是极好的，就连英国最快的兵舰也追不上呀。但是船却受了严重的损坏，需要修理。所以我就让它开到墨尔本去，我自己就以真正的水手的身份跟着您，把你们引到大洋洲东海岸我所假想的船舶失事地点。就这样，我带领您们穿过维多利亚省，我的那伙流犯有时远远地跟在后面，有时包抄到前面。在康登桥我手下的人做了一个案子，那是没有一点必要的，因为一旦邓肯号到了东海岸就难逃我的手心，有了这只船，我就成了海上大王，哪还会去做那些小案子呢？我就这样殷殷勤勤地把你们引到了斯诺威河。我用胃豆草毒死了您的牛马。我就存心把牛车引到斯诺威沼泽区的泥淖里，由于我恳切的建议……其实后来的事您都是知道的，爵士，已经不必说了，如果不是巴加内尔先生粗心大意写错了字，您应该相信，这邓肯号已经属于我了。我的历史就是这样的，诸位先生，很遗憾，我的陈述并没有给你们提供什么线索。现在你们也应该知道，和我交换条件是你们吃亏了。”

艾尔通不再说了，在那里习惯地把双手抱在胸前等待着。哥利纳帆和他的两个朋友都沉默着。他们感觉到这坏蛋都已经说了全部事实。邓肯号之所以没被他劫到手竟然是一个他万万没想到的原因。哥利纳帆在吐福湾的海边发现的那件囚衣，就足以证明他的手下都已经到过那里。他们曾经也是那么忠实的下属，在那里苦苦等待着邓肯号，等的时间久了还是等不到，一定是到新南威尔士省的乡里去干他们杀人越货的勾当去了。少校又继续盘问，以便能够更准确地确定有关不列颠尼亚号的一些日期。“这样说，你确实是在 1862 年 4 月 8 日在大洋洲西海岸被赶下船的。”他问。

“我确定。”艾尔通回答。

“在那时你知道哈利·格兰特有什么计划吗？”

“只隐约地知道一点。”

“你说说看，艾尔通，只要有细微的迹象，或许我们就能从中找到线索。”

“我所知道的是这样，爵士，格兰特船长曾想到新西兰去看看。当我还在船上的时候他的这个计划并没有实施。因此，不列颠尼亚号在离开卡亚俄以后跑到新西兰附近的许多陆地来侦察，可能性还是有的。这与文件上所说的那只三桅船失事的日子——1862 年 6 月 27 日倒很符合。”

“当然符合呀。”巴加内尔说。

“可是，文件上并没有一个字迹像‘新西兰’的字样啊。”

“对于这一点，我也无法解释。”艾尔通说。

“好了，艾尔通，你兑现了你的诺言，我也要实践我的承诺。我们要商量一下再决定要把你丢到太平洋上的哪个岛屿去。”

“啊！随便哪个岛都好，爵士。”艾尔通回答。

“你先回房间吧，等我们决定好了再通知你。”

两名水手把艾尔通带了出去。

“这个大坏蛋本来可以做个堂堂正正的人。”少校说。

“是呀，秉性又聪明，又坚强，这样好的人才却用到作恶上去了。”哥利纳帆回答。

“哈利·格兰特到底怎样呢？”

“可能是没救了！可怜的两个孩子，谁能说说他们的父亲到底在什么地方呢？”

“我可以告诉呀！”巴加内尔紧接着回答道，“是的！我能告诉他们。”

大家一定没有注意到，平时那么爱说话，那么没耐性的地理学家，在刚才盘问艾尔通时，他却几乎是一言不发。他只听着，不开口，但是大家都被他的这句话惊到了，首先就把哥利纳帆吓了一跳。“你！巴加内尔，你，你知道格兰特船长在哪儿？”

“是的，和别人知道的一样。”

“你是从哪里知道的？”

“还是那个老文件。”

“啊！”少校以绝对怀疑的口吻啊了一声。

“少校，你先听我说呀，然后你再耸你的肩膀好了。我也就是怕你不相信，所以早没有说出来。而且，就是说了，也没多大用处。但今天我决定说出来，正是因为我的见解在艾尔通那里得到了证实。”

“那么，是新西兰吗？”哥利纳帆说。

“你们先听我说，然后再判断。我错写了地点却救了大家的命，但并不是没有理由写错的，或者也可以说不是没有‘一个理由’。当时哥利纳帆述说由我代笔写那封信的时候，我满脑子都是‘西兰’这个名词。原因是这样：你们是否还记得当时我们奔到牛车里避开流犯那一幕吗？少校对海伦夫人刚说完流犯的那段故事，他把那份澳大利亚新西兰日报登载着康登桥惨案的报纸递给了她。当我正在写信的时候，刚好那份报纸掉在地上，一半折了起来，刚好露出了日报名字的后一半来。这后一半正是 aland。我心里突然一亮！这个 aland 正是英文文件上写的 aland 呀，我们一直认为这个字是‘上陆’，实际上应该是‘西兰’（zealand）这字的残余。”

“嗯！”哥利纳帆回应了一声。

“是呀，”巴加内尔信心满满地接着说，“你们知道为什么我一直没有想到这个解释吗？是因为法文的那份文件比较完整些，我自然就把注意力集中在了那份法文文件上了，而在法文文件上恰好又没有这个重要的字。”

“呵！呵！你太主观臆断了，巴加内尔，你别忘了你原先的两次解释了。”少校说。

“你反驳吧，少校，我准备好了答辩。”

“那这样说来，austral 又如何解释呢？”

“这还是原来的解释呀。是指‘南半球’（australes）的地区。”

“好吧。那 indi 呢？你第一次认为是‘印第安人’（indiens），后来改成了‘当地土人’（indigens）？”

“对于这个字，我第三次，也是最后一次，解释为‘绝地之人’（indigence）！”巴加内尔回答。

“那 contin 这个字呢！”少校叫起来，“应该还是‘大陆’（continent）吧？”

“既然新西兰只是个岛，那解释为‘大陆’也是不对的。”

“那又该如何解释呢？”哥利纳帆问。

“我亲爱的爵士，还是让我把文件解释的全文念给你听听，然后你再判断好了。不过我想提醒你们注意两点：第一，尽量把原先的那两种解释忘掉，让你们的脑筋跳出那些先入为主的成见里。第二，有些地方可能你们会觉得解释得有些牵强，那可能是我没解释好，但这些地方都是不重要的，尤其是‘gonie’，我解释为‘风涛险恶’，总觉得有些不妥，但却实在想不出其他的解释来。而且，我是以法文文件为基础来解释的，不要忘了这些文件是出自一个英国人之手，他可能对法语运用得不很熟练。交代了这些后，我就开始做我的解释了。”

接着，巴加内尔就慢慢地清清楚楚地读出了下面的内容：

“1862 年 6 月 27 日，不列颠尼亚号三桅船，籍隶格拉斯哥港，在风涛险恶的南半球海上沉没，靠近新西兰——这就是英文文件上的‘上陆’。船长格兰特和两名水手到达此岛。从此不幸成为蛮荒绝地之人。兹特抛下此文件于经……及纬 37° 11′处。请速予救援，否则必死无疑。”

巴加内尔念完了。还是可以接受他的这个解释的。但是，还因为这次解释和前两次的解释，好像都是同样的正确，所以也就有可能是和前两次的一样都是错误的。所以，哥利纳帆和少校都不想再讨论什么。既然不列颠尼亚号是在 37 度线消失了踪迹，澳大利亚海岸和巴塔戈尼亚海岸这些地方都没有找到，那么现在机会最多的就是新西兰了。既然巴加内尔也提出了这一点，就极大地引起了他的两个朋友的注意。

“巴加内尔，你为什么一直把这个新解释保密了近两个月呢？你现在总可以告诉我们原因了吧？”

“因为我不想让大家再空欢喜一场啊。并且那时我们也正是要到奥克兰去，正是在 37 度线上呀。”

“可后来我们被拖出到达奥克兰的路线了，你为什么还不说呢？”

“那是因为即便能正确地解释文件，但对格兰特船长的安全也毫无益处啊。”

“这又怎么说呢，巴加内尔？”

“因为，如果哈利・格兰特在新西兰沉船的假设成立，那这两年来杳无音讯，也就说明他不是在沉船中死去就是死在新西兰人手里了。”

“所以，那你的看法是……”哥利纳帆问。

“我的看法是：应该还能找到一些沉船的痕迹，但对于不列颠尼亚号上的人一定是都完蛋了！”

“这一切我们还是暂时保密吧，朋友们！等我找到合适的机会再告诉格兰特船长的儿女这个惨痛的消息吧！”哥利纳帆说。

第五十一章　玛丽亚泰勒萨岛

很快全船的人都知道了艾尔通的招供对寻找格兰特船长没有提供任何帮助，船上的气氛非常沉重，因为大家都在等着艾尔通说出他所知道的秘密，而现在他却提供不了任何一点可以使邓肯号找到不列颠尼亚号的事实！

因此游船仍保持着原路航行。接下来要做的就是把艾尔通丢到荒岛上。

门格尔和巴加内尔看看船上的地图，正好，在这条37度线上有一个名叫玛丽亚泰勒萨的孤岛，那是一片陡峭的岩壁，在太平洋中间孤悬着，离新西兰810公里，而离美洲海岸有1900公里。在北边，最靠近的陆地就是法国的帕乌摩图群岛。在南边，一直到南极冰区一路上都是一无所有。从没有一只船跑到这荒僻的小岛上来勘察过。在这个小岛上世界上任何声息也无法传达。只有那些喜爱风暴的鸟类在长距离的跨海飞行途中，会跑到这个岛上来歇歇脚。甚至有许多地图对这片被太平洋波涛冲击的岸石连名字也不肯写上去。

如果地面上真有绝对荒凉偏僻的地方，那只能在这个远离一切航线的小岛上来找了。爵士一行人告诉了艾尔通这个小岛的位置。他对到这个岛上过远离人群的生活表示同意。因而邓肯号就向玛丽亚泰勒萨岛驶去。这时，邓肯号可以完全走一条直线，过了这个小岛，直达卡尔塔瓦诺湾。

两天后的下午两点，瞭望的水手报告在天边望见玛丽亚泰勒萨岛，长长的，低低的，浮出在波浪上面只有一点点，就像是一头大鲸。此时游船距它还有16公里，此时游船正以每小时9公里的速度行驶着。

在水平面上显示出小岛的侧影，慢慢变得清楚了。这时太阳快落山了，用强光把它那曲曲折折的侧影照映出来。疏疏落落地耸立着几座不高的山，倒插在太阳的光海里。

到了5点钟的时候，门格尔好像看到了一股轻烟向天上飘去。

“那是一座火山吗？”他向此刻正拿着望远镜观察的巴加内尔问。

“我也不是很肯定，人们对这个岛了解得并不多。然而，如果它是由于海底突起而形成的话，也就是说，它是个火山喷起来的岛屿的话，我们也没什么好惊讶的。”

“那么，”哥利纳帆说，“如果真的是火山，一喷就能把它喷出来，会不会再一喷又把它喷了下去呢？”

“这个可能性不大，这个岛已经存在有好几百年了，这就是一个保证。以前，从地中海里冒出来的尤里亚岛，在海面上没呆多久，就消失不见了。”巴加内尔回答。

“好吧，在天黑前我们可以着陆吗，约翰？”哥利纳帆说。

“不行，爵士。在黑暗中我不能让邓肯号冒险往陌生的海岸边开。我要放慢速度，等明天天一亮，我们放只小艇着陆。”约翰·门格尔说。

晚上8点钟，虽然距离玛丽亚泰勒萨岛只有3公里远，但它已只剩下一条长长的影子，基本上已经消失了。邓肯号还在慢慢地向它荡去。9点的时候，在黑暗中亮起来一团火，一片相当强的红光，它却是静止的，并且是连续不断的。

“这就可以证明是火山了。”巴加内尔说，同时还在认真地观察着。

“但是，火山喷射总是有响声的，我们距离这么近，应该能听到啊，而且从那边正吹来东风，为什么我们听不到一点声音呢？”门格尔说。

“是呀，为什么这火山只发光，不说话呢？而且，还好像亮一会儿，停一会儿，就像一座间歇的灯塔。”巴加内尔说。

“您说得对，”门格尔回答，“可我们不是在有灯塔的海岸附近呀。啊！”他忽然叫起来，“另外又出来了一个火光！在海滩上，这次！您看！火光还在移动哩！并且还在换地方！”

的确门格尔没有看错，又出现了一把火，有时好像快灭掉了，忽然又亮了起来。

“会不会是这岛上有人住呢？”哥利纳帆说。

“住的一定都是土人，一定是的。”巴加内尔回答。

“那么，我们就不能将艾尔通丢在这里了。”

“是的，就是把他送给那些可恶的土人吃，也是个太差劲的礼物。”少校说。

“我们另外再找一个没人住的荒岛吧，”哥利纳帆说，情不自禁地露出微笑来，觉得少校在考虑土人的胃口。“我已经答应不伤害他的性命，我就要说到做到。”

“不管怎么说，我们要小心提防才是，新西兰人有种野蛮的习惯，摇着火光，吸引过往的船只，就和之前的康瓦尔居民一样。这岛上的土人现在很可能是知道这种引诱船只的办法的。”巴加内尔补充说。

“转头横向，等明天太阳一出来，就真相大白了。”门格尔对掌舵的水手叫喊着。

已经 11 点了。乘客和门格尔都回了各自的房间。船头上只剩下几个值班的水手在甲板上散步。而船尾上只有舵工在守着舵把。

这时，罗伯尔和玛丽·格兰特来到楼舱顶上。

格兰特船长的这两个孩子趴在扶栏上，用凄然的眼神望着闪光的海面和邓肯号后面发亮的浪槽。玛丽在为弟弟的前途考虑着，而罗伯尔在为姐姐的出路考虑着。两人也都在想着他们的父亲。亲爱的父亲是否还活着呢？就要这样放弃寻找他吗？这是不行的！没有父亲，他们怎么办呢？没有父亲，他们的生活该如何继续呢？不要说没有父亲了，就是他们没有哥利纳帆爵士和海伦夫人，真不知道他们会变成什么样子。

在患难中磨炼中罗伯尔已经成熟了，他猜到了姐姐的心事。他把姐姐的手放在自己的手里：“姐姐，永远不要失望。记住父亲给我们的教训，‘在世界上没有什么是勇气做不到的事。’我们应该有那种坚强不屈的勇气，那种能战胜一切的勇气。直到现在，一直是姐姐你在为我操劳，现在轮到我来照顾你了。”

“亲爱的弟弟啊！”玛丽回答。

“我想告诉你一件事，但请你不要生气，姐姐？”

“我为什么要生气呢，我的好弟弟？”

“你愿意让我去做吗？”

“去做什么呀？”玛丽问，心里开始有了一丝不安。

“姐姐！我要去做海员……”

“你是要离开我吗？”玛丽叫起来，紧紧地握着弟弟的手。

“是的，姐姐！我想和父亲与约翰船长一样，成为一个海员！姐姐，我亲爱的姐姐！约翰船长对寻访父亲并未完全失望呀，他！他是一位有侠义心肠的人，你也一定和我一样，完全信任他！他还答应过我，将来要把我培养成一名优秀的、伟大的海员，他一边培养我，一边和我一起去找我们的父亲！姐姐，我希望你能同意！如果是我们走丢了，我相信就算走遍天涯海角父亲也一定要找到我们的，现在他不见了，这是我们的责任，至少，走遍天涯海角我们也要去把他找回来呀！我的生命有了这个目标，我就应该为这个目标一直奋斗着：这目标就是寻找——永远不停地寻找那永远爱我们的人！亲爱的姐姐，他对我们来说太重要了，我们的父亲！”

“又高尚又慷慨！这我当然知道，弟弟，父亲早已是我们国家的荣誉了，如果不是运气差了点他未能完成他的事业，他早已就是我们祖国的伟人之一了！”

“这些我又怎么会不知道呢？！”罗伯尔说。

玛丽一把把弟弟抱在怀里，那小孩感到在他的脸上有热泪滴下。

“姐姐！姐姐！”他叫着，“我们的朋友们，尽管他们有些话没有说出来，我还是抱有希望的，并且这希望永远不会破灭！我相信像父亲这样的人，在事业未成功之前是不会轻易死去的！”

玛丽一直呜咽着，说不出话来。她一想到门格尔船长那样侠义的心肠，一想到将来还会想尽办法去找她的父亲，在她的心里便有千万种情怀奔突着。

“约翰先生对此还抱有希望吗？”她问。

“是的，有希望。”罗伯尔回答，“他就像个大哥哥，永远不会抛弃我们的。我也去做海员，好吗，姐姐？和他一起去找我们的父亲，你是否愿意呢？”

“有什么理由不愿意啊！不过，这样的话我们姐弟俩就得分开了！”

“就算我离开了，你也不会孤零零的呀，姐姐，我知道，船长曾对我说过了，海伦夫人不想让你离开她。你是个女孩子，你可以接受她的这番好意。如果你不接受反倒觉得是你忘恩负义了！可我是个男孩子呀，‘男儿当自强’，父亲都不知道对我说过多少遍了。”

“那我们敦提的老家，我们那亲爱的、充满回忆的老家怎么办呢？”

“还保留着呀，姐姐！这些你就别操心了，我们的朋友约翰船长，还有爵士，早都安排好了。爵士想把你留在玛考姆府，当做自己的女儿，这是爵士亲口告诉我的好朋友约翰的，是约翰又告诉了我！你在那里就和自己家一样，有人和你谈我们的父亲，并且一边等着约翰和我，总有一天我们会找到父亲回来和你团聚的！那一天该是多么开心呀！”罗伯尔说着，叫起来，眼睛里露出兴奋的光彩。

“我的小弟弟，我的好弟弟。”玛丽回答，“如果父亲能听到你的这番话，那他该有多么高兴啊！你和父亲真像，我亲爱的弟弟，你真像我们那敬爱的父亲，等你长大成人，一定和父亲一模一样！”

“但愿如此，姐姐。”罗伯尔说着，一种神圣而充满孝心的骄傲涨红了他的脸。

“但是我们该如何报答哥利纳帆爵士和夫人的恩情呢？”玛丽又说。

“啊！这个不难！”罗伯尔毕竟还是个孩子，他天真地叫道，“我们爱他们，尊敬他们，我们常常对他们说这些，多吻吻他们，等将来如果有机会，我愿意为他们去死！”

“不要为他们死，要为他们好好地活着呀！”玛丽叫起来，狂吻着弟弟的额头，“他们宁愿你为他们活着，我也宁愿如此！”

接着，这两个孩子陷入了无限的梦幻中，在模糊的夜影中他们彼此对看着。然而，虽然他们停止了语言的交流，却在进行着心灵的交谈，互相问着，回答着。平静的海面掀起一道道的涟漪，悠悠地一起一伏，在黑暗中螺旋桨搅动着闪光的波澜。就在这时候，却发生了一件神乎其神的事情。他们姐弟俩，就像被一种神秘的磁力吸引着他们两个的心灵，他们一下子并且同时感到了一个同样的幻觉。从那些忽明忽暗的波浪中心，玛丽和罗伯尔似乎都听到了一个人的呼声，声调沉郁凄惨，紧紧地拨动了他们两个人的心弦。

“救我呀！救我呀！”那声音叫着。

“姐姐，你听见了吗？你听见了吗？”罗伯尔用颤抖的声音说。

两个人迅速地往栏杆上一扒，俯下身子，在深沉的夜色中寻找着。

但是他们一无所获，展示在他们的眼前的只有一片黑暗。

“罗伯尔”，玛丽说，脸色感动得发白，“我好像……是的，我和你一样好像听到的……我们俩是在做梦吗，我的弟弟！”

但是，在他们的耳朵里又传来一声呼救声，这次听得那么真切，以致两个人异口同声地发出这样的呼声：“父亲啊！是父亲啊！……”

玛丽受不住了。因为受到过度的刺激，她晕倒在罗伯尔的怀里。“快来救人啊！”罗伯尔喊，“快来救我的姐姐啊！我父亲啊！快来救人啊！”

掌舵的人飞奔过来将玛丽扶起来，值班的水手们也跑了过来，接着，门格尔，海伦夫人和爵士也都被这声音吵醒了，跑来看个究竟。“快救救我的姐姐，还有我的父亲！”罗伯尔叫着，一面用手指着波浪。大家听了都感到莫名其妙。

“真的，”他又大叫，“我父亲在那儿啊！我听到父亲的声音了！我姐姐她也听到了！”

这时，玛丽醒了过来，她睁着眼睛，就像疯了一样，也在叫：“快救救我的父亲啊！我的父亲在那儿啊！”

那可怜的少女往上一爬，扒上栏杆，把身子弯出去，就要往海里跳。

“爵士，夫人啊！”她拱着手直叫，“我向你们保证，我真的听到了他的声音，我父亲真的在那里呀！那声音是从波浪里传出来的，就和哀号一样，和临死时的告别一样啊！”

这时，这可怜的孩子开始全身痉挛起来，她一直在发抖，大家不得不把她马上抬到她的房间里去了，海伦夫人也跟了进去，去照顾她。而罗伯尔还是在那里叫：“我的父亲啊！我父亲在那儿啊！我真的没有弄错，爵士！”

在这凄惨的情景面前，大家都以为这两个孩子是被一种幻觉迷住了。但是到了这样的程度，又该如何解释呢？

但是哥利纳帆却要尝试一下，两次牵着罗伯尔的手，对他说：“你真的听到你父亲的声音了吗，孩子？”

“是的，爵士，就在那波浪中间！他喊着：‘救我啊！救我啊！’”

“你确定那是你父亲的声音吗？”

“确定，爵士！啊！我可以发誓，我听得清清楚楚的！并且我姐姐也听到了，她也和我一样认定那就是父亲的声音！您想想，我们怎么可能会同时都弄错了呢？爵士啊，求求您快救救我们的父亲吧！放只艇子！放只艇子下来好吗？”

爵士知道这孩子被迷得太厉害了，一时解释不清。然而他还想作最后一次的努力，他把那掌舵的水手叫来。“霍金斯，”他问道，“在玛丽小姐突然晕倒的时候，是你在那里掌着舵吗？”

“是的，爵士。”

“你有看到什么或听到什么了吗？”

“什么也没有。”

“那这样吧，罗伯尔。”

罗伯尔以不可否定的坚毅说：“如果那是霍金斯的父亲在叫，他就不会说他什么也没有听到了。那是我的父亲啊！爵士！我父亲啊！我父亲啊！……”

罗伯尔因为哭泣也说不出话来了。他脸色惨白，一声不响地，接着也和他姐姐一样，昏了过去。哥利纳帆叫人把他抬到他的床上，那可怜的孩子因受了过度的刺激，进入了深沉的昏睡中。“两个可怜的孩子啊！”门格尔说，“上帝对他们也太残忍了！”

“是呀，他们伤心过度，所以同时产生了同样的幻觉。”爵士说。

“两人同时！”巴加内尔自言自语地说，“从科学上说完全不能有这种事！这太奇怪了！”

然后，巴加内尔自己也俯下身子对着海面，侧着耳朵，摆摆手叫大家别出声，他仔细地听着。处处是深沉的静寂。巴加内尔又大声地喊了喊，却没有得到任何回音。

“真是奇怪！”他一边说着，一边向房间走去，“想念与痛苦的内心交集不够解释一个客观的现象啊！”

第二天，3 月 8 日，早晨 5 点钟，天刚蒙蒙亮，船上的乘客，连同罗伯尔姐弟在内——因为都没有办法让他们留在房里——都聚集到甲板上来了。一个个都想看看昨晚只能勉强看到的那片陆地。

所有的望远镜都集中在岛上。此时游船离岛只有1公里远，沿着岸慢慢行驶着。就连岸上最细微的情况也能看到了。忽然，罗伯尔大叫一声，说他看见岸上有三个人在跑着，挥着胳臂，同时手里还摇摆着一面旗子。

“是英国国旗。”门格尔一把抓过他的望远镜也叫起来。

“是真的！”巴加内尔也叫起来，立刻回头看着罗伯尔。

“爵士啊！”罗伯尔说，此刻他的声音已在颤抖，“爵士，如果您不想让我游到岛上去，就请您放下一只小艇。爵士！我求求您，让我第一个登陆！”

船上所有人都不敢出声。这是怎么一回事呀！这个在 37 度线穿过的小岛上，居然有三个人，三个遇难的人，并且是三个英国人！于是每个人都联想到昨夜发生的那一幕了，想到夜晚玛丽和罗伯尔听到的那个呼声！……也许这两个孩子只弄错了一点：他们可能是听到了呼救声，但是怎么就能肯定那呼声就是他们的父亲的呢？不可能呀！唉！无论如何，这都是不可能的呀！于是每个人都想到：他们所要面临的会不会是一个更大的失望呢，生怕他们的身体禁不住这再一次的打击。但又有什么办法来阻止他们，不让他们上岸呢！爵士没有勇气阻止他们。

“放下艇子去！”他说道。

只用了一分钟的时间，艇子便被放到海上了。爵士、门格尔、格兰特船长的两个儿女、巴加内尔都上了艇子，由六名水手拼命划着，很快小艇就离开了大船。

离岸差不多还有 20 米远的时候，只听玛丽一声惨叫：“我的父亲啊！”

在岸上真的有一个人，旁边还有两个人。他的身材高大而强壮，面容温和又大胆，十足地是把玛丽和罗伯尔两人的体貌融合在一起。那正是两个孩子日思夜想的那个人啊！他们并没有被自己的心灵欺骗：那的确是他们的父亲，是格兰特船长！

船长听见了玛丽的呼唤，张开双臂，像被雷击了一样倒在了沙滩上。

第五十二章　相聚在小岛

从来不会有人是因为快乐而死掉的。在别人没把他们父子三人载回游船的时候，他们就转过气来了。我们又怎么能用语言来表达出这动人的一幕呢？我们的文笔太逊色了。看着他们父子三人默默无言地紧抱在一起，全体船员个个都流下了激动的泪水。

在格兰特船长刚一登上游船的甲板，他就忙着转过头向海伦夫人、爵士和他的伙伴们，以感动得忽断忽续的声音感谢他们的援救。原来在由孤岛回到游船的时候，两个孩子已经简单地把邓肯号环球寻找他的全部经过都告诉了他。

他知道自己欠下了一个多么大的人情债啊！无论是对这位勇敢豪迈的妇人，还是对他所有的伙伴。从爵士起，直到水手止，为了找他都作了多少努力，吃了多少苦头吗？哈利·格兰特把他心头的感激之情表现得既高尚豪爽，又简单诚挚，从他那英气勃勃的面颊反映出一种又温柔又真诚的情绪，以致使全体船员都感觉得到了回报，并且这回报比他们所吃过的苦珍贵得多。就连那生性冷淡的少校也忍不住热泪盈眶。至于巴加内尔，他像个孩子一样，流着眼泪，放声大哭。

哈利·格兰特看看他的女儿，他觉得她是那么的漂亮，那么妩媚呀！他直截了当地说出了自己的感觉，并且还大声地重复着，并且还请海伦夫人评评，仿佛是要证实一下自己并不是被疼爱子女的心情蒙蔽了双眼。接着，他又转头向着罗伯尔："都长这么高了！就像一个大人了！"他开心地叫着说。

然后他又无限喜爱地抱起他的两个孩子，把离别的这两年中，心头积蓄着的所有热吻一下子都给了他们。

罗伯尔把他所有的好朋友一一向父亲介绍，这孩子居然能用不同的词语来介绍不同的人，虽然他对每一个人都只有同样的事说！那就是：他们每一个人，对我们这两个孩子都非常好。介绍到约翰·门格尔的时候，这位青年船长反倒像一个女孩子，红着脸，他在回答玛丽的父亲时声音都在发抖。

到了此时，海伦夫人才告诉了格兰特船长他们旅行的经过，船长为有这样的儿女而倍感自豪。

哈利·格兰特得知了罗伯尔历次建立的奇功，知道了这孩子已经为父亲向哥利纳帆爵士偿还了一部分人情债。然后，又轮到约翰·门格尔来说玛丽，他说得太好了，以至于哈利·格兰特听到海伦夫人插进的几句话之后，就拉着女儿的手放到英俊的青年船长的手里，并回头向着哥利纳帆爵士和夫人："爵士，夫人，为我们的孩子祝福吧！"

事情的经过说了一遍又一遍，说了千万遍之后。哥利纳帆最终也告诉了格兰特船长关于艾尔通的事。他的供词也得到了格兰特船长的证实，那个坏蛋的确是在大洋洲岸被赶下船的。

"这人很聪明，又敢作敢当。"接着他又补充说，"因为贪婪把他引向了罪恶的方向。但愿他能反省，忏悔，回头做个好人！"

但在还没把艾尔通送到岛上之前，哈利·格兰特想要在他的荒居里招待一次他的新朋友。他请他们去参观他的板屋，坐到他海上鲁滨逊的桌上吃一顿饭。哥利纳帆和他的旅伴们欣然地接受了。罗伯尔和玛丽也迫切地想去看看父亲生活的地方，在这里，因为想念儿女，格兰特船长不知流了多少眼泪啊！

在海里又放下了一只小艇，很快他们父子三人，哥利纳帆夫妇、少校、门格尔和巴加内尔等就在岛上登陆了。

格兰特船长的领土很小，不到几个钟头就走了个遍了。确切来说，那小岛只是海底一座大山的山顶，只是山顶上的一小片平地，上面布满着火山残余物和雪花岩的岩石。在地壳形成初期，在地下火的燃烧影响下，这个山峰从太平洋的深处升了起来，然后形成了物化土。这个新地盘被植物类所占领。过往的捕鲸船又把若干牲畜如猪、羊等带到这岛上，这些牲畜就在野生状态下繁衍着后代。从此，在这太平洋中心孤悬的小岛上大自然就出现了动物、植物和矿物三界。

当不列颠尼亚号的遇难人员逃到这里后，这里就有了人类的劳动，慢慢地那片大自然的活力也有了规则。在这两年半中，哈利·格兰特和他的两名水手让这座小岛发生了翻天覆地的变化。他们开垦了好几亩地仔细地耕种着，长出了很好的蔬菜。

参观的人到了住宅处，在绿油油的胶树荫下坐落着他们的住宅。窗外就是大海，太阳光照在水面上发出粼粼的波光。哈利·格兰特叫人在那些茂密的树荫下摆好桌子，大家都就了座。一些纳儿豆粉的面包、一只山羊腿、两三棵野菊苣、几碗奶、一些清凉的水，这些就成了一桌简单的筵席，真不愧有世外桃源的风味。

巴加内尔开心极了，在他的心头又涌上了他的鲁滨逊老思想来。

“让艾尔通那个坏蛋待在这里实在是太便宜他了！”他在兴致勃勃地嚷着，“这里简直就是世外桃源呀！”

“那倒是真的，”哈利·格兰特回答说，“上苍怜悯让我们三个可怜的受难者来到这里，运气也真是够好的！不过我只恨这岛太小了，而不是广阔肥沃的岛屿，只有一个海浪冲击的小缺口，而不是一个大港湾，并且它只有一条小溪，而不是一条大河。”

“为什么会恨呢，船长？”哥利纳帆问。

“因为如果这岛的面积足够大，我就可以让苏格兰在太平洋上有块移民区呀！”

“啊！船长，您的这个念头还没有放弃呢？也因为您的这个念头让您在我们的国家名声远扬！”

“我始终都没有放弃，爵士，上帝借您的手把我救出来，就是要我继续完成这个事业的。我古老的可怜的苏格兰同胞们，所有还在受苦受难的人们，都应该有一片新的陆地，好让他们逃避穷困和压迫！我们亲爱的祖国必须在这带海洋上有一块完全属于自己的移民区，让它享受它在欧洲所享受不到的幸福和独立！”

"啊！您说得太棒了，格兰特船长，"海伦夫人说，"这个计划真是不错呀，没有伟大的思想是想不出来的！可这个岛就……"

"这个岛不行，夫人，这里到处都是岩石，最多只能养活几个人，而我们向南非要的却是一大片各种原始资源丰富的陆地呀。"

"那好吧，船长，"哥利纳帆叫起来，"前途是属于我们的，我们一起去找您的那大片的陆地吧！"

哥利纳帆和哈利·格兰特的手热烈地紧握起来，好像是为了庆祝这一承诺。

然而，就在这个小岛的这座小屋里，大家很想知道不列颠尼亚号的三名遇难者在这漫长的两年中是如何生存的。哈利·格兰特立刻满足了大家的这个愿望。

"我的故事，就和被打到荒岛上的鲁滨逊的故事有些相似，在这里，我们无人可依，只有依靠上帝，依靠我们自己，我们知道只有向自然界去抗争，才能有活下去的希望！时间是在1862年6月26到27日的夜里，已经承受6天的大风暴的不列颠尼亚号被毁坏了，来到了这个触毁它的小岛上。这岛长有8公里，宽3公里，岛上大约有30棵树，还有几块草场和一个清水泉源，好在这泉源一年四季都有水。我带着我的两名水手，在这天涯海角里，并没有感到孤独和失望。我的两个患难朋友乔蔼和包伯发挥着最大的毅力来帮助我。

"一开始，我们也是拿笛福作品中的鲁滨逊来作为我们的榜样，收集了一些船上的残物：一点火药，一些枪械，一些工具，还有一袋宝贵的种籽。刚开始的几天是很痛苦的，但是很快，我们就靠着打猎和打鱼有了稳定的粮食了。在岛的内部野羊的数量很多，沿岸又到处是水生动物，慢慢的，我们的生活就越来越规律了。

"我在船上的测量工具也被抢救了下来，所以我可以正确地知道这个小岛的位置。可我一测量，却有些失望了，因为我发现我们是在任何航线以外，在这里不会有任何船只往来。除非有意外的机会。我一边想着我亲爱的人，不敢奢望还能再见到他们，一边却仍在勇敢地接受着这个考验。

"这时我们开始从事农业劳动。很快，几亩熟地就播上了不列颠尼亚号上的菜种，菊苣、酸模、马铃薯等开始调剂我们日常的食物了。后来又有了许多其他的蔬菜。我们又捕到了几头野羊，很快把它们驯养了。于是我们便有了羊奶、奶油。并且在干河沟里长出的纳儿豆又供给我们一种很有营养价值的面包，所以在物质生活上，我们没有了丝毫的担心。

"后来我们又利用不列颠尼亚号的旧料建筑了一座小屋，用帆布盖成的屋顶，并且还认真地涂上了柏油，在这样结实的掩蔽下，我们幸运地度过了雨季。在这座小屋里我们讨论过很多的计划，很多的梦想，最好的梦想也是此刻正实现的这一个。

"我本来还想用破船板造一只小艇到海上冒险去试试，但是距离此处最近的陆地，就是离这里800公里的帕乌摩图群岛。这样长途的一次航行，再好的小艇也是禁不住的。所以我只好放弃了这个计划，只能等别人来营救我们了。

“啊！我可怜的孩子啊！不知有多少次我站在岸边岩石顶上盼望着过往的船只！在我们沦落的这两年半里，只在天边出现过两三只帆船，但都是一下子又没了踪影！我们就这样度过了这两年半的时光。我们感觉希望已经不大了，不过还没到完全绝望的地步而已。

“最后的也就是昨天，忽然在岛的西南方我望到一缕轻烟，因为当时我刚好爬到岛的最高峰上。渐渐的烟大起来，一会儿，我便看到一只船进入了我的视线，它好像正向我们这边驶来。

“但我知道这小岛没有可停泊的地方，它会不会又要避开小岛呢？

“唉！这整整的一天我都是在紧张中度过的啊！我的心差点没把我的胸膛撑破！而我的两个难友在岛的另一座山峰上点起了篝火。终于到了，但这艘游船却没有发出任何回答的信号！可是，眼看希望就在跟前啊！我们怎能如此就轻易放过呢？

“我没有再犹豫了。夜色逐渐深沉。在夜里船可能就要绕过这个岛。我就跳入海里，拼命地往船那边游。满怀的希望给我增加了不少动力。我以超人的力量与波涛斗争着。渐渐地我向船靠近了，可谁知在相距不到30米的时候，船偏偏调转了方向！

“于是我发出了失望的呼救声，只有我的两个孩子听到了，那并不是他们的幻觉。

“后来，没有办法我只好又回到岸上，焦急的情绪和游泳的劳累弄得我浑身瘫软，精疲力竭。我的两个水手把我拉了起来，我感觉那时我只剩半条命了。在岛上过的这最后的一夜又承受了多大的煎熬啊！我们以为再也没有机会了，天亮的时候幸亏看见游船放慢了速度，沿着岛，驶了过来。你们放下了小艇……我们得救了，并且，苍天啊！我的两个亲爱的孩子就在我眼前，还向我伸着胳臂呢！”

在对玛丽和罗伯尔的狂吻与抚摸中结束了哈利·格兰特的叙述。直到这时，船长才知道他之所以被救，还是多亏了那个在他遇难8天后装到瓶里任海浪漂流的那个文件。但是，当格兰特船长在叙述他的经历时，巴加内尔又在想什么呢？这可爱的地理学家在脑子里把那文件上的字迹翻来覆去地想了千百遍！他把原来的3种解释都想了想，好像全都错了！在那海水腐蚀的几张纸上是怎样写这玛丽亚泰勒萨岛的呢？他终于按捺不住了，抓住哈利·格兰特的手，叫起来：“船长，现在您是否可以告诉我，您那张文件里都写的是什么内容？”

巴加内尔一提出这个问题，勾起了每个人的好奇心，因为9个月来猜不出的谜语就要揭开谜底了！

“怎么样，船长？您还能准确地记得那文件上的字句吗？”巴加内尔问。

“当然可以呀，我没有一天把它忘了，它是我们唯一的希望啊！”

“那内容到底是什么呢，船长？请您快点说说，我们猜来猜去都没有猜到，实在有些不甘心啊。”哥利纳帆也问。

“我可以马上来满足各位的要求，”格兰特船长回答，“但是你们应该也知道，为了增加援救的机会，我用3种不同的语言写了3份装在了瓶子里。你们想要知道哪一个呢？”

“3个文件难道有什么不一样吗？”巴加内尔叫起来。

“是一样的，只有一个地名不同。”

“那么，好吧，法文的那份文件保存得最好，我们每次解释也都是拿它做基础的，您就解释法文的那份吧。”哥利纳帆说。

“爵士，法文文件的内容是这样的，”哈利·格兰特回答：“1862年6月27日，不列颠尼亚号三桅船，籍隶格拉斯哥港，在离巴塔戈尼亚800公里的南半球海面沉没。因急求上陆，两水手船长格兰特爬到了达抱岛上。”

“嗯！”巴加内尔哼了一声。

“不幸，”船长接着读，“长远变成为蛮荒绝地之人。兹特抛下此文件于经153° 纬37° 11′ 处。务乞速予救援，否则必死于此！”

巴加内尔一听到“达抱岛”这个名字就倏地一下站了起来，然而，他实在忍不住了，大叫道：“怎么是达抱岛呀？不是玛丽亚泰勒萨岛吗？”

“是呀，巴加内尔先生，在英国的地图上是写着玛丽亚泰勒萨岛，但是法国地图上写的却是达抱岛呀！”

忽然，巴加内尔的肩膀上受到了重重的一拳，打得他立刻弯下了腰。原来是少校敬了他这一下，少校生性的习惯一直是那么严肃，但这次却成了例外。

“好个地理学家呀！”少校轻蔑地说。

但是对于少校那一拳巴加内尔已经毫无感觉了。他在地理学上受到的打击正使他羞愧难当呢，那一拳又算得了什么呢！

原来他对那件文件，就像格兰特船长所说的那样，他已经快猜到原文了！那些残缺模糊的字迹，他几乎已经完全弄明白了！澳大利亚、巴塔戈尼亚、新西兰，虽然这些名字曾先后跳入他的脑海里，并且好像都是正确无误的。其他字几乎都找到了正确的解释，就剩下abor一词，把他给弄糊涂了！他把它解释为“达于”（aborder），而它实际上却是法文地名“达抱岛”（tabor），也正是不列颠尼亚号受难后逃难的地方呀！但是这个错误也实在是在所难免的，因为在邓肯号上的地图上此地都被称为“玛丽亚泰勒萨岛”。

“即便如此，”巴加内尔抓着自己的头发叫着，“我也不应该忘记这个岛有两个名字的事实呀！这个过失是不可原谅的，是一个地理学会的秘书不应该犯的错呀！我的颜面尽失！”

“可是，巴加内尔先生，您也不必难过啊！”海伦夫人说。

“不行，夫人，不行！我简直就是头蠢驴了！”

“如果跟一匹玩杂技的驴子相比你还不如它呢！”少校接上去替他再骂一句，作为给他的安慰。

吃完饭，格兰特船长布置好了那小屋里的东西。他什么也没带走，因为他要让那个可恶的艾尔通享受到善良人所创造的财富。

大家都回到了船上。哥利纳帆打算立即开船返航，于是他发出命令叫人把艾尔通送下去。艾尔通被带到楼舱里来了，站在格兰特船长的面前。

“还记得我吗，艾尔通。”船长说。

“是您呀，船长。”艾尔通回答，在他的脸上并没有因为又见到船长而露出丝毫的惊讶，“看见您平安归来，我很替你高兴。”

“艾尔通，我把你赶到一个有人住的陆地上去，看似反而是害了你。”

“似乎是这样的，船长。”

“你要去代替我住在这个没人住的荒岛了，愿老天保佑你吧！”

“但愿如此！”艾尔通用十分安闲的语调回答。

哥利纳帆看看艾尔通，对他说：“还坚持要把你丢到荒岛上吗，艾尔通？”

“仍然坚持，爵士。”

“你觉得达抱岛是否合你的意？”

“十分合意。”

“现在，艾尔通，请听我最后再说几句，在这里你离任何陆地都很远，你想和你的手下联系那也是不可能的。还有毕竟奇迹很少，把你放到这孤岛上，你是逃不掉的。但是你将来应该不会和格兰特船长的过去两年一样，既不会有人来救援，也不会有人知道你在这里。虽然你不配叫人家记住你，可我们却会记得你的。我会记得你在什么地方，艾尔通，我知道要到什么地方去找你，这些我永远都不会忘记的。”

“愿上帝保佑您！”艾尔通简单回答。

这就是哥利纳帆和艾尔通最后交谈的话。已经准备好了小艇，艾尔通就要准备下船。

事先门格尔就已经派人送去了一些工具、几箱干粮、若干弹药和一些武器到了岛上了。

所以艾尔通是可以通过劳动来改造自己的，他什么也不缺，连解闷用的书籍都有。

到了分别的时候，全体船员和乘客都来到了甲板上，不止一人心里感到难过，玛丽和海伦夫人都难以控制她们的情绪。

“一定要这样吗？”海伦夫人问她的丈夫，“一定要把那坏蛋丢在这里吗？”

“是的，亲爱的，这也是给他一个改过自新的机会呀！”

这时，在门格尔的指挥下小艇离开了大船。艾尔通站在艇子上，仍是面无表情，只是脱下帽子，庄重地行了个礼。

哥利纳帆也脱下帽子，全体船员也跟着脱下帽子，此时的情景就和平常对一个临死的人一样，这时，在一片沉默中小艇慢慢地开走了。

一见到陆地的艾尔通，就跳上沙滩，小艇就划回了大船。

这时刚好是下午 4 点，在楼舱顶上的乘客们还可以清楚地望见他，他双手抱在胸前，站在那里一动也不动，就像一座石像站立在岩石上似的，只是看着游船。

“我们走吧，爵士？”门格尔问。

“走吧，”哥利纳帆急促地回答，不愿让他们看到自己脸上的表情，但心里却十分感动。

“开船！”门格尔对机械师喊道。

蒸汽在汽管里响起来，螺旋桨拍打着波浪，到了晚上 8 点，在夜幕中达抱岛上的最后几个山峰也都消失不见了。

第五十三章　胜利返航

在离岛 11 天后，也就是 3 月 18 日，就可以望见美洲海岸了，第二天邓肯号就停泊在塔尔卡瓦诺湾里。

航行了 5 个月的邓肯号终于回来了，在这 5 个月中，它严格地循着南纬 37 度线，环绕了地球一周。在英国旅行社的编年史上，这次值得纪念的旅行还是第一次呢，船上的乘客走过了智利、“判帕”区、阿根廷共和国，经过了大西洋、达昆雅群岛，经过了印度洋、阿姆斯特丹群岛、澳大利亚、达抱岛，还穿过了太平洋。他们的努力和付出的辛劳没有白费，他们把不列颠尼亚号的遇难船员安全无恙地载回祖国了。

查查人数，那些响应爵士的诚笃的苏格兰人，一个也不缺，都安然无恙地回到他们古老的苏格兰来了，这次远征就像古代史上所说的那种“无泪战争”。

邓肯号补充完燃料和其他供给，就沿着巴塔戈尼亚的海岸，绕过合恩角，向大西洋驶去，前进途中一切顺利。

没有比这一段航程更顺利的了。游船载着满满的幸福，船上也不再有什么秘密了，就连门格尔对玛丽的爱慕也成了众所周知的事。然而，让少校百思不得其解的还有一件神秘的事。那就是为什么巴加内尔总是用衣服把自己裹得严严实实的，领带打得那么端正，还用围巾围到耳根呢？少校被这个问题一直困惑着，想要探个究竟。但是，不管他怎样盘问，怎样旁敲侧击，怎样怀疑揣测，巴加内尔总是不肯告诉他实情。

他真是死也不肯买账，在邓肯号穿过赤道线时，甲板被50度的高温下晒得火热时，他也不肯解开一个扣子。

“他真是够粗心的，他还以为这是在严寒的圣彼得堡呢！”少校看他裹着一件大衣，仿佛水银在温度计里冻结了一样，就这样嘲讽道。

最后，5月9日，在离开塔尔卡瓦诺湾的50天后，克利尔角的灯火出现在了门格尔的视线里。游船驶进了圣乔治海峡，穿过爱尔兰海，转过克莱德湾。到了11点的时候它就停泊在丹巴顿。下午2点钟，在高地人的欢呼声中船上的乘客顺利地到达了玛考姆府了。

读到这里，大家一定会觉得：哈利·格兰特和他的两名水手最终得救，是上天早就安排好的！在那古老的圣孟哥教堂里门格尔和玛丽结婚，再由9个月前曾为哈利·格兰特祈祷的那位摩尔顿牧师，现在再由他来给他的女儿和他的救命恩人祝福，也是早就注定好的！将来罗伯尔会和哈利和门格尔一样做海员，并且在哥利纳帆爵士的大力支持下，继续着格兰特船长伟大的计划，也是早就注定好的！

但是，这位可爱的地理学家巴加内尔不能一辈子打光棍呀，这是否也是早就注定了的呢？很可能也是早就注定了的。

果然，这位渊博的地理学家，在干了这番大事业后，轰动一时，在苏格兰的社交场中他那些粗心大意的笑话到处被传为美谈。大家都想见见他，我邀请，你邀请，他招待，种种应酬把他忙得喘不过气来。

就在这时，刚好有一位30岁的可爱的小姐，也就是少校麦克那布斯的表妹，这女孩也是怪怪的，但为人很和善，眉清目秀，她竟爱上了这位脾气古怪的地理学家，想要和他结婚。

她还有100万法郎作为陪嫁呢，但女方却避开不谈这一点。

对于阿若贝拉小姐的垂青，巴加内尔并不是无动于衷，只是他不敢有所表示。

于是少校出面，尽力在他们两个人之间撮合。他甚至告诉巴加内尔：他所能做的“最后一次的粗心大意”就是结婚了。

这让巴加内尔很是为难，说来也奇怪，他总是犹豫不决的，不肯做出肯定的回答。

“你是看不上阿若贝拉小姐吗？”少校问她。

“啊不！少校，她真的很可爱呀！”巴加内尔叫起来，“只是她太可爱了，如果要我说真话，我倒宁愿她不那么可爱，我倒希望她能有些缺陷。”

“这个，你可以绝对放心，她是有缺陷的，而且还不止一个。就算再完美的女人，都是有缺陷的呀。所以，巴加内尔，你这算是决定了吗？”

“我不敢。”

“这到底是怎么了，我博学的朋友！你为什么总是这样迟迟不肯做决定呢？”

“我觉得我配不上阿若拉贝小姐啊！”巴加内尔多次这样回答。

可为什么配不上呢，我就不想说了。

有一天，巴加内尔被死盯住他不放的少校逼得走投无路，终于在绝对严守秘密的保证下，告诉了少校他身体上的一个特点，这特点还真是“特”得厉害，如果警察局要捉拿他的话，根据这个特点就能找到他了。

“就是因为这个吗？”少校叫起来。

“是呀！”巴加内尔又肯定了一句。

“这有什么关系呢，我可爱的朋友？”

“你觉得没有关系吗？”

“不仅没有关系，反而，有了这个特点你更是妙不可言呀！它应该是你的一个优点啊！这样说来，你倒真成了阿若贝拉小姐所梦想的那个无可替代的妙人了！”

少校一本正经地说着，没有一点嘲笑的意思，而巴加内尔心里却七上八下，忐忑不安。

少校跑去见阿若贝拉小姐了，只谈了一会儿工夫。

15 天后，在玛考姆府的小教堂里热热闹闹地举行了一个结婚典礼。新郎巴加内尔打扮得英姿飒爽，只是衣裳上的纽扣扣得严严实实的，而新娘阿若贝拉小姐打扮得像天仙一般。

本来巴加内尔的秘密应当是一辈子也不会有人知道的，却不料，被少校告诉了哥利纳帆，而哥利纳帆又告诉了海伦夫人，海伦夫人又在门格尔太太——玛丽的面前说漏了嘴。最后，这个秘密一传到奥比内太太的耳朵里也就等于是大家都知道了。

原来，在毛利人家里做了 3 天俘虏的巴加内尔，被毛利人刺过花了，并且还不是只刺了一点点，而是从脚跟一直到肩膀，在他的胸前还刺了一只张着翅膀的大几维鸟，在啄他的心。

在那次伟大的旅行中这是巴加内尔唯一遇到的伤心事，他永远无法释怀，永远不能原谅新西兰。也正因为这个原因，即便大家屡次劝他，同时他也很怀念自己的祖国，但他却不肯再回法国去。他害怕地理学会回来了一个被刺过花的秘书，会成为报纸和漫画家关心的对象，他还怕学会也会受到他的连累而成为笑柄。

格兰特船长重回祖国后，成了苏格兰无人不晓的人物了，全苏格兰人都为他祝福，好像是全民族的一件大喜事。而他的儿子罗伯尔后来果然和他和门格尔船长一样，成了海员，并且在哥利纳帆爵士的大力支持下，他仍在为实现在太平洋建立一个苏格兰移民区的计划而努力奋斗着。